W0299837

BASTEI
LÜBBE
TASCHENBUCH

Weitere Titel des Autors:

DIE SCHIMMERNDEN REICHE
Band 1: Die Zeitwanderer
Band 2: Das Knochenhaus
Band 3: Die Seelenquelle
Band 4: Das Schattenlicht

Titel in der Regel auch als E-Book erhältlich

Über den Autor:

Stephen Lawheads Romane sind angesiedelt in jenem Zwischenreich, wo sich Historie, Mythos und Fantasie begegnen. Auch der Autor selbst ist ein Wanderer zwischen den Welten. Den gebürtigen Amerikaner zog es vor vielen Jahren nach England. Nach einem längeren Aufenthalt in Österreich wohnt er heute wieder in einem Vorort von Oxford.
Besuchen Sie den Autor auf seiner Webseite: www.stephenlawhead.com

Stephen R. Lawhead

Die schimmernden Reiche
Vierter Band

DAS SCHATTEN-LICHT

Roman

Aus dem Englischen von
Arno Hoven

BASTEI
LÜBBE
TASCHENBUCH

BASTEI LÜBBE TASCHENBUCH
Band 20 726

1. Auflage: Januar 2014

Dieser Titel ist auch als E-Book erschienen

MIX
Papier aus verantwortungsvollen Quellen
FSC® C006701
FSC
www.fsc.org

Vollständige Taschenbuchausgabe

Deutsche Erstausgabe

Für die Originalausgabe:
Copyright © 2013 by Stephen Lawhead
Titel der Originalausgabe: »A Bright Empires Novel:
Quest the Fourth: The Shadow Lamp«
Originalverlag: Thomas Nelson, Nashville, Tennessee

Für die deutschsprachige Ausgabe:
Copyright © 2014 by Bastei Lübbe AG, Köln
Textredaktion: Gerhard Arth
Titelillustration: Guter Punkt unter Verwendung von Motiven von
© shutterstock/Olexiy Bayev; shutterstock/nadi555
Umschlaggestaltung: Guter Punkt, München
Satz: Urban SatzKonzept, Düsseldorf
Gesetzt aus der Goudy
Druck und Verarbeitung: CPI – Ebner & Spiegel, Ulm
Printed in Germany
ISBN 978-3-404-20726-8

Sie finden uns im Internet unter
www.luebbe.de
Bitte beachten Sie auch: www.lesejury.de

Für Margaret,
meine Lieblingsschwiegermutter

Zufall ist das Wort, das wir benutzen,
wenn wir die Hebel und
Flaschenzüge nicht sehen können.

Emma Bull, Schriftstellerin

INHALT

WICHTIGE FIGUREN IM ROMANZYKLUS

Die schimmernden Reiche

Anen – Freund von Arthur Flinders-Petrie, Hoher Priester des Amun-Tempels in Ägypten; lebte während der 18. Dynastie

Archelaeus Burleigh, Earl of Sutherland – Erzfeind von Flinders-Petrie, Cosimo, Kit und allen rechtschaffenen Menschen

Arthur Flinders-Petrie – auch bekannt als *Der Mann, der eine Karte ist*, Stammvater seines Geschlechts; zeugte Benedict, dessen Sohn Charles war, der wiederum Douglas zeugte

Bruder Roger Bacon – ein Philosoph, Wissenschaftler und Theologe, der etwa von 1240 bis 1290 in Paris und Oxford lehrte; man nannte ihn *Doctor Mirabilis* (»wunderbarer Lehrer«) wegen seines wundervollen Unterrichts

Balthasar Bazalgette – Erster Oberalchemist am Hof des Kaisers Rudolf II. in Prag; Freund und Vertrauter von Wilhelmina

Benedict Flinders-Petrie – Sohn von Arthur und Xian-Li; Vater von Charles

Brendan Hanno – gehört zur Zetetischen Gesellschaft in Damaskus; ein Berater für Ley-Reisende

Burley-Männer – Con, Dex, Mal und Tav; Handlanger von Lord Burleigh; sie halten sich eine steinzeitliche Höhlenlöwin namens Baby

Cassandra Clarke – eine Paläontologin und Doktorandin, die zufälligerweise in die Suche nach der Meisterkarte hineingeraten ist

Charles Flinders-Petrie – Sohn von Benedict und Vater von Douglas; er ist der Enkel von Arthur

Cosimo Christopher Livingstone der Ältere, wird oft nur **Cosimo** genannt – ein Gentleman aus dem Viktorianischen Zeitalter und Gründungsmitglied der Zetetischen Gesellschaft, die sich darum bemüht, die Einzelteile der Meisterkarte wieder miteinander zu vereinigen und deren Geheimnisse in Erfahrung zu bringen

Cosimo Christopher Livingstone der Jüngere, wird oft nur **Kit** genannt – Cosimos Urenkel

Dardok – Anführer des Fluss-Stadt-Clans, dem Kit zuerst in der Steinzeit begegnet; er ist auch bekannt als Großer Jäger

Douglas Flinders-Petrie – Sohn von Charles und Urenkel von Arthur; er verfolgt still und leise seine eigene Suche nach der Meisterkarte, von der ein Teil in seinem Besitz ist

Engelbert Stiglmaier, wird oft liebevoll **Etzel** genannt – Bäcker, der aus der deutschen Stadt Rosenheim kommt

En-Ul – Stammesältester des Fluss-Stadt-Clans

Giambattista Becarria, Fra Becarria alias **Bruder Lazarus** – ein Priester und Astronom am Observatorium des Klosters Montserrat und Minas Mentor

Gianni – siehe **Giambattista Becarria**

Giles Standfast – Sir Henry Fayths Kutscher, Kits Verbündeter und ehemaliger Diener von Lady Fayth

Gustavus Rosenkreuz – Assistent des Ersten Oberalchemisten des Kaisers und Wilhelminas Verbündeter

Lady Haven Fayth – Sir Henrys eigensinnige und wechselhafte Nichte

Sir Henry Fayth, Lord Castlemain – Mitglied der Königlichen Gesellschaft zur Förderung der Naturkunde; treuer Freund und Verbündeter von Cosimo; er ist der Onkel von Haven

Jakub Arnostovi – wohlhabender, einflussreicher Vermieter und Geschäftspartner von Wilhelmina

J. Anthony Clarke III., wird oft nur **Tony** genannt – renommierter Astrophysiker, der für den Nobelpreis nominiert wurde; er ist Cassandras beunruhigter und fürsorglicher Vater

Kaiser Rudolf II. – König von Böhmen und Ungarn, Erzherzog von

Österreich und Kaiser des Heiligen Römischen Reichs; ist ziemlich verrückt

Rosemary Peelstick – Hausherrin der Zetetischen Gesellschaft und Kollegin von Brendan Hanno

Snipe – wildes Kind und heimtückische Hilfskraft von Douglas Flinders-Petrie

Turms – König von Velathri (Etrurien) und einer der Unsterblichen, ein Freund von Arthur; er überwacht die Geburt von Benedict Flinders-Petrie, als die Schwangerschaft von Xian-Li problematisch wird

Wilhelmina Klug, auch **Mina** genannt – einstmals eine Londoner Bäckerin und Kits Freundin; sie besitzt zusammen mit Etzel das *Große Kaiserliche Kaffeehaus* in Prag

Xian-Li – Ehefrau von Arthur Flinders-Petrie und Mutter von Benedict; Tochter des Tätowierers Wu Chen Hu aus Macao

Dr. Thomas Young – Arzt, Naturwissenschaftler und Universalgelehrter, wie allseits bestätigt worden ist, mit einem starken Interesse am alten Ägypten; er wird auch als »der letzte Mensch in der Welt, der alles weiß« bezeichnet

WAS ZULETZT GESCHAH

Inzwischen ist die Zahl der Personen gestiegen, die von der Suche gefangen sind, die Bedeutung des Stücks menschlichen Pergaments zu enträtseln, das als die Meisterkarte bekannt ist: Cassandra, das jüngste Mitglied unserer Gruppe furchtloser Abenteurer, wird recht unsanft mitten aus ihrer Arbeit als Aushilfsarchäologin gerissen. Kopfüber stürzt sie in einen wahren Mahlstrom aus neuen Ideen, Erfahrungen und besorgniserregenden Enthüllungen, als sie versehentlich das Ley-Reisen entdeckt: diese heftige, unvorhersehbare Form der Beförderung zwischen den Dimensionen mithilfe von Regionen geomagnetischer Kraft, die den Planeten umgeben und durch den Kosmos strahlen – und die, der Kürze wegen, als Ley-Linien bezeichnet werden und unter diesem Begriff bekannt sind. Obgleich ein akademisches Leben sie auf die tatsächlichen Gegebenheiten eines multidimensionalen Universums unvorbereitet gelassen haben mag, ist sie nichtsdestoweniger gut aufgestellt, um sich dieses Phänomen zu erschließen. Unsere Cass ist sehr willensstark und ausgeglichen und wird nicht schnell durch ihr neues Leben als Quästorin überfordert. Und es ist Cass gewesen, die den Kontakt zu der Geheimorganisation aufgenommen hat, die als Zetetische Gesellschaft bekannt ist. Dort hat sie im Schnellverfahren ihre Ausbildung in allen Bereichen durchlaufen, die mit der großen Suche sowie den dazugehörigen Möglichkeiten und Schwierigkeiten verbunden sind.

Aufmerksame Leser werden sich entsinnen, dass ziemlich am

Anfang der in diesem Romanzyklus dargestellten Geschehnisse genau diese Gesellschaft von Cosimo Livingstone und Sir Henry erwähnt wurde, und zwar als eine Gruppe, der sie beide angehörten und in der sie geschätzte und aktive Mitglieder waren. Die Zetetische Gesellschaft, deren Hauptquartier sich in der zeitlosen Stadt Damaskus befindet, existiert zu dem Zweck, die aktiven Quästoren zu unterstützen, ihnen Informationen zu liefern sowie für ihr leibliches Wohl zu sorgen. Sie wird gegenwärtig von einem Mann namens Brendan Hanno und der Respekt gebietenden Mrs Peelstick geleitet. Sie haben Cass in die Gemeinschaft aufgenommen und ihr die Aufgabe zugewiesen, herauszufinden, was Cosimo und Sir Henry passiert ist, deren Schicksale ein Geheimnis für sie sind – wenn nicht sogar für Leser vorangegangener Bände dieser Saga.

Es ist darauf hinzuweisen, dass Sir Henry Fayth ein Gründungsmitglied der Zetetischen Gesellschaft war, und da ihm ein direkter eigener Erbe fehlte, hoffte er, eines Tages den Stab der Mitgliedschaft an seine Nichte Haven weiterzugeben. Es handelt sich hierbei um genau jene Lady Fayth, die – was wir gerne berichten – es geschafft hat, sich von dem schändlichen Lord Archelaeus Burleigh vollkommen zu trennen, nachdem sie sich in eine komplizierte Beziehung mit ihm verstrickt hatte. Und nun ist sie frei, den eigenen Interessen nachzugehen. Es hat sicherlich etwas von einem Rätsel, dass sie eine wacklige Freundschaft mit Wilhelmina eingegangen ist. Doch die beiden haben sich bei mindestens einer Gelegenheit verschworen, um die Pläne von Burleigh zu durchkreuzen und bislang verhindert, dass Mina in die Hände des Mannes gefallen ist, den Haven den Schwarzen Earl nennt – einen Schurken erster Klasse.

Unglücklicherweise sind der niederträchtige Earl und seine Burley-Männer nicht die Einzigen, die an der Verwirklichung ihrer düsteren Absichten arbeiten. Noch so ein Halunke ist Douglas Flinders-Petrie, der Sohn von Charles und Urenkel von Arthur Flinders-Petrie, dem Besitzer der ursprünglichen Meisterkarte: Diese hält – wie wir alle inzwischen wissen sollten – die verschlüsselten Bestimmungsorte der verschiedenen Ley-Portale fest, die überall im Multiversum verstreut sind. Überdies glaubt man, dass diese Karte auf den Ort des Schatzes verweist, nach dem jeder sucht. Douglas hat sich als ein Mann erwiesen, der ebenso vollkommen skrupellos wie äußerst einfallsreich ist; und zudem hat er die Unterstützung eines mittelalterlichen Gelehrten von großem Ansehen erworben – es ist kein Geringerer als der altehrwürdige Bruder Roger Bacon, der Oxforder Universalgelehrte aus dem dreizehnten Jahrhundert. Durch eine jener merkwürdigen Launen der Geschichte stellt sich heraus, dass Bacon (der auch unter der liebevollen Bezeichnung *Doctor Mirabilis*, »wunderbarer Lehrer«, bekannt ist) ausführlich über das Ley-Reisen geschrieben hat, und zwar in einem Buch, das *Inconssensus Arcanus* oder *Verbotene Geheimnisse* genannt wird: ein Werk von solch aufrührerischem Inhalt, dass es in einem nicht lesbaren Geheimcode aufgeschrieben werden musste – demselben, mit dem die Meisterkarte verschlüsselt worden ist. Somit ist Douglas, der von seinem widerspenstigen Gehilfen Snipe unterstützt wird, auf dem besten Wege, das Geheimnis der Karte und den Ort des Schatzes zu erfahren – der nicht bloß finanzieller Natur ist, wie wir schon seit Langem vermuten.

Was unsere alten Freunde Kit und Wilhelmina anbelangt, können wir erfreulicherweise berichten, dass eine freudige Wiedervereinigung in der ungewöhnlichen, wenngleich bemerkenswert schönen Umgebung der *Abadia de Santa Maria* auf dem Montserrat stattgefunden hat, hoch oben im Katalanischen Vorküstengebirge. Das Kloster ist, wie so viele Stätten von religiöser Bedeutsamkeit, Teil einer heiligen Landschaft, die von tellurischer Energie förmlich überfließt. Deshalb handelt es sich auch um einen Ort, der bestens zu den Bedürfnissen eines Priesters wie Giambattista Becarria passt, der Ley-Sprünge durchführt: Der italienische Mönch ist außerdem zufällig ein erstklassiger Wissenschaftler mit einem sehr starken Interesse und sehr großen Verständnis für Astronomie und Physik. Fra Becarria kam zum Kloster auf dem Montserrat, um einer zunehmend schwierigeren Vergangenheit zu entfliehen; Wilhelmina kam mit der Absicht, einen Mann zu finden, von dem sie hoffte, dass er ihr helfen könnte, mehr über die Grundlagen des Ley-Reisens zu erlernen. Sie fand dies bei ihm und sogar mehr. In Bruder Lazarus – dies ist der Name, den er annahm, um sein Geheimnis des Ley-Springens besser zu schützen – hat Wilhelmina einen verständnisvollen Freund und Mentor bekommen.

Bevor wir zu unserer Geschichte zurückkehren, bleiben nur noch Kits Erfahrungen in der Steinzeit zu erwähnen, die ihn, wie ersichtlich, nicht nur kräftiger und schlauer gemacht haben, sondern auch entschlossener, die große Suche unter allen Umständen zu ihrem Ende zu führen. Kits Aufenthalt in der Steinzeit, der weit davon entfernt war, bloß eine bedeutungslose Sackgasse auf dem Weg zu größeren Dingen zu sein, könnte sich sogar für alle Betroffenen sehr bezahlt machen. Denn es geschah dort, dass Kit die Bedeutung des Knochenhauses herausfand und – als Einziger unter den Quästoren – tatsächlich die wundertätige Seelenquelle aufsuchte. Und während die Bedeutung dieses legendenumwobenen Ortes sich noch einer vollständigen Untersuchung unterziehen muss, könnte Lesern verziehen werden, wenn sie denken, dass sie den matten Schimmer einer Enthüllung zu erkennen beginnen, die nicht nur das Schicksal der einzelnen Quästoren, sondern ebenso des gesamten Universums dramatisch verändern könnte. Denn wie wir ein ums andere Mal auf den vorangegangenen Seiten gesehen haben, können selbst die kleinsten Geschehnisse gewaltige Auswirkungen haben.

DAS SCHATTENLICHT

ERSTER TEIL

Wiedersehen mit der Geisterstraße

ERSTES KAPITEL

Worin die nächsten Schritte erwogen werden

Kit stand da und starrte auf die ausgebrannte Ley-Lampe, die immer noch zu seinen Füßen zischte. Die Hitze der metallenen Schale hatte das trockene Gras versengt und sandte winzige weiße Rauchfäden aus, die nach oben wehten, um seine Nasenöffnungen mit einem strengen metallischen Geruch zu bestürmen. Die Apparaturen waren in einem Ausbruch von Hitze und blauem Licht erloschen, überwältigt von der Energie, die rund um sie herum und durch den riesengroßen Baum vor ihnen strömte.

»Ich schätze, das war's«, folgerte er.

Bruder Lazarus beugte sich über Minas Hand und betrachtete genau die Verbrennung.

»Wir wissen, der Ley ist hier; daran besteht kein Zweifel«, stellte Kit fest. Eingehend taxierte er den riesigen Stamm der Eibe, der so hart wie Eisen und so groß wie ein Haus war – und der genau in der Mitte des Leys wuchs. »Das Einzige, was wir jetzt noch herausfinden müssen, ist, was wir mit diesem monströs großen Baum anstellen sollen.«

»Ich denke, das wird das Problem eines anderen Tages sein müssen«, sagte Wilhelmina, die ihre Hand zurückzog und sie behutsam schüttelte. Sie hob die Augen und wies auf den kreisrunden Ausschnitt des Himmels über der Lichtung hin; die Wolken hatten nun eine dunkle Schattierung. »Wir werden hier bald kein Licht mehr haben. Was wollt ihr jetzt machen?«

»Wir könnten hierbleiben und ein Lager aufschlagen«, schlug

Kit vor, »und dann am Morgen versuchen, Kontakt mit dem Fluss-Stadt-Clan aufzunehmen.« Er sah in Wilhelminas dunklen Augen jenes Funkeln, das auf eine gegenteilige Meinung hinwies, und fügte schnell hinzu: »Oder wir könnten uns etwas anderes ausdenken.«

»Wie wär's damit?«, erwiderte sie. »Wir könnten schauen, ob der Tal-Ley aktiv ist und ihn benutzen, um nach Prag zurückzukommen.«

»Was ist mit Burleigh? Ich dachte, wir würden versuchen, ihm aus dem Weg zu gehen.«

»Ich bezweifle, dass er sich noch immer dort herumtreibt. Inzwischen ist er wahrscheinlich schon längst verschwunden.«

»Aber wenn er da ist und auf uns wartet?«

»Es gibt ein Element der Gefahr, wie ich zugebe«, antwortete sie. »Aber herumzustehen und das Problem anzugaffen« – sie gestikulierte in Richtung der gigantischen Eibe vor ihnen – »wird uns nicht weiterhelfen. Jedenfalls ist es nicht so, als ob dieser Baum irgendwo hingehen würde.«

Bruder Lazarus kam wieder in Sicht; er hatte den Kreis abgeschritten, den die Nadeln bildeten, die von den sich ausbreitenden Zweigen der Eibe heruntergefallen waren. Er verkündete etwas auf Deutsch und benutzte dabei eine wunderliche, von italienischen Flexionen geprägte und nur ihm eigene Version dieser Sprache. Kit verstand nichts von dem, was der Mönch sagte, doch er verspürte einen aufgeregten Unterton im Klang seiner Stimme. Nachdem Bruder Lazarus seine Botschaft mitgeteilt hatte, marschierte er von ihnen weg, um abermals den Baum zu umrunden.

»Und nun?«, fragte Kit, während er beobachtete, wie der Geistliche seine Schritte zählte.

»Er sagt, dass du recht hattest: Der Größe des Baums und dem Durchmesser des Stammes nach zu urteilen, ist mindestens ein Jahrtausend vergangen, seitdem du zuletzt hier warst – plus oder minus ein, zwei oder drei Jahrhunderte. Deine Steinzeit-Kameraden sind leider längst Geschichte.« Sie gab Kit einen mitfühlenden Klaps auf die Schulter. »Tut mir leid.« Dann wandte sie sich wieder dem rasch dunkler werdenden Himmel zu und sagte: »Es bringt wirklich nichts, jetzt hierzubleiben. Lass uns nach Prag zurückkehren. Dort kaufe ich uns allen ein nettes Abendessen: Schnitzel und Bier – das Beste, das du jemals bekommen hast. Was sagst du dazu? Wir können heute Nacht zwischen sauberen Laken schlafen, und morgen stecken wir unsere Köpfe zusammen und finden heraus, was unsere nächsten Schritte sein werden.«

»Geht klar.« Kit schaute sich ein letztes Mal auf der Lichtung um und stimmte dann ein wenig widerwillig zu. Er bückte sich und überprüfte behutsam die Hitze des Gehäuses seiner Ley-Lampe. Es hatte sich so weit abgekühlt, dass man es berühren konnte, ohne sich zu verbrennen. Also hob er die Ley-Lampe auf und barg anschließend die von Mina. »Am besten lassen wir diese Geräte nicht hier herumliegen. Man weiß ja nie, wer über sie stolpern könnte.«

Kit nahm seinen Rucksack ab, stopfte die defekten Vorrichtungen hinein und bettete sie unten neben seinem Pelzkittel, den er aus dem Höhleneingang geborgen hatte. Das Hemd – es bestand aus zurechtgeschnittenen Fellen und war von Hand mithilfe einer primitiven Knochennadel sowie getrockneter Darmstränge zusammengenäht worden – stellte keinen Schatz dar, und Kit hätte es schon vor langer Zeit weggeworfen, wenn da nicht in einer beutelähnlichen Innentasche ein unbezahlbarer Gegenstand eingenäht wäre: Sir Henrys grünes Buch. Es war ein kleines Wunder, dass er es während seiner qualvollen Abenteuer nicht verloren hatte, und Kit hatte nicht die Absicht, es gerade jetzt zu verlieren. Er hievte sich den Rucksack wieder auf den Rücken, strich die Vorderseite seines geliehenen Priesterrocks gerade, zog an den voluminösen Ärmeln und sagte: »Okay. Mal sehen, ob wir unseren Weg zurück nach Prag ansteuern können, bevor weitere zehntausend Jahre vergangen sind. Glaubst du, dass du den Ley finden kannst?«

Mina sah sich um und blickte nach Süden auf die weißen Felsenwände aus Kalkstein, die durch die Bäume kaum sichtbar waren. »Sollte kein Problem sein«, meinte sie. »Wie dem auch sei: Wenn wir hierbleiben, werden wir wahrscheinlich von etwas Großem und Haarigem gefressen.«

»Dann also diesen Weg.« Kit führte sie zurück zum Rand der Schlucht und zu dem langen, nach unten führenden Pfad, der den Ley beinhaltete. Sie stiegen in das Tal und in die immer dunkler werdenden Schatten hinab. Auf der linken Seite des Pfads ragte die wie gemeißelt aussehende nackte Felswand empor, während das Gelände rechts in einem spitzen Winkel abfiel – hin zu dem dichten Gebüsch und den Wipfeln von Bäumen, die weiter unten am Hang wuchsen.

»Weißt du, ich konnte den Ley niemals erfassen, wenn er offen war«, erzählte er Mina, während sie nach unten gingen. »Ich habe es versucht, so oft ich nur konnte, doch ohne Erfolg, bis ich es schließlich aufgab. Aber ich hatte deine Lampe und dachte: Falls ich jemals über einen anderen Ley stolpern sollte, dann würde sie es mir schon anzeigen.«

»So wie die Ley-Lampe dir die Seelenquelle angezeigt hat?«

»Das war eine totale Überraschung«, räumte Kit ein. »Das Letzte, was ich erwartet habe – wirklich. Etwas sehr Seltsames und ...« – er zuckte mit den Schultern – »... vielleicht Tiefgründiges hat sich in dem Knochenhaus abgespielt. Ich würde vieles darum geben, wenn ich wüsste, was En-Ul dort tatsächlich getan hat.«

»Was glaubst du denn, was er getan hat? Irgendeine Ahnung?«

»Ich hatte den Eindruck ... Die Clanmitglieder benutzen die Sprache nicht so wie wir, vergiss das nicht. Es ist mehr eine mentale Angelegenheit: Du erhältst Eindrücke und Bilder, also musst du dir bildlich vorstellen, was du meinst und es in deinem Kopf festhalten. Es ist bizarr, aber es funktioniert.« Kit blieb stehen. »Dem am nächsten, was ich begreifen konnte, war jedenfalls, dass En-Ul in irgendeiner Weise *Zeit träumte*.«

»Du meinst, er *erschuf* Zeit?«

»Vielleicht. Oder vielleicht sah der Alte, was die Zeit bringen würde, und interagierte irgendwie mit dem, was er erblickte. Wie ich bereits gesagt habe, die Feinheiten sind mir entgangen. Alles, was ich vermittelt bekommen habe, war ein Eindruck von Schlaf und vom Träumen, und all das ist irgendwie vermischt gewesen mit Zeit und Schöpfung und ... ich weiß es nicht ... *Sein*.«

Wilhelmina sah, dass Kit angehalten hatte, und trat an seine Seite. »Wieso sind wir stehen geblieben?«

Kit streckte eine Hand aus und zeigte auf einen Felsen, der einer Sitzbank ähnelte und aus der Klippenwand herausragte. »Dies ist die Stelle, wo ich gelandet bin, als ich das erste Mal ankam.«

Mina nickte. »Ich erkenne den Ort wieder – von meinen experimentellen Reisen.« Sie zeigte die schmale Trittspur hinab. »Aber ich bin immer weiter unten auf dem Pfad gelandet. Daher ist dies vielleicht der Punkt, wo der Ley anfängt.«

»Wie auch immer«, meinte Kit. Er blickte kurz nach oben zum Himmel und dann nach unten zu den Schatten, die überall in der tiefen Schlucht dunkler wurden. »Jetzt sollte er jeden Moment aktiv werden – wenn er überhaupt funktionieren wird.«

»Sag das nicht«, schalt ihn Wilhelmina. »Möglicherweise verhext du ihn.«

Bruder Lazarus sagte etwas, auf das Wilhelmina eine Antwort gab. Der Geistliche trat nach vorn und streckte seine Hand aus, wobei seine Finger weit auseinandergespreizt waren. Er vollführte drei weitere Schritte, dann drehte er sich mit einem Grinsen um und sprach erneut.

»Er sagt, dass der Ley inzwischen aktiv ist – nicht mit voller Stärke, aber ausreichend«, gab Mina die Worte des Mönchs wieder.

»Er kann das erkennen, indem er es *fühlt?*«

»Es ist etwas, das er über die Jahre hinweg entwickelt hat: Erfahrung, nehme ich an.« Sie ging weiter, um sich dem Priester auf dem Pfad anzuschließen. »Hast du niemals etwas gefühlt, wenn du mit einem Ley in Kontakt gekommen bist?«

»Da ist das Gefühl, sich übergeben zu müssen«, erwiderte Kit und schloss zu ihr auf. »Heftige Reisekrankheit, trockenes Würgen, Schwindel, Desorientierung – diese Art von Empfindungen. Gewiss.«

»Abgesehen davon, du Dummkopf. Bevor du springst – fühlst du es nicht?«

»Ein wenig, schätze ich«, räumte Kit ein. »Eine Art von Prickeln, das manchmal dazu führt, dass sich die Haare auf meinen Armen und im Nacken aufrichten. Nicht immer, aber meistens.«

»So geht es mir auch.«

Sie gingen weiter den Pfad hinunter. Sogleich fühlte Kit diesen unverwechselbaren Energiewirbel um sich herum; statische Elektrizität schien mit einem schwachen Kribbeln über seine Haut zu tanzen. Bruder Lazarus blieb stehen und hielt Wilhelmina seine Hand entgegen.

Mina wiederum streckte die Hand nach Kit aus. »Sollen wir gehen?«

Kit sah sich ein letztes Mal um, als wollte er den Ort in seinem Gedächtnis festmachen. Wilhelmina nahm seine Hand, sagte zum Geistlichen etwas auf Deutsch und wiederholte für Kit: »Der Sprung erfolgt beim Schritt Nummer sieben. Bereit?«

»Warte!«, rief Kit und entzog ihr seine Hand. »Ich kann nicht. Noch nicht.«

»Was ist denn los?«

»Es tut mir leid – aber was ist, wenn wir uns irren, was den Baum und alles andere anbelangt? Was, wenn der Clan immer noch in der Gegend ist?« Er drehte sich um und schaute den Pfad entlang zurück, als hoffte er, einen Blick auf die Mitglieder des Stammes zu erhaschen. »Sieh mal, die Sache ist so ... Ich kann nicht weggehen, ohne selbst nachzusehen, ob sie hier sind oder nicht.«

»Aber das könnte einige Zeit in Anspruch nehmen«, hob Mina hervor. »Der Ley wird nicht allzu lange aktiv sein, und –«

»Dann kommen wir morgen zurück«, schnitt Kit ihr das Wort ab. »Schau, wir sind den ganzen Weg hierhergekommen, und es ist wichtig für mich, das herauszufinden.«

Wilhelmina konnte erkennen, dass es keine Möglichkeit gab, ihm dieses Vorhaben auszureden, und so lenkte sie anstandslos ein. Sie erklärte Bruder Lazarus, weshalb es Kit widerstrebte, jetzt zu springen, und dann sagte sie: »Okay, sicher. Warum nicht? Lass uns gehen und nach deinen Freunden sehen.«

Kit dankte beiden für ihr Verständnis und brach auf.

Sie gingen weiter auf dem nun rampenähnlichen Pfad, wobei sie sorgsam darauf achteten, bei jedem dritten oder vierten Schritt aus dem Tritt zu geraten, bis der Weg um eine Biegung führte und somit die Aktivitätszone der Ley-Linie hinter sich ließ. Sobald sie den Talboden erreicht hatten, führte Kit sie am Ufer des langsam dahinströmenden Flusses entlang.

»Das Fluss-Stadt-Lager ist ungefähr sechs Meilen von hier entfernt«, erläuterte er den beiden anderen. »Das Jahr ist immer noch nicht allzu weit fortgeschritten; also ist das der Ort, wo sie sein werden. Wenn sie immer noch tatsächlich in der Gegend sind, wird etwas Fantastisches auf euch zukommen. Mit ihnen zusammen zu sein ist mit nichts zu vergleichen, was ihr jemals erlebt habt. Es ist wie ...« In diesem Moment fehlten ihm die Worte, und er begriff, dass das Zusammenleben mit dem primitiven Stamm schlichtweg jenseits aller Vergleiche war, die er machen oder an die er denken konnte. Er wäre imstande, es mehr schlecht als recht zu beschreiben, doch er würde es nicht einfangen. »Ihr müsst es einfach mit eigenen Augen sehen.«

Bruder Lazarus, der diesen Gedankengängen gelauscht hatte, sah sich rasch um und fragte etwas auf Deutsch. Mina hörte ihm aufmerksam zu, dann schaute sie sich ebenfalls um.

Kit sah den ängstlichen Ausdruck in ihrem Gesicht. »Was?«, fragte er.

»Er hat sich gefragt, ob es hier vollkommen sicher ist. Es ist doch sicher, oder?«

Kit lächelte sie schief an. »So sicher, wie es immer ist«, antwortete er. »Halt dich an mich, Schätzchen, und du solltest okay sein.«

»Es ist nur, dass wir nicht unbedingt passend ausgerüstet sind, um hier draußen unter primitiven Geschöpfen zu sein – dass wir schutzlos sind und all das.«

»Schutzlos?« Kit lachte. »Wir sind nicht schutzlos.«

»Nein?«

Kit schüttelte seinen Kopf. »Wir haben doch mich!«

»Oh, das ist wirklich beruhigend.« Sie rollte mit ihren Augen. »Sei mal ernst.«

»Ich bin ernst.« Kit nickte. »Es gibt freilich Bären und Löwen und so. Aber sie neigen dazu, sich von Menschen fernzuhalten – außer sie werden in irgendeiner Weise herausgefordert oder sind krank oder sehr hungrig.«

»Also wird alles mit uns in Ordnung sein, solange wir nicht zufällig auf einen kranken oder hungrigen Löwen treffen: Ist es das, was du sagen willst? Nun, danke schön, Tarzan, du bist eine große Hilfe gewesen.«

»Du kannst auf mich zählen.« Kit lachte abermals.

Wilhelmina kam in den Sinn, dass eine sehr lange Zeit vergangen war, seitdem sie ihn zuletzt lachen gehört hatte. Vielleicht war der Bursche auf irgendeine merkwürdige Art und Weise in der Steinzeit wirklich in seinem Element. Sie lächelte bei diesem Gedanken. Wer hätte das vermuten können?

Der Hinweis auf sich heranpirschende Löwen und ausgehungerte Bären warf allerdings einen Schatten auf die Stimmung; und die drei waren nun ein wenig vorsichtiger und stiller, während sie weitergingen. Die nachmittägliche Sonne sank unter die obere Kante der Felsen, sodass die Schlucht nun ganz im Schatten lag. Nach einer Weile legten sie eine Pause ein. Sie tranken aus einem klaren Teich am Rand des Flusses und ruhten sich einen Augenblick aus, bevor sie weitermarschierten. Die Schatten um sie herum wurden dunkler, und bald tauchten direkt über ihren Köpfen Sterne am Himmel auf. Das Tal hallte wider von den Rufen der Vögel, die scharenweise zu ihren Schlafplätzen in den höheren Ästen der Bäume ringsum zurückkehrten; und die niedrigeren Dickichte zitterten im Einklang mit dem heimlichen Rascheln der kleinen Geschöpfe, die ihre Nester für die Nacht bauten. Abgesehen davon waren die einzigen Geräusche, die zu hören waren, das Lecken und Spritzen von Wasser, das über und um die Steine herumströmte, die den Flusslauf säumten.

»Ist es noch weit?«, fragte Mina irgendwann. »Ich kann meine Hand kaum noch vor Augen sehen. Vielleicht sollten wir anhalten.«

»Wir sind fast da«, versicherte Kit ihr. »Es ist gleich um die nächste Biegung.«

Wenige Dutzend Schritte später erreichten sie eine Stelle, wo der Fluss in einem weiten Bogen um eine scharfe Krümmung der Felswand strömte und dabei eine kleine Halbinsel formte. Das Land an der Biegung des Flusses – an drei Seiten von Wasser umgeben – war der Ort, dem Kit den Namen Fluss-Stadt gegeben hatte. Er blieb stehen, spähte in die Dunkelheit hinein und suchte den Ort nach irgendwelchen Anzeichen von menschlichen Behausungen ab. Er schnupperte in der Luft, doch er nahm nur die Gerüche des Flusses wahr: die Steine, den Schlamm und die Wasserpflanzen.

»Es ist ziemlich ruhig«, flüsterte Mina. Sie blickte auf Bruder Lazarus neben ihr, der mit den Achseln zuckte. »Ich glaube nicht, dass es hier irgendjemanden gibt.«

»Du würdest sie nicht erblicken, es sei denn, sie wollen gesehen werden«, entgegnete Kit. »Los, lass uns das überprüfen.«

Er führte sie weiter in das Gelände an der Flussbiegung hinein und zum Herzen der primitiven Siedlungsstätte. Sie schlugen sich durch Gebüsch und Bestände junger Birkenbäume, bis sie zur äußersten Spitze der Halbinsel kamen, wo Kit stehen blieb. »Hier verbrachten wir die warmen Monate«, berichtete er und schaute sich auf der kleinen Lichtung um. »Wenn der Clan immer noch existierte, würde er hier sein.«

Mina bemerkte den melancholischen Unterton in seiner Stimme. »Es tut mir leid, Kit. Wirklich.« Sie legte eine Hand auf seinen Arm. »Aber wir wussten, dass es eine weit hergeholte Vermutung war.«

»Oh, ja«, seufzte er, und ein sehnsüchtiger Schmerz durchfuhr ihn auf einmal. »Dennoch habe ich gehofft … dass wir etwas finden würden, weißt du?«

»Du hast immer die Möglichkeit, irgendwann zurückzukommen. Beim nächsten Mal hast du vielleicht mehr Glück, sie ausfindig zu machen.«

»Ich nehme es an.«

»Was jetzt?«

»Wir werden die Nacht hierbleiben«, antwortete er. »Es gibt keinen besseren Platz in der Gegend, um ein Lager aufzuschlagen. Wir können ein wenig schlafen und am Morgen zu der Ley-Linie zurückkehren.«

»Und dann zurück nach Prag? Zu Schnitzel und Bier?«

»Zurück zu Schnitzel und Bier – und zu Engelberts außergewöhnlichem Strudel.«

Kit zeigte den beiden anderen, wie die Mitglieder des Stammes aus gebogenen Ästen ihre primitiven Hütten anfertigten, und tat in der Dunkelheit sein Bestes, um einen Unterschlupf für sie zu errichten. Bruder Lazarus fand Brombeeren und sammelte für jeden von ihnen einige Hand voll dieser Früchte. Sie verbrachten eine angenehme Nacht – so angenehm, wie eine Nacht ohne richtiges Essen, Feuer oder auch nur viel Schlaf es zuließ – und weckten sich gegenseitig lange vor Tagesanbruch wieder auf, sodass sie rechtzeitig die Ley-Linie erreichen konnten.

Als sie sich dem Pfad näherten, der nach oben und aus der Schlucht herausführte, hielt Kit inne. »Danke, dass ihr beide mit mir zusammen dorthin gegangen seid«, sagte er. »Es hat mir eine Menge bedeutet.«

»Wir haben eigentlich überhaupt nichts gemacht«, entgegnete Wilhelmina und übersetzte die Worte für Bruder Lazarus, der ihr zustimmte.

»Ihr seid dazu bereit gewesen«, betonte Kit. »Das ist genug.«

Als die Sonne die hohen Kanten des Schluchtrandes berührte und den weißen Kalkstein in Brand zu setzen schien, wandte Kit sein Gesicht dem Pfad zu. »Sollen wir?«

»Vorwärts in die Zukunft!«, antwortete Mina, trat zwischen die beiden Männer und streckte ihre Hände aus. »Bewegt euch zügig, meine Herren. Das Frühstück im *Großen Kaiserlichen Kaffeehaus* wartet auf uns. Und ich weiß ja nicht, wie es euch so geht, doch ich könnte jetzt sofort eine Tasse starken Kaffee gebrauchen.«

ZWEITES KAPITEL

Worin Besorgnis zur Beschleunigung der Handlung führt

»Schau her«, sagte Tony Clarke mit erhobener Stimme, »meine Tochter ist seit drei Tagen verschwunden! Niemand hat auch nur eine einzige Spur von ihr gefunden. Du bist der letzte Mensch gewesen, der sie gesehen hat –«

»Nicht der letzte Mensch«, verbesserte ihn Freitag. »Ihre Freunde haben sie gesehen.«

»Das stimmt«, räumte Tony ein, der sich bemühte, seine gereizte Stimmung unter Kontrolle zu halten und in einem ausgeglichenen Ton zu reden. »Das gebe ich zu: Ihre Freunde haben sie im *Red Rocks* Café gesehen. Später an jenem Abend habe ich mit ihr telefoniert, und da hat sie berichtet, dass sie mit dir draußen in der Wüste gewesen war.«

»Das ist richtig.«

»Sie hat mir gesagt, etwas Außergewöhnliches wäre geschehen.« Tony betrachtete den großen, schlaksigen Mann aus Arizona, um irgendein verräterisches Anzeichen eines Gefühls, eines Wiedererkennens oder eines bloßen Interesses zu erkennen. »Sie hat mir erzählt, du hättest sie auf etwas mitgenommen, das sie die Geisterstraße nannte – dass du und sie eine andere Welt besucht habt oder zumindest einen anderen Ort in dieser Welt.«

»Deine Tochter redet viel.«

»Das tut sie, ja – wenn sie aufgeregt ist. Ich konnte am Telefon erkennen, dass sie schrecklich aufgeregt war – entnervt, verängstigt sogar –, was bei ihr selten der Fall ist. Sie sagte, dass du ihr, wissenschaftlich gesprochen, ein Phänomen jenseits der normalen menschlichen Erfahrung gezeigt hattest. Sie bat mich, herzukommen und ihr zu helfen, mehr darüber in Erfahrung zu bringen.« Dieser letzte Teil seiner Darstellung entsprach streng genommen nicht der Wahrheit. Er selbst war es gewesen, der darauf bestanden hatte, nach Sedona zu kommen, um Cassandras Geschichte zu überprüfen. Doch er hatte das Gefühl gehabt, die Aufforderung dazu wäre unausgesprochen in der Tatsache enthalten gewesen, dass seine Tochter ihn überhaupt erst angerufen hatte. »Das ist der Grund, weshalb ich hier bin.«

»Du hast gesagt, du wärst hier, um deine Tochter zu finden.«

Der Physiker ignorierte die Starrköpfigkeit des Mannes und versuchte weiterhin, sich auf sein Hauptanliegen zu konzentrieren. »Cass sagte, sie hätte etwas Unglaubliches und Lebensveränderndes entdeckt.«

»Das hat sie nicht.«

Tony starrte den verstockten Indianer an. Versuchte Freitag etwa, ihn zu provozieren?

»Wie bitte?«, entfuhr es Tony. »Was hat sie dann gemeint? Was ist da draußen in der Wüste passiert, das sie hat glauben lassen, sie hätte etwas gesehen, das ihre Fähigkeiten, Dinge zu beschreiben, weit übersteigen würde?«

»Die Yavapai haben immer schon von der Geisterstraße gewusst. Deine Tochter hat sie nicht entdeckt.«

»Richtig. Hab ich nun begriffen. Cassandra fand diese Geisterstraße, und sie wusste nicht, was das war: Es war für sie neu; sie hatte noch nie zuvor eine gesehen. Also, was ist dann geschehen? Wohin hast du sie mitgenommen?«

»Ich habe sie nicht mitgenommen«, entgegnete Freitag. »Sie ist mir gefolgt.«

Tony begriff allmählich, wie dieser Bursche tickte. Er mochte eine Feder in seiner langen schwarzen Haarflechte tragen sowie die verblassten Denim- und Chambray-Stoffe eines modernen Cowboys aus dem Südwesten anhaben, doch dieser störrische Nachkomme amerikanischer Ureinwohner war allen auf strenge Auslegungen bedachten Pedanten im Laborkittel ebenbürtig, denen Tony in seinen Jahren als Physiker in der Forschung jemals begegnet war. Wie Tonys akademische Amtskollegen beharrte Freitag starrköpfig auf der präzisen Bedeutung seiner Worte und unternahm nicht die geringsten Anstrengungen, um die Kommunikation zu vereinfachen.

»Okay, sie ist dir gefolgt«, sagte Tony. »Cass hat mir von einem Ort erzählt, der Geheimer Canyon genannt wird. Ich habe ihn auf der Landkarte ausfindig gemacht. Ist es dort, wo die Geisterstraße gefunden werden kann?«

»Ja.«

»Ich möchte ihn sehen. Ich möchte, dass du mich dorthin bringst.«

»Nein.«

»Warum nicht?«

»Er ist nicht für dich.«

»Ist mir egal. Meine Tochter wird vermisst, und ich werde sie finden. Der Geheime Canyon scheint mir ein sehr guter Ort zu sein, um mit der Suche zu beginnen.« Er fixierte den widerwilligen Führer mit dem starren Blick eines Vaters, der sich nicht verärgern oder abweisen ließ. »Und du, mein Freund, wirst ihn mir zeigen.«

Freitags Gesichtsausdruck veränderte sich nicht. Er sah aus, als hätte man ihn aus Eichenholz geschnitzt. »Nein.«

»Lass uns diese Angelegenheit auf eine andere Weise betrachten«, schlug Tony vor, der nun einen angemesseneren Tonfall annahm. »Du kannst mir genau das zeigen, was du Cassandra an jenem letzten Tag gezeigt hast, an dem sie in Sedona gesehen worden ist. Oder du wirst es der Polizei zeigen, nachdem ich ihr erzählt habe, dass du Cassandra zu einem Spaziergang in die Wüste mitgenommen hast.«

Das hinterließ einen Eindruck. Tony sah einen Schimmer der Besorgnis in den schwarzen Augen aufblitzen.

»Ja«, fuhr Tony fort und nickte langsam, »das ist das Angebot. Entweder nimmst du mich mit, damit ich da draußen die Geisterstraße zu sehen bekomme, oder ich gehe mit dieser Information zur Polizei. Bis jetzt sind die Polizisten extrem hilfsbereit gewesen; und sie haben entsprechend ihrem Wissensstand alles getan. Stell dir nur mal ihre Aufregung vor, wenn ich ihnen von dir erzähle – und von dem, was du mit meiner Tochter angestellt hast.«

»Ich habe nichts mit deiner Tochter angestellt.«

Tony hatte einen wunden Punkt berührt; er konnte dies an dem veränderten Tonfall von Freitags Stimme hören. Er nutzte seinen Vorteil. »Wenn das deine Geschichte ist, dann berichte ihnen einfach, was passiert ist. Zweifellos wirst du in der Lage sein, jede Einzelheit zu ihrer vollständigen Zufriedenheit zu erklären. Tatsächlich bin ich mir über eines sicher: Auch sie werden alles über die Geisterstraße wissen wollen.«

Besiegt ließ Freitag seinen Kopf nach unten sinken. »Ich werde es dir zeigen.«

»Schön.« In Anbetracht dieses kleinen Sieges hob sich Tonys Stimmung. »Lass uns keine Zeit verschwenden. Auf geht's.«

In Tony Clarkes Mietwagen fuhren sie durch Sedona und hinaus zur Ausgrabungsstätte. Die archäologischen Arbeiten hatte man vorübergehend ausgesetzt, während die kriminaltechnischen Untersuchungen wegen des Verschwindens von Cass fortgesetzt wurden. Als sie auf der Landstraße ungefähr fünfzig Yards vom Eingang der Grabungsstätte entfernt waren, fuhr Tony von der Straße herunter und hielt an. »Wir gehen von hier aus zu Fuß«, erklärte er. »Die Polizei würde wohl nicht gerade erfreut sein, wenn wir das Gelände mit unseren Spuren verunreinigen.«

Freitag sagte nichts, sondern schlug die Tür zu und begann, die Landstraße entlangzugehen.

Tony verschloss das Auto und eilte dem mit ausgreifenden Schritten marschierenden Burschen hinterher. »Erzähl mir von der Geisterstraße.«

»Was willst du wissen?«

»Nun, zunächst einmal … Was ist sie? Wie funktioniert sie?«

»Das weiß ich nicht.«

»Schau mal, ich dachte, wir hätten eine Übereinkunft, dass du hilfsbereit sein würdest.«

»Aber es entspricht der Wahrheit: Ich weiß nicht, wie sie funktioniert. Ich weiß nur, dass sie existiert und dass sie von meinem Volk viele Hunderte Jahre lang benutzt worden ist.«

»Wer benutzt sie? Wofür wird sie benutzt?«

»Der Schamane benutzt die Geisterstraße, um die Coyote-Brücke zu überqueren.«

Tony seufzte. Informationen zu erhalten würde so sein wie Zähne zu ziehen. Doch diesem Gedanken folgte ein anderer: Er hatte es mit der Beschreibung eines originären Wunders durch eine indigene Kultur zu tun. Natürlich drückten solche Menschen es in Begriffen aus, die sie verstehen konnten – in Worten, die Freitag und seinem Volk etwas bedeuteten. Sie hatten für dieses Phänomen wahrscheinlich keinen anderen Sprachschatz und möglicherweise sogar keine andere Art des Denkens. Wie dem auch sei, was Tony gerade berichtet wurde, reihte sich in das ein, was Cassandra ihm bei jenem spätabendlichen Telefonanruf mitgeteilt hatte, durch den er veranlasst worden war, gleich das nächste Flugzeug nach Arizona zu besteigen.

Sämtliche Alarmglocken hatten in dem Augenblick angefangen zu schrillen, als er die Fluggastbrücke verließ und im Regionalflughafen von Flagstaff versuchte, Cass anzurufen. Ihr Handy war ausgeschaltet, und im Motel ging sie nicht ans Telefon. Anschließend hatte er seinen Mietwagen abgeholt und war nach Sedona gefahren. Nach einem kurzen Zwischenstopp in seinem Motel war er zur Ausgrabungsstätte geeilt – die an diesem Tag aufgrund irgendeines lokalen politischen Gags geschlossen war, den er bislang noch nicht verstanden hatte. Zurück im Motel traf er zwei von Cassandras Mitarbeitern, die ihm erzählten, sie alle hätten am Abend zuvor seine Tochter im *Red Rocks* gesehen. Doch seitdem hätten sie sie nicht mehr getroffen.

Es dauerte ein paar Stunden, um in Erfahrung zu bringen, dass einer der weißen Transporter, die von den Ausgräbern benutzt wurden, vom Parkplatz verschwunden war. Da die Ausgrabung für einen Tag ausgesetzt war, hatte es so lange gedauert, bis das Fehlen des Fahrzeugs von jemandem bemerkt worden war. Nichtsdestoweniger wurde der Transporter rasch auf dem Ausgrabungsgelände ausfindig gemacht; er stand hinter einem Hügel aus Beuteln, in denen der Schutt der Ausgrabung aufbewahrt wurde. Das Fahrzeug war unverschlossen, und die Schlüssel lagen unter der Fußmatte. Man brauchte kein Genie zu sein, um zwei und zwei zusammenzuzählen: Cass war an jenem Morgen ganz früh in dem Transporter rausgefahren, hatte ihn im Schatten geparkt und war dann losgegangen, um die Geisterstraße wieder zu erforschen.

Er hatte sofort die Polizei darüber informiert, dass seine Tochter verschwunden war und einen Besuch des Geheimen Canyons erwähnt hatte. Nach der obligatorischen bürokratischen Verzögerung war der Canyon spät am nächsten Tag von *National Park Rangers* und zwei Mitgliedern der örtlichen Polizeihundestaffel mit ihren Tieren gründlich durchsucht worden. Die Suche brachte nur sehr wenig zum Vorschein: Zwar nahmen die Hunde eine Duftspur auf, die vom Transporter wegführte, doch sie verloren sie, sobald sie im Innern der Schlucht waren.

Nun würden Tony und Freitag die Suche in einem anderen Rahmen fortsetzen.

Die zwei Männer marschierten den Standstreifen der Landstraße entlang, bis sie eine Stelle erreichten, wo sie einen von Unkraut völlig zugewucherten Wassergraben überqueren konnten, und machten sich auf den Weg in die Wüste. Tony lauschte dem Knirschen der trockenen, von Kieselsteinen übersäten Erde unter seinen Füßen und dachte an das zurück, was ihm Cass über ihre Begegnung mit einer Kraft oder einem Phänomen erzählt hatte, die oder das sie sich nicht zu erklären vermochte. Er konnte noch immer ihre Stimme hören – ein wenig aufgeregt vor Unsicherheit –, als sie ihm mitteilte: »Dad, ich glaube, ich bin in eine andere Dimension gereist … In der einen Sekunde war ich im Canyon, wo Sand, Sturm und Regen auf mich einprasselten, und in der nächsten … Dad, ich stand auf einer Ebene, und die obere Bodenschicht war eine Ablagerung aus vulkanischer Schlacke. Es gab keinen Canyon mehr, keine Kakteen, rein gar nichts – nur Linien, die sich in entgegengesetzten Richtungen bis zum Horizont erstreckten …«

Als er sie dazu drängte, Einzelheiten zu schildern, erwiderte sie:

»Linien … Du weißt schon. Als ob jemand eine Schneeschippe genommen und in der Schlacke auf der Ebene eine flache Mulde ausgeschaufelt hätte. Jedoch nicht willkürlich oder planlos: Diese Linien waren vollkommen gerade, und sie erstreckten sich meilenweit.«

Ihre Beschreibung erinnerte ihn an die uralten Muster, die in den Boden der Nazca-Hochebene im Süden Perus eingekratzt worden waren. Eine schnelle Durchsicht von verfügbaren Fachbüchern schien ihre Beschreibung zu bestätigen: Es war das, was man vom Boden aus sehen würde, wenn man in die Mitte der Nazca-Ebene fiele, schlussfolgerte er. Tony Clarke, der Vater, glaubte, dass seine Tochter eine sehr beeindruckende Erfahrung erlebt hatte, die ihre normalerweise rationale Ansicht von der Welt durcheinandergebracht hatte. J. Anthony Clarke, der Wissenschaftler, stellte die Hypothese auf, dass sie eine Erfahrung von translokationaler Wahrnehmung erlebt hatte, die vielleicht durch den Zusammenstoß elektromagnetischer Kräfte hervorgerufen worden war, entstanden durch irgendwelche Faktoren der einzigartigen physikalischen Geografie von Arizona.

Bekannt und berühmt als die *Sedona Vortexes*, konnten diese tellurischen Energieausstrahlungen außergewöhnliche Effekte produzieren. Er fragte sich, ob sie in der Lage waren, das Erkennen und die Wahrnehmung signifikant zu beeinflussen. Er hatte Kurzberichte von Experimenten gelesen, bei denen freiwillige Testpersonen, die starken Magnetfeldern unterworfen waren, veränderte Bewusstseinszustände erlebten. War es das, was Cassandra widerfahren war?

Natürlich war mentale Dislokation eine Sache und körperliches Verschwinden etwas vollständig anderes. Als guter Wissenschaftler weigerte sich J. Anthony Clarke, Vermutungen anzustellen, solange er nicht mehr Fakten zur Verfügung hatte. Und dies war der Grund, weshalb er Freitag an diesem strahlenden, frischen Morgen aufgesucht hatte.

»Okay, du weißt also nicht, wie die Geisterstraße funktioniert«, räumte Tony ein. »Aber wie handhabst du sie? Wohin führt sie? Ich möchte alles wissen, was du mir erzählen kannst.«

Ein schwaches Lächeln erschien auf Freitags Lippen. »Du bist genauso wie deine Tochter.«

»Danke schön. Ich warte ...«

Freitag beschrieb kurz seine Erfahrung mit der Geisterstraße, dass die sogenannten Seelenpfade nur zu bestimmten Zeiten am Morgen und am Abend gefunden werden konnten und dass man in ihrer Anwendung von einem anderen Reisenden eingeweiht werden musste. Er deutete an, dass es verschiedene Zielorte gab, die erreicht werden konnten, indem man Pfade miteinander verband, wobei einem Reisenden die Möglichkeit eröffnet wurde, von einem Ort zum anderen zu springen. Außerdem berichtete er, dass Schamanen, welche die mysteriösen Pfade benutzten, sehr langsam zu altern schienen – wenn überhaupt. Und dass es durch das Reisen auf den Geisterstraßen eine große Weisheit zu erringen gab.

Tony begriff, dass er einen Crashkurs in interdimensionalem Reisen erhielt, und sog alles auf, was gesagt wurde. Sein Verständnis von der Sache wuchs in großen und kleinen Sprüngen, da sein schnell arbeitender Verstand augenblicklich Verbindungen herstellte zwischen dem, was ihm erzählt wurde, und der Wissenschaft, die bislang sein Lebenswerk war.

Während sie redeten, kamen die roten Felswände näher: Abrupt erhoben sie sich aus der sie umgebenden Ebene, schroff und Achtung gebietend im glänzenden Morgenlicht. Bevor die Sonne die hoch aufragenden Felsstapel im Osten aufgehellt hatte, war er von seinem Führer zum halb verborgenen Eingang der Trockenschlucht geleitet worden, die als Geheimer Canyon bekannt war.

Während Freitag einen letzten Blick zum Himmel warf, sagte er: »Wir sind rechtzeitig da.«

Tony schaute sich um. Steile Wände aus tiefrotem Sandstein formten senkrechte Vorhänge auf jeder Seite einer engen Schlucht, deren Boden zumeist glatt und eben war. Das Innere des Tals zwischen den zwei welligen Wänden war durchdrungen von Schatten. »Was geschieht als Nächstes?«, fragte er.

»Wir gehen.«

»Nach dir.«

Freitag nickte und ging in den Canyon hinein; einen Schritt hinter ihm folgte Tony. Es dauerte ein paar Momente, bis sich die Augen des Wanderers dem dämmrigen Licht angepasst hatten, das vom Himmel hoch oben nach unten durchdrang. In der Luft war ein mineralischer Geruch – von Stein und Wasser und Ozon –, der durch den trockenen Wüstenwind entstand, wenn er über den Rand des Canyons hinwegstrich. Die zwei folgten dem sich sanft biegenden Pfad durch die Schlucht, bis sie zu einer Stelle kamen, wo der Wanderweg gerade wurde. Freitag begann schneller zu gehen, und seine Schritte wurden länger.

Tony, der seinen indianischen Führer beobachtete, ahmte den langen, schreitenden Gang so gut wie möglich nach. Und einen Augenblick später spürte er den leichten Atem einer frischen Brise, die über sie hinwegwehte. Ein paar weitere Schritte, und die Schatten wurden sogar noch dunkler. Als er hochblickte, sah er, dass sie in ein Gebiet von Nebelschleiern geraten waren, die entlang des Canyon-Randes herabhingen. Ein oder zwei Sekunden später spürte er die ersten kleinen Regentropfen auf seinem Hals und seinen Händen.

Der leichte Wind frischte auf. Er pfiff zwischen den hohen Felsen herum und sandte einen kleinen Hagel von Kieselsteinen auf sie herab.

»Bleib dicht bei mir, und pass auf deinen Schritt auf«, wies Freitag ihn an.

»Ist das ein Teil davon?«, fragte Tony.

»Ja.«

Freitags Schritte wurden schneller, ohne dass es den Anschein hatte, er würde sich irgendwie rascher bewegen. Er streckte eine Hand nach Tony aus, der sie ergriff und beinahe augenblicklich von einer fürchterliche Windböe von den Füßen gerissen wurde. Oder zumindest war es das, was sich entsprechend seiner Vorstellung ereignet hatte. Denn im selben Augenblick, als der Wind ihn traf, zeigte der Boden des Canyons eine Veränderung seines Niveaus – bloß ein halber Schritt, aber genug, um den Wissenschaftler vehement aus dem Tritt zu bringen. Er verlor sein Gleichgewicht und wäre nach vorn auf Hände und Knie gestürzt, hätte Freitags Griff ihm nicht Stabilität verliehen.

Alles geriet ein wenig durcheinander. Der herabhängende Nebel schien vor ihm vorüberzuziehen, und Tony fühlte eine glitschige Dunstschicht auf seinem Gesicht. Dann verschwand die Wolke, und er stand bei hellem Tageslicht in der Wüste. Zuerst dachte er, dass sie lediglich den Canyon verlassen hatten, und als Tony zurückschaute, ging er fest davon aus, hinter sich die roten Felsenwände zu sehen. Was er stattdessen erblickte, verschlug ihm den Atem und warf seinen Verstand aus der Bahn.

Die charakteristischen Sandstein-Stapel von Sedona waren nirgendwo mehr zu entdecken – und auch keine einzige Yucca-Pflanze und kein einziger Riesen- oder Barrel-Kaktus. Stattdessen sah er, dass sie auf einer ungeheuer großen, leeren Ebene standen, die flach wie eine Pfanne war – bis zum Horizont, wo in der blauen Ferne eine Gruppe uneinheitlicher Hügel zu sehen war. Tony stand in einem flachen Graben, der aus dem losen vulkanischen Bimsstein, der die Ebene bedeckte, herausgekratzt worden war. Dieser Graben erstreckte sich vor und hinter ihnen, so weit Tony zu sehen vermochte, und war so gerade wie die Linie eines Landvermessers.

Freitag blieb stehen und ließ Tonys Hand los. »Wir sind da.«

»Wo?«, fragte Tony, der sich voll Staunen umblickte. Es war beinahe so, wie Cassandra am Telefon beschrieben hatte. »Was für ein Ort ist das?«

»Das ist *Tsegihi*«, erwiderte Freitag. »Du würdest sagen, es ist die Geisterwelt.«

»Es mag die Geisterwelt sein, aber es sieht für mich wie Peru aus.«

»Wenn du das sagst.«

Tony schaute um sich herum und fühlte, wie die Sonne heiß auf seinen Rücken und den Kopf brannte. »Das ist der Ort, wo du Cass hingebracht hast ...«, begann er und wurde dann von einem plötzlichen und heftigen Brechreiz überwältigt, der dazu führte, dass er sich tief nach unten krümmte und in den Staub erbrach.

»Das passiert«, bemerkte Freitag.

Tony hob den Kopf und warf seinem Führer einen finsteren Blick zu. »Du hättest mich warnen können«, sagte er und tupfte sich den Mund mit einem Ärmel ab. Er sog die Luft tief in seine Lungen ein, und die Wellen der Übelkeit gingen allmählich zurück. Er richtete sich wieder auf. »Was machst du hier?«

Freitag erwiderte seinen Blick, machte jedoch keinen Versuch, darauf zu antworten.

»Okay, lass mich dir dann diese Frage stellen: Was hat Cass gemacht, als sie hierhergekommen ist?«

»Nichts«, entgegnete Freitag. »Wir haben uns *Tsegihi* angeschaut, und anschließend habe ich sie nach Hause gebracht.«

»Das ist alles? Das war's?«

»Das war's.« Freitag richtete seinen Blick auf die fernen Berge, atmete tief ein und dann aus und sagte schließlich: »Jetzt bringe ich dich auch nach Hause.«

»Nicht so schnell, mein Freund. Wenn Cass allein hierhergekommen ist, hat sie wahrscheinlich irgendeine Art von Spur zurückgelassen – vielleicht ist sie immer noch irgendwo hier. Wir werden nach ihr suchen.«

Freitag gab darauf keine Antwort. Also drehte Tony sich um und überblickte die Ebene, auf der sie standen. So weit das Auge reichte, war kein anderes Lebewesen zu sehen, und zwar in allen Richtungen. Wenn da irgendjemand oder -etwas gewesen wäre, das sich auf dieser Ebene bewegte, hätten sie es gesehen. Wenn man annahm, dass Cass ungefähr an derselben Stelle wie sie beide angekommen war – was hatte sie dann als Nächstes getan?

»Gibt es andere Linien hier in der Gegend?«, erkundigte sich Tony.

»Viele.«

»Weißt du, wohin sie führen?«

»Nein. Sie gehen überallhin. Es ist gefährlich, dorthin zu reisen, wo man sich nicht auskennt.«

Tony dachte darüber nach. »Wenn sie einfach weitergegangen ist, würde sie jemals eine Stadt oder ein Dorf oder irgendwas erreichen?«

Freitag schüttelte kurz den Kopf.

»Dann vermute ich, dass sie wahrscheinlich versucht hat, nach Hause zu kommen«, folgerte Tony. »Ich kenne sie, und das ist es, was sie tun würde, wie ich glaube.« Er schaute auf die Linien um sich herum, die in den Bimssteinschotter der Ebene geätzt waren. »Gehe ich richtig in der Annahme, dass diese Linien verschiedene Seelenstraßen oder -pfade markieren?«

Freitag blickte stoisch über die leere Ebene hinweg. »Einige von ihnen.«

»Da sie keine Möglichkeit haben würde, zu erraten, welche Linien aktive Pfade sein könnten, wäre das Logischste für sie gewesen, einfach ihre Schritte zurückzuverfolgen. Habe ich recht?«

Freitag sagte nichts.

»Wir wollen für den Moment annehmen, dass meine Einschätzung richtig ist.« Tony zeigte auf den Pfad, auf dem sie standen, und fragte: »Führt dieser Weg zum Geheimen Canyon zurück?«

»Nein.«

Tony dachte darüber nach. Er betrachtete den flachen Graben der Länge nach, schaute rauf und runter und nickte nachdenklich. »Okay. Also, wohin führt er?«, fragte er zum Schluss.

Sein widerwilliger Führer zögerte einen unschlüssigen Augenblick lang, dann gestand er ein: »Ich weiß es nicht.«

»Nun, Freitag, mein Freund, wir sind im Begriff, herauszufinden, wohin er führt.«

DRITTES KAPITEL

Worin Cass einen Quantensprung macht

Cassandra – die erschöpft war, sich die Füße wundgelaufen hatte und sich wie ein alter, abgenutzter Reifen fühlte, dem die Luft entwich – kam vor einem gewaltigen schmiedeeisernen Tor zum Stehen, das den Zugang zu einem stattlichen Haus am Ende einer Stadtstraße schützte. Die rauchverschmutzten Ziegelsteine waren fast schwarz, und das Tor war trübe vom Rost. Es gab keine Straßenlampen, keine Lichter aus den Häusern der Umgebung, überhaupt keine Lichter – mit Ausnahme des letzten Schimmerns von Tageslicht, das rasch im Westen erlosch.

Brendans Wegbeschreibungen waren fehlerlos gewesen; seine Schilderungen über das Reisen ins England des siebzehnten Jahrhunderts ließen jedoch eine Menge zu wünschen übrig. Andererseits wäre wahrscheinlich nichts, was er hätte Cass erzählen können, dem gerecht geworden, was sie erlebt hatte in den letzten … Wie lange war sie unterwegs? Einen Tag? Zwei? Es schien bereits so lange zu dauern wie ein ganzes Lebens.

Wo sollte man indes beginnen, fragte sie sich, *um eine Welt zu beschreiben, die gleichzeitig so vertraut und dennoch so fremd war?*

Vor ihr stand das imposante Backstein-Herrenhaus eines englischen Aristokraten mit Dachvorsprüngen in Giebelform und zahlreichen Kaminen, von denen jeder eine unterschiedliche Struktur und Bauweise besaß. Es hatte der Länge nach unterteilte Fenster mit winzigen, rautenförmigen Scheiben, die aus geblasenem Glas bestanden, und kunstvoll verzierte Eisengitter rund um die Grenze des gesamten Anwesens, auf denen es Platanen mit breiten Ästen gab, die einen finsteren gemusterten Hintergrund bildeten. Mitten auf der Straße hinter Cass führte ein Hirte mit einer Weidengerte vier Kühe hinunter; ein Mann stand an der Ecke, läutete mit einer Glocke und schrie etwas aus voller Lunge. Frauen in langen Röcken und mit Weidenkörben auf den Köpfen spazierten Hand in Hand; unbekümmert plauderten sie miteinander, während sie vorbeigingen.

Cass nahm die absolut traumähnliche Qualität dieser Szenerie auf, indem sie ihren müden Kopf lange und langsam schüttelte. Falls William Shakespeare auf der Türschwelle auftauchte, um sie zu grüßen, würde es sie nicht im Mindesten überraschen. Die Leute, die sie unterwegs getroffen hatte und die über die Straßen gingen, schienen mit Sicherheit direkt aus einem Shakespeare'schen Stück zu kommen. In ihrer Kleidung und ihren Gepflogenheiten wirkten die Menschen so, als würden sie sich in der Welt von *Die lustigen Weiber von Windsor* gut und gern zu Hause fühlen. Sie sprachen auch wie die Figuren von Shakespeare – was eine weitere Sache war, wovor Brendan sie mit ein wenig mehr Eindringlichkeit hätte warnen können: Die Sprache war beinahe nicht mehr zu verstehen, wenn man ihr nicht mit qualvoller Aufmerksamkeit folgte. Cass musste sich selbst durch die offensichtlichsten Äußerungen und einfachsten Wortwechsel mühen und beschränkte sie daher auf ein Mindestmaß. *Es ist Englisch, Jim*, dachte sie, *aber nicht so, wie wir es kennen*.

Dies hatte sie – zusätzlich zu all den anderen Erschütterungen und Schocks, die durch die Ankunft in der fremdartigen Londoner Welt der Sechzigerjahre des siebzehnten Jahrhunderts auf sie niedergefahren waren – so entkräftet, dass sie zu einem erschöpften Klümpchen geworden war. Sie wollte nichts mehr, als sich mit einem warmen Getränk zusammenzukauern, auszuruhen und neu zu organisieren. Unglücklicherweise würde eine solche Tröstung warten müssen. Gerade jetzt stand sie kurz vor ihrer bislang größten Herausforderung.

Nachdem sie durch das Tor getreten war, begab sie sich auf den kurvenreichen Weg zur Eingangstür. Dort angekommen, legte sie eine Pause ein, um ihre Gedanken zu sammeln. Sie holte tief Luft und legte ihre Hand an den großen Türklopfer aus Messing. »Wird schon schiefgehen«, murmelte sie und pochte dreimal kräftig gegen die Tür.

Sie wartete. Die Erschöpfung schien durch den Erdboden in ihr Blut nach oben zu sickern und schickte ein Durcheinander von Tagesereignissen hoch, die durch ihr Bewusstsein stürzten.

* * *

Der Tag hatte lange vor Sonnenaufgang mit einem Schnellkurs in Ley-Reisen begonnen, der von Brendan Hanno geleitet wurde – dem Chef-Zetetiker, wie sie ihn jetzt gerne in Gedanken nannte. Er war ihr Mentor und Führer in dieser schönen neuen Welt der interdimensionalen Erforschung, und sie waren sich mittlerweile so nahegekommen, dass sie sich duzten.

»Du wirst ein paar grundlegende Rahmenrichtlinien nicht vergessen wollen«, hatte er ihr erzählt, während sie eine einsame syrische Straße entlangrumpelten, die in die trockenen Hügel nördlich von Damaskus führten. »Je näher man dem Anfang einer Ley-Linie ist, desto enger scheint man in Verbindung mit ihrem Ursprungspunkt in der Zeit zu sein. Es ist gut, dies im Auge zu behalten, aber vertrau dem nicht dein Leben an – es gibt zu viele Ausnahmen.«

»Da ist noch etwas«, sagte Cass, die ein großes Stück von dem pappigen süßen Brötchen abbiss, das ihr Frühstück darstellte. »Was führt überhaupt erst zur Entstehung der Ley-Linien? Wie werden sie erschaffen?«

»Wenn wir das wüssten«, entgegnete Brendan lachend, »hätten wir wahrscheinlich bereits vor Jahren die große Suche abgeschlossen. Die Erschaffung der Leys ist eine der vielen fantastischen Mysterien unseres einzigartigen Unterfangens.«

»Vielleicht kann das ja einer Ihrer Beiträge zu der großen Suche sein«, schlug Mrs Peelstick vor, die auf der Rückbank saß. »Noch ein weiteres süßes Brötchen, meine Liebe? Ich habe auch ein paar sehr hübsche Birnen.«

»Wir sind fast da«, verkündete Brendan und drosselte die Geschwindigkeit des Fahrzeugs. »Wir werden direkt an der Straße anhalten, und ich geleite dich zum Ley. Ich glaube nicht, dass dort jemand in der Gegend ist, aber man weiß ja nie.«

Sie erreichten das Tal und gelangten an eine Wegkreuzung, die durch eine alte Steinmarkierung gekennzeichnet war. Ein paar Hundert Meter westlich davon gab es ein kleines Landgut, das von Olivenbäumen umgeben war, und einige Hundert Meter dahinter einen weiteren Bauernhof. Ansonsten war die Gegend verlassen. Brendan brachte den Wagen zum Stehen, zog die Handbremse an und schaltete den Motor ab. Cass stieg aus dem Fahrzeug und trat in einen kühlen, frischen Morgen hinein. Der Himmel zeigte im Osten ein schwaches, rosafarbenes Licht.

Mrs Peelstick öffnete die hintere Tür und gesellte sich zu Cass, die auf der Straße stehen geblieben war. »Ich werde für Ihre Sicherheit auf jedem Schritt Ihres Weges beten, Cassandra«, versprach sie. »Gehen Sie mit Gott.«

Cass umarmte sie kurz, nahm Abschied von ihr und schritt dann an der Seite von Brendan fort.

»Diese Wegmarkierung«, sagte er und wies auf den Meilenstein neben der Straße, »wurde von den alten Römern errichtet. Wenn du ganz genau hinschaust, kannst du immer noch die Entfernungsangabe erkennen.«

»Entfernung zu welchem Ziel?«

»Rom natürlich«, erwiderte Brendan vergnügt. »Alle Wege führen bekanntlich nach Rom. Der Ley, den wir benötigen, ist nicht weit von hier.« Er führte sie den Hügel hinauf, der aufgehenden Sonne entgegen. »Ich nenne ihn den ›Alten Zuverlässigen‹.«

»Weil er dich niemals im Stich lässt?«, fragte Cass nach und hob ihren Kleidersaum an. Zu ihren robusten Wanderschuhen trug sie nun den typischen langen Rock einer Bäuerin, dazu eine Bluse und ein blau kariertes Kopftuch – Mrs Peelsticks kühner Versuch, sich der Mode im guten alten England anzunähern. Während Cass den ansteigenden Pfad hochstieg, suchte sie sich einen Weg zwischen den Felsstücken, von denen der Boden übersät war.

»Weil er ausnahmslos stabil ist: ein Zeichen, das allgemein auf eine sehr alte Ley-Linie hinweist. Wenn man einen Ley findet, der von verschiedenen, einander nachfolgenden Epochen menschlicher Kultur markiert worden ist – durch stehende Steine, neolithische Grabhügel, heilige Quellen, Kirchen und dergleichen, die alle quer durch die Landschaft aufgereiht sind –, dann kann man einigermaßen sicher sein, dass der Ley nicht nur ziemlich alt ist, sondern auch sehr stabil.«

»Inwiefern stabil?«, fragte Cass.

»Sagen wir mal so: Es ist unwahrscheinlich, dass du kopfüber in eine schwierige Situation hineingeworfen wirst.«

»Also könnte man sagen, dass, je älter eine Ley-Linie ist, desto zuverlässiger ist sie in puncto Bestimmungsort.«

»Allgemein gesprochen. Es gibt allerdings Ausnahmen.«

Cass schüttelte den Kopf. »Wo würden wir bloß ohne Ausnahmen sein?«

Sie marschierten durch eine kümmerliche Ödnis mit spärlichem Grasbewuchs und felsigem Erdboden von der Art, die in Syrien als üppiges Weideland durchging. Der Himmel hellte sich nach wie vor stetig auf, und entlang des östlichen Horizonts breitete sich ein rötliches Gold aus. Die Luft war frisch und kühl, enthielt jedoch eine Spur von latenter Wärme; später würde es heiß sein. Andererseits, brachte Cass sich selbst in Erinnerung, würde sie zu diesem Zeitpunkt irgendwo anders sein – und zu einer ganz anderen Zeit. »Nun erzähl mir schon etwas über das London im siebzehnten Jahrhundert«, bat sie.

»Dein endgültiger Bestimmungsort ist London, richtig«, antwortete Brendan, der bei jedem seiner lockeren Schritte mit seinen langen Beinen weit vorwärtskam. »Von hier aus ist es eine Reise in drei Sprüngen. Wenn alles nach Plan läuft, solltest du allerdings – relativ gesprochen – in der Lage sein, es innerhalb eines Tages zu schaffen. Du wirst dich rückwärts in der Zeit bewegen und das Jahr 1665 als Ziel anpeilen – obwohl jeder Zeitpunkt zwischen 1663 und 1667 wahrscheinlich akzeptabel sein wird.«

»So genau? Wirklich?«

Brendan lachte; seine Stimme ertönte klar in der frühen Morgenluft. »Schön wär's! Das wär mal was anderes.« Er blickte sie funkelnd an; er genoss ihre unschuldsvolle Reaktion. »Die Verlockung, vor dir zu prahlen, ist beinahe unwiderstehlich. Aber nein, eine solche Sachkompetenz nehme ich nicht für mich in Anspruch. Wir können in diesem Fall jedoch ziemlich sicher sein, weil London zu jener Zeit das Zuhause von Sir Henry Fayth ist. Cosimo Livingstone ist zufälligerweise ebenfalls ein Londoner. Als Mitglieder unserer Vereinigung sind Sir Henry und Cosimo über die Jahre hinweg wegen zahlreicher Aufgaben der Gesellschaft hin- und hergereist: Sie hatten genügend viele Gelegenheiten, um den Weg genau zu ermitteln und sehr gut zu dokumentieren.« Er lächelte sie an. »Du folgst ihnen einfach in ihren Fußstapfen.«

»Beinahe buchstäblich«, merkte Cass an.

»Die Notizen, die ich dir gegeben habe, sind aus der Wegbeschreibung, die Cosimo Livingstone zu den Akten gelegt hat. Sie führen dich zum Clarimond House, Sir Henrys Wohnsitz in London. Befolge sie buchstabengetreu, und du solltest nicht zu weit vom Weg abkommen.« Er blickte sie von der Seite an. »Ich würde mit dir gehen, aber Angelegenheiten der Gesellschaft halten mich im Augenblick hier fest.« Er gab ihr einen beruhigenden Klaps auf den Rücken. »Sorge dich nicht. Wenn das vorüber ist, wirst du Lektionen in Ley-Reisen geben.«

»Hoffen wir's.« Cass dachte einen Moment nach, dann fragte sie: »Wie sieht eigentlich der Mechanismus aus, der hierbei beteiligt ist? Was für ein Phänomen dient als Antrieb, der das Ley-Reisen ermöglicht?«

»Das ist die Eine-Million-Dollar-Frage«, erwiderte Brendan. »Die kurze Antwort lautet: Wir wissen es immer noch nicht. Wir haben Theorien.« Er lachte kurz auf. »Viele gute und nützliche Theorien.«

»Nenn mir eine.«

»Nun, die beste Hypothese ist, dass dort, wo zwei Dimensionen eines multidimensionalen Universums aufeinandertreffen, sie eine Linie der Kraft in der physikalischen Landschaft formen.«

»Ein tellurisches Energiefeld«, sagte Cass.

»Du weißt Bescheid über tellurische Energie – gut. Für uns Erdlinge manifestiert sie sich als gerade Linie, doch es gibt Anlass, zu vermuten, dass dieses Energiefeld in Wirklichkeit alles andere als gerade ist. Wenn wir die physikalische Apparatur hätten, um dieses Kraftfeld in seiner tatsächlichen multidimensionalen Darstellung wahrzunehmen, würde es meiner Vermutung nach ganz anders aussehen.« Brendan blickte Cass an. »Hast du jemals das nördliche Polarlicht gesehen?«

»Nur auf Bildern«, antwortete Cass.

»In den Nordlichtern hast du diese ungeheuren Wirbel und dieses gigantische Gewirr von hochenergetischen Partikeln, die von einem heftigen Sonnenwind wild durch die obere Atmosphäre gepeitscht werden. Das Phänomen erscheint Beobachtern unten auf der Erde als ein gewaltiger schimmernder Vorhang aus geisterhaftem Licht, der sanft in einer Brise weht, die sie nicht zu fühlen vermögen.« Er blickte Cass erneut an, als er abschließend erklärte: »Wenn wir eine Ley-Linie so wahrnehmen könnten, wie sie wirklich in Raum und Zeit ist, dann würde sie, wie ich glaube, genau so aussehen.«

»Und diese chaotische, wie von Peitschenhieben erzeugte Bewegung soll das sein, was sie so unvorhersehbar macht, nehme ich an«, äußerte Cass vorsichtig. Als Brendan zustimmend nickte, entgegnete sie rasch: »Aber wir Reisende erfahren nichts dergleichen, wenn wir einen Sprung machen. Für mich zumindest ist es mehr wie ein Blinzeln mit dem Auge: In dem einen Moment bist du an einem bestimmten Ort, und im nächsten Augenblick bist du anderswo – und nichts ist dazwischen. In Wirklichkeit reist man überhaupt keine Wegstrecke.«

»Es ist komisch«, erwiderte Brendan, »doch die meisten Leute hören den Begriff ›Quantensprung‹ und glauben, es sei ein gewaltiger, übermenschlicher Sprung, aber in Wirklichkeit ist es nichts dergleichen.«

»Tatsächlich ist es das genaue Gegenteil«, sagte Cass. »Ein Elektron knallt von einer Ebene zur anderen auf seiner Umlaufbahn um den Kern eines Atoms herum – es bewegt sich einfach unverzüglich von hier nach dort, ohne den unglaublich winzigen Raum zwischen den beiden Punkten zu durchqueren.«

»Richtig. In dieser Analogie nehmen wir die Position der Elektronen ein. Wenn wir mit einem Ley interagieren, springen wir von einer dimensionalen Wirklichkeit in die andere, ohne irgendeine Wegstrecke dazwischen zu durchqueren ... Obschon ich vermute, dass in Raum-Zeit-Modalitäten die Entfernung, die wirklich zurückgelegt wurde, tatsächlich atemberaubend groß sein könnte – dass die verschiedenen Reiseziele ganze Galaxien oder Universen voneinander entfernt sind.« Er verstummte einen Augenblick lang, dann lachte er ein weiteres Mal. »Oder vielleicht auch nicht. Möglicherweise werden wir es niemals wissen.« Er wies auf eine weitere steinerne Markierung direkt vor ihnen und erklärte: »Dort ist der Anfang des Leys.«

Cass schaute auf die Stelle, auf die er zeigte, und sah einen gerundeten Stumpf aus Stein – ähnlich dem einer durchgebrochenen Säule, die auf einem stark erodierten Sockel errichtet war. Von dem Säulenstein dehnte sich ein flacher Graben aus, der lediglich eine geringe Vertiefung in der rauen Erde darstellte: Er war leicht zu übersehen, wenn man nicht konkret nach ihm Ausschau hielt. Ungefähr hundert Meter entfernt stand ein weiterer Stein und dahinter ein glatter, runder, kleiner Erdhügel – ein *Tel* im einheimischen Sprachgebrauch.

»Ich kann ihn sehen«, sagte Cass. Sie blieben am Säulenstein stehen und schauten hinunter auf die pfeilgerade Linie des Leys. Cass blickte den schmalen Pfad entlang und nickte entschlossen.

»Noch Fragen?«, wollte Brendan wissen. Als sie den Kopf schüttelte, erklärte er: »Dann fort mit dir.«

»Wenn alles gut läuft, werde ich im Handumdrehen zurück sein.« Cass brach zum Pfad auf. »Bis bald!«

»Gott möge mit dir sein, Cassandra!«, rief er ihr hinterher.

Sie winkte ihm zu und ging zum Anfangspunkt, dann blieb sie stehen. »So«, sagte sie und bereitete sich auf das unangenehme Gefühl der Reisekrankheit vor, das sie auf der anderen Seite erwartete.

Jene flüchtige Übelkeit war nichts im Vergleich zur psychischen Dislokation, die der Sprung von den Dreißigerjahren des zwanzigsten Jahrhunderts zu den Sechzigerjahren des siebzehnten Jahrhunderts mit sich brachte.

Was sich daran anschloss, war auf zwei von Hand geschriebenen Karten detailliert und – obschon recht verschlungen formuliert – in leicht nachzufolgenden Schritten festgehalten. Die Wegbeschreibung führte Cassandra durch zwei unterschiedliche Welten, von denen sie fast nichts sah. Schließlich gelangte sie zum äußersten Randgebiet einer Version von London, die Samuel Pepys wiedererkennen würde – falls er nicht in diesem Augenblick tatsächlich darin lebte.

Jetzt, wo sie zitternd am Rande der mentalen und körperlichen Erschöpfung stand, wartete Cass darauf, dass man ihr an einer schweren, eisenbeschlagenen Tür antwortete und ihre nächste Herausforderung begann. Sie klopfte erneut und war gerade im Begriff, sich auf die Türschwelle herabsinken zu lassen und völlig zusammenzubrechen, als sie auf der anderen Seite das Geräusch von Schritten hörte. Dann erfolgte das Klicken eines Riegels, der hochgehoben wurde, und die Tür öffnete sich.

Ein Mann, der einen langen schwarzen Mantel, ein weißes Hemd mit einer zu einem Band geknoteten Halskrause und weiße Strümpfe unterhalb seiner kurzen, knielangen Hose trug, stand in der Tür. In der Hand hielt er eine Messinglampe. »Ja?«, sagte er trocken und blickte auf Cass mit dem gelangweilten Ausdruck des gewohnheitsmäßig Unbeeindruckten.

»Ich wünsche Euch einen guten Abend, Villiers«, sagte Cass, die bei der Begrüßung den Namen benutzte, den Brendan ihr genannt hatte.

Der Diener hob die Lampe und hielt sie dichter an Cass. »Ich fürchte, ich bin im Nachteil, Miss ...?«

»Ich heiße Cassandra Clarke«, erwiderte sie. »Ich bin aus sehr großer Entfernung hergekommen, um mit Sir Henry Fayth zu sprechen. Ist er heute Abend zu Hause?«

Bevor der Hausdiener eine Antwort gab, starrte er Cass genauer an und nahm die von der Reise schmutzig gewordene Kleidung besonders zur Kenntnis. »Seine Lordschaft ist nicht zu Hause«, entgegnete er schließlich und begann, die Tür zu schließen. »Ich wünsche Euch eine gute Nacht.«

»Villiers?«, rief eine Stimme irgendwo im Innern des Hauses. »Ist da jemand? Ich dachte, ich hätte die Tür gehört.«

Einen Augenblick später tauchte eine Gestalt aus der Dunkelheit im Inneren des Hauses auf, und Cass fand sich in der Gegenwart einer wunderschönen jungen Frau wieder. Gekleidet war sie in einem langen Kleid aus gleißendem blauem Satin, das am Hals, an den Handgelenken und am Saum in cremefarbener Spitze eingefasst war. Ihr langes rostbraunes Haar ergoss sich in Fülle über ihre schmalen Schultern. Ein Ausdruck ernsthaften Interesses zeigte sich auf ihrem hübschen Gesicht, als sie in das Licht trat, das die Öllampe verströmte.

»Eine Bettlerin, die Sir Henry sucht, Mylady«, intonierte der Diener steif; seine Hand war immer noch an der Tür. »Ich habe sie unterrichtet, dass Seine Lordschaft sich nicht hier aufhält. Sie ist gerade im Begriff, wieder zu gehen.«

»Selbstverständlich«, erwiderte die junge Frau. Dann wandte sie sich Cass zu und sagte: »Es ist wahr, mein Onkel ist gegenwärtig nicht zu Hause. Vielleicht kann ich Euch einen geringfügigen Dienst erweisen? Ist es ein Essen, das Ihr wollt? Oder Arbeit?« Sie lächelte sanft. »Vergebt meine Offenheit, ich bitte Euch. Ich bin Lady Fayth.«

VIERTES KAPITEL

Worin eine vernünftige Vorsicht überwunden wird

Einen langen Moment starrten sich die zwei jungen Frauen gegenseitig an, während allmählich ein Zeichen des Wiedererkennens in ihren Augen aufflackerte: Jede sah in der anderen etwas, das ausschließlich eine Ley-Reisende erkennen konnte. Für Lady Fayth waren es nicht die verschrammten Schuhe und die staubige Kleidung der jungen Frau auf ihrer Schwelle – auch nicht die merkwürdige Art, das hochsprachliche Englisch zu reden, was die Besucherin mit der gleichen schwerfälligen Betonung und Satzbauweise tat wie Kit und Wilhelmina: Es war mehr eine Haltung, eine spezielle Eigenschaft, etwas erlebt zu haben und ein Geheimnis zu besitzen. Das Ley-Reisen selbst schien einen Hauch von Energie zu übermitteln, den andere Besucher fremder Welten spüren konnten.

Haven wusste, ohne es gesagt zu bekommen, dass das nachlässig gekleidete Geschöpf vor ihr eine Kameradin war, was Ley-Reisen anbelangte. Trotzdem war sie nicht bereit, jetzt schon einer Fremden Zugang zur geheimen Schwesternschaft zu gewähren. »Bitte vergebt mir meine unhöfliche Mutmaßung«, sagte Lady Fayth, »doch in welcher Form seid Ihr mit meinem Onkel bekannt?«

»Mir wurde Sir Henrys Name von einem gemeinsamen Freund gegeben – von Mr Brendan Hanno. Möglicherweise kennt Ihr ihn?«

»Ich muss bekennen, dass ich noch nicht das Privileg gehabt hatte, die Bekanntschaft mit diesem Gentleman zu machen«, erwiderte Lady Fayth. »Habe ich das so zu verstehen, dass dieser Mr Hanno ebenfalls ein Freund von Sir Henry ist?«

»Ich verstehe es so, dass sie in der Tat sehr gute Freunde sind«, antwortete Cass, die bemüht war, sich einer archaischeren Redeweise anzupassen. »Sie sind Mitglieder und Kollegen bei der Zetetischen Gesellschaft. Ich bin hier, um diese Gesellschaft in einer Angelegenheit von einiger Bedeutung zu vertreten.«

»Tatsächlich?« Die junge Frau beglückte Cass mit einem durchdringenden, abschätzenden Blick, dann – als würde sie den Entschluss fassen, ihre Besucherin zu akzeptieren – öffnete sie die Tür ein wenig weiter. »Ich bin Haven Fayth, Sir Henrys Nichte. Mir ist es zugefallen, während der Abwesenheit meines Onkels dieses Haus zu führen.«

Cass, deren letzte Kraftreserven knapp wurden, schwankte auf ihren Füßen, als Haven zu Ende gesprochen hatte.

»Oh, meine Liebe!«, rief Haven aus. »Ihr müsst mich für sehr barbarisch halten. Ich kann sehen, dass Ihr eine sehr große Wegstrecke gereist seid. Ich nehme an, Ihr seid völlig ermattet.«

Cass nickte. »Ihr seid wirklich sehr liebenswürdig. Und ja, ich bin auf einem … einem unglaublich langen Weg hierhergekommen.«

»Es ist nicht billig, dass wir hier auf den Stufen stehen und wie die Fischweiber schwatzen«, erklärte Lady Fayth leichthin. »Ihr müsst hereinkommen und mir die Ehre gestatten, Euch Beistand anzubieten.« Sie wandte sich Villiers zu, der stumm bereitstand, und befahl ihm: »Die Tafel für heute Abend ist mit einem zusätzlichen Platz herzurichten. Und bring unverzüglich Wein und Käse in die Bibliothek.« Anschließend nahm sie dem Verwalter die Lampe aus der Hand und drehte sich ihrem Gast zu. »Bitte folgt mir, wenn es Euch recht ist, Cassandra. Erholung und Erfrischungen stehen zur Verfügung.«

Lady Fayth führte Cass mit hoch erhobener Lampe in das höhlenartige Innere des großen Hauses. Sie schritten einen Gang entlang, der in bedrückende abendliche Schatten getaucht war. Haven öffnete eine Tür und geleitete Cass in einen Raum, der vom Boden bis zur Decke mit Bücherregalen gesäumt war. Dort hielt sie inne, um die Kerzen auf zwei Beistelltischen anzuzünden.

»Bitte nehmt Platz«, sagte sie und stellte die Lampe auf einem großen Schreibtisch in der Nähe der Tische ab. Als Cass sich dankbar in einem großen Ledersessel neben dem leeren Kamin niederließ, erklärte Lady Fayth: »Ich verspüre eine Kühle in diesem Raum. Wenn Ihr mich nur für einen Augenblick entschuldigt, dann wird dies in Kürze richtiggestellt.«

Haven verschwand und ließ Cass allein zurück. Sie schloss ihre Augen und schwelgte in der seligen Behaglichkeit eines Sessels, der ihren müden Körper in einer liebevollen Umarmung zu halten schien. Gegen ihren Willen glitt sie in den Schlaf – und erwachte, als ein Mädchen im Teenageralter mit einer Pfanne voll rot glühender Kohlen den Raum betrat und sich anschickte, ein Feuer zu machen. Sie schloss erneut ihre Augen und döste ein. Als sie wieder aufwachte, standen Lady Fayth und ein junger Mann neben ihr.

»Es ist eine Schande und es tut mir außerordentlich leid, Euch zu wecken«, sagte Haven mit sanfter Stimme. »Doch es gibt Erfrischungen, und ich glaube, sie würden Euch auf wunderbare Weise wiederherstellen.« Dann wandte sie sich dem jungen Mann zu. »Giles, würdest du bitte?«

Der junge Mann trat zu einem Beistelltisch, auf dem sich ein silbernes Tablett mit einem Dekanter und Kristallpokalen befand. Er schenkte drei Pokale ein, dann kehrte er mit zwei von ihnen zurück und bot sie den Damen an.

»Es ist mir eine Freude, Euch Giles Standfast vorzustellen.«

Der junge Mann verbeugte sich von der Taille aus abwärts.

»Giles, dies ist Cassandra Clarke, eine Bekannte von Sir Henry – durch einen gemeinsamen Freund.« An Cass gerichtet, erklärte Lady Fayth: »Giles war Kutscher und Kammerdiener von Sir Henry.«

»Mylady«, grüßte Giles mit einem Kopfnicken. »Eine garstige, schmerzliche Angelegenheit; das ist es zweifelsohne.«

»Wie bitte?«, erwiderte Cass und blickte von einem zum anderen. »Ich bin mir nicht sicher, ob ich richtig verstehe.«

»Sie weiß es nicht, Giles«, erklärte Haven und berührte ihn am Arm, als wollte sie ihn davon abhalten, mehr zu sagen.

Giles senkte seinen Kopf. »Ich bitte um Verzeihung, Mylady. Ich habe eine unpassende Bemerkung gemacht. Ich glaubte ...« Er verfiel in Schweigen.

»Vielleicht könntet Ihr Euer Interesse darlegen, Sir Henry zu kontaktieren?«, bat Haven.

»Es war erwartet worden, dass Euer Onkel und ein gewisser Mr Livingstone einem kürzlich erfolgten Treffen der Zetetischen Gesellschaft beiwohnen würden. Sie haben es versäumt anzureisen, und augenscheinlich hat seit einiger Zeit niemand irgendeine Nachricht von einem der beiden erhalten. Es herrscht Besorgnis vonseiten der Mitglieder, dass ihnen etwas passiert sein könnte.«

»Ja, ich verstehe.« Lady Fayths Gesichtsausdruck wurde sorgenvoll, und ihre Stimme nahm einen traurigen Tonfall an. Sie hielt inne, holte dann Luft und berichtete: »Ich würde dem Himmel danken, wenn es eine zuträglichere Weise gäbe, das zu erzählen ...« Sie zögerte, dann platzte es aus ihr heraus. »Es bekümmert mich auf das Äußerste, sagen zu müssen, dass Sir Henry tot ist – und mit ihm Cosimo. Beide wurden während einer Reise nach Ägypten von abscheulichen Feinden niedergestreckt.« Sie senkte abrupt den Kopf. »Es war ein trauriges und schreckliches Ende für zwei wahrhaft edle Menschen.«

Obwohl Lady Fayth ein wahres Abbild der Trauer war, spürte Cass nichtsdestotrotz, dass die junge Frau, die vor ihr stand, nicht ganz aufrichtig war – so als würde sie vielleicht Zeilen aus einem Theatermanuskript vortragen. *Du solltest dich schämen, Cass*, sagte sie zu sich selbst. *Benimm dich!*

»Ich bedaure Euren Verlust«, erwiderte Cass nach einem Moment des Zögerns.

Haven erhob ihr Glas. »Wir wollen auf ihr Andenken trinken.«

Cass hob ihren Pokal und nahm einen Schluck. Der Wein fühlte sich sehr unausgegoren und sauer auf ihrer Zunge an, aber er war anregend. Einen Moment lang tranken die drei ruhig und in kleinen Schlucken; anschließend reichte Giles die Platte mit dem Käse. Das Essen und das Getränk erweckten Cass zu neuem Leben, und nach einem Augenblick fühlte sie sich besser vorbereitet, um dem entgegenzutreten, was als Nächstes kommen würde. »Würde es Euch sehr viel ausmachen, über das zu sprechen, was sich ereignet hat? Ich bin mir sicher – was auch immer ich der Gesellschaft erzählen kann, sie wird es wissen wollen.«

»Gewiss.« Lady Fayth fuhr fort, eine umsichtige, jedoch seltsam oberflächliche Darstellung von dem darzulegen, was in Ägypten geschehen war: wie sie selbst, Kit und Giles die Spur von Cosimo und Sir Henry bis in das Wadi verfolgt hatten, in dem sich das Grabmal des Hohen Priesters Anen befand, und wie sie gegen die Burley-Männer gekämpft hatten, jedoch überwältigt und zusammen mit Cosimo und Sir Henry eingesperrt wurden, die bereits zu jenem Zeitpunkt sehr ernst erkrankt waren.

»In der Luft des Grabmals musste es einen üblen Gifthauch gegeben haben, und beide Männer waren daran tödlich erkrankt. Wir hätten uns ebenfalls angesteckt, wenn wir nicht rechtzeitig gerettet worden wären«, folgerte Haven. »Da Giles anwesend war, als Sir Henry verschied, wird er glücklicherweise alle weiteren Fragen beantworten, die Ihr bezüglich der tragischen Umstände seines Todes möglicherweise habt.« Sie neigte ihren Kopf zur Seite. »Gab es sonst noch etwas, das Ihr vornehmlich zu wissen wünschtet?«

Cass dachte einen Augenblick nach, dann fragte sie: »Lady Fayth, Ihr habt diesen jüngeren Mann erwähnt – Cosimo Livingstones Urenkel, Kit? Aber Ihr habt nicht gesagt, was ihm widerfahren ist. Vielleicht kann Giles mir erzählen, was aus ihm geworden ist?«

»In der Tat, Mylady«, erwiderte Giles. Er zögerte kurz und blickte zu Lady Fayth. Irgendetwas wurde zwischen den beiden ausgetauscht, konnte Cass erkennen. »Wir waren alle zusammen, als man uns gefangen nahm«, sagte er schlichtweg. »Mister Kit und ich flüchteten gemeinsam in Sicherheit.«

»Ist er jetzt bei Euch?«, erkundigte sich Cass. »Könnte ich ihn treffen?«

Erneut blickte Giles zu Lady Fayth, die nickte und ihn auf diese Weise ermunterte, auf die Frage zu antworten. Die Mundwinkel des Dieners verzogen sich zu einem Ausdruck der Verbitterung. »Diejenigen, die Sir Henry und Cosimo umbrachten, haben uns erneut gefunden. Sie verfolgten uns. Lord Burleigh war zu Pferde und im Besitz einer Pistole.« Er zeigte seinen verbundenen Arm. »Ich bin verwundet davongekommen, Mister Kit allerdings ist eine erfolgreiche Flucht gelungen.«

»In der allgemeinen Verwirrung ging Kit verloren«, fügte Haven hinzu. »Und niemand weiß, wohin er gegangen ist; oder zumindest ist uns sein Aufenthaltsort gegenwärtig nicht bekannt.«

Brendan und Mrs Peelstick hatten Cass vor dunklen Kräften gewarnt und vor dem geheimnisvollen Feind, der als Lord Burleigh bekannt war. Aber dies war die erste Erwähnung eines wirklichen Angriffs und tatsächlich ausgeübter Gewalt. »Dieser Lord Burleigh und seine Männer – die Leute, die Euch verfolgt haben ... Seid Ihr ganz sicher, dass sie dieselben waren, die Sir Henry und Cosimo töteten?«

»Gewiss, Mylady.« Giles nickte energisch; seine Stimme nahm einen trotzigen Ton an. »Sie schleichen immer herum und warten auf eine Gelegenheit, jedem verheerenden Schaden zuzufügen, der ihnen in die Quere kommt. Sie haben Sir Henry und Cosimo erledigt; da gibt's kein Vertun.«

Ein nachdenkliches Schweigen senkte sich auf die kleine Gruppe herab. »Was wird jetzt geschehen?«, fragte Cass nach einem weiteren kräftigenden Schluck Wein.

»Ich nehme an, dass es an uns liegt, dies zu entscheiden«, erwiderte Haven. Sie warf ihren Kopf zur Seite und betrachtete Cass mit einem offenen Gesichtsausdruck. »Darf ich so kühn sein und fragen, wie Ihr hergekommen seid?« Als Cass mit der Antwort zögerte, ging sie zum Angriff über. »Es ist eine vollkommen einfache Frage. Durch welche Art des Transports habt Ihr Eure Anreise zu diesem Haus bewerkstelligt?«

»Ich bin zu Fuß gekommen – meistens«, antwortete Cass ausweichend.

Haven schnaubte. »Und woher seid Ihr gekommen?«

»Wie bitte?«

»Der Ort Eurer Abreise – von wo seid Ihr gekommen?«

»Ich bin direkt aus Damaskus gekommen – mehr oder weniger«, erwiderte Cass. »Wo die Gesellschaft ihre Zentrale hat.«

Ein feines Lächeln tauchte in Havens Mundwinkeln auf. »Wie habt Ihr Lord Burleigh kennengelernt?«

Cass runzelte die Stirn. »Aber ich kenne ihn doch überhaupt nicht«, protestierte sie. »Ich habe lediglich den Namen gehört, und sonst nichts ...« Sie nickte Giles zu. »Bis gerade eben.«

»Wie lange dauerte Eure Reise?«

Erneut zögerte Cass. Warum wurde sie dieser Befragung unterworfen? »Schaut«, erklärte sie schließlich, »ich glaube, wir beide wissen, wie ich hergekommen bin. Ich bin auf den Wegen gereist, die manche Geisterstraßen nennen: Regionen elektromagnetischer Kraft. Ich denke, Ihr kennt sie als Ley-Linien. Genau so hat Brendan sie genannt.«

Lady Fayth und Giles tauschten einen Blick aus, und der Diener nickte. »Sie ist eine Ley-Springerin«, sagte er nachdrücklich.

»Fürwahr«, stimmte Haven ihm zu. Zu Cass sagte sie: »Bitte vergebt mir mein plumpes Nachfragen. Aber soweit wir wissen, könntet Ihr durchaus in den Diensten des Schwarzen Earls stehen und hierhergeschickt worden sein, um uns zu täuschen.«

»Und der Schwarze Earl ist ... wer?«, fragte Cass und stellte ihr Glas beiseite.

»Der zuvor genannte Lord Burleigh«, antwortete Haven. »Er trägt den Titel des Earl of Sutherland, und seine Machenschaften sind grenzenlos. Seine Habgier wird nur von seinem Hochmut übertroffen, der in der Tat beträchtlich ist. Und wie Giles gesagt hat, er schreckt vor nichts zurück, um sich durchzusetzen – selbst wenn das bedeutet, die Kehle von jedem durchzuschneiden, den er als Rivalen ausmacht.«

Cass akzeptierte die Vorbehalte ihr gegenüber und sagte: »Nun, wenn man bedenkt, was Ihr alles durchgemacht habt, kann ich Eure Zurückhaltung verstehen, einer Fremden Vertrauen zu schenken. Ich werde nur allzu froh sein, wenn es mir gelingt, Euch in jeder Weise zu beruhigen, die ich vermag.« Sie breitete ihre Hände aus. »Ihr werdet mir sagen müssen, wo ich beginnen soll.«

»Euer Benehmen spricht für sich selbst«, erwiderte Lady Fayth. »Doch mit Blick auf unsere gegenwärtigen Zwecke würde ich gerne mehr über diese Gesellschaft hören, die Ihr erwähnt habt. Lasst uns damit beginnen.« Sie blickte zu Giles, der immer noch am Tisch stand. »Bitte nimm Platz. Wir sind vielleicht noch eine Zeit lang hier, und ich möchte nicht, dass du allzu sehr ermüdest.«

»Danke sehr, Mylady«, antwortete der Kutscher. Er machte eine leichte Verbeugung, während er sprach, und Cass verspürte einen starken Hauch von Klassenunterschied, der zwischen den beiden herrschte. »Ich werde stehen, falls es Euch nichts ausmacht.«

»Es macht mir aber etwas aus«, entgegnete Haven rasch. Sie klopfte leicht auf das Polster des Sessels neben ihr. »Wenn wir bei dieser großen Suche Partner sein sollen, dann dürfen wir den Unterschieden in unserer gesellschaftlichen Stellung nicht erlauben, uns unnötige Zwänge aufzuerlegen. Du bist verwundet worden und brauchst Erholung. Es nützt niemandem etwas, wenn du nicht wieder kräftig und vollkommen gesund wirst.« Erneut klopfte sie auf das Polster. »Also, komm und setz dich hin. Ich will nichts mehr darüber hören.«

Giles nickte widerwillig und fügte sich den Wünschen seiner Herrin. Der Vorfall räumte bei Cass auch die letzten Zweifel daran aus, dass Lady Fayth eine Frau war, die sich sehr daran gewöhnt hatte, ihren Willen durchzusetzen; und die Vorspiegelung des Gleichheitsprinzips war nichts anderes als die Behauptung eines Privilegs. Als Giles Platz genommen hatte, drehte sie sich Cass zu und lächelte. »Ihr mögt beginnen. Ich glaube, Ihr wart im Begriff, uns mehr über diese Gesellschaft zu erzählen?«

»Dieser Ausgangspunkt ist so gut wie jeder andere, um meine Ausführungen zu beginnen, nehme ich an«, sagte Cass und berichtete über ihre Begegnung mit Mrs Peelstick und Brendan in Damaskus, über die Zentrale der Zetetischen Gesellschaft mit ihrer *Genisa*, die sie als eine Art Bibliothek beschrieb, welche alte Bücher und obskure Manuskripte enthielt: Diese wurden von der Gesellschaft als nützlich betrachtet, selbst wenn man sie, wie es augenscheinlich der Fall war, nur vage verstand. Cass berichtete von einigen der anderen Mitglieder, die sie kennengelernt hatte, und gab eine allgemeine Erklärung über die Arbeit der Gesellschaft ab, so wie sie es verstand.

Haven und Giles hörten all dem, was sie zu sagen hatte, aufmerksam zu, nickten ab und an und tauschten verstohlene Blicke aus, wenn sie beurteilten, was Cass ihnen erzählte. Es war ein lockerer und ein wenig weitschweifiger Vortrag, der viele überflüssige Einzelheiten enthielt: Beschreibungen des Innenhofes in Damaskus, Fortingall Schiehallions altes Buch *Landkarten der Fee*, der Markt in der alten Geraden Straße, Brendans charmanter irischer Akzent und Mrs Peelsticks Gewohnheit, Minzblätter im Tee durchziehen zu lassen.

Zum Schluss entspannte sich Cass und beendete ihre Ausführungen mit einem Bericht über die Versammlung, auf der die Abwesenheit von Sir Henry und Cosimo mit einiger Besorgnis thematisiert worden war. Dabei wurde der Entschluss getroffen, dass sie, Cass, sich zu einer Mission aufmachen sollte, um herauszufinden, was über ihr Verschwinden entdeckt werden könnte.

»Ich nehme an, man könnte sagen, dass meine Mission erfolgreich gewesen ist«, schlussfolgerte sie. »Ich habe das in Erfahrung gebracht, was ich herausfinden sollte und weswegen ich hergekommen bin.«

Lady Fayth, die ihr Kinn in die Hand gelegt hatte, dachte darüber nach; dann erhob sie sich abrupt. »Bitte entschuldigt uns«, sagte sie und forderte Giles auf, sich zu ihr zu gesellen. Die beiden gingen in eine Ecke des Zimmers, wandten Cass den Rücken zu und führten eine kurze vertrauliche Unterredung, die auf Seiten von Giles mit einem entschiedenen Nicken endete. Die beiden kehrten daraufhin zu ihren Sitzplätzen zurück.

Haven glättete ihr Kleid mit den Handflächen, während sie sich wieder hinsetzte, und erklärte: »Wir haben das durchdacht, was Ihr uns berichtet habt, und halten die Geschichte ebenso wie ihre Erzählerin für vollkommen glaubwürdig. Kurz gefasst, wir sind bereit zu akzeptieren, dass Ihr diejenige seid, von der Ihr sagt, dass Ihr es seid – und dass Ihr es nicht böse mit uns meint.« Sie lächelte. »Ihr werdet uns vergeben, dass wir vorsichtig waren: Wenn man es mit dem Schwarzen Earl zu tun hat, ist es besser, auf Nummer sicher zu gehen.«

»Ich verstehe«, erwiderte Cass. Sie hatte wegen dieser Angelegenheit keine wirkliche Besorgnis empfunden; aber es war trotzdem angenehm zu wissen, dass man ihr Glauben schenkte.

»Jetzt, wo Ihr das in Erfahrung gebracht habt, was Ihr herausfinden solltet und weswegen Ihr hergekommen seid – was werdet Ihr nun tun?«, fragte Giles, der Cass direkt ansprach.

»Den anderen die Nachricht überbringen, nehme ich an«, erwiderte sie. »Ich weiß, dass Brendan – das heißt, Mr Hanno – und Mrs Peelstick es zu schätzen wissen, wenn sie die Neuigkeiten so bald wie möglich erfahren. Ich vermute, sie werden irgendwelche Pläne schmieden wollen.«

»Ihr mögt dies tun«, schlug Haven vor, »oder Ihr könntet mit uns kommen.« Sie blickte zu Giles und fuhr fort: »Mr Standfast und ich haben bereits beschlossen, nach Prag zurückzukehren. Dort müssen wir die Spur aufnehmen, wenn wir die große Suche fortsetzen wollen.«

»Es ist der Ort, an dem Kit zuletzt gesehen wurde«, fügte Giles hinzu. »Dort gibt es Leute, die uns möglicherweise helfen können, ihn zu finden.«

»Nun, ich weiß nicht ...«, entgegnete Cass, deren Aufmerksamkeit abermals nachließ. Sie war viel zu hungrig und müde, um irgendeine verbindliche Entscheidung zu treffen. »So wichtig es auch sein mag, Kit zu finden – die Zetetische Gesellschaft wartet auf Nachrichten von meiner Mission.«

»Darf ich vorschlagen«, begann Haven und erhob sich aus ihrem Sessel, »dass wir die Unterredung auf den nächsten Tag verschieben und am Morgen nochmals auf die Angelegenheit zurückkommen? Das Abendessen ist bald fertig, und nachdem wir gegessen haben, mögt Ihr Euch zurückziehen und zur Ruhe begeben. Wir können die Frage erneut bedenken, wenn Ihr erfrischt seid.« Sie lächelte herzlich. »Würde das für Euch annehmbar sein?«

»Höchst annehmbar, Mylady«, antwortete Cass. Als ihr bewusst wurde, dass sie den Fehler gemacht hatte, die Anredeform eines Dieners zu benutzen, biss sie sich verlegen auf die Lippen.

Haven akzeptierte einfach diese Anrede als etwas, das ihr gebührte, und streckte Cass ihre Hand entgegen. »Kommt, wir werden ein paar Kleidungsstücke für Euch finden, die schicklicher sind. Zweifellos werdet Ihr nach der langen Reise am heutigen Tag ein Bad nehmen und Euch erfrischen wollen.«

»Danke schön«, sagte Cass und nahm Havens Hand, wobei sie ein wenig unsicher war, was das Protokoll anbelangte. »Ja, das möchte ich.«

Haven tätschelte ihre Hand und führte sie aus dem Zimmer. »Das Ley-Springen ist immer solch ein Abenteuer, findet Ihr nicht auch?«

»Ich bin nicht sehr erfahren darin«, gestand Cass. »Ich bin zufälligerweise darauf gestoßen … Du meine Güte – erst vor einigen wenigen Tagen, schätze ich. Doch es fühlt sich an, als wären Jahre seitdem vergangen.«

»Oh, zweifelsohne. Für Ley-Reisende hört die Zeit auf, einen normalen Verlauf zu nehmen«, erwiderte Haven. »Es kann ganz erheblich verwirrend werden. Ist das nicht so, Giles?«

»Ganz richtig, Mylady«, antwortete er und nahm den mehrarmigen Kerzenständer vom Tisch. Er schloss die Tür zum Arbeitszimmer, folgte den Frauen in den Gang und sagte zu sich selbst: »Es ist absolut verwirrend.«

FÜNFTES KAPITEL

Worin Kit zum Tatort zurückkehrt

Beim siebten Schritt bemerkte Kit, wie der Boden unter seinen Füßen nachgab. Instinktiv streckten sich seine Zehen, um einen anderen festen Stand zu erreichen, dehnten sich und fanden Halt. Im selben Augenblick wirbelte eine steife Brise Schotter vom Pfad hoch. Er schloss seine Augen, und als er sie wieder öffnete, stand er mitten auf einem pfeilgeraden, von Bäumen gesäumten Weg, der zwei Felder voneinander trennte: derselbe von Bäumen gesäumte Pfad, zu dem er von Wilhelmina geführt worden war – in jener Nacht, als ihm nur knapp die Flucht vor Burleigh gelang.

»Wir sind zurück«, sagte er, drehte sich um die Achse und entdeckte Mina und Bruder Lazarus. »Alle okay?«

»Ging mir niemals besser«, antwortete Wilhelmina und streifte sich kleine Stücke von Blättern aus dem Haar.

Bruder Lazarus, der direkt hinter ihr war, klopfte sich den Staub von seinem Priestergewand. Er lächelte und sagte auf Deutsch: »Das war ein guter Sprung.«

»Das stimmt!«, pflichtete Mina ihm bei. Sie schaute sich um in dem Bemühen, sich in der Landschaft zu orientieren. »Die Straße am Fluss ist hinter uns. Es ist noch früh, daher sollten wir in der Lage sein, bei einem der Bauern, die unterwegs zur Stadt sind, eine Mitfahrgelegenheit zu bekommen.« Sie machte sich auf den Weg durch das tunnelähnliche Gehölz des von Bäumen gesäumten Pfades. »Ich frage mich, was für ein Tag heute ist.«

»Oder schon eher – welches Jahr«, meinte Kit.

»Nach meinen Erfahrungen«, erklärte Mina ihm, »bin ich selten mehr als ein oder zwei Tage fort, solange ich den Sprung beim siebten Schritt mache – ausgehend vom Markierungsstein auf dem Ley im Großen Tal. Du würdest übrigens nie glauben, wie lange ich gebraucht habe, um das zu erlernen.«

»Funktioniert dieses Konzept überall?«

»Hm.« Sie dachte nach. »Ich glaube schon.« Sie drehte sich zu Bruder Lazarus um, der hinter ihnen ging, und rasselte einen langen Satz auf Deutsch herunter. Die beiden hielten eine kurze Unterredung, die durch verworrene Handgesten von Bruder Lazarus unterbrochen wurde, der zudem gelegentlich ins Italienische verfiel.

»Wir werden deswegen etwas unternehmen müssen«, sinnierte Kit, während er dem Gedankenaustausch der beiden anderen zuhörte – wobei er lediglich ein oder zwei flüchtige Worte verstand. »Also, was hat er gesagt?«, fragte er, als Mina sich wieder umdrehte.

»Er meint, dass es in einem sehr allgemeinen Sinne für einen Reisenden möglich zu sein scheint, durch die Methode, die ich gerade erklärt habe, seine Ankunft quasi einzustellen – unter Berücksichtigung von solchen Variablen wie der Schrittlänge, der jeweiligen Bewegungsgeschwindigkeit und so weiter. Es wäre allerdings unklug, das, was möglich ist, fälschlicherweise für das zu halten, was wahrscheinlich ist.«

»Richtig.« Kit nickte nachdenklich. »Eine Faustregel, kein allgemeingültiges Gesetz. Ich werde versuchen, das im Hinterkopf zu behalten.«

Die drei Reisenden schulterten ihre Rucksäcke und gingen weiter den Pfad entlang. Die Straße kam in Sicht, und unweit davon erblickten sie das silberne Schimmern der Moldau. Als sie die Straße erreichten, verließen sie den beschatteten Pfad und traten in die von der Sonne erwärmte Luft eines schönen Herbstnachmittags hinein. Vor ihnen auf der Straße sahen sie einen Heuwagen, der in Richtung Stadt fuhr.

»Da ist unsere Mitfahrgelegenheit!«, schrie Mina und begann, dem pferdebespannten Wagen hinterherzulaufen. »Ich glaube, ich kenne diesen Bauern; er wird uns bis zu meiner Haustür bringen.«

»Toll, Mina, du hast diese ganze Gegend hier total in den Griff bekommen.«

Sie war bereits weg. »Beeilung!«

Wilhelmina flitzte davon, um den Wagen zu erwischen, und ließ Kit und Bruder Lazarus zurück, die in ihrem Fahrwasser hinterhereilten. »Guten Tag!«, rief sie auf Deutsch. »Hallo! Guten Tag!«

Der Fahrer schaute zurück, und der Wagen wurde langsamer, bis er stehen blieb. »Wir haben Glück«, sagte sie, als die beiden Männer bei ihr eintrafen. »Er ist auf dem Weg zu einem Bekannten von mir in der Stadt, einem Stallknecht. Nun macht schon, helft einer Lady nach oben.«

Einige wenige Augenblicke später nahmen alle drei auf Strohbündeln Platz und lauschten dem langsamen Hufgeklapper der Pferde, während der Wagen die Straße entlangrumpelte. Sie kamen an frisch geernteten Feldern vorbei, die eine Seite der Straße säumten, indes auf der anderen Seite der gemächlich und sanft dahingleitende Fluss sich an Ufern mit hohem, verwildertem Gras entlangschlängelte. Während die anderen beiden auf Deutsch mit dem Bauern plauderten, wandte Kit seine Aufmerksamkeit der Landschaft zu. Etwas in der Luft oder dem Licht – oder auch durch die vertraute altertümliche Atmosphäre dieses Ortes – löste bei Kit einen Tagtraum aus; und bald ertappte er sich dabei, wie er über die Erlebnisse jener Nacht grübelte, als er Burleigh mit knapper Not entkam und Giles angeschossen wurde. Es war exakt auf dieser Straße hier gewesen – vielleicht in der Nähe genau dieser Stelle, die gewissermaßen den Tatort darstellte –, wo es sich ereignet hatte. Sie waren zu Fuß und Burleigh zu Pferde gewesen; überdies hatte der Earl eine Pistole gehabt. Außerstande, ihrem berittenen Verfolger davonzulaufen, hatten sie versucht, Burleigh aus dem Sattel zu heben. Und dann hatte Giles eine Kugel in den Arm bekommen, was Kit die Möglichkeit eröffnete, in der allgemeinen Verwirrung zu fliehen.

Kit hatte bislang nie allzu viel Zeit damit zugebracht, über jene Nacht nachzudenken. Dadurch, dass er in der Steinzeit gestrandet war und mitten unter den Fluss-Stadt-Clanmitgliedern gelebt hatte, war er zweifellos mit einer solchen Menge von neuen und beängstigenden Gefahren konfrontiert worden, dass im Vergleich dazu Burleigh und seine schrecklichen Pläne zur Bedeutungslosigkeit geschrumpft waren. Aber jetzt beschäftigten der skrupellose Lord Burleigh und seine Strolche Kits Gedanken; und die Vorstellung, dass sie immer noch durch irgendeine dunkle Gasse schleichen könnten und darauf warteten, sich auf Kit und seine Gefährten zu stürzen, erfüllte ihn mit erneuter Furcht. Was wollten sie mit ihm, Kit, überhaupt anstellen? Wichtiger noch, weshalb wollten sie seinen Tod? Ging es einfach darum, dass sie ihn aus dem Weg haben wollten? Oder steckte mehr dahinter?

Während Kit über diese Dinge nachdachte, verfiel er in eine melancholische Stimmung, die andauerte, bis er sah, wie sich in der Ferne die Stadtmauern erhoben. Sobald der Wagen die Stadttore passiert hatte, wandten sich seine Gedanken dem besonderen Abendessen zu, das Wilhelmina ihnen versprochen hatte. Als er an ein leckeres Schnitzel und eine Flasche mit kühlem, schäumendem Bier dachte, lief ihm das Wasser im Mund zusammen, und er verbannte alle Gedanken an Burley-Männer und mitternächtliche Verfolgungsjagden.

Der Wagen rollte die schmale, ansteigende Straße vom Tor zum Marktplatz in der alten Stadt hoch. Dort bat Wilhelmina den Fahrer, kurz anzuhalten, während sie ihre Rucksäcke ergriffen und vom Wagen stiegen; dann sagte sie ihm, er solle nach Beendigung seiner Geschäfte zu dem *Großen Kaiserlichen Kaffeehaus* kommen, und dort würden eine hübsche, heiße Tasse Kaffee und frischer Strudel auf ihn warten.

»Danke!«, rief der Bauer und schnappte sich die Zügel, um seine Pferde anzutreiben.

Während sie über den Platz zum Kaffeehaus schlenderten, fragte Kit: »Was vermutest du – wie viele Tage sind vergangen, seitdem du zuletzt hier gewesen bist?« Er erinnerte sich an ihr vorhergehendes Gespräch und fügte hinzu: »Oder vielleicht sollte ich fragen, ob du schon weggegangen bist.«

Wilhelmina lachte. »Das ist mir in Prag niemals passiert. Noch nicht. Wenn ich raten müsste, würde ich sagen, dass zwei oder drei Tage vergangen sind, seitdem ich weggegangen bin. Selten war ich mehr als vier Tage fort. Einmal war ich eine Woche weg, aber da unterlief mir ein Irrtum.« Sie zuckte leicht mit einer Schulter. »Wir werden es schon bald herausfinden.«

Mina eilte zur Tür des *Großen Kaiserlichen Kaffeehauses* und flitzte hinein. Kit und Bruder Lazarus traten hinter ihr ein und fanden einen Raum voller Gäste vor, die ihren Morgenkaffee zu sich nahmen. Grün-weiß livrierte Bedienstete beförderten Kaffeekannen und Teller mit Gebäck zu den Tischen in einer Atmosphäre, in der es nach frisch gebackenem Brot duftete und bei der man automatisch an angenehme Gespräche dachte. Die Stimmung war fröhlich und unbeschwert, und Kit wurde erneut daran erinnert, was für ein großer geschäftlicher Erfolg Wilhelmina und Engelbert hier gelungen war.

Mina war im Eingangsbereich stehen geblieben und überblickte die Szenerie mit offensichtlichem Vergnügen. »Macht es euch gemütlich«, sagte sie ihren Begleitern, legte ihren Rucksack ab und steuerte geradewegs auf die Küche zu. »Etzel!«, rief sie auf Deutsch. »Ich bin zurück, mein Schatz!«

Als sie die Theke erreichte, trat der große Mann höchstpersönlich aus der Küche; ein grüner Schlapphut bedeckte sein lockiges Haar, und sein rundes Gesicht war rot von der Hitze des Backofens. »Liebling!«, rief er und breitete sogleich seine Arme weit auseinander. Minas schlanke Gestalt verschwand in seiner Umarmung, die der eines Bären ähnelte, und sie wurde hochgehoben und schnell in die Küche gebracht, wo sie außer Sicht war.

»Ich schätze, er freut sich, sie zu sehen«, sinnierte Kit.

Er und Bruder Lazarus tauschten einen wissenden Blick aus und ließen dann den Raum auf sich wirken. Ihre Ankunft war von den Kunden bemerkt worden, von denen einige lächelten und in ihre Richtung nickten. Kit wunderte sich über diesen Empfang, bis er an sich hinabblickte und begriff, dass das, was die Restaurantgäste sahen, ein Duo aus fremdartigen Priestern war, die dunkle Amtstrachten und Rucksäcke trugen. Kit stupste Bruder Lazarus an, der daraufhin seine Hand in einer vagen Segnungsgeste erhob, und die Kunden kehrten zu ihrer Plauderei und ihrem Kaffee zurück.

Mina erschien wieder, mit Etzel im Schlepptau, und sagte auf Deutsch: »Engelbert, dies ist mein Freund Giambattista Becarria.«

Etzel streifte sich den formlosen Hut vom Kopf und verbeugte sich ordentlich vor dem Priester. Bruder Lazarus erwiderte die Verbeugung, danach schüttelte er dem Bäcker die Hand.

Mina wandte sich Kit zu und erklärte: »Kit, ich bin sicher, du erinnerst dich an Engelbert.«

»Natürlich.« Kit, der nun an der Reihe war, streckte seine Hand aus. »Hallo, Engelbert. Schön, Euch wiederzusehen.«

»Hallo, Herr Livingstone!«, erwiderte er auf Deutsch. »Ja, es ist schön, Euch zu sehen!« Er gab Kit einen herzlichen Klaps auf die Schulter. Die Hand des dicken Bäckers war mit Mehl eingepudert und hinterließ einen großen Abdruck auf Kits schwarzem Gewand.

»Das Wichtigste zuerst«, sagte Mina, die nun in einem forschen, dienstbeflissenen Tonfall sprach. »Ihr beide könnt das Gästezimmer im Obergeschoss haben. Die Betten sind gut, und es gibt eine Truhe, wo ihr eure Sachen verstauen könnt. Ich sage einem der Mädchen, es soll noch ein paar Decken bringen.« Für Bruder Lazarus wiederholte sie ihre Worte auf Deutsch. »Geht jetzt nach oben und macht es euch bequem. Ich werde euch etwas heißes Wasser bringen lassen, sodass ihr euch waschen und präsentabel machen könnt – weil ich uns alle heute Abend zum Essen ausführe, um unsere glückliche Heimkehr zu feiern.« Sie sah Kits verdächtigen Gesichtsausdruck und fragte: »Was ist?«

»Diese Kleidungsstücke ...«, begann er. »Denkst du, ich könnte etwas bekommen, das etwas weniger ... *religiös* daherkommt?«

»Schon müde vom Priestersein?«

»Bitte«, insistierte Kit. »Alles wird passen ...«

»Okay, ich werde einen der Burschen losschicken, um etwas zu finden, das mehr ... wie *du* daherkommt.« Sie ergriff Engelbert am Arm und führte ihn fort; problemlos wechselte sie ins Deutsche und sagte: »Komm mit, Etzel, ich möchte hören, was sich hier ereignet hat, während ich fort war. Erzähl mir alles.«

»Danke, ich bin dir was schuldig!«, rief Kit, als die beiden wieder in der Küche verschwanden. »Bis später, Engelbert.«

Er wandte seinen Blick wieder dem Raum und den Tischen mit den zufriedenen Kunden zu. Seine Nasenöffnungen füllten sich mit dem Duft frischen Gebäcks, der aus der Backstube strömte.

»Hier entlang, Bruder Lazarus«, sagte er und wies auf den Treppenaufgang hinten im Raum. »Es mag ja nicht das Ritz sein, doch das Essen ist gut, und du bekommst ein echtes Federbett.«

SECHSTES KAPITEL

Worin Schwüre, die man rasch macht, rasch gebrochen werden

Als Kit am nächsten Vormittag aufwachte, schwor er sich, dass er niemals wieder essen würde: ein aufrichtiger Vorsatz, der so lange anhielt, bis er – gewaschen und gekleidet in der neuen, sehr stark ausgebeulten Hose sowie in dem frischen, schönen Leinenhemd, die jetzt seine Garderobe darstellten – nach unten in Etzels Küche schlenderte, wo eine frische Charge Honig-und-Walnuss-Gebäck gerade aus dem Backofen kam. Der himmlische Duft stieß seinen festen Vorsatz um – und Kit unterlag dem Wohlgeruch kampflos. Er zog sich einfach einen Stuhl zum Arbeitstisch, als der große Bäcker, der ihn aufmunternd anstrahlte, auf einem sauberen Teller ein frisches, heißes Gebäckstück vor ihn hinstellte.

»Etzel, Ihr seid ein Genie«, schwärmte Kit mit einem großen Bissen von dem schmelzenden, köstlichen Gebäck im Mund. »Ein wahrer Künstler.«

»Es ist gut?«, fragte Etzel auf Deutsch und beobachtete Kits Reaktion.

»Ja! Sehr gut!«, erwiderte Kit, der mit diesen Worten seinen kleinen Vorrat an deutschen Vokabeln gewissermaßen ausschöpfte.

Der Bäcker kehrte zu seinem Ofen zurück und summte glücklich vor sich hin.

Am Abend zuvor war Kit gleichermaßen beeindruckt gewesen von dem Schnitzel, das man im besten Speisehaus der Stadt aufgetragen hatte. Wilhelmina hatte dafür gesorgt, dass ihr Geschäftspartner Jakub Arnostovi sie zum Sankt-Hubertus-Haus brachte,

Prags schickster Gaststätte: ein Ersuchen, dem der clevere Geschäftsmann nur allzu gerne nachkam. Dort – in einem heldenhaften Bemühen, sich Biss für Biss mit dem gestandenen Esser Engelbert zu messen – übertraf sich Kit selbst: Er verschlang einen Haufen Krautsalat und Sauerkraut, während er eine leicht panierte, gewürzte und gebratene Scheibe Kalbfleisch vernichtete, die nicht nur den Teller bedeckte, sondern auch noch über die Ränder hinaushing. Und all das schaffte er, während er berauschendes dunkles Weißbier aus einem scheinbar bodenlosen Krug in sich hineinkippte. Aus diesem Erlebnis hatte sich sein jedoch ziemlich kurzlebiger Vorsatz beim Aufstehen am nächsten Vormittag ergeben.

Als Kit sein süßes Gebäckstück und eine heiße Tasse Kaffee genoss, kam Wilhelmina hereingeweht. »Guten Tag«, begrüßte sie ihn und hielt dann inne, um einen kritischen Blick auf ihn zu werfen. »Bist du schließlich doch wieder unter den Lebenden?«

»Hallo, auch an dich«, erwiderte Kit. »Ist es schon spät? Wie viel Uhr ist es?«

»Ist egal«, meinte sie. »Wie ist das Gebäck?«

»Himmlisch. Etzel ist ein Engel mit einer Bäckermütze.« Kit nahm einen Schluck Kaffee. »Bin ich der einzige Langschläfer? Ich habe Bruder Lazarus noch nicht gesehen – ist er in der Nähe?«

»Gewesen und fort«, antwortete Mina und ließ Kaffee in einem kleinen Zinntopf schnell kreisen, bevor sie ihn durch einen Filter in eine der Tassen goss, auf denen der Namenszug des *Großen Kaiserlichen Kaffeehauses* prangte. Sie hob die Tasse hoch, atmete das Aroma ein und nahm anschließend einen Schluck – genau so wie ein Weinkellner, der eine gerade geöffnete Flasche kostete. »Er sagte, er habe Besorgungen zu machen.«

»Oh?« Kit steckte sich mit der Gabel ein weiteres Stück von seinem Gebäck in den Mund und kaute nachdenklich; er fragte sich, welche Besorgungen der Priester möglicherweise machen könnte. »Du kennst ihn schon seit langer Zeit, nicht wahr?«

»Lange genug, um zu wissen, dass man ihm vertrauen kann – bis zum Ende der Erde und zurück –, falls es das ist, was du meinst. Mach dir keine Sorgen; er wird zurückkehren, wenn er das beendet hat, was er gerade macht – was auch immer das ist.«

* * *

Bruder Lazarus war, wie sich zeigen sollte, drei Tage lang fort. Am Morgen des vierten kehrte er so verändert zurück, dass Kit ihn kaum als den onkelhaften Priester wiedererkannte, als den er ihn kennengelernt hatte. Fort waren die schwere, bis zu den Fußknöcheln reichende Soutane und das geknotete Zingulum; statt ihrer hatte er einen einfachen, gut geschnittenen schwarzen Anzug an, der mit einem schwarzen Hemd und einem weißen Priesterkragen getragen wurde. Die robusten Sandalen waren durch wunderschön polierte schwarze Herrenhalbschuhe ersetzt worden. Sein Haar war sehr kurz geschnitten, sein Bart in einer modischen Weise getrimmt; und seine alte Brille mit dem Stahlgestell war durch eine neue ausgetauscht worden, die ein ähnliches Design aufwies, jedoch mit Gold umrandet war. Eine glatte Umhängetasche aus Leder mit einem dünnen Riemen und ein Spazierstock aus Ebenholz mit einem Silberknauf vervollständigten das Ganze.

»*Buongiorno! Buongiorno* an alle!«, rief er, als er in den Speiseraum des *Großen Kaiserlichen Kaffeehauses* schritt. Er blieb einen Augenblick lang stehen und blickte suchend zwischen den Tischen umher.

Kit – der müßig bei einer zweiten Tasse Kaffee saß, während er darauf wartete, dass Wilhelmina ihre Aufgaben beendete, sodass sie sich zusammensetzen und besprechen konnten, was sie wegen dem verschwundenen Priester unternehmen sollten – hörte die vertraute Stimme und blickte auf. »Was zum …? Bruder Lazarus?« Er stand abrupt auf und kippte dabei fast seinen Stuhl um.

Der geschniegelte Priester ging direkt auf den Tisch zu, der der Küche am nächsten war und wo sich Kit niedergelassen hatte. »Mein Besorgungen sind abgeschlossen«, verkündete Bruder Lazarus, »und ich bin zurückgekehrt – erfrischt, erneuert und bereit.«

Genau in diesem Moment tauchte Mina aus der Küche auf. Sie

sah ihn und rannte zu ihm, um ihn zu begrüßen. »Ich habe angefangen, mir Sorgen zu machen …« Sie hielt plötzlich inne und ließ seine dramatisch veränderte Erscheinung auf sich wirken. »Lass dich mal genau ansehen! Was um Himmels willen hast du zu erledigen gehabt?«

»Ah, *Signorina* Mina.« Er verbeugte sich vor ihr, küsste ihre Hand und hielt sie dann fest, während er sprach. »Ich habe die wunderbarste Zeit meines Lebens gehabt. Ich bin in Rom gewesen und habe mich in eine Sprachschule eingeschrieben.«

»Und Englisch gelernt, wie ich höre.«

»*Certamente*«, antwortete er. »Die Jesuiten-Sprachschule ist unübertroffen. Ich habe ein Talent für Sprachen, wie du weißt.« Sein Lächeln wurde breit vor Vergnügen. »Ich war ein Spitzenschüler.«

»Was du nicht sagst.« Mina schüttelte den Kopf. »Du hast auch einen Schneider aufgesucht.«

»Eine kleine Schwäche.« Er drehte sich langsam im Kreis. »Gefällt es dir?«

»Sehr adrett«, erwiderte sie anerkennend. »Sogar elegant.«

»Hervorragend. Ich bin zufrieden.«

»Du hast all dies in drei Tagen gemacht?«, fragte Kit verwundert. »Ich bin wirklich beeindruckt.«

»Nein, nein, Mister Kit«, entgegnete der Priester und wedelte warnend mit dem Zeigefinger hin und her. »Vielleicht drei Tage in eurer Zeit an diesem Ort – aber fast vier Jahre für mich.«

»Natürlich«, sinnierte Kit, der den Wagemut und die Klugheit zu würdigen wusste, die in solch einer zielgerichteten Handhabung des Ley-Reisens sichtbar wurden. Wie Mina gezeigt hatte, konnte ein Reisender durch eine sorgfältige Kalibrierung des Absprungpunktes innerhalb von wenigen Tagen nach dem Verlassen eines Ortes wieder zurückkehren, gleichgültig, wie lange er oder sie weg gewesen war. *Bei ihm hat Mina das also gelernt*, dachte er.

»Wenn wir weiterhin zusammenarbeiten werden«, fuhr der Priester fort, »ist es offensichtlich sinnvoll, dass wir in der Lage sein sollten, in einer gemeinsamen Sprache miteinander zu reden. Es war höchst logisch, dass ich Englisch in seiner modernen Version lernen sollte. Wir haben noch viel Arbeit vor uns.«

»Bist du hungrig?«, erkundigte sich Mina.

»Völlig ausgehungert!«

»Komm, setz dich. Ich werde dir etwas zu essen bringen lassen, und du kannst uns über alles informieren.« Sie eilte fort in die Küche.

»Was für eine entzückende Lady, nicht wahr?«, sagte Bruder Lazarus und sah zu, wie sie forthetzte.

»Du siehst selbst alles andere als schlecht aus«, meinte Kit. Er ging zum Tisch zurück und nahm wieder seinen Sitzplatz ein. »Ich kann nicht glauben, dass du all das getan hast. Ich glaube, ich habe dich möglicherweise unterschätzt, Bruder Lazarus.«

»Bitte nenn mich Gianni«, erwiderte der Priester. »Von jetzt an nur noch Gianni.«

»Neue Kleidung, neue Sprache, neuer Name«, bemerkte Kit. »Das leuchtet ein, schätze ich.«

Bald darauf kehrte Wilhelmina zurück; ihr folgte eine grün livrierte Serviererin, die ein Tablett mit Kaffee, Tassen und Teller voller kleiner Wurst- und Käsebrote brachte. »Lasst es euch schmecken«, sagte Mina und setzte sich zu ihnen. »Ich überlege, nachmittags Appetithappen anzubieten. Nehmt ein paar und sagt mir, was ihr davon haltet.« Sie reichte die Teller herum, während die Serviererin Kaffee einschenkte. »Vielen Dank, Margareta«, sagte sie auf Deutsch und schickte das Mädchen weg, damit es seinen weiteren Aufgaben nachging. »Nun denn, Bruder Lazarus, ich möchte alles über deine Abenteuer in Rom hören.«

»Er heißt jetzt Gianni«, erklärte Kit ihr.

»Tatsächlich? Was du nicht sagst.«

»Bitte, es war der Kosename meiner Mutter für mich«, erläuterte der Priester mit einem Lächeln. »So wurde ich von meiner Familie und meinen Freunden genannt, als ich noch ein Junge war.«

»Also Gianni«, willigte Mina ein. »Ich mag den Namen, aber warum die Änderung? Und weshalb jetzt?«

Der Priester winkte leichthin mit einer Hand. »Bruder Lazarus war alt geworden und in seinen Gewohnheiten festgefahren. Er hatte seinen nützlichen Zweck erfüllt, und es war an der Zeit, ihm seine wohlverdiente Ruhe zu gönnen.« Gianni hielt inne und wurde nachdenklich. »Tatsächlich habt ihr, liebe Freunde, meinen Sinn für Abenteuer wieder aufleben lassen. Ihr habt in mir meine Bestimmung wieder erneuert.«

»Als Priester?«, sann Kit laut nach, der sich fragte, wie sie das geschafft hatten.

»Ich bin immer ein Priester gewesen, und ich werde immer ein Priester sein – das ist meine Berufung. Doch meine Bestimmung ist es, nach Wissen zu streben – über das, was einige Leute auf originelle Weise die verborgenen Mechanismen des Universums genannt haben. Dies ist von Gott bestimmt worden, wie ich glaube. Ich habe mich auf meiner Bergspitze versteckt; und während es eine Zeit fruchtbarer Unternehmungen gewesen ist, hat sich die Welt weitergedreht. Ich war ein Mann im Schlaf, aber ich bin erwacht – und nicht einen Moment zu früh.«

»Gianni, alter Kumpel, du bist ein erstaunlicher Kerl«, merkte Kit an.

»Nein, mein Freund«, entgegnete der Priester, der plötzlich ernst wurde. »Ich bin bloß jemand, dem viel gegeben worden ist. Sieh her, wir haben wichtige Arbeit zu erledigen, und nichts darf uns dabei aufhalten. Wir müssen unter allen Umständen zur Seelenquelle zurückkehren. In diesem Augenblick kann ich noch nicht sagen, warum, aber dies ist von allergrößter Wichtigkeit, wie mein Gefühl mir sagt.«

»Bravo! Richtig!« Kit klopfte mit der Hand auf den Tisch. »Lasst uns das tun. Zuerst müssen wir einen Weg zurück zum Knochenhaus finden.«

»Das ist möglicherweise leichter gesagt als getan«, hob Mina hervor. »Da ist diese gigantische Eibe, an der wir vorbeikommen müssen, weißt du.«

»Wo ein Wille ist, da ist auch ein Weg, *Signorina* – das weiß ich.« Gianni hob triumphierend seine Kaffeetasse in die Höhe. »Gott segne euch, meine lieben Freunde; es ist schon lange her, seit ich das letzte Mal eine solche Begeisterung verspürt habe.«

»Warte, bis du die Seelenquelle gesehen hast«, beschied Kit ihm. »*Dann* wirst du etwas haben, das dich wirklich begeistern wird.«

»Okay«, sagte Wilhelmina, »führe uns dadurch. Ich möchte es besser verstehen.«

»Nun, ich denke, wir müssen erstens einen Weg finden, zu der Zeit zurückzukehren, als der Fluss-Stadt-Clan das Tal bewohnte – bevor die Eibe dort war. Das würde alles um einiges einfacher machen«, schlug Kit vor. »Die Ley-Linie, die zu der großen Schlucht führt ... irgendetwas stimmt damit nicht, und das ist eine Tatsache.«

»Ich hatte niemals irgendwelche Probleme mit ihr«, betonte Mina.

»Vielleicht. Aber ich konnte sie nicht dazu bringen, überhaupt zu funktionieren. Während all der Zeit, die ich dort war, habe ich niemals mehr als ein Zittern von statischer Elektrizität von ihr bekommen.« In kleinen Schlucken trank er nachdenklich seinen Kaffee. »Ich hatte keine Schwierigkeiten, zu dem Tal zu gelangen – aber nachdem ich erst einmal dort angekommen war, konnte ich einfach nicht mehr zurückkehren. Bis zu dem Zeitpunkt, als ich über jene Ley-Linie in der Höhle gestolpert bin, habe ich mehr oder weniger in der Steinzeit festgesteckt.«

»Ah, meine Freunde!«, rief Gianni. »Wo wir gerade von der Höhle sprechen ... Das erinnert mich daran, dass ich Fotos gemacht habe, als wir dort waren, *sì?*« Er griff nach seiner Umhängetasche, legte sie auf den Tisch und öffnete die Klappe. Anschließend holte er einen gewöhnlichen braunen Briefumschlag hervor, aus dem er eine Reihe von glänzenden Schwarz-Weiß-Fotografien herauszog. »Während ich in Rom war, habe ich die Gelegenheit genutzt, den Film entwickeln zu lassen.« Er begann, die Fotos auf dem Tisch zu verteilen. »Dies sind die Fotografien, die ich innen in der Höhle gemacht habe. Wir ihr seht, sind die Bilder scharf und deutlich – sehr gute Darstellungen, wenn ich das selbst so sagen darf.«

»Es hat funktioniert! Erstaunlich!«, bemerkte Kit, der sich über die Reihe von Fotos beugte. In Schwarz-Weiß und durch die Abflachung beim fotografischen Verfahren hatten die gemalten Symbole eine stärkere Konturenschärfe und einen besseren Kontrast angenommen, als man jemals im düsteren Licht einer steinzeitlichen Lampe hätte wahrnehmen können. »Diese Bilder sind fantastisch. Man kann jeden kleinen Punkt und Schnörkel sehen.«

»Merk dir, wo wir gerade stehen geblieben sind«, sagte Wilhelmina, erhob sich und eilte aus dem Raum. Ein paar Minuten später kehrte sie mit einem flachen, in Leinen gewickelten Päckchen zurück, das von einem scharlachroten Band zusammengehalten wurde. »Machen wir einen Vergleich – wollen wir?« Sie reichte Gianni das Päckchen und sagte: »Tu dir keinen Zwang an.«

Nachdem er das Päckchen auf den Tisch gelegt hatte, zog er an dem Stoffstreifen, der als Band diente, um das Bündel zu verschließen, und wickelte dann vorsichtig, Falte für Falte, den Gegenstand im Innern aus: Auf diese Weise enthüllte er ein papierähnliches Stück Pergament, das so dünn war, dass es fast durchsichtig zu sein schien. Die glatte Oberfläche des Pergaments war geprägt von einer dichten Ansammlung leuchtend blauer Piktogramme – Schnörkel, Linien, Spiralen und Punkte –, von denen jedes die Größe eines Eis oder einer Walnuss hatte.

»Madre di Dio!«, schrie Gianni und sprang so schnell auf die Füße, dass sein Stuhl nach hinten kippte. Er stützte die Hände auf den Tisch, lehnte sich vor und starrte auf das an den Rändern gezackte Teilstück der Meisterkarte vor ihm. Dann schnappte er sich eine Fotografie und hielt sie gegen das Original, verwarf sie, ergriff eine andere und noch eine weitere in schneller Abfolge – jede verglich er mit dem Pergament, bevor er sie beiseitelegte. Beim vierten Foto hielt er inne. »Voilà!«

Kit und Mina kamen näher, um die Übereinstimmung zu überprüfen. »Spektakulär«, sagte Kit; seine Stimme verstummte, als würde er sich in der Gegenwart eines großen Mysteriums befinden. »Sie sind gleich – haargenau gleich.«

Es stimmte. Die Symbole von den Wänden der Höhle waren nicht nur identisch im Stil und in der Darstellung, sondern sie besaßen auch – so, wie sie auf den Fotos wiedergegeben waren – im Vergleich zueinander die gleiche Größe. Viele von ihnen schienen ein exaktes Ebenbild zu sein – bis hin zur klar umrissenen Wirbel- und Zickzacklinie, zum Schnörkel und Punkt.

»Das ist bedeutsam: Wer auch immer jene Zeichen in der Höhle gemacht hat, muss sie auf dem Original gesehen und sie genau kopiert haben«, folgerte Wilhelmina.

»Wir müssen auch die Möglichkeit in Betracht ziehen«, deutete Gianni an, »dass beide Zusammenstellungen von Symbolen sozusagen von derselben Hand erstellt worden sind.«

»Arthur Flinders-Petrie, meinst du.« Kit betrachtete die Meisterkarte und danach die Fotos. Die entsprechenden Gemeinsamkeiten zwischen beiden waren atemberaubend. »Du meinst also, dass er dort war?«

»Wie sonst?«

»Mir ist gerade etwas eingefallen«, sagte Kit. »Wir sollten diese Symbole mit denen in Sir Henrys grünem Buch vergleichen. Es ist oben in der Truhe; ich werde es holen gehen.«

Er verschwand die Treppe hoch, und ein paar Augenblicke später kam er zurückgerannt; in der Hand hielt er das kleine, handgeschriebene Buch, das in grünes Leder gebunden war. Der schmale Band enthielt verschiedene flüchtig zu Papier gebrachte Notizen und Überlegungen seines Besitzers – Sir Henry Fayth – über die Natur und die Bedeutung des Ley-Reisens. Das meiste von dem Geschriebenen war für Kit undurchsichtige Philosophie. Aber an den Rändern und auf ein paar, wohl zufällig hierfür ausgewählten Seiten hatte Sir Henry Diagramme und Symbole gezeichnet, die für Kit bedeutungslos gewesen waren, bis er die Meisterkarte gesehen hatte.

Er blätterte durch das Buch bis zu einer bestimmten Seite, dann legte er es flach auf den Tisch, damit die anderen es sehen konnten. Das winzige Diagramm, das Sir Henry mit brauner Tinte gezeichnet hatte, ähnelte sehr einem der Symbole auf den Fotografien. »Beinahe, aber nicht ganz«, stellte Kit fest.

Sie versuchten es bei einigen weiteren, fanden jedoch keine direkte Übereinstimmung unter den wenigen verstreuten Zeichen, die Sir Henry eingetragen hatte. »Vielleicht beziehen sich die Zeichen im Buch auf einen anderen Teil der Karte«, vermutete Wilhelmina. »Auf einen, den wir noch nicht gesehen haben.«

»Oder sie dienen möglicherweise irgendeinem anderen Zweck«, mutmaßte Gianni. »Wir werden uns darauf konzentrieren, das zu erarbeiten.«

»Nun, wie auch immer es kam, dass diese Zeichen in jener Höhle gemalt wurden, unser Mann Flinders-Petrie war dort«, verkündete Mina. »Darauf würde ich das Geschäft verwetten. Ob er sie selbst gemalt hat oder nicht, er war in jenem Tal unter diesen Menschen.«

»Darf ich ein Experiment vorschlagen?«, sagte Gianni. »Es sieht folgendermaßen aus: Wir werden, insofern es möglich ist, die Bedingungen jener ersten Ley-Reise dorthin nachbilden – wir verfolgen deine Route, Kit, Schritt für Schritt zurück, so präzise wie wir können. Vielleicht wird uns dies einen Einblick in das geben, was beim ersten Mal geschehen ist.«

»Was, wenn das Gleiche erneut passiert und wir nicht zurückkehren können?«, fragte Kit.

»Dann können wir den Ley in der Höhle benutzen«, erwiderte Mina. »Jenen, der nach Spanien führt, richtig?« Sie spreizte ihre Hände auf der Tischplatte. »Was auch immer sonst passiert, wir können stets zu dem Kloster zurückkehren. Was sagt ihr?«

Kit benötigte ganze drei Sekunden, um ein Urteil über den Plan zu fällen. »Fantastisch«, stimmte er zu. »Wann brechen wir auf?«

Sie gingen dazu über, Vorbereitungen für eine Rückreise in die Steinzeit zu besprechen – was sie mitnehmen würden und was zu erwarten sei, wenn sie dort einträfen. Kit war schon eine ganze Weile dabei, das Leben mit dem Fluss-Stadt-Clan zu beschreiben, als er bemerkte, dass Wilhelmina aufgehört hatte, auf seine Ausführungen zu achten.

»Langweile ich dich damit?«, fragte er.

»Hm?«

»Du bist mit den Gedanken ganz woanders. Wo liegt das Problem?«

»Oh nichts, wirklich. Mir ist nur gerade bewusst geworden, dass wir beabsichtigen, all das zu tun – ohne unsere Schattenlichter. Ich glaube, das ist ein Problem.«

»Kein riesengroßes Problem.« Kit blickte von ihr zu Gianni und zurück. »Oder? Ich meine, wir wissen die Standorte von all den relevanten Ley-Linien. Es wird alles in Ordnung sein für uns.«

»Sicher, was könnte denn schon möglicherweise schiefgehen?« Sie zeigte ihm ein sarkastisches Lächeln.

»Es wird alles in Ordnung sein für uns«, wiederholte Kit beharrlich. »Und noch etwas ... Warum nennst du sie überhaupt Schattenlichter?«

»Wegen des *Schattens*. Weshalb sonst?«

»Ich kann dir nicht ganz folgen ... Was für ein Schatten?«

»Das neue Modell der Ley-Lampe – die aufgerüstete Version, die ich benutzt habe – verfügt über einige wesentliche Verbesserungen, zusammen mit einigen geringfügigen Unterschieden«, erklärte Mina. »Zum Beispiel gibt es eine deutliche Abdunkelung des umgebenden Lichts, wenn man mit der Ley-Linie interagiert. Kurz bevor du den Sprung ausführst, wird alles ein wenig dunkel – so, als ob die Sonne hinter einer Wolke verschwindet oder man in den Schatten geht. Alles wird ganz schattenhaft.«

»Und dann?«

»Dann hellt es wieder auf, und – voilà! Du bist da.« Wilhelminas glatte Stirn zerfurchte sich, als ihre Augenbrauen sich in einem Ausdruck der Besorgnis zusammenzogen. »Ich hasse es, dies zu sagen: Aber ich glaube nicht, dass wir einen weiteren Ausflug in die Steinzeit oder zur Seelenquelle unternehmen sollten, ohne eine Lampe, die uns führt.«

»Du glaubst wirklich, dass es so wichtig ist?«

Sie nickte, und Gianni ergriff nun das Wort. »Ich werde in dieser Angelegenheit *Signorina* Wilhelminas Herz vertrauen. Einen Ersatz zu bekommen wird unsere Reise nur ein wenig verzögern, und so etwas kann uns letzten Endes viele Schwierigkeiten ersparen.«

Jetzt war Kit an der Reihe, die Stirn zu runzeln.

»Es wird wohl besser sein, sie dabeizuhaben und nicht zu benötigen, als andersherum«, hob Mina hervor. »Gianni hat recht; es wird die Dinge nur eine kleine Weile verzögern, und es könnte den Unterschied ausmachen zwischen einem Erfolg und einer Katastrophe.«

»In Ordnung«, gab Kit nach. Das Verlangen, zu seinen Fluss-Stadt-Freunden zurückzukehren, war so stark, dass er es förmlich spüren konnte – wie eine Klinge zwischen seinen Rippen. Aber die klar denkende, stets praktische Mina hatte recht: Sie waren im Begriff, sich ins Unbekannte zu stürzen, und würden wahrscheinlich jede Unterstützung brauchen, die sie bekommen konnten. »Es ist ein berechtigter Standpunkt. Wir wollen nicht vorschnell losstürmen. Tu, was auch immer du tun musst, um uns ein Ersatz-Schattenlicht zu besorgen. Aber tu es schnell, okay?«

»Wir werden im Handumdrehen unterwegs sein«, erwiderte Wilhelmina. »Ich werde Gustavus im Palast eine Nachricht zukommen lassen und ihm sagen, dass wir ihn sogleich sehen möchten.«

»Und was sollen wir in der Zwischenzeit machen?«

»Entspannt euch«, riet Mina. »Ruht euch aus für das bevorstehende Abenteuer, und esst eine Menge von Etzels außergewöhnlichem Strudel.«

»Nun«, sagte Kit, dessen Stimmung sich leicht aufheiterte, »damit kann ich leben.«

SIEBTES KAPITEL

Worin offizielle Türen weit aufschwingen

Es waren neun: jeder von ihnen ein Verbrecher, der entweder zur Inhaftierung in einem Schiffsrumpf verurteilt oder für die Deportation nach Van Diemen's Land bestimmt war. In den Worten des Strafverfolgungsgesetzes von 1776 waren diese Gefangenen die »scheußlicheren und frecheren Straftäter« und sollten daher einer »strengeren und wirksameren Bestrafung« unterworfen werden, die ansonsten von der Rechtsordnung seiner Majestät gewährt wurde. Ob vorherbestimmt für Tasmanien oder verbannt zu einem als Gefängnis dienenden, zerfallenden Schiffsrumpf – diese neun Schurken würden eine Menge Zeit im Bauch eines dreckigen, stinkenden Schiffes verbringen.

Mehrere Monate lang hatte Burleigh gerichtliche Protokolle durchforstet, die als *The Proceedings of the Old Bailey* bekannt waren, und darin nach genau solchen Fällen gesucht, die ihm passende Kandidaten zur Verfügung stellen könnten. Sobald er einen geeigneten mutmaßlichen Täter fand, studierte er den individuellen Fall; dabei engte er seine Suche ständig ein, sodass er von einer großen Menge zu einer Hand voll von Anwärtern kam. Dann sichtete er diese Gruppe und trennte weiterhin die Spreu vom Weizen, bis er genau neun hatte. Diese Männer wollte er höchstpersönlich befragen.

Doch so außergewöhnlich diese Prozedur auch sein mochte, es war überraschenderweise wenig Aufwand vonnöten, um sie umzusetzen; es erforderte lediglich den großzügigen Einsatz von verfügbarem Geld. Reichtum in Form von Silber, Gold, Diamanten und jeder anderen einlösbaren Handelsware war etwas, das Burleigh in einem nahezu unbegrenzten Angebot nunmehr besaß. Und der durch eigene Kraft zum Earl aufgestiegene Mann war jedes Mal aufs Neue beeindruckt, wie selbst die »unmöglichsten« Dinge mit einer kleinen alltäglichen Bestechung ganz mühelos bewerkstelligt werden konnten. Je großzügiger der Beitrag für die inoffiziellen Geldsäckel war, desto weiter schwangen die offiziellen Türen auf. Und was das Gefängnissystem anbelangte, schienen dort die Repräsentanten und Angestellten die Zahlungen »unter dem Tisch« als ein regulärer, erwarteter und notwendiger Bestandteil ihres kargen Lohns zu betrachten.

Bei seinen Bestrebungen, ein paar nützliche Männer zu finden, gab sich Seine Lordschaft der Überlegung hin, wie extrem dünn doch die Linie war, die den Gefängniswärter von dem Gefangenen trennte: In vielen Fällen war dieser Streifen so schmal, dass er geradezu unsichtbar war. Wenn man einmal von der Tatsache absah, dass da ein Kerl in Ketten stand, deren Ende der andere Kerl in seiner Faust hielt, würde ein neutraler Beobachter in Verlegenheit kommen, wenn er den Unterschied erkennen sollte. Mit einer Regelmäßigkeit, die sowohl bemerkenswert als auch deprimierend war, bemerkte Burleigh, dass man den jeweiligen Halunken, der zu einer australischen Strafkolonie fortgeschickt wurde, wegen eines Verbrechens verurteilt hatte, das weit weniger schwerwiegend war als die Annahme des Bestechungsgeldes durch die Amtsperson.

Deprimierend war auch die Tatsache, dass die Männer, über die er in den *Proceedings of the Old Bailey* las, genau derselben Klasse und demselben Hintergrund entstammten wie er selbst – ein paar kamen sogar aus genau demselben Slumviertel in London –, und dass sie zwangsläufig durch den gleichen Mangel an Bildung, Fähigkeiten, gesellschaftlichen Verbindungen und angemessenen Chancen behindert wurden. Während er über diese Männer und ihre Verbrechen las, dachte er, dass er leicht auch über sich selbst hätte lesen können. Wenn es nicht Granville Gower, Earl of Sutherland, gegeben hätte, wäre der junge Archie Burley einer der vielen Unglücklichen mit einem One-Way-Ticket zu einem kurzen, von brutaler Arbeit geprägten Leben in *Down Under* gewesen.

Dennoch waren die Männer, für die sich Burleigh interessierte, weder Heilige noch Engel, die sich dessen nicht bewusst waren. Er interessierte sich nicht für unbedeutende Serientäter oder arme, unglückliche Trottel, die – wegen des Fehlens einer besseren Polizeiarbeit oder einer geeigneten gesetzlichen Vertretung – in Freiheit hätten herumlaufen können. Auch nicht für jene, für deren Verbrechen man recht gut mildernde Umstände hätte geltend machen können, wenn den Tatsachen des jeweiligen Falles ermöglicht worden wäre, voll und ganz zur Geltung zu kommen. Keiner von diesen war geeignet für seine besonderen Bedürfnisse. Als der Earl einen Fall nach dem anderen in den *Proceedings of the Old Bailey* genau studierte, suchte er es nach einer seltenen Gattung von Individuen ab: nach originären Straßenräubern. Seine Lordschaft wollte echte Übeltäter und Schurken, authentische Gesetzlose, unverbesserliche, dreiste Unruhestifter einer höheren Klasse. Nur solchen Menschen, so meinte er, könnte er die Verantwortung anvertrauen, die er ihnen aufzuerlegen gedachte.

Er stolzierte durch einen der unteren Korridore des *Justice House*, wo Gefangene eingesperrt waren, die auf den letzten Beschluss zu ihrem jeweiligen Fall warteten. Jene, die ihn sahen, mochten Burleigh leicht für den Fürsten der Finsternis oder für einen seiner ranghohen Assistenten halten: Er war ganz in Schwarz gekleidet – mit einem schwarzen Reitumhang, der mit blutrotem Satin gesäumt war, mit hohen schwarzen Stiefeln und einem schwarzen Filz-Schlapphut, den er sich tief ins Gesicht gezogen hatte. Sein Bart war kurz und zugespitzt wie ein Schürhaken, seine dunklen Augen waren im Schatten des Hutes verborgen. Alles in allem entsprach sein Äußeres diesem Erscheinungsbild, das man vom Fürsten der Finsternis hatte, als er die verlassenen Nebenwege des Gefängnisses dahinglitt. In der Tasche seines Mantels trug Seine Lordschaft seine sorgfältig vorbereiteten Papiere, eines für jeden der Männer, die er als würdig für weitere Überlegungen ausgewählt hatte. Jeder der Häftlinge, die sich hier aufhielten, war verurteilt worden; und auch der Letzte von ihnen wusste, welches Schicksal ihn erwartete. Keiner von ihnen war ein glücklicher Mann, und keiner hatte einen Grund, irgendetwas Gutes zu erhoffen. Dementsprechend hing eine alles durchdringende Atmosphäre der Düsternis und Verzweiflung wie eine stillstehende Wolke in den abgedunkelten Korridoren, durch die Lord Burleigh, der sich ein nach Lavendel duftendes Taschentuch vor die Nase drückte, von einem Wärter mit einer Laterne in der Hand geführt wurde.

»Haben Sie die Namensliste, die ich Ihnen geschickt habe?«, fragte Burleigh, dessen Stimme an den Stahltüren entlangschwirrte, die den Gang säumten.

»Gewiss, Sir«, nuschelte Warden Jacks und wählte einen Schlüssel von dem großen Ring in seiner Hand. »Das hab ich.«

»Waren Sie in der Lage, sie alle zu bekommen?«

»Alle außer einen, Sir. Und er wird nicht vermisst werden, mit Verlaub zu sagen. Wird in keiner Weise vermisst.«

»Wer ist es?«

»Burdock«, antwortete der Wärter. »Wurd diesen Morgen mit 'ner Klinge im Hals tot aufgefunden; also is er von Ihrer Liste gestrichen worden.«

»Was für ein Pechvogel«, erwiderte Burleigh. »Oh, na ja – einer weniger. Acht sind noch da.«

Der Wärter drehte den Schlüssel im Schloss herum und öffnete die Tür. »Ein Tisch und zwei Stühle – wie befohlen, Sir«, sagte er. »Ich geh jetzt, und Sie können Platz nehmen, während ich den Ersten hereinhole. Irgendeinen Bestimmten, mit dem sie gern anfangen würden?«

»Bringen Sie sie einfach, so wie Sie sie antreffen, Warden«, entgegnete Burleigh und marschierte in die Zelle hinein.

»Wie Sie wünschen, Sir.«

Burleigh nahm den Stuhl hinter dem Tisch, wo zwei angezündete Kerzen in billigen Blechständern brannten. Die Luft in der Zelle war ranzig und stickig. Nachdem er seine Handschuhe ausgezogen und sein Taschentuch zusammengefaltet hatte, legte er sie beiseite. Er zog das Bündel Papiere aus seiner Manteltasche heraus, platzierte sie ordentlich vor sich auf dem Tisch, faltete dann seine Hände und wartete. Bald hörte er draußen das Getrippel von Schritten, und die Tür öffnete sich abermals. Warden Jacks und der erste Gefangene erschienen.

»Setz dich dorthin und mach keinen Mucks!«, ermahnte ihn Jacks. »Ich behalt dich im Auge.«

Der Gefangene nahm seinen Platz ein und betrachtete Burleigh mit der skeptischen Miene eines Mannes, der nicht bestimmen konnte, ob der Interessent vor ihm Gutes oder Schlechtes verhieß.

»Name?«, fragte Burleigh.

»Thompson«, antwortete der Mann. »Thomas Thompson.«

Burleigh durchsuchte seine Papiere und zog ein einzelnes Blatt hervor, das er in den Lichtschein der Kerze hielt. »Mord – ist das richtig, Thompson?«

»Das ist eine Lüge. Ich hab niemals niemanden getötet. Ich war noch nich mal in dem Pub zu der Zeit.«

»Stimmt das?« Diese strafmildernde Unklarheit war wahrscheinlich der Grund, weshalb Thompson nicht für den Galgen bestimmt war. Burleigh hob seine Augen und blickte zum Gefangenen, der ihm gegenüber am Tisch saß und dessen kantiges Gesicht im Kerzenlicht scharf geschnitten wirkte. »Erzähl mir, warum ich dir glauben sollte.«

»Ich hab 'ne Frau und drei Kleene, verstehen Se? Ich bin ihre einzige Stütze. Ich geh ins Gefängnis, und sie verhungern alle. Die sind schon auf der Straße. Ich weiß noch nicht mal richtig, wo sie sind.«

Burleigh blickte zum Wärter, der den Kopf schüttelte.

»Hören Sie nicht auf *ihn*«, jammerte Thompson. »Der weiß nix – un' das ist 'ne Tatsache.« Er lehnte sich vor und hob seine gefesselten Hände. »Sie müss'n mir helfen, Kumpel. Ich hab Aufgaben un' Verpflichtungen, verstehen Se? Ich muss hier raus. Ich muss meiner Familie helfen.«

Burleigh nickte, blickte ein weiteres Mal auf das Papier und hielt es dann an die Kerzenflamme. »Ich bin mit diesem da fertig«, sagte er zum Wärter, als das Papier Feuer fing. »Bringen Sie mir den Nächsten.« Er ließ die lodernde Seite auf den Boden fallen.

»Okay, du«, sagte Jacks und legte eine Hand an den Kragen des Sträflings. »Raus.«

Als Thompson weggeführt wurde, beteuerte er immer noch seine Unschuld; seine Stimme konnte noch den Korridor hinunter gehört werden. Sein Flehen wurde durch das Zuknallen einer Tür zum Verstummen gebracht, und ein paar Augenblicke später erschien der Wärter mit einem anderen Gefangenen. Dieser Kandidat war dunkel und schlank und zudem viel jünger, als Burleigh erwartet hatte.

»Name?«, fragte er.

»Marcus Taverner«, erwiderte der Mann mit einer klaren, direkten Stimme.

»Warum wurdest du verurteilt?« Einmal mehr durchsuchte Burleigh seine Papiere und holte ein einzelnes Blatt hervor.

»Raubüberfall mit schwerwiegender Körperverletzung.«

»Hast du es getan?«

»Ja.«

»Warum?«

»Der Kerl schuldete mir Geld für einen Job, den ich gut gemacht habe, und weigerte sich zu bezahlen.«

»Also hast du es dir genommen.«

»Oh ja, ich habe es mir genommen, Boss. Ganz sicher habe ich das getan – und habe ihm außerdem noch etwas zum Nachdenken gegeben.« Ein leichtes Lächeln glitt über die Lippen des jungen Sträflings. »Nennen Sie es Zinsen auf meine Investition.«

»Wohin schicken sie dich?«

»*Ganymede*«, antwortete Taverner.

»Wie bitte?« Burleigh blickte verwundert auf. »Hast du *Ganymede* gesagt?«

»Die *HMS Ganymede*«, erklärte Warden Jacks. »Eine Vierundsiebzig-Kanonen-Fregatte, die wir von den Franzmännern erbeutet haben, Sir. Jetzt ein Gefängnis-Schiffsrumpf im Chatham Sound.«

»Was denkst du über dein Urteil, Taverner?«, erkundigte sich Burleigh und wandte sich wieder dem Gefangenen zu, der vor ihm saß.

»Nicht viel.« Er zuckte mit den Achseln. »Schätze, ich werde die Sache bestimmt überstehen.«

Mit einem Bleistiftstummel machte Burleigh einen Vermerk auf der Seite und sagte, ohne aufzuschauen: »Das ist alles. Bringen Sie den Nächsten rein.«

Der Wärter führte den Gefangenen fort und kehrte ungefähr eine Minute später mit einem anderen Mann in Fesseln zurück. Dieser wurde wie die anderen nach ein paar Fragen weggeschickt, und seinen Platz nahm ein vierter Verbrecher ein, dem schnell hintereinander die Nummern fünf bis acht folgten: Jeder, der an der Reihe war, wurde von Burleigh befragt, der sich jeweils ein paar Notizen auf der Seite machte, die vor ihm lag.

»Das waren alle, Sir«, verkündete Warden Jacks, nachdem er den achten Gefangenen weggebracht hatte. »Jemanden, den Sie noch einmal sehen wollen?«

»Das wird nicht notwendig sein, Warden. Danke schön.« Burleigh ergriff die letzte Seite, faltete sie und schrieb etwas, während der Beamte wartete. »Dies sind die Männer, die ich ausgewählt habe. Sie sollen zum Gefängnisschiff *HMS Discovery* überführt werden.«

Jacks schaute auf das Papier und hielt es sich nahe vors Gesicht. »Die *Discovery* liegt bei Deptford, Sir.«

»Das ist richtig, Warden. Wie äußerst scharfsinnig.« Burleigh schob seinen Stuhl zurück und stand auf. »Sie sollen heute Nacht überführt werden.«

»Aber ... Sehen Sie, hier, Sir ...«

Burleigh stopfte das Bündel aus Papieren in seine Manteltasche und trat um den Tisch herum. »Gibt es irgendein Problem, Warden? Oder ... Könnte es sein, dass das Geld, das Sie zu empfangen erwarten, irgendjemand anderem gegeben werden sollte?«

»Das ist nicht viel Zeit, Sir ... wenn ich das so sagen darf.«

»Nein, Warden Jacks, das ist nicht viel Zeit. Aber Sie sind ein kluger, einfallsreicher Bursche. Ich habe keinerlei Zweifel, dass Sie die Zeit finden werden, um die notwendigen Vereinbarungen zu treffen.« Er klopfte leicht auf das Papier in der Hand des

Wärters. »Nicht später als heute Mitternacht müssen sie an Bord sein.«

»Falls es Ihnen vollkommen gleich ist, Sir … Was für ein Unterschied –«

»Es ist völlig gewiss, dass es mir nicht vollkommen gleich ist, Warden. Sie werden sich an die Konditionen unserer Vereinbarung halten; oder ich werde jemanden finden, der bereit ist, dies zu tun, ohne Fragen zu stellen.«

»Ich bitte um Verzeihung, Sir. Die Gefangenen werden dort sein.«

Burleigh verließ *Justice House*, bestieg seine Kutsche und wies den Fahrer an, sich zu den *Isle of Dogs* im Hafenviertel zu begeben. Die Kutsche polterte Straßen hinunter, die von einem zunehmenden Verfall geprägt waren – jede war trostloser und schmutziger als die vorhergehende –, bis sie an den *Millwall Docks* ankam, wo der Fahrer zu einem Pub namens *Black Spot* geleitet wurde. Burleigh stieg aus und sagte: »Kümmer dich darum, dass das Pferd Futter und Wasser bekommt, und besorg dir was für dich selbst.« Er reichte dem Kutscher einen Stapel Silber-Shillings. »Dann komm hierher zurück und warte. Ich weiß nicht, wie lange ich fort sein werde.«

Tatsächlich war es immer noch früher Nachmittag, als der Mann, wegen dem Burleigh hergekommen war, den *Black Spot* betrat. Die Uhr in der Kirche bei *Chapel House* hatte gerade drei Mal geläutet, und der Bursche – der auf der Schwelle stehen blieb, um seinen Augen zu ermöglichen, sich dem schlechten, vom Rauch getrübten Licht in der Kneipe anzupassen – wurde sofort von Burleigh entdeckt. Ein Dienstbursche wurde geschickt, um den Seemann in die Nische zu bringen, wo Seine Lordschaft sich niedergelassen hatte. Burleigh dankte dem Jungen und befahl, dass Bier und Essen gebracht werden sollten.

»Bitte setzen Sie sich, Lotse Suggs. Ich hoffe, dass Sie in der Lage gewesen sind, ein geeignetes Schiff für unseren Gebrauch zu beschaffen?«

»Wir gehören nicht zu denen, die lange um den heißen Brei herumreden, nicht wahr, Sir?«, merkte der Seemann an. »Sehr gut.«

Er blickte sich in dem beinahe leeren Raum um, als erwartete er, belauscht zu werden; dann sagte er: »Um Ihre Frage zu beantworten ...« – er schaute sich erneut um –, »... ein Hund könnte an diesem Ort vor Durst sterben.«

»Ich habe einen Krug von ihrem Besten und etwas zum Essen für Sie bestellt«, erwiderte Burleigh, der die Unverschämtheit des Mannes mit einer Handbewegung beiseiteschob. »Es wird in Kürze gebracht. Was wollten Sie noch sagen?«

»Ja, Sir, ich habe ein Fahrzeug beschafft, das Ihren besonderen Erfordernissen recht gut entspricht. Es ist ein einmastiger Flussläufer und fährt unter dem Namen *Rose of Shar* –«

»Belästigen Sie mich nicht mit unbedeutenden Einzelheiten, Lotse«, fiel Burleigh ihm ins Wort. »Wenn Sie glücklich sind, dass Sie den von mir vorgegebenen Richtlinien entsprochen haben, dann ist mir das einerlei.«

Die Augen des Seebärs verengten sich, und er schnaubte laut. »Ich habe einfach höfliche Konversation gemacht ... Ich bitte um Verzeihung.«

Der Junge kam an mit einem Teller voller Brot und Würsten; ihm auf den Fersen folgte der Wirt, der eine schäumende Flasche und zwei Krüge trug. Burleigh dankte dem Schankwirt und entließ ihn mit ein paar Pennys. Als die beiden wieder allein waren, sagte er: »Ich habe meiner Mannschaft Anweisung gegeben, dass wir nicht später als Mitternacht den Anker lichten sollen.« Er schob den Teller mit dem Essen näher zum Lotsen, der sich bediente. »Sind wir uns einig?«

»Tidenströmung.« Suggs nickte. »Wie vereinbart.« Er nahm einen großen Happen von einer Wurst und kaute nachdenklich, dann spülte er ihn mit Ale hinunter. »Und werde ich in Münzgeld bezahlt – wie vereinbart?«

»Selbstverständlich.« Burleigh trank einen großen Schluck und griff dann in eine innere Manteltasche. Er holte einen kleinen Lederbeutel heraus und hievte ihn auf seiner Handfläche hoch, als würde er seinen Inhalt wiegen oder versuchte zu entscheiden, was er damit tun sollte. Am Ende warf er den Beutel in Richtung des Seemanns. »Da ist Ihre Bezahlung in Silbermünzen und im Voraus.«

Suggs beäugte den Geldbeutel, machte jedoch keinerlei Anstalten, ihn an sich zu nehmen. »Was soll mich davon abhalten, einfach das Geld zu nehmen und Sie auf dem Trockenen zurückzulassen?«

Dies brachte ein Lächeln auf Burleighs Lippen. »Sie sind nicht jemand, der lange um den heißen Brei herumredet, Lotse?«

Snuggs schnaubte erneut und biss ein weiteres Stück von der Wurst ab.

»Ich werde Ihnen sagen, warum Sie das nicht tun werden – da Sie fragen«, erklärte Burleigh und nahm einen weiteren Schluck. »Erfüllen Sie den Rest der Abmachung, und ich werde Ihnen das Doppelte von dem geben, was in diesem Beutel ist, wenn ich die Lieferung akzeptiere.« Er nickte, als der Flusslotse das Silber vom Tisch nahm. »Nennen Sie es einen Bonus für einen gut gemachten Job. Sie können es mit Ihren Männern teilen, wie auch immer Sie wollen.«

»Ich werde vor Mitternacht dort sein – vorausgesetzt, dass Ihre Schmeißfliegen sich mit der Ladung zeigen.«

»Das ist selbstverständlich.« Burleigh rutschte von seiner Bank in der Nische und stand auf. »Ich bin zufrieden, dass wir miteinander übereinstimmen, Lotse Suggs. Ich werde Sie nun Ihrem Essen überlassen. Ab Einbruch der Dunkelheit werde ich an Bord der *Percheron* sein. Lassen Sie mich nicht länger warten, als ich muss.«

»Keine Angst, Sir«, erwiderte ein glücklicher Seebär. »Sie können auf Smollet Suggs zählen.«

ZWEITER TEIL

Viele unglückliche Rückkünfte

ACHTES KAPITEL

Worin starker Versuchung widerstanden wird

Xian-Li stand im Garten mit ihrer blauen Lieblingsschüssel, ließ durch ihre Finger die trockenen Küchenabfälle gleiten und durchsuchte sie. Umgeben von ihrer Schar braun gefleckter Hühner, die gackerten und scharrten, während sie ihnen Brotkrusten und Apfelschalen zuwarf, verspürte sie plötzlich ein Frösteln; unwillkürlich musste sie zittern. Der Tag war heiter und stürmisch, daher hatte sie ihr langes schwarzes Haar mit einem roten Tuch zusammengefasst. Sie betrachtete ihren Schatten am Boden: Die losen Enden des Tuches flatterten in der Brise, wodurch der Eindruck entstand, dass der Schatten selbst lebendig wäre.

Obwohl die Sonne warm auf ihre Schultern schien, überkam sie ungefähr eine Minute später erneut ein Frösteln – diesmal begleitet von einem so starken Gefühl der Bedrücktheit oder großer Angst, dass sie mitten in der Wurfbewegung verharrte und die Hand voll Erbsenschoten in ihrer Faust festhielt. Sie drehte sich herum in der Erwartung, jemanden anzutreffen, der sie beobachten würde … Doch da war niemand. Der Garten war leer, die Diener befanden sich im Haus oder waren anderweitig und außer Sichtweite mit etwas beschäftigt.

Das Gefühl einer bangen Vorahnung verstrich innerhalb eines Augenblicks, und Xian-Li fuhr fort, die Hühner zu füttern. Bald schon leerte sie die Schüssel, indem sie sie schüttelte und so die letzten Brocken auf die Erde beförderte. Sie klemmte sich das irdene Gefäß unter den Arm und begann, zum Haus zurückzukehren. Als sie die Hintertür erreichte, blickte sie auf – und da war er: Benedict, ihr kostbarer Sohn, stand im offenen Toreingang. Seine Hände waren leer, hingen einfach herab am Ende der schlaff baumelnden Arme; er trug weder Mantel noch Hut, und auf seinem Gesicht war ein Ausdruck völliger Trostlosigkeit und Leere. Die blaue Schüssel entglitt ihrem Griff, als sie vorwärtsrannte.

»Beni!« Sie keuchte, als sie ihn in ihrer Umarmung an sich presste. »Oh, Beni! Du bist zurückgekehrt.« Sie schob ihn zurück und hielt ihn auf Armlänge von sich, sodass sie sein Gesicht sehen konnte. Etwas an seinem Erscheinungsbild hatte sich verändert; er schien älter zu sein als seine dreizehn Jahre. »Was ist passiert?« Sie blickte hinter ihn und hielt nach Arthur Ausschau. »Wo ist dein Vater?«

»Mutter, ich …« Benedict brach ab; er war unfähig, den Satz zu beenden.

Dann sah Xian-Li, dass er Schmerzen hatte und seine Haut bleich war, und seine Augen umgaben dunkle Schatten.

»Bist du verletzt?« Sie musterte ihn und tastete mit ihren Händen nach Wunden. »Was ist geschehen?«

Benedict holte tief Luft und antwortete: »Er kommt nicht.«

»Kommt nicht? Arthur verspätet sich?«

»Vater kommt nicht nach Hause«, verbesserte Benedict sie, seine Stimme zitterte. »Er wird niemals wieder nach Hause kommen …«

Xian-Li suchte in seinem aschgrauen Gesicht nach Klarheit. »Ich verstehe nicht. Ist er verletzt?« Sie richtete sich auf, als bereitete sie sich darauf vor, zu ihrem verwundeten Ehemann zu fliegen und ihm zu helfen. »Wir müssen zu ihm gehen.« Sie drückte sich von ihm weg.

»Mutter, warte!« Benedict ergriff ihren Arm. »Vater ist nicht verletzt. Er ist tot.«

Sie hielt an, ihr Rücken versteifte sich.

»Vater ist tot«, wiederholte er. »Er ist nicht verletzt. Er ist tot und beerdigt in einem Grabmal, Mutter, und er kommt niemals wieder nach Hause.«

In diesem Moment floh alle Kraft aus ihr, und Xian-Li brach zusammen, als wären das Leben und der Atem mit einem Ruck aus ihrem Körper herausgerissen worden. Sie lag da wie ein weggeworfener Gegenstand – wie ein Bündel Abfall, das achtlos beiseitegeschleudert worden war.

Benedict stand regungslos da, beobachtete sie, wie es schien, aus einer Distanz und wusste nicht, wie er den schrecklichen Abgrund überqueren sollte, der sich zwischen ihnen geöffnet hatte. Schließlich taumelte er nach vorn, kniete sich nieder, nahm seine Mutter bei den Armen und half ihr auf die Füße. In ihrer Trauer klammerten sie sich aneinander.

Wie viel Zeit verstrich, während sie so in dem Garten standen, konnte nicht gemessen werden; denn die Zeit war stehen geblieben. Als Xian-Li den Kopf hob und ihre Augen wieder öffnete, tat sie es, um hinauszuschauen auf eine Welt, die sich vollständig und radikal verändert hatte. Niemals wieder würde die Welt für sie Befriedigungen und Freuden bereithalten, die sie kannte und liebte. Niemals wieder würde die Welt ihre Heimat sein. Wie konnte das auch sein? Der Mann, den sie liebte – der ihr Leben war –, war gestorben.

Während Xian-Li über die furchteinflößende, klaffende Wunde weinte, die plötzlich ihre Seele zerrissen hatte, gestattete sie es, ins Haus geführt zu werden, wo sie auf einen Stuhl neben dem Küchentisch fiel. Die Köchin und die Haushälterin huschten umher in dem Versuch, Mittel und Wege zu finden, um ihre Herrin zu trösten. Xian-Li – taub gegenüber allem, was um sie herum geschah – setzte sich nicht dagegen zur Wehr, doch sie begegnete den Bemühungen mit der ruhigen Hinnahme einer Verdammten, die letztendlich begriffen hatte, dass die Zeit kurz und das Leben flüchtig und nichts von Bedeutung war – mit Ausnahme von dem, was ewig währte.

Die Köchin, die aufgeregt hin und her flatterte, brachte eine braune Flasche zum Vorschein und goss ein geringes Maß an saurem Apfelmost in eine Tasse, die sie ihrer Herrin in die Hände drückte. »Macht, dass Ihr was davon runterkriegt«, riet sie. »Da wird's Euch besser gehn.«

Ohne nachzudenken, hob Xian-Li die Tasse an ihre Lippen. Der beißende Apfelmost attackierte ihren Mund und ihre Kehle und brachte sie zum Husten, aber er bewirkte, dass ihre Sinne klar wurden. Sie schaute sich um, als würde sie aus einem Traum erwachen. Dann sah sie Benedict und griff nach seiner Hand, packte sie und drückte sie hart, als wollte sie sich selbst versichern, dass wenigstens er noch voll und ganz lebendig war.

»Es tut mir leid, Mutter. Sie haben alles getan, was sie konnten – niemand hätte mehr tun können.« Er kniete sich neben ihren Stuhl, und die Tränen, die er so lange zurückgehalten hatte, flossen nun reichlich. »Ich habe auch alles getan, was ich konnte.«

Xian-Li zog ihn in ihre Arme und hielt ihren Sohn – der nun wirklich ein junger Mann war, aber noch nicht zu alt, um sich dem Trost ihrer Umarmung zu verweigern –, während er die Quelle seiner Trauer leerte und zum Schluss seinen Kopf hob. Sie wies die Köchin mit einem Handzeichen an, mehr Apfelmost zu bringen, und dann setzte sich Benedict auf einen Stuhl neben ihr nieder. »Ich will wissen, was geschehen ist«, sagte sie mit rauer Stimme. »Ich muss alles wissen.«

»Er wurde am Kopf getroffen … Es gab einen Kampf, und er wurde getroffen …«, begann er.

»Schsch!« Seine Mutter legte ihm ihre Finger auf die Lippen, danach reichte sie ihm die Tasse mit dem Apfelmost, den die Köchin eingeschenkt hatte. »Trink zuerst. Dann beginn mit dem Anfang. Überstürze nichts. Es gibt keinen Grund, sich zu beeilen.«

Benedict gehorchte: Er nahm einen großen Schluck von der scharf schmeckenden Flüssigkeit und zwang sich selbst, im Geiste zu der Zeit und dem Ort zurückzugehen, wo die Tragödie anfing. »Wir kamen im Tempel an und speisten mit Anen«, begann er; seine Stimme fand ihre Kraft wieder, während er in Gedanken die Geschehnisse erneut erlebte. »Während des Mahls erzählte uns Anen, dass es irgendeine Art von Schwierigkeiten gab – das Volk war zornig –, und wir erörterten, ob Vater und ich bleiben oder nach Hause gehen sollten. Ich wünschte, wir wären nach Hause gegangen …« Seine Augen suchten ihr Gesicht. »Ich wollte nach Hause, doch …«

»Du konntest es nicht wissen«, sagte Xian-Li zu ihm. »Fahr fort.«

»Die Priester reisten hoch zur neuen Stadt des Pharaos, um mit ihm zu reden – um zu sehen, ob sie die Angelegenheiten mit ihm abklären konnten. Wir fuhren mit ihnen zusammen. Der Pharao traf uns, aber er weigerte sich, zuzuhören; und dann, als wir weggingen, brach ein Aufruhr aus. Die Leute, die loyal zum Pharao standen, wurden aus irgendeinem Grund sehr zornig, und sie griffen die Priester an – sie warfen hauptsächlich mit Ziegeln und großen Steinen, und sie drängelten und schrien. Jeder begann zu rennen und versuchte zu fliehen. Wir schafften es durch das Stadttor zum Fluss, aber Vater ging zurück, um Anen und dem Hohen Priester zu helfen.« Benedict richtete die tränenfeuchten Augen auf seine Mutter. »Das war der Augenblick, als er getroffen wurde – ein Ziegel, ein Stein ... Etwas traf ihn am Kopf, und er stürzte zu Boden.«

»Er war dann bereits tot?«, fragte seine Mutter mit leiser, sanfter Stimme.

Benedict schüttelte seinen Kopf. »Nein. Er war schwer verletzt, aber am Leben. Wir flohen zu den Booten. Einige der Priester waren ebenfalls verwundet, doch wir waren imstande zu entkommen. Die Ärzte des Hohen Priesters pflegten Vater auf dem Boot, und ich dachte, er würde wieder gesund werden.« Der Junge hielt inne, nahm einen weiteren Schluck vom Apfelmost und leckte sich die Lippen, bevor er fortfuhr. »Aber als wir zum Tempel zurückkehrten, ging es ihm nicht besser. Anen sagte, sie müssten eine Operation vornehmen: Sie mussten seinen Kopf öffnen, um Knochenstücke herauszuholen und die Wunde zu reinigen.«

Xian-Li nickte. »Ich weiß, sie können so etwas machen. Sie sind sehr kunstfertig.«

»Ich habe ihnen nicht zugeschaut. Doch Vater ist wach gewesen, und ich habe mit ihm gesprochen, bevor sie damit angefangen haben. Er verabschiedete sich und sagte mir, ich solle mich um dich kümmern. Seine letzten Gedanken galten dir, Mutter. Später dann, nachdem es vorüber war, ist Vater ein letztes Mal aufgewacht und hat mich gerufen …« An dieser Stelle stockte Benedict; er war nicht in der Lage fortzufahren.

»Bitte, Beni«, sagte Xian-Li. »Ich muss alles hören.«

»Er hat gewollt, dass ich ihn zur Seelenquelle bringe«, antwortete Benedict und legte sein Gesicht in die Hände.

Einen langen Augenblick schwieg Xian-Li. »Genau das ist es, was dein Vater für mich tat«, erklärte sie schließlich. »Hast du das gewusst? Hat er dir jemals erzählt, dass ich dort in Ägypten an Fieber starb – das war, bevor du geboren wurdest. Hat dein Vater es dir jemals erzählt?«

Benedict schüttelte niedergeschlagen den Kopf. »Er sagte einmal, er hätte ein Geheimnis, das er mir offenbaren müsste. Ich fragte ihn, was es war, und er erwiderte, es wäre …« Er hielt inne, um sich an den exakten Wortlaut zu erinnern. »Er sagte, dass es viel zu wunderbar wäre, um es zu erzählen.«

Ein trauriges Lächeln huschte über Xian-Lis Lippen. »Ja, das sagte er.«

»Ich fragte ihn, was zu wunderbar sein könnte, um es zu erzählen. Aber er antwortete einfach, ich müsste warten, bis ich älter wäre.« Benedict schaute auf seine Mutter. »Was meinte er?«

»Ich glaube, er sprach von der Seelenquelle – und was dort geschieht.« Rasch warf sie einen Blick zur Türöffnung, wo sich die Diener zusammendrängten und nervös ihre Hände umklammerten. Sie beachtete sie nicht und drängte ihn: »Berichte mir, was geschah, nachdem du mit deinem Vater das letzte Mal gesprochen hattest.«

»Er sagte, er wolle, dass ich ihn dorthin bringe – zur Seelenquelle –, doch ich wusste nicht, was sie ist und wo sie zu finden ist.« Benedict senkte den Blick auf seine leeren Hände. »Er versuchte, es mir zu zeigen – eines seiner Tattoos, aber …« Seine Stimme stockte erneut. »Inzwischen war es zu spät. Er schloss einfach seine Augen und starb.«

»Hatte er Schmerzen?«, wollte seine Mutter wissen.

Benedict schüttelte seinen Kopf. »Ich glaube, er war jenseits aller Schmerzen. Die Priester taten alles für ihn, was sie nur konnten, doch die Verletzung war zu groß.« Er hob seine tieftraurigen Augen und blickte zu seiner Mutter. »Anen ordnete an, seinen Körper einzubalsamieren und ihn zu beerdigen, und aufgrund der Schwierigkeiten habe ich Vater nach jener Nacht nicht wiedergesehen.« Betrübt schüttelte er den Kopf. »Ich würde alles getan haben, worum er mich gebeten hätte – wirklich alles. Das musst du mir glauben.«

»Das glaube ich dir wirklich, lieber Beni. Ich zweifle nicht daran: Wenn die Ärzte des Tempels ihn nicht zu heilen vermochten, dann gab es nichts mehr, was man noch hätte machen können.«

»Aber weshalb wollte er zur Seelenquelle gehen? Was ist das überhaupt?«

»Es ist eine Stätte großer Heilung – und mehr«, erwiderte Xian-Li. »Dorthin brachte mich dein Vater, als ich es nicht schaffte, mich von dem Fieber zu erholen.«

»Dann hätte ich ihn vielleicht retten können? Wenn ich gewusst hätte, wo dieser Ort zu finden ist, hätte ich ihn möglicherweise retten können?« Sein Kopf senkte sich erneut, als der Kummer ihn ein weiteres Mal überwältigte. »Wenn du doch nur dort gewesen wärst, Mutter! Wenn du dort gewesen wärst, hätten wir ihn retten können.«

»Das darfst du nicht denken«, sagte sie zu ihm mit fester Stimme. »Selbst wenn ich dort gewesen wäre – es ist zweifelhaft, ob ich irgendetwas mehr hätte tun können, um ihm zu helfen. Ich erinnere mich an nichts, was geschah, als ich aus dem Leben schied. Ich entsinne mich lediglich daran, in einer Welt schlafen gegangen und in einer anderen aufgewacht zu sein. Was ich von der Seelenquelle weiß, ist mir von Arthur berichtet worden.« Sie griff nach der Hand ihres Sohnes und umklammerte sie. »Was auch immer sich dort ereignet hat, ist nun für immer verloren.«

»Warum?«, fragte Benedict.

»Weil dein Vater gestorben ist, mein Sohn. Alles, was er wusste – die Welten, die er besuchte, die Orte, die er liebte ...« Traurig schüttelte sie ihren Kopf. »Verloren.«

»Es ist nicht verloren, Mutter.« Benedict erhob sich von seinem Stuhl und sagte: »Warte hier einen Augenblick.«

Er verschwand im angrenzenden Zimmer, und als er einen Moment später zurückkehrte, hatte er ein zylindrisches Päckchen bei sich, das in Leinen eingewickelt und mit einer geflochtenen Bastkordel zusammengebunden war. Er trug es auf seinen Handflächen und legte es in den Schoß seiner Mutter, als würde er eine heilige Opfergabe darbringen. Sie betrachtete das Päckchen und blickte ihren Sohn fragend an.

»Öffne es«, wies er sie an.

Xien-Li schnürte die Kordel auf, nahm das leinene Umschlagtuch fort und enthüllte so eine Rolle aus dünnem Pergament, die sie vor sich auf den Tisch legte und auseinanderrollte. Ein flüchtiger Blick auf die Oberfläche – und was dort eingezeichnet war, brachte sie dazu, sich kerzengerade aufzusetzen. Sie stieß einen Schrei der Bestürzung aus, und ihre Hände fuhren zitternd zu ihrem Gesicht.

Sie starrte auf die Pergamentrolle mit weiten, entsetzten Augen – und dann auf ihren Sohn. »Ist das ...?«

Benedict nickte.

»Aber wie?«

»Ich hatte nichts damit zu tun«, entgegnete er. Dann berichtete er, wie aufgrund seines Unvermögens, Ägyptisch zu sprechen, seine Anfrage missverstanden worden war, als er um eine Kopie der Tattoos seines Vaters gebeten hatte. »Das hier haben sie mir stattdessen gegeben.«

»Seine Haut?«, rief sie und schüttelte ungläubig ihren Kopf, während sie auf den Gegenstand starrte. »Wie konnten sie das tun?«

»Das vermag ich nicht zu sagen, aber sie haben es getan.« Während er sich neben seiner Mutter hinkniete, fügte er hinzu: »Du verstehst, was das bedeutet?«

Xian-Li streckte zögernd die Hand aus und glättete den papierähnlichen, dünnen Gegenstand sanft mit ihren Fingerspitzen.

»Mutter, es bedeutet, dass nichts verloren ist. Wir haben immer noch Hoffnung.«

Sie blieb still. Stumm betrachtete sie die ausgebreitete Rolle, so wie sie auf dem Tisch lag. Solch ein seltsames, unnatürliches Ding ... Es erfüllte sie zu gleichen Maßen mit Faszination und Abscheu.

»Mutter?«, sagte Benedict, der immer noch auf den Knien neben ihr war.

»Nein«, sagte sie mit einem Seufzer – ob aus Resignation oder Bedauern, vermochte Benedict nicht zu erkennen. »Nein, mein Sohn. Dies ist ein Teil von Arthur, und es muss ihm erlaubt werden, mit Arthur zu sterben.«

»Warum? Das verstehe ich nicht.«

Xian-Li gab keine Antwort darauf, doch sie fuhr fort, das pergamentene Dokument anzustarren, das die tätowierte Haut ihres Ehemanns war.

»Sag es mir«, drängte Benedict sie. »Warum müssen wir es aufgeben? Es ist beinahe so, als ob wir es haben sollten, um es zu behalten und zu benutzen. Vielleicht hat Vater uns zugedacht, es zu retten, damit wir sein Werk fortführen können.«

Xian-Li dachte darüber nach. Sicherlich, es war ein seltsames und unnatürliches Ding, und dennoch ... Es war hier. Jenseits der Gedanken, Pläne oder Wünsche von irgendjemandem – eine unauslöschliche Aufzeichnung von Arthurs Lebenswerk, getreulich konserviert und in ihren Schoß fallen gelassen.

»Oh, Beni, es ist so gefährlich, und du bist noch so unglaublich jung«, entgegnete sie, und abermals ließ sich die Trauer mit vollem Gewicht auf ihr nieder. »Es ist ein Fehler – eine Versuchung, und wir müssen ihr widerstehen. Siehst du das denn nicht? Die Geheimnisse seiner Arbeit sind eine Gefahr für jeden, der sie besitzt. Es bringt nichts als Trauer und Leid. Du hast gesehen, was geschehen kann.« Sie führte eine Hand zur Wange ihres Sohnes und wandte sein Gesicht zu ihr. »Du weißt: Was ich sage, ist wahr.«

Benedict, der immer noch schwer angeschlagen vom Verlust seines Vaters und von den Umständen seines Todes war, akzeptierte das Urteil seiner Mutter, doch er war unwillig, einfach einzulenken. »Ich weiß, doch es scheint nicht richtig zu sein. Vater hat so viel durchlitten und so viel in Erfahrung gebracht – dass es einfach so enden sollte ...« Er wies mit der Hand zu dem bleichen, flachen Pergament auf dem Tisch. »Er verdient etwas Besseres als das.«

Xian-Li schwieg für einen langen Moment und blickte ihren

Sohn an. »Vielleicht hast du recht«, räumte sie ein. »Vielleicht können wir etwas Besseres tun. Ich möchte auf traditionelle Weise von meinem Geliebten Abschied nehmen. Ich möchte sein Grabmal sehen – möchte wissen, wo er begraben ist – und als Gattin ihrem Ehemann die letzte Ehre erweisen.«

»Nach Ägypten zurückkehren, meinst du.«

»Wir werden nach Ägypten zurückkehren«, erklärte Xian-Li, »und wir werden das Pergament mit uns nehmen. Wir werden es zu Arthur zurückbringen. Das ist der Ort, wo es hingehört.« Sie drückte Benedict in einer mütterlichen Umarmung an sich, und eine Zeit lang hielten sie sich gegenseitig fest; jeder der beiden zog Trost aus der lebendigen Wärme des anderen. »Du musst mir ein Versprechen geben, Beni«, flüsterte Xian-Li.

»Alles«, erwiderte Benedict.

»Du musst versprechen, niemals das Geheimnis der Arbeit deines Vaters irgendjemandem zu offenbaren – nicht einmal deinem eigenen Fleisch und Blut.«

Als er keine Antwort darauf gab, beharrte sie darauf. »Versprich es mir, mein Sohn.« Sie wich zurück, um ihm in die Augen zu sehen. »Ich will die Worte hören.«

»Bei meinem Leben verspreche ich«, sagte Benedict, der einen feierlichen Tonfall annahm, »niemals das Geheimnis der Arbeit meines Vaters einer anderen lebendigen Seele zu offenbaren.«

Sie hob eine Hand und legte die Innenseite an sein Gesicht. »Dann ist es abgemacht. Wir werden Arthur die Haut zurückgeben, und wenn das getan ist, wird dies das Ende davon sein.«

NEUNTES KAPITEL

Worin ein Kaffeehaus-Gipfeltreffen einberufen wird

Eine Rückkehr zum Knochenhaus bedeutete, einen Weg zurück in die Steinzeit zu finden, und Kit war entschlossen, dieses Mal für die Reise besser vorbereitet zu sein. Da er die Bedingungen, denen er gegenüberstehen würde, nur allzu gut kannte, war er entschlossen, sich so gut er konnte auszurüsten, und entschied, dass ein robustes Paar Schuhe an erster Stelle auf der Liste stand. Er hatte etwas Stabiles im Sinn, mit hohen Seitenteilen und dicken Sohlen, die für lange Wanderungen geeignet waren. Die Schuster von Prag waren mehr als glücklich, hierin seinem Wunsch zu entsprechen. Wie Kit jedoch rasch erfuhr, war das nicht so einfach wie wenn man ein Paar vom Regal auswählte und es sich anzog, um darin ein Tänzchen durch den Laden zu machen. Und während Kit zahlreiche Varianten hatte, aus denen er auswählen sollte – jeder Schuster hatte Muster und Spezialitäten –, so würde sein Einkauf doch nur als Handarbeit zu bestellen sein; und das fertige Produkt würde ein paar Tage brauchen, bis es hergestellt war.

Zu guter Letzt suchte sich Kit einen entgegenkommenden Handwerker mit einer Kollektion in Jagdstiefeln aus. Er erlaubte es, dass sein nackter Fuß gemessen wurde, und nachdem er mithilfe von Gesten und verstümmelter Sprachkenntnisse des Deutschen die Bedeutung einer guten, dicken Sohle hervorgehoben hatte, überließ er den Schuhmacher seiner Arbeit. Nach erfüllter Mission schlurfte Kit gerade über den Platz, als er glaubte, eine nur allzu vertraute Stimme zu hören, die seinen Namen rief. »Kit! Kit Livingstone!«

Die Laute brachten ihn zum Stehen. Er schaute sich um, und da stand Haven Fayth, die augenscheinlich aus den feuchten braunen Gehwegplatten des Platzes entsprungen war.

»Auf ein Wort«, sagte sie, ihre Stimme ein honigsüßes Säuseln. »Das ist eine ganz und gar angenehme Überraschung, muss ich sagen.«

»Haven ...«, intonierte Kit stumpfsinnig. »Wo kommst du denn her?«

»Du lieber Himmel, Kit; begrüßt du etwa so eine Freundin?«

»Ich werde es dich wissen lassen, wenn ich eine sehe«, entgegnete er, während seine Augen reflexartig auf dem Platz nach Burley-Männern Ausschau hielten. »Was machst denn du hier?«

»Wir sind gerade erst angekommen.«

»Wir? Ist Burleigh bei dir?« Kit intensivierte seine Überprüfung des Platzes und suchte auf der linken und rechten Seite nach irgendwelchen Anzeichen einer sich andeutenden dunklen Gestalt. »Wo ist er?«

»Ich kann das ehrlicherweise nicht sagen, Kit. Direkt nach deinem Verschwinden haben der Schwarze Earl und ich uns getrennt.« Sie warf ihm einen kurzen Blick zu, mit dem sie ihn von Kopf bis Fuß musterte. »Aber lass dich anschauen, mein lieber Freund. Du scheinst vor Gesundheit nur zu strotzen.«

»Das habe ich bestimmt nicht deinem Freund, dem Earl, zu verdanken.«

»Oh, Christopher«, mokierte sie sich und nahm den Tonfall eines Elternteils an, das ein ungehorsames Kind tadelte. »Du kannst doch nicht einen einzigen Moment lang glauben, ich würde mir wünschen, dass du irgendeinen Schaden erleidest. Tatsächlich habe ich – als ich dahinterkam, was Lord Burleigh getan hatte – alles darangesetzt, jegliche Erfolge zu vereiteln, die sich bei seinen Bemühungen, deine Aufenthaltsorte zu entdecken, hätten einstellen können. Du kannst Wilhelmina fragen; sie weiß sehr genau, wie ich seine Pläne durchkreuzt habe. Oder ...« – sie zeigte auf zwei Gestalten, die hinter ihr über den Platz voranschritten – »... du kannst Giles fragen. Er wird dir dasselbe erzählen.«

»Giles!«, rief Kit und trat um Haven herum, damit er ihn grüßen konnte. »Giles, Ihr seid hier.« Er ergriff die Hand des Dieners und schüttelte sie kräftig. »Wie geht es Euch? Was macht der Arm? Seid Ihr geheilt?«

»Gesund und munter, Sir«, erwiderte Giles, der unter Kits enthusiastischer Begrüßung vor Schmerz zusammenzuckte. Wie zuvor Haven nahm er Kits veränderte Erscheinung mit Anerkennung auf. »Ihr, Sir, habt uns Grund zu einiger Sorge gegeben. Aber ich sehe, dass es Euch in der Tat sehr gut ergangen ist.«

»Frische Luft und ein gesundes Leben; das ist alles«, erklärte Kit. »Ich werde Euch alles darüber berichten.«

Er bemerkte, dass sich eine andere junge Frau zu ihnen gesellte, und wandte sich der Fremden zu.

Sie war ein paar Zoll kleiner als Haven, und ihr Gesicht war halb verborgen unter einem breitkrempigen Hut. Mit einem starken Interesse in ihren großen dunklen Augen starrte sie ihn an. »*Sie* sind Kit Livingstone?«

»Das bin ich wirklich«, antwortete er. »Kennen wir uns irgendwoher?«

»Nein«, erwiderte sie rasch. »Es ist nur, dass wir hierhergekommen sind mit der Hoffnung, Sie zu finden, und ... Nun, hier sind Sie – die erste Person, der wir begegnen.«

»Bitte gestattet mir das Vergnügen, Euch Miss Cassandra Clarke vorzustellen. Ich bin mir sicher, Ihr beide werdet Euch glänzend miteinander verstehen«, schmeichelte Haven. »Cassandra, dies ist Christopher Livingstone, der es viel lieber vorzieht, unter dem Namen Kit bekannt zu sein; der Himmel allein weiß, warum.«

»Freue mich, Sie kennenzulernen, Kit«, sagte Cass und streckte ihre Hand aus.

»Ich bin entzückt«, erwiderte Kit und nahm die dargebotene Hand an. »Aus welchem Teil von Amerika kommen Sie?«

»Ist das so offensichtlich?«

»Tut mir leid, das ist eine schlechte Angewohnheit von mir. Ein englisches Mädchen hätte ihre Wange angeboten«, antwortete er, dann beugte er sich nah zu ihr und gab ihr einen schnellen, flüchtigen Kuss. »Bin sehr glücklich, Sie kennenzulernen, Cassandra.«

Im Unterschied zur gertenschlanken Lady Fayth – und nur nach dem zu urteilen, was er unterhalb ihres langen, wollenen Mantels sehen konnte – hinterließ die in ihrem Kreis neu Angekommene den Eindruck, irgendwie kräftiger zu sein. Vielleicht waren es ihr kompakter, athletischer Körper oder der nüchterne Schnitt ihres mittellangen braunen Haars oder ihre ausdrucksstarken dunklen Augen, die auf unergründete Tiefen hindeuteten. Keine dieser Eigenschaften war an sich bemerkenswert, doch zusammengenommen vereinigten sich ihre Merkmale zu einem Eindruck, der einen ganz und gar angenehmen Anblick darstellte.

Kit ertappte sich dabei, sie anzugaffen. »Wie ist es denn passiert, dass Sie diese beiden kennengelernt haben?«, sprudelte es aus ihm heraus.

Noch bevor Cass antworten konnte, redete Haven dazwischen. »Alles wird beizeiten offengelegt. Dürfte es jedoch nicht im Augenblick das Beste sein, wenn wir unser freudiges Wiedersehen ins Innere verlegen, fort von neugierigen Blicken?« Unwillkürlich warf sie einen Blick über den Platz. »Du Heilige Jungfrau, glaubt Ihr, wir könnten uns zu einer gastlicheren Umgebung begeben? Vielleicht zu irgendeinem Ort, wo es warm ist? Wir sind eine sehr lange Zeit gereist.«

»Hier entlang«, sagte Kit. »Mina wird wissen wollen, dass Ihr hier seid.«

»Man könnte sich eine überschwänglichere Begrüßung wünschen«, meinte Haven und nahm seinen Arm.

»Oder jemanden davonwünschen«, entgegnete Kit, der ihre Hand sanft, aber bestimmt von seinem Arm wegzog.

Lady Fayth schöpfte Atem, um darauf etwas zu erwidern, doch dann besann sie sich eines Besseren und hielt ihren Mund. Sie gestattete Kit, sie alle zum *Großen Kaiserlichen Kaffeehaus* zu führen.

»Nach Euch«, sagte Kit, der die Tür aufhielt. Giles war der Letzte, und Kit schnappte sich seinen Arm, neigte sich nah zu ihm und flüsterte: »Was führt Haven im Schilde?«

»Sir?«, fragte Giles.

»Stimmt es, dass sie sich von Burleigh getrennt hat?«

»In der Tat, Sir. Sie ist, nach allem was ich weiß, seinen Fängen entflohen – ebenso wie Ihr selbst. Mylady ist nach London zurückgekehrt und sehr nutzbringend bei meiner Genesung gewesen.«

»Glaubt Ihr, sie ist aufrichtig?«

»Sie hat mir keinen Anlass zum Zweifeln gegeben«, antwortete Giles.

Kit nickte. »Nun, ich möchte jedenfalls, dass wir beide ein Auge auf sie haben – nur für den Fall.«

»Ich verstehe, Sir«, pflichtete Giles ihm bei. »Ihr seid mit Recht vorsichtig, doch ich kann nicht glauben, dass es irgendeinen Grund zur Sorge gibt.«

»Trotzdem«, erwiderte Kit. »Nach dem, was passiert ist, möchte ich keinerlei Risiken eingehen, wenn Ihre Ladyschaft beteiligt ist. Versprecht mir einfach, ein Auge auf sie zu haben, in Ordnung?«

»Ich werde es zu meinem besonderen Anliegen machen«, versicherte Giles.

Die beiden betraten das Kaffeehaus, wo Wilhelmina bereits die Neuankömmlinge begrüßte. Nachdem man sich ringsum gegenseitig vorgestellt hatte und ein Tisch für eine Unterhaltung bei Kaffee und Käsebroten in Beschlag genommen war, wurde entschieden, dass so schnell wie möglich eine Diskussion über die Lage der Dinge stattfinden sollte.

»Da wir zum ersten Mal alle zusammen sind«, verkündete Wilhelmina, »schlage ich vor, dass wir eine Ratsversammlung abhalten, sodass jeder die Gelegenheit hat, jeden anderen zu treffen, und wir alle besser miteinander bekannt werden können. Ein paar Dinge, die der Rest von Euch wissen sollte, sind erst vor Kurzem ans Licht gekommen. Ich schlage vor, wir treffen uns heute Abend nach Ladenschluss.«

»Ein Kaffeehaus-Gipfeltreffen«, sagte Kit. »Das gefällt mir.«

In der ganzen Runde gab es ein zustimmendes Nicken.

»Ich muss natürlich Engelbert hinzuziehen«, fuhr Mina fort. »Doch ich glaube, wir können das Kaffeehaus ein wenig früher schließen, damit wir mehr Zeit für die Besprechung haben. Ich werde dafür sorgen, dass uns etwas Essen hereingebracht wird, und wir werden die Nacht durchmachen. In Ordnung?«

Erneut gab es eine allgemeine Zustimmung und keine einzige Gegenstimme.

»Dann ist es entschieden«, erklärte Kit. »Ich möchte hören, was einige andere von Euch vorgehabt haben, während wir getrennt gewesen sind.« Er schaute bei diesen Worten Lady Fayth direkt an.

Wilhelmina beschäftigte sich anschließend damit, Regelungen für die Unterbringung der Neuankömmlinge zu treffen. Das Gasthaus am Platz wurde angesichts Burleighs Vorliebe, sich dort einzunisten, wenn er Prag besuchte, als zu riskant erachtet. Wie Kit es formulierte: »Das Letzte, was wir brauchen, ist, dass wir über Burley-Männer stolpern, während wir hier sind.«

»Es gibt andere Orte«, sagte Mina zu ihm. »Überlass das mir.«

Sobald die Türen zugesperrt, die Vorhänge zugezogen, die Fensterläden geschlossen und die Serviererinnen nach Hause geschickt waren, beschäftigten sich Etzel und seine Helfer in der Küche, während Kit und Gianni am hinteren Ende des Speisesaals Platz schafften. Sie zogen den größten der runden Tische zu der nun freien Stelle und schleppten für jeden von ihnen Stühle heran. Weil der Veranstaltungsort ihr gehörte, erbot sich Wilhelmina, den Vorsitz über die Versammlung zu führen. Sie entschied sich für eine formelle Art der Gesprächsleitung, die sie für den Anlass passend hielt.

»Ich erkläre diese Sitzung für eröffnet«, begann sie, sobald jedermann Platz genommen hatte. »Einleitend möchte ich zum Ausdruck bringen, dass Ihr alle hier willkommen seid. Ich erwarte, dass es eine lange Nacht wird, da wir alle eine Menge zu berichten haben und es vieles zu besprechen gibt. Wenn niemand Einwände hat, werde ich als Vorsitzende agieren, damit alles ruhig und vernünftig bleibt.« Minas Blick wanderte um den Tisch herum. »Keine Einwände? Gut.« Sie streckte eine Hand in Cassandras Richtung aus und sagte: »Ich sehe, dass sich die meisten von uns untereinander kennen, doch ein paar kennen einige nicht, und manche kennen wahrscheinlich kaum jemanden überhaupt.«

»Versucht, *dies* zehn Mal richtig schnell zu sagen«, flüsterte Kit zu Giles und erhielt einen missbilligenden Blick von Mina. »Lass dich nicht stören«, sagte er zu ihr. »Du machst das gut.«

»Wie ich gerade sagte ... Da neue Mitglieder zu unserer Gruppe hinzugekommen sind, denke ich, es wird langfristig gesehen Zeit sparen, wenn wir uns einige Momente nehmen, um einmal die Runde um den Tisch zu machen und uns selbst vorzustellen. Da es scheint, dass Kit eine Menge zu sagen hat, werden wir mit ihm anfangen.« Sie schenkte ihm ein mürrisches Lächeln. »Erzähle uns, wie es gekommen ist, dass du hier bist.«

»Geht klar.« Er nickte, dachte einen Augenblick lang nach, und dann gab er seinen vollen Namen an sowie einen Kurz-und-knapp-und-schnell-Bericht von sich: über seine Erfahrung beim Treffen seines lange verschollenen Urgroßvaters in einer Londoner Gasse und darüber, wie Cosimo ihn in das Ley-Reisen eingeführt und ihm von der Meisterkarte sowie dem Wettlauf, sie aufzufinden, erzählt hatte.

Lady Fayth sprach als Nächste. Sie präsentierte eine genaue und unverblümte Darstellung ihrer Vormundschaft unter ihrem Onkel, Sir Henry Fayth. Ihr folgte Giles, der sich dabei offensichtlich unbehaglich fühlte und lediglich eine extrem knappe Ausführung über seine Erlebnisse von sich gab.

Cassandra kam als Nächste dran. Sie erzählte über ihre zufällige Einführung in das Ley-Reisen, während sie in der Wüste von Arizona arbeitete – und darüber, wie sie verloren ging und glücklicherweise in Kontakt mit der Zetetischen Gesellschaft trat. Die bloße Erwähnung der Gesellschaft weckte urplötzlich jedermanns Neugierde, und es gab eine Menge Fragen. Doch bevor die Besprechung in einem Chaos enden konnte, schritt Mina ein und erklärte: »Ich bin sicher, wir alle wollen mehr darüber hören, und wir werden in Kürze darauf zurückkommen. Doch erst einmal wollen wir damit fortfahren, uns nacheinander vorzustellen.«

Dann richteten sich alle Augen auf Gianni.

Während er die Hände auf dem Tisch faltete, beugte er sich ein wenig vor und begann: »Mein Name ist Giambattista Beccaria –

Gianni, wenn Ihr möchtet. Lasst mich zum Ausdruck bringen, was für eine Ehre es ist, in solch eine höchst angenehme Gesellschaft miteinbezogen zu werden«, sagte er; sein natürlicher Charme verlieh seinem italienischen Tonfall eine herzliche Note. »Ich bin ein Priester und Angehöriger des Benediktinerordens, anfangs in Sant' Antimo und später in der *Abadia de Montserrat* in Spanien. Obwohl ich ein Geistlicher bin, ist meine Bestimmung die eines Astronomen.« Er lächelte, seine runden Brillengläser glänzten. »Folglich – in mehr als nur einer Hinsicht – ein Mann mit dem Kopf im Himmel.«

Während er sprach, konnte Kit fühlen, wie die Gruppe dem Zauber eines Mannes verfiel, der Güte und Bescheidenheit, vermischt mit einer authentischen, ungezwungenen Anmut, auszustrahlen schien. Es war der Beweis dafür – wenn überhaupt einer benötigt wurde –, dass Wilhelmina klug gewesen war, ihn als ihren Mentor auszuwählen.

»Eines Tages, vor vielen Jahren, entdeckte ich das, was euch allen gefiel, Ley-Reisen zu nennen. Zu jener Zeit wusste ich nicht, was ich da entdeckt hatte. Doch als wissenschaftlich denkender Mensch studierte ich es; und es gelang mir schließlich, zu erlernen, wie ich es für meine eigenen Zwecke handhaben konnte. Niemals stellte ich mir bei meinen Untersuchungen vor, es könnte irgendeinem größeren Ziel dienen. Hierin ist *Signorina* Wilhelmina meine Ausbilderin gewesen, denn sie ist es, die mir von der Meisterkarte und seinem unbekannten Schatz erzählt hat. Und jetzt, meine Freunde, glaube ich, dass wir sehr nahe dran sind, die Tiefen dieses großen und heiligen Mysteriums zu ergründen. Denn wenn unsere Vermutungen richtig sind, ist das Objekt unserer großen Suche gefunden worden.«

Diese Erklärung sorgte für eine kleine Sensation unter jenen am Tisch, die von der Neuigkeit noch nichts gehört hatten. Haven war die Erste, die ihre Sprache wiederfand. »Vergebt mir, Bruder Gianni, aber soll ich das so verstehen, dass die Meisterkarte gefunden worden ist?«

»Die Meisterkarte, nein, *Signorina*«, erwiderte der Priester. »Sie bleibt gegenwärtig außerhalb unserer Reichweite. Ich habe vom Quell der Seelen gesprochen – und von meiner Ansicht, dass dies das Geheimnis ist, das die Karte verborgen hält.«

»Und wie, bitte schön, wurde dieses Kunststück bewerkstelligt ohne den Einsatz der Karte?«

Der Geistliche streckte eine Hand in Kits Richtung aus, der ihm direkt gegenübersaß, und sagte: »Dafür müssen wir Mr Livingstone danken. Er ist es, der den Weg entdeckt hat – oder vielleicht *einen* der Wege, über den dieser wunderbare Ort erreicht werden kann.«

»Bei meiner Treu! Kit, ist das wahr?« Haven wirbelte herum, um ihn mit einem Ausdruck skeptischer Wertschätzung zu betrachten. »Sollen wir das so verstehen, dass *du* die Seelenquelle gefunden hast?«

»Das habe ich.« Kit nickte besonnen. »Wenigstens glaube ich das. Falls nicht, dann ist das, was ich gefunden habe, etwas gleichermaßen Erstaunliches. Doch wir können nicht sicher sein, dass dies der Quell der Seelen ist, bis wir in der Lage sind, dorthin zurückzukehren und eine gründliche Untersuchung durchzuführen.«

»Das ist zweifellos die beste Neuigkeit, die ich gehört habe«, schwärmte Lady Fayth. »Ich vermag nicht zu erkennen, was uns davon abhält, direkt in diesem Augenblick dorthin aufzubrechen.« Sie schien bereit zu sein, von ihrem Stuhl aufzuspringen und wegzurennen, um die große Suche zu beenden. Als sie spürte, dass die anderen ihre Freude über diese Enthüllung nicht teilten, fügte sie hinzu: »Doch es gibt anscheinend irgendetwas, das uns daran hindert, fürchte ich.« Sie blickte zu Kit und Wilhelmina. »Bitte, was ist es?«

»Das Problem betrifft die Art und Weise, wie ich den Quell der Seelen entdeckt habe«, entgegnete Kit langsam. »Das heißt, die Mittel, die ich eingesetzt habe, um den Ort zu erreichen, wo ich sie gefunden habe.«

»Ja, und?«, forderte Haven ihn auf. »Sprich! Worin besteht die fürchterliche Schwierigkeit, die du so offenkundig nur sehr ungern erwähnst?«

»Es gibt ein Problem mit dem Pfad oder dem Portal oder was auch immer«, entgegnete Kit gereizt. »Das Knochenhaus ist fort.«

»Knochenhaus?« Haven warf ihren Oberkörper nach hinten gegen die Stuhllehne und verschränkte die Arme vor ihrer Brust. »Und was – ich bitte dich inständig – ist ein Knochenhaus?«

»Es ist ein Haus, ein Unterschlupf, hergestellt aus Knochen, und es –«

»Ein Haus – hergestellt aus Knochen?« Sie warf ihren Kopf zurück in einer Geste des Hohns, ihre Stimme klang nun hoch und arrogant. »Erwartest du ernsthaft, dass irgendjemand dieses unverfrorene Geschwätz glaubt? Oder ist das bloß deine schwerfällige Methode, den Rest von uns davon abzuschrecken, an deiner Entdeckung teilzuhaben?«

»Hör zu!«, blaffte Kit. »Ich denke mir das nicht aus. Es ist real, es existiert – zumindest hat es existiert. Wenn du mir nicht glaubst ...« Auf der Suche nach Bestätigung blickte er zu Mina und Bruder Gianni. »Erzählt es ihr.«

»Haven, das ist nicht hilfreich«, erklärte Wilhelmina. »Kit sagt die Wahrheit.«

»Meine Freunde«, schaltete sich Gianni mit ruhiger Stimme ein, »wenn es mir erlaubt sein mag, eine einfache Erklärung vorzuschlagen.« Er wandte sich Haven zu. »Lady Fayth, es scheint, dass unser Freund ein Portal gefunden hat, das direkt zu einer Welt führt, die ein Phänomen enthält, das er mit gutem Grund als die Seelenquelle identifiziert hat, ja? Dieses Portal wurde markiert, wie es so häufig der Fall ist, von den vorzeitlichen Bewohnern jener Gegend. In diesem Fall erfolgte das nicht mit Steinen oder Erdarbeiten, sondern mit einem Gebäude, das aus den Knochen verstorbener Geschöpfe errichtet wurde. *Prego!* Das Knochenhaus.«

Haven blickte zu Kit. »Ist es das, was du zu sagen versucht hast?«

»Mehr oder weniger«, räumte er ein.

»Sind wir jetzt alle auf derselben Wellenlänge?«, wollte Mina wissen, die in die Runde am Tisch blickte.

»Für die Zukunft könnte man sich mehr sprachliche Präzision erhoffen«, erwiderte Haven unverdrossen. »Auf alle Fälle scheint es wohl am vernünftigsten zu sein, unverzüglich zu dem zurückzukehren, von dem du glaubst, es könne die Seelenquelle sein, und diese Vermutungen von dir zu überprüfen. Wenn es das ist, was du vorschlägst, dann lasst uns das sofort angehen.«

»Das ist in der Tat der Vorschlag, der auf dem Tisch liegt«, entgegnete Kit unwirsch. »Und wenn du mir nur eine halbe Chance gegeben hättest –«

»Wir dürfen nicht vergessen, dass wir eine größere Komplikation haben«, unterbrach ihn Wilhelmina, die sich darum bemühte, dass die Unterredung nicht aus dem Ruder lief. »Wie Kit erklärt hat, existiert der direkte Zugang zu dem Portal nicht mehr. Also ist die große Suche ein wenig komplizierter geworden. Wir müssen einen Weg zurück zur Seelenquelle finden, ohne das Knochenhaus zu benutzen.« Zufrieden über ihr Schlusswort zu dieser Auseinandersetzung, nickte sie mit dem Kopf, setzte sich nieder und fügte hinzu: »Etwas sagt mir, dass es nicht leicht sein wird.«

»Die besten Dinge«, sagte Cassandra zu sich selbst, »sind das im seltensten Fall.«

ZEHNTES KAPITEL

Worin eine feierliche, heilige Vereinbarung getroffen wird

Ihr Dad ist also ein Astrophysiker?«, sagte Kit. »Wie ist das denn so?«

»Himmlisch«, antwortete Cass. Kit schmunzelte anerkennend. »Genau das pflege ich zu antworten, wann immer mich jemand fragt. Für mich ist er einfach ein typischer Dad.«

»Weiß er, wo Sie sind?«

»Fragen Sie nicht«, seufzte Cass. »Wahrscheinlich hat er mittlerweile laut nach der Nationalgarde gerufen. Als ich das letzte Mal mit ihm gesprochen habe, ist er im Begriff gewesen, in einen Flieger zu springen. Er wollte kommen, um mir zu helfen, dieses merkwürdige Phänomen zu untersuchen, von dem ich glaubte, ich hätte es als Erste entdeckt.«

»Das Ley-Springen?«

»Der Mann, der es mir gezeigt hat, nannte es: ›die Coyote-Brücke überqueren‹.«

»Das ist ja was ganz Neues.«

»Er ist ein Stammesangehöriger der Yavapai, und er hat uns bei der Ausgrabung geholfen, wo ich gearbeitet habe.« Cass fuhr fort, darüber zu berichten, wie sie das fand, was Freitag die Geisterstraße nannte, die sich im Geheimen Canyon in der Nähe von Sedona befand. »Sind Sie jemals in Amerika gewesen?«, erkundigte sie sich.

»Noch nicht einmal in der Nähe«, gab Kit zu. »Eines Tages reise ich vielleicht dorthin. Ich habe mir immer gewünscht, einmal Hollywood und New York zu sehen.«

»Genau das sagt jeder«, meinte Cass lachend; und Kit befand, er mochte den Klang so sehr, dass er versuchen würde, dafür zu sorgen, ihn erneut zu vernehmen. »Sie sind nur etwa dreitausend Meilen voneinander entfernt«, sagte sie. »Aber sicher, warum nicht? Wohin sonst?«

»Disney World oder Graceland.« Er hob die Innenseiten seiner Hände, als würde er die Optionen gegeneinander abwägen. »Ich kann mich nicht entscheiden. Es ist eine ungewisse Sache.«

»Oh, Disney World – auf jeden Fall«, riet sie ihm. »Mit Mäuseohren würden Sie gut aussehen.«

In dem Bemühen, einen klaren Kopf zu bekommen und sich aus Havens Reichweite zu halten, hatte Kit den Entschluss getroffen, einen Spaziergang zu machen, und Cass eingeladen, ihn zu begleiten. Sie wirkte tüchtig, unkompliziert und direkt, was er erfrischend fand. Zudem war sie recht attraktiv in dem langen Rock, dem hochgeschnürten Mieder und der frischen weißen Bluse, die sie sich aus Wilhelminas Garderobe geborgt hatte. Und so schlenderten sie nun entlang eines schönen Abschnitts des Flussufers außerhalb der Stadtmauern und genossen die unbeschwerte Gesellschaft des anderen.

»Paläontologin, nicht wahr?«, sagte er nach einem Moment. »Alte Knochen und all das? Fossilien und Felsen?«

»So ungefähr.«

»Was halten Sie von Prag?«, fragte er. »Die Stadt ist sehr alt.«

»Ich liebe sie. Haben Sie nicht auch das Gefühl, als ob Sie in einem Märchen wären?« Sie berichtete ihm davon, dass sie nach London geschickt worden war, um Sir Henry zu finden. »Das war ebenfalls faszinierend, aber bei Weitem nicht so bezaubernd wie dies hier.«

»Sie waren in Clarimond House?«

Sie nickte. »Da habe ich Haven und Giles getroffen. Sie schlugen vor, wir sollten hierherkommen, und – um es abzukürzen – hier sind wir. Doch jetzt muss ich nach Damaskus zurückkehren und meinen Ansprechpartnern dort Bericht erstatten. Sind Sie jemals bei der Zetetischen Gesellschaft gewesen?«

»Leider nicht. Mein Urgroßvater hat sie ein- oder zweimal nebenbei erwähnt. Er hatte vor, mich zu einer ihrer Sitzungen mitzunehmen oder so was; aber das ist einfach nie passiert, wie eine Menge anderer Dinge.«

»Weil er gestorben ist?«

»Und Sir Henry mit ihm zusammen. Bei ihrem Ende waren Giles und ich bei ihnen.«

»Es tut mir leid.« Sie tätschelte mitfühlend seinen Arm. »Ich musste das fragen – es ist einer der zu ermittelnden Sachverhalte, weswegen ich geschickt worden bin.«

»Nun, Sie können ihnen erzählen, dass es Burleigh und seine Schlägertypen waren. Sie sind schuld. Sie scheinen tatsächlich für beinahe alles Schlimme, das hierherum passiert, verantwortlich zu sein.«

»Das hat Haven auch gesagt: ›von abscheulichen Feinden niedergestreckt‹.«

»Sie hat recht, was das anbelangt, aber glauben Sie ja nicht alles, was sie sagt«, warnte Kit. »Man kann ihr nicht trauen.«

»Das habe ich mir auch schon überlegt.«

»Sagen wir mal, Haven Fayth achtet zuerst, zuletzt und immer auf ihre eigenen Interessen. Aber ja, sie ist auch dort gewesen, und bei dieser Angelegenheit sagt sie die Wahrheit.« Anschließend setzte Kit zu einer Darstellung von Ereignissen in Ägypten an, die zu ihrer Gefangennahme durch Burleigh führten. Seine Ausführungen schloss er mit den Worten ab: »Das sind Neuigkeiten für Sie? Burleigh und seine Speichellecker?«

»Oh, Haven hat mir von ihnen erzählt, doch ich schätze, dass ich geglaubt habe, sie wären bloß Grabräuber oder so was. Ich habe nicht wirklich begriffen, dass sie hinter der Meisterkarte her sind und was sie zu tun bereit sind, um die Karte zu bekommen.«

»Sie sind Mörder. Und sie haben diese Art, genau dann aufzukreuzen, wenn es aus ihrer Sicht erforderlich ist und wenn sie das größte Unheil anrichten können. Früher habe ich mich gefragt, wie sie das schaffen, doch mittlerweile glaube ich, dass ich es weiß.« Er hielt inne und blickte seine angenehme Begleiterin an. »Sie benutzen eine Vorrichtung – ein Schattenlicht. Hat irgendjemand das schon Ihnen gegenüber erwähnt?«

»Nein. Was ist das?«

»Es ist eine Apparatur, die Ley-Linien und Portale und dergleichen aufspüren kann.« Er fuhr fort, indem er beschrieb, wie ein Schattenlicht aussah und funktionierte und wie Wilhelmina hinter Burleighs Rücken einen Prototyp von diesem Instrument für sich selbst sichergestellt hatte. »Mina hat damit begonnen, es ein Schattenlicht zu nennen. Es strahlt diese Art von glühendem Licht aus, und dann scheint alles ein bisschen dunkler zu werden, kurz bevor man einen Ley-Sprung macht.«

»Hat Mina nur dieses einzige?«, fragte Cass. »Kann ich es sehen?«

»Nun, früher hatte ich auch mal eines – Minas altes Modell, bevor sie ein verbessertes bekam. Es wurde zerstört, kurz bevor wir hierherkamen. Und zwar, als wir jenem Portal begegneten, über das wir gesprochen haben – in der Nähe der Schlucht, die ich erwähnt habe, erinnern Sie sich? Jedenfalls pumpte dieses Portal eine gewaltige Menge Energie aus sich heraus. Unsere Dinger konnten das nicht bewältigen. Sie überhitzten und brannten aus. Wir wussten nicht, dass so etwas passieren könnte.«

»Können sie repariert werden? Oder können Sie noch mehr davon anfertigen? Falls ja, sollten wir alle vielleicht eines haben«, schlug Cass vor. »Wenn wir alle zusammenarbeiten werden, würde es gut für uns alle sein, die gleichen Werkzeuge zu haben.«

»Wir stellen sie nicht selbst her. Mina hat sie von einem Kontaktmann am Hofe erhalten, der sie für Burleigh anfertigt. Es ist ein Geheimnis. Doch ich denke, dass Sie recht haben; es wäre gut, wenn jeder ein Schattenlicht hätte.« Er blieb stehen und ließ die Ansicht vom Fluss auf sich wirken, der still entlang seiner grasbewachsenen Ufer dahinglitt. »An einem Tag wie diesem könnte ich meilenweit spazieren gehen, aber wir sollten zurückkehren, bevor sie die Schweißhunde nach uns losschicken.«

Cassandra atmete eine Lunge voll sauberer Landluft tief in sich ein. »Mir gefällt es hier – und es ist gut gewesen, ins Freie zu gehen. Ich bin es nicht gewohnt, den ganzen Tag eingesperrt zu sein.« Sie schenkte Kit ein heiteres Lächeln. »Danke sehr. Das ist schön gewesen.«

Sie drehten um und begannen, zurück zur Stadt zu spazieren. Als die Sonne sich dem Horizont zuneigte, fing die warme Herbstluft bereits an, sich abzukühlen. Kit befragte sie über ihr Leben und ihre Arbeit in Arizona, und sie erzählte ihm von der Ausgrabung und der Entdeckung von Spuren des Tarbosaurus, eines seltenen Theropoden; dies nannte sie einen echten Coup für die Universität.

»Vermissen Sie es?«, fragte Kit. »Ihr altes Leben, meine ich?«

»Soll ich ehrlich sein? Nein. Ich habe daran überhaupt nicht viel gedacht. Seitdem all das hier begonnen hat, bin ich vollständig von den Erfahrungen aufgezehrt und überwältigt worden.«

»Es hat diese Wirkung.«

»Wie ist es mit Ihnen? Vermissen Sie Ihr altes Leben in London?«

»Um ehrlich zu sein, es gibt nicht viel zu vermissen«, antwortete Kit. »Ich hatte einen langweiligen Job, bei dem man auf keinen grünen Zweig kam, und nicht viel anderes mehr. Wenn ich jetzt darauf zurückschaue, verstehe ich, dass Cosimo mir einen riesigen Gefallen getan hat, indem er mich ins Familienunternehmen gebracht hat, wie er es nannte.« Kit lachte scharf und spöttisch auf. »Was für ein Unternehmen! Ich steckte drei Jahre in der Steinzeit fest, vielleicht sogar noch länger. Ich bin beim Zählen durcheinandergekommen.«

»Reden Sie keinen Unsinn!«

»Es stimmt. Wussten Sie das nicht?« Cass schüttelte den Kopf, und so fuhr Kit fort. »Das Knochenhaus, über das wir gesprochen haben – genau dort ist es. Genau inmitten der Steinzeit. Hier in der Nähe gibt es eine Ley-Linie, die zu dieser unglaublichen Schlucht führt – nackte Felsenwände aus weißem Kalkstein mit einem Fluss, der zwischen ihnen strömt. Kurz gesagt, Burleigh war hinter mir her, und ich versuchte zu entkommen, indem ich den Tal-Ley benutzte, wie Mina ihn nennt. Doch irgendetwas lief schief. Ich landete in der Steinzeit bei einem Stamm primitiver Menschen. Es macht mir nichts aus, Ihnen zu sagen, dass es die verblüffendste, furchteinflößendste, beglückendste und lohnendste Sache war, die mir jemals passiert ist. Es juckt mich in den Fingern, dorthin zurückzukehren.«

Der bloße Gedanke daran ließ Kit verstummen. Er hielt inne, und seine inneren Bilder verloren ihre klaren Umrisse, während die Erinnerungen ihn durchfluteten.

»Kit? Sind Sie okay?«

Als er antwortete, hatte seine Stimme einen sehnsuchtsvollen Unterton angenommen. »Es ist schwer zu beschreiben, aber als ich dort lebte, war ich mehr als nur ich selbst – als ob die Existenz zwischen den Urmenschen mich irgendwie besser gemacht hätte, als ich bin.« Er zuckte mit den Schultern. »Jetzt fühle ich mich, als ob ich ein Körperglied verloren hätte – oder einen Bruder oder sonst was. Ich mochte den, der ich war, als ich bei ihnen lebte – wenn das irgendeinen Sinn ergibt. Das ist der Grund, weshalb ich zurückgehen möchte … weshalb ich zurückgehen *muss*.«

»Ich will jedes einzelne Detail hören.« Cass blieb stehen, schaute ihm direkt in die Augen und fixierte ihn mit ihrem Blick.

»Noch besser wäre, wenn ich es Ihnen zeigen würde«, bot Kit an. »Wie ich gesagt habe: Die Expedition, um die Seelenquelle zu finden, startet von dort. Ich schätze, ich bin gerade davon ausgegangen, dass Sie auch mitkommen würden. Aber jetzt sagen Sie, Sie müssen nach Damaskus zurückkehren …« Er spürte, dass er ins Schwimmen geriet. »Müssen Sie? Müssen Sie gleich zurückkehren, meine ich?« Die Intensität ihres Blicks verunsicherte ihn ein wenig, daher versuchte er, die Stimmung aufzuhellen. »Ich werde Sie dem Clan vorstellen und Ihnen ein echtes, lebendiges Mammut zeigen – nicht bloß Knochen! Und wer weiß? Wenn Sie gut sind, vielleicht auch einen Höhlenlöwen – und wie man mit einem angespitzten Stock auf die Jagd geht.«

»Abgemacht!«, rief sie. Cass spuckte in ihre Hand hinein und streckte sie aus. »Spucken und schütteln.«

Kit tat, wie sie es ihm gesagt hatte, und sie schüttelten die Hände.

»Da«, sagte sie, »dies ist eine heilige, feierliche Vereinbarung. Sie dürfen sie nicht brechen.«

»Ich will sie nicht brechen«, versicherte Kit.

Der Moment dehnte sich zu lange und wurde peinlich, also setzten sie ihren Spaziergang schweigend fort. Als auch das unbehaglich wurde, sprudelte es aus Kit heraus: »Erzählen Sie mir doch mehr über Sedona.«

Cass zuckte die Achseln. »Sedona ist ein durchaus annehmbarer Ort, nehme ich an. Ich liebe die roten Felsen und Canyons. Doch um die Wahrheit zu sagen, ich war wirklich begeistert von Damaskus – etwas ist mit diesem Ort ... oder vielleicht sind es die Menschen.«

Sie unterhielten sich über die surrealen Gegensätze ihres alten und neuen Lebens sowie über die unvorstellbaren Wendungen, die das Leben eines Ley-Reisenden jederzeit nehmen konnte. Schließlich durchschritten sie die massiven Stadttore und gingen die steile Straße hoch, die nun in Schatten eingetaucht war. Als sie den Altstädter Ring erreichten, traten sie erneut ins Sonnenlicht und marschierten weiter auf das *Große Kaiserliche Kaffeehaus* zu.

Während sie über den Platz schlenderten, hielt Cass plötzlich inne. Sie ließ das große gotische Bauwerk auf sich wirken, das dem Platz gegenüberstand.

»Was ist das für ein Gebäude?«, wollte sie wissen und zeigte auf die bedrohlich wirkende Konstruktion, die sich vor ihr erhob.

»Das ist das *Rathaus*«, erklärte Kit, der zur Bezeichnung des Gebäudes das deutsche Wort benutzte, es jedoch englisch aussprach, sodass die erste Silbe wie *rat* – »Ratte« – klang. »Hat glücklicherweise nichts mit Nagetieren zu tun – es sei denn, der Rattenfänger hat dort seinen Sitz. Es ist wie ein Gemeindezentrum. Verwaltung, Stadtrat, Stadtbüros – alles ist da, sogar ein Gefängnis.«

»Es sieht aus wie die Art von Bauwerken, in denen Dracula herumhängen könnte. Irgendwie gruselig.«

»Da haben Sie vollkommen recht.« Kit lächelte. Er hatte den Tag genossen – und die Gesellschaft von Cass. Und das weitaus mehr, als er sich bei seiner Einladung zu einem Spaziergang draußen auf dem Land vorgestellt hatte. Doch jetzt war der Spaß vorbei, und er dachte darüber nach, wie man den Moment in den Erinnerungen lebendig halten konnte, als sie die Tür des *Großen Kaiserlichen Kaffeehauses* erreichten.

»Danke schön, dass Sie mich mitgenommen haben, Kit. Vielleicht können wir das irgendwann wiederholen?«

»Kein Problem«, antwortete er und zuckte sogleich innerlich zusammen. *Kein Problem?* War das wirklich das Beste, was er in dieser Situation erwidern konnte?

Sie legte ihre Hand auf seinen Arm, und die Stelle, die sie berührte, wurde warm.

Kit stand an der Schwelle zum Gedanken, dass ein Kuss auf die Wange in Ordnung sein könnte, als die Tür des Kaffeehauses sich öffnete und Wilhelmina auftauchte, die ein kleines Paket von der Größe eines Brotlaibes in der Hand hielt.

»Oh, da seid ihr ja also«, zwitscherte sie. »Ich störe doch nicht, oder?«

»Sind gerade von unserem Spaziergang zurückgekehrt«, sagte Kit. »Was ist in dem Beutel?«

»Kaffeesatz«, erwiderte Mina und hievte das Bündel hoch.

»Ein Geschenk für einen deiner vielen Verehrer?«

»Ja, tatsächlich«, antwortete sie. »Im Austausch für diese seltene und wichtige Ware bekomme ich gewisse Gefälligkeiten von den mit mir befreundeten Alchemisten.«

»Nett.« Kit nickte anerkennend.

»Gibt es tatsächlich Alchemisten in der Nähe?«, fragte Cass.

»Oh, aber sicher«, bekräftigte Mina. »Sie sind mir gegenüber äußerst hilfsbereit gewesen – einer im Besonderen. Ich schicke das hier zu ihm hoch, zusammen mit einer Notiz, in der ich um einen Besuch bitte. Aber es muss dort sein, bevor die Uhr sechs Mal schlägt.«

»Weil er sich dann in eine Haselmaus verwandelt?«, erwiderte Kit.

Mina rollte die Augen. »Weil das der Zeitpunkt ist, zu dem die Tageswache wechselt; und danach wird der Eintritt zum Palast mühsam und unnötig kompliziert.«

»Was machen sie mit dem Kaffeesatz?«, erkundigte sich Cass.

»Wer weiß das schon? Experimente der einen oder anderen Art. Die Sache ist die, dass es ein wertvoller Stoff ist wegen seiner Seltenheit, und ich bin glücklich, dass ich die Nachschublinien offenhalten kann, weil es manchmal notwendig ist, dass man mir einen Gefallen tut.«

»Wie die Schattenlichter«, riet Kit.

»Wie die Schattenlichter«, bestätigte Wilhelmina. Sie machte Anstalten, sich fortzubegeben. »Wenn ihr beide mich nun entschuldigen wollt …«

»Mina«, sagte Kit rasch. »Cass und ich haben darüber gesprochen. Wie stehen die Chancen, dass du genug Ley-Lampen bekommen könntest, damit jeder von uns eine hat?«

»Ich weiß es nicht«, entgegnete Mina. »Doch es ist eine gute Idee. Ich werde Gustavus fragen und sehen, was er dazu sagt.«

ELFTES KAPITEL

Worin eine Nachfolge erläutert wird

Douglas Flinders-Petrie wischte sich energisch das Wasser aus den Augen und packte sich dann ans Knie. Der Pfad unter den Füßen war unebener, als er erwartet hatte, und blind vom Sprung war er gestürzt. Die Innenseite seiner linken Hand war abgeschürft, und auf Höhe des Knies hatte er sich ein Loch in die Hose gerissen. »Gute Arbeit«, murmelte er. »Echt famos.«

Er hörte ein Grunzen und blickte über seine Schulter nach hinten, während er seinen Oberkörper aufrichtete. Snipe war zwei Schritte hinter ihm, und auf seinem großen, nichtssagenden Gesicht zeigte sich ein gemeines Grinsen. »Nicht lustig«, knurrte Douglas.

Während er sich noch das Knie rieb, erhob er sich und schaute sich um. Sie schienen in einem Einschnitt einer dicken Schicht aus ziegelfarbigem Gestein zu sein. Eine genauere Untersuchung enthüllte, dass der Fels aus Kalktuff bestand – weiches, poröses vulkanisches Gestein, das einen großen Teil von Zentralitalien bedeckte. Glatte terrakottafarbene Wände zeigten die schraffierten Markierungen der Werkzeuge, die benutzt worden waren, um das Gestein wegzumeißeln und die Wandung auf beiden Seiten bis zu einer Höhe von zwei oder drei Metern aufsteigen zu lassen. Auf diese Weise war ein tief liegender Pfad erschaffen worden: ein Heiliger Weg.

Aufgrund seiner Forschungen wusste Douglas, dass diese verborgenen Nebenwege die ganze Gegend hier zerfurchten. Aber er hatte sich nicht vorgestellt, dass sie so groß und so tief waren. Ein paar

Dutzend Schritte voraus bemerkte er einen Türeingang, der in die Grabenwand hineingehauen war. Die schneckenförmigen Oberbalken waren mit einer Girlande aus frischen Blumen gedeckt, und an der Schwelle stand ein Tonkrug, der in Schwarz und Rot verziert war.

»Es hat funktioniert«, sagte er glücklich zu sich selbst; dabei sprach er in einem hauchenden Ton. »Es hat verdammt gut funktioniert. Wir sind hier.« Er wandte sich Snipe zu. »Los, vorwärts.«

Sie begannen, den Graben entlangzugehen. Kurz hielten sie an der dekorierten Tür an. Es war ein Grabmal, so wie all die aus Kammern bestehenden Schlupfwinkel, die den Heiligen Weg der Länge nach säumten. Durch den Blumenschmuck konnte Douglas erkennen, dass sich irgendein Verstorbener innen drin einen Wohnsitz genommen hatte und dass die Beerdigung erst kürzlich gewesen war. Er verweilte beim Grabmal. Die Tür war aus Kalktuffgestein, und sowohl sie als auch den Türsturz hatte man frisch angemalt mit einem lebhaften Blau, der etruskischen Farbe des Todes und der Ewigkeit.

Douglas betrachtete die Tür, dann bückte er sich und nahm den Krug auf. Das Behältnis war versiegelt. Doch er brach das Siegel auf und hob das Gefäß zu seinem Mund. »Auf die Unsterblichkeit«, sagte er; anschließend trank er einen großen Schluck, der seinen Durst stillte. Der Wein war süß und warm. Er trank erneut und reichte den Krug an Snipe weiter. »Lass uns nachschauen, wen wir finden können.«

Sie folgten dem grabenähnlichen Pfad, bis sie zu einer T-Kreuzung kamen. An der Einmündung war eine Treppenflucht in die Wand gehauen worden, und nachdem die zwei Reisenden die Stufen hinaufgestiegen waren, tauchten sie in eine klassische toskanische Landschaft aus sanft gewellten Hügeln auf, die sich durch schlanke dunkle Zypressen hervorhoben, die wie Ausrufezeichen dastanden. Ein einfacher Feldweg führte von dem nun für sie verborgenen Heiligen Weg fort. Im Westen lag unter einem blendenden Himmel, an dem die Wolken entlangjagten, eine niedrige Anhöhe mit Getreidefeldern, auf denen das Korn noch unreif war; im Osten war ein Wald aus Steineichen und Pinien, der wie eine stachelige grüne Decke die sanften Erhebungen überzog.

Als er dastand und die Landschaft auf sich einwirken ließ, erschienen in geringer Entfernung zwei einheimische Bauern auf dem Pfad, die einen jungen Ochsen führten. Sie verlangsamten ihre Schritte, während sie näher kamen, und nahmen die absonderliche Bekleidung der Fremden in sich auf. Die Bauern – ihrem Aussehen nach zu urteilen, waren es ein Vater und sein Sohn – trugen hellrote, knielange Tuniken, Sandalen und breitkrempige Strohhüte. Douglas hingegen hatte eine schwarze Hose und ein locker sitzendes weißes Hemd an. Ein Mann in einem dreiteiligen Geschäftsanzug am Badestrand wäre nicht unangebrachter erschienen.

Es gab keine Möglichkeit, seine Fremdartigkeit zu verschleiern, und so griff Douglas sie bereitwillig auf. Er hob seine Hand zum Gruß und rief laut: »Hallo! Wir sind Reisende.« Die beiden Landeier tauschten einen verwirrten Blick. Da er wusste, dass man ihn nicht verstehen würde, stürzte sich Douglas mutig nach vorn. »Was für ein Land ist das hier?«

Der ältere der zwei Einheimischen sagte etwas in einer Sprache, die keiner einzigen ähnelte, die Douglas jemals gehört hatte: Es handelte sich bestimmt nicht um Latein – das zu gebrauchen er gehofft hatte –, und es war definitiv kein Italienisch. Die Bauern musterten ihn von oben nach unten, dann betrachteten sie Snipe, der in diesem Moment einem Grashüpfer die Beine abriss. Die zwei blickten sich noch ein letztes Mal gegenseitig an und eilten auf ihrem Weg weiter, wobei sie voller Argwohn einen großen Bogen um die Fremden machten.

Douglas' Hochgefühl darüber, eines der Symbole von seinem Fragment der Meisterkarte erfolgreich entschlüsselt und angewandt zu haben, schwand dahin, während er zusah, wie die Bauern weggingen. Das Entziffern der Symbole war eindeutig nur die halbe Miete. Hinzuzufügen war allerdings die Tatsache, dass Douglas – dieses Mal – über einen Schatz an Insiderwissen verfügte: Aufgrund von Geschichten, die er in seiner Kindheit gehört hatte, wusste er, dass sein Urgroßvater Arthur einige Jahre im alten Etrurien gelebt hatte; er wusste von dem Heiligen Weg und den Beerdigungsriten der Etrusker. Und er kannte die Geschichte, wie Turms der Unsterbliche bei der Heilung seiner Urgroßmutter behilflich gewesen war und die Geburt seines Großvaters Benedict erst ermöglicht hatte. Da er all diese Dinge wusste, war er imstande, seinen Aufenthaltsort zu erraten ... *dieses Mal.*

Beim nächsten Mal könnte es recht gut eine völlig andere Geschichte sein. Wenn er dabei Erfolg haben wollte, die verstreuten Stücke der ursprünglichen Karte aufzufinden und wieder zu vereinigen, konnte er sich nicht auf Spekulationen verlassen, gleichgültig, wie scharfsinnig sie auch sein mochten. Er würde mehr benötigen – viel, viel mehr. Er würde mindestens irgendeine Art von Schlüssel brauchen: einen Weg, um auch nur ein geringes Vorwissen über seinen Zielort zu erlangen, bevor er sich auf die Reise begab. Er hatte allerdings nicht die geringste Ahnung, welche Gestalt oder Form dieser Schlüssel haben könnte. Auf dem in seinem Besitz befindlichen Teilstück der Karte gab es siebzehn Tattoos. Jeden dieser Orte zu besuchen und nicht nur herauszufinden, wo er war, sondern auch, wann er existierte, sowie all die anderen dazugehörigen Einzelheiten zu ermitteln würde Zeit, Geduld und vor allem beharrliche Ausdauer erfordern.

Auf diese Weise, schlussfolgerte Douglas niedergeschlagen, war er für einen außerordentlich langen und mühsamen Zeitraum dem Prinzip des Versuchs und Irrtums unterworfen – es sei denn, er fand einen Schlüssel, um die Symbole den jeweiligen Bestimmungsorten zuzuordnen.

»Leg den Grashüpfer weg, Snipe«, brummte er und begann, den Wanderweg entlangzugehen. »Bevor wir heimkehren, können wir genauso gut all das herausfinden, wozu wir in der Lage sind.«

Er hielt nur lange genug an, um einen kleinen Steinhaufen zu errichten und so den Standort des Kalktuff-Grabens zu markieren, der die Ley-Linie enthielt; und dann machte sich Douglas auf den Weg, immer den Pfad entlang. Die Landschaft war angenehm und menschenleer. Sie trafen niemand anderen, und die Sonne stand bereits hoch über ihnen, als sie einige Zeit später an einer Furt anhielten. Sie knieten sich nieder, um zu trinken. In dem Moment vernahm Douglas Stimmen. Er schaute stromabwärts und sah drei Frauen, die Kleider wuschen. Einen Augenblick lang beobachtete er sie und lauschte ihrer Unterhaltung; er konnte einen gewissen Rhythmus darin spüren, und diesmal schienen die Vokale dem zu ähneln, was er von dem archaischen Latein kannte. Er stand kurz davor, ein oder zwei Wörter zu riskieren, als eine große Welle auf ihn zukam.

Ein Vorhang aus Wasser fiel auf ihn herab, und er sprang auf die Füße. »Snipe! Du Idiot!«, schrie er prustend. Er wirbelte herum und sah, wie der junge Menschenhasser einen weiteren großen Stein hochhob, um ihn in den Strom zu wuchten. »Lass den Felsbrocken fallen!«

Snipe gehorchte: Er ließ den Stein schwer ins Wasser fallen. Die Frauen hörten natürlich den Tumult und erblickten die zwei sonderbar gekleideten Fremden, die in der Nähe auf der Lauer lagen. Douglas lächelte und hob seine Hände – ein Versuch, anzuzeigen, dass er nichts Böses im Schilde führte. Doch der Schaden war bereits angerichtet. Sie sprangen alle auf, und eine von ihnen rannte fort; sie rief laut, während sie im Gebüsch verschwand, das den Fluss säumte. Die übrigen Wäscherinnen waren jedoch nicht beruhigt; sie hoben Steine vom Ufer auf und hielten sie bereit. Douglas, der immer noch lächelte und mit den Armen winkte, wich von der Furt zurück, wobei er Snipe mit sich zog. Sobald sie außer Sichtweite der Frauen waren, drehte er sich um und begann, den Weg zurückzuschlendern, den sie gekommen waren.

Bald gab es Rufe hinter ihnen. Ein rascher Blick über die Schulter bestätigte, dass sie von einer Schar aufgeregter Einheimischer verfolgt wurden, von denen einige Stöcke oder Keulen mit sich führten. Douglas verdoppelte sein Tempo und begann, nach einer Stelle zu suchen, wo man sich verstecken konnte; doch die Landschaft bestand auf beiden Seiten des Weges aus offenen Feldern. Ihre einzige Hoffnung war, in die Vertiefung des Heiligen Weges einzutauchen und dort zu versuchen, ihre Verfolger abzuschütteln – eine geringe Hoffnung, aber die beste, die er unter diesen Umständen aufbringen konnte.

Weiter rannten sie – doch mit jedem Schritt kamen die Verfolger näher. Als die ersten Steine auf dem Pfad um sie herum aufschlugen, hielt Douglas an. Er wandte sich dem Haufen der Verfolger zu, schob Snipe hinter sich und hob die leeren Hände nach oben. »*Amabo!*«, rief er und hoffte, das Latein könnte den Ansturm zumindest so weit abbremsen, dass bei den Leuten das Urteilsvermögen wieder die Oberhand gewann. »*Ego nullam iniuriam!*«

Das verzweifelte Täuschungsmanöver funktionierte. Die Verfolger – es waren etwa ein Dutzend Menschen, die meisten davon Männer – hielten an und begannen, miteinander zu debattieren. Sie stritten sich darüber, vermutete Douglas, wie mit den Eindringlingen umzugehen sei – jetzt, wo sie sie eingeholt hatten. Dies war insofern ein Fortschritt, als er und sein Begleiter nicht mehr mit Steinen beworfen wurden. Die Auseinandersetzung endete, und einer der Männer trat vor. Er zeigte auf Douglas und sprach ihn direkt an; der Bursche schien ihn aufzufordern, in irgendeiner Weise zu antworten. »*Amabo*«, wiederholte Douglas. »*Amabo*. Wir meinen es nicht böse.«

Der etruskische Wortführer vollführte eine Geste, die bei Douglas keinerlei Zweifel daran ließ, dass er und Snipe widerspruchslos mit ihnen kommen sollten oder unangenehmen Konsequenzen entgegensehen müssten. Douglas, dessen Lächeln sich zu einer Grimasse verzerrte, trug Zustimmung zur Schau. Er zog Snipe unter seinen Arm – mehr zum Wohle der Einheimischen als zu dem seines Gefährten – und gestattete, dass man ihn fortführte.

Sie wurden von dem Haufen zum Fuße eines Hügels geleitet, wo der Feldweg auf einen langen, geraden, aufsteigenden Pfad stieß, der zu einem beeindruckenden, hoheitlich aussehenden Bauwerk führte – einem Tempel, wie Douglas befand, oder vielleicht einem Palast oder dergleichen. Es besaß ein Dach aus Terracotta-Ziegeln, tiefe, verschattete Dachvorsprünge, einen weitläufigen, offenen Portikus mit stattlichen, blau angestrichenen Säulen und eine kupferplattierte Tür. Eine Doppelreihe von Zypressen beschattete den ansteigenden Pfad zu diesem Gebäude; die Flanken des Hügels waren mit Olivenbäumen bepflanzt, und dazwischen wucherten winzige gelbe Wildblumen sowie blutroter Mohn.

Am Fuße des aufsteigenden Pfades hielt die Gruppe an. Der Hügel war sehr symmetrisch – viel zu symmetrisch, um natürlich zu sein, dachte Douglas, und das Gebäude war zu perfekt platziert. Die Zusammenstellung legte den Schluss nahe, dass die Stätte von ritueller Bedeutsamkeit war. »Dies muss der Ort sein«, murmelte er zu sich selbst, als Snipe sich vorbeugte und mit einem blitzschnellen Griff sich einen weiteren Grashüpfer schnappte.

Eingekreist von ihren Geiselnehmern, wurden sie dazu angehalten, hier zu warten, während der selbsternannte Wortführer den Hügel hochstieg und um Einlass in das Bauwerk ersuchte. Douglas beobachtete, wie im Säulenvorbau ein runder Mann in einem gelben Gewand erschien und eine kurze Besprechung folgte; danach stieg der Wortführer den Hügel herab und nahm wieder seinen Platz bei seinen etruskischen Landsleuten ein.

Bald erschienen der gelb gewandete Priester – falls er dies auch wirklich war – und ein anderer, etwas jüngerer Priester auf den Tempelstufen. Ihnen schloss sich ein dritter Mann in einem langen karmesinroten Gewand an; und alle drei schritten den langen Pfad zum Fuß des Hügels hinab.

»Steh bequem, Snipe«, hauchte Douglas. »Leg den Grashüpfer weg und mach keinen Ärger.«

Der korpulente Priester – der leitende Geistliche, wie Douglas vermutete – befahl jedem, zurückzutreten und eine ordentlichere Aufstellung zu nehmen. Die Bauern gehorchten und ließen die zwei gefangenen Fremden gut sichtbar vor dem Mann in dem karmesinroten Gewand stehen. Der rot Gewandete betrachtete sie einen flüchtigen Moment – seine großen, intensiv blickenden Augen nahmen die Details ihrer exotischen Erscheinung in sich auf – und kam sofort zu einer Entscheidung. Er hob die Hand in Richtung seiner Landsleute, sprach mit einer besonnenen, beruhigenden Stimme ein paar Worte und erhielt eine respektvolle, sogar unterwürfige Antwort in Form von Kopfnicken und kleinen Verbeugungen als Zeichen der Zustimmung. Dann sprach er einen Befehl aus, der an die zwei gelb Gewandeten gerichtet war, und ging auf demselben Weg zum Tempel zurück.

Seine Assistenten bezogen Stellung zu beiden Seiten von Douglas, und einer von ihnen zeigte an, dass er und Snipe ihrem Führer folgen sollten.

Sie gingen den steilen Pfad hoch, vorbei an der langen Reihe fingerdünner Bäume zu beiden Seiten, und erreichten die Stufen zum Portikus des Tempels, wo die Reisenden gezwungen wurden, ihre Stiefel abzustreifen, bevor man ihnen erlaubte, das Innere zu betreten. Barfüßig wurden sie dann in den Tempel geführt, der, wie Douglas schnell begriff, weniger ein Tempel und mehr eine Residenz war. Die Wände waren in Schattierungen von hellem Grün angemalt und mit einem breiten Band verziert, das eine Serie von Jagdszenen darstellte. Es gab Bänke mit sehr dicken Polstern, die rund um einen großen, niedrigen Tisch aus poliertem dunklem Holz verstreut standen; und eiserne Dreifüße hielten bemalte Keramikgefäße in Rot und Schwarz. Von irgendwoher ertönte die beschwingte Musik einer Flöte; sie klang wie fließendes Wasser.

Zwei Diener in kurzen grünen Tuniken kamen mit einem Klappstuhl herbeigerannt, den sie auseinanderbreiteten und mit Kissen auskleideten. Der karmesinrot Gekleidete ließ sich mit der Miene eines orientalischen Potentaten, der seinen Thron einnahm, auf den Stuhl nieder. Unterdessen wies der gelb gewandete Lakai, den Douglas für einen untergeordneten Assistenten hielt, die Besucher an, vor seinem Herrn niederzuknien. Dieser musterte die Fremden mit großem Interesse – weitgehend so, wie wenn ein Insektensammler eine neue Art von Käfern studieren würde, stellte sich Douglas vor. Das Schweigen nahm zu und dehnte sich in die Länge, und immer noch war es so, dass weder der rot Gewandete sprach noch dieser von einem seiner offensichtlichen Günstlinge angesprochen wurde. Nach einer Weile kehrte der rundliche Oberpriester zurück. Diesmal wurde er von zwei Männern begleitet – der eine war älter und kahlköpfig, der andere viel jünger. Jeder der beiden war in eine lange weiße Tunika mit einem breiten, geflochtenen Gürtel aus goldenen Schnüren gekleidet. Auch sie fingen an, die

Fremden mit einem Interesse zu studieren, das dem ihres rot gewandeten Herrn gleichkam.

Augenblicke später kehrten die Diener zurück: Einer trug ein kupfernes Tablett mit einem Krug, der demjenigen nicht unähnlich war, aus dem Douglas vor dem Grabmal getrunken hatte. Auf dem Tablett waren ebenfalls drei flache Schalen und eine Schüssel mit Mandeln. Der Oberpriester wies die Diener an, Wein einzuschenken, was sie taten. Anschließend verbeugten sie sich tief und zogen sich ohne ein Wort zurück. Der gelb gekleidete Assistent überreichte seinem Herrn eine gefüllte Schale, dann gab er Douglas und Snipe jeweils eine. Der Junge trank seine Schale sofort aus und streckte sie von sich, um mehr zu bekommen. Der Diener starrte ihn an, dann blickte er zurück zu seinem Herrn, der lediglich nickte. Snipes Schale wurde wieder gefüllt, und Douglas flüsterte: »Kipp das *nicht* in dich hinein.«

Snipe warf ihm einen finsteren Blick zu und tauchte seine Zunge ein.

Der Mann auf dem Stuhl hob seine Schale, als würde er den Göttern in der Höhe eine Opfergabe anbieten, dann neigte er seinen Kopf, wobei er ein Wort aussprach, und trank. Douglas erkannte dies als Aufforderung an ihn, ebenfalls zu trinken. Er nahm einen Schluck von dem bittersüßen, geharzten Wein – ein Geschmack, den er wiedererkannte, den er sich aber nie zu eigen gemacht hatte. Er zwang sich zu einem Lächeln, und der Mann auf dem Stuhl schenkte ihm ein beifälliges Nicken, bevor er sich zu einem der weiß gekleideten Betrachter wandte, der sich verbeugte, sich anschließend Douglas zukehrte und ihn ansprach. Der Kerl ratterte ein paar Worte herunter und hielt inne, um Douglas erwartungsvoll anzuschauen. Douglas schüttelte bloß den Kopf, woraufhin der Bursche erneut redete, diesmal in einer anderen Sprache, die dem Klang nach dem Griechischen sehr ähnlich war. Douglas reagierte darauf mit einem weiteren, leichten Kopfschütteln und sagte: *»Ego«* – er tippte mit dem Finger auf seine Brust – *»narro latin nonnullus.«*

Dies rief eine sofortige Antwort hervor. Der Mann gab eine

Reihe von Worten von sich, die irgendwie vertraut klangen, jedoch unterschiedlich genug von dem Latein waren, das Douglas kannte, sodass er nicht daraus schlau werden konnte, was der Bursche sagte. Er lächelte und schüttelte seinen Kopf. »Latein«, sagte er.

»*Latica*«, erwiderte der Diener.

»*Haud Latica*«, erklärte Douglas. »*Non narro Latica.*«

Der Diener drehte sich zu seinem Herrn, streckte seine Hand aus und sprach ein Wort, das bei Douglas eine angespannte Aufmerksamkeit auslöste. »Turms«, sagte er und wiederholte: »Turms.«

Als Antwort legte der rot gewandete Mann die Hand auf seine Brust und wiederholte das Wort. Es rief in Douglas die sehnliche Hoffnung hervor, dass er sich möglicherweise in der Gegenwart des einen Mannes befand, dem auf dieser Reise zu begegnen er sich am meisten gewünscht hatte: Turms der Unsterbliche, Priesterkönig von Velathri.

»Turms«, sagte Douglas und zeigte eine förmliche Verbeugung. Auf Latein fügte er hinzu: »Ich grüße dich, Turms von Velathri.«

Der König nickte nachsichtig und wartete mit gespannter Miene. Douglas legte seine Hand auf den Kopf seines finster blickenden Gefährten und sagte: »Snipe.« Er wiederholte den Namen, legte dann die Hand auf seine eigene Brust – eine Nachahmung der Geste, die Turms benutzt hatte – und sagte: »Douglas.« Er klopfte leicht auf seine Brust und sagte: »Douglas Flinders-Petrie.«

Nun war es der König, der verblüfft reagierte. Während er auf Douglas zeigte, gab er eine Reihe von Worten von sich, die Douglas nicht verstand, dann fügte er hinzu: »Arturos.«

Douglas benötigte einen Augenblick, um herauszufinden, dass man ihm gerade den Namen gesagt hatte, unter dem sein Urgroßvater unter diesen Leuten bekannt gewesen war. Douglas nickte zum Zeichen, dass er verstanden hatte, und sagte: »Arthur Flinders-Petrie.« Danach zeigte er eine Pantomime, bei der er Treppenstufen oder Ebenen beschrieb, von denen jede ein wenig höher als die vorangegangene war. »Arthur«, sagte er, während seine Hand die niedrigste Ebene darstellte. »Benedict.« Seine Hand beschrieb die nächsthöhere Stufe. »Charles«, kam als Nächstes, und danach blieb seine sich nach oben bewegende Hand auf seinem eigenen Kopf liegen. »Douglas.«

Turms stand von seinem Stuhl auf und überwand mit zwei raschen Schritten den Abstand zwischen ihnen. Er hob beide Hände hoch, legte sie auf Douglas' Schultern und schaute ihm tief in die Augen – den Blick hielt er länger, als Douglas es angenehm fand. Dennoch spürte Douglas, dass er sich in der Gegenwart einer weisen und freigebigen Seele befand – einer mit gewaltiger Kraft und Intelligenz. Er erwiderte den Blick so kontinuierlich, wie er imstande war.

Sogleich klopfte der große König mit beiden Händen auf seine Schulter, und der Kontakt war unterbrochen. Turms drehte seinen Kopf und rasselte eine Reihe von Befehlen gegenüber dem höherrangigen Assistenten herunter, der sich verbeugte, sich Douglas näherte, seinen Arm nahm und ihn fortzuführen begann. Der König rief seinen hinausgehenden Gästen etwas hinterher, und Douglas zeigte ihm eine respektvolle Verbeugung und sprach ihm seinen Dank aus – für was allerdings, wusste er bislang noch nicht.

Der Hausverwalter des Königs geleitete sie hinaus und durch einen weiteren Raum zu einer Nebentür, die auf einen weiteren Portikus führte, wo zwei Wachen in leichter Rüstung auf Holzschemeln saßen; bei jedem lag quer über dem Schoß ein dünner, böse aussehender eiserner Speer oder Wurfspieß. Sie sprangen in eine Habtachtstellung hoch, als der Diener auftauchte, der ihnen, wie Douglas vermutete, eine kurze Darstellung der königlichen Befehle gab. Dann wurden Douglas und Snipe eine kurze Treppenflucht nach unten geleitet und durch einen Olivenhain zu einem kleinen Haus geführt, das ein paar Dutzend Meter von der Residenz des Königs entfernt war. Sie wurden in das Haus gewiesen, das spärlich möbliert und in zwei Räume geteilt war. Der erste war ein Allzweckzimmer, das einen Wohnraum mit einem Tisch und Stühle fürs Essen in sich vereinte. Der zweite, kleinere Raum im hinteren Bereich des Häuschens war mit Hockern, einer Lampe und mit mehreren dicken Matten und Kissen zum Schlafen ausgestattet.

Douglas verstand, dass ihnen die Nutzung dieser Unterkunft

angeboten worden war, was er zu schätzen wusste. Die Anwesenheit der bewaffneten Wachen warf jedoch einen leichten Schatten auf dieses Angebot. Er hatte aber nicht die Zeit, sich darüber zu wundern, denn der kahlköpfige Hausverwalter wandte sein Gesicht Douglas zu, nachdem er ihnen die Räume gezeigt hatte, und sagte: *»Latica Etruii.«*

Anschließend legte der Hausverwalter sich die Fingerspitzen an die Lippen und sagte die Wörter erneut, dann berührte er Douglas am Mund.

»Latica Etruii«, sagte Douglas und nickte. Sollte ihn etwa die hiesige Sprache gelehrt werden? Er legte sich die Handfläche auf die Brust, sagte seinen Namen und zeigte dann auf den Diener, wobei er die Augenbrauen erwartungsvoll hob. »Wie lautet dein Name?«

Der Hausverwalter lächelte erfreut, klopfte sich auf die Brust und verkündete: »Pacha.«

»Meinen Dank, Pacha«, sagte Douglas auf Latein zu ihm.

Danach ging der Diener hinaus, zuvor allerdings stellte er eine der Wachen an der Tür des kleinen Gästehauses auf.

»Mir gefällt nicht, wie dies aussieht, Snipe«, murmelte Douglas, als er zusah, wie Pacha, der korpulente Assistent, und der andere Wachmann im Olivenhain verschwanden. Douglas wartete, bis sie fort waren, dann entschloss er sich zu einem einfachen Test. Mutig trat er aus dem Haus auf den schmalen Vorbau. Der Soldat beobachtete ihn nur. Erst als Douglas einen Schritt von dem Vorbau auf den Pfad machte, griff der Wachmann aktiv ein; er rief ein Wort und gab Douglas mit Gesten zu verstehen, er solle zurückkommen. Als Douglas seinen Befehl missachtete, verließ der Wächter seinen Posten, holte seinen Schützling zurück und brachte ihn zum Säulenvorbau.

»Stati!«, sagte der Wachmann; es klang beinahe so, als würde man einem streunenden Hund einen Befehl erteilen.

Douglas nickte zum Zeichen des Verstehens und ging ins Haus zurück. »Nun, so viel ist zumindest klar«, verkündete er. Snipe, der in einer Zimmerecke auf etwas einstocherte, ließ sich nicht dazu herab, zu ihm aufzublicken. Douglas zog einen Stuhl unter dem Tisch hervor und setzte sich hin.

Es hat keinen Sinn, sich deswegen zu ärgern, dachte er. Die Situation, obgleich sie höchst unangenehm war, hätte leicht schlimmer sein können. Offensichtlich sollte ihnen die Sprache Etruriens beigebracht werden. Und damit es nicht irgendeinen Zweifel oder Irrtum gab, würden sie die Gäste des Königs bleiben, bis sie sie lernten.

ZWÖLFTES KAPITEL

Worin eine schockierende Hypothese erwogen wird

Für J. Anthony Clarke, den international berühmten Astrophysiker, war interdimensionales Reisen eine Wahnsinnsenthüllung, die auf einer Stufe mit der Entdeckung der großen vereinheitlichten Feldtheorie, des Gottesteilchens, des Lebens auf dem Mars, der Superstrings und des Ungeheuers von Loch Ness stand – und zwar mit allen auf einmal. Jede Faser seines Daseins vibrierte bei dem Wissen, dass er ein Phänomen von unübertroffener Transformationsenergie erlebt hatte. So begeistert er über diese bahnbrechende Entdeckung auch war, er legte unverzüglich jedes wissenschaftliche Interesse beiseite und konzentrierte sich stattdessen auf seine vorrangige familiäre Sorge. Für Tony Clarke, den besorgten Vater einer vermissten Tochter, war sein Erlebnis bloß die Bestätigung dafür, dass er auf der richtigen Spur war.

Dieser Sprung zwischen dimensionalen Welten – oder wie hatte Cass dies genannt? Die Geisterstraße? –, dieser radikale Wechsel sowohl im Raum als auch in der Zeit war etwas, mit dessen Untersuchung und Dokumentierung er vergnügt den Rest seines Lebens verbringen konnte. Der Physiker in ihm formulierte bereits die Wege und Mittel zur quantitativen Bestimmung gewisser Aspekte des Phänomens, die zu einer überprüfbaren Hypothese führen konnten. So schockierend es auch für das wissenschaftliche Establishment sein mochte – so schockierend, irre, bewusstseinsverändernd es für ihn selbst war –, die Erforschung des Phänomens würde seine große Lebensarbeit darstellen.

Doch zuerst musste er seine Tochter finden.

Dafür musste er den Diensten seines Führers Freitag vertrauen. So lakonisch, missbilligend, spitzfindig und voller Groll er auch war, der Yavapai-Ureinwohner war nichtsdestotrotz ein Mann, der zu seinem Wort stand. Er hatte zugestimmt, zu helfen, und bis jetzt war es auch genau das, was er tat.

Von der Nazca-Wüste hatten die beiden einen Sprung zu einem weiteren Ort gemacht – einer Welt oder zumindest einer Region mit kleinen Bauernhöfen und Dörfern, die durch unbefestigte Straßen miteinander verbunden waren. Es erinnerte vage an Osteuropa, obwohl Tony das nicht mit Sicherheit sagen konnte. Jedenfalls war es nicht die Antarktis, und es war nicht Peru. Auf den ersten Blick schien der Ort ein wenig die Verheißung in Aussicht zu stellen, ein Ziel zu sein, das Cassandra möglicherweise entdeckt hatte. Aber nachdem sie den größeren Teil eines Tages ohne Ergebnis umhergewandert waren, kam Tony zu dem Schluss, es sei höchst unwahrscheinlich, dass seine Tochter hier viel Hilfreiches oder gar Interessantes gefunden hätte. »Ich vermute, sie ist den Weg zurückgegangen, den sie gekommen ist«, meinte Tony, allerdings weniger sicher als zuvor, da die Finger des Zweifels ständig ihren Griff verstärkten.

»Das ist es, was ich tun würde«, pflichtete Freitag ihm bei.

»Dann gehen wir zurück«, entschied Tony, in dessen normalerweise heitere Stimme sich ein Unterton von Niederlage einschlich. »Und unterwegs kannst du mir dann erklären, wie man eine Geisterstraße erkennt, wenn der Blick darauf fällt. Was sind die verräterischen Zeichen?«

Freitag führte sie nun auf derselben Route zurück, und zwar zunächst entlang eines Flusses. Sie kamen wieder zu einer Stelle, wo ein Pfad von den felsigen Klippen sich mit dem Weg vereinigte, der sich am Flussufer entlangschlängelte. Die Sonne senkte sich am nachmittäglichen Himmel, und die Luft wurde fühlbar kühler, während sie den Hang zu der Spalte im Felsgestein hochkletterten, durch die sie in dieser idyllischen, wenn auch uninteressanten Welt aufgetaucht waren. Während sie gingen, dachte Tony über die schreckliche Möglichkeit nach, nicht in der Lage zu sein, seine Tochter zu finden. Was würde er dann unternehmen? Er hatte keine Ahnung.

»Wir sind früh da«, verkündete Freitag. »Es ist noch nicht der richtige Zeitpunkt.«

Tony blickte auf, schaute sich um und stellte fest, dass sie tatsächlich wieder an der Schlucht auf der Bergkuppe angekommen waren, durch die sie diese Welt betreten hatten. Er starrte auf das Flusstal, das sich unter ihnen ausbreitete – waren sie diese Strecke wirklich so schnell hochgeklettert? In Gedanken versunken, hatte er ihre Wanderung überhaupt nicht bewusst wahrgenommen. Er blickte auf die enge Spalte in der Felswand vor ihnen, dann schaute er zum Himmel und schätzte die Tageszeit. »Wie weißt du das? Wie spürst du, wenn die Geisterstraße ... ähm ... *aktiv* ist? Und sobald sie aktiv ist, gibt es irgendeine Möglichkeit, um festzustellen, wo du landen wirst? Das heißt, wo die Coyote-Brücke dich hinbringen wird?«

»Du stellst eine Menge Fragen.«

»Das ist mein Job.«

Während sie darauf warteten, dass die Geisterstraße sich öffnete, lehrte Freitag seinen unersättlichen Schüler die Feinheiten von dem, was Tony jetzt als die Steuerung der Geisterstraße und der Coyote-Brücke betrachtete. Schließlich hob Freitag seine Augen zum Himmel. Die Sonne war hinter die Berggipfel gesunken und tauchte die Felsenschlucht in Schatten ein. Die Luft, die durch die Spalte im Felsgestein strömte, war dank der abendlichen Brise kühl, und im Osten durchbrach der Mond den Horizont. Er nickte. »Wir können gehen.«

»Nun denn«, sagte Tony und holte tief Luft, um sich zu beruhigen. »Auf geht's.«

Freitag drehte sich um und schritt in die enge Kluft zwischen massiven Wänden aus vom Wind erodiertem Gestein. Tony folgte ihm; er achtete mit großer Aufmerksamkeit auf jede Bewegung und Aktion vonseiten seines Führers, wobei er sich den Ablauf für weitere Untersuchungen fest einprägte: zuerst ein kleiner Spaziergang den Pfad hinunter, bis dessen aktiver Teil, also die Brücke, erreicht war; dann bewegte man sich in oder durch das Kraftfeld, die durch die Energie-Linie erschaffen wurde, was durch eine atmosphärische Störung in einem größeren oder geringeren Ausmaß – Regen oder Wind oder Nebel oder alle drei zusammen – signalisiert wurde. Wenn das erfolgreich war, mündeten diese Aktionen in der unmittelbaren Translokation zu einer neuen Realität oder Dimension des Universums, ohne dass man irgendeine räumliche Entfernung durchqueren musste: ein echter Quantensprung. Die Reise, die so rasch ausgeführt wurde, ging auf Kosten einer kleinen Übelkeit. Doch der Brechreiz ging bald vorüber. Außerdem bemerkte Tony, dass sein Körper sich an diese Sprünge gewöhnte, und die sich daraus ergebende Übelkeit wurde allmählich geringer – was er als ein Anzeichen dafür nahm, dass die Symptome durch wiederholte Erfahrungen zurückgehen würden, bis sie nicht mehr länger ein Merkmal der Translokation waren, die man befürchten musste. Freitag zum Beispiel schien nicht im Mindesten von dieser intensiven, jedoch vorübergehenden Kinetose betroffen zu sein.

Tony, stets der beobachtende Wissenschaftler, zählte all diese Sachverhalte auf, als die Wolken aus Nebel sich um ihn herum schlossen und er Freitag, der nur zwei Schritte vor ihm war, aus den Augen verlor. Es gab einen Spritzer kalten Regens in seinem Gesicht und das Brennen eines kalten Windes, dann ein verschwommener Bewegungswirrwarr und ... Stille.

Er landete auf seinen Absätzen mit einem Stoß, der durch seine Beine nach oben fuhr und dazu führte, dass eines seiner Knie vorübergehend seinen Dienst einstellte. Er vollführte einen humpelnden Schritt, und das Kniegelenk funktionierte wieder, wodurch er beinahe nach vorne auf einen Weg aus Kopfsteinpflastern geworfen wurde. Im nächsten Augenblick holte ihn die Bewegungskrankheit ein und schlug hart zu. Sein leerer Magen zog sich zu einem kleinen, dichten Ball zusammen, und er würgte trocken.

Während er sich an der nächsten Wand abstützte, hob er seinen Kopf. Er schaute um sich herum und entdeckte, dass er sich in etwas befand, das eine Gasse zwischen zwei weiß getünchten Wänden zu sein schien. Sie war so schmal, dass Tony, wenn er in der Mitte stehen würde, mit ausgestreckten Händen beide Seiten berühren könnte. Die Luft war feucht und heiß, und die schuppigen Äste einer Maulbeerfeige hingen über der Gasse. Jenseits der nahen Wände bellten Hunde. An dem einen Ende wurde der Weg von einer nackten Wand abgeschlossen, an dem anderen von einem steinernen Torbogen, durch den man in eine sonnendurchflutete Räumlichkeit gelangte. Weiter konnte Tony nicht sehen.

Und er konnte auch keinerlei Anzeichen von Freitag sehen.

Er wartete eine Weile und versuchte zu entscheiden, was er tun sollte, dann wartete er noch etwas länger. Als Freitag ausblieb, kam Tony der Gedanke, dass sein wortkarger Gefährte vielleicht vor ihm angekommen war und irgendwo in der Nähe wartete. Auf alle Fälle, entschied er, würde es nicht schaden, sich einmal umzuschauen. Er schritt zur Mündung der schmalen Gasse und spähte auf eine Straße hinaus, die anders war als alles, was er bisher erlebt und gesehen hatte – wenn man einmal von Filmen oder alten Schwarz-Weiß-Wochenschauen absah. Doch hier – unter einer glühend heißen Sonne, in lebendiger Farbe – gab es eine Szenerie, die sein Großvater und Urgroßvater wiedererkannt hätten, wenn denn zumindest einer von ihnen jemals über die Grenzen der Familienfarm in Pennsylvania hinaus gereist wäre.

Die Menschen, die er umhergehen sah, hatten lange, fließende Gewänder in Vogelei-Blau und kaffeefarbenem Beige an; es handelte sich um ein leichtes Material, das der Kleidung ein wallendes Aussehen verlieh. Die Frauen trugen Kopftücher mit hellen Mustern; es gab gestreifte Pluderhosen, weit geschnittene weiße Hemden, die mit schwarzen Westen kombiniert waren, und rote Feze für die Männer. Und bei den wenigen Fahrzeugen, die weder Eselskarren noch Tragen waren, handelte es sich um sonnengebleichte, altmodische Autos aus den Dreißigerjahren des zwanzigsten Jahrhunderts. Die Straße selbst wurde von Läden und Marktständen unter verschlossenen, kastanienbraun und weiß gestreiften Markisen gesäumt.

Die Tatsache, dass die Bewohner dieses Ortes ihren Geschäften nachzugehen schienen, ohne einen Blick in seine Richtung zu werfen, gab ihm recht viel Mut, um ein paar Schritte aus der Gasse heraus zu wagen – zumindest weit genug, um zu sehen, ob er Freitag irgendwo auf der Straße entdecken konnte. Zu seiner Linken sah er eine Reihe von Buden und winzigen Läden von Verkäufern – Früchte, Lederwaren, Kleidung, Gewürze – und sich dazwischenmischende Kunden. Frauen mit Tragenetzen schlenderten gemächlich zu zweit oder zu dritt entlang der Buden und Ladenfronten. Weiter vor ihm, in einiger Entfernung die Straße hinunter, sah er einen Torbogen in klassischer Bauart aus antikem weißem Marmor und dahinter einen weiteren Bogen – dieser bestand aus sich abwechselnden schwarzen und weißen Streifen, an die breite Holztüren grenzten. Es handelte sich, wie er erkannte, um den Eingang zu einem jener weitläufigen überdachten Märkte, die in den Ländern des Nahen Ostens sehr zahlreich waren – einem Suk oder Bazar. Es war ein belebter Ort, nach der Anzahl der Käufer zu schließen, die durch den Eingang hinein- und hinaustraten.

Während Tony dort stand und dies alles auf sich einwirken ließ, wurde er sich bewusst, dass ihn jemand prüfend anstarrte. Im selben Moment spürte er, wie an seinem Ärmel gezogen wurde. Er schaute nach unten und begegnete einem Paar glänzender brauner Augen, die sich in dem runden, lächelnden Gesicht eines Jungen mit drahtigen, rabenschwarzen Haaren befanden: ein Knabe von vielleicht acht oder neun Jahren, der eine schmutzige cremefarbene Hose, die zu kurz und an den Knien zerfetzt war, und einen zu großen, am Kragen ausgefransten Kittel aus dem gleichen Stoff trug.

»Hallo, mein Kleiner«, sagte Tony. »Sprichst du Englisch?«

Der Junge blickte hinter ihn, und Tony sah, dass er von einem jungen Mädchen begleitet wurde, das nicht mehr als ein oder zwei Jahre älter sein konnte. Wie bei ihrem dreckigen Gefährten war ihre einfache Kleidung voller Flecken und ungepflegt, aber ihr Gesicht und ihre Hände waren sauber, und ihr Haar war ordentlich gekämmt und geflochten unter einem hellblauen Tuch. Tony wurde bewusst, dass er gleich von Bettlern behelligt würde, und klopfte auf seine Taschen auf der Suche nach etwas Wechselgeld.

»Leider habe ich überhaupt kein Geld«, begann er, dann bemerkte er, dass der Bursche ihm ein Stück Papier entgegenhielt. »Oh? Was ist das?«

Der Junge drängte es ihm auf. Tony nahm den Fetzen, der ein wenig größer als eine Visitenkarte war, drehte ihn um und sah eine in Englisch geschriebene Mitteilung. Sie lautete:

Fühlen Sie sich verloren? Einsam und verlassen?
Suchen Sie nach etwas, woran Sie glauben können?
Wir können Ihnen helfen
Sie wünschen Informationen? Rufen Sie an unter
Damaskus 88–66–44
Oder kommen Sie persönlich vorbei – zur
22 Hanania Street nr.
Beit Hanania
Die Zetetische Gesellschaft

Tony las das Papier erneut. Eine Anzeige? Er gab die Mitteilung dem Jungen zurück, der bloß seinen Kopf schüttelte und sie Tony wieder in die Hand drückte. »Nein? Du willst, dass ich sie behalte?«, fragte er. »Was bedeutet das?«

»Kommen mit uns, Mister«, forderte das Mädchen ihn auf, während sie vortrat.

»Du sprichst Englisch?«, erwiderte Tony voller Hoffnung. »Ist das der Ort, wo ich bin – Damaskus?«

»Sie kommen mit uns«, sagte sie und ging los; dann hielt sie inne und gab ihm mit einem Handzeichen zu verstehen, er solle ihr folgen.

Er war sich bewusst, dass er wahrscheinlich ein Dummkopf war, der auf eine einheimische Form von Betrug hereinfiel, die mit leichtgläubigen Fremden durchgeführt wurde. Gleichwohl war Tony hinreichend fasziniert von der rätselhaften Mitteilung, um Folge zu leisten – zumindest bis er herausfinden würde, was in aller Welt die Kinder verkauften. »In Ordnung, ich werde mit euch kommen«, erklärte er. »Aber macht keine Dummheiten!«

Der kleine Junge hielt neben ihm Schritt, und das Mädchen

führte sie in ein verwirrendes Durcheinander von winzigen Straßen, Pfaden und Seitenwegen hinein, durch Viertel mit Verkaufsständen unter freiem Himmel und kleinen Werkstätten, die wie winzige Fabriken Schalen und Löffel aus Holz produzierten. Hier war ein Töpfer, der Krüge und Tassen formte, dort ein Flechtwerkmacher, der eine Strohmatte wob, und direkt dahinter eine Frau, die spitzenbesetzte Tischtücher und Bettdecken herstellte ... und so weiter und so fort. Die Vorbeigehenden schenkten Tony und seiner kleinen Eskorte keinerlei Aufmerksamkeit; er hätte ebenso gut unsichtbar sein können angesichts dieser Beachtung, die er fand. Augenscheinlich waren Fremde hier so häufig anzutreffen, dass sie unterhalb der Aufmerksamkeitsschwelle lagen.

Eine Straße nach der anderen gingen sie entlang. Bei jeder Wegbiegung fühlte Tony sich noch dümmer als zuvor, dass er zugestimmt hatte, mitzukommen, und war sich noch sicherer, es würde alles schlecht enden. Als sie schließlich in eine ruhige Straße traten, in der sich größere, beeindruckendere Gebäude befanden, denen Eingänge aus schwarz-weißem Mauerwerk vorgesetzt waren, entschied er, dass die sinnlose Unternehmung lange genug gedauert hatte. Er blieb stehen. »Okay«, verkündete er. »Das ist es gewesen. Ich bin fix und fertig.«

Das Mädchen hielt mitten auf der Straße an und drehte sich herum. »Sie kommen.«

»Nein.« Tony schüttelte den Kopf. Es war später Nachmittag und heiß; der Himmel hatte die Farbe von ausgewaschenen Jeans; und er war müde und durstig und sehnte sich nach irgendeiner kleinen Bestätigung, dass er nicht von Banditen geschlagen und ausgeraubt würde. »Ich gebe auf. Ich gehe nicht mehr weiter.«

»Sie kommen«, beharrte das Mädchen. Sie drehte sich um und marschierte zu einem nahe gelegenen Eingang. »Ist hier.«

»Tut mir leid.« Tony schüttelte langsam den Kopf.

Der kleine Junge zog an seinem Ärmel und zeigte auf die Tür, wo das Mädchen wartete.

»Nein, tut mir leid, ich gehe zurück«, sagte Tony und blickte über die Schulter. »Falls ich den Weg überhaupt finden kann.«

Das Mädchen, das ihn immer noch beobachtete, stellte sich auf die Zehenspitzen, ergriff den Messingklopfer und pochte laut gegen die Tür. Sie klopfte erneut und forderte Tony mit Gesten auf, mitzukommen. Er weigerte sich …

… und weigerte sich immer noch, als das Klicken eines Riegels zu vernehmen war, die Tür sich öffnete und das freundliche Gesicht einer älteren Frau mit einem strengen Haarschnitt hinausspähte. Sie blinzelte hinter ihrer Drahtgestellbrille, während sie auf die helle, sonnenbeschienene Straße hinausblickte.

»Oh hallo, Afifah, hast du mir einen Besucher gebracht?«, fragte sie mit einem leichten schottischen Akzent.

»Da«, erwiderte das Mädchen und zeigte auf Tony, der immer noch mitten auf der Straße stand.

Der Frau trat von der Tür weg. »Hallo, Fadi.« Sie winkte dem Jungen zu. »Wen hast du mir gebracht?«

Der Junge zog an Tonys Ärmel und zeigte auf die Frau, wobei er ihn drängte, zu ihr zu gehen.

»Kommen Sie mit!«, rief sie. »Ich werde schon nicht beißen.«

Tony, der befand, dass er von einer weißhaarigen alten Frau wenig zu befürchten hatte, kam ein paar Schritte näher heran. »Hallo«, sagte er. »Ich bin mir nicht sicher, ob nicht ein Irrtum vorliegt.«

»Sie werden näher herankommen müssen. Ich werde nicht laut schreien.«

Er schritt zum Eingang, wo die stämmige Tante im Tweed-Rock mit gefalteten Händen wartete. »Gibt es etwas, das Sie möchten?«

»Meine Tochter«, stieß Tony hervor, ohne nachzudenken. »Ich suche nach meiner Tochter. Sie ist verschwunden, und ich versuche sie zu finden.«

Er hatte nicht vorgehabt, auf diese Weise irgendein mögliches Gespräch zu beginnen. Doch die angesammelte Fremdartigkeit der Geschehnisse dieses Tages überwältigte schließlich seine natürliche Distanziertheit, und seine Gefühlskontrolle löste sich letztendlich auf, sodass er dem Augenblick nachgab. Er verzichtete auf jeden Versuch, seinem überstürzten Vorgehen Einhalt zu gebieten, und brachte sein Anliegen – als würde er damit eine Erklärung abgeben – mit dem Satz zu Ende: »Ich bin aus den Vereinigten Staaten hergekommen.«

»Meine Güte«, erwiderte die Frau in ihrem butterigen Akzent aus dem schottischen Hochland. »Dann sollten Sie besser hereinkommen, wenn Sie so weit hergekommen sind.«

Als sie zurücktrat und die schwarz gestrichene Tür ein wenig weiter öffnete, sah Tony die polierte Messingtafel mit den eingravierten Wörtern *Zetetische Gesellschaft*.

DREIZEHNTES KAPITEL

Worin Landratten zur See fahren

Die *Percheron* war ein strapazierfähiges, kompaktes Schiff, das ein Schiffsagent, der von Lord Burleigh engagiert worden war, vor der Abwrackwerft gerettet hatte. Das zweimastige, rahgetakelte Fahrzeug hatte sein Dasein zunächst als eine französische, mit vierundzwanzig Geschützen ausgerüstete Brigantine begonnen, die in der Bucht von Biskaya während eines kurzen Gefechts gekapert worden war. Wegen seines breiten Rumpfs und großzügigen Laderaums wurde das Schiff in einen Frachter umgewandelt und brachte die nächsten paar Jahre damit zu, die größeren Schwestern der britischen Flotte, die mächtigen Linien- und Kriegsschiffe, mit Nachschub zu versorgen. Nachdem das Fahrzeug in einem frühen Herbststurm vor Land's End schweren Schaden erlitten hatte, wurde es von der Admiralität nicht für wertvoll genug erachtet, um die Reparaturkosten zu rechtfertigen, und kurzerhand dazu verurteilt, zum Schrott- und Zubehörpreis verkauft zu werden. Nachdem Burleigh von dem Agenten darauf aufmerksam gemacht worden war, schritt er ein, erwarb das angeschlagene Schiff und ließ es zu einer privaten Schiffswerft in Southampton schleppen.

Die Wiederinstandsetzung hatte eine fürstliche Summe gekostet, jedoch viel weniger als ein neues Schiff, das für diesen Preis ein kleineres, leichteres Fahrzeug gewesen wäre. Und insofern als Seine Lordschaft plante, sich für eine lange Zeitdauer an Bord niederzulassen, waren Bequemlichkeit, Sicherheit und eine allumfassende Seetüchtigkeit von primärer Bedeutung. Zudem war nach Burleighs

Ansicht der Wert eines robusten, seetüchtigen Kampfschiffs nicht zu verachten. Geld hingegen gelangte nicht auf die Liste. Dementsprechend war keine Ausgabe zu groß, und an nichts wurde gespart. Das Ergebnis war ein Schiff, das sowohl extrem manövrierfähig als auch straff wie ein Trommelfell war. Was ihr an Schnelligkeit fehlen mochte, machte sie durch ihren Komfort mehr als wett, ganz zu schweigen von der riesigen Ladekapazität. Voll beladen, wie sie gerade jetzt war, würde die *Percheron* in der Lage sein, bis zu sechsunddreißig Monate auf hoher See zu verbringen, was Burleighs Plänen dienlich war.

Jetzt aber, wo Seine Lordschaft auf dem Deck einherschritt, auf seinem Gesicht und dem Hals die feuchte Nachtluft spürte – mit dem schwachen fauligen Flussgeruch in seinen Nasenöffnungen –, konnte er es nicht erwarten, den Anker zu lichten. Er fuhr mit der Hand über die frisch polierte Reling, drehte sich um und ging zurück zum Steuerhaus, das er beigefügt und ummantelt hatte, um dem Steuermann Schutz zu bieten.

»Wo sind sie, Mr Farrell? Irgendwelche Anzeichen?« Es war eine überflüssige Frage, doch Burleigh konnte es nicht lassen, sie zu stellen.

»Grad neun vorbei nach der Glocke im Kirchturm da drüben«, antwortete der Kapitän, der die Worte um die langstielige Pfeife in seinem Mund herum artikulierte. »Fluss führt heut Nacht hohes Wasser. Schätze, se werd'n rechtzeitig kommen. Wir werden's zur Flut machen, Sir.« Zur Beteuerung nickte er heftig mit dem Kopf. »Keine Angst!«

»Und die Mannschaft?«

»Unten in den Quartieren. Aber bereit, sich in die Riemen zu legen, sobald ich läute, dass alle auf ihr'n Stationen sein sollen.« Er hielt inne; immer noch versuchte er abzuschätzen, wie sein neuer Dienstherr die Dinge beurteilte. »Es sind ausgewählte Männer, Mylord. Zwölf von den Besten – wie verlangt. Und Sie hab'n ein echt starkes Schiff – das vielversprechendste, das zu leit'n ich je das Vergnü'n hatte. Wir komm'n rechtzeitig weiter.«

»Die Männer, die ich heute Nacht übernehme, Kapitän ...«,

begann Burleigh. »Sie sind im Grunde genommen nicht für die See ausgebildet. Um es unverblümt zu sagen – sie haben überhaupt keine Ausbildung.«

»Das haben Sie schon gesagt, Sir. Das haben Sie schon gesagt.« Mr. Farrell nahm die Pfeife aus dem Mund und klopfte ihren Kopf gegen das Steuer des Schiffes. »Keine Sorge. Ich hab zuvor schon Welpen entwöhnt. Drei Monate mit mir und meiner Mannschaft und die werden genau wie die richtigen salzleckenden Seebären sein.«

»Ich zähle auf Sie, Kapitän.«

»Und das dürfen Sie auch«, bekräftigte Farrell. »Auch wenn se die jämmerlichsten Landratten sind, die je über ein Deck getorkelt sind, werden se nächstes Jahr um diese Zeit fit sein für die Marine Seiner Majestät.« Er klopfte die Pfeife ein weiteres Mal gegen das Steuer und steckte sie sich in den Mund. »Sie können darauf wetten.«

»Ich werde es Ihnen überlassen, Kapitän.« Burleigh brach auf zum Heck, um dort zu warten.

»Eine kleine Sache ergibt sich da noch, Eure Lordschaft!«, rief Farrell ihm hinterher. »Würde es Ihnen was ausmachen, mir zu sagen, wohin wir steuern sollen?«

»Sobald alle Mann an Bord und wir unter Segel sind – dann werde ich es Ihnen sagen.«

»Ich erwähne es nur, weil es hilfreich sein könnte, einen Kurs im Sinn zu haben, bevor wir Greenwich machen.«

»Es wird vor Greenwich sein«, erklärte Burleigh und setzte seinen Weg fort.

Das erhöhte Achterdeck des Hecks war mit neuen Planken belegt worden und roch immer noch nach Hobelspänen und Werg. Burleigh ließ sich auf einer der Balustradenbänke nieder, die er montiert hatte – ein weiteres seiner eigenen Gestaltungselemente –, zog seinen Mantel um sich herum, streckte seine langen Beine vor sich aus und lehnte sich zurück, um zu warten. Bald schon dachte er darüber nach, wie gut Geräusche über Wasser befördert wurden, speziell in der Nacht, wie es schien. Er konnte Gespräche zwischen

Besatzungsmitgliedern anderer Boote hören, während sie vorbeifuhren, das Eintauchen und Platschen von Rudern sowie die sonderbaren Töne vom Ufer her – ein Ruf, das Zuknallen einer Tür, das Bellen von Hunden, das heisere Singen aus einer am Kai gelegenen Kneipe, ein Kampf zwischen Katzen, eine zerbrechende Flasche, das Weinen eines Säuglings, ein plötzlicher Ausbruch von Gelächter, das endlose Schlagen und Plätschern der Flusswellen gegen das schlammig-glitschige Ufer: ein verschiedenartiges Tableau von Geräuschen, eine akustische Erinnerung an all das, was das Leben in den Hafenvierteln so mannigfaltig machte.

Gegenwärtig läutete eine Kirchenglocke zur vollen Stunde, und Burleigh zählte zehn Schläge. Der klare, melodische Ton hallte immer noch über das Wasser, als er eine andere Glocke hörte – vier schnelle Schläge, die aus dem Steuerhaus kamen und denen ein grüßender Ruf folgte. Der Earl erhob sich und schritt rasch zum Bug, wo drei Besatzungsmitglieder bereits dabei waren, eine Strickleiter zu einem Boot herunterzulassen, das längsseits heraufgekommen war. Als er über die Reling blickte, sah er ein Beiboot mit einer kleinen Gruppe Männer, die sich auf den mittleren Bänken zusammendrängten.

Bei Burleighs Erscheinen hörten die Besatzungsmitglieder damit auf, was sie gerade taten, und nahmen Haltung an. »Weitermachen!«, befahl er.

»Bitte um Erlaubnis, an Bord zu kommen!«, rief ein Mann, der im Heck des Beiboots stand.

Burleigh erkannte seinen Mann Suggs wieder und gab ihm mit einem Wink zu verstehen, dass er hochkommen sollte.

»Hier sind wir; alle korrekt und einwandfrei«, verkündete der Lotse, als er sein Bein über die Reling schwang.

»Irgendwelche Probleme?«, erkundigte sich Burleigh.

»Nicht das winzigste kleine bisschen«, antwortete der Flussmann, der vor Burleigh zum Stehen kam. »Ich hab Ihr Papier in ihre fetten Gesichter gehau'n, und die Bullen haben keinen Piep von sich gegeben. Dann hab ich ein bisschen Silber über se gestreut – wie von Ihnen detailliert angegeben –, und sie sind gut gelaunt fortgegangen, die glücklichen Kerle.«

»Hat irgendjemand von ihnen unsere List mitgekriegt?«

»Nein, Sir.« Der Lotse schüttelte seinen struppigen Kopf. »Alles, was sie wissen, ist, dass ich ihnen einen langweiligen Ausflug nach Deptford mitten inner Nacht erspart habe.«

»Gut gemacht, Suggs. Sie haben sich diesen Bonus verdient.« Er wandte sich den Besatzungsmitgliedern zu, die sich bereithielten, und befahl: »Bringt die Gefangenen hoch!«

Lotse Suggs beugte sich über die Reling und rief seinen Männern unten zu: »Kettet se los und lasst se nach oben – allerdings immer nur einen nach dem anderen. Wir wollen ja nicht, dass jemand ins Wasser fällt.«

Burleigh sah zu, wie der erste Gefangene befreit und ihm gestattet wurde, die Leiter hochzuklettern. »Wenn alle zusammengekommen sind, dann bringt sie nach achtern. Ich will dort das Wort an sie richten.« Er wandte sich wieder Suggs zu, überreichte ihm einen Beutel mit Münzen und sagte: »Ich werde Sie vielleicht in Zukunft nochmals benötigen.«

»Stets zu Ihren Diensten, Sir«, erwiderte der Lotse und berührte in einer Ehrenbezeigung seinen Hut. »Ist mir ein besonderes Vergnügen.«

Burleigh entließ den Flussmann und kehrte zu seinem Platz an der Heckreling zurück, um dort zu warten. Kurze Zeit später erklang das Geräusch schwerer Straßenschuhe auf den Planken, und er erhob sich und verschränkte die Arme vor seiner Brust. Die vier Neuankömmlinge – unsicher, was sie aus dieser Wendung ihres Schicksals machen sollten – blieben zögernd vor dem berechnenden Blick Seiner Lordschaft stehen: eine allgemeine Musterung grüner Rekruten.

»Mein Name ist Archelaeus Burleigh«, sagte er plötzlich. »Ich bin der Earl of Sutherland, und dies ist mein Schiff. Ihr seid heute Nacht hier, weil ich euch gerettet habe. Jeder Einzelne von euch ist vor der Gefangenschaft oder der Verbannung gerettet worden, weil ihr auserwählte Männer seid – auserwählt von mir für ein besonderes Unterfangen, das seit Langem in der Planung ist.« Abwechselnd richtete er seinen Blick auf jeden, und anschließend erklärte er:

»Jetzt ist für euch die Zeit gekommen, um zu wählen. Schwört mir Loyalität, und ich werde euch allen zu gegebener Zeit die Freiheit gewähren. Dient mir gut, und ich werde euch reich machen, weit über eure fieberhaftesten Träume von Geldgier hinaus ...«

»Was, wenn wir wählen, nicht Loyalität zu schwören?«, fragte der Mann, der Taverner genannt wurde.

»Falls das eure Wahl ist, werde ich sie respektieren. Ihr werdet zum *Justice House* zurückgebracht, wo ihr – daran habe ich keinen Zweifel – eure Strafe verbüßen werdet. Möglicherweise werden zwanzig Jahre wegen Fluchtversuchs noch hinzugefügt.«

»Hat nicht viel von einer Wahl, oder?«, murrte ein anderer der Männer.

»Vielleicht nicht – das gestehe ich dir zu«, erwiderte Burleigh in einem nüchternen Tonfall. »Aber da ihr Männer mit begrenzten Perspektiven seid, denke ich, dass ihr alle euch fragen müsst, wie groß die Wahrscheinlichkeit ist, dass ihr in den nächsten paar Minuten ein besseres Angebot erhalten werdet. Weil, versteht ihr, die Flut gerade beginnt und dieses Schiff bei Flut Segel setzt. Habe ich die Alternativen klar genug dargelegt?«

Die Gefangenen blickten sich gegenseitig an, und derjenige, der die Frage gestellt hatte, erhielt von demjenigen, der ihm am nächsten war, einen Ellbogenstoß in die Rippen. »Glockenklar, M'lord.«

»Nun dann«, fuhr Burleigh fort, »ich ermahne euch alle, den Pfad zu Wohlstand und zur möglichen Freiheit in meinen Diensten zu wählen.« Er trat vor und blieb vor dem ersten Mann stehen. »Was sagst du, Taverner?«

»Ich würde beim Teufel persönlich anmustern, wenn er mich aus diesem Pestloch herausholen würde.«

»Willkommen an Bord«, erwiderte Burleigh. Er schritt zum nächsten Mann. »Was ist mit dir – Dexter, nicht wahr? Was sagst du?«

»Jawohl, Sir. Ich bin dabei.«

Burleigh hieß ihn willkommen und ging zum nächsten Mann. »Du bist an der Reihe, Connie Wilkes. Folgst du mir?«

»Gewiss, Sir«, antwortete der Mann. »Eine Hand wäscht die andere, wie minne alte Mam sagen würde.«

Burleigh hieß ihn ebenfalls willkommen und wandte sich dann dem letzten Mann zu. »Jetzt bist du noch übrig, Malcolm Dawes. Zeit, zu einer Entscheidung zu kommen.«

Malcolm blickte auf seine Kameraden, zuckte mit den Schultern und erklärte: »Wenn sie dabei sind, bin ich es auch.«

»Gut«, sagte Burleigh, nachdem er den Letzten in seiner neuen Bande begrüßt hatte. »Wir stechen sofort in See. Eure erste Arbeit wird sein, Kapitän Farrells Mannschaft zu unterstützen. Morgen werden wir mit eurer Ausbildung anfangen.«

»Was für eine Ausbildung ist das?«, fragte Taverner. »Mit Verlaub, Sir.«

»Eine Ausbildung, die ich von denen erwarte, die in meinem Dienst sind«, erwiderte der Earl. »Ein Ausbildung, die erklärt, wie die Welt wirklich funktioniert.« Er hielt inne, dann fügte er hinzu: »Eine Ausbildung darin, wie und wo die Reichtümer zu finden sind, die ich euch versprochen habe.«

Die Schiffsglocke läutete erneut, und vom Vorderdeck rief eine Stimme.

»Sie sind bereit, Anker zu lichten. Ihr seid entlassen, um ihnen zu helfen. Mr Farrell ist der Kapitän dieses Schiffes, und ihr werdet jedem seiner Befehle gehorchen – ohne Frage. In den kommenden Tagen wird er euch lehren zu segeln. Wenn ihr eure Arbeiten heute Nacht zu Ende gebracht habt, wird man euch eure Quartiere zeigen. Morgen werden wir wieder miteinander reden.«

Die Sträflinge schauten sich gegenseitig verunsichert an, dann sagte Taverner: »Ihr habt den Boss gehört. Los, beeilen wir uns. Je früher der Anker oben ist, desto früher lassen wir die alte Heimat hinter uns. Ich weiß ja nichts über den Rest von euch, aber das kann nicht früh genug für mich sein.«

Malcom wandte sich ihm zu. »Hör mal, Freundchen, du bis' nich hier der Chef. Ich nehm keine Befehle von dir an.«

»Was war das?«, höhnte Taverner. »Hab ich da gerade eine Ratte quieken gehört?«

Burleigh schaute zu, machte aber keine Anstalten, in den Machtkampf zwischen ihnen einzugreifen.

»Lasst das, ihr zwei!«, blaffte Dexter und trat zwischen sie. »Er hat recht, Mal. Je früher wir unter Segel kommen, desto besser ist es für uns alle. Das Letzte, was wir wollen, sind rumsurrende Bullen-Schmeißfliegen, richtig?«

»'türlich hab ich recht«, freute Taverner sich hämisch. »Vorwärts, Burschen.« Er eilte fort, und die anderen schlossen sich ihm an und rannten hinterher.

Burleigh lächelte, als die Bande wegstapfte. Sie waren grob, oh ja – sehr grob. Er erlaubte sich nicht, sich auch nur einen Moment lang vorzustellen, dass es eine einfache Aufgabe sein würde, sie zu zweckdienlichen Gestalten zu formen. Doch zumindest war die erste Herausforderung angegangen und bewältigt worden und die erste Führungskrise friedlich gelöst.

Er schritt zum Achterniedergang und stieg nach unten zu seinem Quartier – eine Zimmerflucht aus getäfelten Räumen, die mit extremem Reichtum ausgestattet waren. Der Schiffsjunge hatte für ihn die Kerzen angezündet und sein Bett umgeklappt. Aus einem Dekanter auf seiner Anrichte füllte Burleigh einen Becher aus geschliffenem Glas mit feinem Portwein und setzte sich hin, um auf den Erfolg dieses Tages anzustoßen. Als er das süße alkoholische Getränk in kleinen Schlucken zu sich nahm, klopfte es plötzlich an seiner Kabinentür, und nach der Aufforderung, einzutreten, steckte ein Besatzungsmitglied seinen Kopf hinein.

»Mit Verlaub, Mylord«, sagte der Seemann. »Der Kapitän wünscht sich das befriedigende Gefühl, zu wissen, wo der Earl sein Schiff hinfahren lassen möchte.«

»Ah.« Burleigh ließ das Getränk in seinem Becher kreisen und hielt ihn ins Kerzenlicht, um die dunkel-seidige Farbe zu studieren. »Sagen Sie Mr Farrell, er soll auf Gibraltar und das Tyrrhenische Meer Kurs nehmen.«

VIERZEHNTES KAPITEL

Worin eine alchemistische Problematik verschlimmert wird

»Noch niemals vom *Magick Court* gehört?«, fragte Kit, der den englischen Ausdruck für »magischer Hof« besonders betonte. »Wirklich?«

»Ich mache mir nicht viel aus Tennis – oder aus Basketball«, erwiderte Cassandra. »Profisport lässt mich kalt.«

»Dagegen ist nichts einzuwenden«, räumte Kit grinsend ein. »Doch um ehrlich zu sein – das hat nichts mit Tennis zu tun.«

»Ich stehe eigentlich auch nicht allzu sehr auf Magie oder Zauberei.«

Wilhelmina und Gianni, die ihnen in der Kutsche gegenübersaßen, waren in einem Zwiegespräch vertieft. Kit war glücklich, den Reiseführer spielen zu können. »Was ist mit dem ›verrückten Rudolf‹ – jemals was über ihn gehört?«

Cass schüttelte den Kopf.

»Wir müssen deine Ausbildung verbessern, *American Girl*«, erklärte Kit. Inzwischen waren beide zum vertrauten Du übergegangen.

»Ja, sicher«, spöttelte sie. »Also, was ist so wichtig an diesem ›magischen Hof‹, Professor Livingstone?«

»Für den Anfang«, erwiderte Kit, der das selbstgefällige Benehmen eines Nachwuchsdozenten annahm. »Bei dem ›magischen Hof‹ geht es letztendlich nicht wirklich um Magie oder Zauberei. Es hat alles mit Kaiser Rudolfs Suche nach dem Stein der Weisen zu tun –«

»Hab's kapiert«, sagte Cass. »Alchemie, nicht wahr? Blei in Gold verwandeln.«

»Zum Teil«, räumte Kit ein. »Es ist in der Tat Alchemie, doch sie versuchen nicht, Blei in Gold zu verwandeln; sie suchen nach der Formel für die Unsterblichkeit. Kaiser Rudolf hat die besten und hellsten wissenschaftlichen Köpfe des Zeitalters hierhergebracht, um zu helfen, das zu lösen.« Er lachte angesichts Cass' Gesichtsausdruck; er hatte Freude an der allzu seltenen Gelegenheit, tatsächlich etwas Nützliches zu wissen. »Ich meine es ernst. Sie sind alle hier oben und arbeiten wie besessen daran, und Kaiser Rudolf bezahlt die Rechnungen.«

»Wirklich lebendige Alchemisten«, sinnierte Cass und schüttelte ein wenig ihren Kopf. »Ich lebe gerade in einem Märchen.«

»Kein Witz«, bekräftigte Kit. »Andererseits, dies ist tatsächlich das Zeitalter der Märchen, erinnere dich. Die Gebrüder Grimm wohnen direkt um die Ecke.«

»Wirklich?«, fragte Cass, bevor ihr klar wurde, dass Kit sie erneut neckte. Er nickte mit vorgetäuschter Ernsthaftigkeit, woraufhin sie ihm einen sanften Stups gab. »Lügner.«

Die rote Kutsche fuhr rüttelnd über die Brücke, die den kaiserlichen Bezirk von der tiefer gelegenen Stadt trennte; und Cass erhaschte einen Blick auf ein Bauwerk, das nach ihrer Ansicht beinahe herausfordernd düster wirkte. Wo sie ein herrschaftliches, burgartiges Gebäude erwartet hätte – mit Türmen und Brüstungen und Gewölben –, sah sie ein klotziges Bollwerk, das die martialische Nachkriegsarchitektur mehr als dreihundert Jahre vorher andeutete. Der Palast von Kaiser Rudolf war – das musste gesagt werden – eine extrem deprimierende Baracke von einem Gebäude, und dies sogar ohne den prosaischen Reiz einer Baracke.

Am Schlosshof, der so groß wie der Hauptplatz einer Stadt war, befand sich eine Kathedrale von solch einer genialen Herrlichkeit und Vorstellungskraft, dass es schien, als wäre sie von einem anderen, ganz und gar kultivierteren Planeten auf diesen Platz herabgefallen – und zwar zu dem einzigen Zweck, die Unzulänglichkeiten ihrer hässlichen Schwester auf der gegenüberliegenden Seite aufzuzeigen. Wo der Palast wie ein wütender Koloss emporragte und vor sich hin brütete, eine Atmosphäre der trostlosen Verzweiflung ausatmete, da schwang sich die Kathedrale funkelnd in die Höhe, und ihre feingliedrigen, eleganten Turmspitzen und die emporschwellende kupferne Kuppel fingen das Licht aus jedem vorhandenen Winkel ein und gaben es als goldenes Feuer zurück: Sie verwandelten irdische Materie in eine Substanz um, die des Himmels würdig war.

Bevor Cass die Zeit hatte, sich näher mit der Bedeutung dieser sichtbaren Parabel zu befassen, fuhr die Kutsche rüttelnd durch die Tore und kam schaukelnd zum Stehen. Die Tür wurde von einem Diener in einer königlichen roten Livree geöffnet. Sie folgte Mina und Gianni, als sie ausstiegen, und fand sich dann vor einem Eingang stehend wieder, der von einem großen Giebel beherrscht wurde: Was sich dort zeigte, konnte nur die realistischste Statue des heiligen Georg und seines Drachen sein, die sie jemals gesehen hatte. Der heldenhafte Ritter stand da, hatte einen Fuß fest auf den geschmeidigen Nacken der sich windenden Kreatur gestellt, und sein Breitschwert sauste zum Gnadenstoß herab, während das abscheuliche Ding mit seinen säbelähnlichen Klauen durch die Luft harkte und mit seinen degenartigen Zähnen knirschte vor der entschlossenen Rechtschaffenheit des heiligen Georg.

»Du meine Güte«, murmelte sie.

»Ich weiß«, sagte Mina. »Als ich das hier das erste Mal sah, habe ich genauso empfunden.«

»Werden wir den Kaiser treffen?«, fragte Cass. »Oder irgendjemanden aus der kaiserlichen Familie?«

»Das glaube ich nicht«, antwortete Mina. »Aber man weiß ja nie. Rudolf ist stets überall – wie ein Geist, der durch die Korridore schwebt. Doch er mischt sich nicht viel ein.«

»Hast du ihn schon mal getroffen?«

»Einmal. Er scheint ein netter Bursche zu sein – ein bisschen exzentrisch, aber nicht halb so verrückt, wie die Leute behaupten. Es ist allerdings möglich, dass wir uns mit Doktor Bazalgette treffen. Er ist Erster Oberalchemist und nimmt – nur damit du es weißt –

seine Stellung sehr ernst. Falls wir ihn sehen, sind eine Verbeugung und ein Hofknicks in Ordnung. Und was auch immer du machst, erwähne nicht die Türken. Oh, und sprich ihn ja mit ›Herr Doktor‹ an. Er besteht darauf.«

Cass schaute Kit an, als wollte sie sagen: *Kneif mich, ich bin in einem Traum*. Und Kit antwortete darauf mit einem Blick, der besagte: *Du kannst dir dieses Zeug nicht ausdenken*.

Aus dem Palast tauchte ein Mann in einem Mantel und Kniebundhosen aus grünem Satin auf, er trug dazu weiße Socken und glänzende schwarze Schuhe. »Ich heiße Euch alle willkommen«, begrüßte er sie auf Deutsch und vollführte eine routinemäßige Verbeugung. »Kann ich Eure Vorladung sehen?«

Wilhelmina holte die Vorladungen hervor, und sie wurden direkt durch das gewaltige Vestibül und in den Großen Ludwigssaal geführt. Sie durchquerten einen Raum, der als städtische Eislaufbahn hätte genutzt werden können, und wurden an seinem fernen Ende von einem anderen Diener abgeholt. Auf ein Wort seines Vorgesetzten hin führte der Lakai sie zwei breite Treppenaufgänge hoch, anschließend geleitete er sie durch ein Abfolge von Korridoren und langen Verbindungsfluren zu einem staubigen, rückseitig gelegenen Flügel des Palastes.

»Hier treiben sich die Alchemisten herum«, sagte Mina den anderen.

Sie hielten vor einer mit Leder verkleideten Tür an, die mit Messingbeschlägen verziert war. Der Lakai klopfte rasch und dienstbeflissen gegen den Türrahmen, und von innen drang eine gedämpfte, Deutsch sprechende Stimme heraus. »Einen Moment, bitte!«

Als der Lakai den Korridor zurückging und verschwand, öffnete sich die mit Leder verkleidete Tür und brachte einen schlanken, jungen Burschen zum Vorschein, der angezogen war, als würde er in der Verkleidung eines Zauberlehrlings ein Kostümfest besuchen: vollständig eingehüllt in einen mit Pelz verbrämten Umhang von dunklem Purpur und mit einem scheibenförmigen Samthut, der über seine Ohren hing. »Oh, bitte schön.« Er öffnete die Tür weit. »Kommt herein.«

»Ich hoffe, es macht Euch nichts aus«, sagte Mina auf Englisch. »Ich habe ein paar Leute mitgebracht.« Sie machte nicht viele Umstände mit der Vorstellung der anderen Besucher.

»Willkommen in meinem Laboratorium, meine Freunde«, begrüßte er sie in deutsch-englischem Kauderwelsch. »Vergebt mir mein schlechtes Englisch – ich bitte Euch. Gustavus Rosenkreuz steht zu Euren Diensten.«

»Herr Rosenkreuz ist der Hauptassistent des Ersten Oberalchemisten«, erklärte Wilhelmina und tätschelte ihm freundlich die Schulter. »In der Hierarchie des Palastes steht er unter Doktor Bazalgette, doch er ist ein Genie ersten Ranges, was seine eigenen Begabungen anbelangt.«

Der blondhaarige junge Mann neigte bescheiden seinen Kopf, doch er lächelte voller Stolz angesichts Minas überschwänglicher Anerkennung. »Ihr seid zu freundlich.« Sein Lächeln setzte sich fort, als er seinen Schlapphut abnahm und sagte: »Ich begrüße Euch alle.«

Danach geleitete er seine Gäste in das Laboratorium. Cass betrat es zuerst und wurde von einem Anblick und einem Gestank empfangen, die ihr den Atem raubten. In der gewaltigen Feuerstelle am anderen Ende des Raums stand ein riesiger schwarzer Kessel, und in einem dampfenden Bad brodelte fröhlich der kräftige, gehörnte Kopf eines Ochsen; die davon ausgehenden widerlichen schwefelhaltigen Ausdünstungen stachen in den Nasenöffnungen mit der aggressiven bitteren Note faulender Eier. Die Kammer selbst sah aus wie der Abstellraum für ein »Museum des Sonderbaren und Gruseligen«. Überall gab es Regale, und sie waren alle vollgestopft, soweit Cass erkennen konnte, mit Krügen, Schachteln, Tontöpfen und Käfigen, die wahrlich stöhnten unter der ganzen Mannigfaltigkeit merkwürdiger Gegenstände darin: Es schien einfach alles zu geben – von Straußeneiern und Seidenraupenkokons bis hin zu getrockneten Eidechsen und Kohlestücken. Es gab Werkzeuge von äußerst geheimnisvoller Konstruktion, deren Verwendungen nicht erraten werden konnten, ebenso Messbecher und Kochtöpfe, Mörser und Stößel, Zangen, Kneifer, Messer und Löffel jedweder Größe.

»Bitte, hier entlang«, sagte Gustavus. »Dann können wir vertraulicher miteinander reden.«

Er führte die kleine Besuchergruppe durch das Laboratorium zu einer Kammer dahinter, die voller Bücher war. Wenn das Laboratorium eine Abteilung von »Euer altes Kuriositätengeschäft« darstellte, dann, so befand Cass, war diese Studierstube dessen Raum mit seltenen Büchern. Es war keinesfalls ein großes Zimmer und wurde sogar noch kleiner durch die vom Boden bis zur Decke reichenden Regale, die jede Wand säumten. Jedes Büchergestell war mit ledergebundenen Bänden jedweder Größe vollgestopft – bis zur völligen Belastungsgrenze. In der Mitte des Raums stand ein Tisch, auf dem sich Bücher, Papiere und Schriftrollen häuften. Es gab drei Stühle am Tisch und eine Bank an einer Seite. Gustavus bot Wilhelmina und Gianni jeweils einen der Einzelsitzplätze an; er selbst nahm den dritten, und Kit und Cass teilten sich die Bank.

»Danke schön, Gustavus, dass Ihr zugestimmt habt, uns zu treffen«, begann Mina. »Wir werden versuchen, Euch nicht zu viel von Eurer Zeit zu nehmen.«

»Bitte, Jungfer Wilhelmina, meine Zeit gehört Euch.«

»Ich komme sogleich zur Sache«, erwiderte sie. »Ihr erinnert Euch an jene Instrumente, die Ihr für mich angefertigt habt? Die Schattenlichter?«

»Natürlich, ja«, antwortete der junge Alchemist. Er beugte sich nah heran und flüsterte mit einem listigen Lächeln: »Es bleibt unser Geheimnis – dessen könnt Ihr Euch sicher sein.«

»Ich fürchte, ich muss weiterhin Eure Verschwiegenheit ausnützen«, sagte Mina. »Wir möchten, dass Ihr noch einige mehr davon herstellt.«

»Sechs davon«, fügte Kit hinzu. »Um genau zu sein.«

Gustavus starrte sie ungläubig an und saugte an seinen Zähnen. »So viele?«

»Wir haben etwas Unerwartetes erlebt«, gestand Mina. »Etwas Außergewöhnliches.« Sie fuhr fort, indem sie beschrieb, was geschehen war, als sie, Kit und Gianni unvermutet einem extrem starken tellurischen Energiefeld begegnet waren – einem Bereich von solcher Kraft, dass es die Apparaturen zerstört hatte. »Die Lampen wurden so heiß, dass sie beinahe in unseren Händen geschmolzen sind.«

Beeindruckt von dieser Information, nickte der Alchemist verständnisvoll. »Das wäre extrem heiß, wie Ihr gesagt habt.«

»Noch fremdartiger war«, fügte Kit hinzu, »dass die Energie nicht auf eine Linie beschränkt war – sie schien in einem riesengroßen Baum enthalten zu sein. Und sie war so stark, dass sie die Lampen vollkommen zerstört hat. Sie ausgebrannt hat. Ffftt!«

»Die Vorrichtung ist kaputt?«, fragte der Alchemist.

»Vollkommen tot«, antwortete Kit. Er zog seine erloschene Ley-Lampe aus seiner Tasche und reichte sie dem Alchemisten.

»Alle beide«, sagte Mina. »Kaputt.«

Gustavus untersuchte die Vorrichtung, deren einst glänzende Messingschale nun stumpf und verformt war, entstellt durch die Hitze des Energiestoßes, der sie zerstört hatte. »Das muss sehr aufregend gewesen sein«, merkte er an.

Cass musste ein Lächeln unterdrücken wegen des sehr starken Akzents – *serr oof riegend* –, mit dem er Englisch sprach.

»Es war erstaunlich«, gestand Mina ein. »Ich hatte ja keine Ahnung, dass ihnen so etwas passieren würde.«

»Habt Ihr Eure Lampe bei Euch?«

»Meine war die neuere Version, erinnert Ihr Euch«, sagte sie und reichte ihm ihr Schattenlicht. »Aber sie ist ebenfalls ausgebrannt, genau wie die andere.«

Gustavus drehte das ruinierte Ding in seiner Hand, roch daran, schüttelte es und lauschte, als es ein schwaches Rasseln von sich gab, als wären im Innern der hohlen Hülle ein paar Sandkörner eingeschlossen. »Also, jetzt wünscht Ihr, dass ich mehr solcher Vorrichtungen herstelle.« Er blickte hoch, um zu fragen: »Sechs, sagt Ihr?«

»Sechs«, bestätigte Kit. »Ich weiß, es ist eine Menge, was wir erbitten, doch wir könnten wirklich …« Er verstummte langsam, weil der Alchemist die Stirn runzelte.

»Stimmt etwas nicht?«, fragte Wilhelmina.

»Es tut mir leid«, antwortete Gustavus und legte die zerstörten Instrumente vor sich auf den Tisch. »Ich kann das nicht. Mir fehlen die Materialien.«

»Wir werden mit Vergnügen für die Materialien bezahlen«, erklärte Mina rasch. »Was auch immer Ihr benötigt ...«

»Ich habe alles, was erforderlich ist, um diese kleinen Vorrichtungen anzufertigen«, sagte Gustavus. »Alle Materialien – mit Ausnahme von jenem, das das wichtigste ist, versteht Ihr? Die Substanz, die den Mechanismus beseelt.«

»Was für eine Substanz ist das?«, wollte Gianni wissen. »Vielleicht können wir sie für Euch besorgen.«

»Ich weiß nicht, was für eine Substanz das ist«, antwortete der Alchemist und schüttelte den Kopf. »Das ist das Problem.«

Die vier Quästoren schauten sich gegenseitig an. Kit ergriff das Wort. »Ihr sagt also, wir haben nicht genug von dem, was auch immer nötig ist, und wir wissen nicht, was es ist und wo man mehr davon bekommt«, stellte er fest. »Oh ja, ich schätze, das ist ein echtes Problem.«

»Ein kompliziertes Problem im klassischen Sinne, würde ich sagen«, merkte Cass an.

»Das spezielle Material bringt mir immer Herr Burleigh«, erklärte Gustavus. »Was er mitbringt, benutze ich, um seine Apparaturen herzustellen, und dann fertige ich die Kopien mit dem an, was übrig bleibt und ich aufgehoben habe.« Er wurde ein wenig rot, als er ihnen anvertraute: »Also, ich sage ihm womöglich nicht genau, wie viel erforderlich ist, um eine Lampe wie diese anzufertigen.«

»Habt Ihr irgendetwas von diesem Material übrig gelassen, als Ihr das letzte Schattenlicht hergestellt habt?«, erkundigte sich Mina.

»Ein ganz kleines bisschen.« Gustavus erhob sich und schritt auf die Tür zu. »Kommt mit, ich werde es Euch zeigen.«

Er führte sie in das Hauptlaboratorium zurück, wo er hinter ein paar Krügen mit lateinischen Aufschriften einen hölzernen Behälter von der Größe einer Zigarrenkiste hervorzog, den er auf einen in der Nähe stehenden Tisch legte. Nachdem er die Schachtel geöffnet hatte, nahm er eine kleine Glasflasche heraus, die eine körnige graue Substanz enthielt, die wie stumpfer metallischer Sand aussah. »Dies ist das beseelende Material nach der Aufbereitung«, erklärte er. Er holte eine zweite, ein wenig größere Flasche hervor und sagte: »So ist es, wenn es zu mir gelangt.« Innen drin waren winzige Klümpchen, die wie schmutzige braune Kreide aussahen. »Es muss erhitzt und mit Chemikalien behandelt werden, um es abzuscheiden. Nur dann lässt es sich einsetzen.«

»Darf ich?« Kit nahm das Gefäß, welches das hellgraue Pulver enthielt, zog den Stöpsel heraus und hielt es sich unter die Nase. Er schnüffelte kurz daran, um es zu erforschen. »Es riecht wie ... Ich weiß nicht ... wie Felsgestein?«

Er bot die Flasche Cass an, die das Glas ein wenig schüttelte und dann daran roch. »Ich nehme Spuren von Talkum und vielleicht oxidiertem Aluminium wahr.« Sie reichte Gianni die Phiole, der ebenfalls daran schnüffelte, um den Inhalt zu erkunden.

»Definitiv metallisch«, stellte er fest und gab Mina das Gefäß.

Wilhelmina ging mit der Nase an die Öffnung und zuckte anschließend mit den Achseln. »Für mich riecht es bloß wie Mineralien.« Sie reichte Gustavus das Gefäß zurück und fragte: »Was glaubt Ihr, was es sein könnte?«

»Ich habe keine Ahnung«, gestand er. »Nichts, was ich jemals gesehen habe, ist wie dieses Material. Und wie ich gesagt habe, es wird immer vom Earl selbst geliefert. Das Gleiche gilt übrigens auch für die Grundpläne der Apparaturen: Sie sind von Herrn Burleigh. Allerdings fertige ich sehr gute Kopien für mich selbst an.«

»Okay«, sagte Kit. »Also, erstens müssen wir herausfinden, was der spezielle Inhaltsstoff ist – das wird uns sagen, wo wir mehr davon bekommen können.« Er schaute zu den anderen. »Irgendwelche Ideen?«

»Ich kenne ein paar grundlegende chemische Analysetechniken«, erwiderte Cass. »Ich könnte einige Tests durchführen und sehen, was dabei zum Vorschein kommt.« Sie klopfte leicht gegen das Gefäß. »Wer weiß? Vielleicht haben wir ja Glück.«

»Ich kann dir dabei helfen, wenn du möchtest«, bot Gianni an.

»Oder wir könnten Burleigh fragen«, schlug Wilhelmina vor.

Kit warf ihr einen Blick zu, der seine Ansicht zum Ausdruck brachte, dass sie sich gewaltig und jämmerlich irrte, falls sie sich wirklich vorstellte, dies wäre in irgendeiner Weise eine vernünftige Idee. »Vielleicht könntest du ihn ja fragen«, schlug er mit scharfer Zunge vor. »Als ich ihm das letzte Mal begegnet bin, hat Seine Earlschaft die Unterhaltung mit einer Pistole geführt.«

»Ich behaupte nicht, dass es einfach sein würde«, brummte Mina.

Kit warf ihr einen weiteren Blick zu und wandte sich zu dem Alchemisten, als würde er nach einem vernunftbegabteren Verbündeten suchen. »Wie viel von diesem Zeug brauchen wir überhaupt, Gus? Wie viel von dem speziellen Pulver enthält eine Lampe?«

»Zwanzig Drachmen«, antwortete der Alchemist nach einem Moment des Nachdenkens. Er stellte eine Berechnung im Kopf an. »Ja, zwanzig Drachmen ist richtig.«

»Das sind ungefähr dreißig Gramm«, erklärte Mina, die für die anderen die Gewichtsangabe umgerechnet hatte. »Das wären also zusammen hundertachtzig Gramm.«

»Mehr wäre besser, schätze ich«, sagte Kit. Dann wandte er sich zu Cass und Gianni und fragte: »Also, was benötigt ihr zwei, um das zu testen?«

»Gib uns etwas Zeit, um darüber nachzudenken«, erwiderte Cass.

»Wir werden eine Liste der Werkzeuge und Apparaturen erstellen«, fügte Gianni hinzu.

»Dann ist es abgemacht«, folgerte Wilhelmina. »Gustavus, wenn Ihr uns erlaubt, eine Probe von dem Material zu nehmen, werden wir es testen. Und wenn wir feststellen können, was es ist, dann können wir wahrscheinlich herausfinden, wo es zu bekommen ist.«

»Wie wär's damit, Gus?«, fragte Kit.

Der Alchemist stimmte sogleich zu. »Ich werde Euch persönlich in jeglicher Hinsicht helfen, die mir möglich ist.« Er machte eine kleine Verbeugung zum Zeichen der Ehrerbietung, dann fügte er hinzu: »Ich mache jedoch eine ... äh ... Bedingung ...«

Das letzte Wort sprach er auf Deutsch, weshalb Wilhelmina es übersetzte.

Gustavus nickte. »Ich mache eine Bedingung – dass mir erlaubt sein sollte, Euch auf einer Eurer Astral-Expeditionen zu begleiten.«

»Du möchtest einen Ley-Sprung mit uns machen?«

»Bitte.« Der Alchemist blickte voller Hoffnung die Gruppe an. »Es ist mein innigster Wunsch.«

»Nun«, erwiderte Mina, »im Lichte Eurer vergangenen Dienste und gegenwärtigen Mitwirkung scheint dies vernünftig zu sein.« Sie warf Kit einen Blick zu, mit dem sie ihn um Unterstützung bat. »Ich sehe nicht, wie wir Euch das abschlagen können, Gustavus.«

»Dann haben wir eine Vereinbarung«, sagte Kit. »Wo fangen wir an?«

DRITTER TEIL

Versteckspiel

FÜNFZEHNTES KAPITEL

Worin ein Fluss sich in eine Flut verwandelt

»Zum letzten Mal, Giles – ich habe das Buch nicht gestohlen«, beharrte Lady Fayth. »Es gehört mir. Es war das Buch meines Onkels Henry, und somit hätte es rechtmäßigerweise an mich weitergereicht werden sollen, als er verstarb. Deshalb musst du keine weiteren Bedenken deswegen haben.« Sie blickte ihn streng an. »Auf alle Fälle werden wir mit allergrößter Sicherheit nach Prag zurückkehren, bevor irgendjemand die leiseste Ahnung bekommen kann, dass wir auch nur für einen Moment weg gewesen sind.«

Giles, der immer noch die Stirn in Falten legte, blickte zweifelnd auf die sie umgebende Landschaft: so weit das Auge sehen konnte, nur menschenleeres Flachland mit niedrigen, grasbewachsenen Hügeln. Ein unbeständiger leichter Wind, der kühl aus dem Norden kam, blies über dieses Prärie-Meer und bewirkte, dass es sich in kräuselnden Wellen bewegte. »Ihr seid voller Vertrauen, dass unsere Reise so präzise berechnet werden kann, Mylady?«, fragte er.

»Selbstverständlich, Giles. Ich habe es zuvor schon gemacht.« Sie begann, in Richtung des mattweißen Leuchtens einer Sonne zu spazieren, die sich langsam durch die dichten grauen Wolken brannte.

»Wo sind wir jetzt?«

»Dieser Ort? Das kann ich unmöglich sagen. Es ist bloß eine Zwischenstation auf dem Weg zu unserem Ziel.« Sie blickte zurück mit einem Ausdruck leichter Verbitterung. »Noch weitere Fragen?«

Giles hütete sich, seiner Herrin zu widersprechen. »Nein, Mylady.«

»Ich bin wirklich froh, das zu hören.« Sie beschleunigte ihre Schritte. »Los, beeil dich. Der nächste Ley ist in einiger Entfernung, und wir müssen dort und bereit sein, bevor die Sonne untergeht. Ich wünsche nicht, die Nacht hier draußen zu verbringen, in dieser ...« – sie warf ihre Hand in einem weiten Bogen, um auf die baumlose, leicht hügelige Wildnis um sie herum zu verweisen – »... dieser gottverlassenen Einöde.«

Eine Zeit lang gingen sie schweigend, lauschten dem Pfeifen des Windes über den Hügeln und dem Rascheln ihrer Füße im rauen Gras; der gelegentliche Ruf eines hoch fliegenden Falken fiel als einsamer, gellender Schrei von den leeren Höhen hinab. Der Vormittag verstrich, und der Nachmittag schritt fort mit einer Reihe niedriger Hügel, von denen einer aussah wie der andere. Auf der Spitze jeder Hügelkuppe hielten sie an, um von der höheren Position aus über die sich wellende Landschaft zu blicken, in der Hoffnung, einen oder mehrere der stehenden Steine zu erspähen, die den Ley markierten, nach dem Haven suchte. Doch alles, was ihrem Blick begegnete, war eine endlose Wellenform aus baumloser Steppe, die grüne, einem Ozean ähnelnde Dünung eines grenzenlosen Meeres aus Gras.

»Mylady«, sagte Giles nach einer dieser Pausen, »es kommt mir der Gedanke, dass wir –«

»Hör zu!« Haven neigte ihren Kopf zu einer Seite. »Hörst du das?«

»Ich höre ni-«

»Schsch!«, herrschte sie ihn an. Da kam ein Geräusch mit der Brise, ein schwaches reibendes Poltern im Wind. »Was ist das?«

»Donner?«

Das merkwürdige Geräusch wurde lauter. Instinktiv schauten beide Reisende zum Himmel, wo sie ein kleines dunkles Objekt sahen, das durch die niedrige Wolkendecke flitzte und dabei eine graue Rauchfahne hinter sich ließ. Das Ding stürzte mit rasender Geschwindigkeit herab und krachte in die Flanke eines Hügels hinein, der sich auf der anderen Seite des Tals vor ihnen befand. Zwischen einem Herzschlag und dem nächsten wurde der Frieden der Steppe von einer Explosion zerrissen, die Feuer, Dreck und schwelende Bruchstücke in die Luft hochwarf.

Unwillkürlich blickten sich Giles und Haven gegenseitig an. Dann drehte sich Giles um und begann zur Hügelkuppe zu rennen. »Beeilt Euch!«

»Giles, nein!«

Doch er raste schon fort. Haven hatte keine andere Wahl, als ihm zu folgen. Als sie den Gipfel erreichte, hatte Giles sich tief vorgebeugt, die Hände auf die Knie gelegt, und blickte hinab in die flache Schüssel unter ihnen – auf eine Anzahl von zeltähnlichen Behausungen, die entlang eines kleinen Flusses aufgereiht waren, der durch das Tal strömte. Männer und Pferde rannten von dem Krater weg, der durch den Aufprall des mysteriösen Objekts entstanden war, das mitten in ihrem Lagerplatz explodiert war.

»Was im Namen von –«

»Runter!«, krächzte Giles rau. Er zog sie neben sich nach unten. »Sie werden Euch sehen.«

»Wer sind diese Leute?«, fragte sie laut.

In diesem Moment wühlte das Geräusch von entferntem Donner die Luft auf, und ein weiteres Objekt fiel vom Himmel. Sie schauten hoch und sahen die verräterische Signatur von Rauch, während das Ding zur Erde sauste und in geringer Entfernung von dem immer noch rauchenden Loch der ersten Explosion aufkam. Erneut gab es eine kurze Verzögerung: lediglich Zeit genug für jene, die dem Objekt am nächsten waren, um sich selbst zu Boden zu werfen, bevor die tödliche Fontaine aus Feuer, Rauch und funkelnden Bruchstücken abermals hervorbrach.

»Was sind das für Gegenstände – diese Himmelsbolzen?«, wollte Haven wissen. »Hast du jemals etwas Ähnliches gesehen?« Sie blickte wieder nach unten zum Lagerplatz, wo die Angegriffenen zu flüchten versuchten. Mit viel Geschrei und Gejammer flohen sie zurück, entlang des Talverlaufs – die meisten zu Fuß, einige zu Pferd. Sie alle gaben in verzweifelter Flucht ihr Lager auf.

»Wir dürfen es nicht wagen, hier zu bleiben. Wir können nicht riskieren, in diesen Angriff verwickelt zu werden.« Giles schaute nach rechts und links, den Kammweg entlang. »Welchen Weg sollen wir nehmen?«

Haven dachte angestrengt nach, ihre Gesichtszüge verzogen sich dabei. »Diesen Weg ... denke ich.« Sie zeigte in nordöstliche Richtung. »Ganz ehrlich, Giles, ich kann es nicht sagen.«

Giles' Blicke überflogen die Landschaft um sie herum. »Wenn wir dem Höhenrücken nach dorthin folgen«, sagte er und wies zu einer Stelle, wo die Hügellinie eine halbe Meile oder mehr entfernt im Südosten endete, »dann sollte uns das nicht zu weit von unserem Weg abbringen.«

Bevor sie sich fortbewegen konnten, spaltete erneut ein schreckliches, vibrierendes Geräusch die Luft und wurde rasch zu einem Kreischen, als ein weiterer der fürchterlichen Gegenstände herunterdonnerte und sich in die weiche Erde bohrte. Kaum einen Atemzug später gab es einen Ausbruch, der das Lager erschütterte, drei der Zeltbehausungen zerstörte und Trümmer in die Luft schickte. Inmitten des Rauchs und der Funken regneten überall herum kleine Schmutz- und Trümmerklumpen herab. Leute flohen vor der Zerstörung, sie schrien und jammerten, während sie rannten.

»Wir müssen weglaufen.« Giles setzte sich in Bewegung. »Jetzt!«

Sie rasten den Abhang hinunter und brachten die Hügelflanke zwischen sich und die fremdartigen Waffen, die vom Himmel kamen. Zwei weitere Explosionen in rascher Abfolge hallten hinter ihnen wider, während sie rannten, doch sie schauten nicht zurück. Als nach einer Weile keine weiteren Ausbrüche mehr zu hören waren, blieb Giles stehen und erlaubte ihnen, Luft zu holen.

»Diese armen Leute«, keuchte Haven, die sich eine Hand in die Seite drückte. »Wie unaussprechlich grauenvoll. In Gottes gütigem Namen – was waren diese grässlichen, schrecklichen Gegenstände?«

»Das kann ich nicht sagen, Mylady. Doch es gibt Schwierigkeiten hier, und es ist am besten, wenn wir zur Ley-Linie gelangen und unseren Sprung durchführen, bevor sonst noch was passiert.«

Haven stimmte ihm zu, und sie bewegten sich in einem angemesseneren Schritttempo weiter, wobei sie den breiten Abhang des Hügels als eine Art Schutzschild zwischen sich und der Tragödie benutzten – welche auch immer sich auf der anderen Seite abspielte. Sie gingen rasch weiter, hielten nur ab und zu an, um zu lauschen, doch sie hörten keinen weiteren Donner in der Luft und keine weiteren Explosionen. Alles war ruhig – als wären das Chaos und die Zerstörung, die sie als Augenzeugen in den letzten Minuten erlebt hatten, schon eine halbe Welt entfernt. Sobald Giles der Meinung war, dass es sicher sei, den Weg fortzusetzen, kletterten sie abermals zur Spitze des Höhenrückens, duckten sich tief, sodass man sie nicht entdecken konnte, und sahen sich lange und genau um.

Wie Giles bemerkt hatte, führte der lange, abfallende Kammweg in einen Einschnitt des Tals hinunter, wo es sich mit zwei kleineren Hügeln verband und sie in sich aufnahm und dadurch die Form einer zweizackigen Gabel bildete. So entstanden zwei abzweigende enge Täler, von denen das eine nach Norden führte und das andere in südöstliche Richtung. »Wenn sich der Ley in dieser Richtung befindet« – Giles zeigte nach Südosten –, »dann muss er irgendwo jenseits dieser Erhebung liegen.«

Haven, die hinter ihm langsam aufstand, gab ihm keine Antwort.

»Habt Ihr mich gehört, Mylady? Ich sagte ...« Giles warf einen Blick auf die kreideartige Blässe ihrer Haut und ergriff ihre Hand, die sich feuchtkalt anfühlte. »Ich glaube, wir müssen uns ein wenig hinsetzen und ...«

In diesem Moment verdrehte sie ihre Augen, sodass nur noch das Weiße zu sehen war; ein bebendes Seufzen entwich Havens Lippen, und sie brach zusammen. Giles fing sie auf, als sie fiel, und ließ sie vorsichtig zu Boden gleiten. Dann kniete er sich neben sie, rieb ihre Hände und rief ihren Namen.

»Lady Fayth!« Er schnipste mit den Fingern vor ihrem Gesicht. »Wacht auf, Lady Fayth!«

Einen Augenblick später öffneten sich zuckend ihre Augen; sie sah Giles, der sich über sie beugte, und dahinter den wolkenlosen

Himmel. »Giles Standfast! Was tust du da?«, verlangte sie zu wissen. »Lass mich aufstehen! Lass mich sofort aufstehen!«

Sie begann, sich zu erheben, wurde aber von einem Schwindelgefühl überwältigt und sank wieder zurück. Sie schloss ihre Augen.

»Da habt Ihr's. Ihr müsst Euch ausruhen.« Giles fuhr fort, ihre Hände zu reiben.

»Was ist geschehen?«, fragte sie; ihre Augen waren immer noch geschlossen.

»Ihr wart ohnmächtig, Mylady. Liegt einen Moment still und versucht, Eure Kraft wiederzuerlangen.«

»Es hat den Anschein, dass mich ein höchst eigentümliches Gefühl, das mich plötzlich überkam, sehr geschwächt hat.« Sie öffnete ihre Augen und zeigte ein mattes Lächeln. »Du bist sehr aufmerksam. Wenn du nicht gewesen wärst, hätte ich sicherlich eine Verletzung erlitten.«

»Eure freundliche Ansicht ist begrüßenswert«, erwiderte Giles. »Doch wenn ich, fürwahr, aufmerksamer gewesen wäre, hätte ich möglicherweise gesehen, dass Ihr nichts zu essen oder zu trinken hattet, und wir sind schließlich den ganzen Tag gegangen.«

Haven setzte sich langsam auf und hielt sich den Kopf fest. »Es stimmt – ich bin irgendwie ausgehungert.«

»Wir müssen Wasser finden.« Giles stand auf und schaute sich um, als hoffte er, in der Nähe etwas Sprudelndes zu erblicken. »Das, glaube ich, muss geschehen, bevor wir einen weiteren Sprung versuchen.«

»Du hast natürlich recht.« Sie hob eine Hand, und er half ihr auf die Füße. »Wir hätten den Ley schon lange vor dem jetzigen Zeitpunkt erreichen sollen; das gestehe ich bereitwillig zu.« Sie schaute sich in der weiten und abwechslungslosen Landschaft um; und die Sonne begann nunmehr, in westlicher Richtung nach unten zu sinken. »Ich komme nicht darauf, wo wir auf einen Abweg geraten sein könnten.« Sie wandte sich ihm zu. »Armer Giles, ich fürchte, ich habe uns beide in die Irre geführt. Es ist ganz und gar die Folge meines Handelns, und ich bedauere es wirklich von Herzen. Es tut mir leid.«

»Lasst uns zuerst Wasser finden«, sagte er und tat so, als hätte er ihre Entschuldigung nicht gehört. »Anschließend können wir darüber nachdenken, was zu tun ist.«

»Sehr vernünftig. Geh voran – in die Richtung, die du für die beste hältst.«

»Es scheint ein höherer Hügel direkt hinter dem nahen Kar zu geben.« Er zeigte nach Norden, wo sich in nicht allzu weiter Entfernung eine breite Ebene über den umliegenden Hügelkuppen erhob. »Vielleicht können wir von dort mehr sehen.«

Er ging voraus, und Haven folgte ihm. Sie erreichten den Boden des flachen Tals und waren gerade im Begriff, den langgezogenen, stetig ansteigenden Hang hochzusteigen, als Haven ein Seufzen von sich gab. »Oh-h-h!«

Giles schwenkte gerade noch rechtzeitig herum, um sie erneut aufzufangen. Dieses Mal ließ er sie nicht vorsichtig zu Boden gleiten, sondern hielt sie in seinen Armen und hob sie hoch. Er schritt weiter und trug sie zur Spitze des Höhenrückens, wo er sie in das Gras legte.

Anschließend begann sie sich zu rühren und kam wieder zu sich. »Oh«, seufzte sie. »Das ist höchst verunsichernd, und ich entschuldige mich dafür. Ich bin dir sehr dankbar für deine Fürsorge.«

»Wasser ist alles, was Ihr braucht, Mylady. Das wird dazu führen, dass Ihr wieder zu Kräften kommt.«

»Wenn ich ein wenig ausruhen darf...« Sie hielt inne. Giles hatte sein Gesicht abgewandt und schaute nun nach Nordwesten. »Was gibt's? Siehst du etwas?« Sie drückte sich auf ihre Ellbogen hoch. Giles blickte den Talboden entlang, den sie gerade verlassen hatten; er hatte seinen Unterkiefer vorgeschoben, und sein Gesicht war angespannt.

Haven drehte sich um und sah, worauf er blickte: Sechs Reiter, deren Pferde nur wenig größer als Wagenponys waren, galoppierten mit hohem Tempo durch das Tal auf sie zu. Das dumpfe Schlagen der Pferdehufe auf dem weichen Erdboden erreichte sie, und einen Augenblick später starrte sie in die Gesichter von sechs hart blickenden Männern, die von schwarzem Haar bedeckt waren – in

Form von Pelzmützen, geflochtenen Zöpfen und herabhängenden Schnurrbärten. Alle trugen kurze, gebogene Schwerter, Speere und Messer, die an ihren Brustkästen festgeschnallt waren. Die Krieger schienen über das, was sie gefangen genommen hatten, verblüfft zu sein.

»Wer könnten sie sein?«, flüsterte Haven schaudernd.

Giles gab keine Antwort, doch er nahm den Arm von Haven und zog sie hinter sich, als die Reiter am Fuße des Hügels mit stampfenden Pferdehufen anhielten. Abgesehen von den Schwertern, Messern und Spießen – jede dieser Waffen besaß eine üble, gewundene Klinge – besaßen drei aus dem Kriegstrupp auch kleine Bögen aus Horn und Köcher mit Pfeilen, die an ihren Sätteln befestigt waren. Sie alle trugen schwere Lederwamse, die sie vom Hals bis zum Knie bedeckten. Die primitive Rüstung war mit eisernen Scheiben oder überlappenden Platten geschmückt, die an Fischschuppen erinnerten. Die Gesichter der Krieger waren dunkel und rötlich und halb verborgen unter großen Zipfelmützen, deren Klappen über Ohren und Nacken herabhingen, die Haut von Wind und Sonne zu faltigem Leder gegerbt. Ihre mandelförmigen Augen, die über hohen Wangenknochen lagen, waren klein und schwarz, ihre Blicke hart und scharf wie Obsidian.

Die Krieger bewegten sich nicht und blieben auf ihren Reittieren sitzen; mit einer Art misstrauischer Verwunderung starrten sie auf die Fremden. Die einzigen Geräusche waren die des Windes und der schweren Atemzüge der Pferde.

Dieses angespannte Schweigen dauerte an, bis Giles eine leere Hand zu einem schlichten Gruß hob. »Wir sind Reisende«, verkündete er mit lauter und deutlicher Stimme. »Wir führen nichts Böses im Schilde. Lasst uns in Frieden passieren.«

Die Reiter tauschten Blicke aus, und einer von ihnen – ein dunkelhäutiger Bursche mit einem runden, fellbedeckten Schild, den er sich über die Schulter geworfen hatte – äußerte in einer derb klingenden Sprache den anderen gegenüber einen Befehl, woraufhin einer aus der Gruppe sein Reittier antrieb und das Tal hinunter zurückgaloppierte. Der schildtragende Anführer senkte seinen

Spieß und stieß ihn gegen Giles' Brust. Er bellte einen Befehl – Laute zwischen einem Knurren und Gekläff –, wobei er die fein geschliffene Klinge seines Spießes in Richtung der ansteigenden Flanke des Hügels bewegte. Als sich die zwei Gefangenen nicht rührten, gestikulierte der Krieger erneut mit dem Spieß und bellte seinen Befehl mit größerem Nachdruck. Damit seine Gefangenen es nicht missverstanden, nahmen zwei seiner Reiter zu ihren beiden Seiten Aufstellung. Der Anführer der Krieger drehte sein Pferd um und begann, den Hügel hinaufzureiten; die flankierenden Reiter riefen und wiesen nach oben, um Giles und Haven anzuzeigen, dass sie ihm folgen sollten.

»Ich werde nirgendwo mit ihnen hingehen«, verkündete Haven, deren trotzige Entgegnung jedoch dünn und unsicher klang.

Giles wich nicht von der Stelle und ergriff das Wort, indem er sagte: »Wir brauchen Wasser.« Er wusste, dass die Krieger ihn nicht verstehen würden, doch er wiederholte seine Forderung nichtsdestotrotz. Der Reiter, der ihm am nächsten war, stupste ihn mit dem Griff seines Spießes an und drängte die Gefangenen mit einem grunzend formulierten Befehl, sich ihnen anzuschließen. Aber Giles, der sich der Gefahr bewusst war, lehnte es ab, sich in Bewegung zu setzen. Er zeigte auf den flachen Lederbeutel, der am Sattel des Reiters hing, und ahmte stumm die Bewegung des Trinkens nach. »Wasser«, wiederholte er. »Wir sind durstig. Wir müssen trinken.«

Der dunkelhäutige Bursche verstand die Gestik; er öffnete den Trinkschlauch und reichte ihn Giles. »Danke schön«, sagte Giles und schluckte unter den Blicken der Reiter drei große Mundvoll hinunter.

Haven beobachtete ihn mit einem Gesichtsausdruck, der selten für sie war: Respekt. »Entschuldigung, Mylady«, sagte er und reichte ihr den Schlauch. »Ich hielt es für das Beste, als Erster die Flüssigkeit zu probieren. Sie ist warm, aber gut.«

Haven hörte nicht mehr länger zu. Sie raffte den Schlauch an sich und setzte ihre Lippen an die Öffnung aus hohlem Gebein. Sie sog einen großen Mundvoll so rasch in sich hinein, dass es ihr beinahe den Atem nahm. Die nächsten beiden Schlucke nahm sie langsamer und schloss die Erfrischung ab, indem sie sich den Mund mit der Rückseite ihrer Hand abwischte und dann die Nässe auf ihren Wangen verrieb, um ihr Gesicht zu kühlen. »Danke schön«, murmelte sie. Dann trank sie doch noch einmal und verzichtete schließlich widerwillig auf den Schlauch, woraufhin der Krieger sein Reittier antrieb und seinen Befehl wiederholte, sich in Bewegung zu setzen.

»Das war sehr tapfer, Giles«, wisperte Haven, als der Trupp aufbrach. Sie drückte seine Hand. »Ohne deinen Wagemut wäre ich umgekommen.«

»Wenigstens wissen wir, dass sie nicht vorhaben, uns sofort umzubringen«, erwiderte Giles. »Wir werden jetzt, wo wir ein bisschen Wasser zu uns genommen haben, besser vorwärtskommen.« Er betrachtete sie unsicher. »Könnt Ihr gehen?«

»Wenn ich muss«, antwortete Haven.

Ein Hügel führte zum nächsten, und ein weiterer folgte danach. Jeden der abgerundeten Hänge hinabzusteigen war anstrengend genug, doch sie hochzusteigen verbrauchte Havens gesamte, rasch dahinschwindenden Kräfte. Als sie schlussendlich nicht mehr weitergehen konnte, hob einer der Reiter sie hoch und setzte sie hinter sich auf sein Pferd. Die anderen Reiter trabten voraus und ließen zwei von ihnen zurück, um die Gefangenen zu bewachen. Giles stapfte neben seiner Lady in unerbittlicher Entschlossenheit weiter, während der Tag in silbrige Dunstschleier überging, die sich langsam verstärkten, dunkler und mit dem Näherrücken der Dämmerung dichter wurden.

Als sie einen der höheren Hügel erklommen, schrie Giles, der seinen Arm um seine Herrin gelegt hatte, um sie vor einem Sturz vom Pferd zu bewahren: »Schaut nur!«

Haven hob zunächst ihre Augen und schaute anschließend auf sein Gesicht hinab, das von der glühenden Abendsonne rot gefärbt war. Sie folgte seinem Blick, und es verschlug ihr den Atem.

Die abwärts führende Flanke des Hügels lief aus und führte zum Anblick eines riesigen, flachen Tals mit einem breiten Fluss, der hindurchströmte; sein Wasser glitzerte wie Quecksilber. Doch es war, obschon sie Durst hatte, nicht der glänzende Fluss, der ihre Aufmerksamkeit fesselte und ihr den Atem raubte. Vor ihnen ausgebreitet befand sich eine gewaltige Schar von Menschen und Tieren, von denen die große Talschüssel auf beiden Seiten des Stromes ausgefüllt wurde: Männer, Frauen, Kinder, Pferde, Hunde, Vieh – in kleinen und größeren Knäueln von Hunderten, Tausenden und größeren Einheiten. Eine ganze Nation in Bewegung, die gen Westen auf das sterbende Licht zuhielt.

»Möge Gott uns beistehen!«, rief Haven keuchend, die das sich vor ihnen ausbreitende Schauspiel auf sich einwirken ließ. »Was ist ... wer ...?« Sie verstummte, da ihr die Worte fehlten. Dann wandte sie sich Giles zu. »Was werden wir nun tun?«

Ihre Geiselnehmer stiegen den Hang hinab und schlossen sich dem Wanderzug an. Eingeklemmt von den Reitern, wurden Haven und Giles ein wenig getrennt gehalten von der größeren Masse von Leuten zu Fuß. Die beiden waren jedoch nah genug, um zu beobachten, dass es sich um einen gedrungenen, robusten Menschenschlag handelte, mit glatten schwarzen Haaren, schwarzen Mandelaugen und Gesichtern, die so rund wie der Mond und flach wie Essteller waren. Ihre Gliedmaßen waren kurz und muskulös; und nach dem zu schließen, was man unter den dicken Falten ihrer schweren Filzbekleidung erkennen konnte, schienen sie eher stämmig als schlank zu sein. Als Fußbekleidung trugen sie Streifen von Tierhäuten, die von Lederverbänden zusammengehalten wurden, sodass sie sich trotz ihrer immensen Zahl mit einer beinahe unnatürlichen Stille bewegten. Niemand sprach, kein Hund bellte, kein Kind murmelte, kein Pferd wieherte – diese riesige Masse aus Menschen und Nutztieren strömte so leise über das Land wie der Fluss neben ihnen.

Während der größere Teil dieses Volkes weiterhin die Anwesenheit der Fremden in ihrer Mitte nicht bemerkte, ertappten Giles und Haven von Zeit zu Zeit jemanden, der sie mit unverhohlener Neugier beäugte. Diejenigen, die ihnen am nächsten waren, nahmen eindeutig Notiz von den zwei fremden, großen, bleichen Leuten, aber niemand gab auch nur so viel wie ein Murmeln von sich.

Die größere Masse der Menschen trottete mit den Köpfen nach unten weiter, die Augen auf den nächsten Schritt vor ihnen fixiert; und das unirdische Schweigen überwog.

Und bald wurde es offenbar, warum sie sich so verhielten.

Als die Spitze der großen Menschenmenge eine Flussbiegung erreichte und sich zu verteilen begann, erklang plötzlich das schreckliche Geräusch eines Himmelsbolzens, der am dunkler werdenden Himmel entlangzischte. Giles und Haven hielten wie jene um sie herum mitten im Schritt inne und schauten hoch, wo sie eine Feuerkugel am Himmel flitzen sahen, die pfiff, während sie näher kam. Sie flog in einem Bogen über ihren Köpfen und stürzte in einiger Entfernung hinter ihnen auf die Erde, wo sie in der Nähe des Flussufers auftraf. Einen Augenblick später explodierte das Ding in einem ohrenbetäubenden, blendenden Sperrfeuer aus Rauch und brennenden Bruchstücken, wobei Funken und Dreck in die Luft geschleudert wurden.

Noch vor der Explosion wogte die Masse der Menschen von dem Einschlagsort fort; sie flohen um ihr Leben. Auf der Spur der ersten folgten rasch zwei weitere Feuerkugeln, die den sich verdunkelnden Abendhimmel erleuchteten; sie zogen weißen Rauch und Flammen hinter sich her und erfüllten die Luft mit einem bösartigen Kreischen. Die Explosionen schlugen diesmal näher ein, und mit dem Ausbruch von Funken und heißem Metall kamen die Schreie unglücklicher Opfer.

Der Anführer des Kriegstrupps, der Giles und Haven gefangen genommen hatte, tauchte aus dem Wirrwarr auf. Laut rufend gab er Befehle, und der Krieger, der Haven trug, schob sie von seinem Reittier und in Giles' Arme. Anschließend entfernten sich alle drei Reiter und ließen ihre Gefangenen zurück; sie schlossen sich dem größeren berittenen Zug an, der die Flanke des Hügels hochströmte. Was für einen Krieg dieses Volk auch immer führen mochte, der Feind hatte sie erneut gefunden, und die Schlacht wurde wieder aufgenommen.

Noch mehr von den hassenswerten, höllischen Geschossen fuhren kreischend zur Erde, und jedes von ihnen schlug näher ein. Als das letzte auf sie zustürzte, packte Giles Haven am Arm und drehte sie vom Einschlag fort, wobei er seinen Körper zwischen sie und die Explosion stellte.

»Was auch immer geschehen mag«, rief er, »ich werde Euch beschützen!«

»Betet, dass es nicht dazu kommt«, erwiderte Haven, deren Worte übertönt wurden vom Donner der Explosion.

Innerhalb eines Herzschlags verwandelte sich der Strom an Menschen, der um sie herumfloss, in eine sich rasch bewegende Sturzflut.

»Das hat es schon!«, schrie Giles, als die Woge sie umflutete. Es galt, sich der Woge anzuschließen oder in die Tiefe gezogen zu werden. Er zog Haven fort und hielt sie fest. Hand in Hand traten sie in die Flut ein.

SECHZEHNTES KAPITEL

Worin einer bissigen Grundhaltung der Schneid genommen wird

Sie sprechen Englisch.« Tony betrachtete die ältere Frau im Eingang.

»Mehr schlecht als recht«, erwiderte sie; ihr weicher schottischer Akzent war ein angenehmes Schnurren. Sie hatte glatte weiße Haare und scharf blickende, dunkle Augen, die durch runde Brillengläser in einem Stahlgestell sahen. »Diejenigen von uns, die hinter dem Wall aufgezogen worden sind, haben ein Talent für Sprachen.«

»Der Wall?«

»Der Hadrianswall, guter Mann«, antwortete sie. »Aber sind Sie gekommen, um über antike Geschichte zu sprechen, oder gibt es noch etwas anderes, das Sie wünschen?«

»Oh, ja. Entschuldigung ... Ich bin einfach so überrascht gewesen, jemanden zu finden, mit dem ich habe reden können, dass ich meine Manieren vergessen zu haben scheine.« Er seufzte, als ein Gefühl der Erleichterung ihn durchflutete. »Sie würden nicht glauben, was für einen Tag ich gehabt habe.«

»Machen Sie sich nichts daraus«, sagte die Frau. »Bitte, kommen Sie doch herein. Sie werden sich da draußen noch einen Sonnenstich holen, so ohne Hut.«

Als Tony sich zur Tür bewegte, fischte die Schottin eine Hand voll Münzen aus einer ihrer Taschen und bot sie Tonys junger Führerin an, die still bei ihr stand. »Danke schön, Afifah. Das ist für dich.«

Das junge Mädchen nahm die Münzen entgegen und dankte ihrer Kundin.

»Das ist alles für heute. Lauft nun weiter nach Hause, ihr zwei. Ich sehe euch morgen.«

Die Kinder flitzten fort, und die Frau lächelte, als sie sie weggehen sah. »Wir stellen sie ein, um nach Reisenden Ausschau zu halten«, erklärte sie an Tony gewandt. »Kommen Sie jetzt herein?«

»Ja, danke schön.« Tony trat in einen Raum hinein, der ein schlichter Buchladen zu sein schien, mit Regalen, die drei Wände säumten. Es gab eine Sitzgruppe aus weichen Sesseln mit einer Leselampe und einen kleinen, runden Messingtisch. »Ich habe wirklich nicht die Absicht, Sie zu stören ...«

»Und doch sind Sie nichtsdestotrotz hier.«

Tony bekam das zweideutige Blinzeln im Auge der alten Lady nicht mit und gab mit stotternder Stimme Entschuldigungen von sich.

»Machen Sie sich nichts draus, Schätzchen«, erwiderte die alte Frau leichthin. »Ich habe gerade einen kleinen Spaß gemacht. Natürlich sind Sie hier, weil Sie von unserem kleinen Empfangskomitee hergebracht worden sind. Willkommen bei der Zetetischen Gesellschaft. Ich bin Mrs Peelstick. Möchten Sie einen Becher Tee?«

»Freut mich, Sie kennenzulernen«, erwiderte Tony und streckte seine Hand aus. »Ich bin Tony – Tony Clarke.«

»Sind Sie das?«, entgegnete Mrs Peelstick, die ihn aufmerksam beäugte. »Sind Sie das wirklich? Jünger, als ich vermutet hätte. Andererseits, jedermann ist jünger zurzeit.« Sie lächelte, doch der Blick ihrer Augen hinter den Brillengläsern blieb aufmerksam und scharf. »Ich nehme an, Sie sind wegen Cassandra hier.«

»Richtig!« Er blickte sie verwundert an. »Wie haben Sie das nur wissen können?« Bevor sie darauf zu antworten vermochte, fügte er hinzu: »Geht es ihr gut?«

»Welche Frage soll ich zuerst beantworten?« Mrs Peelstick kicherte. »Ihr Mädchen war geradezu ein Abbild der vollkommenen Gesundheit, als ich sie das letzte Mal sah. Und ich weiß, wer Sie sind, weil Cassandra uns erzählt hat, dass Sie nach ihr suchen würden. Wir haben deshalb erwartet, dass wir Sie irgendwann sehen würden. Sie war in guter Stimmung und Verfassung – ein reizendes Mädchen.«

»Gott sei Dank!« Er seufzte und spürte, wie die schwere Last der Sorge sich von ihm löste und ihn mit dem Gefühl zurückließ, leichter als Luft zu sein. Er schwankte auf seinen Füßen.

»Ach du liebe Zeit!«, rief Mrs Peelstick und trat rasch an seine Seite. »Sie sollten sich besser hinsetzen.« Sie führte ihn zu einem der gemütlichen Sessel. »Parken Sie sich einfach dort, und ich werde den Becher Tee holen gehen.« Er stürzte förmlich in den Sessel, während sie davoneilte. »Wird keinen Augenblick lang dauern.«

»Danke schön, ich ...« Doch sie war bereits aus dem Zimmer gesaust. Er sank in dem Sessel zurück und schloss seine Augen; er entspannte sich in dem Wissen, dass seine geliebte Tochter heil und gesund war. Er hörte das Scheppern eines Wasserkessels und das Klirren von Glas und ein sanftes melodisches Summen.

Seine Augen waren immer noch geschlossen, als Mrs Peelstick zurückkehrte; sie trug ein Tablett mit einer Kanne, Gläser und mit einer Platte, auf der süße syrische Backwaren lagen. »Bitte schön«, verkündete sie und stellte das Tablett auf dem kleinen Messingtisch ab. Die Gläser, bemerkte Tony, enthielten frische grüne Blätter, auf die seine Gastgeberin heißen schwarzen Tee goss. »In diesem Teil der Welt servieren wir ihn mit Pfefferminze«, erklärte sie ihm. »Ich glaube, Sie werden es sehr erfrischend finden. Bitte, bedienen sie sich selbst beim Zucker.«

»Hat Cassie Sie auf diese Weise angetroffen? Beim Servieren von Pfefferminztee und Gebäck?«

»Sesam- und Pistazienkekse – köstlich. Nehmen Sie doch welche.« Sie rührte die Blätter im Glas um und reichte es danach ihrem Gast. »Ja, ich glaube, Cassandra und ich tranken gemeinsam ein Glas Tee an jenem ersten Tag, als sie bei uns war. Bei uns ist es so etwas wie ein Ritual.«

»Sie hat hier bei Ihnen gewohnt?«

»Sie hat in dem Nonnenkloster in der Nähe gewohnt. Es schien ihr besser zu passen.«

»Aber jetzt ist sie nicht hier.«

»Nicht im Moment, nein.« Mit einem Löffel gab Mrs Peelstick Zucker in ihren Tee und betrachtete ihren Gast mit freundlichem

Interesse. »Sie ist für die Gesellschaft auf einer Mission, wie Sie vermutlich sagen würden.«

»Ich verstehe nicht. Warum sollte sie von hier weg? Wohin ist sie gegangen?«

»Sie sind kein Reisender, nicht wahr, Mr Clarke?« Sie betrachtete Tonys Gesichtsausdruck. »Nein, ich kann sehen, dass dies nicht der Fall ist – zumindest nicht vor dem heutigen Tag. Das stimmt doch, oder?« Tony starrte sie bloß an; er war nicht imstande, sich etwas zu überlegen, was er darauf sagen sollte. »Warum lehnen Sie sich in diesem Fall nicht einfach zurück und genießen Ihren Tee? Ruhen Sie sich einen Moment aus.«

»Es tut mir leid, aber das geht nicht.« Tony stellte sein Glas ab. »Ich bin durch mehrere verschiedene Dimensionen gereist – Gott allein weiß, wie – oder Welten oder was auch immer, um meine Tochter zu finden. Ich möchte ein paar Antworten.«

»Und wir werden all Ihre Fragen beantworten, keine Angst.«

»Wir?«

»Mein Kollege, Mr Hanno. Er ist der gegenwärtige Direktor der Gesellschaft. Ich bin sicher, er wird aufs Höchste gespannt sein, Sie kennenzulernen, und er kann am besten alles erklären. Er macht gerade eine Besorgung, sollte jedoch bald zurückkehren. Warum ruhen Sie sich nicht in der Zwischenzeit einfach eine kleine Weile aus und genießen Ihren Tee?«

Obwohl sie ihn anlächelte, als könnte sie kein Wässerchen trüben, spürte Tony kalten Stahl unter der großmütterlichen Erscheinung. Keineswegs zufriedengestellt nahm er wieder sein Glas, blies über das aufgegossene Getränk und nippte ein wenig davon – er erkaufte sich ein bisschen Zeit, um Atem zu holen und seine Fassung wiederzuerlangen. »Wie Sie wünschen«, stimmte er in einem maßvolleren Ton zu. »Vielleicht können Sie mir ja wenigstens von diesem Mr Hanno erzählen, wer auch immer er ist.«

»Brendan Hanno ist der gewählte Kopf der Zetetischen Gesellschaft und ihr Einsatzleiter.«

»Und er lebt hier?«

»In Damaskus? Ja. In diesem Haus? Nein.«

»Sie sagten, er ist Einsatzleiter – was für eine Art von Einsätzen soll das sein?«

»Nun, das sind die verschiedenen Einsätze der Gesellschaft.«

»Und das wären?«

Die weißhaarige alte Lady mit dem eisernen Willen schenkte ihm ein hinterlistiges Lächeln. »Es steht mir nicht frei, das im Augenblick zu sagen. Vielleicht wenn –«

»Ich weiß«, fiel Tony ihr ins Wort. »Vielleicht wenn Brendan herkommt, wird er es mir erzählen.«

»Das stimmt, Verehrtester.« Vorsichtig hob sie die Kanne vom Tablett. »Noch Tee?«

»Zum Aufwärmen, bitte.« Er hielt ihr seinen Becher hin. »Dann erzählen Sie mir unbedingt von der Zetetischen Gesellschaft – wenn *das* erlaubt ist.«

»Kein Grund, bissig zu werden, Mr Clarke«, schalt die Frau. »Ich handle nur im besten Interesse unserer Mitglieder. Und im Grunde genommen habe ich bloß Ihr Wort, dass Sie tatsächlich Cassandras Vater sind. Sie könnten schließlich jemand ganz anders sein. Sie könnten jemand sein, der ihr übel will – ein Verrückter, ein Stalker oder dergleichen. Ja, Sie könnten sogar ein pan-dimensionaler Mörder sein? Woher soll ich das wissen?«

Der Gedanke war Tony nicht in den Sinn gekommen, dass die Verdunklungsstrategie der Frau dem höheren Zweck dienen könnte, das Wohl seiner Tochter zu beschützen. »Sie haben natürlich recht. Ich entschuldige mich. Vergeben Sie mir, dass ich … Was war ich nochmal?«

»Bissig.«

Nachdem Mrs Peelstick die Entschuldigung angenommen hatte, lenkte sie die Aufmerksamkeit ihres Besuchers auf die umfangreiche Sammlung nahöstlicher Literatur und Karten der Gesellschaft. Und sie erklärte den Ursprung des Namens der Gesellschaft und erzählte ein wenig von ihrer Geschichte. »›Zetetisch‹ bedeutet ›suchend‹, wissen Sie.«

Tony Clarke hörte höflich zu, während die Respekt einflößende Mrs Peelstick ihnen die Zeit vertrieb, wobei sie sehr wenig preisgab.

»Interessant«, erwiderte er, als sie ihre Ausführungen abschloss. »Und Cass ist ein Mitglied der Gesellschaft geworden, sagen Sie?«

»Wir haben kürzlich so etwas wie einen plötzlichen Anstieg bei den Mitgliedern gehabt«, berichtete Mrs Peelstick. Es gab ein Geräusch an der Tür – ein Schlüssel, der hineingesteckt wurde, und ein Schloss, das klickend geöffnet wurde. Sie blickte zum Eingang hinüber und sagte: »Nun, wenn ich mich nicht irre, ist Brendan jetzt hier.«

Einen Augenblick später hatte ein großer, dünner Mann in einem cremefarbenen Leinenanzug und mit einem breitkrempigen Panamahut das Zimmer betreten. Er hielt auf der Schwelle inne, und dann, als er Mrs Peelstick und ihren Gast sah, durchquerte er mit raschen Schritten den Raum. »Sie müssen Anthony Clarke sein«, sagte er und streckte seine Hand aus. »Sehr erfreut. Ich bin Brendan Hanno.«

»Schön, Sie kennenzulernen«, erwiderte Tony und schüttelte dem Burschen die Hand. »Aber wie kommt es, dass Sie meinen Namen wissen? Haben wir uns schon einmal getroffen?«

»Ich bin der kleinen Afifah und ihrem Bruder auf der Straße begegnet. Sie erzählten mir, dass jemand gekommen sei, und ich vermutete, dass Sie das sein könnten.« Mit einem Wink bedeutete er Tony, sich wieder in seinen Sessel setzen. »Und wenn es irgendwelchen Zweifel gegeben hat: Sie sind das genaue Abbild Ihrer Tochter – oder ich vermute eher, es ist andersherum. Jedenfalls hätte ich Sie überall erkannt.«

»Wirklich? Mrs Peelstick hier ist sich nicht so sicher, was mich anbelangt.«

Die Brillengläser im Stahlgestell blitzten auf. »Kein Grund, um –«

»Ich weiß. Bissig. Tut mir leid.«

»Bitte, setzen Sie sich. Möchten Sie noch etwas Tee?« Brendan schaute zu Mrs Peelstick, die ihm einen Blick zuwarf, den Tony nicht zu deuten vermochte. »Nein. Sie haben heute ohne Zweifel eine Menge durchgemacht. Ich glaube, da ist etwas Stärkeres vonnöten. Vielleicht sollten wir es uns gönnen, einen zu heben. Die

Gesellschaft hat einen besonders guten Single Malt auf Lager. Wenn Sie mir in den Hof folgen würden?«

»Sie beide machen weiter«, sagte Mrs Peelstick. »Ich werde nach dem Abendessen sehen und Sie alleine lassen, sodass Sie miteinander reden können. Ich warne Sie, Brendan. Mr Clarke hat eine Million Fragen und die Absicht, sie alle zu stellen.«

»Wer ist denn jetzt bissig?«, fragte Tony und lächelte süffisant.

Brendan bemerkte den Schlagabtausch nicht oder zog es vor, ihn zu ignorieren. Er zeigte auf die dem Eingang entgegengesetzte Türöffnung und erklärte: »Ich bin so froh, dass Sie hier sind. Es gibt so vieles, worüber wir sprechen müssen.«

»Meine Tochter fürs Erste«, erwiderte Tony, der dem großen Mann hinterhermarschierte. Er wurde durch das von Büchern dominierte Empfangszimmer geführt und dann einen kurzen Gang entlang zu einem Vestibül mit Fenstertüren, die sich zu einem weitläufigen Hof hin öffneten, der mit eingetopften Palmen und einem Springbrunnen ausgestaltet war.

»Bitte, machen Sie es sich bequem«, sagte Brendan, der wieder ins Hausinnere verschwand, um die Sache mit den Getränken zu klären.

Im Schatten eines großen Schirms stand ein Tisch, der von gepolsterten Sesseln umgeben war. Prächtige Reihen aus pfirsichfarbenem indischem Blumenrohr wuchsen in schmalen Beeten entlang einer Wand, und an einer anderen kletterten Weinreben zu einem oben angebrachten Gitterwerk hoch, das der Hälfte des gepflasterten Hofes kühlen grünen Schatten spendete. Augenblicklich mochte Tony den abgeschiedenen Garten. Er nahm den Springbrunnen in Augenschein und sah, dass die Wasseroberfläche von gelben Rosenblütenblättern bedeckt war. Das sanft rinnende Wasser entsandte einen dezenten Duft in die Luft.

»Bitte schön!«, verkündete Brendan, als er ungefähr eine Minute später wieder auftauchte und ein Tablett mit Getränken herbeitrug. Tony folgte ihm zum Tisch. »Gleich werden wir über Gott und die Welt diskutieren.«

Nachdem Brendan das Tablett auf den Tisch gestellt hatte, nahm er einen kristallenen Dekanter und spritzte eine helle, bernsteinfarbene Flüssigkeit in zwei kleine Gläser aus geschliffenem Kristall, dann träufelte er aus einem Krug ein oder zwei Tropfen Wasser hinein. »Versuchen Sie das«, sagte Brendan und reichte seinem Gast ein Glas. »*Slàinte!*« Er benutzte den gälischen Ausdruck für »Prost« und hob sein Glas.

»Zum Wohl!«, erwiderte Tony. Sie nahmen beide einen Schluck von dem weichen, süßen Brand, und Tony schmeckte eine Spur von Rauch in der Spirituose.

»Wie ich gesagt habe, ich bin froh, dass Sie hier sind«, sagte Brendan, während er seinen langen Körper in einem Sessel niederließ. »Ihr Timing ist außergewöhnlich – tadellos.«

Tony allerdings vermochte nicht zu erkennen, wie dies möglich sein konnte, denn bevor dieser Tag begann, war er in keiner Weise imstande gewesen, zu erraten, wohin er gehen oder ob er überhaupt irgendwo ankommen würde. Was Freitag anbelangte, seinen ehemaligen Führer, war es reiner Zufall, was ihm passiert war. Aber da es absolut nichts gab, was Tony deswegen unternehmen konnte, traf er den Entschluss, sich mit Beurteilungen zurückzuhalten und zu schauen, was als Nächstes geschah. »Freut mich, Ihnen einen Gefallen zu erweisen«, erwiderte er und nippte an seinem Malt. »Also, wegen meiner Tochter –«

»Cassandra ist ein hochintelligentes Mädel«, fiel Brendan ihm ins Wort. »Ich kann Ihnen sagen, dass sie, als ich sie zuletzt gesehen habe – oh, vor sieben Tagen, glaube ich –, in guter Gesundheit und in einer Hochstimmung war und es kaum erwarten konnte, in die große Suche einzusteigen. Sie hatte einige Bedenken – weil es keinen Kontakt mit Ihnen gegeben hatte, um Sie wissen zu lassen, dass sie in Sicherheit und glücklich war. Aber jetzt, wo Sie hier sind, hoffe ich, dass Sie sich beruhigt fühlen werden, was ihr Wohl anbelangt.«

Tony überdachte dies einen Moment lang. »Ich habe sicherlich nicht die Absicht, bissig zu sein, um es einmal mit Mrs Peelsticks Worten auszudrücken. Falls ich so erscheine, dann sollten wir das der elterlichen Besorgnis und der Erschöpfung ankreiden, die hervorgerufen wurde durch die vollkommene ... Desorientierung und einen massiven Paradigmenwechsel. Doch wie kann ich sicher sein, dass Sie Cass nicht in Ihrem Keller versteckt oder irgendwo in einem Dachgeschoss eingesperrt haben?«

Brendan lächelte. »Wie der Vater, so die Tochter. Sie beide sind aus demselben zweiflerischen Stoff geschnitten; daran gibt es kein Vertun.« Er schüttelte den Kopf, weil er so verwundert darüber war. »Lassen Sie mich Sie beruhigen, auf welche mir zur Verfügung stehenden Weisen auch immer; ich versichere Ihnen, dass Cassandra nicht in irgendeinem Dachgeschoss, Keller oder Verlies weggesperrt wurde. Versetzen Sie sich einen Augenblick lang in unsere Lage. Wenn wir ihr gegenüber bösartige Absichten hätten, wäre es dann nicht weitaus leichter gewesen, einfach vorzutäuschen, von ihrer Existenz nichts zu wissen? Ein simples ›Nie von ihr gehört, tut mir leid, Kumpel‹, und Sie wären kein bisschen klüger bei der Suche nach ihr gewesen. Und wir, erlaube ich mir zu sagen, hätten uns auch nicht die Mühe gemacht, Sie überhaupt erst hierherzuführen.«

»Mich hierherzuführen? Ich glaube nicht, dass Sie verstehen, wie ...« Er hielt inne, als er sah, wie Brendans Blick schärfer wurde. »Oh! Die Kinder auf der Straße, die Visitenkarten austeilen. Das waren Sie?«

»Wir ziehen es vor, Zurückhaltung zu üben, wann immer dies möglich ist.«

»Das ist Ihnen gelungen«, räumte Tony ein. Diese Leute mochten vielleicht Spinner höchsten Grades sein – das konnte er bislang noch nicht erkennen –, doch er verspürte ein wachsendes Vertrauensverhältnis. Auf alle Fälle hatte es keinen Sinn, sie gegen sich aufzubringen; das würde ihn nirgendwohin bringen. Er entschied sich mitzuspielen. »Dennoch muss ich fragen.«

»Natürlich. Konkrete Beweise werden zu gegebener Zeit kommen, glauben Sie mir. Aber im Augenblick bitte ich Sie, meine Zusicherung zu akzeptieren, dass wir ausschließlich das Beste für alle Mitglieder unserer Gesellschaft wollen.«

»Ja, Ihre Mrs Peelstick sagte etwas Ähnliches. Soll ich das so verstehen, dass meine Tochter ein Mitglied der Zetetischen Gesellschaft geworden ist – eine Sucherin?«

»Oh, in der Tat. Cassandra ist der Gesellschaft beigetreten und zu einer Unternehmung aufgebrochen, die, wie ich hoffe, die erste von vielen nutzbringenden Suchen zu unseren Gunsten sein wird. Wir erwarten große Dinge von ihr.«

Tony rätselte über diese Äußerung. »Da ist erneut dieses Wort ›Suche‹. Über was für eine Art von Suche sprechen wir genau?«

»Über die übliche Art«, antwortete Brendan fröhlich. »Eine Suche nach einem Schatz von der einen oder anderen Sorte.«

»Doch Sie können nicht mehr sagen, weil ich kein Mitglied der Gesellschaft bin«, schlussfolgerte Tony.

»Prägnant ausgedrückt.«

»Wir werden später darauf zurückkommen.« Tony nahm einen weiteren Schluck vom Single Malt und genoss den rauchigen, süßen Geschmack, während der Whisky wie flüssiges Gold seine Kehle hinunterglitt. »Sie sagten, Sie wären gespannt darauf gewesen, mit mir zu sprechen; und ich habe daraus gefolgert, dass es dabei nicht um Cassie gehen soll. Also ...« Er hob erwartungsvoll seine Augenbrauen, während er sich einen weiteren Drink nahm. »Das hier ist übrigens sehr gut.«

»Es ist ein zweiundvierzig Jahre alter Speyside.« Brendan ergriff den Dekanter und goss in beide Gläser noch einen weiteren Schluck. Er stellte das Behältnis zurück und verschloss es wieder behutsam mit dem kristallenen Stöpsel. »Nun denn, Dr. Clarke«, sagte er, und seine Stimme bekam einen feierlichen Unterton, »was können Sie mir über die Ausdehnung des Universums erzählen?«

SIEBZEHNTES KAPITEL

Worin die letzten Ehren erwiesen werden

Es war klar für Benedict, dass für seine Mutter die Rückkehr nach Ägypten schwieriger war, als sie durchblicken ließ. Die Reise war in körperlicher Hinsicht anstrengend genug – Xian-Li hatte seit vielen Jahren keinen Ley-Sprung mehr durchgeführt, und der Portal-Übergang vom Black Mixen Tump aus war sehr rau gewesen –, aber die emotionalen Auswirkungen allein forderten schon einen unmenschlichen Tribut. Zu einem Ort zurückzukehren, der mit so traurigen Assoziationen befrachtet und dennoch mit dem Schicksal der Familie eng verbunden war, würde selbst die härteste Seele auf die Probe gestellt haben; und es stellte gewiss Xian-Li auf die Probe. Und auch Benedict blieb nicht unberührt von dem gleichen Aufruhr, den seine Mutter erlebte. Als er die lange Doppelreihe widderköpfiger Sphinxen sah, die sich in die ockerfarbene Wüste hinaus erstreckte, und die weißen, ausgedörrten Hügel, die den Rand des ausgedehnten Horizonts bildeten, hörte Benedict seine Mutter aufkeuchen. Seine Kehle krampfte sich zusammen.

Xian-Li blieb auf dem Pfad stehen und umklammerte Benedicts Arm.

»Geht es dir gut, Mutter?«, erkundigte er sich. »Wir müssen die Reise nicht fortsetzen. Wir können auch zurückgehen.«

Mit geschlossenen Augen schüttelte Xian-Li den Kopf. »Nein. Ich will das Ende dieser Angelegenheit sehen.« Sie öffnete ihre Augen und schaute auf ihren Sohn; die Traurigkeit war in jeder Falte ihres Gesichts erkennbar. »Es muss ein Ende geben.«

Benedict nickte und korrigierte an seiner Schulter den Riemen der Ledertasche. Anschließend führte er sie weiter, ohne nochmals zu pausieren, bis sie die Höhen erreichten und endlich hinabschauen konnten auf den breiten grünen Streifen des fruchtbaren Tals auf beiden Seiten des großen blauen Flusses, der sich seinen Weg durch das unermessliche ägyptische Ödland bahnte. Dort am breiten Ufer schimmerte Niwet-Amun, die Stadt des Amun, weiß im blendenden Licht der Sonne, die an einem wolkenlosen Himmel loderte.

»Jetzt ist es nicht mehr weit«, stellte Benedict mit einiger Erleichterung fest. Was er nicht sagte, war die Feststellung, dass wenigstens die Stadt noch immer existierte. Nach dem, was während seines vorangegangenen Besuchs geschehen war – als Habiru-Steinmetze angegriffen und gedroht hatten, den Tempel niederzureißen –, hatte Benedict befürchtet, dass sie den Ort als zerfallende Ruine und ihren Freund Anen als Opfer des Konflikts vorfinden würden.

Doch es gab den Tempel noch: Seine Pylone erhoben sich beschaulich, rote Banner flatterten von Pfählen außerhalb des Eingangsbereichs, seine Mauern waren intakt, seine Säulen standen aufrecht. Keine Rauchsäulen stiegen von brennenden Trümmerhaufen auf, keine Einöde mit versengten Palmen und Tamarindenbäumen, keine verwüsteten Felder, die brachlagen – tatsächlich gab es nichts von dem, was vorzufinden Benedict sich im Geheimen vorgestellt und befürchtet hatte. Der Tempel und seine ihn umgebende Stadt erschienen schläfrig gelassen im friedlich schimmernden Dunstschleier der feuchten Flussluft. Die Stille lag drückend und schwer auf dem Land der Kinder der Isis.

»Ist alles in Ordnung?«, fragte Xian-Li, die ihre Hände um die Augen gelegt hatte, sodass diese im Schatten lagen. »Es scheint ausreichend friedlich zu sein.«

»Ich glaube, es ist alles in Ordnung. Ich frage mich, was wir im Tempel vorfinden werden.«

Sie marschierten weiter, indem sie den engen, sich windenden Pfad durch die felsenbedeckten Hügel zum grünenden Tal hinabstiegen. Sie erreichten die Außenbezirke von Niwet-Amun, wo

Sesamfelder kleineren Beeten mit Rüben, Bohnen und Melonen wichen; und die Gemüsegärten wiederum wichen Wohnstätten aus Lehm und Strohdächern. Eine einzige Straße führte am Flussufer entlang und in das Zentrum der Stadt hinein, deren Herz der Tempel war. Als sie den großen Platz vor dem Tempeleingang erreichten, hatten sie ein Gefolge aus neugierigen Kindern, Hunden und ein paar unbeschäftigten, weißhaarigen älteren Menschen angezogen. Benedict zeigte die Begrüßung, die sein Vater ihn gelehrt hatte, aber er erhielt im Gegenzug von den Leuten jeweils nur einen starren Blick oder ein stummes Kopfnicken.

Die Türen des Tempels standen offen, und Menschen traten in den Tempelbezirk hinein und aus ihm heraus. Diejenigen, die hineingingen, trugen Bündel oder Körbe, die ihre Gaben enthielten – Kohlköpfe, Feigen, Lauchstangen und andere Arten von Gemüse. Ein oder zwei Männer hielten Käfige mit Tauben oder kleinen Singvögeln in den Händen. Diejenigen, die hinauskamen, hatten einen doppelten Streifen heiliges Öl auf ihrer Stirn.

Unter den verblüfften Blicken von Tempelwachen mit langen Ebenholzstäben passierten die Reisenden das Tor und waren schon ein gutes Stück auf dem Gelände vorgedrungen, als einer der Soldaten sich rasch in Bewegung setzte. Er rief ihnen etwas zu und rannte los, um die Fremden aufzugreifen. Dann stellte er sich vor sie hin, um ihnen den Weg zu versperren.

Gelassen wandte sich Xian-Li dem Mann mit einem Lächeln zu und sprach ein paar Begrüßungsworte, die den Wächter sogar noch mehr erschütterten. Er rief seine Kollegen, und bald waren Benedict und seine Mutter umzingelt.

»Der Friede sei auf dir, meine Dame. Möge dein Schatten sich niemals verringern!«, rief eine Stimme aus der rasch zunehmenden Menschenmenge.

Benedict drehte sich um und sah einen großen, bärtigen Mann in einem roten Kopftuch, der sich durch das Menschenknäuel um sich herum schob. Obwohl sein Haar und Bart grau waren und er jetzt in der Körpermitte ein wenig dicker war, erkannte Benedict ihn sogleich. »Thutmosis!«, rief er. »Thutmosis, ich bin es ...« Er schlug sich gegen die Brust und sprach seinen eigenen Namen langsam aus. »Be-ne-dict.«

Xian-Li blickte ihren Sohn an. »Du kennst ihn?«

»Er ist der Befehlshaber der Wachen. Oder er war es, als wir früher hier waren.«

»Der Friede des Himmels sei auf dir«, grüßte ihn Xian-Li, die nun in Kemet redete, der Sprache des Niltals. »Und Friede auf deinem Haus.«

Benedict starrte seine Mutter an, die seinen verwunderten Gesichtsausdruck sah. »Ich habe einmal hier gelebt, Beni«, sagte sie.

Der Befehlshaber rief ein Wort aus, dann nahm er ihre Hand und berührte mit seiner Stirn ihren Handrücken, indem er aus der Hüfte heraus eine Verbeugung vollführte. »Seid willkommen hier, meine Freunde.« Zu Benedict sagte er: »Es erfreut mein Herz, dich abermals zu sehen.«

Im Anschluss an die Übersetzung seiner Mutter regte Benedict an: »Frag ihn, ob Anen immer noch hier ist.«

»Thutmosis«, sagte Xian-Li, »mein Sohn möchte gern wissen, ob Anen immer noch im Tempel wohnt.«

Das Lächeln des bärtigen Befehlshabers weitete sich zu einem Grinsen. »Wo sonst sollte der Hohe Priester angetroffen werden – als in seinem Tempel?« Thutmosis gab den anderen Wachen einen Befehl, die sich daraufhin widerwillig zu zerstreuen begannen. »Kommt, ich werde euch mitnehmen, damit ihr ihn treffen könnt. Ich weiß, er wird erfreut sein, euch zu sehen.«

»Es ist nicht nur so, dass Anen hier ist«, sagte Xian-Li zu ihrem Sohn. »Er ist nunmehr der Hohe Priester. Ich glaube, in dieser Welt sind ein paar Jahre verstrichen, seitdem du hier gewesen bist.«

Sie wurden zu einem der größeren Gebäude auf dem Gelände geführt: einem niedrigen, viereckigen Bauwerk mit roten Säulen und mit einer großen Statue von einem Mann im Schurz, der einen königlichen Halskragen, Armbänder und eine Krone trug, die von einer Kugel und zwei gigantischen Federn überragt wurde. Der Schurz war echt – ebenso wie der Halskragen und die Armbänder, die aus Gold gemacht waren. Als sie sich dem Eingang zu diesem

Gebäude näherten, tauchten zwei Priester in weißen Gewändern auf, die eine Gruppe junger Knaben mit glatt rasierten Köpfen führten. Die Jungen begafften die Fremden, doch die Priester gingen vorbei, ohne auch nur einen Blick auf sie zu werfen. Ein dritter Priester stürzte heraus und trieb in seiner Hast die Gruppe auseinander.

Als er die Fremden erblickte, stieß er einen freudigen Schrei aus, breitete rasch die Arme aus und eilte ihnen entgegen. Er sagte etwas in Kemet, doch erst als er Benedicts Namen aussprach, erkannte der junge Mann ihn wieder. Er war älter, sein rasierter Haarflaum nunmehr weiß; auch war er fetter, mit einem fülligen, runden Gesicht und Bauch sowie dicken Beinen – doch es war Anen, der Hohe Priester höchstpersönlich.

Es stimmte, was seine Mutter gesagt hatte. Für Benedict war seit seinem tragischen Besuch nur ein Jahr vergangen – es hatte so lange gedauert, die Angelegenheiten des Nachlasses im Anschluss an den Tod seines Vaters zu ordnen, und seine Mutter hatte die Zeit benötigt, um sich darauf vorzubereiten, dass sie zurückkehren würden. Es schien jedoch, dass für die Ägypter in der Zwischenzeit viele Jahre verstrichen waren. Sein Vater – dessen war sich Benedict bewusst – wäre in der Lage gewesen, diesen Zeitabstand einzuschränken, sodass sie innerhalb weniger Tage nach seinem letzten Besuch hier hätten ankommen können. Betrüblicherweise fehlte Benedict diese Fähigkeit, und aufgrund seines Schwurs, das Ley-Reisen aufzugeben, wenn seine letzte Aufgabe abgeschlossen war, würde er jetzt niemals über eine solche Fertigkeit verfügen.

»Man hat mir erzählt, dass die Frau und der Sohn meines lieben Freundes Arthur gekommen sind, und mein Herz ist vor Freude in mir gesprungen«, erklärte Anen. »Xian-Li! Benedict! Möge der Frieden dieses Hauses eure Seele trösten, und möge euer Aufenthalt in diesem Land viele Früchte tragen.«

Von diesen Worten verstand Benedict lediglich seinen Namen; den Rest übersetzte ihm seine Mutter, die danach erwiderte: »Der Friede Gottes segne deine Seele, und möge seine Weisheit dir Trost spenden –« Das war alles, was sie herausbekam, bevor sie von einer freudigen Umarmung eingehüllt wurde. Dann war Benedict an der

Reihe, und bevor er es recht wusste, wurden sie in das Wohnhaus des Hohen Priesters geführt.

»Anen, mein Freund, es ist die reine Freude, dich wiederzusehen. Die Jahre sind gut zu dir gewesen«, sagte Xian-Li, als sie im Audienzzimmer Platz nahmen.

Dieses war, wie viele der Räume in ägyptischen Palästen, an einer Seite offen, was der Luft ermöglichte, durch Vorhänge zu zirkulieren, die dünn wie Gaze waren und in blauen und weißen Streifen herabhingen. Ein Teich draußen kühlte die Luft ein wenig, und Dattelpalmen und wohlriechende Jasminsträuße spendeten dem privaten Hof des Hohen Priesters Schatten. Tempeldiener legten Tabletts mit getrockneten Feigen, Datteln und Melonenscheiben vor und reichten winzige Becher mit Wasser herum, in das man Anis und Honig gegeben hatte. Benedict trank in kleinen Schlucken und übernahm die Rolle eines Betrachters; er schaute zu, wie seine Mutter und Anen glücklich miteinander plauderten: Die Besorgnis und der emotionale Aufruhr ihrer Rückkehr nach Ägypten waren vergessen, zumindest für den Augenblick.

Schließlich wandte sich das Gespräch dem Grund ihres Besuches zu, und an dieser Stelle begann seine Mutter, für ihn zu übersetzen. Sie wechselte reibungslos zwischen den Sprachen – so leichthin, dass Benedict sich zu fragen begann, wie viele Jahre seine Eltern in Ägypten verbracht hatten. Wie viele es jedoch auch sein mochten, ihre Beherrschung des Kemet war beeindruckend, und mit ihrer fortlaufenden Kommentierung war er in der Lage, der Unterhaltung zu folgen.

»Arthurs Tod war ein großer Schock für mich«, erzählte sie Anen. »Ich kann immer noch nicht den Verlust voll und ganz begreifen – er wächst und wird immer größer mit jedem Tag, der vergeht. Ich bin in Trauer und lerne, durch mein Leid zu leben. Doch wie du siehst, ist seitdem nur ein Jahr in meiner Welt vergangen.«

Anen nickte betrübt. »Der Tod meines Freundes macht mich ebenfalls traurig, obwohl für mich seitdem mehr als zehn Jahre vergangen sind.«

Sie sprachen über die merkwürdige Anomalie der Zeitabweichung zwischen den Welten, und Anen schien dieses Phänomen zu akzeptieren und zu verstehen. Der Art und Weise nach zu urteilen, wie seine Mutter ihre Unterhaltung wiedergab, fragte sich Benedict, ob der Hohe Priester auch ein Reisender wie sein Vater war.

»Ich muss dir danken für deine Betreuung von Arthur im Anschluss an den Unfall«, sagte Xian-Li. »Ich weiß tief in meinem Herzen, dass niemand hätte mehr tun können.« Sie zeigte ein trauriges Lächeln. »Ich danke dir ebenfalls, dass du dich so gut um Benedict gekümmert hast und ihn zu mir zurückgeschickt hast. Wie gehabt, wir sind dir zu Dank verpflichtet, Anen.«

Der Hohe Priester machte ein unzufriedenes Gesicht. »Verpflichtung – dieses Wort hat keine Bedeutung zwischen Freunden. Hätte ich die Macht von Osiris, würde ich dir deinen Ehemann zurückgeben und Benedicts Vater wieder zum Leben erwecken und meinen Freund von den Fesseln des Todes erlösen.« Er schüttelte seinen Kopf. »Leider verfügt der Hohe Priester nicht über eine solche Macht. Unsere Wiedervereinigung muss bis zum nächsten Leben warten. Dann werden wir alle abermals zusammen sein. In der Zwischenzeit ...« – er seufzte – »... müssen wir lernen, durch unser Leid zu leben, wie du gesagt hast.«

Sie tauschten Erinnerungen von vorherigen Besuchen aus – glücklichere Zeiten, derer sie sich beide entsannen –, und schließlich erkundigte sich Anen: »Möchtest du sein Grabmal sehen?«

»Das möchte ich, ja«, antwortete Xian-Li. »Ich würde es sehr gerne sehen. Es ist einer der Gründe, weswegen wir gekommen sind.«

»Dann werde ich es sofort veranlassen.« Er hob sein Kinn und drehte seinen Kopf. Augenblicklich trat ein Diener in Erwartung eines Befehls vor. Die zwei tauschten kurz ein paar Worte aus. Der Diener ging fort, und der Hohe Priester sagte: »Wir können gehen, wann immer ihr es wünscht. Aber da sich die Stadt der Toten in einiger Entfernung von hier befindet und die Hitze des Tages bald auf uns lasten wird, möchte ich Folgendes vorschlagen: Sollen wir uns am Morgen bei Sonnenaufgang einschiffen, sodass wir die Reise genießen können, während die Kühle der Nacht immer noch an den Hügeln haftet?«

Benedict räusperte sich, um anzuzeigen, dass man ihn von dem Gespräch ausgeschlossen hatte.

Xian-Li erklärte ihm: »Er bietet an, uns mitzunehmen, damit wir das Grabmal sehen, wo Arthurs Leichnam zur Ruhe gelegt worden ist. Anen hat ein Boot für uns bestellt. Ich denke, das Grabmal ist auf der anderen Seite des Flusses.«

»Wir werden deinen weisen Rat mit Freuden annehmen«, sagte Xian-Li zu Anen. »Aber du bist der Hohe Priester und musst zeitlich sehr beansprucht sein. Wir erwarten nicht, dass du für uns eine besondere Reise auf dich nimmst.«

»Wie es der Zufall will, befindet sich die abschließende Ausschmückung meines Grabmals kurz vor der Fertigstellung, und ich habe die Absicht gehabt, dorthin zu fahren, um die Arbeit zu kontrollieren. Darüber hinaus würde es ein besonderes Vergnügen sein, euch mein Heim für die Ewigkeit zu zeigen. Ich selbst werde niemals müde, es zu besuchen, denn dort werde ich an die vielen Segnungen erinnert, die ich über die Jahre hinweg empfangen habe.« Er sagte dies mit dem offenkundigen Stolz eines Mannes, der mit seinem Leben und seinen Leistungen zufrieden ist.

»Danke sehr, Anen«, erwiderte Xian-Li. »Wir sind dankbar für deine Freundlichkeit.«

Benedict fügte seinen Dank hinzu, als seine Mutter übersetzt hatte, woraufhin Anen sagte: »Im Moment, meine Freunde, werdet ihr mir erlauben, euch ein paar Erfrischungen anzubieten. Nachdem wir gespeist haben, würde es mich beglücken, euch die Freuden von Niwet-Amun zu zeigen. Wir haben viele Baumaßnahmen in der Stadt durchgeführt, seitdem ihr zuletzt hier wart. Ich glaube, ihr werdet sehr großen Gefallen daran finden.«

Die Diener des Hohen Priesters stellten ein ausgezeichnetes Mahl aus Früchten, aromatisierten Broten und einem dicken, milchigen Brei bereit, der aus Mandeln und Honig gemacht war. Nach dem Essen wurden sie in einem Pferdewagen durch die ganze Stadt gefahren; unterwegs machten sie Halt bei Statuen und Monumenten, Kultstätten und Märkten. Bei jedem Halt scharten sich Menschen zusammen – ebenso sehr, um den Hohen Priester zu sehen, als auch, um einen Blick auf die fremden Besucher zu erhaschen. Offensichtlich hatten die Leute große Achtung vor Anen, und als seine Gäste erwarben sich Benedict und Xian-Li einen beachtlichen Status.

Sie verbrachten einen angenehmen Abend und eine erholsame Nacht. Noch vor Sonnenaufgang standen sie auf, um ihre Reise über den Fluss zum Grabmal des Hohen Priesters zu beginnen. Das Boot erwies sich als ein Fahrzeug, das man nach Art einer königlichen Barke erbaut hatte, jedoch schmaler war. Es wurde gerudert und bedient von einer Besatzung aus Sklaven, die – sobald sie das gegenüberliegende Ufer erreichten – von Bord gingen und zu Sänftenträgern für den Ausflug landeinwärts wurden.

Benedict war niemals zuvor in einer Sänfte unterwegs gewesen, obgleich diese Beförderungsmittel in England gelegentlich immer noch zu sehen waren – zumeist kamen sie bei älteren Granden zum Einsatz. Zuerst fand er das Gefühl des Schaukelns und Gleitens ein wenig beunruhigend. Bald jedoch gewöhnte er sich an diese Form der Bewegung und hatte sogar Freude daran. Die drei Sänften – jede wurde von vier Sklaven getragen – befanden sich an der Spitze des Zuges. Ihnen folgten vier Priester zu Fuß und dahinter sechs weitere Sklaven, die Körbe trugen, die das Essen und die Getränke für den Tag enthielten.

Vom Flachland entlang des Flusses reisten sie hinauf in die einsamen, wüstenartigen Hügel, die sich nur etwa eine Meile hinter dem breiten grünen Streifen aus bewässerten Feldern erhoben. Sobald sie in die Wüste gelangt waren, wandten sie sich in südliche Richtung, gingen am Fuß einer steilen, zerklüfteten Klippe entlang und betraten ein Wadi oder einen Canyon, der recht breit war. Doch je weiter sie marschierten, desto enger wurde die Schlucht – an einer Stelle schabten die Seiten der Sänften beinahe die Wände entlang. Dann aber erreichten sie eine breitere Stelle, wo sich das Wadi in zwei große Schluchten teilte.

Hier hielt das Gefolge des Hohen Priesters an. In dem ausladenden Kessel, der durch die drei Rinnen geformt wurde, standen eine große Zeltkonstruktion und mehrere kleinere Hütten. Weitere

Wohnstätten säumten die breitere der beiden Abzweigungen – sie alle waren errichtet aus grobem Tuch, das man über leichte Holzrahmen gespannt hatte, und mit einem Dach aus getrockneten Palmwedeln versehen worden. Dies waren die Unterkünfte der Arbeiter, Künstler und Steinmetze, die damit beschäftigt waren, das Grabmal des Hohen Priesters auszuschmücken. Der Eingang zum Grab selbst war eine einfache rechteckige Öffnung, die man in die Kalksteinwand der Schlucht geschlagen hatte.

»Könige und Königinnen haben ihre geheiligten Täler«, erklärte Anen heiter. »Dies hier ist meines.« Mit einer gebieterischen Geste seiner Hand wies er auf den ganzen Canyon. »Dies ist der Ort, wo mein *Ka* leben wird, bis die Zeit endet und das Paradies zur Welt der Menschen zurückkehrt.«

»Und was passiert danach?«, wollte Benedict wissen, nachdem seine Mutter Anens Worte übersetzt hatte.

»Vergib seine Unverschämtheit, doch mein Sohn würde gerne wissen, was danach geschieht«, sagte Xian-Li.

Der Hohe Priester lachte über diese Frage. »Was danach geschieht? Wir werden im Paradies leben!« Er zeigte auf den Eingang zum Grabmal und fragte: »Möchtet ihr es sehen?«

ACHTZEHNTES KAPITEL

Worin eine Versuchung beseitigt wird

Anen, der Hohe Priester des Amun, stand da und schützte seine Augen vor der Sonne, während er über den oberen Rand der Klippen hinaus auf einen Geier blickte, der hoch oben am Himmel kreiste. Der Schatten kräuselte sich, während er unten über die Wand des Wadis vorbeistrich. »Dies«, verkündete er, »wird bis zum Ende der Zeit versiegelt sein. Dann werde ich auftauchen, um meinen Platz in der Gesellschaft der Unsterblichen einzunehmen.«

Xian-Li übersetzte dies für ihren Sohn, der nickte und anschließend fragte: »Haben wir die Erlaubnis, hineinzugehen?«

»Dies ist der einzige Zweck unseres Besuchs«, erwiderte Anen mit einem Lachen.

Er signalisierte einem der Diener, Lampen und Binsenlichter zu bringen, und schickte ihn voraus, um ihnen den Weg zu leuchten. Dann, nachdem er vorsichtig über die erhöhte Schwelle getreten war, geleitete er seine Gäste durch den Eingang und eine steile Treppenflucht hinunter zu einer niedrigeren Ebene. Sie betraten einen kleinen, Wandschrank ähnlichen Vorraum, welcher zu einem Bereich führte, der entweder einen kurzen Tunnel oder eine sehr breite Schwelle darstellte, die sich zu einer großen rechteckigen Kammer mit einer hohen, ebenen Decke hin öffnete. Der gesamte Raum war aus dem weichen Kalkstein herausgearbeitet worden; seine Wände hatte man geglättet und verputzt und dann die harte weiße Oberfläche mit farbenfrohen Szenen vom Leben am Flussufer geschmückt: Knaben angelten, ein Mann wusch einen Büffel mit großen Hörnern, Mädchen hüteten Gänse, Frauen buken Brot und brauten Bier, Sklaven ernteten und droschen Getreide, und vieles mehr. Wohin sie auch blickten, überall waren Bilder. Jedes Stück Oberfläche, das nicht mit Abbildungen bedeckt war, hatte man mit Hieroglyphen oder Wörtern bemalt.

»Es ist wunderbar!«, keuchte Xian-Li, dann sagte sie, Anen zu Gefallen, das Gleiche in Kemet.

»Es hat sehr lange Zeit gedauert«, berichtete der Priester. »Und die Kosten sind hoch gewesen. Doch ich fühle mich sehr glücklich, wenn ich daran denke, dass mein *Ka* zwischen solch freundlichen und arbeitsamen Leuten seine Tage verbringen wird.«

Ein zweiter Eingang öffnete diesen Raum zu einem anderen hin. Benedict zeigte darauf. »Was ist da drin?«, wollte er wissen.

Xian-Li übersetzte die Frage, und Anen antwortete: »Ah! Das ist mein besonderer Ort. Kommt, ich werde ihn euch zeigen.«

Sie schritten aus der Hauptkammer in eine viel kleinere, die ebenfalls voller Bilder war. Im Unterschied zu den anderen jedoch waren diese in Wandgemälden von der Größe eines Raumes enthalten. Von ihnen waren einige bereits beendet, andere aber immer noch im Entstehen: Vier Maler waren unter Aufsicht eines Meisterkünstlers bei der Arbeit, der von einem zum anderen ging und merkwürdig missratene Striche korrigierte – hier die Form einer Wade, dort den Bogen eines Pferdehalses. In der einen Hand hielt der Mann einen Kohlestift, den er für die Korrekturen benutzte, und in der anderen eine Lampe. Die Künstler arbeiteten im Schein kleiner Öllampen und größerer Binsenlichter. Andere Arbeiter glätteten den Putz an den Wänden, mischten Farben oder bereiteten die Pinsel vor. Die stickige, regungslose Luft in der Kammer stank nach Palmöl und dem strengen, metallischen Geruch von Kalkputz und behauenem Stein.

Ein einfacher steinerner Sarkophag stand etwas abseits an einer Seite. Aufgrund seines schmucklosen Aussehens – und weil er nicht aus Granit gehauen war, sondern aus weißem Kalkstein – wirkte er beinahe unscheinbar zwischen der Geschäftigkeit der Maler und ihren Schöpfungen.

Als der Hohe Priester plötzlich auftauchte, bellte der Meisterkünstler einen Befehl, und alle Handwerker legten ihre Werkzeuge nieder, wandten sich bis zum letzten Mann um und knieten vor ihrem hochrangigen Schirmherrn nieder. Anen hob beide Handflächen bis auf Höhe der Schulter und sprach ein paar Worte; die Künstler und ihr Meister standen auf, verbeugten sich und setzten ihre Arbeit fort. Und was für eine Arbeit das war!

Die Decke des Zimmers war in einem tiefen Blau eingefärbt und mit sechszackigen Sternen übersät. Die Wände hatte man in Abschnitte unterteilt, die jeweils eine große Darstellung von einer Szene aus Anens Leben enthielten. Eine zeigte den Hohen Priester als jungen Mann mit einer schlanken Taille und breiten Schultern, der in einem Boot stand und mit einem spitzen Speer nach gelbbauchigen Barschen fischte, während von einer nahe gelegenen Sandbank träge grüne Krokodile und blaugraue Flusspferde zuschauten. Ein anderes Gemälde stellte ihn dar, wie er im Tempel vor Amun stand, der ihm ein *Anch* der Unsterblichkeit überreichte.

So atemberaubend diese Bilder auch waren, es war das dritte Wandfeld, das Benedicts Aufmerksamkeit erregte. Dieses zeigte Anen und einen anderen Mann. Die zweite Person hatte eine bleiche Haut und trug Stiefel, Hosen und sogar eine Jacke – in einer seltsam stilisierten Form wiedergegeben von Künstlern, die niemals eine solche Bekleidung gesehen hatten. Aber auch so wies der hellhäutige Mann mehr als nur eine flüchtige Ähnlichkeit mit seinem Vater auf.

Benedict stupste seine Mutter an und zeigte auf das Bild. Als sie sich umdrehte, fiel sein Blick auf das nächste Wandgemälde in der Reihe, und das Herz schlug ihm bis zum Hals. Es zeigte den Hohen Priester, der in seiner Hand ein unregelmäßiges, länglich geformtes Objekt hielt – etwas wie ein Papyrusblatt oder Schafsfell –, dessen Oberfläche mit den charakteristischen blauen Symbolen bedeckt war, die Arthur selbst entwickelt hatte: den indigofarbenen Tattoos, die er zu Lebzeiten getragen hatte, um sich bei seinen Erkundungen und Reisen von ihnen leiten zu lassen. Auf dem Gemälde hielt Anen das unregelmäßige, länglich geformte Objekt mit einer

Hand, und mit der anderen zeigte er auf einen hellen Stern, der sich am östlichen Himmel erhob.

»Das ist die Stelle, wo mein Sarg ruhen wird«, erklärte der Hohe Priester. Er blickte auf seine Gäste und betrachtete ihre beunruhigten Mienen. »Auf diesen Bildern seht ihr die bedeutendsten Geschehnisse meines Lebens – jene besonderen Momente, von denen ich wünsche, dass man sich an sie erinnert. Meinen lieben Freund Arthur kennengelernt zu haben – dies ist ein Augenblick gewesen, der für mich kostbar ist.«

»Und das hier?«, fragte Xian-Li und wies auf das dritte Tafelbild.

»Oh, Schwester«, erwiderte er ehrfürchtig, »dies Bild soll mich an den Weg zur kommenden Welt erinnern – zu der Welt, wie sie einst vor langer Zeit war und wie sie erneut sein wird. Einer Welt, wo alles Böse verbannt ist und es keine Zeit, kein Alter und keine Gebrechen mehr gibt.« Anens Stimme wurde heiser, und seine Augen schimmerten, da sie sich mit Tränen füllten. »Meine Freunde, es wird keine Entbehrungen und keine Krankheiten mehr geben. Der Tod wird uns nicht länger in unseren Träumen heimsuchen und die Glückseligkeit aufzehren, die wir an unseren besten Tagen erfahren. Es wird ein überfließender Reichtum an Gesundheit und Leben und Freude herrschen – vollkommen errichtet ... für die Ewigkeit.«

»Der Himmel«, murmelte Xian-Li leise. Dann sagte sie zu Anen: »Das Paradies, das du beschreibst, nennen wir den Himmel.«

Anen dachte darüber nach. »Das ist ein guter Name. Für die Kinder von Isis und Osiris wird es *Aaru* genannt.« Er seufzte und fuhr fort: »Leider glauben nicht viele mehr an das Paradies. Als Hoher Priester habe ich mein Bestes getan, um es sie zu lehren – um den Leuten das zu erzählen, von dem ich weiß, dass es wahr ist. Woher weiß ich, dass dies wahr ist?« Sein Lächeln wurde breiter. »Ich weiß es, weil ich es gesehen habe. Arthur hat es mir gezeigt.«

Er drehte sich abermals dem Gemälde zu und zeigte auf den Stern, der als eine Scheibe mit Stacheln aus Licht, die von ihm ausstrahlten, dargestellt war. »*Aaru* ist dort – im Bereich des Hundssterns. Das Paradies, von dem ich gesprochen habe – das ist es, wo ich es gesehen habe. Ich bin dort gewesen – wusstet ihr das? Ich bin dort gewesen und habe es mit meinen eigenen Augen gesehen.« Sein Blick wurde eindringlich. »Meine Schwester, ich glaube, du hast es auch gesehen.«

Xian-Li räumte ein, dass dies der Fall war. »Arthur nannte es den Quell der Seelen«, sagte sie zu Anen.

Benedict, der sich bei diesem Gedankenaustausch außen vor gelassen fühlte, unterbrach das Gespräch, indem er auf den schlichten weißen Sarkophag zeigte und sagte: »Mutter, frag ihn, ob da drin Vaters sterbliche Überreste aufbewahrt werden.«

»Du hast recht«, bestätigte Anen, als ihm die Frage gestellt wurde. »Mir wird die Ehre zuteil, einen Freund zu haben, der neben mir ruht.«

Benedict ging zu dem großen Gebilde, das einer Truhe ähnelte, und wies auf die Oberseite, wo eine Reihe von Hieroglyphen eingemeißelt war. »Was ist das?«, wollte er wissen. »Was bedeuten sie?«

»Das ist Arthurs Grab-Name«, erklärte Anen und sprach dann ein Wort aus, das für Benedict wie *Say-Neti-Up-Uatu* klang.

»Der Mann, der eine Karte ist«, übersetzte Xian-Li. Sie lächelte traurig. »Arthur hätte das gefallen.« Sie fuhr mit ihren Fingerspitzen über die eingemeißelten Glyphen, anschließend ließ sie ihre Hand auf dem Sarkophag ruhen. Zu Benedict sagte sie: »Es ist an der Zeit, Sohn.«

Er nahm den Lederriemen von seiner Schulter, öffnete die Klappe der Tasche und zog ein schmales Bündel heraus, das immer noch in seine Außenhülle aus Leinen gewickelt und mit seinem scharlachroten Strang verschnürt war.

»Was hast du da?«, erkundigte sich Anen. »Ist es eine Grabbeigabe?«

»Ja«, antwortete Xian-Li. »Wir möchten es zu Arthur in das Grabmal legen.« Sie fuhr mit ihren Fingerspitzen über den Steindeckel. »Dürfen wir?«

»Es soll so sein, wie ihr sagt.« Er drehte sich um, gestikulierte in Richtung des Meisterkünstlers und sprach einen Befehl. Augenblicklich legten die Handwerker die Werkzeuge nieder und kamen zum Sarkophag herbeigeeilt. Sie stellten sich auf – jeweils zwei auf jeder Seite und am Kopf des steinernen Sarges. Mit brachialer Kraft hoben sie den schweren Deckel einen oder zwei Zoll an, ließen ihn nach unten und zur Seite gleiten und enthüllten so die in Linnen gebundene Mumie von Arthur Flinders-Petrie.

Ein zarter Hauch von der betäubenden, einschläfernden, widerlich-süßlichen Myrrhe stieg von dem in Linnen gebundenen Leichnam auf und setzte sich hinten an der Kehle ab. Xian-Li hustete und drückte den Handrücken gegen ihren Mund, aber dann senkte sie zögernd die andere Hand, um sie auf der gerundeten Brust der Leiche ihres Ehemanns ruhen zu lassen.

Benedict hatte erwartet, bei dem Anblick irgendeine Gefühlsaufwallung zu empfinden. Doch er blickte auf die eleganten weizenfarbigen Umhüllungen und die makellose Form des Körperumrisses; und all das war so weit von allem entfernt, was er von seinem Vater zu Lebzeiten kannte, dass er nichts fühlte. Dennoch stand er bloß da und hielt das flache Bündel in seinen Händen – und war nicht gewillt, es der Grabesstätte anzuvertrauen.

Xian-Li legte eine Hand fest auf seine. »Es ist an der Zeit, Benedict. Erinnere dich an deinen Schwur, mein Sohn.«

Immer noch zögerte er.

»Benedict, hör mir zu. Wenn wir jemals Frieden finden wollen, muss diese Versuchung beseitigt werden.«

Sein Widerstand schmolz dahin, und der junge Mann senkte behutsam das Bündel und legte es auf die abgerundete Brust der Mumie. Die Aufwölbung, die durch die über der Brust gebundenen Hände entstanden war, führte dazu, dass das eingewickelte Pergament zu einer Seite hin wegrutschte und nach unten fiel.

Nachdem er ein zweites Mal versucht hatte, das Bündel auf der Brust ins Gleichgewicht zu bringen, bat Anen: »Gestattet ihr es mir?«

Xian-Li nickte, und Benedict legte das Bündel in die ausgestreckte Hand des Priesters. Anen sagte etwas, und zwei der Handwerker griffen in den Sarkophag hinein und hoben die Mumie leicht an. So ermöglichten sie es dem Priester, das dünne Bündel unter den Kopf des Leichnams zu schieben, sodass es wie ein kleines, flaches Kissen darunter lag. Er schaute zum jungen Mann und seiner Mutter, um zu erfahren, ob sie dem zustimmten.

Benedict gab ein Grummeln von sich zum Zeichen dafür, dass er zufrieden war; Xian-Li schloss ihre Augen und beugte ihren Kopf, während sie stumm betete. Nach einem Moment öffnete sie ihre Augen und hob wieder ihren Kopf. Sie warf einen letzten Blick auf die Mumie, dann wandte sie sich um und begab sich aus dem Grab. Benedict folgte ihr. Anen gab den Befehl, dass der Sarkophag abermals geschlossen werden sollte. Er ließ die wundervollen Gemälde auf sich einwirken, mit denen seine letzte Ruhestätte so reich bedacht war, lobte den Meister für sein Geschick, und die Arbeit wurde wieder aufgenommen.

»Danke sehr, mein Freund«, sagte Xian-Li zum Hohen Priester, als er sich ihnen draußen wieder anschloss. »Ich weiß deine Gefälligkeit sehr zu schätzen. Du bist höchst aufmerksam gewesen.«

»Doch ich würde gerne mehr tun«, sagte Anen nachdenklich. Sein Gesicht hellte sich auf, als ihm ein Gedanke kam. »Gestattet ihr mir, euch mitzunehmen, damit ihr den Pharao kennenlernt? Mit dem Boot sind es nur zwei Tage bis Theben, und es ist eine sehr angenehme Reise. Der neue Sommerpalast des Königs ist ein prachtvoller Anblick.«

Er bemerkte Benedicts entsetzten Gesichtsausdruck, als seine Mutter die Einladung übersetzte.

»Nein! Nein! Versteh mich nicht falsch«, entgegnete Anen rasch und erklärte anschließend: »Es gibt jetzt einen neuen Pharao – Tutanchamun. Der alte, an den du dich entsinnst – Echnaton, der solche Probleme verursacht hat –, ist inzwischen seit vielen Jahren fort: er und mit ihm seine Königin, seine Kinder und die lästigen Habiru. Hab keine Sorge; diesmal wird es keine Unruhen geben, das verspreche ich.«

»Ich glaube, wenn es meinen Sohn aufregen sollte ...«, begann Xian-Li.

Benedict war rasch beruhigt, dass die Schwierigkeiten tatsächlich schon lange vergangen waren. »Wir sollten gehen, Mutter. Dies ist die letzte Reise dieser Art, die jeder von uns beiden jemals machen wird; und ich möchte gerne eine bessere Erinnerung neben der alten im Gedächtnis aufbewahren, wenn das möglich ist.«

Seine Mutter zeigte mit einem Lächeln ihre Zustimmung und antwortete Anen: »Dein Angebot ist freundlich und edelmütig. Wir würden uns freuen, wenn wir dich zum königlichen Palast begleiten dürften.«

»So soll es dann sein.« Anen führte sie zu der Stelle zurück, wo die Sklaven und Sänften im Schatten einer Überdachung warteten. »Wir kehren nun zum Boot zurück, und ich werde dem Hof des Pharaos eine Nachricht zukommen lassen, dass wir innerhalb von drei Tagen zu ihm in seinen Sommerpalast kommen werden.« Er hob seine Handteller nach außen hin – eine Geste bei offiziellen Verkündigungen. »Meine Freunde, es wird eine Reise sein, die ihr niemals vergessen werdet.«

NEUNZEHNTES KAPITEL

Worin der Beobachter-Effekt ausgedehnt wird

Die Ausdehnung des Universums ...« Tony Clarke betrachtete seinen Gastgeber mit einem verblüfften Gesichtsausdruck, und sein Glas verharrte auf halbem Weg zu seinem Mund. »Wie merkwürdig, nach so etwas zu fragen.«

In der angenehmen Umgebung eines ruhigen, ummauerten Gartens, in dem Feigenbäume und eingetopfte Palmen Schatten spendeten und ein Springbrunnen im Hintergrund sanft plätscherte – und wenn man dabei unter einem blauen Schirm saß, in kleinen Schlucken guten Single-Malt-Scotch trank und sich vor Augen hielt, in der Altstadt einer Ausgabe von Damaskus aus den Dreißigerjahren des zwanzigsten Jahrhunderts zu sein –, schien die Frage besonders unpassend zu sein. Tony benötigte einen Augenblick, um mental in einen anderen Gang zu schalten.

»Ein wenig merkwürdig vielleicht«, räumte Brendan leichthin ein. »Doch es handelt sich um etwas, das wir von der Zetetischen Gesellschaft seit längerer Zeit mit lebhaftem Interesse beobachten, und es ist von einiger Bedeutung für unsere Diskussionen.«

Tony nahm einen Schluck. »Nun, dann werden Sie sich wahrscheinlich der Tatsache bewusst sein, dass dort, woher ich komme, viele, wenn nicht gar die meisten Astronomen und Kosmologen annehmen, dass sich das Universum in der Tat ausdehnt – und zwar mit einer schlechterdings gewaltigen Geschwindigkeit.«

Brendan nickte. »Und nach einigen Berechnungen kann sich die Ausdehnung sogar der Lichtgeschwindigkeit selbst annähern.« Er lächelte. »Ich meine mich zu entsinnen, dass Sie etwas über dieses Thema geschrieben haben, Doktor Clarke.«

»Sie Schlitzohr!« Tony lachte. »Sie wissen schon die ganze Zeit, dass dies eine meiner besonderen Interessen ist. Ja, ich habe ein paar Arbeiten über das Thema der kosmischen Ausdehnung geschrieben. Doch Sie werden natürlich ebenfalls wissen, dass dies ein Gebiet beträchtlicher Auseinandersetzungen bleibt, da es so viele unterschiedliche und miteinander konkurrierende Modelle gibt. Es hängt in hohem Maße davon ab, auf welches Pferd man beim Rennen um die Erklärung der Realität wettet. Aber gegenwärtig hat niemand auch nur die geringste Ahnung, was diese Ausdehnung verursacht – das heißt, welche Kraft sie antreibt und mit Energie versorgt.«

»Ihrer Einschätzung nach ist es Dunkle Energie, wenn ich mich recht entsinne«, mutmaßte Brendan, während er den Scotch in seinem Glas schwenkte.

»Sie sind wirklich gut informiert.« Tony nahm einen Schluck und genoss das süße Feuer eines erstklassigen Malt. »Ich nehme an, Sie haben es ... sollen wir sagen – weitgehend studiert?«

»Oh, ich habe hier und da kleine Brocken aufgeschnappt. Was können Sie mir sonst noch erzählen?«

»Dunkle Energie könnte die Antriebskraft sein – oder Dunkle Materie, was auch immer das sein mag. So wie ich es sehe, besteht das Problem darin, dass man sich dieses Phantom-Material überhaupt erst ausgedacht hat, um die kosmische Ausdehnung zu erklären. Bei dem Wettlauf, eine Erklärung zu finden, wird dieser Sachverhalt oftmals ignoriert.«

»Ich glaube, die Sache ist die, dass uns nicht nur die geringste Idee fehlt, was die Ursache dafür sein kann, dass sich das Universum mit einer solch unglaublichen Geschwindigkeit ausbreitet. Vielmehr gibt es darüber hinaus guten Grund zu der Annahme, dass sich die Ausdehnung tatsächlich noch beschleunigt.« Er nahm einen weiteren Schluck aus seinem Glas. »Nochmals ... Wir wissen nicht, warum. Folglich hat die Suche nach dieser mysteriösen Dunklen Materie und Dunklen Energie begonnen, die – wie verschiedene Formeln und Modelle nahelegen – existieren sollen.«

»Aber nicht gefunden werden können.«

»Richtig; aber wenn die Existenz einer dieser Sachen nachgewiesen werden könnte, dann beginnen wir möglicherweise, einen Schlüssel dafür zu bekommen, um zu begreifen, was tatsächlich im Universum vor sich geht. Und damit meine ich, dass wir letztendlich anfangen könnten, die Ursprünge des Universums und – wer weiß – vielleicht sogar die Natur der Wirklichkeit selbst zu verstehen.« Er genoss einen weiteren Schluck seines Whiskeys und fügte hinzu: »Natürlich ist all das bloße Vermutung. Das wissenschaftliche Äquivalent davon, sich etwas laut auszudenken. Wir haben überhaupt keinen Beweis, nicht einmal den Schimmer einer überprüfbaren Hypothese. Nur Spekulation.« Er lächelte. »Jedem ist freigestellt, zu spekulieren.«

»Dann werden Sie es mir vielleicht gestatten, ein wenig von dieser Art Spekulation zu betreiben?« Brendan trank sein Glas aus und stellte es zur Seite. »Was, wenn wir annehmen, dass sich das Universum tatsächlich mit einer wahrhaft alarmierenden Geschwindigkeit ausdehnt? Was weiter, wenn die Ursache für diesen Anstieg der Beschleunigung nicht irgendeine exotische, unbekannte Dunkle Materie da draußen im Kosmos wäre, sondern etwas, das unserem Zuhause sehr viel näher ist. Oder, anders ausgedrückt, die Quelle dieser mysteriösen Dunklen Energie befindet sich womöglich direkt hier auf der Erde.«

»Sie haben meine Aufmerksamkeit gewonnen«, sagte Tony. Er leerte sein Glas und stellte es neben dem von Brendan auf dem Tisch ab. »Also, wie sieht Ihre Theorie aus? Raus mit der Sprache.«

»Angenommen, wir sagen, dass die Dunkle Energie die Ausdehnung des Universums antreibt und dies tatsächlich mit dem menschlichen Bewusstsein verbunden ist?«

In dem Schweigen, das folgte, beobachtete Brendan seinen Gast, um zu sehen, wie ein angesehener Wissenschaftler seinen laienhaften Vorschlag aufnahm. Das klimpernde Geräusch des Brunnens und der Jasminduft erfüllten die Luft, und die sinkende Sonne ließ die Schatten größer werden. Über den Hof legte sich ein wohltuende Dämmerung. Brendan widerstand dem Impuls, weiterzusprechen; er war so aufmerksam, seinem Gast einen Moment des ruhigen Nachdenkens einzuräumen.

»Eine unorthodoxe Spekulation, aber nicht – wie manche glauben würden – völlig haarsträubend«, folgerte Tony. »Vorausgesetzt, dass auf irgendeiner Ebene sowohl im kosmischen als auch im mikrokosmischen Bereich Quantenkräfte die Geschehnisse steuern, mag es bis jetzt unentdeckte Verbindungen geben.« Er nickte nachdenklich. »Ja, in Ordnung. Wir wollen annehmen, dass das menschliche Bewusstsein irgendwie darin verwickelt ist. Wohin bringt uns das? Fahren Sie fort.«

»Lassen Sie uns weiter annehmen, dass das, was wir Ley-Reisen nennen, eine greifbare Manifestation dieses Zusammenhangs zwischen dem menschlichen Bewusstsein und der beschleunigten Expansion des Universums ist.«

»Interessant«, meinte Tony; sowohl sein Ausdruck als auch der Tonfall waren zurückhaltend. »Wie soll diese Annahme abgeleitet werden?«

Brendan erhob sich vom Tisch. »Ich denke viel besser, wenn ich in Bewegung bin. Würde es Ihnen etwas ausmachen, wenn wir ein wenig spazieren gingen?«

»Mir würde es auch nichts ausmachen, wenn wir mit Eiern jonglieren und dabei auf dem Kopf stehen würden. Sie haben mich am Haken, Professor. Gehen Sie voran.«

Sie verließen die Zentrale der Gesellschaft und betraten das Straßenlabyrinth der Altstadt, wobei sie auf den ruhigen Nebenwegen blieben, die von überhängenden Weinstöcken und Feigenbäumen beschattet wurden.

Nachdem sie eine Zeit lang spazieren gegangen waren, sagte Brendan: »Als Physiker werden Sie mit Schrödinger und seiner berühmten Katze vertraut sein.«

»Das bedauernswerte Tier«, erwiderte Tony, »das zur selben Zeit sowohl tot als auch lebendig ist – in der Vorhölle auf sein Schicksal wartet –, und zwar in Abhängigkeit davon, *wer* in die Kiste späht oder *wann* hineingeguckt wird: oder vielleicht in Abhängigkeit von *beidem.*«

»Genau die Katze.«

»Ich nehme an, Sie wissen, dass Herr Schrödinger dieses Gedankenexperiment vorgeschlagen hat, um die Kerntheorien der Quantenmechanik lächerlich zu machen?«, merkte Tony an. »Er war unter anderem in großer Aufregung wegen der Unschärferelation und wollte darauf hinweisen, wie vollkommen absurd das alles war.«

»Ja, und wie eine Vielzahl anderer lächerlicher Auffassungen kam es der Beschreibung von dem, was tatsächlich geschehen könnte, näher als ihre seriöseren Konkurrenten. Jene arme Katze wurde in das schwarze Loch der Quantentheorie hineingesogen und ist seitdem darin gefangen.«

Tony lachte. »Schwarzes Loch. Das mag ich.«

Sie kamen an winzigen Läden vorbei, die Brot verkauften, und an anderen, die Gewürze oder Oliven oder Seife oder Gemüse feilboten. Hausfrauen in bunten Kopftüchern und tristen Gewändern, die vom Kinn bis zu den Fußknöcheln reichten, trugen ihre Einkäufe in Taschen aus Sackleinen, die mit gelben Paprikaschoten, Granatäpfeln und grünem Gemüse prall gefüllt waren. Ein oder zwei Frauen, die beide Hände voll hatten, trugen Fladenbrot-Stapel auf ihren Köpfen. Der Duft von Kümmel und Oregano wehte von den sorgfältig gehegten Haufen, die vor dem Laden des Gewürzkrämers aufgereiht waren.

»Lassen Sie uns für die Theorie, die wir konstruieren, von der Voraussetzung ausgehen, dass Schrödinger recht hatte mit dem, was als der Beobachter-Effekt bekannt geworden ist – dass menschliche Wesen den Ausgang von bestimmten Interaktionen einfach durch ihre Beteiligung irgendwie beeinflussen –, jedoch in einem Umfang, der weitaus größer ist als das, was er oder jeder andere sich bislang vorgestellt haben.«

»In einem kosmischen Umfang«, erriet Tony. Sein geschmeidiger Verstand eilte zu möglichen Schlussfolgerungen voraus. »Behaupten Sie, dass unter bestimmten Bedingungen menschliche Wesen die Wirklichkeit erschaffen, die sie beobachten? Diese Idee ist eine geraume Zeit herumgestoßen worden – als eine philosophische Spekulation.«

»Ich behaupte das, ja, doch ich möchte die alte Idee ein wenig weitertreiben. Was wäre, wenn wir durch unsere Beteiligung nicht nur die Realität erschaffen, die wir beobachten ... sondern wir auch eine alternative Realität erschaffen, die wir nicht beobachten?«

»Abermals olle Kamellen. Für gewöhnlich konfrontieren wir Physikstudenten in den unteren Semestern mit diesem Gedanken. Es ist die Idee, die zur Theorie des Multiversums führt – dass bei jedem gegebenen Geschehnis, dessen Ausgang aus irgendeiner von unzähligen unterschiedlichen Möglichkeiten erfolgen könnte, diese alle existent werden. Wenn man zum Beispiel eine Münze wirft – in dem einen Universum landet sie auf dem Kopf, in dem anderen auf der Zahl. Beide Sachverhalte passieren.«

»Wenn Sie in die Kiste von Herrn Schrödinger schauen, um nach Ihrer Tigerkatze zu sehen, finden Sie sie in der einen Welt tot vor – doch in der alternativen Welt werden Sie sie äußerst lebendig vorfinden. Beide Sachverhalte passieren, ja.« Brendan hielt inne und hörte auf zu spazieren. Tony hielt an, um ihm beim Zuhören ins Gesicht zu schauen. »Jetzt aber«, fuhr Brendan fort, »gibt es zwei unterschiedliche Welten – beide sind sich in vielerlei Hinsicht sehr ähnlich, aber ein wenig verschieden, weil in der einen Schrödingers ziemlich ausgenutzte Katze tot und in der anderen die Kreatur immer noch lebendig ist und vor sich hin schnurrt.«

»Ich glaube, ich verstehe, wohin dies führt.«

»Dessen bin ich mir sicher«, bekräftigte Brendan. »Wenn man das Modell so weit ausdehnt, dass es jedes menschliche Wesen auf dem Planeten einschließt – wobei jede einzelne Entscheidung, jede einzelne mögliche Folge dieser Entscheidungen eine neue Welt oder Dimension oder sogar ein neues Universum existent werden lässt ...«

»Dann hat man eine exponentielle Ausdehnung«, beendete Tony den Gedanken. »Mit der Erschaffung einer jeden neuen Dimension muss sich das Universum ausdehnen, um sie zu enthalten.«

»Je mehr bewusste menschliche Akteure auf Erden leben, desto mehr Entscheidungen werden getroffen – und umso größer ist die Expansion und umso schneller dehnt sich das Universum aus. Aber nicht nur das: In jeder dieser neuen Dimensionen werden Menschen Entscheidungen treffen, die weitere neue Dimensionen, neue Welten, neue Universen existent werden lassen« – mit der Hand machte er einen Kreis in der Luft –, »... und so weiter und so weiter und so weiter.«

»Schneller und schneller«, folgerte Tony. »Was die ständig ansteigende Beschleunigung der Ausdehnung des beobachteten Universums zur Folge hat.«

»Menschliches Bewusstsein *ist* die Dunkle Energie, die die Expansion des Universums antreibt.«

Tony nickte bereits. »Mir gefällt das. In denkerischer Hinsicht ist es eine stimulierende Idee. Als Hypothese könnte sie einige Anhänger gewinnen. Aber damit sie eine echte Theorie wird, muss sie Parameter haben, die überprüft werden können.« Er blickte Brendan an, der ihm zulächelte. »Was ist?«

»Sie sind Ihrer Tochter so sehr ähnlich.«

»Oder umgekehrt. Jedenfalls nehme ich das als ein Kompliment auf.«

»Ich meinte es auch so. Aber ja, denn damit unsere Spekulation etwas mehr wird als eine intellektuelle Übung, muss sie überprüfbar sein, und solche Tests müssen Ergebnisse hervorbringen, die wiederholt werden können.« Brendan begann wieder zu spazieren. Sie kamen an einem Kaffeehaus vorbei, wo Männer saßen und bei kleinen Tassen mit bitterem schwarzem Kaffee Wasserpfeifen rauchten. »Das ist es«, erklärte er, »wo Ley-Linien ankommen.«

»Ich kann Ihnen immer noch folgen«, sagte Tony. Unerklärlicherweise spürte er, wie sein Pulsschlag vor freudiger Erregung anstieg. »Fahren Sie fort.«

»Da wir mit unseren Vermutungen so weit gegangen sind, wollen wir weiter annehmen, dass die alternativen Dimensionen, die durch die Interaktion des menschlichen Bewusstseins mit der Materie erschaffen wurden, überall sind – das sie in Raum und Zeit verstreut wurden.«

»Es würde so sein«, räumte Tony ein.

»Einige dieser Dimensionen jedoch – vielleicht die frühesten oder bloß jene, die uns am nächsten sind – kreuzen sich tatsächlich mit unserer Welt. Wo sich zwei Dimensionen kreuzen, formen sie eine Linie: eine elektromagnetische Kraftlinie in der Landschaft. Diese Linien sind das, was wir Ley-Linien nennen. Verschiedene Instrumente können sie aufspüren, und Menschen, die empfindsam dafür sind, können sie fühlen. Gewisse ungewöhnliche Einzelpersonen können sich sogar ihrer bedienen.«

»Sie benutzen sie, um von einer Welt oder Dimension in die andere zu reisen.« Tony gab ein leises anerkennendes Pfeifen von sich. »Das muss ich Ihnen lassen, Brendan, Sie sind zum Schluss dorthin gelangt. Es macht mir nichts aus, Ihnen zu sagen, dass ich angefangen habe, mich zu fragen, ob Sie ins Reich der Fantasie abgeglitten waren, doch Sie haben es überzeugend verdeutlicht. Gut gemacht!«

»Was halten Sie davon? Als eine Hypothese zumindest – was denken Sie darüber?«

»Faszinierend, kühn, sonderbar – diese Worte kommen mir sofort in den Sinn.« Tony schüttelte den Kopf. »Aber alles in allem ist es nicht bizarrer oder ausgefallener als viele andere Hypothesen, die gegenwärtig die Runde machen. Und ich gebe zu, dass man sich mehr als bei den meisten anderen darauf einlassen möchte.«

»Das will ich doch hoffen«, gluckste Brendan. »Das ist nach allen Überlegungen meine beste Erklärung dafür, wie es dazu gekommen ist, dass Sie auf den Nebenwegen von Damaskus spazieren gehen.«

Tony nickte sprachlos, während er über die Implikationen von all dem nachdachte, was ihm erzählt worden war. Konnte es wirklich wahr sein? Wenn es der Wahrheit entsprach, konnte es sehr gut die Erklärung für Ley-Linien sein ... und außerdem für eine ganze Menge mehr. »Angesichts der Tatsache«, sagte Tony, dessen Augen sich beim Nachdenken verengten, »was ich durch meine eigene Erfahrung des Ley-Reisens weiß – um deren Verständnis, nur fürs Protokoll, ich noch immer ringe –, bin ich zu der Schlussfolgerung gezwungen, dass Ihre Hypothese das hat, was wir Physiker Beine nennen.«

»Insofern, als es bestimmten beobachtbaren Gegebenheiten Rechnung trägt?«

»Insofern, als es eine höhere Beschreibungskraft für bestimmte beobachtbare Gegebenheiten mit sich bringt als viele konkurrierende Erklärungen«, erwiderte Tony. »Darüber hinaus trägt es jenen Tatsachen in einer einfacheren, eleganteren Weise Rechnung – wenn überhaupt irgendetwas von alldem als einfach bezeichnet werden könnte.«

Brendan grinste. »Ich bin zutiefst erleichtert, Sie das sagen zu hören.«

»Ich mag es – als eine Theorie«, verkündete Tony. »Obendrein will ich es erforschen.« Er zeigte ein leicht verwirrtes Lächeln über seine eigene Begeisterung. »Gut gemacht, Professor Hanno. Es ist reichlich ›Fleisch‹ hier, um eine Mahlzeit zuzubereiten.«

»Danke schön, Doktor Clarke«, sagte Brendan. Er fasste sich wie zum Gruße an die Krempe seines Panamahutes. »Aber ich habe das Thema nicht bloß zur Sprache gebracht, damit Sie mir Ihr Ohr leihen. Ich habe ein weitaus ernsteres Motiv.«

»Oh? Und was könnte das sein?«

»Wir haben von der Ausdehnung des sichtbaren Universums gesprochen – aber was, wenn ich Ihnen sagen würde, dass sich das Universum nicht mehr länger ausdehnt?«

»Und wahrscheinlich sagen Sie mir das nun?«

»Ich habe in allerjüngster Zeit Belege dafür bekommen, dass sich die Geschwindigkeit der Ausdehnung überall verlangsamt hat, und in einigen Gegenden kann sie sich sogar umgekehrt haben.«

»Was Sie nicht sagen«, sinnierte Tony.

Brendan nickte ernst.

»Ich müsste Sie fragen, woher Sie diese Belege bekommen haben«, sagte Tony. »Es müsste natürlich verifiziert werden, und ich würde mich fragen, warum niemand dies vorher entdeckt hat.«

»Wie Sie möglicherweise wissen, ist die Nachrüstung des Jansky-VLA-Teleskops – die dringend erforderlich gewesen ist und sich stark verzögert hat – nun vollendet. Ich habe Ansprechpartner in New Mexico, die mich in zuverlässiger Weise über bestimmte Beobachtungsdaten informiert haben, die während des Ablaufs der Neukalibrierung aufgenommen wurden. Zuerst wurden diese anormalen Beobachtungen als Fehler, Interferenzen oder etwas Derartiges abqualifiziert. Aber gerade jetzt beginnt es sich herauszustellen, dass diese ursprünglichen Ablesungen überhaupt keine Fehler sind – dass an den äußersten Rändern des Universums etwas sehr Seltsames vor sich geht ...«

»Die Expansion verlangsamt sich ...«, sinnierte Tony. »Ist es das, was Sie sagen?« Er fuhr sich mit einer Hand durchs Haar. »Ich kenne einige dieser Kerle beim VLA. Ich könnte sie anrufen und alles überprüfen, was Sie gesagt haben. Wir könnten die jüngsten Daten bekommen.«

»Es ist eine Möglichkeit. Aber angenommen, dass ihre Berechnungen alles bestätigen würden, was ich Ihnen berichtet habe, und dass alles, was ich gesagt habe, wahr ist?«, fragte Brendan.

Tony betrachtete ihn einen langen Augenblick, bevor er ihm antwortete. »Wenn das, was Sie erzählen, wahr ist«, erwiderte er schließlich, »dann würde ich sagen, dass wir ein Problem haben. Ein sehr ... großes ... Problem.«

ZWANZIGSTES KAPITEL

Worin unerwünschte Aufmerksamkeit erregt wird

Anderthalb Meilen! Schließen schnell auf, Kapitän!«, rief Garland, der Erste Offizier. Seine Stimme kam von der höheren Takelage in scharfen, abgehackten Stößen herab.

Lord Burleigh legte die Hände um seine Augen herum und blickte in den zu hellen Himmel. Er konnte hoch oben in dem schwindelerregenden Gewirr von Wanten und Tauen, die sich von der Spitze des Mastes aus wie ein Netz ausbreiteten, die Silhouette eines Mannes ausmachen. Die weiße Fläche aus Segeltuch blähte sich wie ein voller Bauch auf, bevor ein kräftiger Wind sie auf die dunkle Anhöhe aus Land am Horizont zutrieb. Sie hatten Kurs genommen auf die Straße von Gibraltar – die Mündung, die zu passieren sie gehofft hatten, bevor die Tidenströmung am Abend das Navigieren gefährlicher machte.

Viele Schiffe, die zu spät ankamen, um die Passage in der Dunkelheit zu riskieren, entschieden sich dafür, während der Nacht im Atlantik zu warten – was die Region zu einem erstklassigen Ort für Piraten machte, um ihrer niederträchtigen Berufung nachzugehen. Genau diese Konstellation hatte Kapitän Farrell und seine Mannschaft Flüche und Verwünschungen in ihre Bärte hineinmurmeln lassen.

Die *Percheron* war ein kompaktes, betriebsbereites Schiff, aber schnell war sie nicht. Sie fuhr zu schwer durchs Wasser und verfügte bloß über einen einzigen Mast, was die Menge an Segeltuch begrenzte, das man auf ihr hochziehen konnte. Kurzum, sie war ein stabiles, gut ausgebildetes Arbeitspferd, aber keine Rennmaschine: robust, belastbar und auf ihre eigene Weise stattlich, aber niemand würde sie jemals als schnittig oder schnellfüßig bezeichnen.

»Das ist höchst besorgniserregend, Sir«, sagte Farrell zu ihm, als Burleigh sich ein paar Augenblicke später zu dem Kapitän im Steuerhaus gesellte. »Ich gestehe offen ein, dass ich zutiefst beunruhigt bin.«

»Und der Anlass für Ihr Unbehagen, Kapitän?«, fragte Burleigh nach.

»Ich befürchte, dass der Schoner achtern uns mit böswilligen Absichten verfolgt. Das ist meine Sorge.«

»Ist es nicht ebenso wahrscheinlich, dass es ein Handelsschiff ist, das auf die Straße von Gibraltar zusteuert und ebenso wie wir selbst darauf erpicht ist, sie vor Einbruch der Dunkelheit zu erreichen?«

»Gewiss, die Möglichkeit ist auch mir schon in den Sinn gekommen«, räumte Farrell ein. Er klopfte seine Pfeife gegen einen Zapfen des Steuerrades und steckte sie sich dann wieder in den Mund. »In der Tat, Sir, das ist in hohem Maße zu wünschen. Und wenn wir in freundlicheren Gewässern wären, würde ich nicht das Gefühl haben, dass diese Ansicht fehl am Platze ist.«

Burleigh hörte die unausgesprochene Bedingung in der Stimme des Seemanns. »Allerdings?«, fragte er.

»Es ist am besten, wenn wir auf der Hut sind, Sir. Das ist alles, was im gegenwärtigen Augenblick gesagt werden muss.«

»Ihre Besorgnis ist gebührend vermerkt worden, Mr Farrell.« Der Earl warf einen letzten Blick über seine Schulter auf den weißen Fleck – auf den Schoner, der sie verfolgte. »Falls Sie meine Anwesenheit nicht benötigen, werde ich mich in meiner Kabine aufhalten. Zögern Sie bitte nicht, mich herbeizurufen, wenn sich die Situation verändern sollte.«

Der Seemann hob seine Hand und berührte seine Schläfe mit einem Fingerknöchel zum traditionellen Seemannsgruß. Burleigh ging die Stufen des achtern befindlichen Niedergangs zu seiner Kammer hinunter, wo er sich die Stiefel auszog. Er streckte sich auf seinem Bett aus und schlief schon bald wie ein Toter. Als er ein paar

Stunden später erwachte, kehrte er zum Achterdeck zurück und sah, dass die Sonne niedriger im Westen stand und der dunkle Klecks, den man von Backbord aus erblicken konnte, zu einer beträchtlichen Masse angewachsen war. Burleigh entdeckte einen schwachen erdhaften Geruch von Land im Wind. Das geheimnisvolle Schiff, das ihnen im Nacken saß, war inzwischen viel näher.

»Wie steht es um unsere Reise, Kapitän?«

»Da sind Sie ja! Erspart mir, jemanden zu schicken, um Sie zu holen, Sir.«

»Das andere Schiff ist nun sehr viel näher, wie ich sehe.« Burleigh neigte den Kopf zur Seite und warf einen kurzen Blick nach hinten.

»Gewiss, das ist es«, pflichtete der Seemann ihm bei. »Daran lässt sich nichts ändern. Wir hauen fix genug durchs Wasser, aber der Schoner da drüben ist eine schnelle Möwe, und das ist eine Tatsache. Beachten Sie, Sir, er fährt unter keinen Farben.«

Burleigh wurde zunehmend vertraut mit der Sprache der Seeleute. Das Wort »Farben« bedeutete Flaggen im Allgemeinen, konnte jedoch auch Reedereiflaggen, Dienstflaggen oder irgendeine aus der Vielzahl von Signalflaggen meinen. »Keine Flaggen« bedeutete, dass das Schiff nicht identifiziert werden konnte, was immer ein schlechtes Zeichen war. Seine Lordschaft schaute auf das sich vor ihnen abzeichnende Land und auf das Schiff hinter ihnen, dann versuchte er, die Länge beider Strecken abzuschätzen. Die *Percheron* schien sich ungefähr auf halbem Wege zwischen den zwei Punkten zu befinden.

»Der nächste Hafen ist Kap Trafalgar«, fuhr Farrell fort und wies auf einen kleinen hellgrauen Klecks an der grünen Küste, die sich am Horizont zeigte. »Wenn wir mehr Segel mit uns führten, könnten wir elegant in den Hafen einfahren. Unter den gegebenen Umständen wird's ein enges Rennen sein. Abgesehen davon, wenn die hinter uns sehen, wie wir auf Trafalgar zusteuern, mag das allein ausreichend sein, um sie zu überzeugen, auf Distanz zu bleiben.« Er klemmte die nicht angezündete Pfeife zwischen seine Zähne. »Die Hafenkanonen, verstehen Sie.«

»Tun Sie Ihr Bestes«, sagte Burleigh zu ihm. Er ging zur Achterreling und stand eine Weile dort, um den Schoner zu beobachten. Mit seinen zwei Masten führte der Schoner doppelt so viel Segeltuch mit sich als seine Brigantine. Das Gefährt lag niedrig im Wasser, und sein spitzer Bug schien nicht sosehr die Wellen zu durchschneiden, sondern vielmehr über sie hinwegzuhüpfen – es ritt auf der Dünung und gewann mit jeder Woge an Boden.

Er stand im Achterschiff und schlug immer wieder mit der Faust auf die Reling; mit jeder Minute, die verstrich, wuchs das Gefühl von Hilflosigkeit. Ruhelos kehrte er für einen Drink zu seiner Kabine zurück, und als es ihm nicht gelang, auf diese Weise seine Nerven zu beruhigen, marschierte er wieder zum Steuerhaus hoch. »Wie lange wird es dauern, bis sie uns einholen?«, verlangte er zu wissen.

»Nicht lange jetzt«, antwortete Farrell. »Ein halbes Glas schätzungsweise – wenn überhaupt. Doch wir werden ihre Absichten noch früher kennen.«

»Wieso?«

Er zeigte auf das Stundenglas in seinem Gestell neben dem Steuer. »Wir werden in Reichweite ihrer Kanonen geraten, bevor dieses Glas gedreht wird.«

»Nicht lange alsdann«, mutmaßte Burleigh.

»Nicht lange, Sir, nein.« Der Seemann nickte in Richtung des Schoners und erklärte: »Wenn man die Gesichter der Männer an der Reling sehen kann, ist es an der Zeit, sich Sorgen zu machen. Vorher ist's eine bloße Verschwendung von Kugeln und Pulver.«

»Was sollen wir tun? Die Waffen rausfahren?«

»Gewiss, Sir, wenn es dazu kommen sollte«, erwiderte Farrell. »Meine Seebären wissen, was zu tun ist; ich werde Mr Garland sagen, er soll die Besatzung anweisen, dass sie auf ihre Positionen gehen soll.«

»Würde es Ihnen etwas ausmachen, wenn ich zu meinen Männern spreche? Es könnte mir vielleicht helfen, ihnen die Situation zu erklären.«

»Da ich sehe, wie Ihre Kerle wohl ein wenig Ermutigung gebrauchen können, finde ich nichts Nachteiliges daran«, bewilligte der Kapitän. »Nur zu, da Sie es für geeignet halten.«

Nachdem er den Segen des Kapitäns erhalten hatte, sammelte Burleigh seine vier Schläger ein, die er bei ihren verschiedenen Routinearbeiten antraf, und brachte sie hinunter in die Waffenkammer. »Wir werden keine Zeit mit Jammern verschwenden«, begann er. »In diesen Gewässern gibt es Freibeuter und Piraten, und es scheint, dass wir die Aufmerksamkeit von einigen von ihnen auf uns gezogen haben.« Er hielt einen Moment inne, um diese Worte ins Bewusstsein der Männer dringen zu lassen. »Kapitän Farrell steuert mit größter Geschwindigkeit den nächsten Hafen an, doch der Feind wird versuchen, uns einzuholen, bevor wir in Reichweite der Hafenkanonen kommen. Wenn sie damit Erfolg haben, und danach sieht es sehr wahrscheinlich aus, wird es einen Kampf geben, und jeder von euch wird seine Schuldigkeit tun müssen.«

Die Männer bewegten sich auf der Stelle und schauten sich gegenseitig an. Nur Tav ergriff das Wort. »Was sollen wir tun, Boss?«

»Ich erwarte, dass ihr tut, was auch immer man euch sagt«, antwortete Burleigh. »Farrells Männer sind erfahren und wissen Bescheid. Ihr sollt ihnen gehorchen – unverzüglich und ohne Fragen zu stellen. Habt ihr das verstanden?«

Alle vier nickten gleichzeitig mit den Köpfen.

»Wenn wir geentert werden, verteidigen wir uns mit allem, was uns zur Verfügung steht – mit Pistolen, Messern, Säbeln und bloßen Händen und Zähnen, wenn es erforderlich ist.«

»Darauf können Sie sich verlassen, Boss«, sagte Mal. »Ich janz besonders mag 'nen guten Kampf.«

»Man wird euch Waffen geben. Und ich erwarte, dass jeder Einzelne von euch sein Leben so teuer wie möglich verkauft, falls es dazu kommen sollte.«

»Gewiss, Boss, da stimmen wir Ihnen zu«, sagte Tav, dessen Stimme einen brutalen Tonfall annahm. »Die sollen bloß zu uns herkommen, und dann reißen wir denen ein verdammtes Glied nach dem anderen raus.« Er drehte sich zu den drei anderen. »Klar, Jungs?«

»Klaro!«, antworteten sie einstimmig – ein disharmonisch klingender Chor.

»Machen Se sich mal keine Sorgen wegen uns, Boss. Wir werden die erledigen oder beim Versuch, die abzuservieren, sterben.«

»Ich erwarte nicht weniger von euch«, erklärte Burleigh zum Schluss. »Macht eure Sache gut, und es wird etwas Besonderes für euch drin sein, wenn wir den Hafen erreichen.«

Nachdem er seine Männer zu ihren zugeteilten Positionen fortgeschickt hatte, kehrte Burleigh zum Achterdeck zurück, um den Stand der Dinge einzuschätzen. Der Schoner war jetzt sehr viel näher herangekommen und verringerte rasch die Distanz zwischen ihnen. »Sie haben vor, uns einzuholen«, bemerkte Burleigh, als er ins Steuerhaus trat.

»Ja, das nehme ich auch an«, stimmte der Kapitän ihm zu. »Sie haben mehr als genug Möglichkeiten gehabt, auf einem anderen Kurs zu segeln, haben es aber nicht getan. Sie sind auf einem Abfangkurs.«

»Wir werden ihnen zeigen, dass wir uns nicht dafür eignen, geentert zu werden«, sagte Burleigh. »Meine Männer sind ganz versessen auf einen Kampf.«

»Wir sollten nicht voreilig sein, Sir«, warnte Farrell. »Ich werde Signalflaggen hissen und schauen, ob wir eine Antwort erhalten – das ist nur angemessen. Es kann ja sein, dass sie in unserem Kielwasser den Hafen ansteuern.« Und nach diesen Worten rief er den Ersten Offizier herbei und wies ihn an, ein Signal hochzuschicken: eine Anfrage an das fremde Schiff, sich zu identifizieren und die Absichten ihres Kapitäns zu verkünden. Der Seemann salutierte mit dem Fingerknöchel und eilte davon, um den Befehl des Kapitäns auszuführen. »Jetzt werden wir sehen, wo wir stehen«, meinte Farrell.

Burleigh ging zum Heck, und ein paar Augenblicke später hörte er flatternde Geräusche hinter sich. Er drehte sich um, als eine Schnur mit mehrfarbigen Dreiecksflaggen in die Höhe gehisst wurde. Sie wehten dort und waren deutlich sichtbar; und Burleigh wandte sich in Erwartung einer Antwort vom Schoner um. »Wir lange dauert es, bevor eine Antwort kommen kann?«, rief er über die Schulter einem Besatzungsmitglied zu.

»Nicht lange, Mylord«, antwortete der Matrose, »falls sie überhaupt ihr Geschäft kennen.«

Burleigh beobachtete das sich nähernde Schiff, und tatsächlich tauchte innerhalb von ein oder zwei Minuten ein farbiges Flattern am Vormast des Schoners auf. Es war zu weit weg, um es deutlich zu erkennen, doch der Erste Offizier kam mit seinem Fernglas an die Reling und las das Signal.

»Sie zeigen an, dass sie auf den Hafen zusteuern und uns achteraus passieren werden«, sagte er langsam. Er senkte das kleine Messingfernrohr und reichte es Burleigh, der es sich ans Auge drückte. Er sah vier kleine Flaggen mit unterschiedlichen Farben in einer vertikalen Reihe. Die Anordnung sagte ihm nichts.

»Sie klingen nicht überzeugt, Mr Garland«, sagte Burleigh, während er das Fernglas sinken ließ.

»Nein, Mylord, ich bin nicht überzeugt.« Der Offizier deutete mit einem Finger auf den Schoner. »Ich habe ihn gebeten, sich zu identifizieren, und er lehnte es ab, die entsprechende Fahne zu hissen. Was den Rest betrifft – jedermann kann sehen, dass er vorhat, achteraus zu passieren. Das ist nicht, wonach ich gefragt habe.«

»Sie glauben, die da drüben führen nichts Gutes im Schilde.«

»Jawohl, das befürchte ich, Mylord.« Der Erste Offizier spuckte über die Reling. »Um nicht lange drum herumzureden: Ich halte sie für Galgenvögel und Schufte; und ich glaube, sie haben die Absicht, uns zu entern.«

»Dann ist es das Beste, wenn Sie gehen und den Kapitän unterrichten«, meinte Burleigh.

»Er weiß es schon, Sir.«

EINUNDZWANZIGSTES KAPITEL

Worin ein unbekannter Mut auf die Probe gestellt wird

»Vertraut mir, dass ich uns durch das Schlachtengetümmel bringen werde«, verlangte Kapitän Farrell zu wissen. »Sagt mir Ja oder Nein, denn ich werde nicht dulden, dass meine Befehle im Nachhinein angezweifelt werden, sobald wir angreifen.«

»Ja, Kapitän«, antwortete der Erste Offizier, und seine schnelle Antwort wurde vom Rest der Besatzung wiederholt, die sich hinter ihm aufgestellt hatte.

Farrell wandte sich den anderen zu, die nervös zuschauten. »Na? Was sagt ihr, ihr Grün-Kiemen?«

Tav sprach für sie alle. »Wir sind an Ihrer Seite, Chef … Kapitän. Daran gibt's nichts zu rütteln.«

»Dann macht, dass ihr nach unten in die Waffenkammer kommt!«, befahl Farrell. Zu seiner eigenen Mannschaft sagte er: »Auf eure Stationen, Burschen. Und haltet euch bereit für ein Tarnen und Täuschen.«

Die Männer zerstreuten sich und ließen Burleigh und den Kapitän gemeinsam an der Reling zurück. Der Schoner war fast in Rufweite. Burleigh hob das Fernglas und ließ seinen Blick schnell über das Deck des Schiffes gleiten, das im Begriff war, sie einzuholen.

»Sie scheinen ihre Arbeit in Angriff zu nehmen – nur wenige Männer an Deck. Ich zähle acht Geschützpforten, doch keine Kanone ist in Sicht.«

»Kanonen wird man nicht zu sehen bekommen«, sagte Farrell zu ihm. »Noch nicht. Ihr Kapitän wird bis zum letzten Augenblick warten, um seine Falle zuschnappen zu lassen. Sobald er längsseits raufkommt, werden wir seine Absichten in Erfahrung bringen. Doch ich habe selbst eine Überraschung auf Lager.«

»Das Tarnen und Täuschen?«, vermutete Burleigh. »Was ist das?«

»Sobald sie den Kurs ändern, um auf uns zuzusteuern, werde ich das Großsegel laufen lassen und das Steuerruder hart rüberwerfen – dies wird dazu führen, dass unser Mädchen ihr Heck schwenkt und ihre Segel schlaff werden. Das ist das Tarnen.«

»Und das Täuschen?«

»Für einen erfahrenen Seemann wird es so aussehen, als hätt'n wir versucht, einen Ausbruch zur offenen See hin zu machen, und uns beim Turn verschätzt. Sie werden nicht imstande sein, sich unserem Manöver anzupassen – nich' bei der Geschwindigkeit, die sie draufhaben. Und wir werden wenig später eine sehr schwierige Aufgabe zu bewältigen haben.«

»Aber sind wir dann nicht eine leichte Beute?«, fragte Burleigh.

»Ja, gewiss. Aber sie werden um uns herumfahren müssen, wenn sie eine Breitseite auf uns feuern oder uns entern wollen; und wenn sie das tun …« Farrell zeigte ein verschmitztes Lächeln. »Wir öffnen die Geschützpforten und lassen die Kugeln fliegen. Aus dieser kurzen Entfernung werden wir nicht danebentreffen.«

»Was, wenn sie zuerst schießen?«

»Nun, Sir, es wird eine Probe für unseren Mut sein; da dürfen wir uns keine Illusionen machen«, räumte der Kapitän ein. »Aber keine Schlacht ist ohne Risiken, oder? Und wir werden auf die natürliche Habgier des Freibeuters setzen, um uns durch das Schlimmste zu bringen.«

»Die Kerle wollen, dass Schiff und Ladung unbeschädigt bleiben«, sinnierte Burleigh, als sich ihm der Sinn des letzten Satzes erschloss.

»Jawohl. Was wie eine leichte Beute aussieht, wird als zu groß erachtet, um sich dafür eine Lizenz erteilen zu lassen: So etwas habe ich schon früher gesehen.«

»Tun Sie das, Mr Farrell.« Burleigh streckte seine Rechte vor und schüttelte die Hand des Kapitäns. »Viel Glück. Wenn Sie nicht andere Aufgaben für mich haben, werde ich nach unten gehen und die Säbel und Pistolen bereitmachen.«

Er war gerade zum Achterniedergang aufgebrochen, als eine Explosion über das Wasser hallte. Burleigh blickte gerade noch rechtzeitig hoch, um zu sehen, wie sich ungefähr hundert Meter vor dem Bug eine Wasserfontäne erhob. Er rannte zum Steuerhaus zurück. »Sie haben auf uns gefeuert!«, rief er aus. »Es hat angefangen.«

»Oh, es hat schon vor einiger Weile angefangen«, merkte Farrell gelassen an. »Sie haben soeben einen Schuss über unseren Bug hinweggesetzt, um ihr Unternehmen anzukündigen; nichts weiter. Sie hoffen, dass ehrenwerte Kaufleute wie wir über unsere Frauen und Familien nachdenken und sich ohne Blutvergießen ergeben werden.«

»Funktioniert solch ein Trick oft?«

»Oft genug, sodass es sich lohnt, es jedes Mal zu versuchen.« Der Kapitän trat vom Steuerruder fort, um zu beobachten, wie der Schoner sich immer mehr einem Kurs annäherte, der bald dazu führen würde, dass sich die zwei Schiffe längsseits nebeneinander befänden. »Heute wird es nicht funktionieren, sage ich. Bei Bartholomew Farrell wird es nicht funktionieren.«

Er legte seine Hände um seinen Mund, während er sich umdrehte, und rief den Seeleuten, die an der Takelage bereitstanden, einen Befehl zu. »Bereithalten, um das Großsegel nach Luv zu drehen!«, schrie er. An Burleigh gewandt, sagte er: »Am besten gehen Sie nach unten, Sir, und stehen da bereit, um die Waffen auszugeben.« Als der Earl forteilte, fügte er hinzu: »Denken Sie daran, Garland zu sagen, dass er auf mein Signal hin die Geschützpforten öffnen soll – und nicht einen Wimpernschlag früher!«

Unter Deck hatten die Männer den Knall der feindlichen Kanone gehört und waren besorgt. Burleigh erklärte, was der Kapitän ihm über ihre Schlachtstrategie erzählt hatte. »Jeder von euch geht zu seiner Kanone und hält sich bereit für das Signal.«

Burleighs Männer begaben sich zu ihren Stationen, wo sie –

umgeben von kleinen Pyramiden aus Kanonenkugeln und Stapeln von Pulverkartuschen – Ladestöcke zur Hand nahmen und auf die Ankunft der erfahrenen Besatzungsmitglieder warteten. Burleigh positionierte sich selbst in der Mitte der Waffenkammer, und zwar in der Nähe der untersten Stufe des Niedergangs, wo er möglicherweise das Signal des Kapitäns leichter hören würde und, falls nötig, zum Achterdeck hinaufspringen könnte.

Die vorübergehende Ruhe wurde abrupt zerstört durch den Knall von weiterem Geschützfeuer. Diesmal hörten die Männer in der Waffenkammer den Wasserspritzer, der folgte. »Ruhig Blut«, intonierte Burleigh. »Sie haben die Absicht, uns so zu erschrecken, dass wir uns ergeben.«

Die Worte waren ihm kaum über die Lippen gegangen, als ein Ruf den Niedergang hinunterhallte. »Großsegel nach Luv!«

Fast im selben Augenblick gab das Schiff ein Ächzen von sich, und ein Beben durchfuhr den robusten Rumpf, als Farrell das Steuer hart drehte. Für einen Moment schien sich die *Percheron* im Wasser zu erheben, und dann neigte sich abrupt der Boden unter ihren Füßen – und zwar gleichzeitig in zwei Richtungen: von Backbord nach Steuerbord und von hinten nach vorn. In der Waffenkammer hörten sie, wie das Wasser mit den Geräuschen einer reißenden Flut entlang des Schiffsrumpfes anbrandete ... und rasch darauf folgten Schritte, die oben über das Deck und dann den Niedergang hinabtrommelten.

»Vorwärts, ihr klauenfüßigen Halunken!«, schrie der Erste Offizier, während er die Seeleute zu den Geschützen trieb. »Macht eure Kanone schussbereit!«

Die Matrosen sprangen zu den Geschützen. Jeder Kanonier schob flink eine Pulverkartusche ins Rohr und stieß sie mit dem Ladestock tief hinein. Dann versorgte ihn einer von Burleighs Männern mit einer Kugel, die er ins Geschütz rollen ließ.

»Fertig, Mr Garland!«, schrie ein Kanonier nach dem anderen, als die vier großen Geschütze in ihren Gestellen positioniert worden waren.

»Ihr Kerle da!«, bellte der Erste Offizier. »Nehmt die Seile zu den

Geschützpforten in die Hände und macht euch bereit, mit aller Kraft zu hieven.«

Burleighs Bande tat, wie ihr befohlen worden war; sie standen da und hielten die geflochtenen Seile, die neben den geschlossenen Luken hingen, fest im Griff. Das Deck neigte sich immer noch in diese oder jene Richtung, aber weniger dramatisch, da das Schiff sich langsam wieder regulierte und dahinzutreiben begann. Oben war nun alles ruhig – so ruhig, dass sie das klagende Geschrei der Seemöwen hören konnten, die über dem Heck in der Luft kreisten.

Dann, inmitten des Geschreis der Möwen, erklang ein anderer Schrei – der einer Männerstimme, die sie grüßte.

»Was sagt der, Mr Garland?«, erkundigte sich einer der Matrosen.

»Ich spreche nicht Französisch, oder?«, blaffte der Erste Offizier.

»Er befiehlt dem Kapitän, sich zu ergeben«, antwortete Burleigh von seinem Platz am Fuße der Treppe aus.

»'s wird jetzt nicht mehr lange dauern, Jungs«, sagte der Erste Offizier. »Hört mir genau zu: Der erste Schuss wird blind erfolgen, doch wir werden wahrscheinlich noch einen haben, bevor die anderen wissen, was sie getroffen hat. Möglich, dass wir nicht mehr Schussgelegenheiten als diese bekommen, also seht zu, dass es zählbare Treffer sein werden.«

Es gab einen weiteren Ruf auf Französisch und eine Antwort von Kapitän Farrell. Dem folgte einen Augenblick später ein dumpfes, dröhnendes Aufprallgeräusch direkt über ihren Köpfen.

»Locker bleiben, Jungs«, sagte Mr Garland. »Das wird der Enterhaken sein. Se werden nicht auf uns feuern und Schäden an Schiff und Ladung riskieren. Die Franzmänner machen sich bereit, die Beute einzuholen.«

Die *Percheron* bebte ein weiteres Mal, und das Deck neigte sich ein wenig nach Backbord.

»Bereit …«, sagte Garland mit leiser Stimme. »Wartet, bis ich zähle.«

Es folgte ein quälendes Warten … und Stille …

Eine Stimme, die leise, aber bestimmt klang, sprach direkt über dem Schacht des Niedergangs und rief ihnen nach unten zu: »Zählt: Reißt bei drei die Luken auf, und lasst es fliegen.«

»Das ist der Kapitän«, sagte der Erste Offizier. »Fertig an den Seilen! Bei drei! Eins ... zwei ... ZIEHT!«

Alle rissen gleichzeitig an den Seilen. Die Lukendeckel klappten auf, und Burleigh erblickte flüchtig die gestreifte Fläche eines schwarz-weißen Schiffsrumpfes. Die Kanoniere – ohne dabei zu verweilen, ihr jeweiliges Geschütz in die Öffnung zu schieben – zogen einfach an den Feuerketten; und es entlud sich ein Stakkato von Explosionen aus Feuer und Rauch, als die Kanonen brüllend zum Leben erwachten. Augenblicklich war die Luft erfüllt von dem scharfen Gestank nach brennendem Schwefel. Die aus den Schallwellen resultierende Erschütterung hämmerte mit der Härte eines Pferdetritts gegen Burleighs Brust und ließ ihn nach hinten auf den Absätzen schwanken.

In die darauf folgende Stille hinein hörte er die Schreie und das Stöhnen verwundeter Männer.

Keuchend stürzte der Earl, dem die Ohren klingelten, auf die nächste Geschützpforte zu; mit wedelnden Armbewegungen fand er seinen Weg durch den Rauch. Er drückte sein Gesicht in die Pforte, schaute hinaus und sah, dass in der glatten Flanke des Schoners große, klaffende Löcher aufgetaucht waren. Aus diesen gezackten Öffnungen wurden Rauch und Feuer ausgestoßen. Farrell hatte es mit seinem Täuschungsmanöver geschafft, eine gewaltige Bresche in den Rumpf des feindlichen Schiffes zu schlagen, wodurch sechs der acht Geschütze auf der Steuerbordseite des Schoners beseitigt worden waren.

»Nachladen und nach Belieben feuern!«, rief der Erste Offizier. »Gebt's den Salzratten!«

Bevor die Kanonen jedoch nachgeladen werden konnten, feuerten nacheinander die zwei übrig gebliebenen Geschütze des Schoners. Die erste Kugel traf schräg gegen das Heck, und ein Beben lief durch das ganze Schiff. Die zweite Explosion stanzte ein Loch in den Rumpf. Das eiserne Geschoss durchbrach ihn in einem Hurrikan von Splittern – in einem Schwall aus Rauch und Feuer sprengten Eichenbruchstücke, die so scharf wie Nadeln waren, durch die Luft.

»Zerstört diese Kanonen!«, schrie Garland. »Zerstört sie sofort!«

Benommen und betäubt schüttelte Burleigh feine Holzsplitter von seinem Mantel. Seine Hand streifte über den Oberschenkel, und er fühlte einen stechenden Schmerz. Als er nach unten schaute, sah er ein Stück Eiche von der Größe eines Dolches aus seinem Bein herausragen. Ohne nachzudenken, zog er es heraus und wünschte augenblicklich, dass er nicht so vorschnell gehandelt hätte. Ihn durchzuckte ein Schmerz von solcher Intensität, dass es ihm den Atem raubte. Er taumelte nach hinten und brach auf der unteren Stufe des Niedergangs zusammen; plötzlich war ihm sehr schwindelig.

Jeder schien sich mit langsamer, lethargischer Gelassenheit durch den Raum zu bewegen: wie Männer in einem Traum – in zeitloser, träger Bedächtigkeit. Er sah, wie der Seemann an dem Geschütz, das dem durch die Explosion entstandenen Loch am nächsten war, das Fahrgestell der Kanone herumstieß und wie sein Mann – es war Dex – eine Kartusche in sie hineinschob. Anschließend stieß Dex mit dem Ladestock das Pulver tief hinein, während der Kanonier an einem Hebel zerrte, um das Rohr des großen Geschützes höherzustellen. Dex legte eine Kugel hinein, und der Kanonier zog mit Kraft an der Feuerkette. Das Geschütz hob sich in seinem Gestell nach oben, als die Explosion Feuer spie. Rauch wehte vom Rohr in rückwärts wogenden Schwaden. Der darauf folgende Aufprall des geschleuderten Eisens, das die hölzerne Schale des feindlichen Schiffes durchbohrte, hallte wider wie ein Donnerschlag. Und mit diesem Geräusch setzte Burleighs normale Wahrnehmung wieder ein.

In pochenden Wellen durchfuhr ihn der Schmerz, und vor seinen Augen tanzten schwarze Punkte. Seine Ohren taten weh, und sein Kopf schmerzte vom Scheitel seiner Schädeldecke bis zu seinen Backenzähnen, und er realisierte, dass er seine Kiefer krampfhaft aufeinanderpresste.

Garland, der Erste Offizier, sauste zur nächsten Geschützpforte; er stieß seinen Kopf hindurch und schätzte den Schaden ein, dem der Feind durch den letzten Schuss zugefügt worden war. »Gute Arbeit, Jungs!«, rief er. »Das hat die Scheißkerle gebremst.«

Er bekam das Besatzungsmitglied, das ihm am nächsten war, in die Hände und zog den Mann vom Geschütz weg. »Thoms!«, schrie er. »Du und Henderson, ihr geht nach oben und bringt die Deckgeschütze in Stellung! Feuert nach Belieben. Der Rest von euch – folgt mir!«

Thoms und Henderson rannten zum Niedergang und fanden ihn durch Burleigh blockiert, der ausgestreckt auf den Stufen lag und sich den Kopf hielt. »Mr Garland!«, rief Thoms. »Der Sir ist zu Boden gegangen.«

Garland eilte dem Earl zu Hilfe. »Wo sind Sie verletzt, Sir?«

»Mein Bein«, knurrte Burleigh durch seine Zähne. Blut quoll zwischen seinen Fingern hervor, wo er sie auf seine Wunde drückte.

Der Erste Offizier beugte sich vor, um die Verletzung in Augenschein zu nehmen, dann richtete er sich wieder auf. Zu Thoms und Henderson sagte er: »Macht, dass ihr nach oben kommt, und beginnt zu feuern! Schnell!« Er beugte sich nochmals zu Burleigh hinab und erklärte: »So, Sir, wir werden Sie zu Ihrer Kabine bringen. Dex, Mal – helft seiner Lordschaft ...«

»Den Teufel werdet ihr«, brummte Burleigh. »Hebt mich hoch.« Sie halfen ihm auf die Füße; er stützte sich ab und rief: »Steht hier nicht rum und glotzt! Geht zum Waffenlager und holt die Pistolen und Klingen. Dann trefft euch mit mir an Deck.«

Die Männer rannten fort, und Burleigh quälte sich die Stufen zum Achterdeck hoch, wobei er mit jedem Schritt Stärke und Vitalität wiedergewann. Der Schmerz ließ sich ertragen, obwohl er groß war, und er humpelte auf das Deck, das er eingehüllt in einem Rauchnebel vorfand. Der Schoner hatte sich mit zwei Enterhaken – der eine unterhalb des Bugs, der andere mittschiffs – an die *Percheron* angehängt, und feindliche Seeleute zerrten an den Tauen, um die zwei Seefahrzeuge näher zusammenzuziehen, sodass die Beute geentert werden konnte. Burleigh machte sich zum Bug auf, wo das

Besatzungsmitglied Thoms gerade eine Sechzehnpfünder-Kanone schussbereit machte, die auf einem Drehgelenk befestigt war.

»Da!«, schrie Burleigh, während er auf ihn zuschwankte. »Ziel auf die Reling!«

»Jawohl, Sir!«, erwiderte Thoms, der die Ladung tief ins Rohr stieß. Dann riss er das Geschütz herum, richtete es für den Schuss aus und ließ die Kugel fliegen. Feuer und Rauch traten aus der schmalen Öffnung der schwenkbaren Kanone, und die Reling des Schoners in der Nähe des Bughakens explodierte in einem Splitterhagel. Die feindlichen Seeleute waren nicht mehr zu sehen, und die Kugel raste weiter und schlug in eine Bodenluke ein, die sich in der Mitte des Decks befand.

»Feuer weiter!«, schrie Burleigh. »Lass nicht nach!«

»Eure Lordschaft!«, rief Garland. »Hier!«

Der Earl drehte sich um, als der Erste Offizier herbeigerannt kam – mit zwei Pistolen in der einen Hand und zwei Entermessern in der anderen.

»Ich schlage vor, Sie verteidigen das Geschütz, Sir«, sagte Garland und stieß Burleigh eine Pistole in die Hand.

Ein verzweifelter Schrei war am Heck zu vernehmen, und Garland raste fort.

»In Ordnung«, murmelte Burleigh, während er die Pistole spannte. »Zeigt eure schäbigen Gesichter, ihr Schurken. Machen wir Futter für die Aasfresser.«

Ein Knall hallte vom Heck wider. Burleigh blickte zurück die Reling entlang und sah, dass die Heckkanone in Rauch eingehüllt war und ein großes Stück der Schoner-Reling durch die Luft wirbelte. Wie sein Kamerad am Buggeschütz, zielte Henderson auf Seemänner – er jedoch auf diejenigen, die am Enterhaken mittschiffs zogen.

Als sich der Rauch lichtete, tauchte Kapitän Farrell mit einem Entermesser in der Hand auf und hackte auf die Trosse ein, die den Enterhaken absicherte. Ein Hagel von Pistolenkugeln spritzte um ihn herum – ein Schuss riss in der Nähe seiner Hand ein Stück von der Reling heraus. Burleighs Blick überflog die Takelage des Schoners, und er sah drei Piraten, die in den Wanten hingen; zwei von ihnen luden gerade nach, und der dritte zielte auf Farrell.

Burleigh hob in aller Ruhe, mit eingeübter Sorgfalt, seine Pistole, korrigierte den Schusswinkel und betätigte den Abzug. Der Rückstoß der Pistole wurde von einem beruhigenden Krachen begleitet, und die Kugel raste zu ihrem Ziel. Ein Seemann hoch oben in der Takelage ließ seine Waffe fallen und griff vergeblich nach dem Seil. Dann packte er sich mit einer Hand an die Brust – mit der anderen fuchtelte er wild um sich – und fiel, losgelöst von der Takelage, wie ein Stein hinab. Seine zwei Kameraden jagten das Tauwerk hinunter, um sich in Sicherheit zu bringen. Burleigh sah sein Opfer abstürzen, jedoch nicht mehr, denn der Earl, der das Feuer in seinem Bein ignorierte, rannte bereits zu Farrell, um ihm beizustehen.

»Was machen Sie hier?«, rief der Kapitän. »Machen Sie, dass Sie zur Bugkanone zurückkommen!«

»Sie brauchen Hilfe«, entgegnete Burleigh und begann, mit raschen kräftigen Hieben mit dem Entermesser auf das dicke Seil einzuschlagen.

Der geflochtene Hanf widerstand seinen ersten Versuchen, aber dann schnitt die scharfe Klinge hinein, und mit jedem Schlag franste das Seil ein wenig mehr aus. Wieder und wieder hoben sich die Klingen und stießen herab, während sich die zwei Männer abmühten, den Haken freizumachen – und sie standen kurz davor, Erfolg zu haben, als hinter dem Lukenaufsatz fünf feindliche Seeleute auftauchten. Sie schrien und fuchtelten mit Säbeln und Entermessern herum. Burleigh versetzte der Trosse einen letzten Schlag und wandte danach seine Aufmerksamkeit den Angreifern zu, als der Erste von ihnen auch schon mit erhobener Stimme und erhobenem Entermesser hochgeklettert kam.

Der Franzose sprang vor und lehnte sich über die Reling und die Lücke hinaus, die die zwei Schiffe voneinander trennte. Mit seiner Waffe haute er wild um sich – nicht so sehr, um Farrell und Burleigh zu verletzen, sondern um die beiden von dem schweren Seil des Enterhakens fernzuhalten. Burleigh begegnete dem Stoß der breiten Klinge seines Angreifers mit einer starken Parade nach unten und schlug die Waffe zur Seite. Ihren Platz nahmen augenblicklich zwei weitere Klingen ein, da noch mehr Seemänner sich an der Reling drängelten: Jeder von ihnen streckte sich und stieß und stach in einer fieberhaften Anstrengung, um die einsamen Verteidiger zu erreichen.

»Runter – in Deckung, Kapitän!«, rief Henderson vom Heck aus.

»Nach unten!«, schrie Farrell und zog Burleigh neben sich auf das Deck. »Schützen Sie Ihren Kopf.«

Der Earl hatte nur Zeit, seinen freien Arm über seinen Kopf zu werfen, als die Heckkanone ihr lautstarkes Krachen vernehmen ließ. Sie wurden von Holz- und Seilstückchen überschüttet. Farrell sprang auf die Füße. Die angreifenden Seemänner waren fort – und ebenso der Enterhaken.

»Wir sind frei!«, rief der Kapitän. »Jetzt der Haken am Bug!«

Burleigh drückte sich auf seine Hände und Knie hoch. Mit einiger Mühe schaffte er es, sein gesundes Bein unter seinen Rumpf zu bringen.

Der Kapitän, der bereits auf den Bug zurannte, blickte zurück. Er sah, dass der Earl darum kämpfte, zu stehen, und eilte zu ihm, um ihn am Arm zu packen und ihn auf den Füßen zu halten. »Sie sind verletzt. Setzen Sie sich hin.«

»Das ist nichts. Gehen Sie! Ich bin hinter Ihnen.«

Gerade als sie den Bug erreichten, schwärmten feindliche Seeleute auf dem Deck des Schoners aus; mehrere hatten Pistolen und feuerten über die Reling hinweg auf die rennenden Männer. Farrell und Burleigh warfen sich auf das Deck und versteckten sich unterhalb des Schandecks. Im selben Moment schlugen um sie herum Geschosse auf dem Deck und dem Lukenaufsatz ein. Thoms am Buggeschütz erwiderte das Feuer.

Die Piraten verteilten sich, und Thoms lud nach. Burleigh und der Kapitän stürzten sich auf den Enterhaken, der an der Bugreling befestigt war, und begannen, mit ihren Klingen auf das Seil einzuhacken. Die Schießerei wurde fortgesetzt. Kugeln spritzten um sie herum, und abermals duckten sie sich unterhalb des Schandecks, um darauf zu warten, dass die Schützen nachluden.

Auch Thoms ließ sich aufs Deck fallen, doch auf dem Weg nach unten erwischte ihn eine umherirrende Kugel. »Aaah!«, brüllte er, als er stürzte. »Ich bin angeschossen!«

Auf dem Bauch rutschte Farrell über das Deck zu dem verwundeten Kanonier. Thoms, der sich die Seite hielt, krümmte sich vor Schmerzen.

»Locker bleiben«, sagte Farrell zu ihm. »Lass es mich ansehen.« Er zog die blutigen Hände des Seemanns von der Wunde und hob sein Hemd an. »Du bist schlimm getroffen, Thoms«, erklärte er. »Wir werden dich nach unten bringen, sobald wir die Bugleine beseitigt haben.« Er wirbelte herum und rief Burleigh zu: »Kümmern Sie sich um den Enterhaken, Sir! Ich werde das Geschütz bedienen.«

Der Kapitän sprang auf und machte die Kanone schussbereit, während Burleigh abermals auf das schwere Tau einhackte. Die Stränge lösten sich nur widerstrebend und zum Verrücktwerden langsam auf. Doch der Kapitän hielt die feindlichen Seeleute fern, indem er die Bugkanone hin- und herbewegte und auf sie richtete, wann immer sie ihre Köpfe über der Reling zeigten.

Burleigh, der das Entermesser mit beiden Händen umfasste, hackte wie ein Holzfäller auf das Tau ein, und seine Arme hoben und senkten sich immer wieder, bis seine Muskeln brannten. Letztendlich gelang es ihm dennoch, die Trosse zu durchtrennen. »Er ist frei!«, schrie er. »Der Enterhaken ist los!«

»Gut gemacht!«, rief Farrell. »Übernehmen Sie das Geschütz!«

Als Burleigh zu ihm an die Kanone trat, rief der Kapitän seiner Besatzung zu: »Ich brauche hier einen Geschützhelfer!«

»Ich mache das schon«, entgegnete Burleigh.

»Sie wissen, wie man eine Kanone lädt?«

»Ich habe gesehen, wie man das macht«, erwiderte Burleigh und humpelte zum Drehgelenk.

»Die da kommen zuerst rein und werden fest nach unten gestoßen.« Der Kapitän zeigte auf die Pulverladungen. »Die Kugel geht danach ins Rohr. Zielen Sie hoch, da die Kugel stark nach unten fällt.« Er stieß mit einer Hand gegen das Segel. »Ich werde das Segel nach oben bringen lassen, und schaue zu, dass ich uns ein bisschen auf Abstand bringen kann.«

Als Farrell eilig davonlief, wurde die *Percheron* von einer Explosion erschüttert, die das Deck förmlich aufspringen ließ und Burleigh beinahe von den Füßen riss. Er packte die Reling und hielt sich daran fest. Rauch quoll vor ihm vom Schiffsrumpf auf. Es war unmöglich zu erkennen, was geschehen war, aber er hörte Rufe und die Schreie verwundeter Männer.

Plötzlich war überall Rauch, wallte hoch aus der Bodenluke hinter ihm – und ebenfalls aus der vorderen Luke des Schoners. Es gab noch mehr Rufe … denen Aufschreie folgten. Feindliche Seeleute erschienen auf dem Deck des Schoners, wallten hoch aus dem Niedergang und zogen Rauch hinter sich her. Das Hosenbein eines Seemanns stand in Flammen, und er jammerte panisch, bis einer seiner Kameraden ihn aufs Deck stieß und Sand aus einem Segeltuchbehälter über die Flammen warf. Die anderen, die mit Säbeln und Entermessern fuchtelten, stürmten zum Bug, wo die Schiffe immer noch nahe beieinanderlagen; sie schrien laut, als sie kamen. Zwei von ihnen kletterten auf die Reling und wagten einen Sprung über die Kluft, die die zwei Schiffe trennte.

Burleigh feuerte mit dem Buggeschütz. Er verfehlte die Männer, traf jedoch das Tauwerk und holte ein Gewirr von Seilen und mehrere Holzblöcke herunter. Er schwenkte die Kanone und begann mit dem Nachladen.

»Zieht das Großsegel!«, rief Kapitän Farrell aus dem Steuerhaus.

Zwei Besatzungsmitglieder rannten zum Ankerspill und begannen, das Tau zu ziehen. Das schlaffe Segel wurde straff, fing den Wind ein, kräuselte sich und bauschte sich. Die *Percheron* neigte sich ein wenig und fing langsam an, sich zu bewegen.

Als der Earl das Geschütz mit Pulver nachgeladen und mit einer Kugel bestückt hatte, war die Kluft, die das eine Schiff vom anderen trennte, zu einer Breite von einem Dutzend Meter angewachsen.

Die Segel blähten sich, und der Bug schnitt in die entgegenkommenden Wellen hinein, als der Kapitän ihn dazu brachte, sich zu drehen. Zwischen den beiden Schiffen entstand ein klaffender Abstand, der sich immer weiter verbreiterte, und bald war es klar, dass sie das feindliche Fahrzeug hinter sich ließen. Immer noch waren sporadische Schüsse vom Schoner zu hören. Mit seinem letzten Schuss zielte Burleigh auf das Steuerruder des feindlichen Schiffes: Er beobachtete, wie die Kugel auf das Deck schlug, aufsprang und in einen Stapel Fässer hineinprallte.

Die *Percheron* wurde schneller und ließ den Schoner weiter zurück. Rauch hing immer noch in dünnen Fetzen über dem Deck und in der Takelage des Piratenschiffes; und ein paar der Seeleute dort standen an der Reling und beobachteten, wie ihre Beute ihnen entschlüpfte. Burleigh hob seine Faust und schüttelte sie provokativ. Dann verließ er sein Geschütz und wandte sich dem verletzten Thoms zu, um ihm zu helfen. Der Mann hat sich selbst über das Deck gezogen und saß nun gegen den vorderen Lukenaufsatz gelehnt; sein Gesicht war weiß geworden wie das Tuch des Segels über seinem Kopf.

Der Earl rief nach Hilfe. Dann fiel er rückwärts auf das Deck – erschöpft, mit einem pochenden Schmerz im Bein.

Es war fast dunkel, als sie die Hafeneinfahrt von Kap Trafalgar erreichten. Kapitän Farrell hatte das Notsignal hissen lassen, um eine rasche Durchfahrt zu ermöglichen und Hilfe zu bekommen für Burleigh, Thoms und O'Brien, einen Seemann, der durch ein umherfliegendes Schrapnell verletzt worden war, als ein Glückstreffer das Pulvermagazin des Schoners entzündet hatte. Als das Schiff in die Bucht hineinfuhr, veränderten die hohen Klippen ihre Farbe und zeigten ein rötlich-purpurnes Glühen. Niemals zuvor war Burleigh so froh gewesen, Land zu sehen – und damit war er nicht alleine. Mehrere der Männer jubelten, als der Hafenmeister eine Barkasse ausschickte, die sie empfangen und die Verwundeten zur Krankenstation des Hafens bringen sollte.

Burleigh, dessen Wunde inzwischen gesäubert und verbunden war, weigerte sich, das Schiff zu verlassen, bevor er nicht mit dem

Hafenmeister gesprochen hatte. »Das haben Sie gut gemacht, Mr Farrell«, sagte Burleigh, während er zusah, wie die Seemänner den Landungssteg heruntergetragen wurden. »Ich erweise Ihnen meine Ehrenbezeigung, Kapitän, und ich habe die Absicht, für die Behörden einen vollständigen Bericht über die Geschehnisse des heutigen Tages zu machen. Ihre Tapferkeit und die Ihrer Besatzung ist vorbildlich und wird nicht unbelohnt bleiben.«

»Das ist nichts Besonderes, Sir«, erwiderte der Kapitän. »Wie ein weiser Mann einmal gesagt hat: Ende gut, alles gut. Doch wir werden uns wohl einige Zeit verspäten, denn ich bin der Auffassung, dass wir wegen Reparaturarbeiten unser Schiff hier stilllegen müssen. Es ist ein schöner Hafen, und die Stadt ist gut mit Lebensmitteln versehen. Wir könnten in jedem Fall nach Tarquinia fahren, doch ich glaube, es ist das Beste, wenn wir das Schiff richtig überholen lassen und den Verwundeten die Möglichkeit geben, wieder auf ihre ›See‹-Beine zu kommen.«

»Ich füge mich Ihrem Ratschlag, Mr Farrell. Nehmen Sie sich all die Zeit, die Sie brauchen.« Burleigh betrachtete den großzügigen Hafen und die blühende Stadt, die sich auf den Hügeln oberhalb der Bucht erhob, und fügte hinzu: »Ich kann es Ihnen genauso gut auch jetzt sagen – wir fahren nicht nach Tarquinia oder Ostia.«

»Nicht, Sir?« Der Kapitän drehte sich um und hob verwundert seine Augenbrauen. »Wohin dann, wenn es mir erlaubt ist zu fragen?«

»Nach China, Mr Farrell«, antwortete Burleigh. »Wir müssen uns auf eine lange Reise vorbereiten, denn wir sind unterwegs nach dem Südchinesischen Meer.«

VIERTER TEIL

Das Grauenvolle

ZWEIUNDZWANZIGSTES KAPITEL

Worin explodierende Sterne einen Nutzen nach sich ziehen

»Oh, komm schon!«, protestierte Kit. »Es ist so klar wie Kloßbrühe, was hier passiert ist – Haven hat das Buch gestohlen und sich heimlich davongemacht.«

»Und Giles«, fragte Mina. »Was ist mit ihm?«

»Sie hat ihn natürlich mitgenommen«, antwortete Kit mit Nachdruck. »Wer weiß, was sie ihm erzählt hat: die ein oder andere Lüge, um ihn dazu zu bringen, ihr zu helfen und darüber Stillschweigen zu bewahren.«

»Wie hätte sie überhaupt gewusst, wo man nachschauen sollte?«

»Offensichtlich hat sie das Zimmer durchsucht.« Er stieß seinen Finger anklagend in Richtung der Truhe, die am Fuße seines Bettes offen stand. Seine wenigen Kleidungsstücke waren durcheinandergeworfen – als wären sie durchsucht und anschließend achtlos zurückgelegt worden. »Es war nicht schwierig, nicht wahr ... Es ist ja nicht so, als ob es hier drinnen eine Tonne Zeug gäbe.«

Sie standen im Eingang zu dem oberen Zimmer, das sich Kit und Gianni im *Großen Kaiserlichen Kaffeehaus* teilten. Kit war von einem Spaziergang um den Marktplatz herum zurückgekehrt und hatte seine hölzerne Truhe, wo er seine wenigen Habseligkeiten aufbewahrte, durchstöbert vorgefunden. Er blickte auf Gianni, der in der Türöffnung stand, und dann auf Wilhelmina neben ihm, um ihnen zu suggerieren, dass sie dem Beweismaterial vor ihren Augen glauben sollten. »Das Buch war dort, und jetzt ist es nicht da. Haven war hier, und jetzt ist sie fort. Zufall? Ich glaube das nicht.«

»Ich sage nicht, dass du dich irrst«, räumte Mina ein. »Ich möchte bloß nicht, dass wir uns zu irgendwelchen vorschnellen Schlussfolgerungen hinreißen lassen. Lass uns erst mal abwarten und schauen, was passiert.«

»Schön. Was soll's. Aber die Tatsache bleibt: Das Buch ist fort. Was also werden wir deswegen unternehmen?«

»Ich sehe nichts, was wir deswegen unternehmen können.«

»Dieses Buch«, meldete sich Gianni zu Wort. »Es ist dasselbe, das du uns gezeigt hast, oder? Du glaubst, es könnte den Schlüssel zur Karte enthalten. Wie bist du in den Besitz des Buches gekommen? Erklär das bitte.«

»Wie ich schon früher erwähnt habe, ist es das persönliche Tagebuch von Sir Henry Fayth«, antwortete Kit seufzend. »Auf seinen Seiten hat Sir Henry all seine Gedanken, Spekulationen und Entdeckungen aufgeschrieben, die Ley-Linien und das Ley–Reisen betreffen. Haven und ich fanden das Buch in seinem Arbeitszimmer, als er und Cosimo verschwanden. Ich habe es ein paar Mal gelesen – oder es versucht –, und um die Wahrheit zu sagen: Das meiste davon habe ich nicht verstanden. Doch jetzt glaube ich, dass es die Information enthalten könnte, die wir als Hilfe für die Entschlüsselung der Karte brauchen. Ich hatte gehofft, wir könnten, indem wir das Buch und die Karte zusammenlegen ...« Kit hörte zu reden auf, als ihm plötzlich ein Gedanke in den Sinn kam. Er wandte sich Wilhelmina zu. »Du hast doch immer noch die Karte, oder? Sag mir, dass du sie hast.«

»Keine Sorge.«

»Ich glaube, wir sollten das überprüfen, nur um sicher zu sein«, sagte Kit nachdrücklich. »Haven ist eine doppelzüngige Intrigantin, und wenn sie es geschafft hat, diese Karte in ihre Krallen –«

»Kit, sie ist sicher. Entspann dich.«

»Geh es überprüfen.«

»Ich halte sie hinter Schloss und Riegel.«

»Ich will die Karte jetzt sofort sehen.«

»Oh, in Ordnung«, lenkte Mina ein. »Falls das dich zum Schweigen bringen wird.«

»Wir gehen alle. Wo ist sie?«

»Wenn ich euch zeigen würde, wo sie ist, wäre es nicht mehr länger geheim, nicht wahr?«, entgegnete sie. »Ihr zwei wartet hier – ich bin gleich zurück.«

Wilhelmina lief hastig den Flur hinunter, und Kit kehrte zu der Begutachtung dessen zurück, was er inzwischen als Tatort betrachtete. »Ich weiß, dass Haven das grüne Buch genommen hat«, behauptete Kit, der auf seinen Gedanken zurückkam, der ihn gegenwärtig beherrschte. »Sie hat es mir übel genommen, dass ich es in erster Linie habe.«

»Warum sollte sie es nehmen und wegrennen?«, fragte Gianni. »Warum nicht einfach dich darum fragen?«

»Für Ihre Ladyschaft ist nur sie selbst das Gesetz«, erwiderte Kit, Verbitterung schlich sich in seinen Tonfall hinein. »Sie tut, was sie tut – aus ihren eigenen Gründen und ohne Rücksicht auf irgendjemand anderen.«

Gianni zeigte ein mitfühlendes Nicken. »Die Welt ist nur zu voll von solchen Leuten.«

Ein paar Augenblicke später erschien wieder Mina mit Zusicherungen, dass – ja – ihr Teil der Meisterkarte noch immer geschützt und sicher war, zusammen mit der Kopie, die sie angefertigt hatten. »Alles ist okay«, sagte sie zu Kit. »In Ordnung? Ich habe ein Geschäft, das ich führen muss. Also, warum geht ihr zwei nicht und findet erst einmal etwas zu tun für euch? Und wir setzen uns später alle hin und diskutieren, was deswegen zu tun ist.«

»Versuchst du etwa, uns loszuwerden?«, wollte Kit wissen.

Mina schritt bereits durch die Tür. »So etwas in der Art.«

»Ich kann erkennen, wenn ich nicht erwünscht bin«, murmelte Kit. »Komm, Gianni. Lass uns ein Käffchen trinken. Wir müssen über unsere Expedition in die Steinzeit sprechen und darüber, was wir wegen jenes Baumes unternehmen sollen, wenn wir dorthin kommen.«

Der Priester zögerte. »Nichts würde mich mehr erfreuen – ich muss jedoch den Töpfer besuchen gehen, bevor der Markt schließt.«

Kit, der bereits stinksauer war, rollte ungläubig seine Augen.

»Bin ich der Einzige, der darum bemüht ist, zur großen Jagd zurückzukehren?«

»Tut mir sehr leid«, sagte Gianni. »Aber heute ist der einzige Tag, an dem der Töpfer zum Markt kommt. Und ich habe ein Treffen mit ihm vereinbart.«

»Alles klar. Dann leg mal los«, erwiderte Kit. »Bis später.«

Sie trennten sich voneinander, und Kit stopfte seine Habseligkeiten wieder in die Truhe hinein, schloss sie und trat sie zurück an ihren Platz. Dann schlenderte er hinab in den Hauptspeisesaal des Kaffeehauses. Dort waren ein paar dunkel gekleidete, rührige, bärtige Geschäftsmänner, die die Bänke an der hinteren Wand säumten; sie sprachen in leisem Tonfall und tranken schlückchenweise den Kaffee aus ihren eigenen, persönlichen Tassen, die Wilhelmina nur für sie vorbehielt. Drei würdevolle Matronen mit kunstvoll gekraustem Haar und Satinkleidern in Grün und Blau belegten einen Tisch unterhalb der Fenster, wo das Licht besser war und wo sie sicher waren, dass sie den vorbeigehenden Fußgängerverkehr beobachten konnten und von ihm beobachtet wurden.

Das Nachmittagsgeschäft hatte sich verringert und die Menschenmenge am frühen Abend würde noch eintreffen müssen, daher war es im Kaffeehaus relativ ruhig – abgesehen vom Klappern der Pfannen und Tabletts, das von der Küche ausging. Dort arbeiteten Etzel und seine Helfer daran, die Leere auszufüllen, die in ihrem Backwarenvorrat durch anspruchsvolle Gaumen verursacht worden war. Kit gab die Kaffee-Idee auf und entschied stattdessen, nachzusehen, wie Cass mit dem Testen vorankam.

Er verließ das *Große Kaiserliche Kaffeehaus* und ging mit ausholenden Schritten über den Marktplatz. Das Kaufen und Tauschen war immer noch in vollem Gange; auf dem Platz drängten sich die Händler und ihre Verkaufsstände, und die engen Gänge waren mit Käufern vollgestopft. Wilhelmina hatte für Cass arrangiert, dass sie in einem angemieteten Raum über der Apotheke wohnte. Kit trat ein und grüßte laut Anya, die Apothekerin, eine begüterte Witwe, die das Geschäft seit dem Tod ihres Ehemannes vor vielen Jahren alleine führte. »Guten Tag«, intonierte er auf Deutsch und hob einen Finger himmelwärts. Sie nickte, und er stieg die Treppe hinauf.

Cass hatte ein rudimentäres Laboratorium auf einem freigeräumten Tisch errichtet, den sie zum hellen Platz unterhalb des einzigen Fensters im Raum gerückt hatte. Sie war bei der Arbeit und summte dabei vor sich hin. Ihr Anblick heiterte ihn unerwarteterweise auf; und der Klang ihres leisen, kehligen Gesangs bezauberte ihn. Er blieb im Eingang stehen und gönnte sich ein oder zwei Sekunden, um den Augenblick zu genießen, bevor er gegen den Türrahmen klopfte.

»Heda!«, rief er. »Wie steht die Schlacht?«

»Oh, hi, Kit«, erwiderte sie und blickte rasch mit einem Lächeln über die Schulter, bevor sie sich wieder dem Tisch zuwandte. »Komm herein und schau selbst.«

In dem Bemühen, die Identität des geheimnisvollen Materials zu bestimmen, das den Schattenlichtern Leben einhauchte, hatte Cassandra das Gehäuse von Kits zerstörter Apparatur aufgebrochen. »Wenn Sachen ausgebrannt sind, kann man aus den zurückgelassenen Überresten eine Menge über die Zusammensetzung erkennen«, erklärte sie. »Aschen aller Art haben eine chemische Signatur.«

Kit nickte anerkennend. »Was kannst du aus dem da erkennen?«, fragte er, während er über ihre Schulter auf etwas spähte, das wie eine geöffnete, aus Messing hergestellte Muschelschale aussah.

»Nicht viel bislang. Meine Ausrüstung ist nicht gerade auf dem neuesten Stand der Technik.«

Cass hatte ein sauberes weißes Taschentuch auf dem Tisch ausgebreitet, wo die Hälften der erloschenen Ley-Lampe einen ziemlich einfachen internen Mechanismus enthüllten – einen in der Tat überraschend einfachen. Die Eingeweide des Dings schienen fast ausschließlich aus einer einzigen großen Kammer zu bestehen, die die aktivierende Substanz mit kleineren einzelnen Kanälen enthielt, die sich zu den Löchern in der Schale ausbreiteten, aus denen das Licht strahlte. Es gab zwei oder drei andere, viel kleinere abgegrenzte Bereiche – dies genau zu bestimmen war schwierig aufgrund der Schmelze, die sich während des Stromstoßes zugetragen hatte –

ebenso wie die Überreste eines Mechanismus, der eine Feder, ein paar Leitbleche und Kanäle sowie etwas enthielt, das wie ein winziger Blasebalg oder wie eine Membran aussah.

»Erzähl mir noch einmal, wie diese Schmelze passiert ist«, bat Cass. Sie benutzte eine große, gebogene Polsternadel mit abgeflachter Spitze, um vorsichtig auf ein Kügelchen aus geschmolzenem Material in der Hauptkammer einzustochern, und schabte die verkohlten schwarzen Überbleibsel zu einem ordentlichen kleinen Haufen zusammen.

»Wir waren in dem Steinzeit-Land, von dem ich dir erzählt habe«, begann Kit. »Ich wollte Mina und Bruder Lazarus das Knochenhaus zeigen, aber stattdessen –«

»Das Knochenhaus«, murmelte Cass, die den Kopf reckte, um ihn anzusehen. »Es klingt so ... so paläolithisch. Beschreibe es mir.«

»Nun, es war mitten im Winter. Eines Tages luden einige der jüngeren Männer des Fluss-Stadt-Clans mich ein, mit ihnen in den Wald hinauszugehen, wo sie diese erstaunliche kleine Hütte bauten: so was Ähnliches wie ein Iglu, aber vollständig angefertigt aus den Knochen von all diesen Kreaturen – Bisons und Nashörnern und Mammuts und Elchen, einfach von allen. Die Knochen wurden von einem Haufen am Fuße einer Klippe gesammelt ...«

»Eine Tötungszone«, mutmaßte Cass. »Einige Indianerstämme sind dafür bekannt gewesen, dass sie das Gleiche getan haben – Tiere über eine Klippe treiben. Es ist eine sehr effiziente Methode, um an Fleisch zu kommen.«

Kit nickte. »Wir zogen also all diese Knochen und Geweihe und Schädel und Dinge von dem Haufen und schleppten sie zu einer Lichtung tief in den Wäldern. Ich wusste es damals nicht, aber sie errichteten diese kleine Hütte direkt oben auf einem Ley-Portal. Der Alte – sicherlich habe ich ihn erwähnt, oder? Der Clan-Häuptling? En-Ul hieß er; und als das Knochenhaus fertiggestellt war, kroch er hinein und verfiel in irgendeine Art von schlafender Trance oder tiefer Meditation – oder ich weiß nicht, was. Traumzeit nannte er das.«

»Faszinierend.« Cass glich sich mit ihrem Gesichtsausdruck Kits ehrfürchtiger Miene an. »Du musst mich unbedingt mitnehmen, damit ich diesen Ort sehe. Du hast es versprochen, erinnerst du dich?«

»Klar, doch da gibt es nur eine kleine Sache«, gab Kit zu bedenken. »Als ich Mina und Gianni zu der Lichtung im Wald brachte, war das Knochenhaus verschwunden. Stattdessen fanden wir diesen riesigen Eibenbaum – mindestens tausend Jahre alt, vielleicht sogar noch älter. Das ist das Problem.«

»Eine Eibe, was?« Cass kehrte wieder zu ihrer Tätigkeit zurück, mit der Nadel auf die schwarze, rußige Asche einzustochern.

»Ja, ein absolut gigantischer Eibenbaum«, sagte Kit. »Warum?«

»Nun, du weißt, Eibenbäume werden mit Unsterblichkeit und Ewigkeit verbunden – was zufällig auch das Thema dieser großen Suche ist, worüber jeder ständig redet.« Sie blickte Kit an. »Wusstest du das nicht? Viele sehr alte Kulturen betrachteten die Eibe als einen heiligen Baum – wahrscheinlich weil diese Pflanzen so fantastisch langlebig sind. Die Menschen dachten, dass Eibenbäume ewig leben würden, und so wurden sie ein Symbol des immerwährenden Lebens. Das ist auch der Grund, warum man sie so häufig auf Friedhöfen gepflanzt sieht.« Sie zuckte ein kleines bisschen mit den Schultern. »Es ist ein interessanter Zufall – dies alles.«

»Cassandra, meine Teure«, sagte Kit, der den altmodischen, erhabenen Tonfall seines kürzlich verstorbenen Urgroßvaters nachahmte, »wir sollten alle mittlerweile bestens wissen, dass es so etwas wie Zufall nicht gibt.«

Cass betrachtete ihn mit einem fragenden Gesichtsausdruck. »Okay …«

»Das ist etwas, worüber Cosimo und Sir Henry dauernd geredet haben«, erklärte er. »Wie auch immer, zurück zu dem Baum … Also, dort sind wir, stehen im Wald herum, schauen auf die Eibe und fragen uns, was wir tun sollen – und ganz plötzlich drehen unsere Lampen durch. Wir überprüfen gerade, ob das Ley-Portal immer noch da ist, und sie rasten völlig aus – das heißt, die Schattenlichter –, und die dummen Dinger überhitzen.«

»Nur Hitze?«, fragte Cass, die auf die Anordnung von Bauteilen und Materialien vor sich blickte. »Sonst noch was?«

Kit dachte einen Moment nach. »Die kleinen Lichter blinkten … Nein, es war kein Blinken, mehr wie ein Pulsieren. Richtig hell – ich hatte sie niemals so hell gesehen. Und dann plötzlich wurde der Messingbehälter zu heiß, um ihn festzuhalten. Mina hat ihres zuerst fallen lassen, und dann tat ich es. Die Dinger gaben einen komischen kleinen Knall von sich, und weißer Rauch kam heraus. Und – fzzt! Das war's gewesen.«

»Hm.« Cass legte die Nadel nieder und nahm eine Pinzette auf, zog ein Stück von dem verkohlten Material heraus und ließ es in eine kleine Glasschale fallen, die sie sich vom Kaffeehaus ausgeliehen hatte. »Was also ist als Nächstes passiert?«

»Das ist alles«, antwortete Kit. »Wir kamen hierher zurück, und dann bist du mit Haven und Giles aufgekreuzt. Den Rest kennst du.«

Cass holte zwei weitere Proben hervor und gab jede in eine Tasse des *Großen Kaiserlichen Kaffeehauses*. In der ersten Tasse fügte sie einen Tropfen Wasser hinzu, in der zweiten ein klitzekleines bisschen Essig und in der Schale einen Tropfen von einer bleichen, gelben Flüssigkeit, die nach verfaulten Eiern stank. »Primitiv, aber vielleicht sind wir ja in der Lage, von einem dieser Reagenzien eine Reaktion zu bekommen«, sagte Cass zu ihm. »Das heißt, falls es dort etwas gibt, das weiterhin noch in der Lage ist, mit ihnen zu reagieren.« Sie rührte eine Probe nach der anderen mit dem Ende eines Stifts um, mit dem man auf Glas schreiben konnte, und wartete. Sie blickte so konzentriert, dass sich ihre Stirn in Falten legte.

»Gibt's was?«, fragte Kit nach einem Moment.

»Bisher noch nichts.« Sie zog den Docht der Tischlampe in die Länge und hielt eine der Tassen nahe der verstärkten Flamme. »Manchmal kann ein wenig Hitze eine Reaktion beschleunigen.« Sie rührte erneut den Inhalt der Tasse um, neigte sie über der Flamme, wartete und ging danach zu der nächsten über. Keine der Proben zeigte irgendeine erkennbare Veränderung.

»Dies ist vielleicht ein zum Scheitern verurteiltes Projekt«, mutmaßte sie, »aber zumindest probieren wir es aus. Wenn ich fortgeschrittenere Prüfgeräte und mehr Chemikalien hätte, würden wir möglicherweise etwas weiterkommen.« Sie wandte sich wieder ihren Experimenten zu. »Ich werde ein paar weitere Tests versuchen und sehen, ob ich die Dinge irgendwie voranbringen kann. Wenn nicht, werde ich mit den Proben anfangen, die Gustavus geliefert hat. Doch um dir die Wahrheit zu sagen, ich gelange beinahe ans Ende meiner begrenzten Sachkenntnisse.«

»In Ordnung«, sagte Kit. »Du machst weiter. Ich werde losziehen und Gianni finden.«

»Komm schnell zurück.«

Kit schwirrte ab, um den Italiener aufzuspüren. Nach einer längeren Suche durch die Gänge und Wege des rammelvollen Marktes machte er ihn schließlich auf der anderen Seite des Platzes ausfindig, wo im Allgemeinen die Handwerker ihre Waren aufstellten. Kit grüßte ihn von Weitem und gesellte sich an einem Verkaufsstand von Töpferwaren zu ihm. Gianni hatte von dem, was er wollte, Muster gezeichnet; und nach dem, was Kit von dem Gespräch erfassen konnte, versuchte der Italiener nun, den Töpfer davon zu überzeugen, diese Gegenstände für ihn anzufertigen. Dies brachte eine längere Diskussion mit sich, der Kit nicht folgen konnte, die jedoch anscheinend zur Zufriedenheit beider endete, als die zwei sich die Hände schüttelten.

»Ich hoffe, dass ich nächste Woche um diese Zeit – so Gott will – mit meinem Garten beginnen werde«, verkündete Gianni.

»Darf ich?«, fragte Kit und zeigte auf die Zeichnung.

Gianni reichte sie ihm und sagte: »Sie haben so etwas nicht hier. Ist das zu fassen?«

»Blumentöpfe?«, erwiderte Kit verwundert, als er die Skizze überflog. »Deswegen hast du den Töpfer aufsuchen müssen?«

»Einfache Terrakotta-Übertöpfe, ja. Er hat dauernd behauptet, dass Schüsseln nützlicher sind. Aber ich brauche etwas, um Kräuter und Gemüse anzupflanzen.«

»Was auch immer du sagst.« Kit gab die Zeichnung zurück und fuhr fort: »Cass und ich haben uns gefragt, ob du beim Testen zur Hand gehen könntest. Sie ist mir ihrem Latein am Ende.«

Gianni besiegelte seinen Handel mit einer kleinen Vorauszahlung und folgte Kit zum oberen Raum in der Apotheke.

»Ich habe bei keiner der vorliegenden Testmaterialien irgendeine Reaktion auslösen können«, berichtete Cass. »Ich habe sowohl die Rückstände als auch die Rohmaterialien getestet. Keinerlei Reaktion.«

»Das ist nicht verwunderlich. Ich vermute, dass man ausgeklügeltere Gerätschaften und Chemikalien brauchen würde, als du an diesem Ort und in dieser Zeit finden kannst – und die man höchstwahrscheinlich auch in den nächsten zweihundert Jahren nicht wird erhalten können.« Gianni zog sich einen Stuhl heran und nahm neben ihr Platz. »Aber lass uns sehen, was wir hier und jetzt machen können. Zuerst jedoch möchte ich gerne hören, wie diese kleinen Lampen … äh … funktionieren. Ist das richtig formuliert?«

Beide wandten ihre Gesichter Kit zu. »Wie? Aber du hast doch schon gesehen, wie sie funktionieren.«

»Nein, mein Freund. Ich habe nur gesehen, wie sie *verfallen.*«

»Ausfallen«, verbesserte Cass ihn leichthin.

»Okay«, sagte Kit. »Es ist wirklich sehr einfach. Wenn die Lampe mit einer Ley-Linie in Kontakt kommt, die gerade aktiv ist, leuchten die kleinen Löcher auf. Sie zeigen ein blaues Glühen.«

»Ich denke, da ist möglicherweise mehr im Spiel, als nur das«, gab der Priester-Physiker zu bedenken. »Bitte beschreibe, was geschieht – von Anfang an. Erzähl uns alles, was dir einfällt; selbst das kleinste Detail kann sich als nützlich erweisen.«

Kit nickte nachdenklich, und dann ließ er sich auf eine längere Ausführung darüber ein, wie die Ley-Lampe funktionierte und wie sie eingesetzt wurde: alles, woran er sich erinnern konnte – bis hin zur Farbe der Lichter und zum Geruch, der entstand, als sie verpuffte. Er schloss ab mit den Worten: »Mina könnte euch mehr erzählen, als ich es vermag: Sie ist die Expertin. Auch war ihre Lampe ein neueres und leistungsfähigeres Modell – mit mehr Schnickschnack.«

Gianni dankte ihm und wandte sich seiner Kollegin auf dem Stuhl neben ihm zu. »Irgendwelche Ideen, Cassandra?«

»Seltene Erden«, antwortete sie. »Von Anfang an habe ich das gedacht. Terbium vielleicht – oder Gadolinium.«

»Möglich, möglich.« Gianni zupfte sich am Kinn. »Es könnte Gadolinium sein – oder eines seiner Abkömmlinge.« Mit einem Finger klopfte er sich ans Kinn. Dann leuchteten seine Augen auf. »Ich weiß es! Europium!«

»Europium«, wiederholte Cass. »Für mich ist das etwas Neues. Andererseits, das ist ziemlich weit von meinem Fachgebiet weg.«

»Europium ist es vielleicht wert, dass man es sich genauer ansieht«, behauptete Gianni. »Das denke ich. Wir sollten Gadolinium und Terbium probieren. Und Neodym ebenfalls.«

»Ich darf wohl davon ausgehen, dass dies real existierende Dinge sind«, merkte Kit an. »Ihr denkt sie euch nicht aus, oder?«

»Metalle der Seltenen Erden«, erklärte Cass ihm. »Sie sind richtig real, sehr real – aber auch ... nun ... sehr selten.«

»Ich verstehe«, sagte Kit.

»Sie sind verwandte Elemente einer Familie von Lanthanoiden – einige der schwereren Elemente –, die in der Nukleosynthese einer Supernova entstanden sind.« Als sie sah, dass Kits Augen glasig zu werden begannen, erklärte sie: »Das bedeutet, dass sie bei thermonuklearen Explosionen von Sternen erzeugt wurden.«

»Explodierende Sterne«, murmelte Kit. »Natürlich.«

»Die erzeugten Elemente können für alle möglichen Dinge eingesetzt werden«, fuhr Cass fort. »Sie sind nützlich für Paläontologen, weil sie sich im Laufe der Zeit verändern, daher nutzen wir sie, um bei der Datierung von Fossilien zu helfen. Sie sind auch in allen Arten von Hightechapparaturen anzutreffen, wie zum Beispiel in Lasern, Röntgengeräten, Kernspintomographen, Radionuklidbatterien – eben in Dingen wie diesen.«

»Siehe die Herrlichkeit der Schöpfung! Sogar explodierende Sterne haben ihren Zweck und Sinn!«, rief Gianni aus, der sich eine kleine Predigt gönnte. »Und diesen Zweck können sich die Menschen zunutze machen.«

»Die Lanthanoiden sind, so wie man sie kennt, die wahrscheinlichen Kandidaten für diese Schattenlichter«, meinte Cass. »Denn viele von ihnen reagieren leicht auf verschiedene Arten elektromagnetischer Energie – oft weisen sie eine ausgeprägte Elektronenanregung auf, was ausgiebige Photonenemissionen in den kürzeren Wellenlängen zur Folge hat.« Angesichts der verwirrten Miene von Kit fügte sie hinzu: »Sie glühen.«

»Das würde es erklären«, folgerte Kit. Er deutete auf die Platte mit dem gewöhnlichen grauen Granulat. »Gustavus hat gesagt, dass Burleigh ihm das Material gebracht hat, richtig? Also, wo könnte Burleigh dieses Zeug bekommen, wenn es so überaus selten ist?«

»Wie wir zuvor gesagt haben – wenn wir wissen, um was es sich handelt, werden wir wissen, von wo es kommt.« Cass wandte sich Gianni zu. »China ist meine Vermutung.«

»Das muss unsere erste Wahl sein, wenn wir den Herkunftsort zu bestimmen versuchen«, pflichtete er ihr bei.

»Warum China?«, wollte Kit wissen, der sich zunehmend überfordert fühlte – eine Empfindung, die sich rasch verstärkte.

»Einfach weil die weltweit meisten Lieferungen an Seltenen Erden von dort kommen«, antwortete sie. »Südchina ist eine reiche Region, geologisch betrachtet.«

Gianni ergriff das Glasfläschchen, das ein winziges Stück von dem Rohmaterial enthielt, das Gustavus ihnen gegeben hatte. »Wenn wir unsere Liste an Kandidaten einengen könnten, sind wir möglicherweise in der Lage, einen spezifischeren Test zu entwickeln. Einige wenige dieser Elemente sind reaktiv auf Halogenid; ein paar von ihnen bilden stabile Verbindungen mit Chalkogeniden ...«

Die Diskussion tauchte rasch in tiefere Gewässer ein, in denen Kit sich nicht zu bewegen vermochte. Er entschloss sich, hinauszugehen, etwas frische Luft zu schnappen, sich die Beine zu vertreten und die technische Unterredung den Experten zu überlassen. »Ihr zwei macht weiter, und ich gehe bloß ganz kurz raus«, sagte er und entfernte sich leise von der Diskussion.

Sobald er draußen war, schlenderte er über den Platz dahin. Einige der Händler brachen ihre Verkaufsstände ab und machten sich bereit, nach Hause zu gehen oder zu fahren; doch es gab immer noch eine Menge Käufer und Anbieter um ihn herum, die in letzter Minute Geschäfte abschlossen. Als Kit um eine Ecke ging, sah er Engelbert mit einer Tasche über der Schulter in eine Nebenstraße verschwinden; die Szene erinnerte Kit an den Weihnachtsmann, der seine Runden machte. Halbherzig stieß Kit einen Ruf aus und winkte, doch der Bäcker war bereits fort.

Kit setzte seinen Schaufensterbummel fort. Er schlenderte hierhin und dorthin, begutachtete müßig die verschiedenen ausgestellten Waren und dachte, als er am Eisenhändler und am Zimmermann vorbeikam, was für eine monumentale Errungenschaft doch der einfache Meißel darstellte. Für den Fluss-Stadt-Clan wäre selbst eine einfache Säge ein Wunder der Technologie gewesen. *Nimm bei der Rückkehr zur Fluss-Stadt eine Säge, einen Sack voller Nägel und ein oder zwei Hämmer mit*, dachte er; dann würde man ihn für einen Wundermann halten, für einen Zauberer ersten Grades. *Gib als Zugabe noch ein Paket mit Nadeln und eine Schere*; und man würde ihn wenigstens wie einen König begrüßen, vielleicht sogar wie einen Gott.

An den Clan zu denken stürzte Kit in eine melancholische Stimmung, die er als Ungeduld oder als eine enttäuschte Zielsetzung falsch diagnostizierte. Aber dann begriff er, dass es angemessener war, seine Empfindung als eine Form der Sehnsucht zu deuten: Er vermisste seine Freunde, sein Volk, die sanften Giganten eines primitiveren Zeitalters. Nicht zuletzt vermisste er die Person, die er gewesen war, als er sich bei ihnen aufgehalten hatte. Er vermisste die offene Schlichtheit, das angeborene Mitgefühl, die Art und Weise, wie sich die Clanmitglieder uneingeschränkt umeinander kümmerten. Er vermisste Dardok und die anderen Angehörigen des Clans, die Frauen und Kinder; und am allermeisten vermisste er den Stammesführer En-Ul.

Der Uralte konnte seine Gedanken – auf jene mysteriöse Weise, die sie alle beherrschten – beinahe so deutlich wie gesprochene Worte verstehen. *Nun*, folgerte Kit, *wenn Gedanken über Zeit und Raum hinweg gelesen werden können, dann lies das, En-Ul: Ich werde zurückkehren.*

DREIUNDZWANZIGSTES KAPITEL

Worin Grabräuberei ermutigt wird

Die Wüstenhitze traf Charles Flinders-Petrie mit einer Kraft, die stark genug war, um Farbe abzulösen. Er stellte sich vor, wie die Sohlen seiner Schuhe Feuer fingen – oder, schlimmer noch, wie die sengenden Strahlen der weiß glühenden Sonne sein Haar entzündeten und seinen Kopf in Brand setzten. *Wenn ich in einen Hochofen hineinspaziert wäre, hätte es sich nicht heißer anfühlen können*, befand er. Machte er eine Pause, dann nur lange genug, um Atem zu holen und seine Umgebung zu prüfen: Er klopfte sich den knochenweißen Staub von seiner Kleidung ab und schaute sich um. Unter dem von der Sonne gebleichten, leeren Himmel tanzten in flirrenden Wellen die entfernt liegenden Hügel, die sich aus dem Wüstenboden erhoben. Aber das war meilenweit in jeder Richtung die einzige Bewegung. Vor Charles erstreckten sich die widderköpfigen Sphinxen. Sie säumten die lange Allee, die zu der Tempelruine führte: Diese blieb wie immer unbewegt und unberührt von der brütend heißen Atmosphäre.

Als er sah, dass er vollständig allein und unbeobachtet war, gestattete es sich Charles, ein wenig zu entspannen. Er zog ein Stück Leinentuch aus der Ledertasche an seiner Seite und wickelte es sich wie einen Turban um den Kopf. Das Reisegepäck war dasselbe, das von seinem Vater bei dessen letztem Besuch in Ägypten benutzt worden war. Es enthielt all die Dinge, von denen Charles sich vorstellte, dass er sie auf dieser Reise – seiner bislang abenteuerlichsten – brauchen würde. Die Tatsache, dass er Lord Burleigh für seine neu entdeckte Begeisterung am Ley-Reisen zu danken hatte, war Charles nicht entgangen. Denn wäre da nicht in all jenen zurückliegenden Jahren die beharrliche Einmischung des Earls gewesen, hätte er wahrscheinlich niemals einen weiteren Gedanken an die Karte seines Großvaters verschwendet.

Er zog kurz an dem langen, geflochtenen Riemen und hängte sich das Bündel über; anschließend machte er sich auf den Weg durch das Land auf die leicht schwebende Hügelkette zu und ließ die Doppelreihe der stummen Statuen hinter sich. Charles, dessen einziger Reiseführer nur die Beschreibung seines Vaters war, wünschte sich bald, Benedict hätte daran gedacht, selbst eine Karte zu erstellen – oder dass er zumindest ein paar Tricks des Familiengeschäfts notiert hätte. Ohne einen solchen Führer hatte es sich als äußerst schwierig erwiesen, das präzise, von Arthur angewandte Verfahren des Ley-Springens zu rekonstruieren. Es hatte Charles mehr als fünf Jahre und etliche Dutzend Versuche gekostet, bis er taumelnd zu einer groben Kalibrierungsmethode gekommen war, die es ihm ermöglichte, diesen Ort zu dieser Zeit zu erreichen – plus/minus einem Jahr oder sogar plus/minus einer oder zwei Generationen. Durch mehr Arbeit würde sich seine Technik verfeinern, aber dafür bräuchte er die Karte. Und die Karte war der Grund seines Besuches.

Obwohl er niemals in Ägypten gewesen war, hatte er doch seit der Zeit, als er alt genug war, um auf eigenen Füßen zu gehen, die Familiengeschichten von seinem Vater und von der Großmutter so oft gehört, dass er das Gefühl hatte, als würde er diesen Ort kennen – zumindest gut genug, um sich zurechtzufinden. Er wusste, dass jenseits der Hügel der Nil lag und es in der Nähe ein Bauerndorf oder eine Stadt irgendwo am Flussufer geben würde. Er wusste, dass sich jenseits des Flusses ein Wadi befand, wo er mit Ausdauer und einer wahren Unmenge von Glück das Grabmal von Anen finden würde, der ein Freund seines Großvaters und Hoher Priester in einer Epoche gewesen war, die inzwischen die 18. Dynastie genannt wurde.

In dem Dorf würde er Männer finden, die er anheuern konnte, um ihm bei seinem Rückgewinnungsprojekt zu helfen. Dies würde, wie er erwartete, ernsthafte Folgen für die zukünftige Archäologie haben: Er sah nicht, wie die Schändung des Grabmals verhindert werden konnte. Denn sobald seine einstigen Helfer entdeckten, was, wie Charles wusste, dort sein sollte, würde die Plünderung beginnen. Offizielle Dokumente aus der Zeit von Pharao Cheops sprachen von »Grabräubern« – eine besondere Geißel der wohlhabenderen Klassen. Infolgedessen neigten Ägyptologen dazu, sie als eine eigenständige kriminelle Klasse zu betrachten. Sie waren es nicht. In Wirklichkeit waren die Diebe, welcher Epoche auch immer sie angehörten, bloß arme Bauern aus der Region, die in ihrer Mühsal und Not sich einfach an allem möglichen Wertvollen bedienten, was sie herumliegen sahen – oftmals aus halb im Sand verborgenen und lange vergessenen Grabkammern. Zweifellos würden die Dorfbewohner im Grabmal des Hohen Priesters Anen eine Menge finden, was ihnen gefiel; aber solange Charles bekam, was er wollte, waren seine Tagelöhner willkommen, trotz allem, was sie wegtragen könnten.

Zuerst jedoch musste er den Fluss erreichen und das Dorf finden. Der Fußmarsch war beschwerlich bis hin zum Wahnwitz, und als Charles am Fuße der Hügel ankam, trat aus jeder seiner Poren Wasser heraus – doch deswegen war ihm nicht kühler. Sein Schweiß trocknete blitzschnell in genau dem Moment, in dem er durch die Haut hinaussickerte. Er hinterließ nur einen schwachen Dunstfleck auf dem dünnen Tuch seines Leinenhemdes … Und dann verschwand auch das, verflüchtigte sich in der trockenen Wüstenluft und hinterließ eine Ablagerung von Charles' eigenen Salzen. Er schlurfte am Fuße des nächsten Hügels entlang, bis er einen Felsen fand, der groß genug war, einen Schatten zu werfen, der ihm möglicherweise Schutz geben könnte. Als er zu dem Fels kam, ließ er sich, mit dem Rücken gegen den Stein, im Schatten nieder. Er holte seinen altmodischen Wasserschlauch heraus und gestattete sich einen schönen, langen Schluck. Anschließend schloss er seine Augen, und er zauberte – mit dem Rücken gegen den Felsen gelehnt – kühle, wohltuende Gedanken herbei, bis die Sonne, nachdem sie ihren Zenit erreicht hatte, ihren langen, langsamen Abstieg gen Westen begann.

Während er sich ausruhte, durchdachte er nochmals im Detail all die Sachverhalte, die ihm über die Verbindung seiner Familie mit Ägypten erzählt worden waren. Er wusste, dass Arthur, sein Großvater, einige Jahre dort gelebt, die Sprache und Kultur studiert und mit einem jungen Priester namens Anen Freundschaft geschlossen hatte. Es war Anen gewesen, der sich um seinen Vater Benedict gekümmert hatte, als sich plötzlich eine Tragödie ereignete und Arthur während eines Aufruhrs getötet wurde; und es war auch letzten Endes Anen gewesen, der einen Ruheplatz für Arthurs in Leinen gewickelte Gebeine zur Verfügung gestellt hatte. Charles wusste, dass seine Großmutter Xian-Li und Benedict zu irgendeinem späteren Zeitpunkt zurückgekehrt waren, um die Meisterkarte ihrem Besitzer wiederzugeben.

Dieses makabre Objekt, entstanden durch ein sprachbedingtes Missverständnis, spielte in der Familienüberlieferung, von dem Tag ihrer Erschaffung an, die zentrale Rolle. Tatsächlich hatte es für Charles niemals eine Zeit gegeben, während der er sich nicht erinnern konnte, über die geschichtenumwobene Karte seines Großvaters gewusst zu haben: wie sie von Arthurs Haut gemacht worden war, um die Tattoos zu retten, mit denen die wichtigeren Zielorte festgehalten wurden, die sein Großvater entdeckt hatte; und wie in den verschlüsselten Symbolen ein furchtbares und zugleich wunderbares Geheimnis verborgen lag – und wie sein Vater dazu gebracht worden war, das interdimensionale Reisen aufzugeben, um das Überleben der Familie besser zu sichern.

Nun, dachte Charles, seine Familie hatte überlebt und war sogar gediehen; und der Schwur seines Vaters, niemals wieder Ley-Linien zu benutzen, hatte ihn nicht davon abgehalten, über sie zu sprechen und Geschichten über Arthurs Heldentaten und Abenteuer zu erzählen. Bevor Benedict dazu gebracht worden war, das Ley-Reisen aufzugeben, hatte er an einigen wenigen Touren seines Vaters teilgenommen und ihn auf verschiedenen Trips durch Zeit und Raum begleitet. Die Geheimnisse des Ley-Reisens lernte sein Vater dabei aus erster Hand. Es war auf einer solchen Tour nach Ägypten gewesen, als die zwei in einen Aufruhr hineingerieten, durch den Arthur das Leben genommen wurde. Der junge Benedict hatte nicht nur einen, sondern zwei Pharaos kennengelernt; und er war es gewesen, der das Grabmal des Hohen Priesters besucht und die Karte im Sarkophag seines Vaters hinterlegt hatte. Und dabei beendete er die familiäre Hauptbeschäftigung, deren Wiederbelebung Charles beabsichtigte.

Als der Schatten des Felsbrockens auf dem Weg immer länger wurde, erhob sich Charles und begann seine Kletterei über die Hügel oberhalb des Niltals. Es waren nur noch zwei oder drei Stunden Tageslicht übrig geblieben, als er die Spitze erreichte. Die kleine Siedlung, die als trister Klecks neben dem großen, glänzenden Fluss flüchtig zu sehen war, befand sich immer noch in einiger Entfernung. Aufgrund der Hitze und der Notwendigkeit, eine Ruhepause einzulegen, hatte er länger gebraucht, um die Höhen zu erreichen, als er es sich vorgestellt hatte. Charles bezweifelte, dass er seinen Bestimmungsort vor Anbruch der Dunkelheit erreichen könnte; und er rechnete damit, dass ein fremder Reisender, der nach Eintritt der Dunkelheit ankam, nicht die Art von Willkommen vorfinden würde, die er sich wünschte. Egal, er war mit einer Ausrüstung für diese Eventualität hergekommen. In seinem Bündel führte er ein wenig Essen mit sich und eine Bettdecke aus Leinen – eine Art ein Laken, das ihn warm halten würde, wenn in den Stunden vor der Morgendämmerung die Wüstenluft unangenehm kühl wurde.

Eine Nacht ungemütlich schlafend zu verbringen machte Charles nicht die geringsten Sorgen. Das war etwas Regelmäßiges, wenn nicht gar Vorhersehbares während seiner Jahre an der Universität: Türeingänge, Gewölbe, Kirchengestühle, Marktbudenbänke – diese und andere Plätze hatten ausgereicht als spontane Unterkünfte. Draußen unter den Sternen zu schlafen würde im Vergleich dazu ein Luxus sein. Jetzt war er freilich älter, aber nicht so viel älter, dass er nicht eine Nacht unter dem wie von Diamanten übersäten Sternenzelt der Milchstraße genießen könnte.

Als die Sonne unter die westlichen Hügel fiel und den Himmel mit geschmolzener Bronze entflammte, fand Charles eine stämmige Dattelpalme am Rande eines Sesamfeldes und schlug sein einfaches Lager auf. Nachdem er auf das umliegende Strauchwerk eingeschlagen hatte, weil er aus ihm alle ansässigen Schlangen und Skorpione vertreiben wollte, schichtete er ein paar trockene Palmwedel aufeinander, um ein akzeptables Bett zu machen, und breitete darauf das Tuch seines Turbans aus. Er setzte sich nieder, mit dem Rücken gegen den Baum gelehnt, und ruhte sich aus; er trank in kleinen Schlucken etwas Wasser und lauschte den Zikaden und Grillen und den letzten Rufen der nachtschlafenden Vögel. Langsam, sehr langsam lockerte die Hitze ihren Griff, in dem sie Charles gepackt hatte, und er spürte, wie sich sein Körper entspannte. Er öffnete sein Bündel und nahm sein Abendessen heraus – ein Festessen aus Nüssen und getrockneten Früchten, einigen harten Plätzchen, gepökeltem Rindfleisch und einem Apfel. Nach der Härte des Tages hätte die einfache Verpflegung den abgestumpftesten Gaumen zufriedengestellt, und Charles genoss jeden Bissen.

Die Nacht schlich sich von Osten herein; sie löschte die letzte Glut des Tages aus und tauchte das Flachland in kühle blaue Schatten. Charles benutzte sein Bündel als Kissen und streckte sich aus, und beim Zählen der Sterne, die langsam kreisend am Himmel erschienen, nickte er ein. Er schlief tief und fest, wurde allerdings kurz vor Sonnenaufgang wieder wach – aufgestört aus seiner Ruhe durch das Bellen von Hunden. Da es nicht gut sein würde, zu früh in dem am Ufer gelegenen Weiler einzutreffen, nahm er sich Zeit mit seiner morgendlichen Toilette: Leichtsinnig verschwendete er ein wenig von seinem kostbaren Wasser, um sein Gesicht und die Hände zu waschen, und er kämmte sich das Haar und bürstete seine Kleidung, um sich selbst so vorzeigbar wie nur möglich zu machen. Er aß eine weitere Hand voll Nüsse und Früchte, während er darauf wartete, dass sich die Sonne über die Felder der Umgebung erhob.

Erfrischt machte er sich wieder auf den Weg, hinein in den silbrigen Dunstschleier eines wolkenlosen Tages. Als er sich dem Dorf näherte, konnte er den feuchten, erdigen Duft riechen, der von dem großen, jetzt nicht zu sehenden Fluss ausging. Am Rande der Siedlung wurde er von einem Rudel Hunde begrüßt, die ihren Herren seine Ankunft mit lautstarker Begeisterung ankündigten. Als Charles das Zentrum der Siedlung erreichte, hatte sein kläffendes

Gefolge jeden in Hörweite darauf aufmerksam gemacht, dass in ihrer Mitte ein Fremder anwesend war. Da er wusste, dass man ihn beachtete und beobachtete, ging er weiter zum Gemeindebrunnen. Dort löschte er seinen Durst und füllte seinen Trinkschlauch wieder auf, während er darauf wartete, vom Dorfvorsteher oder -ältesten empfangen zu werden.

Der ließ nicht lange auf sich warten. Die von Natur aus neugierigen Landbewohner konnten das Geheimnis dieses Fremden in ihrer Mitte, der sie besuchte, nicht ertragen. Ein weißhaariger Mann in einem verschlossenen blauen Kaftan näherte sich und blieb dann stehen, gestützt auf seinen Stock.

»*Salaam alaikum*«, sagte Charles und streckte seine Hand aus.

»*Alaikum salaam*«, erwiderte der Ältere. Er schlug nicht in die dargebotene Hand ein, doch hob er seine eigene zur Begrüßung.

War Charles' Arabisch dürftig, so war sein Ägyptisch geradezu unbedeutend. Nichtsdestotrotz war er durch langsame Wiederholungen und vielen Gesten imstande, sich verständlich zu machen. »Ich benötige Männer, die mir helfen«, erklärte er dem alten Mann in seinem zusammengeflickten Arabisch. »Ich habe Geld.« Er zählte imaginäre Münzen in seine Hand hinein. »Ich kann bezahlen.«

Als es ihm mit seiner Pantomime nicht gelang, seine Gedanken zu übermitteln, versuchte Charles es mit seinem Schulfranzösisch. »*L'argent*«, sagte er. »*Je paie.*«

»*You pay*«, echote der Dorfvorsteher auf Englisch und nickte vor sich hin.

Er drehte sich um, gab Charles ein Zeichen und führte ihn zu seinem nahe gelegenen Haus. Ihnen folgten die meisten der versammelten Dorfbewohner, die anschließend zusammengedrängt in der offenen Tür und an den Fenstern der Wohnstätte standen, um die Verhandlungen zu beobachten. Ein Dienstjunge servierte Hibiskustee, und nach einer stockenden, langsamen Verhandlung wurde zu guter Letzt eine Vereinbarung getroffen: fünf Männer mit Werkzeugen, die fürs Graben geeignet waren, drei Esel, um die notwendigen Güter zu tragen, und Proviant für eine sechstägige Expedition zu einer Stätte, die Charles ihnen auf der Westseite des Flusses zeigen würde. Die Transportmittel für die Männer, Tiere und Ladung würde zur Verfügung gestellt werden. Die eine Hälfte des Preises würde zu Beginn gezahlt werden, die andere bei Beendigung und Rückkehr. Nur den Dorfvorsteher würde man mit dem Geld betrauen. Und er würde als Zahlmeister für jeden fungieren, der Proviant oder Transportmittel bereitstellte oder Arbeiten verrichtete. Der Endbetrag wurde vereinbart, und Charles bot an, einen Bonus darauf zu entrichten, falls die Expedition reibungslos und unkompliziert vonstattengehen und Erfolg haben würde.

Die Übereinkunft wurde mit einem Glas kruden ägyptischen Wein besiegelt, und der weißhaarige Ältere fragte, wann Charles beginnen wollte.

»Sobald die Männer, die Vorräte und das Zubehör zur Verfügung stehen können«, antwortete er. »Heute, falls sich das machen lässt.«

Der Mann schüttelte den Kopf. »Morgen.« Er schwenkte beide Hände durch die Luft. »Sie wohnen hier. Ich mache alles fertig.«

Charles bedauerte es, einen ganzen Tag lang warten zu müssen, doch er nahm das Angebot mit Anstand an und nutzte die Zeit, um eine einfache Karte von dem Ort zu zeichnen, den er am Westufer zu finden hoffte. Dank der Geschichten seines Vaters glaubte Charles, dass er eine recht gute Ahnung hatte, wo er nach dem Sarkophag suchen sollte – vorausgesetzt, dass er das Wadi finden konnte. Das war der schwächste Teil seines Plans, wie er wusste, doch hier würde er darauf vertrauen, dass die Kenntnisse der Ortsansässigen ihn zur richtigen Stelle führten.

Am nächsten Morgen begannen sich die Expeditionsräder zu drehen, allerdings langsamer und mit mehr Pausen und Neuanfängen, als dies Charles für möglich gehalten hätte. Obwohl die Dorfbewohner ihr großes Interesse und ihren Enthusiasmus für das Projekt zum Ausdruck brachten, misslang es dieser Begeisterung, sich in Geschwindigkeit umzusetzen. Obendrein schien es keine Möglichkeit zu geben, die Dringlichkeit in ihnen zu erwecken, die Charles verspürte. Das Tempo des Fortschritts bei der Zusammenstellung der benötigten Ausrüstung und des Proviants war gemächlich – bis hin zum Schneckentempo.

Nach dem vierten Tag gab Charles die Versuche auf, zur Eile anzutreiben, und setzte sich einfach am Flussufer unter eine Dattelpalme, mampfte getrocknete Kürbissamen und schaute zu, wie der breite, grüne Nil vorbeizog. Dies schien die bei Weitem sinnvollste Strategie zu sein, da jede Einmischung von seiner Seite nur dazu führte, die Dinge noch weiter zu verlangsamen. Am sechsten Tag kam der Dorfvorsteher dorthin, wo Charles unter der Dattelpalme sein Lager aufgeschlagen hatte, und verkündete, dass morgen alle Vorbereitungen vollendet sein würden.

»Großartig!«, schrie Charles und sprang auf die Füße. »Wir werden gleich als Erstes morgen früh aufbrechen.«

»Am Tag darauf«, entgegnete der Dorfälteste mit einem Kopfschütteln. »Ich muss noch meinen Neffen herbeirufen.«

Zu guter Letzt war am achten Tag nach seiner Ankunft im Dorf alles bereit, und die Expedition versammelte sich am Flussufer, um die Boote zu beladen und aufzubrechen. Am Rande des Wassers legte der Dorfälteste seine Hand auf die Schulter eines jungen Mannes und gab zu verstehen, dass er als der Vorarbeiter der Expedition dienen sollte. »Mein Neffe«, sagte der alte Mann. »Er ist Führer.«

»*Shukran*«, erwiderte Charles. Dann fragte er den jungen Mann: »Wie heißt du?«

»Er spricht kein Französisch; nur Arabisch und Ägyptisch«, teilte der Dorfvorsteher ihm mit. »Nennen Sie ihn einfach Shakir.«

»Nun, Shakir«, sagte Charles, »mach alles bereit für die Abfahrt.« Er winkte mit einer Hand in Richtung der Boote und der wenigen Körbe, die bislang am Ufer zurückgeblieben waren. »Auf geht's.«

»Okay, *Sekrey!*« Shakir klatschte in die Hände und trieb die Arbeiter an, die letzten Vorräte in den wartenden Booten zu verstauen.

»Was heißt *Sekrey?*«, erkundigte sich Charles, der den Eifer des jungen Burschen zu schätzen wusste.

»Es bedeutet ›Kapitän‹«, antwortete der Dorfälteste. »›Boot‹, ›Karawane‹ oder ›Männer‹ – alles gleich.« Er vollführte eine abschließende Verbeugung. »*Salaam.*«

Shakir sah, dass der letzte Korb an Bord befördert worden war, dann kletterte er in das vordere Fahrzeug. Er legte eine schmale Planke für Charles aus, der auf ihr an Bord ging und sich im Bug auf einem Seilhaufen niederließ; und bald darauf stieß das Boot ab. Der Nil war an dieser Stelle breit, das Wasser tief und die Strömung schnell, und so trieb das flachkielige Fahrzeug ab, als sie den Fluss überquerten: Sie erreichten das gegenüberliegende Ufer ein ganzes Stück weit von der Stelle entfernt, wo Charles aussteigen wollte. Die Boote mussten langsam stromaufwärts zum Landungsplatz gerudert werden, bevor sie entladen werden konnten. Infolgedessen war es bereits deutlich nach Mittag, als die Expedition sich vollständig versammelt hatte – gerade rechtzeitig für eine längere Pause während des heißesten Tagesabschnitts.

Obwohl sich Charles ärgerte, wieder zu faulenzen, wusste er, dass ihm nichts anderes übrig blieb, als die erzwungene Rast zu ertragen und weiterhin in positiver Stimmung bei seiner Mannschaft zu bleiben. Als die Sonne schließlich anfing, ihren glühend heißen Griff zu lockern, brachen sie auf und erreichten bei Sonnenuntergang den am weitesten entfernten Rand der bepflanzten Felder. Es folgte eine weitere Nacht unter den Sternen – in dieser war er viel besser versorgt als beim ersten Mal –, und in der Morgendämmerung brachen sie das Lager ab und machten sich auf den Weg. Sie waren gut erfrischt, um den Zug in die trockenen weißen Einöden jenseits des fruchtbaren grünen Streifens bepflanzter Felder in Angriff zu nehmen.

Nur ein Weg wagte sich nach Westen in die Wüste hinein. Er bog schließlich ab, um parallel zu den Steilhängen der Felshügel und Plateaus zu verlaufen, die sich bis zur Sahara ausdehnten. Streckenweise umging der nackte Pfad – der nur wenig mehr war als eine Linie, die man in die von der Sonne verdorrte Erde gekratzt hatte – die faltige Basis des zerklüfteten Ödlands der großen Kalksteinabhänge, die sich nackt aus dem niedrigeren Flachland erhoben. Charles folgte dem Trampelpfad unter Zuhilfenahme einer primitiven Karte, die er sich aus den Geschichten seines Vaters zurechtgelegt hatte – unterstützt von einem Buch aus der britischen Staatsbibliothek, in dem die geologischen Untersuchungen der Militärtechniker von Kaiser Napoleon ausführlich beschrieben wurden.

Den Kopf eingewickelt in seinen behelfsmäßigen Turban, stapfte Charles mit dem ungenauen Führer in der Hand voran. Seine Augen überflogen die sich entfaltende Hügellandschaft, während er marschierte, wobei er nach zwei Dingen Ausschau hielt: einem hoch aufragenden dreieckigen Gipfel, der einer Pyramide ähnelte, wenn man ihn von einem bestimmten Blickwinkel aus betrachtete, und einer engen Felsspalte, die sich am Talboden öffnete und in relativer Nähe zur pyramidenförmigen Hügelspitze lag. Letzteres war das Wadi – oder die trockene Schlucht –, die in die Mitte der Hügel hineinführte.

Obschon der Tag heiß war, wurde er noch heißer und trockener, je weiter sie von den bewässerten Feldern weggingen. Charles goss sich Wasser auf seinen Turban und öffnete sein Hemd, was eine flüchtige Erleichterung brachte. Innerhalb von Minuten fühlte er sich wie ein Tier, das in seinem eigenen Saft schmorte. Er konnte von Herzen das arme Schwein bemitleiden, das an einem sich drehenden Spieß briet – alles, was ihm fehlte, war ein Apfel im Mund, um ganz genauso zu empfinden.

Nirgendwo in dieser verdorbenen Wüstenei sah er auch nur einen einzigen Zweig, geschweige denn einen Baum, um auch nur das geringste bisschen Schatten zu spenden. Überall, wohin er schaute, traf sein Blick auf die gleiche einfarbige Landschaft – eine Welt, ausgelaugt von Farbe, bis alles, was übrig blieb, eine in Schattierungen von tödlichem Weiß grundierte Palette war. Selbst der Himmel oben war verblasst: vom Blau zu einer grausigen Tönung der Farbe alter Knochen.

Die Luft war nicht nur stickig, sondern unbeweglich – zu heiß und zu schwer, um sich zu bewegen. Das Atmen war eine lästige Arbeit, die für die Anstrengung nur wenig Belohnung zu bieten schien. Es würde einfacher sein, überlegte Charles, die beschwerliche Arbeit einfach aufzugeben und zu ersticken, als die körperliche Anstrengung fortzuführen. Dennoch – ein höheres Ziel trieb ihn an.

Schließlich stießen sie auf eine gewaltige stehende Steinplatte und trafen den Entschluss, anzuhalten und eine Rast einzulegen, bis die Hitze nachlassen würde. Der stehende Stein war ein Monument aus rotem Granit, der die Grenze des Herrschaftsbereichs irgendeines Pharaos markierte.

Die Pause verwandelte sich in ein Lager für die Nacht, da niemand weder die Kraft noch den Willen aufbrachte, den Marsch fortzusetzen. Sobald die Zelte errichtet waren und mit der Zubereitung des Essens begonnen wurde, gestattete sich Charles, eine philosophischere Gesinnung in Erwägung zu ziehen. Im Endeffekt, befand er, war es eine vergebliche Mühe, den Fortschritt in zurückgelegten Meilen zu zählen. Sich in der Wüste abzuhetzen konnte nur einen Sonnenstich oder Schlimmeres zur Folge haben.

Seine neue Einstellung dauerte bis zum nächsten Morgen, als er fortstürmte auf der Suche nach der pyramidenförmigen Hügelspitze, die den Eingang zum verborgenen Wadi markierte. Er schwebte regelrecht den staubigen Pfad dahin und schenkte der Tatsache, dass er sein Gefolge rasch abgehängt hatte, nur wenig Aufmerksamkeit – bis Charles sich umdrehte, nachdem er Rufe hinter sich gehört hatte, und sah, dass der Eselszug weit hinter ihm war. Er seufzte und setzte sich hin, um darauf zu warten, dass sie ihn einholten.

Während er wartete, studierte er seine handgezeichnete Karte und verglich sie mit der ihn umgebenden Landschaft: Er war ganz vertieft in diese Überprüfung, bis ein Schatten auf das Papier fiel, der Charles aus seiner Begutachtung hochfahren ließ. Er blickte auf und sah den jungen Shakir, der über ihm stand und auf das Papier starrte. Charles gab es ihm, rappelte sich hoch und wies auf die Reihe hoher Klippen, die sich in der Ferne erstreckten; dann schlug er leicht auf das Blatt.

Shakirs schwarze Augen verengten sich, als sich seine dunkle Stirn zu einer Geste der Konzentration nach unten zog. Charles zeigte auf seine Karte und deutete auf den Pyramidengipfel hin; als Nächstes legte er den Finger auf die Einbuchtung im Hügel, was als Darstellung der verborgenen Schlucht gemeint war, die zu ihrem Zielort führte.

Der junge Mann nahm die Karte und drehte sie in diese und jene Richtung, dann flitzte er plötzlich den Pfad entlang. Charles rief ihm hinterher und beobachtete anschließend, wie Shakir Halt machte und die Hügel absuchte. Danach kam er in die andere Richtung zurückgerannt und eilte an Charles vorbei nach Süden hin.

»Okay, *Sekrey!*«, verkündete der junge Mann, als er ein paar Minuten später zurückkehrte. Schweißüberströmt, doch triumphierend klopfte Shakir leicht auf das Papier, streckte rasch seine Hand weit aus und zeigte auf die Reihe zerklüfteter Felsnasen, die sich über dem Pfad nach Süden abzeichneten.

Charles, der dieser Behauptung Glauben schenkte, nickte und zeigte an, dass Shakir die Richtung weisen sollte. Sie setzten ihren Marsch fort, gingen die Reihe von kleinen Vorbergen entlang und erreichten schnell die Stelle, die Shakir identifiziert hatte. Nach wenig mehr als einer Viertelmeile – entsprechend Charles' grober Schätzung – entdeckte er eine Lücke am Fuße der sich erhebenden Hügelgruppe: Es war nicht die Bresche, die Charles sich vorgestellt hatte, sondern mehr eine einfache Überlappung, wie die nach innen gerichtete Falte einer gerafften Gardine. Da diese Unregelmäßigkeit der einzige Kandidat für eine Erkundung war, den sie bislang aufgetan hatten, entschied Charles, sie zu erforschen. Noch bevor sie jedoch die Lücke erreichten, konnte er sehen, dass es sich tatsächlich um den Eingang zu einem ziemlich großen Wadi handelte.

Während sie näher herankamen, erkannte er die glatten, von Wind und Wasser geformten Wände aus Stein, die sich auf beiden Seiten fast senkrecht erhoben und die enge Schlucht bildeten. Als sie den Eingang erreichten, trat er zwischen die Wände und wurde von einem wohltuenden Schatten eingehüllt. Charles seufzte, wischte sich den Schweiß aus dem Gesicht und ging weiter. Mit jedem Schritt schien die Lufttemperatur zu fallen, da innerhalb des schattigen Reiches die Sonne nicht mehr länger uneingeschränkt herrschte. Als er ein paar Meter vor sich eine breitere Stelle sah, strebte er direkt darauf zu. Und beinahe taumelnd vor Erleichterung, hielt er dort an und rutschte an dem glatten Gestein herab, um mit dem Rücken an der Wand zu sitzen. Er schwelgte ebenso sehr in der Flucht vor der glühend heißen Sonne wie auch in dem Wissen, dass er Anens Wadi gefunden hatte.

Die Wiedererlangung der Meisterkarte war nun in sehr greifbare Nähe gerückt. In einigen wenigen, kurzen Tagen würde das Geheimnis, das vor langer Zeit Arthur Flinders-Petrie mit in sein Grab genommen hatte, endlich Charles gehören – und nur Charles allein.

VIERUNDZWANZIGSTES KAPITEL

Worin ein Geschehnis von großer Bedeutung übersehen wird

Hätte er bloß gewusst, dass die kosmische Verbindung zwischen dem Schattenlicht und der Meisterkarte sich direkt vor seiner Nase befand, hätte Kit vielleicht den Tag besonders gekennzeichnet als einen der bedeutendsten in seinem Leben. Doch das menschliche Bewusstsein ist flatterhaft, die Achtsamkeit flüchtig, und wichtige Tatsachen werden häufig ignoriert; Gegenstände von Wert bleiben unbeachtet; lebenswichtige Informationen werden nicht bemerkt. In der Hitze des Augenblicks werden Einzelheiten von großer Bedeutung oftmals übersehen. Und so geschah es, dass Kit nicht sah, was direkt vor ihm war; und infolgedessen war es der großen Suche, mit der er und so viele andere beschäftigt waren, nicht vergönnt, so voranzukommen, wie es hätte sein können. Stattdessen trug sich Folgendes zu:

Das Licht des Tages war zu einem weichen Goldton verblasst und die Sonne hinter die Gebäude geglitten, die den Platz umgaben. Als auf dem Marktplatz die Läden um Kit herum zusammengeklappt wurden, kehrte er zu dem Raum im Obergeschoss zurück, wo er Gianni und Cassandra zurückgelassen hatte, um die Feinheiten der bei Sternenexplosionen entstandenen Elemente zu besprechen. Mit seinen Knöcheln klopfte er energisch gegen die Tür und erhielt als Antwort: »Tretet ein, wenn Ihr Euch traut.«

»Ich bin's nur«, verkündete er und drückte die Tür auf. Gianni war weggegangen, und Cass ruhte auf ihrem Bett. »Oh, tut mir leid«, entschuldigte er sich. »Ich wusste nicht, dass du ein Nickerchen machst.«

»Ich denke nach und mache kein Nickerchen«, entgegnete sie. »Komm schon herein und mach es dir bequem.«

Kit zog unterm Tisch einen Stuhl für sich hervor und drehte ihn herum, um ihr ins Gesicht zu sehen, während sie sich aus der Mulde in der Mitte ihres Federbetts hochmühte. »Nun? Was habt ihr entschieden?«, erkundigte er sich. »Über das Zeugs mit den Seltenen Erden, meine ich. Irgendwelche Vorstellungen?«

»Wir stimmten überein, dass wir nicht in der Lage sein werden, mit der Ausstattung, die wir zur Verfügung haben, überhaupt irgendetwas zu erkennen; und wir riskieren nicht, das Material, das wir bekommen haben, bei Versuchen zu verschwenden, die wahrscheinlich nicht funktionieren werden«, erzählte sie ihm. »Unsere Proben müssen mit einer ziemlich hoch entwickelten Ausrüstung analysiert werden, wenn wir ein eindeutiges Resultat erhalten wollen.«

»Wieso überrascht mich das nicht?«

»Glücklicherweise kennt Gianni einen Ort, wo wir sie fachgerecht untersuchen lassen können.«

»Hier?«

»Wohl kaum. Er will sie nach Rom bringen.« Als Kit seine Augenbrauen hochzog, lachte sie und fügte hinzu: »In den Vatikan.«

»Der Papst hat ein Mikroskop?«

»Ich bezweifle, dass der Papst viel Erfahrung mit fremdartigen thermonuklearen Materialien hat – falls doch, stellt er eindeutig sein Licht unter den Scheffel. Aber der Vatikan unterhält ein Laboratorium auf dem neuesten Stand der Technik, und Gianni weiß, wie man im einundzwanzigsten Jahrhundert dorthin gelangt, was wesentlich ist.«

»Es schadet wahrscheinlich auch nicht, wenn man ein Priester ist«, vermutete Kit.

Cass nickte. »Er kann dort wohl schnelleren Zugang bekommen als manch andere, und es werden keine Fragen gestellt.«

»Dieser Gianni.« Kit schüttelte voller Bewunderung den Kopf. »Ein echter Charaktermensch.«

Sie lachte erneut. »Ich mag dich, Kit.«

»Ich mag dich auch.« Er lächelte, und dann gingen ihm die

Worte aus. »Also … ähm … Möchtest du rübergehen zum Kaffeehaus und gucken, was die anderen vorhaben?«

Cass schwang ihre Beine aus dem Bett und stellte anmutig einen bestrumpften Fuß in einen leeren Schuh hinein.

»Es ist wohl am besten, wenn wir das mit uns nehmen«, sagte Kit und bog seinen Arm nach hinten, um von dem Tisch das Glasfläschchen mit den Seltenen Erden an sich zu nehmen. In den Anblick des wohlgeformten Beines einer jungen Dame vertieft, misslang es ihm, mit der Hand den Kontakt zu dem kleinen Glasgefäß herzustellen. Stattdessen stieß er das Messinggehäuse des Schattenlichts um, das die pulverigen Überreste des ausgebrannten Materials enthielt. Schwarzer Staub wurde über das Taschentuch verstreut, das Cass als Arbeitsbereich ausgebreitet hatte.

»Ups! Tut mir leid. Nichts passiert«, sagte er und begann, die körnige Asche wieder in die Halbschale der Lampe zu streichen. Als er so viel von dem Material, wie er konnte, geborgen hatte, schüttelte er die pulverigen Überbleibsel von dem sauberen weißen Viereck aus feingewebtem Tuch.

Es war genau dieser Augenblick, in dem Kit etwas Außergewöhnliches hätte bemerken können. Wäre er nicht abgelenkt gewesen, hätte er gesehen, dass der graue Schmutzfleck, der an dem Taschentuch zurückgeblieben war, sich zu einem höchst charakteristischen Muster geformt hatte: einem Spiralwirbel mit einer unerklärlich geraden Linie, die direkt durch das Zentrum führte, und drei gesonderten Punkten entlang des äußeren Randes.

Das Bild war zwar blass, aber fest umrissen und viel zu präzise, um das Resultat eines bloßen Zufalls zu sein. Doch in dem schwindenden Licht des Nachmittags, das sich durch das einzige Fenster des Zimmers hineinstahl, blieb das einzigartige Muster unbeachtet und unerkannt: eine Form, die vollkommen zu den Symbolen gepasst hätte, die Kit gesehen hatte – gekritzelt auf die Wand einer Steinzeithöhle, sorgfältig wiedergegeben in der inneren Grabkammer der Gruft des Hohen Priesters Anen und, höchst bemerkenswert, tätowiert auf dem halb entblößten Oberkörper von Arthur Flinders-Petrie an der Seelenquelle.

Und so schüttelte Kit das Taschentuch einfach aus und überreichte es Cass, die es unverzüglich in das Bündchen ihrer Bluse steckte, nachdem sie ihre Schuhe fertig angezogen hatte. Anschließend – in erstaunlicher Unkenntnis des Geheimnisses, das sie nun besaßen – steckte sich Kit das zerstörte Schattenlicht und das Fläschchen mit den Seltenen Erden in die Tasche und begleitete Cass aus der Apotheke heraus.

Die zwei begannen, über den Marktplatz zu marschieren, wo sich die Menschenmenge rasch lichtete, während es immer stärker dämmerte und Lichter in den Fenstern zu leuchten begannen. Silberner Rauch zog aus den Kaminen auf, die in großer Zahl ringsum auf den Hausdächern zu sehen waren, und verlieh der Luft eine herbstliche Duftnote. Auf halbem Wege zum Kaffeehaus trafen sie auf Wilhelmina, die aus der anderen Richtung kam.

»Hey, ihr zwei; ich wollte gerade nach euch suchen.«

»Hast du Gianni gesehen?«

»Ja. Er hat mir gesagt, dass über das mysteriöse Pulver das letzte Wort noch nicht gesprochen ist.«

»Er will die Probe nach Rom zur Überprüfung bringen«, berichtete Kit.

»Genau das habe ich auch gehört. Ich glaube, es ist eine gute Idee.« Während sie sprach, begannen die Kirchenglocken zu läuten. Sie hielt inne, um zu lauschen.

»Welche Kirche ist das?«, fragte Cass und wandte ihre Augen der dunklen Fassade der beeindruckenden gotischen Kirche zu, die dem Platz gegenüberlag.

»Das ist die Teynkirche«, antwortete Mina. »Die Abendmesse beginnt gerade. Eigentlich war ich auf dem Weg zum Gottesdienst. Möchtet ihr mitkommen?«

»Sehr gerne«, sagte Cass.

»Gehen wir doch alle.« Wilhelmina setzte ihren Marsch über den Platz fort; Cass schloss zu ihr auf und schritt dann neben ihr, während Kit ihnen folgte. »Mir gefällt das – ganz besonders, wenn ich einen geschäftigen Tag gehabt habe und ich etwas Frieden brauche. Etzel verpasst fast nie den Gottesdienst. Tatsächlich würde ich nicht überrascht sein, wenn wir ihn heute Abend dort sehen.«

»Wo wir davon sprechen, zufällig auf Etzel zu stoßen – ich habe ihn heute gesehen.« Kit erzählte anschließend, wie er den großen Bäcker mit einer über die Schulter geworfenen Tasche auf dem Platz gesehen hatte.

»Er war wahrscheinlich auf einer seiner Missionen. Hier in der Gegend gibt es eine Menge hilfsbedürftiger Leute in den Hintergassen. Etzel macht immer etwas, um zu versuchen, ihnen zu helfen: Seine ›Seele arbeitet‹, wie er es nennt.« Die beiden Wörter, die Etzel zu benutzen pflegte, sprach Mina auf Deutsch.

»Seine Seele arbeitet?«, fragte Cass verwundert, die das Zitat ins Englische übersetzte.

»Du kannst Deutsch?«

»Nicht wirklich«, gestand sie. »In wissenschaftlichen Zusammenhängen stoße ich von Zeit zu Zeit auf deutsche Ausdrücke; das ist alles.«

»Ich bin beeindruckt«, merkte Kit an. »Du weißt ebenfalls, wie man Chemikalien testet und wie man Latein liest. Gibt es irgendetwas, das du nicht kannst?«

»Kochen.« Sie schenkte ihm ein sonniges Lächeln.

Die Teynkirche rückte zwischen den Schatten ins Blickfeld; ihre Zwillingstürme mit den vielen Spitzen erhoben sich himmelwärts. Jede fingerdünne Fiale war von einem Kreuz gekrönt, das im letzten, sterbenden Licht des Tages wie ein goldener Stern glitzerte. Die unteren Scheiben des gewaltigen Mittelfensters, das in langgestreckter gotischer Bauart konstruiert war, strahlten im rötlichen Schimmer von Kerzenlicht; und Fackeln zu beiden Seiten der imposanten schwarzen, eisenbeschlagenen Tore spendeten Licht rund um den Eingang. Kit öffnete knarzend die kleinere Tür, die in die größere eingesetzt war, und die drei betraten die ehrwürdige alte Kirche.

Der Gottesdienst war gut besucht. »Nur Stehplätze, wie ich sehe«, scherzte Kit. Dann wurde ihm klar, dass es immer nur Stehplätze gab, weil kein Kirchengestühl vorhanden war – nur eine

Reihe von Stühlen, die den ausgedehnten Altarbereich einkreisten und für die älteren Mitglieder der Kongregation gedacht waren. Mina warf ihm einen strengen Blick zu. »Tut mir leid«, sagte er. »Ich werde mich von jetzt an gut benehmen.«

Sie drängten sich zwischen denen, die sich im hinteren Bereich versammelt hatten. Die anwesenden Priester sangen das Präludium. Obwohl der Gottesdienst eine Mischung aus Latein mit ein paar Anweisungen auf Deutsch war, konnte man ihm relativ einfach folgen; und Kit, der in religiösen Riten nicht so gut bewandert war, hatte an der Messe zumindest nichts zu beanstanden, falls er sie nicht sogar tatsächlich als angenehm empfand. Ein Blick auf Mina – deren Gesicht, das vom Kerzenlicht sanft angeleuchtet wurde, andächtig, sogar verzückt wirkte – ließ Kit wissen, dass sie hingerissen war von den majestätischen Sätzen der Liturgie und des Gesangs. Dass sie sich im Kloster Montserrat als Nonne ausgegeben hatte, folgerte Kit, hatte in Wilhelmina zweifellos ein tieferes Verständnis für den Gottesdienst hervorgerufen.

Für Cassandra war es jedoch noch etwas mehr.

Als die Psalmen und Hymnen in der großen überwölbten Dunkelheit nach oben hallten und sich der Weihrauch in süßen, kräftigen Wolken vor dem Altar erhob, wurde Cass zuerst ruhig, dann nachdenklich und wirkte zum Schluss geradezu überwältigt: Der Kopf war nach vorne gebeugt, und sie hatte die Augen strenggenommen eher zusammengepresst als lediglich nur geschlossen; ihr ganzer Körper war angespannt, fast starr. Als am Ende die letzten Noten der großen Orgelpfeife in der Luft erklangen, neigte sich Kit nah zu Cass und wisperte: »Bist du okay?«

Cass nickte, hob jedoch nicht den Kopf; und ihre Hände blieben fest ineinander verkrampft vor ihrer Brust. Gottesdienstbesucher um sie herum begannen, sich aufzulösen und fortzuströmen, aber sie bewegte sich nicht.

Wilhelmina legte den Arm um die Schultern der jungen Frau. »Was ist los, Cassandra?«

Als sie nicht reagierte, drängte Kit sie sanft: »Du kannst es uns erzählen. Wir sind für dich da. Ist es Heimweh?«

»Nein«, hauchte Cass schließlich. »Nichts dergleichen.« Sie hob ihr Gesicht, und Kit sah, dass sie geweint hatte. »Ich glaube nicht, dass ich irgendjemandem erzählt habe, was mir in Damaskus passiert ist.«

Kit und Mina tauschten einen Blick. »Du musst nichts sagen, wenn du es nicht willst«, sagte Wilhelmina zu ihr. »Es ist in Ordnung. Wir verstehen das.«

»Es ist der Grund, weshalb ich hier bin«, sagte Cass und wischte mit den Handballen die feuchten Spuren auf ihren Wangen weg. »Ich habe etwas gesehen, das mich geängstigt hat – eine Vision. Und es hat mich so sehr in Schrecken versetzt, dass ich zum nächsten Zufluchtsort gerannt bin, den ich finden konnte, und das war die Kapelle bei den Schwestern der heiligen Thekla.«

»Was hast du gesehen?«, fragte Kit. Mina warf ihm einen warnenden Blick zu, und rasch fügte er hinzu: »Das heißt, wenn du es mitteilen willst ... oder auch nicht.«

»Nein, es ist schon in Ordnung. Ich kann es euch erzählen.« Cassandra holte tief Luft und begann: »Ich schätze, man könnte sagen, ich sah die Zerstörung des gesamten Universums. Nur so kann man es bezeichnen.« Sie fuhr fort, mehr Einzelheiten ihrer entsetzlichen Vision wiederzugeben: die unersättliche, alles verschlingende Finsternis, der gewaltige und blindwütige Hass auf Licht und seine vielfältigen Ausdrucksformen, die erbarmungslose Auslöschung aller Geschöpfe, die den Funken des Lebens besaßen, der unerbittliche verwüstende Ansturm auf die Vergessenheit zu – das hatte sie aus dem Schlaf und in die Arme der Zetetischen Gesellschaft getrieben. Sie beendete ihre Erzählung mit den Worten: »Ich saß dort und betete, bis es draußen hell genug war, um zu sehen, und dann rannte ich, so schnell ich konnte, um der Gesellschaft beizutreten.« Sie blickte mit einem traurigen, beinahe reuevollen Lächeln auf. »Ich schätze, ich bin seitdem immer gerannt. Das hier ist das erste Mal, dass ich tatsächlich die Gelegenheit gehabt habe, innezuhalten und über das nachzudenken, was geschehen ist. Der Gottesdienst heute Abend war wunderbar, doch er hat das alles zu mir zurückgebracht.« Sie blickte von einem zum anderen und holte tief und zitternd Atem. »In Wirklichkeit verstehe ich nichts von dem.«

»Mach dir nichts draus.« Mina drückte ihre Schultern. »Es geht vieles vor sich, das niemand von uns versteht, doch hierin sind wir alle zusammen.«

»Alle für einen, und einer für alle«, ergänzte Kit. »Und wir haben nicht die Absicht zuzulassen, dass dir irgendetwas passiert.« Es war eine Äußerung, die mutig klang, aber dumm war – ein völlig leeres Versprechen –, und Kit wusste das in dem Augenblick, als die Worte seinen Mund verließen. Cosimo hatte recht: Dieses Ley-Reisen war ein außerordentlich gefahrvolles Unternehmen, dem man sich mit einem großen persönlichen Risiko hingab – und es gab nichts, was er oder irgendein anderer deswegen unternehmen konnte.

Cass schien das zu verstehen, nahm jedoch seine tröstenden Worte nichtsdestotrotz an. »Danke«, seufzte sie. »Ihr seid beide sehr nett.« Ein kleines, verlegenes Lächeln zeichnete sich auf ihrem Gesicht ab. »Für gewöhnlich bin ich nicht ein solches Nervenbündel … ehrlich.«

Sie schlossen sich der Gemeinde an, die aus der Kirche strömte. Nachdem sie die schweren Eichenholztüren passiert hatten, machten sie sich auf den Weg zum *Großen Kaiserlichen Kaffeehaus*. Mit Ausnahme der fortströmenden Gottesdienstbesucher war der Marktplatz beinahe menschenleer; die letzten Händler des Tages zurrten die Abdeckungen ihrer voll beladenen Fuhrwerke fest. Der große Platz war jetzt in Dunkelheit gehüllt, und an einem klaren Himmel schienen die leuchtenden Nadelspitzen der Sterne.

»Wie fühlst du dich jetzt?«, fragte Kit.

»Ein bisschen besser«, antwortete Cass. »Trotzdem …«

»Das muss eine ziemlich schlimme Vision gewesen sein, dass sie dich in solch einer Weise ängstigt«, merkte Kit an.

»Es war … grauenvoll.« Cass zitterte bei der Erinnerung, die sogar jetzt noch so stark war, dass ihr Herz von einem kalten Schauer erfasst wurde.

»Wenn es helfen sollte, darüber zu sprechen, dann würde ich

mich freuen, dir zuhören zu dürfen«, bot Wilhelmina an. »Das heißt ...« Sie verstummte, als sie bemerkte, dass Kit stehen geblieben war. Beide Frauen blickten sich um und sahen, wie er regungslos dastand, als hätte er an Ort und Stelle Wurzeln geschlagen. Er starrte geradeaus, als ob er gerade in einiger Entfernung ein Gespenst gesehen hätte.

»Kit?«, keuchte Mina. »Um Himmels willen, was gibt's?«

»Burleigh ist zurück«, spie er, seine Stimme war ein leises, kratzendes Flüstern. »Ich habe gerade einen Burley-Mann gesehen.«

FÜNFUNDZWANZIGSTES KAPITEL

Worin Leichenfledderer Alarm schlagen

Die einstmals friedliche Talsenke hatte sich in ein Schlachtfeld verwandelt, als am Himmel die Feuerpfeile kreischten. Jeder von ihnen flitzte zur Erde, um in einem Meer aus Flammen und sengendem Metall zu explodieren und die entsetzten Opfer massenweise niederzumetzeln. Ein verzweifelter Wettlauf wogte um sie herum: Pferde, Vieh, Menschen – sie alle waren blind vor Schrecken und in voller Flucht. Giles umklammerte Havens Hand mit einem starken, eisernen Griff und zog sie mit sich in die wilde, rücksichtslose Flut hinein.

Die feurigen Salven schnitten durch den sich verdunkelnden Himmel und erfüllten ihn mit ihrem blutleeren Kreischen; wieder und wieder schlugen sie in einem todbringenden Regen zu. Die Sturzflut aus Menschen raste weiter, strömte über die Körper der Toten und Sterbenden hinweg. Die Langsameren wurden von denen, die hinter ihnen rannten, erfasst und zerquetscht, nach unten gezogen von der unaufhaltsamen Flut, die durch das Tal wogte.

Von ihren allerersten Schritten an wusste Giles, dass sie beide sich in einem Wettrennen um ihr Leben befanden. Obgleich es eine unglaublich mühsame Anstrengung bedeutete, am sich steil neigenden Abhang des Hügels entlangzuklettern, war Giles entschlossen, sich und Haven am äußersten Rand der Flut zu halten – fort vom chaotischen, tödlichen Gedränge in der Mitte. Und so rannten sie auf dem abschüssigen Untergrund. Immer wieder rutschte Haven aus, und jedes Mal war Giles da, um sie zu unterstützen und wieder auf die Füße zu stellen.

Die blendenden Feuerkugeln fielen rings um sie herum. Bei jedem vernichtenden Einschlag wurden Körper zerschmettert und auseinandergerissen. Was nicht durch den Aufprall zerstört wurde, löschte die unvermeidliche Eruption aus. Dicht und schnell fielen sie, und sie heulten, während sie kamen. Die weiche Erde erbebte unter den Explosionen, bei denen Flammen und ätzende Gase ausgespien wurden, die die Luft versengten.

Bald rannten Giles und Haven durch einen Nebel aus beißendem Rauch, der in den Nasenöffnungen stach und den Weg voraus verschleierte. Sie würgten die Luft hinunter und spürten die Verbrennungen in ihren Lungen. Hustend und mit tränenden Augen liefen sie blind weiter.

Direkt vor ihnen knallte einer der höllischen Gegenstände in den Berghang hinein. Er vernichtete Körper, schickte einen tödlichen Schauer aus Schlacke und geschmolzenem Metall hoch und schlug einen Krater in die weiche Erde. Giles sah das Loch zu spät und stolperte hinein, und dabei zog er Haven mit sich nach unten. Fragmente aus heißem Metall und verbrannter Dreck schwelten in dem Trichter. Die Luft stank nach versengtem Haar und verkohltem Fleisch. Giles rollte auf ein glühendes Schrapnellstück und brannte sich Löcher in sein Hemd und seine Hose. Er keuchte auf und krümmte sich von dem heißen Objekt fort, streifte brennende Schlacke von seinem Arm und Bein. Haven kam hart auf ihrer Seite auf und fühlte die Hitze von verbrannter Erde durch ihre Kleidung.

Sie mühte sich auf die Knie und machte sich daran, aufzustehen. Im selben Moment ein tauchte fliehender Reiter aus dem Rauch auf. Er galoppierte stramm, sah das Loch und machte sich für den Sprung bereit. Als Havens Oberkörper jedoch über der schwelenden Aufschüttung auftauchte, scheute das Pferd und versuchte abzudrehen. Gefangen zwischen einem Sprung und einem Ausweichmanöver, gerieten die Vorderbeine des erschrockenen Tieres durcheinander, und es stürzte kopfüber in die Böschung hinein.

Haven duckte sich hinter dem schützenden Rand der Erdaufschüttung nach unten, und der Reiter warf sich aus dem Sattel. Mit austretenden Beinen drosch das verletzte Tier auf den Boden ein. Es gab ein einziges Mal ein kreischendes Wiehern von sich, und dann wurde es still. Ein weiteres Geschoss sauste heulend durch den Rauchschleier nach unten. Der Krieger gab sein Reittier auf und rannte davon.

Haven sprang abermals auf, doch Giles zog sie zurück. »Bleibt unten! Hier sind wir sicherer.«

Der Körper des toten Pferdes veranlasste die fliehenden Horden, sich davor zu teilen – er wirkte wie ein Felsblock im Strom. Indem sie am Boden des Loches in Deckung gegangen waren, konnten sie sich aus dem heranbrausenden Getümmel heraushalten.

Nach einer Weile hörten die Feuerkugeln auf, doch der verzweifelte Rückzug wurde fortgesetzt. In einem fort kamen Menschen, eilten in einem Schleier aus Rauch und Bewegung vorbei, bevor sie in die Nacht hinein verschwanden. Giles und Haven blieben am Boden des Kraters liegen. Gelegentlich bewegten sie sich ein wenig nach oben, um die Flut abzuschätzen, bis die Erschöpfung sie überkam und sie einschliefen.

Als Giles sich erneut nach oben bewegte, ging die Sonne auf, und mit ihr kamen die Kundschafter des Vorauskommandos der eindringenden Streitkräfte: Männer auf Pferderücken ritten schnell den Flusslauf entlang, um in dem frühmorgendlichen Nebel zu verschwinden, der vom Wasser aufstieg. Den Vorreitern folgte eine kleine Einheit von Plünderern: alte Männer und Frauen, die sich ihren Weg zwischen den verstreuten Toten sorgfältig aussuchten, um Waffen und Wertsachen, Kleidungsstücke und Stiefel und Rüstungen einzusammeln. Einige führten lange Lederbeutel mit sich, die sie am Boden hinter sich herzogen. Andere, die zu zweit oder zu dritt unterwegs waren, schleppten Weidenkörbe mit sich; und wieder andere zogen kleine Handkarren hinter sich her.

In die Beutel, Körbe und Karren warfen sie Habseligkeiten, für die die Toten keine weitere Verwendung mehr hatten. Einige Leichen wurden nackt ausgezogen, andere verloren nur Kopfbedeckungen oder Gürtel. Außerordentlich wenige verloren überhaupt nichts, doch man untersuchte alle, und ihre materiellen Güter wurden bewertet und zum größten Teil konfisziert.

Die Plünderer arbeiteten schnell und effizient, doch ohne übermäßige Eile. Sie bewegten sich zwischen den Toten, die über die breite Talschüssel zu beiden Seiten des Flusses verstreut waren, von Leichnam zu Leichnam. Giles und Haven beobachteten das grauenvolle Unterfangen, während die Plünderer sich systematisch ihrem Bunker in der Erde näherten.

»Ich fürchte, wir müssen woanders hinziehen, Mylady«, bemerkte Giles. »Es wäre am besten, wenn man uns hier nicht finden würde.«

»Dem stimme ich zu«, erklärte Haven mit krächzender Stimme. »Doch wohin können wir gehen?«

»Wir könnten den Abhang hinaufklettern. Ich glaube nicht, dass sie dort hochkommen werden. Und wir können von dort beobachten und sehen, was bald geschehen wird.« Er hielt inne und schaute fort in Richtung Fluss. »Ich habe kein Interesse, mich weit außerhalb der Sichtweite von Wasser zu bewegen.«

»Ich ebenfalls nicht«, pflichtete Haven ihm bei. »Geh voran, Giles. Ich bin damit einverstanden, dir zu folgen.«

Während die Leichenfledderer immer noch ein Stück weit weg waren, verließen die beiden Reisenden ihren Zufluchtsort und kletterten so schnell wie möglich den nächstgelegenen Abhang hoch. Sie hatten die Spitze fast erreicht, als die Rufe anfingen – zuerst schlug eine einzelne Stimme Alarm und dann einige andere. Hastig warf Giles einen Blick über die Schulter. Ungefähr vier oder fünf Plünderer hatten ihre Arbeit eingestellt und machten nun eindringliche Gesten in ihre Richtung.

»Sie haben uns gesehen!«, sagte Giles. »Lauft!«

Sie flohen den Hügel hinauf, kraxelten die letzten paar Yards zur Spitze und stürzten sich über den Gipfel hinweg, wo sie sich duckten, damit man sie vom Tal aus nicht direkt sehen konnte. Sie warfen sich in das lange Gras und blieben schnaufend auf dem Rücken liegen; sie hielten an der unwirklichen Hoffnung fest, dass sie nicht verfolgt würden. Als er wieder ein wenig zu Atem gekommen war, rollte sich Giles auf seinen Bauch und begann, zur Hügelspitze hochzukriechen.

»Giles! Bleib unten. Sie werden dich sehen!«

»Ich muss wissen, was sie tun«, flüsterte er kurz angebunden. »Wir können immer noch in Gefahr sein.«

Er zog sich langsam hoch und höher, bis er über die Spitze des Hügels und hinunter ins Tal spähen konnte. Die Rufe der Plünderer hatten Vorreiter zu ihrer Unterstützung herbeigebracht. Drei berittene Krieger mit Spießen waren gerade in diesem Moment unterwegs zum Abhang, den Haven und Giles hinaufgeflohen waren.

Er rutschte zurück nach unten, wo Haven ängstlich wartete. Sie sah seinen Gesichtsausdruck und forderte ihn auf: »Sag es mir.«

»Reiter.« Giles wischte sich den Schweiß von den Augen. »Wir sind gesehen worden. Sie kommen uns holen.«

»Wie viele?«

»Drei. Bewaffnet.«

Haven biss sich auf die Lippe. »Giles, wir können nicht hoffen, ihnen davonzulaufen.«

»Nicht zusammen, nein. Doch ich werde sie von Euch ablenken, und sobald sie mich verfolgen, rennt Ihr in die andere Richtung. Vielleicht könnt Ihr einen Platz zum Verstecken finden.«

»Was wirst du tun?«

»Ich werde fortlaufen, so weit ich kann.«

»Das wird nicht weit sein«, entgegnete sie.

»Ich muss sie nur lange genug in eine andere Richtung lenken, damit Ihr fliehen könnt.«

»Doch man wird dich fangen.«

»Es spielt keine Rolle.«

»Es spielt für mich eine Rolle!«, spie sie. Mit ihren beiden Händen nahm sie seine Rechte und drückte sie fest. »Nein. Wir werden ihnen zusammen entgegentreten – komme, was wolle. Ich werde dich nicht einfach deinem Schicksal überlassen.«

»Dann, fürchte ich, werdet Ihr es mit mir teilen müssen«, erwiderte er. »Bitte, Mylady. Es ist nur zu Eurem Besten.«

»Das Beste hat schon vor einiger Zeit aufgehört, mich zu interessieren«, entgegnete sie, zeigte ein trauriges, hoffnungsvolles Lächeln und fügte hinzu: »Los, wir haben keine Zeit, um zu streiten. Lass uns hierin fest entschlossen sein.«

Giles betrachtete die Frau vor ihm. Etwas hatte sich in ihrem Verhalten verändert – und er hätte viel dafür gegeben, dieses »Etwas« zu entdecken. Leider war es zu spät. Er hob die Hände, die immer noch seine Rechte umklammerten, und drückte sie gegen seine Lippen.

»Es tut mir leid, Mylady.« Bei diesen Worten sprang er auf die Füße und flüchtete aus der grasbewachsenen Mulde. »Gott möge mit Euch sein.«

»Giles!« Sie machte einen Satz, um ihn zu festzuhalten, doch er war bereits auf und davon. Sie rutschte zum Rand der flachen Geländemulde, richtete sich auf und sah, wie er entlang der Hügelkuppe schnell rannte.

Der erste Reiter erreichte den Gipfel, hielt inne und blickte sich um. Er sah Giles, eilte ihm nach und schrie, während er sein Reittier mit Schlägen dazu antrieb, schneller zu laufen. Die anderen zwei Reiter tauchten einen Moment später auf, und als sie sahen, dass ihr Kamerad die Verfolgung aufgenommen hatte, schlossen sie sich der Hetzjagd an. Haven wartete nur einen Augenblick länger: Als sie erkannte, dass die Reiter sich entschieden hatten, Giles hinterherzueilen, erhob sie sich und flüchtete in die entgegengesetzte Richtung. Sie rannte so schnell sie konnte, allerdings verlangsamte das hohe Gras ihre Schritte.

Während sie lief, überflogen ihre Augen die Hügelkuppe, denn sie suchte nach einem weiteren Versteck. Das glatte Gefälle der baumlosen Hügel bot nichts dergleichen. Sie sauste über den Abhang mit den kleinen, sanften Erhebungen und wurde mit jedem flüchtigen Schritt verzweifelter. Dann riskierte sie einen Blick zurück auf die Verfolgungsjagd, die sich hinter ihr abspielte. Doch Giles und die Berittenen waren nicht mehr in Sichtweite. Sie war alleine auf dem Berghang – allerdings nicht lange.

Gerade als sie ihren Blick wandte und auf den Abhang vor ihr richtete, tauchte dort der Kopf eines Reiters auf, dem augenblicklich der Kopf und Hals seines Pferds folgten, und dann erschien der Rest des Tieres. Mit wild schlagendem Herzen warf Haven sich nach unten ins Gras und betete, dass er sie nicht gesehen hatte.

Es war ein Gebet, das in der Luft erstarb. Der Ruf des Reiters erreichte sie, gerade als sie auf den Boden fiel. Nur einen Moment lang lag sie im Gras, dann krabbelte sie hoch und flitzte davon. Diesmal rannte sie den Abhang hinunter, und ihre Füße flogen nur so dahin, da die Schwungkraft sie schneller und schneller trug.

Dennoch – das Pferd war schneller als sie, wie Haven nur zu gut wusste. Sie fasste einen einfachen Plan: Er bestand darin, ein wenig Distanz zwischen sich und den Verfolger zu bringen, sodass sie, wenn sie sich umdrehte, einen oder zwei Herzschläge haben würde, in denen sie sich für einen Schlag in Stellung bringen könnte.

Haven konnte hören, wie das Trommeln der Hufe sich ihr immer mehr näherte, und als nach ihrer Einschätzung der Moment gekommen war, hielt sie an und drehte sich direkt in den Weg des nahenden Tieres. Es erforderte jedes bisschen an Nervenstärke und ihr gesamtes Wissen über Pferde, um nicht von der Stelle zu weichen. Im allerletzten Augenblick sprang sie geschickt auf die linke Seite des Reiters, ergriff das Zaumzeug, als das Pferd vorbeiraste, und hielt es mit aller Kraft fest.

Der Schlag riss ihr beinahe den Arm aus der Gelenkpfanne, doch sie weigerte sich schlichtweg, das Zaumzeug loszulassen. Der Pferdekopf drehte sich zur Seite und nach unten. Der Rest des Tieres folgte seinem Kopf, und die sich heftig bewegenden Beine gerieten ins Straucheln. Das Pferd stürzte. Der Reiter wurde weit fortgeschleudert, als sein Tier auf die Seite rollte.

Blitzschnell packte Haven den leeren Sattel. Sie warf ihr Bein über den Rücken des Pferdes – die Zügel hielt sie immer noch in der Hand – und trieb das um sich tretende Tier dazu an, wieder auf die Hufe zu kommen. Das Tier gehorchte, erhob sich und brachte damit auch Haven nach oben. Sie trat es in die Flanken und schlug mit den Zügeln, um es anzutreiben, damit es weglief.

Das Pferd bäumte sich auf, und als es sie nicht abwerfen konnte, sprang es fort und nahm seinen rasenden Galopp hügelabwärts wieder auf. Von seinem Blickwinkel am Boden aus sah der verblüffte Reiter, wie sein Pferd geradezu meisterhaft gestohlen wurde, und schüttelte seinen Kopf. Er drückte sich auf die Knie hoch und gab einen schrillen Pfiff von sich.

Haven hörte den Pfeifton – und das Reittier ebenfalls, denn es schien mitten im Schritt innezuhalten. Dann wurde es langsamer und blieb stehen, trotz ihrer größten Anstrengungen, es mit Peitschenhieben wieder zum Laufen anzutreiben. Der Krieger pfiff erneut, und das Tier schwenkte herum und trottete zur Stelle zurück, wo sein Besitzer wartete. Das gut ausgebildete Pferd blieb gehorsam vor seinem Herrn stehen und senkte seinen Kopf, um Gras zu fressen, während Haven aus dem Sattel gezogen wurde.

Als Havens Füße wieder auf dem Boden standen, hatten sich drei weitere Reiter zu dem ersten gesellt. Die Neuankömmlinge mussten gesehen haben, was sie gemacht hatte, denn alle drei starrten sie an, als wäre eine streitsüchtige Göttin der Jagd auf die Erde hinabgestiegen, um ihre Pferde zu stehlen.

Einer der berittenen Krieger sprach einen kurzen Befehl zu seinem Kameraden auf dem Boden, und dann wendete er sein Pferd und begann, den Weg zurückzureiten, den sie gekommen waren.

Haven erwartete, dass die anderen zurückreiten, sie fesseln und an einem Strick hinter sich her zerren würden. Doch zu ihrer Überraschung wurde sie hochgehoben und wieder in den Sattel gesetzt. Der Krieger, dessen Reittier sie, wenn auch nur kurz, in Beschlag genommen hatte, schwang sich hinter ihr aufs Pferd und kehrte mit seinen Kameraden, die eng beieinander blieben, zum Tal zurück.

Als sie das Flussufer erreichten, tauchte gerade die erste Welle der Invasionsarmee aus dem frühmorgendlichen Nebel auf – angeführt von einer Doppelreihe aus den unglaublichsten Geschöpfen, die Haven jemals gesehen hatte.

SECHSUNDZWANZIGSTES KAPITEL

Worin bruchstückhafte Kenntnisse des Lateins eine Verwendung finden

Die gewaltigen grauen Tiere, die so groß wie ein Haus waren, bewegten sich mit einer imposanten Anmut, die ihre plumpen Proportionen Lügen strafte. Bestürzend, beinahe lächerlich in ihrem Aussehen, gab es dennoch etwas ungeheuer Anziehendes an ihnen. Obgleich sie riesig bis hin zur Absurdität waren, verhielten sie sich dennoch ruhig: Sie bewegten sich durch den Flussnebel so stumm wie Geister – als hätte sich eine jenseitige Gelassenheit ihrer bemächtigt, eine Seelenruhe und Würde von den gleichen Ausmaßen wie ihre Größe.

Haven erkannte sie wieder – aus einem Bestiarium, in das sie sich als Kind vertieft hatte, wenn sie an regnerischen Nachmittagen viele gemütliche Stunden in der Bibliothek ihres Vaters verbrachte. Doch jetzt, wo Haven sie in natura sah, war sie auf den ersten Blick angewidert von ihrer ungeheuerlichen Erscheinung: riesige, flatternde Ohren an einem kolossalen, hochgewölbten Kopf, aus dem große, sich biegende Krummsäbel aus bleichem Gebein herauswuchsen – ähnlich den Hauern eines Wildschweins, aber so lang wie drei Gliedmaße –; hässliche, schlabbrige Haut, die nackt und haarlos war und die Farbe des Grabes besaß – eine Haut, die so runzelig und zerknittert und faltig war, dass sie uralt zu sein schien –; gigantische Säulen von Beinen, die keine Füße hatten, jedoch in flachen, runden Polstern endeten, die so breit und rund und ausladend wie die Reling eines Schiffes waren. Am erschreckendsten von allem war die Schnauze, die – anstatt sich geschmackvoll zu einem bescheidenen, runden Maul oder auch bloß zu der stöbernden Stupsnase eines Schweins zu verjüngen – immer weiter und weiter ging, um ein lächerlich langes Anhängsel auszubilden, das augenscheinlich den heimtückischen Eigensinn einer Schlange besaß und aus eigenem Antrieb sich wand und umhersuchte. Und zu guter Letzt gab es auf dem Rücken des Tieres noch einen berghohen Buckel, der zu einem unbedeutenden Nachsatz von einem Schwanz absank – nur ein nackter Stummel, aus dem eine armselige Hand voll Borsten herauswuchs.

Obgleich Haven sie abstoßend fand, konnte sie ihre Augen nicht von den widerlichen Kreaturen abwenden. Je länger sie zusah, wie die Tiere in ihrer langsamen, schwankenden Gangart marschierten, desto häufiger ertappte sie sich dabei, von ihnen beeindruckt zu sein. Als sie nahe genug herangekommen waren, dass Haven ihre großen leuchtenden, verständnisvollen Augen sehen konnte, die von dunklen Wimpern umsäumt wurden, hielt sie sie unerklärlicherweise für liebenswert.

In Erstaunen versunken, flogen alle Gedanken über ihre Gefangennahme und ihr wahrscheinliches Schicksal geradewegs aus ihrem Kopf.

Elefanten! Wer würde das geglaubt haben?

Es hieß, dass König Henry III. während seiner Herrschaft sich einen gehalten und ihn im Tower von London untergebracht hatte. Und irgendjemand am Hofe von Elizabeth hatte berichtet, eines dieser Tiere ausgerechnet in Portugal gesehen zu haben. Als die Elefanten nun vorbeigingen, konnte Haven sie nur staunend anstarren, seltsam bewegt und begeistert von dem Anblick.

Allzu bald jedoch drängte sich die Realität ihrer Situation wieder in den Vordergrund. Die geschlossene Schlachtreihe der Elefanten zog vorbei, und dann sah Haven in relativ kurzem Abstand hinter ihnen einen stacheligen Wald aus Spießen und Speeren und blutroten Bannern. Die Armee bewegte sich langsam und unaufhaltsam vor, sie breitete sich wie ein unauslöschbarer Schmutzfleck über das Tal aus. Die Männer, die Haven gefangen hatten, hielten oben auf dem Abhang an, um das Vorankommen der Truppen nicht zu behindern. Sie stiegen ab, sattelten die Pferde ab und erlaubten Haven, sich ebenfalls hinzusetzen; als sie tranken, reichten sie auch ihr die Lederflasche.

Von ihrem Platz auf dem Abhang hatte Haven einen ausgezeichneten Ausblick auf die Krieger, während sie in einer Reihe nach der anderen in scheinbar unerschöpflicher Anzahl paradierten. Die meisten waren Fußsoldaten, doch es gab auch Divisionen berittener Krieger, und alle rückten vor mit der unnachgiebigen Unbarmherzigkeit einer Maschine in Bewegung.

Obwohl diese Invasoren in sehr vieler Hinsicht der gehetzten Menschenmasse ähnelten, die Giles und Haven zuerst getroffen hatten, waren sie in ihrem Aussehen unterschiedlich genug, um eine andere Rasse zu bilden. Im Großen und Ganzen waren diese Menschen stark gebaut an Schultern und Brust, hatten jedoch kurze Beine – Haven selbst war größer als jeder, den sie erblickte. Doch auch wenn sie weder eine vornehme Statur noch eine besondere Größe besaßen, vermittelten sie dennoch den Eindruck, von hartnäckiger Beständigkeit zu sein – etwa wie in der Art von Baumstümpfen oder Grundsteinen. Ihre Hautfarbe war blässlich oder hell, und viele hatten rote Haare, obwohl die meisten braunhaarig waren. Im Gegensatz zu ihren rötlichen, schwarzhaarigen, mondgesichtigen Feinden, die sie durch das Tal verfolgten, waren die Gesichtszüge der Neuankömmlinge breit und offen; sie hatten große, runde Augen und großzügig geformte, runde Lippen. Fast jeder war entweder in Leder oder in schweres, lose gewebtes Tuch gekleidet; und alle starrten vor Klingen jeglicher Art: Schwerter, Speere, Spieße mit langen Schaften, Dolche und breite Messer. Sie trugen zudem winzige runde Schilde auf ihren Rücken und einige Bögen sowie Köcher mit Pfeilen über ihren breiten Brustkörben.

Der frühe Morgen wich langsam dem Mittag, und immer noch zogen sie vorbei. Als die letzten der Soldaten vorübergegangen waren, kam der Tross: leichtgewichtige, aus Weide hergestellte Wagen mit großen Holzrädern und Packesel in langen Reihen; jeder von ihnen war turmhoch beladen mit Säcken und Bündeln. Der Versorgungskarawane zog das Lagergefolge hinterher: Es bestand zum größten Teil aus Frauen; viele von ihnen mit Säuglingen und Kleinkindern, deren blonde Locken von der Sonne beinahe weiß gebleicht worden waren. Dies waren die Ehefrauen und Kinder der Soldaten, entschied Haven. Verstreut zwischen den Frauen waren Männer mit Pferden oder Wagen, die turmhoch mit Beuteln, Säcken und Fässern unterschiedlicher Art beladen waren – Kaufleute vielleicht? Haven wusste es nicht.

Als die Sonne ihren Zenit erreicht hatte, erschien die letzte Welle der Invasoren in Form von Schaf- und Ziegenherden, Gänsescharen sowie kleinen Beständen zotteliger Kühe. Die Luft roch bald nach frischem Dung. Die Schäfer und Hirten sorgten dafür, dass ihre Tiere weitergingen; sie erlaubten ihnen nur, ein ganz kleines bisschen vom Gras zu erhaschen oder vom Wasser aus dem Fluss zu trinken, bevor der Klaps eines Stabs oder einer Rute sie weitertrieb.

Da sie müde von dem langen Sitzen in der Sonne und erschöpft vom Schlafmangel war, wurde Havens Kopf schwer, und sie schloss ihre Augen bei den umherschweifenden Resten des großen Aufzuges. In ihrem Schlaf vernahm sie eine vertraute Stimme, die sie schalt: »Schlafend am Mittag? Das passt gar nicht zu Euch, Mylady.«

Der Klang riss sie sofort aus dem Schlaf. Sie blickte sich rasch um, sah jedoch nur die grasenden Pferde und ihre Reiter, die immer noch dort zurückgelehnt saßen, wo sie sich den ganzen Morgen über niedergelassen hatten. Es gab niemand anderen in der Nähe. Sie befand, dass sie geträumt haben musste, schloss erneut ihre Augen und nickte ein ... nur um einen Augenblick später durch die Ankunft einer anderen Gruppe von Reitern geweckt zu werden. Die Neuankömmlinge grüßten ihre Kameraden geräuschvoll und, wie Haven glaubte, auch mit einiger Heiterkeit – als würden sie einen Scherz erzählen –, als sie von ihren Reittieren abstiegen.

Und dann erblickte sie den Grund für ihre Belustigung: Einer von ihnen wies ein blaues Auge auf, und in seinem Gesicht war Blut unterhalb der Nase. Es war äußerst offensichtlich, dass er bei einem

Faustkampf derjenige gewesen war, der schlechter abgeschnitten hatte. Und dem mürrischen Ausdruck nach im blutverschmierten Gesicht des Burschen zu urteilen, hatte er nicht viel Verständnis für die Neckerei seiner Kameraden.

Grummelnd rutschte der übel zugerichtete Kerl aus dem Sattel, rollte mühselig ein Seil auf und holte so seinen unterworfenen Gegner zu sich, der am Ende des Stricks festgebunden war.

»Giles!«, rief Haven und sprang auf ihre Füße. Bevor jemand sie aufhalten konnte, war sie zu ihm gelaufen.

»Mylady«, sagte er erschöpft.

»Du bist in Sicherheit.« Sie fummelte an dem Knoten, der seine Hände zusammenband. »Geht es dir gut? Bist du verletzt?«

Der Krieger schob sie beiseite und fuhr fort, seinen Gefangenen loszubinden. Dann wickelte er sein Seil auf, stieß Haven und Giles den Hügel hoch und veranlasste sie dazu, sich zusammen hinzusetzen; dabei gab er ihnen zu verstehen, dass sie sich nicht vom Fleck rühren sollten. Ohne jede weiteren Umstände überließ er die zwei sich selbst und marschierte davon, um sich zu seinen Kameraden zu gesellen.

»Er ist lädiert und blutverschmiert«, sagte Haven, als der Bursche sich entfernte. »Hast du das getan?«

»Ja«, gab Giles zu. »Ich habe erwartet, sofort getötet zu werden – er hatte Waffen und ich nicht. So wie ich jetzt darüber denke, glaube ich nicht, dass er vorhatte, mir etwas Böses anzutun.«

»Das konntest du nicht wissen«, entgegnete sie. »Ich bin nur froh, dass du gesund und wohlauf bist. Ich danke dem Himmel, dass uns kein größeres Übel widerfahren ist.«

»Ich glaube, sie sind Kundschafter oder Vorreiter«, mutmaßte Giles. Er blickte reihum auf die Krieger, die sich nun auf dem Boden nach hinten lehnten. »Seid Ihr schon lange hier?«

»Ich sitze schon den ganzen Morgen hier«, antwortete sie und berichtete ihm danach von der vorbeiziehenden Parade – den Elefanten und allem anderen. »Die außergewöhnlichsten Geschöpfe, die ich, wie ich glaube, jemals zu Gesicht bekommen habe.«

»Ich weiß«, sagte Giles. »Ich habe sie auch gesehen ...« Er zögerte, dann gestand er: »Allerdings habe ich nicht gewusst, um was für eine Art von Tieren es sich handelt.«

Während der lange Nachmittag voranschritt, diskutierten sie darüber, was ihrer Ansicht während der Nacht passiert war und wer die Invasoren sein könnten. Als dann die letzten Herden und Hirten vorbeigezogen waren, erhoben sich die faulenzenden Kundschafter und beendeten ihre Rast. Sie reichten Trinkschläuche herum und brachten einen davon ihren Gefangenen. Als alle getrunken hatten, sattelten sie wieder die Pferde. Giles und Haven wurden jeweils an den Händen gefesselt und die Seile am Sattel eines Reiters befestigt.

Die Gefangenen wurden in einem gemächlichen Tempo am Ufer des seichten Flusses entlanggeführt. Es schien nicht zu eilen, und wenn sie nicht an ein Pferd gebunden gewesen wären, hätten die zwei Fußgänger es für einen angenehmen Spaziergang am Fluss halten können. Dies dauerte so lange, bis die Kundschaftergruppe am Rande einer wahrhaftigen Stadt aus Zelten ankam – die leuchtende orangefarbene Sonnenscheibe begann gerade, nach Westen hin hinter der Hügelkette einzutauchen.

Nachdem die Invasionsarmee ihren Tagesmarsch beendet hatte, schickte sie sich an, das Lager aufzuschlagen. Überall waren die Menschen geschäftig: Sie errichteten Unterkünfte, pferchten den Viehbestand ein, trugen Wasser vom Fluss herbei, entzündeten Holzkohle, um Feuer zu machen. In der frühabendlichen Luft erklang eine muntere Kakophonie aus Stimmen, bellenden Hunden, blökenden Rindern und schwatzenden Kindern. Die Sprache, die überall bei den Fremden hervorsprudelte, bestand aus zischenden, raschelnden Geräuschen, die denen ähnelten, wenn der Wind durch Gras fuhr. Und sie wurde geäußert in einem Ansturm von ineinander verschmelzenden Silben – Töne nur und überhaupt keine Wörter.

Die Reiter und ihre Gefangenen bewegten sich zwischen den außen gelegenen Zelten hindurch und drangen tiefer in das Lager hinein. Sie waren noch nicht weit vorangekommen, als die zwei großen, merkwürdig gekleideten Fremden bemerkt wurden, und man begann, die Neuigkeit weiterzusagen. Haven und Giles hörten die Veränderung in den Stimmen, als die Neugier sich wellenartig um sie herum ausbreitete. Interessierte Schaulustige gaben ihre Routinearbeiten auf und schlossen sich dem Marsch an; die Reihen schwollen an, und während sie weitergingen, wurde es eine richtige Prozession.

Als sie das Zentrum der Zeltstadt erreichten, führte man die zwei Gefangenen eine Art Allee entlang, die durch Wohnstätten mit einer aufwändigeren Konstruktion gebildet wurde: Sie waren aus einem dunklen, massigen Material errichtet und hatten hohen Seiten sowie Dächer, deren höchster Punkt jeweils an der Spitze eines einzelnen zentralen Pfahls war. Banner in Rot und Gelb flatterten von den Zentralpfosten einiger Zelte; bei anderen wurden Flaggen gezeigt, die man draußen vor dem Eingang aufgestellt hatte oder die Seiten drapierten.

Am Ende dieser Allee stand eine Zeltbehausung, die den anderen sehr ähnelte, doch durch ein einfaches Mittel sehr viel größer gemacht worden war: Man hatte mehrere kleinere Zelte zusammengefügt und so einen Verbund gebildet, um den herum ein Ring von Fackeln in eisernen Haltestangen stand. Die improvisierte Prozession marschierte direkt auf diese Wohnstätte zu. Dort stiegen die Vorreiter ab, und ihr Anführer rannte zum Eingang, wo er an einem gewebten Band zog, das neben der schweren Klappe hing, die als Tür diente. Das helle Geklingel einer Glocke ertönte, und ein Mann in einem gelben Satingewand erschien, warf einen Blick auf die Menschenmenge, die sich vor ihm versammelt hatte, und duckte sich wieder in die Zeltbehausung hinein. Einen Augenblick später tauchte aus demselben Eingang ein riesengroßer Krieger auf. Er war bullig, breitschultrig und mit dem muskulösen Oberkörper eines Catchers ausgestattet; sein kräftiger Körper wurde von einer Rüstung umschlossen, die aus gekochtem, gehärtetem Leder hergestellt war. Wie ein Gigant überragte er seine kleineren Landsleute und musterte die Menge mit einem ernsten, furchteinflößenden festen Blick.

Jeder verstummte augenblicklich unter diesem unheilvollen starren Blick, und als alles ruhig war, zog der schwergewichtige Goliath die Türklappe zur Seite. Die gelb gewandete Gestalt erschien wieder und geleitete einen anderen Mann – dieser war elegant gekleidet in einem purpurnen und blauen Gewand, das im Licht der Fackeln ringsum schimmerte und blinkte. Dieser Bursche, der fast so groß war wie sein gewaltiger Leibwächter, hatte die gleiche helle Haut wie diejenigen um ihn herum, und sein Haar hing in langen Locken herab, die so bleich wie gesponnenes Gold waren. Er trug eine randlose Kappe mit einem hohen Scheitel, die aus dem gleichen glitzernden Material wie sein Gewand hergestellt war. Als er aus dem Zelt trat, streckte sich der Kundschafter, der am Eingang wartete, flach auf dem Boden nieder, und der ganze Rest der versammelten Menschenmenge verbeugte sich tief; ihre Gesichter waren horizontal zur Erde.

Giles und Haven fühlten auf ihren Schultern Hände, die stark zudrückten und sie nach unten zwangen. Sie befanden sich eindeutig in der Gegenwart eines bedeutenden Mannes, und es war für sie erforderlich, dass auch sie ihm Respekt erwiesen. Sie kamen dem bereitwillig nach und erhoben sich erst dann wieder, als der Mann im purpurnen Gewand sich vor sie stellte. Er schien fasziniert zu sein und musterte sie konzentriert, sein Gesichtsausdruck war gebieterisch, aber nicht unfreundlich. Dann, als seine Prüfung abgeschlossen war, hob er langsam eine Hand, und mit einer lauten, klaren Stimme richtete er in der luftigen, ungebundenen Sprache der Steppen das Wort an die Gefangenen.

Als dies keine Antwort hervorrief, redete er erneut, diesmal in einer anderen Sprache – anders als die erste, aber für Haven und Giles genauso unverständlich. Die beiden beantworteten bloß seinen festen Blick mit einem ratlosen Gesichtsausdruck. Der Edelmann runzelte die Stirn und schien im Begriff zu sein, sich von ihnen abzuwenden, als sich der Mann im gelben Gewand ihm näherte und etwas in sein Ohr flüsterte.

Der in Purpur Gewandete nickte und sagte in deutlichen, glockenhellen Tönen: »*Pax vobiscum.*«

Die vertrauten Wörter an diesem primitiven Ort gesprochen zu hören war solch eine Überraschung, dass Haven einen Moment brauchte, um sich wieder zu besinnen. »*Pax vobiscum*«, wiederholte sie.

Der königlich wirkende Mann lächelte, und mit einer Geste zu seinem gelb gewandeten Assistenten ging er zu seinem Zelt zurück.

Giles warf Haven von der Seite einen Blick zu. »Mylady?«

»Das ist Latein«, erwiderte sie im Flüsterton. »Ich beherrsche ein paar Brocken – sie stammen von Onkel Henry und natürlich vom Gottesdienst.«

Der in Purpur gekleidete Edelmann hielt am Eingang zu seiner Wohnstätte inne. Sein gigantischer Leibwächter gab dem Anführer der Kundschaftergruppe, die die Fremden gefangen hatte, ein Zeichen. Der Kundschafter eilte zu seinen Gefangenen und zeigte an, dass sie folgen sollten, indem er auf den Eingang des Zeltes wies, das dem Adligen gehörte.

»Glaubt Ihr, dass er ihr König ist?«, wisperte Giles, als man sie ins Innere führte.

»Mindestens ein Herzog«, befand Haven. »Auf alle Fälle ein Mitglied des Königshauses – Gott sei Dank. Vielleicht werden wir jetzt ein paar Erfrischungen bekommen.«

Die Wohnstätte des großen Mannes war unter den Zelten ein echter Palast: geschmückt mit kostspieligen Wandverkleidungen in farbenprächtiger Seide und dicken Teppichen auf dem Boden, mit Sesseln aus verziertem Leder und kleinen, achteckigen Tischen aus Palisanderholz, die Einlegearbeiten aus Elfenbein besaßen. Das luxuriöse Innere war angefüllt mit dem schweren süßen Duft von Weihrauch, der wie Nebel in der Luft lag und das warme honigfarbene Licht dämpfte, das Dutzende von winzigen goldenen Lampen ausstrahlten, die an goldenen Ketten von den Dachstützen hingen. Drei junge Diener in weißen Kitteln und voluminösen weißen Kniehosen standen bereit, um ihren Herrn und seine Gäste zu empfangen; einer trat mit einem Sessel vor und ein anderer mit einem goldenen Kelch.

Sobald sich der Adlige in seinen Sessel gesetzt hatte, wurde ihm der Kelch in die Hände gegeben. Er hob ihn hoch, prostete seinen

Gästen zu und trank. Dann reichte er den Kelch dem Diener in dem gelben Gewand, der ihn Giles anbot und anzeigte, dass dieser trinken sollte. Als Giles versuchte, den Kelch zuerst Haven zu überreichen, schüttelte der Mann mit ernster Miene den Kopf und wackelte mit dem Finger. Giles trank und gab anschließend den Kelch zurück; erst danach wurde er Lady Fayth angeboten.

Dankbar ergriff sie den Kelch und ließ einen großen Schluck von einer süßen Flüssigkeit, die nach Pflaumen schmeckte, ihre Kehle hinunterrinnen. Als sie dem Diener den Kelch zurückgab, klopfte sie sacht dagegen und sagte: »*Aqua, orare.*«

Der Edelmann schien überrascht zu sein, doch er klickte mit seinen Fingern einem untätigen Diener zu und erteilte einen Befehl. Der Jüngling verbeugte sich und verschwand in einem der anderen Räume. Giles blickte zu Haven, um von ihr eine Erklärung zu bekommen.

»Ich habe ihn gerade um etwas Wasser gebeten«, erläuterte sie; dann fügte sie hinzu: »Ich hoffe zumindest, dass ich das gesagt habe.«

Der weiß gekleidete junge Mann kehrte mit zwei Silberkelchen zurück, die mit Wasser gefüllt waren, und gab Giles und Haven jeweils einen. Sie tranken in großen gierigen Schlucken unter dem faszinierten Blick ihres Gastgebers.

Als Haven den Pokal wieder senkte, lächelte sie und sagte: »*Meus gratis, dominus.*« Sie zeigte auf sich selbst und Giles und fügte hinzu: »*Sitis moribundus.*«

Der Edelmann klatschte in die Hände. Er stellte dem Kundschafter eine Frage, auf die der Mann eine kurze Antwort gab. Dann verbeugte sich der Vorreiter und eilte aus dem Zelt. In der Zwischenzeit holten die weiß gekleideten Diener kleine Faltstühle hervor, die sie hinter den Besuchern aufstellten, anschließend bezogen sie auf einer Seite Position. Der purpurgewandete Mann streckte eine Hand in Richtung seiner Gäste aus und verkündete – so weit Haven mit ihren bruchstückhaften Lateinkenntnissen folgen konnte –: »Ich heiße Simeon. Ich bin der Khan dieses Volkes. Seid willkommen in meinem Heim.«

Es gab Wörter, die Haven nicht verstand – an vorderster Stelle »Khan«. Sie wiederholte das Wort in einem fragenden Tonfall.

»Ah!«, erwiderte er. »Khan ist *rex.*«

»Ich entbiete Euch meinen Gruß, Khan Simeon«, sagte sie und senkte den Kopf. Sie waren also in Anwesenheit eines Königs.

Er schaute sie erwartungsvoll an.

»Ich heiße Lady Fayth«, stellte sie sich vor. »Und dies ist …« – sie zögerte, dann fuhr sie mit einem Blick auf Giles fort – »… mein Freund und Beschützer, Giles Standfast.«

Sie sprach mit langsamer Bedächtigkeit, da sie beim Reden überlegen musste, welche Wörter sie benutzen sollte. »Wir sind *peregrinatori*«, sagte sie; sie beabsichtigte, darauf hinzuweisen, dass sie Reisende waren.

»*Peregrinatori?*«, wiederholte der Khan, der verwundert die Augenbrauen hob. »Ohne Pferde oder Zelte oder Vorräte …« Er zeigte auf die Kelche in ihren Händen. »Selbst ohne Wasser?«

Haven hielt seinem Blick stand und nickte. »Es ist so, Khan. Wir sind von unserem Weg abgekommen.«

Der Khan warf seinen Kopf zurück und lachte. »Wahrhaftig, Ihr seid abgekommen.«

»Wahrhaftig, mein Herr«, bekräftigte Haven, der es nicht gelang, das Komische an dieser Sache zu erkennen. Zweifellos hatte sie etwas Falsches gesagt.

»Der Kundschafter hat mir gesagt, dass er Euch entdeckte, als Ihr Euch zwischen den Toten der Gelben Horde verstecktet.«

»So ist es.« Haven zögerte und versuchte, sich eine Version der Wahrheit auszudenken, die sowohl den Tatsachen als auch ihrem Inquisitor gerecht würde. »Wir waren …« Sie zögerte erneut, dann stürzte sie sich auf einen Begriff, der ihr gerade einfiel. »*Captivus.*«

»*Captivus*«, wiederholte der Khan mit einem Nicken.

»Wir waren gefangen und mussten mit ihnen laufen. Der Angriff kam, und wir versteckten uns.«

Khan Simeon akzeptierte dies mit einem nachdenklichen Nicken. »Ich bin überzeugt, dass alle Reisenden von irgendwo gekommen sind. Wo ist Eure Heimat?«

Haven benötigte ein wenig mehr Zeit, um herauszufinden, wonach er fragte. »Was hat er gesagt?«, flüsterte Giles. »Mylady?«

»Schsch! Lass mich nachdenken.« Zum wartenden König sagte sie: »Wir sind aus England gekommen ...« Dann aber hielt Haven inne und korrigierte sich: »Aus einem Land namens *Britannia.*«

»Wirklich?«, rief der Khan verblüfft. »Ich habe schon von diesem *Prytannia* gehört, aber ich habe niemals jemanden getroffen, der dorthin gereist ist.«

»Es ist sehr weit weg«, erklärte ihm Haven. Sie hielt inne und übermittelte dem verwirrten Giles, was gesprochen worden war. Danach wandte sie sich wieder dem Khan zu und erkundigte sich: »Mein Herr Khan, gestattet mir zu fragen, woher Ihr von meinem Land wisst?«

»Als Kind wurde ich in Konstantinopel erzogen«, antwortete Simeon. »Dort gab es viele Gallier und Sachsen in der Stadt. Stimmt es, dass Euer *Prytannia* ein Land von endlosem Wasser ist?«

»So ist es«, antwortete Haven. »Es ist eine Insel, die von einem Meer umgeben ist und von viel Regen gewässert wird.«

»Eure Schafe und Rinder müssen sehr fett sein.«

»Sehr fett, mein Herr.«

»Was sagt er?«, wisperte Giles.

»Ich glaube, er sagt, Britannien muss fette Schafe haben.«

Giles war so verblüfft, dass er bloß seinen Kopf schüttelte.

»Seid Ihr nach Konstantinopel gereist?«, wollte Khan Simeon wissen. Seine Stimme nahm einen schmeichelnden Tonfall an.

»Nein, mein Herr Khan, das nicht«, antwortete Haven. Da sie spürte, dass etwas mehr von ihr verlangt wurde, setzte sie hinzu: »So Gott will, hoffen wir, dass wir es eines Tages besuchen werden.«

Dieser letzte Teil ihrer Erwiderung war streng genommen nicht wahr, doch sie hoffte, damit den König zufriedenzustellen, welch unausgesprochene Erwartung er auch immer hatte.

Es musste funktioniert haben, denn der König rief: »Gott will es!« Dann signalisierte er mit einem Klatschen der Hände das Ende der Audienz. »Euer Wunsch wird Euch bald gewährt sein. Wir sind gerade jetzt auf dem Weg nach Konstantinopel.«

Der König erhob sich, und seine Diener holten seidene Hausschuhe hervor, die seine feinen Lederstiefel ersetzen sollten. »Ihr werdet mit uns kommen«, ordnete Khan Simeon an und trat in seine Seidenschuhe hinein. Er betrachtete seine zwei Gäste mit einem Ausdruck, der in keiner Weise zu Fragen einlud, und verkündete zum Schluss: »Ich habe gesprochen.«

Mit diesen Worten drehte er sich um und schritt aus dem Raum, begleitet von seinem stummen Leibwächter und zwei weiß gekleideten Dienern. Er ließ Giles und Haven in der Obhut des gelb gewandeten Bediensteten zurück, der sie aus dem Zelt führte.

»Mylady?«, fragte Giles, als sie sich zum Eingang begaben. »Was ist hier geschehen?«

»Ich glaube, der König bringt uns nach Konstantinopel.«

SIEBENUNDZWANZIGSTES KAPITEL

Worin ein Rendezvous arrangiert wird

»Hat er dich gesehen?«, fragte Mina, während sie den fast leeren Platz verstohlen mit dem Blick absuchte.

»Dreh dich nicht um«, mahnte Kit. »Halt deinen Kopf unten.«

»Welcher ist es?«

»Ich weiß es nicht. Ich glaube aber, der Gerissene war's – Tav. Wir können nicht zum Kaffeehaus zurückgehen. Das wird der erste Ort sein, wo sie Ausschau halten.«

»Ich stimme dir zu«, sagte Wilhelmina. »Wie wär's mit Cass' Wohnung?«

»Okay. Dreht euch langsam um, und dann lasst uns einfach weitergehen.«

»Wir müssen Gianni die Nachricht zukommen lassen, dass er uns dort trifft.«

»Ich könnte zu ihm gehen«, bot Cass an. »Soweit ich weiß, hat keiner dieser Burley-Männer mich jemals gesehen.«

»Ich weiß nicht«, gab Kit zu bedenken. »Es ist besser, wenn wir nicht getrennt werden. Wir können jemanden mit einer Notiz schicken.« Er riskierte es, sich heimlich umzuschauen. »Das ist womöglich sicherer.«

Mina und Cass beobachteten ängstlich sein Gesicht. »Irgendwas passiert?«, fragte Cass.

»Immer noch bloß der eine. Aber man kann sich sicher sein, dass er nicht allein ist.«

»Was macht er?«, fragte Mina. »Hat er uns erspäht?«

»Noch nicht. Er scheint den Kaffeeladen zu beobachten.« Kit drehte sein Gesicht weg und senkte seinen Kopf. »Los, vorwärts, wir müssen uns in Bewegung setzen – gehen, nicht laufen. Das Letzte, was wir wollen, ist, die Aufmerksamkeit auf uns zu lenken.« Kit erblickte Cass' ängstlichen Gesichtsausdruck und legte ihr beruhigend eine Hand auf den Arm. »Es wird alles in Ordnung kommen. Bereit? Was auch immer geschieht – einfach weitergehen. Auf geht's.«

Der Laden lag auf derselben Seite des Platzes wie die Kirche; also änderten die drei die Richtung, gingen langsam zur Kirche zurück und dann ruhig weiter entlang der Reihe von Gebäuden zur Apotheke. Leise schlüpften sie ins Haus hinein, marschierten lautlos im Gänsemarsch die Treppe hoch zu Cass' Zimmer und schlossen die Tür.

»Ich werde die Kerze anzünden«, bot Cass an.

»Warte«, entgegnete Kit. »Wir sollten niemandem anzeigen, dass wir da sind.«

»Das war knapp«, seufzte Wilhelmina. »Ich hasse es, zufällig auf diese Kerle zu treffen. Burleigh wird nicht weit weg sein.«

»Wir können nicht hierbleiben«, sagte Kit und ging zu dem einzigen Fenster des Raums. Leise schloss er die Läden und trat wieder zur Seite. »Wir müssen aus der Stadt raus – je früher, desto besser.«

»Wie gefährlich sind diese Burley-Männer wirklich?«, fragte Cass.

»Gefährlich genug.«

»Kit hat recht; wir sollten so schnell wie möglich verschwinden«, sagte Mina.

»Wohin gehen wir?« Cass blickte von Mina zu Kit, deren Gesichter bleich waren und auf denen in der Dunkelheit Schatten lagen.

»Das ist die Frage.« Kit trat von dem Fenster fort. »Ich denke, dass wir – da wir die Probe für die Schattenlichter testen wollen – nach Rom reisen sollten, wo wir uns Giannis Kontakte zunutze machen können.« Er blickte in dem dämmrigen Licht auf die beiden anderen. »Seid ihr damit einverstanden?«

»Damit habe ich kein Problem«, stimmte Cass zu. »Aber könnte ich einen Vorschlag machen? Ich muss zur Zetetischen Gesellschaft gehen: Sie warten darauf, dass ich ihnen Bericht erstatte, was ich herausgefunden habe.« Ihr Gesicht hellte sich auf, als ihr ein neuer Gedanke in den Sinn kam. »Außerdem haben sie all diese Bücher und Manuskripte. Wer weiß? Vielleicht könnten sie uns helfen, herauszufinden, was es mit diesen Symbolen auf den Fotografien auf sich hat?«

»Gute Idee«, meinte Mina. »Du solltest auf jeden Fall dorthin gehen.«

»Uns aufteilen …« Kit schürzte die Lippen und runzelte die Stirn. »Ich weiß nicht.«

»Auf diese Weise wird es sehr viel schwieriger sein, uns zu verfolgen«, hob Mina hervor. »Ich bin absolut der Ansicht, dass du und Cass nach Damaskus reisen solltet, und ich werde mit Gianni nach Rom gehen und das Zeug testen lassen. Wir werden in Damaskus zu euch aufschließen, wenn wir fertig sind.«

»Klingt gut für mich«, sagte Cass.

»Dann also Damaskus und Rom – auf geht's dorthin«, pflichtete Kit bei. Dann wandte er sich an Cass: »Bist du sicher, dass du den Weg, den du gekommen bist, zurückfinden kannst?«

Sie nickte entschieden. »Brendan hat mir eine detaillierte Wegbeschreibung gegeben. Ich habe sie immer noch. Aber …« Sie hielt unsicher inne. »Leider müssen wir über London reisen: Das ist der einzige Weg, den ich kenne. Aber wenn du uns dorthin bringen kannst …«

»Keine Sorge«, erwiderte Kit leichthin. »Ich weiß, wie man nach London kommt, kein Problem: Es ist der Ort, wo all das hier begann.«

»Da hast du recht«, sagte Mina. »Ihr zwei bleibt hier. Ich werde gehen und Vorkehrungen treffen, damit sofort eine Nachricht an Gianni überbracht wird.« Sie verließ das Zimmer, wobei sie vor sich hin murmelte: »Wir werden auch etwas Geld brauchen, und …«

Als sie nur noch zu zweit waren, sagte Kit: »Es wird alles gut werden. Das wird es bestimmt.«

»Mach dir wegen mir keine Sorgen; ich bin okay. Ich versuche immer noch, mich daran zu gewöhnen – das ist alles.« Cass zwang sich zu einem tapferen Lächeln. »Es kann ein bisschen überwältigend sein.«

»Erzähl mir was Neues.« Er ging zum Fenster hinüber, öffnete ein wenig die knarzenden Läden und legte sein Auge an den Spalt.

»Siehst du jemanden?«

»Nein.« Er schloss wieder die Läden. »Bloß ein Kind und einen Hund.«

Es gab ein leises Klopfen an der Tür, und Wilhelmina trat wieder ein. »Okay, ich habe den kleinen Hans hinüber zum Geschäft geschickt mit einer Botschaft für Gianni: Der Junge soll ihm sagen, noch zehn Minuten zu warten, nachdem Hans fortgegangen ist, und Etzel mitteilen, dass wir alle für ein paar Tage weggehen müssen. Dann wird sich Gianni hinunter zum Rathaus begeben. Und wir werden selbst diese Richtung einschlagen.«

»Das ist viel zu riskant«, erwiderte Kit. Das Bild von dem, was das letzte Mal passiert war, als er aus der Stadt zu fliehen versucht hatte, kam ihm sofort spontan in den Sinn. Aus der Stadt hinausgejagt und beschossen zu werden hatte keinen wirklichen Reiz für ihn. »Wir müssen davon ausgehen, dass einer von Burleighs Schlägern den Platz beobachtet. Wahrscheinlich überwachen sie ebenso das Stadttor.«

»Wir nehmen das Fuhrwerk«, entgegnete Mina. »Darin können wir uns hinten verstecken und Etzel oder irgendjemand anders bitten, dass er uns hinausfährt.«

»Nicht Etzel – das würde sie argwöhnisch machen. Wer kommt sonst noch infrage?«

Mina hielte eine Sekunde lang inne, um nachzudenken. »Ich weiß! Das Fuhrwerk ist beim Stallknecht – wir nehmen Albert, damit er uns hinausfährt.«

Kit runzelte die Stirn und beurteilte die Durchführbarkeit dieses hastig ausgeheckten Plans. »Okay. Aber was ist mit Gianni?«

»Ich lasse Albert anhalten und Gianni auflesen – als ob er ihm eine Mitfahrgelegenheit anbieten würde«, antwortete Mina. »Das sollte funktionieren.«

Ein paar Minuten später hörten sie, wie die Apothekentür geschlossen wurde, und gingen die Treppe hinunter. Dort stand Hans, der Apothekenjunge, mit einer Blechdose in der Hand. Wilhelmina ging zu ihm, nahm das Kästchen und tauschte ein paar Worte mit ihm. Sie dankte ihm, öffnete die Dose und fischte eine glänzende Münze heraus, die sie in seine Hand fallen ließ.

»Vielen Dank«, sagte sie auf Deutsch zu dem Jungen, dann wandte sie sich den anderen zu. »Die Botschaft wurde übermittelt. Und ich habe Geld bekommen.« Sie ließ die Münzen in der Büchse scheppern. »Wir sind startklar.«

Im hinteren Bereich des Geschäfts rief Wilhelmina nach der Apothekerin. Die beiden redeten kurz miteinander und umarmten sich. Anschließend drehte sich Mina zu den anderen um. »Falls jemand kommt, um hier herumzuschnüffeln, ist unser Geheimnis sicher. Anya wird das schon machen.«

Sie verließen das Geschäft durch die Hintertür und eilten eine sehr dunkle Gasse hinunter. So schnell und so leise wie möglich marschierten sie einen Durchgang entlang, der nicht nur äußerst eng, sondern auch mit allen Arten von Abfall angefüllt war: leere Lattenkisten und Schachteln, ausrangierte Möbel, Haufen aus zerfallendem Unrat, zerbrochenes Glas und Geschirr. Sie gingen im Gänsemarsch und arbeiteten sich langsam um die Hindernisse herum, bis sie zum Ende der Gasse kamen: Diese mündete in eine Seitenstraße, die vom Hauptplatz abzweigte. Nach einer raschen Überprüfung, die bestätigen sollte, dass es keinen Burley-Mann gab, der mit scharfem Blick herumschlich, betraten die drei die Straße. Sie liefen durch weitere dunkle Gassen, bis sie beim Stallknecht ankamen, der eine Stallung in der Straße unterhielt, die sich am hinteren Ende des Altstädter Rings befand.

Die Stalltüren waren verriegelt und verschlossen, und der kleine Hof lag still in der Dunkelheit. Das Häuschen des Stallknechts bildete eine Seite des Hofs, und kein Licht zeigte sich in dem einzigen Fenster. Doch Wilhelmina eilte zur Tür, klopfte an.

»Es tut mir sehr leid, Albert, dass ich Euch wecken muss«, sagte sie auf Deutsch. »Doch wir brauchen den Wagen – und Sie.«

»Jetzt? Es ist mitten in der Nacht.«

Kit blickte zu Cass, die flüsterte: »Ich bin mir nicht ganz sicher, aber ich glaube, sie hat sich gerade dafür entschuldigt, dass sie ihn aufgeweckt hat, und ihm gesagt, wir bräuchten das Fuhrwerk. Und sie möchte, dass er es fährt.« Sie lauschte dem folgenden Wortwechsel und fügte hinzu: »Mina hat ihm versprochen, dass sie ihm dreimal so viel bezahlen wird ... etwas ... Den Rest habe ich nicht verstanden.«

Der Wortwechsel endete damit, dass Albert ins Innere seines Hauses verschwand, um seine Arbeitskleidung anzuziehen und dann das Pferdegespann und den Wagen vorzubereiten.

»Er wird es tun«, berichtete Mina, als sie zu Kit und Cass zurückkehrte. »Und er hat keine Fragen gestellt.«

Engelberts Fuhrwerk war bald bereit – ein großes, kastenförmiges Hochbordgefährt, das heute Nacht von zwei schwerfälligen Stuten gezogen würde. Es war sicherlich viel zu groß für ihre Erfordernisse, doch Wilhelmina erklärte: »Die Torwächter kennen Albert, und sie kennen den Wagen. Und wenn wir uns nahe der Vorderseite des Kastens zusammenkauern und im hinteren Bereich das Stroh spärlich verstreuen, wird das Gefährt leerer erscheinen – falls sich irgendjemand für das Fuhrwerk interessiert.«

Und genau das taten sie. Sie warfen einige wenige Bündel frisches Stroh in den Kasten, bevor sie selbst hineinkletterten. Kit bedeckte Wilhelmina und Cass mit Stroh in einer Ecke an der vorderen Wand, dann versteckte er sich in der anderen. Er pochte heftig gegen den Kasten, um anzuzeigen, dass sie fertig waren, und der Wagen rumpelte vom Hof und auf die leere Straße. Als sie vor dem Rathaus vorbeikamen, wartete dort Gianni. Zusammengekauert unter dem Stroh, spürten die Passagiere, wie das Gefährt anhielt, und hörten das Gespräch zwischen dem Priester und dem Fahrer. Eine Pause, ein Knallen der Zügel, und der Wagen rollte wieder weiter.

Kit fühlte, wie sich die Ladefläche leicht neigte, als das Fuhrwerk die lange, abfallende Straße hinunterzufahren begann, die an Prags Haupttor endete. Er hielt die Luft an, als der Wagen an der Wachstube zum Stehen kam. »Still, alle«, hörte er Mina wispern. Es gab ein kurzes Gespräch mit der Nachtwache, und dann drehten sich die Räder erneut und sie waren aus der Stadt heraus. Nachdem eine Zeitspanne verstrichen war, die Kit als angemessen einschätzte, riskierte er einen Blick hinten aus dem Wagen. Doch alles, was er erblickte, waren die dunklen, massigen Umrisse der Außenmauer, die sich wie eine konturenlose Felswand hinter ihm erhob. Es gab niemand anderen auf der Straße, den er von seinem eingeschränkten Blickwinkel aus sehen konnte.

»Gianni«, rief er mit leiser Stimme. »Dreh dich nicht um. Sag mir einfach, ob du irgendjemanden auf der Straße erblickst.«

»Ich sehe nirgendwo jemanden, mein Freund«, bekam er ein paar Augenblicke später als Antwort. »Ich glaube, es ist sicher, sodass ihr herauskommen könnt.«

Die drei tauchten aus ihrem Versteck auf und streiften sich das Stroh aus ihren Haaren und von ihren Kleidungsstücken. Wilhelmina stand auf und führte eine rasche Prüfung der Straße und der Landschaft durch, um sich zu vergewissern, dass sie nicht verfolgt wurden. Sie lehnte sich über den Wagenkasten zwischen dem Fahrer und seinem Sitzbankgefährten, dankte Albert dafür, dass er sie sicher aus der Stadt gebracht hatte, und redete anschließend Gianni auf Englisch an: »Ich hoffe, wir haben dich nicht mit jener Notiz in Angst versetzt. Es tut mir leid, dass wir dir keine ausführlichere Erklärung geben konnten. Ich werde es dir später darlegen.«

»Du brauchst dir wegen mir keine Sorgen zu machen«, versicherte ihr der Priester. »Wir kennen einander gut genug, glaube ich – und wenn du sagst, dass Gefahr und ein dringender Handlungsbedarf vorliegen, dann glaube ich das und befolge die Anweisungen.«

»Du bist ein Schatz«, sagte sie zu ihm und gab ihm einen Kuss auf die Wange.

Die Passagiere lehnten sich zurück und ertrugen eine Fahrt, bei der man so stark hin und her geschaukelt und gestoßen wurde, dass sich niemand von ihnen entspannen, geschweige denn schlafen konnte. Mit der Zeit tauchte der Mond auf und beleuchtete die

Welt mit einem dünnen, wässrigen Licht. Die Landschaft wirkte ruhig, und sie hatten die Straße für sich allein. Sie redeten ein wenig, planten Strategien und hielten die ganze Zeit über achtsam Wache. Doch keine Burley-Männer stürzten sich von den Hügeln auf sie herab oder rasten auf Pferden aus der Stadt, um ihrer Flucht Einhalt zu gebieten. Als Albert die Pferde mit den Zügeln zum Halten brachte, waren sie meilenweit außerhalb der Stadt auf dem stillen Lande.

Wilhelmina bezahlte Albert und dankte ihm. Sie ermahnte ihn, niemandem etwas von der Reise zu erzählen, und wartete dann, während das Fuhrwerk wendete und anschließend zurück in Richtung Stadt wegrumpelte. »Der Ley befindet sich jenseits dieses Hügels«, sagte sie. »Es ist derjenige, den ich zuletzt entdeckt habe, und er ist einer der besten; er hat mir allerlei Zeit auf der Strecke nach England erspart. Ihr solltet nicht mehr als einen Tag benötigen, um nach London zu kommen – vorausgesetzt, dass ihr richtig kalibriert.«

Im Licht des Mondes kletterten die vier Reisenden den Hügel hoch; mühelos bewegten sie sich durch die tiefer gelegenen Wiesen zu den höheren Weiden. Die Nacht war still und hell, die Luft kühl, aber nicht unangenehm, und das Spazieren fiel leicht. Wie Mina angedeutet hatte, befand sich der Ley in einer tiefen Falte zwischen zwei Hügeln und verlief von Osten nach Westen. Ein alter Quellstein markierte das eine Ende, und das andere lag einen Kilometer oder mehr von der Stelle entfernt, wo sie standen.

»Das ist er?«, fragte Kit.

»Das ist die Stelle«, bestätigte Wilhelmina.

»Wie merkwürdig«, bemerkte Gianni. »Als ob die Erde sich selbst geformt hat, um diese Linie unterzubringen.« Er ging ein paar Schritte weg, kniete sich nieder und legte seine Hände flach auf den Erdboden. »Oder es ist vielleicht das Werk menschlicher Akteure.« Er schlenderte fort und untersuchte die materielle Manifestation des Leys.

»Okay, wohin also gehen wir von hier aus?« Kit blickte die Linie ihrer Länge nach hinunter. »Gib uns eine Wegbeschreibung.«

»Wenn ihr von der Brunneneinfassung aufbrecht, müsst ihr fünfzig Schritte abzählen und springen«, wies Mina ihn an. »Ihr werdet in einem Wald auf einem Hügelpfad landen, irgendwo an der südlichen polnischen Grenze – was natürlich davon abhängt, in welchem Jahr ihr ankommt. Aber wenn ihr es richtig zeitlich abgestimmt habt, sollte es Polen sein. Dann geht aus den Hügeln heraus in südlicher Richtung, bis ihr zu einer Ebene mit vielen Farmen und kleinen Bauernhöfen kommt. Es gibt eine Straße, die zum Dorf Probdy führt. Die Ley-Linie liegt hinter dem Dorf nach Westen hin; die Straße folgt eine Weile dieser Richtung. Ihr könnt sie nicht verfehlen. Die beste Zeit, um den Sprung durchzuführen, ist der frühe Morgen, obwohl der Ley auch am Abend korrekt funktioniert. Macht den Sprung irgendwo zwischen dem dreiunddreißigsten und dem dreiundvierzigsten Schritt, und ihr werdet auf dem Stane Way landen.« Sie betrachtete Kit und Cass. »Irgendwelche Fragen?«

»Wie hast du nur diesen polnischen Ley gefunden?«, fragte Kit.

»Weil, mein teures Herz, genau das« – sie tätschelte seine Wange – »der Ort ist, wo ich das erste Mal gelandet bin, als du mir zu zeigen versucht hast, wie man einen Ley-Sprung durchführt.« Sie lächelte mit gespielter Ernsthaftigkeit. »Erinnerst du dich an diesen kleinen Vorfall?«

»Sollte es mir möglicherweise jemals erlaubt sein, es zu vergessen?«

»Was ist mit euch beiden?«, erkundigte sich Cass.

»Wir werden entlang der Linie zum anderen Ende des Leys gehen und von dort unseren Sprung machen. Das wird uns in die Nähe eines anderen Leys bringen, der zu den Südalpen führt. Von dort können wir eine Postkutsche nach Italien nehmen und uns runter nach Rom vorarbeiten.«

Wilhelmina öffnete die Blechdose und teilte das Geld auf; in jede ausgestreckte Hand ließ sie Münzen fallen. »Da«, sagte sie und schloss den Deckel mit einem lauten Geräusch. »Gebt das nicht alles an einem Ort aus.«

Kit schaute auf seine Hand voll Geld: Es gab Silbermünzen verschiedener Größen, und auch ziemlich viele Goldmünzen waren daruntergemischt. »Warum fühle ich mich wie ein Schuljunge, dem gerade sein Essensgeld überreicht worden ist?«

»Für das Essen und noch einiges mehr«, erwiderte Mina. »Das sollte ausreichend sein, um euch rund um die Welt zu bringen und wieder zurück – mit übrig gebliebenen Wechselgeld. Ihr werdet überrascht sein, wie weit ihr damit kommt.«

»Danke, Mina«, sagte Cass, die ihren Anteil in die Tasche steckte.

»Ist schon in Ordnung.« Mina versteckte das Kästchen neben dem Sockel des Brunnens. »Alles, was jetzt noch fehlt, ist, dass du uns erzählst, wie man nach Damaskus kommt.« Sie drehte sich um und rief: »Gianni, du solltest Cass' Ausführungen auch zuhören, damit du mir helfen kannst, mich daran zu erinnern.«

Er kehrte zurück, und sie steckten die Köpfe zusammen und redeten über die Wegbeschreibung.

»Okay, kapiert«, erklärte Wilhelmina nach einem Moment. »Wir treffen euch in Damaskus.«

»So Gott will«, fügte Gianni hinzu.

Wilhelmina bemerkte Cass' gerunzelte Stirn. »Mach dir keine Sorgen. Du hast Kit, wenn du in Schwierigkeiten gerätst.« In einer schwesterlichen Geste drückte sie Cass die Hand. »Es wird schon alles für euch klargehen.« Dann wandte sie sich Gianni zu und sagte: »Am besten wir machen uns jetzt auf den Weg. Unser Absprungpunkt ist ungefähr eine Meile weiter entlang der Linie.« Sie winkte Kit und Cass zu, nahm Gianni am Arm und begann, die Falte zwischen den Hügeln entlangzuspazieren.

»Bis dann!«, rief Kit. »Bring uns einen Beutel mit magischem Feenstaub mit.«

»Viel Glück, ihr zwei.«

»Vaya con Dios!«, verabschiedete sich Gianni.

Kit und Cass sahen zu, wie die zwei vom Mond beleuchteten Gestalten in die Nacht hinein verschwanden; dann drehten sie sich einander zu.

»Wir können uns genauso gut einen Platz zum Hinsetzen suchen und es uns bequem machen«, sagte Kit. »Wir haben noch ein paar Stunden.«

»Wirst du wissen, wann der Ley aktiv ist?«, fragte Cass und rieb sich über die Arme.

»Ja, ich kann es in den meisten Fällen spüren – wie ein Prickeln auf der Haut. Ist dir kalt?« Er ging zu dem Brunnen und setzte sich nieder, wobei er auf den Boden neben sich klopfte. »Hier, setz dich direkt zu mir, und wir halten uns gegenseitig warm – wie es die Leute in der Steinzeit machen.«

Cass ließ sich neben ihm auf den Boden sinken, und Kit legte einen Arm um sie herum und zog sie nah an sich heran. »Du kannst schlafen, wenn du möchtest. Ich werde Wache halten und dich wecken, wenn es Zeit ist, zu gehen.«

»Ich könnte nicht schlafen, selbst wenn man mich dafür bezahlen würde«, sagte sie und kuschelte sich ein wenig enger an ihn. »Erzähl mir von den Steinzeitmenschen, mit denen du zusammen warst. Ich möchte sie persönlich kennenlernen, wenn ...« Sie hielt inne. »Ich schätze, wenn all dies vorüber ist. Du hast es mir versprochen, erinnerst du dich – und es ist meine Absicht, dass du dich daran hältst.«

»Natürlich. Wir haben eine feierliche, heilige Übereinkunft.«

»Eine heilige, feierliche Übereinkunft«, korrigierte sie ihn.

Aneinandergeschmiegt am Fuße des Brunnens unterhielten sie sich, bis die Sterne zu verschwinden begannen, und sie beobachteten, wie der Himmel sich allmählich aufhellte. Als sich zum Schluss am östlichen Horizont ein Rosarot zeigte, befand Kit, dass die Zeit herannahte.

»Jetzt wird es nicht mehr lang dauern«, sagte er und erhob sich. »Ich werde die Schritte abmessen und den Punkt markieren, sodass wir den Absprung exakter einschätzen können. Mina hat uns nicht viel Spielraum für einen Irrtum gestattet.«

Cass trieb einen geeigneten Stein auf und folgte Kit zu der Stelle, wo er beim Zählen seiner Schritte anhielt. Sie legte den kleinen Felsbrocken an dem Punkt ab, auf den Kit hinwies; anschließend schaute er sich nach zwei weiteren Steinen um und fügte sie noch dazu, sodass sie einen kleinen Haufen bildeten. »Da. Jetzt werden wir uns nicht verschätzen.«

Während sie zum Brunnen zurückgingen, fragte Cass: »Spürst du irgendetwas?«

»Hunger. Wir scheinen gestern Abend das Essen ausgelassen zu haben. Ich könnte ein Frühstück vertragen. Was ist mit dir?«

»Jetzt, wo du es erwähnst – absolut.«

»Wir besorgen uns was, sobald wir nach London kommen. Ich kenne einen ausgezeichneten kleinen Laden ...« Er hielt inne, da er sich an etwas erinnerte. »Oh, er wird noch nicht geöffnet sein.«

»Um sechs in der Früh?«

»Nicht im Jahr 1666. Wir müssen vielleicht ein paar hundert Jahre warten.«

Cass runzelte die Stirn. »Ich glaube nicht, dass ich so lange warten kann.«

»Dann werden wir eine Pastete auf der Straße nehmen. Das wird vorhalten, bis wir zum Clarimond House kommen. Wir sagen Villiers, er soll dafür sorgen, dass die Köchin in aller Eile ein vollständiges englisches Frühstück zubereitet: Eier, Schinkenspeck, Wurst, Pilze, Blutwurst, Toast – das volle Programm.«

Als sie den Brunnen erreichten, drehte sich Kit um und streckte seine Hand aus: »Es ist am besten, wenn du dich bei mir festhältst. Jener kleine Fehler hat mich eine Freundin gekostet; ich möchte nicht eine weitere verlieren.«

Cass nahm die angebotene Hand. »Bin ich jetzt deine Freundin?«

Lächelnd begann Kit, in der Mitte des Leys loszumarschieren. »Unbedingt.«

ACHTUNDZWANZIGSTES KAPITEL

Worin Vertrauen auf grausame Weise geprüft wird

Archelaeus Burleigh stand draußen vor dem *Großen Kaiserlichen Kaffeehaus* und starrte durch die beschlagenen Fenster auf den Betrieb im Innern. Es war ruhig im Laden; nur noch einige wenige verbliebene Kunden verweilten bei ihren Kaffeetassen. Er konnte sehen, wie die Serviererinnen in ihren grün-weißen Dienstkleidungen Tabletts mit Tassen, Kannen und Tellern in die Küche trugen. Momentan reduzierte sich der Geschäftsbetrieb zum Abend hin.

Äußerlich unschuldig und einladend – ein einfacher Kaffeeladen mit einem Sortiment leckerer Backwaren. Was könnte unverfänglicher sein? Aber das war die Genialität daran, befand der Earl. Diese harmlose Erscheinung war jedoch eine Fassade der Falschheit. Das *Große Kaiserliche Kaffeehaus* war, wie der Earl jetzt glaubte, eine wahrhaftige Brutstätte von Verschwörungen und Listen.

Während er über den breiten, offenen Platz bummelte, nahm Burleigh die Gelegenheit wahr, sich lange und genau umzuschauen. Er würde Prag vermissen. Trotz der Einschränkungen durch die Sprache und der engen, puritanischen böhmischen Sitten in dieser Stadt hatte er diese prächtige alte Dame ziemlich liebgewonnen. Dennoch: Er hatte alles ausgesaugt, was er von diesem Ort brauchte, und es war an der Zeit, weiterzuziehen.

Werde ich jemals zurückkommen? Möglich, entschied er, aber unwahrscheinlich. Die Stadt war nützlich für ihn gewesen, daran gab es keinen Zweifel; seine Kontakte zu den Alchemisten hatten sich als unschätzbar erwiesen. Aber der Ort war ebenfalls eine Quelle ständiger Irritation gewesen; und es juckte ihn, seine gesamte Aufmerksamkeit auf die große Suche nach der Meisterkarte konzentrieren zu können. Bevor er jedoch Prag verließ, musste er eine Verschwörung zerschlagen.

Er hörte, wie ein Hund über den Platz hinweg bellte, und das flattrige Geplapper von Leuten, während sie für die Nacht nach Hause eilten. Am anderen Ende des Platzes läutete der Glockenturm zur Viertelstunde. Burleigh atmete die kühle Abendluft ein, die von dem schweren Geruch nach Holzrauch gefärbt war. Ja, er würde das alte Mädchen vermissen. Wenn jedoch erst einmal die große Suche beendet war und sich alles geändert hatte, würde er vielleicht zurückkommen und den Palast übernehmen – ihn zu einer seiner Sommerresidenzen machen oder das alte Imperium wiederbeleben. Er könnte Kaiser Archelaeus I. werden. Der Gedanke ließ ihn lächeln.

Er lächelte immer noch, als drei Kunden aus dem Kaffeehaus auftauchten. Ein paar Augenblicke später erschien Tav im Eingang; er hob eine Hand und tippte mit einem Zeigefinger an seine Nase.

Als Burleigh auf die Tür zuschritt, kamen Con und Mal, die von anderen Ecken des Platzes aus die Lage beobachtet hatten, zu ihm herbeigerannt.

»Alles klar, Boss«, sagte Con.

»Gut. Du gehst hintenrum und überwachst die Tür. Ich will nicht, dass irgendjemand wegrennt.«

Der Mann mit dem schmalen Gesicht nickte und sauste wieder davon.

»Mal, du beobachtest die Eingangstür. Lass niemanden in den Laden hinein.«

»Was ist, wenn jemand vorbeikommt?«, fragte Mal.

»Sag einfach: ›Kaffeehaus geschlossen.‹« Die letzten beiden Worte sprach Burleigh auf Deutsch. »Kapiert?«

»Ja, Boss.«

Als Burleigh das *Große Kaiserliche Kaffeehaus* erreichte, zog er Tav an sich und sagte mit leiser Stimme: »Komm mit mir – falls unser Freund ein wenig Überzeugungsarbeit benötigt.«

Burleigh legte seine Hand auf die Tür, drückte sie auf und betrat das Geschäft. Die Luft war warm und schwer vom Duft frisch gebackenen Brots und des Kaffees. Er schaute sich rasch in dem großen Raum um; wie von ihm erwartet waren alle Tische leer – mit Ausnahme von einem in der hintersten Ecke, an dem zwei Männer immer noch Kopf an Kopf saßen und über ihren Tassen ein inniges Gespräch führten. Der Earl warf Tav einen stechenden, missbilligenden Blick zu.

»Tut mir leid, Boss. Ich dachte, sie wären gegangen.« Er blickte zu den zwei Bummelanten – Geschäftsleute mittleren Alters und von geringem Einfluss – und sagte: »Wollen Sie, dass ich sie loswerde?«

»Zu spät jetzt. Behalt sie einfach im Auge.« Burleigh ging auf die Theke zu, die den Hauptraum von der Küche dahinter trennte. Schnell bewegte er sich um die Theke herum und in den Arbeitsbereich hinein. Dort am Backofen war der Bäcker, der sich gebückt hatte, um das Feuer in Gang zu halten und Kohlen für die Nacht zurechtzulegen. Burleigh nickte Tav stumm zu, der seine Position einnahm; dann ging der Earl um das Ende der Theke herum und betrat die Küche.

»Entschuldigung«, sagte er leise auf Deutsch. »Auf ein Wort, bitte.«

Engelbert drehte sich um und richtete sich auf, sein freundliches, rundes Gesicht war rot von der Hitze des Backofens. »Hallo«, erwiderte er mit einem Lächeln. »Wie kann ich Euch helfen?«

»Sprecht Ihr Englisch?«

»Nein«, antwortete der Bäcker. Er lächelte und zuckte mit den Achseln. »Es tut mir leid.«

Burleigh nickte. Er mochte diese alte Form des Deutschen nicht und mühte sich stets ab, um sich in dieser Sprache verständlich zu machen, wenn er, wie jetzt, gezwungen war, sie zu benutzen. »Das macht nichts«, sagte er und stellte sich geistig auf diese Sprache ein. »Ich werde Euch nicht belästigen. Ich habe nur eine Frage.«

»Bitte«, sagte der Bäcker. Er schloss die Ofentür und wandte sich dann seinem Besucher zu. »Mein Name ist Engelbert. Wie kann ich Euch helfen?«

»Eure Partnerin … Wilhelmina – so heißt sie, nicht wahr? Ich würde gerne mit ihr sprechen.«

»Es tut mir leid; sie ist nicht hier.«

»Nicht? Ich dachte, ich hätte sie früher am heutigen Abend gesehen.« Tatsächlich war es Tav, der geglaubt hatte, sie gesehen zu haben; doch er hatte sie in der Menschenmenge verloren, die aus der Kirche gekommen war.

»Ja, sie war hier, doch sie musste fortgehen«, erklärte Engelbert.

»Das war aber plötzlich«, bemerkte Burleigh. »Wohin ist sie gegangen?«

»Sie dürfte in ein oder zwei Tagen zurückkehren. Ihr könnt dann mit ihr sprechen.«

»Das ist nicht, wonach ich gefragt habe.« Burleigh trat einen Schritt näher. »Ich muss wissen, wo sie hingegangen ist.«

Einen langen Augenblick starrte der Bäcker seinen Besucher an, dann entgegnete er: »Sie ist wegen eigener Geschäfte fortgegangen.«

»Ich verstehe das. Ich muss wissen, wohin Wilhelmina gegangen ist.«

»Wieso sollte Euch dies etwas angehen?«

»Ich habe Informationen für sie«, log Burleigh. »Es ist wichtig, dass ich sie finde.« Er klopfte leicht auf die Brusttasche seines Mantels, als würde sie etwas von Wert enthalten. »Es ist eine Botschaft, die von großem Nutzen für sie sein wird. Bitte sagt mir, wo ist sie?«

»Wenn Ihr mir diese Informationen gebt, werde ich vielleicht in der Lage sein, Euch zu helfen«, schlug der Bäcker vor.

»Es ist eine einfache Frage«, sagte Burleigh. »Weshalb weigert Ihr Euch, darauf zu antworten?«

»Ich habe Euch gesagt, dass sie wegen eigener Geschäfte fortgegangen ist. Sie tut dies manchmal. Was kann ich mehr sagen?«

Burleighs Lächeln verschwand, und seine Augen verengten sich. »Aber das genügt nicht, mein Freund«, erwiderte er, seine Stimme nahm einen scharfen Unterton an. »Ihr müsst Euch mehr anstrengen.« Er ging weiter in den Raum hinein und senkte seine Stimme.

»Eure Unternehmenspartnerin hat sich in meine Geschäfte involviert, und ich will wissen, warum. Ich will alles wissen.«

Auf der Stirn des Bäckers erschienen Sorgenfalten. »Ich verstehe nicht.«

»Mein Deutsch ist nicht so gut.« Burleigh trat näher. »Ich werde versuchen, es zu erklären. Die *Jungfer* mischt sich in meine Angelegenheiten ein. Ich will wissen, warum. Tatsächlich will ich alles wissen.«

»Ich glaube, Ihr solltet jetzt gehen«, erwiderte Engelbert, der seine Arme vor seinem massigen Brustkorb verschränkte. »Es gibt nichts mehr, was ich Euch zu sagen wünsche.«

»Wir sind noch nicht am Ende«, sagte Burleigh. Er rief Tav, der um die Theke trat und in die Küche kam. »Er weigert sich zu reden. Sieh zu, ob du seine Zunge lösen kannst.«

»Klar, Boss.« Tav bezog rasch vor Etzel Stellung. Er neigte seinen Kopf zu einer Seite, und dann blickte er weg. Mit katzengleicher Schnelligkeit blitzte seine Hand vor und packte sein Opfer an der Kehle. »Hör zu, du dummer Ochse«, sagte er auf Englisch, seine Stimme war ein knirschendes Flüstern im Ohr des verblüfften Bäckers. »Mein Boss hier hat dir eine Frage gestellt. Ich schlage vor, du sagst ihm, was er wissen will. Oder dies hier könnte unschön werden.«

»Er spricht kein Englisch«, merkte Burleigh, der sich gegen den Tisch zurückgelehnt hatte, sanft an.

»Oh, ich denke, er hat die Botschaft verstanden«, erklärte Tav, während er seinen Griff löste.

Engelbert wich zurück und rieb sich den Hals. »Ich werde Euch nichts erzählen«, sagte er. »Ihr müsst jetzt fortgehen.«

Die Worte waren kaum aus seinem Mund herausgekommen, als Tavs Faust gegen sein Kinn krachte und seinen Kopf zur Seite knicken ließ.

»Wie ich erklärt habe«, sagte Burleigh. »Ihr werdet mir erzählen, was ich wissen will.«

Der Bäcker, der mit gesenkten Augenbrauen seine Angreifer zornig anstarrte, rieb sich das Kinn und schüttelte seinen Kopf. »Ich werde Euch nichts erzählen.«

»Das werden wir sehen.« Burleigh nickte Tav zu, der in eine Manteltasche griff und einen Schlagring hervorholte. Er machte eine Show daraus, die Waffe auf seine Hand zu stecken und diese zur Faust zu ballen.

»Ihr habt vor, mich ernsthaft zu verletzen?«, sagte Engelbert. »Ihr glaubt – wenn Ihr mich vielleicht verletzt, wird mich dies dazu bringen, Euch etwas zu erzählen? Ist es das, was Ihr glaubt?«

»Ich gebe Euch noch eine letzte Chance«, drohte Burleigh.

Tav schlug mit dem Schlagring nach unten auf die hölzerne Tischplatte neben ihm. Das nachfolgende Krachen klang wie das Brechen von Knochen.

»Schämt Euch!«, sagte Engelbert und stieß dabei sein Kinn herausfordernd vor. »Ich werde Euch nichts erzählen.«

Tav stürzte nach vorn und versenkte seine Faust in den Bauch des großen Mannes. Engelbert stolperte zurück, prallte gegen den Backofen und fiel auf Hände und Knie. Der Burley-Mann trat mit seinem Stiefel zu und traf erneut den runden Bauch des Bäckers.

Etzel keuchte vor Schmerz auf. Er schnappte nach Luft und hielt sich die Seite. »Ja, Ihr könnt mich verletzen«, erklärte er mit fester, angespannter Stimme. »Dennoch sage ich nichts.«

»Wir haben gerade erst angefangen, du und ich«, sagte Tav zu ihm. Sein nächster Schlag traf den Bäcker seitlich am Kopf und brachte ihm einen tiefen Riss über seinem Auge bei. Blut spritzte aus der Schnittwunde und rann schnell das runde, pausbäckige Gesicht des Bäckers hinunter.

Der vor Schmerz keuchende Engelbert schüttelte seinen Kopf von einer Seite zur anderen, um klar sehen zu können.

»Hoch mit dir!«, blaffte Burleigh. »Auf deine Füße.«

»Ihr könnt mich niederschlagen, bis ich nicht mehr hochkomme«, sagte Etzel, der sich selbst hochzog. »Aber trotzdem erzähle ich Euch nichts.«

Als Antwort verpasste Tav ihm einen bösen Aufwärtshaken, der den Bäcker am Kinn traf und eine weitere tiefe Wunde verursachte. Blut floss sein weißes Hemd herab und auf seine Schürze. »Hast du jetzt was zu erzählen?«, verlangte Tav zu wissen.

Etzel starrte seine Angreifer zornig und herausfordernd an, während er erklärte: »So wie Wilhelmina auf mich vertraut hat, vertraue ich auf Gott.« Er legte die Hände um sein offenbar gebrochenes Kinn. »Gott ist meine Zuflucht und meine Stärke.«

»Gott?«, blaffte Burleigh. Ihn überkam ein Wutanfall. »Du wagst es, mir gegenüber von Gott zu sprechen? Du blinder, dummer Narr! Es gibt keinen Gott!«

Der Bäcker blickte ihn nur mit einem mitleidigen Ausdruck an.

»Hast du mich gehört?«, schrie Burleigh. »Es gibt keinen Gott!«

Tav schwang erneut seine Faust und traf den großen Mann an der Kinnbacke. Der Schlagring schnitt in das weiche Fleisch hinein. Es gab ein Knacken, als Zähne und Knochen nachgaben.

Engelbert stöhnte und sank abermals auf seine Knie.

»Wo ist denn dieser Gott von dir?« Burleigh zeigte ein grausames, höhnisches Grinsen. Er streckte eine Hand aus, damit Tav innehielt, stellte sich über sein ächzendes Opfer und rief: »Wo ist jetzt deine mächtige Zuflucht?«

Aus dem Speiseraum kam das Geräusch eines Stuhls, der über den Boden kratzte. Einen Augenblick später erschien ein Mann mit scharf gezeichneten Gesichtszügen, einem Spitzbart und einem grünen Hut am Ende der Theke. »Was geht hier vor?«, verlangte er zu wissen.

»Das ist eine Angelegenheit, die Euch nichts angeht!«, blaffte Burleigh, ohne sich umzuschauen. »Der Bäcker und ich haben eine Unterredung.«

»Etzel?«, fragte der Mann. »Ist das so?« Er schaute sich um und fand Engelbert auf dem Boden; er warf einen Blick auf das blutige Gesicht des Bäckers und keuchte auf. »Etzel! Schau dich nur an!«

»Bleibt zurück!«, knurrte Burleigh, der sich dem Mann zuwandte. »Ich habe Euch gesagt: Dies ist eine Angelegenheit, die Euch nichts angeht.«

»Ich mache sie zu einer Angelegenheit, die mich etwas angeht«, entgegnete der Mann und ging um die Theke herum in den Raum hinein. »Ich bin Herr Arnostovi, und mir gehört dieses Haus.« Er trat rasch an Engelberts Seite und drehte sich um, sodass er Burleigh ins Gesicht schaute. »Sie andererseits sind ein Schläger und ein Verbrecher.«

»Sag mir, was ich wissen will!«, rief Burleigh, der den Hausbesitzer ignorierte. »Sag es – und die Sache ist zu Ende. Ich werde dich in Ruhe lassen.«

»Sag ihm nichts, Etzel«, erklärte der Hausbesitzer. »Er hat es jetzt mit Jakub Arnostovi zu tun.«

»Halt deine große Nase da raus, Jude!«, blaffte Burleigh. Tav richtete den Schlagring an seiner Faust und bereitete sich darauf vor, erneut zuzuschlagen. »Rede, Bäcker, oder diesmal brechen wir dir den Schädel.«

Arnostovi holte tief Luft und sprach mit lauter Stimme in den Speiseraum hinein. »Ruprecht!« Er rief nach dem Mann, der mit ihm zusammen am Tisch gesessen hatte. Ein Gesicht erschien an der Theke. »Hier gibt's Zores!«, schrie der Hausbesitzer. »Lauf und hol den Wachtmeister!«

»Sofort!«, lautete die Antwort. Bevor irgendjemand in der Küche reagieren konnte, verschwand er, und die Tür des Speiseraums wurde laut zugeschlagen.

»Jetzt werden wir ja sehen, wer reden wird«, höhnte Arnostovi. Er legte schützend seine Hand auf Engelberts Schulter und reichte ihm ein großes leinenes Taschentuch. »Drück das auf dein Auge, um die Blutung zu stoppen. Ich werde Ruprecht zum Arzt schicken, sobald er zurückkehrt.« An Burleigh gewandt, fuhr er fort: »Ich habe mächtige Freunde. Man wird Euch gefangen nehmen.«

»Mach sie fertig«, wies Burleigh seinen Handlanger an. Tav trat vor und machte sich bereit, zuzuschlagen.

Genau in diesem Moment knallte die Eingangstür, und aus dem Speiseraum rief eine andere Stimme: »Boss! Ist besser, sich zu beeilen!« Es war Mal. »Sie haben laut nach der Wache gerufen!«

Obwohl er auf Englisch sprach, war die Dringlichkeit in seiner Stimme nicht zu überhören. Arnostovi lächelte. »Nun? Seht Ihr? Ihr werdet die Nacht in Ketten verbringen.«

Burleigh trat zurück. Tav drehte sich um und folgte ihm. Er schnappte sich im Vorbeigehen ein Tuch von einem Serviertablett;

damit wischte er das Blut vom Schlagring, entfernte die Waffe und steckte sie wieder in seine Tasche. Mit einem letzten herausfordernden Knurren warf er das Tuch auf Etzel, dann eilte er Burleigh hinterher und zur Tür hinaus.

Burleigh packte Tav und Mal im Eingang. »Wo ist Baby?«

»In ihrem Käfig hinter dem Stall«, antwortete Mal.

»Hol sie; wir treffen uns an den Stadttoren.« Burleigh stieß seinen Handlanger fort. »Geh!« Er schaute weit über den Platz hinweg und sah bewaffnete Männer, die auf sie zurannten. Zu Tav sagte er: »Geh Con und Dex holen, aber achtet darauf, nicht gesehen zu werden. Eilt zum Tor und wartet dann außerhalb der Stadtmauern auf mich. Ich werde meine Sachen zusammensuchen und euch dort treffen.«

»Was ist passiert, Boss?«

Burleigh ging aus dem Lichtschein heraus und antwortete: »Wir verlassen jetzt die Stadt.«

Er senkte seinen Kopf und begann wegzugehen; rasch passierte er die drei Wachen, die zum Kaffeehaus rannten. Zwei der Soldaten trugen Helme aus Stahl und kurze Piken mit Hakenklingen. Burleigh wandte sein Gesicht ab und verschmolz mit der Dunkelheit des leeren Platzes im Zentrum der Stadt.

FÜNFTER TEIL

Das Ende von allem

NEUNUNDZWANZIGSTES KAPITEL

Worin es keinen Rauch ohne Feuer gibt

Es war schwierig zu wissen, wie viel Zeit verstrich. Jeder Tag glich so sehr dem vorhergehenden, dass sie ineinander überblendeten und sich zu einer unterschiedslosen Ansammlung aufhäuften. Sie begannen mit Waschungen und einem einfachen Frühstück aus Zwieback, Wein, der mit Wasser verdünnt wurde, und Früchten; dem folgte der Auftritt des königlichen Schreibers, der als ihr Sprachlehrer diente. Anschließend widmete sich Douglas mehrere Stunden dem Studium und der Anwendung der todlangweiligen, komplizierten etruskischen Sprache, die eine Mischung, soweit er dies erkennen konnte, aus Proto-Latein und dem Phrygischen oder Persischen oder etwas ähnlich Rätselhaftem war. Für Douglas, der ein passables mittelalterliches Latein gelernt hatte, hätte es ebenso eine Proto-Eskimosprache oder Venusianisch sein können. Die Sprache von Etrurien war schlüpfrig und stumpfsinnig, kompliziert und unnachgiebig gegenüber rationalen Erwartungen. Einige mochten sie vielleicht inspirierend finden – falls das, was man als Inspiration suchte, Verzweiflung war.

Snipe wurde der endlose Unterricht erspart, weil ihr königlicher Tutor – nach einer besonders grauenvollen Sitzung, bei der das Tintenfass und Schreibfedern beteiligt waren – den Burschen für nicht unterrichtbar oder sogar beschränkt erachtet und ihn fortgeschickt hatte, sodass der Junge nun sich selbst überlassen war. Douglas hatte nicht dieses Glück.

Nach dem Unterricht traf ein Diener ein und kochte eine Mahlzeit oder brachte eine. Douglas und Snipe aßen, und dann wurden sie eine Zeit lang sich selbst überlassen. Manchmal spazierten sie durch die umliegenden Weinberge – in der unaufdringlichen Gesellschaft eines ihrer Wächter oder beider –, und manchmal machten sie wie gute Etrusker ein Nickerchen während der Hitze des Tages. Am Abend traf Pacha ein, der königliche Kämmerer, um zu überprüfen, was durch den Tagesunterricht erreicht worden war. Gelegentlich drückte Pacha seine Anerkennung über Douglas' Fortschritt aus. Doch in den meisten Fällen ging er mit einem bestürzten Kopfschütteln fort.

Der Fortschritt war gering und jeder Schritt eine Schlacht gegen einen kompromisslosen Widersacher. Doch es wurde Boden gewonnen, und schließlich gelang es Douglas, ein paar einzelne Wörter aneinanderzureihen und sie so zu formen, dass sie den beabsichtigten Sinn ausdrückten. Obwohl er sich wie ein Stotterer fühlte, der einen Knoten in der Zunge hatte, konnte er sich mehr schlecht als recht verständlich machen – bei einfachen Sachen jedenfalls. Die Anstrengung war aufreibend, und in der letzten Zeit schien eine Niedergeschlagenheit an seinen Ellbogen zu hängen und an seinen Fersen zu zerren. Er hatte es aufgegeben, zu versuchen, Snipe mit etwas zu beschäftigen und aus Schwierigkeiten herauszuhalten. Jetzt ließ er einfach die Wachen sich um das ungeratene Kind kümmern und dachte dabei: Solange sie im Dienst waren, könnten sie sich ebenso gut nützlich machen.

An diesem Morgen wachte Douglas ganz plötzlich auf – und ihm war augenblicklich bewusst, dass sich etwas geändert hatte. Er lag auf seiner Pritsche und versuchte in dem dämmrigen Morgenlicht zu erkennen, was ihn so abrupt aus dem Schlaf gerissen hatte. Mit wachsamen Sinnen lag er da und lauschte, doch er hörte nichts, was seine unerwartete Erregung erklären würde. Als er sogar noch angestrengt in die Stille hineinzuspüren versuchte, kam ihm in den Sinn, dass vielleicht die Stille selbst ihn aufgeweckt hatte: Es war weniger eine friedliche Ruhe, sondern mehr eine lähmende Stille – eine beklemmende Macht, die schwer auf ihm lastete und jeden Atemzug zu einer lästigen Arbeit machte. Endlich war etwas anders.

Er warf die dünne Bettdecke zur Seite, erhob sich und blickte sich rasch im Zimmer um. Snipe in seiner Ecke schlief immer noch, zusammengerollt wie eine Katze. Warum der merkwürdige Junge es vorzog, auf diese Weise zu schlafen, hatte Douglas niemals herausgefunden. Er schlich in den Hauptraum des Gästehauses – nichts hatte sich dort verändert oder war fehl am Platze – und ging weiter zur Tür. Er öffnete sie und trat hinaus auf den mit Weinreben bedeckten Säulenvorbau, der sich vor dem kleinen Haus befand.

Die Luft war zwar kühl, doch feucht und regungslos. Die Sonne war noch nicht aufgegangen, obschon der östliche Himmel in einem tristen, unheilvollen Licht leuchtete, das die Farbe einer verdorbenen Auster besaß. Die Weinberge waren still, und die Blätter glitzerten, da der Tau auf ihnen lag. Der Chor aus Hunden und Hähnen, der jede Morgendämmerung begrüßte, blieb seltsamerweise stumm. Auch die Wachen waren nicht eingetroffen. Sie kamen ansonsten so regelmäßig wie der Sonnenaufgang; und Douglas hatte nie erlebt, dass sie jemals später erschienen waren als ein paar Minuten vor dem Zeitpunkt, wenn die Sonne den Horizont durchbrach: eine Gepflogenheit, die ihn verblüffte – als würden die königlichen Gäste, die sich unter ihren haftähnlichen Bedingungen verzehrten, nicht daran denken, während der Nacht zu fliehen. Dass Douglas und Snipe noch nicht die Flucht ergriffen hatten, war nicht auf einen Mangel an Gelegenheiten zurückzuführen, sondern auf Douglas' unbändiges Verlangen, hinter das Geheimnis der Karte zu gelangen. Um dieses Ziel zu verwirklichen, war er gewillt, vieles zu ertragen – einschließlich Hausarrest.

Als er dastand und über die Reben sowie die sanften Hügel dahinter blickte, die im blauen Morgendunst eingehüllt waren, erfasste er den Geruch von Rauch in der Luft. Das war überhaupt nicht ungewöhnlich, da die meisten Leute in der Gegend über Holzkohle kochten und Olivenholz sowie alte Weinstockabfälle benutzten, um ihre Öfen zu befeuern. Aber dieser Geruch besaß eine andere, dunklere Eigenart, die Douglas für nicht unerheblich hielt.

Nach kurzer Zeit spähte die Sonne über die östlichen Hügel wie ein geschwollenes rotes Auge. Und immer noch nicht waren die

Wachen aufgetaucht. Obwohl Douglas nur mit der dünnen Tunika bekleidet war, in der er schlief, verließ er den Säulenvorbau und ging ein kurzes Stück den Pfad hinunter; doch er sah niemanden kommen. Die unnatürliche Ruhe, die das Land durchdrang, blieb bestehen; wenn überhaupt, hatte sie sich verstärkt zu einer anwidernden, beinahe erstickenden Schwüle. Die Luft fühlte sich bleiern, tot, dick an – wie Sirup.

Vor der Küste musste ein Sturm sein, befand Douglas, und kehrte zum Haus zurück. Er stieg die Stufen des Säulenvorbaus hoch, und als er seine Hand nach der Tür ausstreckte, hörte er einen Ruf – einen kurzen, scharfen Schrei, der kein Wort wiedergab. Er kam aus der Ferne, klang jedoch schroff in der alles durchdringenden Stille. Instinktiv wandte er sich dem Geräusch zu und hielt inne, um zu lauschen. Jener Schrei wiederholte sich nicht. Doch als Douglas die Tür zum kleinen Gästehaus öffnete, erreichte ihn ein weiterer Ruf: von einer anderen Stimme, die viel näher war.

Douglas machte eine Kehrtwende und schritt erneut den Pfad hinunter. Diesmal ging er bis zur Residenz des Königs – er traf niemanden auf dem Weg dorthin an. Dann begann er, die lange zeremonielle Allee hinunterzumarschieren, die zur Hauptstraße am Fuße des Hügels führte. Er konnte einen Abschnitt dieser Straße sehen, während er zwischen den Zypressen auf beiden Seiten der Allee hindurchging. Selbst als er genau hinsah, erblickte er bloß eine Gestalt auf dem einzig sichtbaren Straßenteil: Sie bewegte sich schnell, ein flüchtiger Eindruck – und dann war sie fort.

Bevor er drei weitere Schritte gemacht hatte, sah er noch zwei Menschen. Wie der erste schauten sie weder nach rechts noch nach links und eilten nach Westen in Richtung Meer. Das andere, was Douglas bemerkte, war: Je näher er zur Straße kam, desto stärker war der Rauchgeruch.

Als er auf der Straße eintraf, schaute er in die Richtung, in die die fliehenden Gestalten gelaufen waren. Die erste Person war um eine Straßenbiegung verschwunden, die von den zwei anderen gerade erreicht wurde. Als Douglas sich in die entgegengesetzte Richtung drehte, war er erstaunt und ein wenig entsetzt über das, was er sah:

Ein Dutzend Leute oder mehr rannten auf ihn zu – Männer, Frauen, Kinder und Familienverbände. Sie rannten, so schnell sie konnten – leise, doch mit sichtbarer Dringlichkeit. Hinter ihnen verdunkelte eine sich am Boden ausbreitende Wolke die Luft über der Straße: eine schmutzige, graubraune Rauchwolke, die den Himmel befleckte.

Die Wolke war etwas weiter nördlich entfernt und entwickelte sich langsam. Douglas benötigte einen Moment, bevor er begriff, dass er auf Rauch blickte. Der grässliche Gestank nach heißem Teer, der dieser Erkenntnis folgte, ließ auch den letzten nachklingenden Zweifel verschwinden. Er eilte den Leuten auf der Straße entgegen und rief ihnen zu, als sie in Hörweite kamen. »Was ist? Was ist?«, schrie er in seinem unterentwickelten Kauderwelsch-Etruskisch.

Die erste Gruppe hetzte in größter Eile an ihm vorbei; sie schauten auf ihn, gaben sich aber nicht die Mühe, ihm zu antworten.

Ein weiteres Grüppchen fliehender Leute erreichte ihn. »Was ist?«, rief er und zeigte dabei auf die schmutzige Rauchwolke. »Feuer?«

»Ja, Feuer!«, erwiderte ein alter Mann. Hastig warf er einen Blick hinter sich und gestikulierte wild in diese Richtung. »Es sind die Latiner!«

Bevor Douglas herausfinden konnte, was der Mann mit solch einer Aussage meinte, war der Alte verschwunden und ließ einen nachdenklichen Fragesteller zurück. Douglas sann über die Bedeutung der Worte nach. *Die Latiner* ... was? Dann kam er darauf, und er verfluchte seinen langsamen Verstand. Die Römer kamen.

Bevor die nächste Gruppe verängstigter Flüchtlinge seinen Verdacht bestätigen konnte, rannte Douglas bereits die lange Allee hoch, um zum Gästehaus zurückzukehren. Als er am Königspalast auf der Hügelkuppe vorbeikam, hielt er an; im Innern war noch immer kein Lebenszeichen zu erkennen, also eilte er weiter zum Gästehaus und weckte den schlafenden Snipe.

»Steh auf!« Er schüttelte den Burschen grob an der Schulter. »Snipe, steh auf!«

Der Junge wurde mit einem Knurren wach.

»Hör damit auf!«, maulte Douglas ihn an. »Zieh dich an. Wir gehen fort. Der Ort hier wird angegriffen. Wir machen, dass wir wegkommen.«

Während der mürrische Snipe seine Tunika, die Hose und Stiefel anzog, kleidete sich Douglas rasch an und sah sich ein letztes Mal in ihren Räumen um. Abgesehen von seinen Aufzeichnungen über die Sprache und zwei kleinen Kuriositäten, die er für wertvoll genug hielt, um sie auf einer Auktion zu verkaufen, gab es nichts zum Mitnehmen. Er steckte die zwei Eisen-Figurinen in seine Tasche, stopfte das Bündel Notizen in sein Hemd und rief: »Hierher, Snipe! Lass uns gehen.«

Einen Augenblick später trommelten ihre Füße wieder die lange Allee zwischen der Doppelreihe von Zypressen hinunter. Sie erreichten die Straße, auf der sie jetzt viele weitere Flüchtlinge antrafen, und alle flohen nach Westen auf die Küste zu. Für Douglas jedoch führte die Flucht in die entgegengesetzte Richtung. Der Heilige Weg, der unterhalb des Erdbodens in das Kalktuffgestein geschlagen worden war, lag im Osten. Er hatte keine andere Wahl, als dem Gegenverkehr entgegenzutreten – er schlängelte sich hindurch, wich nach rechts und links aus, um menschliche Hindernisse und zunehmend auch um Tiere herum, da immer mehr Landbewohner sich mit ihrem Vieh der Flucht anschlossen.

Douglas und Snipe zwängten sich durch das ständig zunehmende Gedränge. Das Vorankommen verlangsamte sich, die Frustration nahm zu. Die Verzweiflung verstärkte sich, als es härter und härter wurde, sich mit Gewalt den Weg zu bahnen. Das ganze Land musste unterwegs sein, befand Douglas, und sie alle gingen in die falsche Richtung.

Als sie die Stelle erreichten, wo sie durch eine Furt gehen mussten, kamen sie nur noch sporadisch voran. Beim Waten durch das Wasser mussten sie nach jedem Schritt anhalten, und als sie anfingen, das Ufer auf der anderen Seite hochzugehen, erhob sich ein fürchterliches Geschrei. Die Leute begannen, sich ins Wasser zu werfen oder die steilen Uferbereiche zu beiden Seiten der Straße zu erklimmen, und sie zerstreuten sich in alle Richtungen.

Douglas hielt an. Während er das Chaos beobachtete, sah er eine Lücke und kam zu einer Entscheidung. »Hier entlang, Snipe!«, rief er und tauchte in das Gewühl ein. »Snipe! Beeilung!«

Wo war dieser Junge?

Douglas wirbelte herum und blickte rasch über das Durcheinander. Er rief erneut und versuchte, über das Geschrei und die Rufe hinweg, die ringsherum ertönten, gehört zu werden. »Snipe! Hier! Hier entlang!«

Entsetzte Menschen strömten an ihm vorbei, prallten gegen ihn, stießen ihn auf einmal ein oder zwei Schritte zurück, versperrten seine Route. »Geht mir aus dem Weg!«, schrie er. Frustriert packte Douglas einen verwirrten, stolpernden Burschen am Arm. »Dummkopf! Geh mir aus dem –« Er brach plötzlich ab. Der Mann blutete aus einer scheußlichen Schnittwunde an seiner Stirn. Blut strömte sein Gesicht hinab und in seine Augen. Der Mann konnte nicht sehen, wohin er ging. Douglas ließ ihn los, schob sich nach vorn – und der entgegenkommende Mob teilte sich vor ihm.

Er lief in die Lücke hinein – und fand sich Auge in Auge wieder mit einem anderen Mann, der hoch zu Pferde war. Auf den ersten Blick hielt Douglas ihn für einen weiteren Flüchtling, doch der zweite belehrte ihn eines Besseren. Der Mann war nackt von der Taille aufwärts, sein Gesicht beschmiert mit gelben Streifen auf den Wangen und der Stirn; in der Hand hielt er einen Speer mit einer bösen stachelförmigen Klinge. Ein weiterer Reiter folgte dicht dahinter.

Latiner!

Diese Überlegung hatte er kaum festgehalten, als ein dritter Angreifer auftauchte. Wie die ersten beiden trug auch er die gelben Streifen und einen Speer. Anders als die beiden zögerte er nicht, als er mit Douglas konfrontiert wurde, der in der Straßenmitte stand. Er kam näher mit ausgerichtetem Speer.

»Nein!«, schrie Douglas. Er hielt seine Hände hoch und rief: »Kein Etrusker! Engländer! Ich bin Engländer!«

Diese Unterscheidung schreckte den Krieger nicht ab. Der Angreifer stürmte vor.

Douglas riss die Hände vor sich und schrie. Das Pferd wich im letzten Augenblick aus, um den Zusammenstoß mit Douglas zu vermeiden, doch der Krieger stieß den Speer kräftig nach vorne. Die Klinge traf Douglas in der Seite, der daraufhin herumgewirbelt und nach hinten geschleudert wurde.

Noch im Stürzen schaute er an sich herab und sah, dass die lange, todbringende Klinge auf seiner linken Seite direkt unterhalb der Rippen in sein Fleisch eingedrungen war. Und dann kam ihm der Boden entgegen und trieb ihm die Luft aus den Lungen. Einen schrecklichen Augenblick lang lag er wie festgenagelt am Boden – der Speer steckte noch immer in der Wunde. Douglas sah den Blick voll grimmigem Hass im Gesicht des Latiners, sah, wie sich dessen Arm anspannte, als er sich daranmachte, die Klinge herauszuziehen und erneut zuzustoßen.

Doch bevor der Speer herabstürzen konnte, sprang das Pferd weg und trug den Angreifer fort, dessen Opfer nun außerhalb einfacher Reichweite war. Douglas wand sich am Boden. Staub wurde aufgewirbelt von den Pferdehufen und erhob sich in Wolken um ihn herum. Würgend wälzte sich Douglas auf seine Knie hoch und drückte seine Hand gegen die Seite. Blut sprudelte in einer karmesinroten Kaskade durch seine Finger.

Er umklammerte die Wunde, um die Blutung zu stillen, während er versuchte, aufzustehen. Der Schmerz traf ihn mit der Kraft eines Knüppelschlags auf den Kopf. Sein Magen hob sich, und dann würgte Douglas erneut, diesmal trocken. Seine Nasenöffnungen füllten sich mit dem ekelerregenden Geruch seines eigenen Blutes, seiner Galle und Fäkalien, und er fiel nach vorne auf eine Hand und rang würgend nach Luft. Der Schmerz verschleierte seine Sicht. Abermals drückte er sich hoch auf seine Knie. Er schaute sich nach Snipe um, der nirgendwo zu sehen war.

Ein weiterer latinischer Angreifer donnerte heran, holte aus und versuchte Douglas im Vorbeireiten zu treffen. Der Stoß wurde aufs Geratewohl durchgeführt und streifte Douglas nur – traf ihn seitlich am Kopf. Nicht genug, um ihn zu verletzen, aber ausreichend, um ihn abermals niederzuschlagen.

Er war nicht imstande, die mühselige Kraft aufzubringen, aufzustehen, und rollte sich auf den Rücken. Er blickte hoch in den vom Rauch verfärbten Himmel und verkündete – wer auch immer zuhören mochte: »Das sollte eigentlich nicht passieren.«

Die Zeit schien sich zu verlangsamen. Überall um ihn herum konnte er Rufe und Geschrei hören, doch sie verblassten zu einem unbedeutenden Ärgernis. Er konnte fühlen, wie seine Wunde mit qualvoller Dringlichkeit pochte, aber das war ebenfalls ohne Bedeutung. Sein immer noch scharfes Sehvermögen nahm gar an Schärfe zu, selbst als sein Gesichtsfeld sich gegen ein unkontrolliert ausbreitendes Feld der Dunkelheit auf einen festen, kleinen Lichtkreis einengte.

Das Letzte, was er sah, war das runde Mondgesicht von Snipe, das auf ihn herablächelte.

DREISSIGSTES KAPITEL

Worin die Zukunft der Zukunft bedacht wird

»Um der Auseinandersetzung willen …«, erklärte Brendan, »wenn wir einräumen, dass die Expansion des Universums eine Tatsache ist – was auch immer die Ursache dafür sein mag – und dass die äußerst schnelle, nach außen hin gerichtete Ausdehnung sich in Wirklichkeit verlangsamt, was würde Ihrer Ansicht nach der Effekt sein, wenn diese Expansion anfinge, sich umzukehren?«

»Ich muss darüber nicht nachdenken«, erwiderte Tony. »Ich weiß bereits genau, was geschehen würde.«

Sie waren in der Kühle der Tages spazieren gewesen, und nun senkte sich der Abend über die Altstadt, während Damaskus sich auf eine friedliche Nacht vorbereitete. Die zwei Männer waren in der Mitte einer Kopfsteinpflastergasse unter den sich ausbreitenden Zweigen einer großen Zeder aufgehalten worden, in denen Tauben ihre Schlafplätze einnahmen. Die Tauben, das weiche Zwielicht, die sanfte Abendluft, die Musik aus dem Teeladen in der Nähe – alles trug zu einer Atmosphäre der Gelassenheit bei.

Doch für Tony Clarke hatte die Diskussion gerade eine dunkle, verstörende Wende genommen, und er fühlte sich weit entfernt von einer gelassenen Stimmung. Er dachte über einen Schrecken nach, der plötzlich aus Gründen, die er zurzeit nicht genau bestimmen konnte, eine reale und gegenwärtige Gefahr geworden war.

Brendan wartete auf eine Antwort. »Und?«

»Es würde das Ende von allem sein.«

»Definieren Sie das ›Ende von allem‹«, regte Brendan an. »In Begriffen für einen Laien – was meinen Sie damit?«

»Die EVA oder Ende-von-allem-Theorie ist die systematische Annihilation von allem, was existiert«, antwortete Tony nüchtern. »Kurz zusammengefasst.«

»Alles im Universum, bekannt und unbekannt, wird vollkommen und restlos zerstört«, sagte Brendan, der zustimmend nickte. »Ja, so würde ich das verstehen.«

Tony lächelte unfroh. »Mein Freund, Sie denken einfach nicht groß genug.«

»Klären Sie mich auf.« Sie setzten langsam ihren Spaziergang fort und gingen nun zur Zentrale der Zetetischen Gesellschaft zurück; ihr Weg wurde jetzt beleuchtet von dem unregelmäßigen Licht, das sich aus nahe gelegenen Fenstern ergoss.

»Wenn ein Wissenschaftler über EVA spricht, redet er über etwas, das weitaus größer als bloße Zerstörung ist«, erklärte Tony. »Zerstörung impliziert Schäden, Abriss, Trümmer – es gibt Rückstände und Kleinteile von übrig gebliebenem Material, zusammen mit Energie, Licht, Wärme, Klängen und dergleichen. Dies lässt irgendeine Möglichkeit zu, wie klein auch immer, um etwas wiederherzustellen oder wiederaufzubauen – wie zum Beispiel im Anschluss an ein Erdbeben oder einen Tornado. Doch bei einer Annihilation gibt es nichts, was übrig geblieben ist. Sämtliche Materie – jedes einzelne Molekül und Atom ebenso wie Energie, Licht, Wärme und der Rest … Alles, was jemals existiert hat, wird in der ultimativen Katastrophe vernichtet.«

»Einschließlich der Zeit?«, fragte Brendan.

»Ganz gewiss einschließlich der Zeit und des Raums. Welche Zukunft auch immer hätte sein mögen – sie ist ausgelöscht. Die Gegenwart kommt zum Stillstand, und die Vergangenheit trennt sich auf und zerstreut sich wie Nebel im Wind.« Er vollführte luftige Gesten mit seinen Händen. »Es gibt verschiedene Theorien darüber, wie die Zeit während der Katastrophe beeinträchtigt werden könnte«, fuhr er nach einem Moment fort. »Einige vermuten, dass sich der Lauf der Zeit umkehrt wie ein Fluss, der plötzlich seinen

Kurs ändert, und wir alle leben unser Leben rückwärts bis zum Moment des Big Bang. Andere denken, dass die Zeit sich einfach verflüchtigt wie ein Wassertropfen, der auf ein heißes Eisen fällt. Niemand weiß wirklich, was für eine Form es annehmen würde, doch die meisten stimmen darin überein, dass die gesamte Zeit – Vergangenheit, Gegenwart und Zukunft – aufhören würde … zusammen mit allem anderen, das beim ersten Moment der Schöpfung ins Dasein gekommen ist. Denken Sie an all die Galaxien und Sternensysteme, die sich in eine alles verschlingende Leere hineindrehen: Das Licht schaltet sich ab; die Wärme verflüchtigt sich zu einer unbeschreiblichen Kälte; das gesamte Energiespektrum strömt weg und endet; jedes einzelne Photon ist plötzlich von einem Augenblick zum anderen fort; alle Atomteilchen – selbst jene im Quantum-Vakuum – verschwinden nacheinander mit ständig zunehmender Geschwindigkeit; die Felsen und Bäume und Ozeane und die Erde unter unseren Füßen lösen sich auf, und jedes einzelne Ding oder Wesen – unsere Körper ebenfalls – fliegt in seinen molekularen Bestandteilen auseinander, und diese Moleküle wiederum verpuffen einfachen ins Nichts … Alles kehrt zu der urzeitlichen Leere zurück, aus der es im Augenblick der Schöpfung entsprungen ist. Schlimmer noch – es würde bewusste, lebende, atmende, denkende Wesenheiten geben, die zuschauen, wie diese Vernichtung geschieht, und deren unvorstellbare Schrecknisse erleiden.« Tony schüttelte den Kopf über die Größenordnung dieses Schreckens. »Wir würden leben, um Augenzeugen unserer eigenen Auslöschung zu sein.«

In der Stille, die dieser grauenvollen Verkündigung folgte, holte Brendan Luft und ließ sie langsam ausströmen. »Wenn man es so darstellt«, sagte er, »scheint ›Katastrophe‹ ein Wort zu sein, das nicht groß genug ist, um das alles zu bezeichnen.«

»Bei Weitem nicht«, stimmte Tony ihm zu. »Glücklicherweise gibt es keine eindeutigen Beweise, dass die nach außen gerichtete Expansion des Universums sich verlangsamt.«

Brendan sagte nichts. Tony warf einen seitlichen Blick auf seinen hoch aufgeschossenen Gefährten, der weit in die Ferne zu starren schien. Als wären seine Augen auf eine entfernt liegende und eindeutig verstörende Aussicht fixiert.

Als ob er dazu gezwungen wäre, behauptete Tony beharrlich: »Die besten wissenschaftlichen Beweise, die wir aufgrund genauer und kontinuierlicher Beobachtung haben, zeigen auf, dass die Ausdehnung des Universums sich mit voller Geschwindigkeit fortsetzt – trotz anderslautender Gerüchte.«

»Und sie wird sich fortsetzen«, merkte Brendan niedergeschlagen an, »bis etwas diese Ausdehnung unterbricht und sie lahmlegt.«

»Das ist ... korrekt«, pflichtete Tony ihm zögerlich bei. Er musterte Brendans gerunzelte Stirn und den mürrischen Gesichtsausdruck. »Aber wenn die JVLA-Daten, die Sie erwähnt haben, bestätigt werden sollten ... Nun, das würde sicherlich Sand ins Getriebe streuen.«

Brendans bekümmert dreinblickende Augen richteten sich auf seinen Gefährten. »Verstehen Sie mich nicht falsch«, sagte er. »Ich habe keine eindeutigen Beweise. Für mich ist es mehr eine Art Vorahnung, ein Gefühl von drohender Vernichtung, das ich nicht erklären kann – ich bin mir ziemlich sicher, es leitet sich von der Natur unserer Arbeit bei der Gesellschaft ab. Fast genau seit ihren Anfängen haben sich unsere Mitglieder die Köpfe über eines der frustrierendsten Rätsel des Ley-Reisens zerbrochen.«

»Lediglich eines?«, scherzte Tony, der sich bemühte, die Stimmung aufzuhellen. »Ich ringe immer noch mit Ley-Linien, dem multidimensionalem Raum, der alternativen Zeit – das ganze Zeug mit allem Drum und Dran. Wie lautet Ihr Rätsel?«

»Wie kommt es, dass keiner jemals in die Zukunft reist?«

»Junge, Junge«, seufzte Tony. »Ich vermute, unter ›Zukunft‹ verstehen Sie die absolute Zukunft – und nicht die relative Zukunft. Denn offensichtlich war es für einige Reisende möglich, dass sie sich zu Orten begeben konnten, die mit Blick auf ihre jeweils eigene Zeit in der Zukunft lagen. Das heißt, sie erfuhren eine Zeit, die der eigenen voraus war. Allerdings ist das immer noch ein Stück weit entfernt von der absoluten Zukunft des Kosmos.«

»Ganz richtig«, pflichtete Brendan bei. »Sir Henry Fayth zum

Beispiel kam bei vielen Gelegenheiten hierher. Und dies hier war für ihn, der irgendwann in den Zwanzigerjahren des siebzehnten Jahrhunderts geboren worden war, die Zukunft, jedoch nicht für mich. Ich wurde 1958 geboren. Für mich ist wie für Sie dies ...« – Brendan machte mit einer Hand eine Geste, die ihre Umgebung umfasste – »... dies ist die Vergangenheit. Aber weshalb bin ich nicht dazu in der Lage, in die Zukunft meiner eigenen Welt zu reisen?«

Tony dachte einen Augenblick darüber nach und bot dann die Erklärung an: »Vermutlich, weil sich die Zukunft noch nicht ereignet hat.«

Brendan legte die Hände aneinander, als würde er ein spitz zulaufendes Dach nachbilden, drückte sie von unten gegen das Kinn und starrte auf die Dunkelheit hinab, die einen Ring um seine Füße formte. »Das – oder irgendeine leicht abgeänderte Variante davon – ist stets unsere offizielle Auslegung gewesen«, sagte er langsam. »Man kann nicht einen Zielort mit dem Zug erreichen, wenn nicht die Schienen gelegt worden sind, auf denen man dorthin gebracht wird – genau das haben wir uns stets gesagt. Diese Darstellung hat uns allerdings nie zufriedengestellt, und viele unserer Mitglieder haben versucht, eine bessere Erklärung zu finden. Keiner hatte dabei jemals Erfolg gehabt.«

»Ihr Mangel an Erfolg, eine bessere Erklärung zu finden, beruht möglicherweise auf einer fehlerhaften Hypothese«, merkte Tony an. »Es ist ein altbekannter Fluch der Wissenschaft.«

»Soll das heißen: Wenn wir unsere Annahmen über die Zukunft korrigieren, passen die Tatsachen möglicherweise besser?«

»Sie sollten nicht nur Ihre Annahmen über die Zukunft korrigieren, sondern über die Zeit an sich. Sie setzen zum Beispiel voraus, dass die Zeit einen Fluss hat, einen kontinuierlichen Verlauf – sie bewegt sich von der Vergangenheit durch die Gegenwart in die Zukunft, was dem entspricht, wie sie in unserer normalen, alltäglichen Erfahrung erscheint und wie sie für uns zu spüren ist. Aber was ist, wenn der Fluss der Zeit sich in Wirklichkeit in die andere Richtung bewegt? Was ist, wenn sie sich von einer sehr dünnflüssigen Zukunft in eine viel weniger formbare Gegenwart bewegt, bevor sie sich zu einer stabil errichteten Vergangenheit versteift?« Er blickte zu seinem Gefährten, um zu sehen, ob er ihm folgen konnte, und sah ein breites Grinsen in Brendans Gesicht. »Was?« Er blieb stehen. »Was habe ich gesagt? Warum lächeln Sie?«

»Ich bin nur glücklich, dass Sie diese alternative Sichtweise selbst vorgeschlagen haben, ohne von mir dazu aufgefordert worden zu sein«, entgegnete Brendan. »Weil es das, was ich sagen muss, um vieles einfacher machen wird.«

»Dann reden Sie weiter. Schießen Sie los – ich bin ein Physiker. Ich kann es schon verkraften.«

»Angenommen, dass die Zeit von der Zukunft in die Vergangenheit fließt«, sagte Brendan und bog in eine andere Straße ein; Tony folgte ihm und ging wieder neben ihm her. »Wenn dem so ist, dann folgt daraus, dass alles – ich wiederhole: *alles* –, was die Zukunft bedroht, zwangsläufig ebenso die Gegenwart gefährdet; und die Gegenwart ist dort, wo das Leben, so wie wir es kennen, gelebt wird.«

»Richtig, das verstehe ich«, erwiderte Tony. »Was ich jedoch nicht verstehe, ist, was dies mit Ley-Linien und multiplen Dimensionen zu tun hat, über die wir vorhin gesprochen haben.«

»Es ist meine Überzeugung, dass die Zukunft schon jetzt bedroht ist«, verkündete Brendan in ernstem Tonfall. »Der Dominoeffekt dieser Bedrohung – wenn ihr ermöglicht wird, sich fortzusetzen – wird dazu führen, dass sich die Ausdehnung des Universums verlangsamt und sich schlussendlich umkehrt ...«

»Wodurch sich eine Kettenreaktion ergibt, die die Annihilation des Lebens, des Universums und von allem verursachen wird«, folgerte Tony, den abermals ein Gefühl von äußerstem Unheil erfasste. »Es würde so sein, als ob absolut nichts jemals existiert hätte.« Er blickte zu Brendan, der nun stumm neben ihm spazierte. »Begreifen Sie, was Sie da sagen?«

»Wie lange würde es dauern, bis das Ende erreicht ist?«, fragte Brendan. »Wie viel Zeit würden wir haben, bevor die finale Katastrophe uns eingeholt hätte?«

Tony wandte seinen Blick zum Himmel, wo die ersten Sterne als matte, winzige Punkte in einer reinen, wolkenlosen Weite schienen. Er sah nur einen Klecks aus Schwärze, der sich wie ein Tintenfleck am Himmel ausbreitete, während er in seinem Kopf eine grobe Berechnung anstellte, sie überprüfte und dann zu guter Letzt verkündete: »In Abhängigkeit davon, wann diese Umkehr tatsächlich begonnen hätte, würde solch ein Szenario sich innerhalb weniger Monate entfalten. Die Annihilation würde in einem Jahr – zwei höchstens – vollendet sein.«

»So bald?« Brendan hob rasch eine Hand zum Himmel, wohin Tonys Blick gelenkt wurde. »In Anbetracht dessen, dass das Universum so viele Milliarden Jahre gebraucht hat, um sich zu seiner gegenwärtigen Größe auszudehnen, hätte ich gedacht, dass seine Umkehr …«

»Eine ähnliche Zeitdauer in Anspruch nimmt?«, beendete Tony den Gedanken. »Wenn das nur der Fall wäre.« Er schüttelte seinen Kopf. »Nein. Sie scheinen die angewachsene Masse und ihre Auswirkung auf den Kraftimpuls vergessen zu haben. Schauen Sie, das Megaversum ist jetzt um so unglaublich vieles größer. Und sobald diese ganze Masse anfängt, sich sozusagen rückwärts zu bewegen, wird die Geschwindigkeit dieser Umkehrung exponentiell zunehmen – viel, viel schneller als die ursprüngliche Beschleunigung. Es würde in der Tat alles sehr, sehr schnell zusammenstürzen. Innerhalb von Monaten, nicht Jahren. Ich würde einige Geräte brauchen, um eine präzisere Angabe machen zu können; aber so ist es.«

Brendan lächelte ihn trostlos an. »Ich wusste, Sie würden es verstehen.«

Sie bogen in eine andere Straße ein, die sie hinuntergingen. Das Licht der Beleuchtung eines winzigen Cafés ergoss sich auf das Kopfsteinpflaster in einem Spritzer aus flüssigem Gold. Gelächter brach von den Männern aus, die sich in der Ecke um ein kastenförmiges Radio versammelt hatten.

Tony bemerkte nichts davon. Sein Verstand wühlte sich durch Möglichkeiten – sie alle waren schrecklich. »Nehmen wir an, um der Argumentation willen, dass diese Bedrohung real ist«, fuhr der Physiker fort. »Zu was ordnen Sie diese Bedrohung zu? Was für eine

Form nimmt sie an? Wo ist sie? Wichtiger noch – können wir sie testen? Können wir sie überprüfen?«

»Es ist meine Überzeugung – meine Hypothese, wenn Sie so möchten –, dass die ›Große Umkehr‹, wie ich es in Gedanken nenne, in irgendeiner Weise genau mit den Mechanismen verbunden ist, über die wir diskutiert haben.«

»Damit meinen Sie das Thema: Bewusstsein und seine Interaktion mit elektromagnetischen Kräften?«

»Ja, genau diese Mechanismen. Ich glaube, dass etwas passiert ist oder gerade jetzt geschieht, um diese Interaktion instabil zu machen. Es ist diese Instabilität, die eine Bedrohung für das fortlaufende Funktionieren des Universums darstellt.«

Tony nickte nachdenklich. »Irgendeine Ahnung, was die Ursache dafür ist, dass das System instabil geworden ist?«

Brendan holte tief Luft und blies sie dann aus. »Nicht wirklich, nein – nichts Konkretes. Nur eine wilde Spekulation.«

»Ist oftmals die beste Vorgehensweise«, meinte Tony. »Nur zu, spekulieren Sie weiter.«

»Ich vermute, es hängt mit der Karte zusammen«, erklärte Brendan, dessen Füße einen weiteren abgedunkelten Seitenweg ansteuerten. »Eine vielleicht bessere Weise, dies auszudrücken, ist Folgendes: Sobald wir das Geheimnis der Karte entdeckt haben, werden wir die Quelle und Natur der Bedrohung besser verstehen.«

»Langsam! Warten Sie einen Moment. Über was für eine Karte sprechen wir?«

Brendan schaute sich um. »Die Meisterkarte.«

Tony starrte ihn ausdruckslos an. »Wie bitte?«

»Tut mir leid, ich dachte, Sie wüssten davon«, antwortete Brendan und erklärte dann: »Die Meisterkarte ist eine grafische Darstellung der Routen und Zielorte unterschiedlicher Ley-Linien, die über den Kosmos verstreut sind. Sie gehörte einem Ley-Forscher namens Arthur Flinders-Petrie. In Wirklichkeit *war* sie ein Mann namens Arthur Flinders-Petrie.«

Brendan fuhrt fort, die Karte zu beschreiben; er erzählte, wie und wo sie gemacht wurde und was, wie man glaubte, sie enthielt – einen Schatz von unübertroffener Bedeutung. Er gab ein merkwürdiges leises Lachen von sich. »Um die Wahrheit zu erzählen, wir haben immer noch bloß eine etwas verschwommene Vorstellung davon. Wir wissen nicht wirklich, was der alte Arthur gefunden hat.«

»Was glaubt man?«

»Einige von uns glauben, dass das, was Flinders-Petrie gefunden hat, nichts anderes ist als der legendäre Quell der Seelen oder, wie wir ihn nennen, die Seelenquelle.«

»Nun, davon zumindest habe ich schon gehört«, sagte Tony. »Es ist ein weitverbreiteter Mythos im Nahen Osten, wenn ich mich recht entsinne, was ich während meiner Schulzeit mitbekommen habe.« Er blickte zu Brendan, um seine Reaktion einzuschätzen. »Wollen Sie mir erzählen, dass Sie glauben, die Seelenquelle sei ein real existierender, materieller Ort?«

»Wir haben gute Gründe, um zu glauben, dass sie existiert – ja. Unsere Genisa enthält alle Arten von Wundern. Nach dem Abendessen, falls es sie interessiert –«

»Gehen Sie davon aus, dass ich interessiert bin«, unterbrach ihn Tony. »Ich würde ebenfalls sehr gern diese Meisterkarte sehen, die Sie erwähnt haben.«

»Autsch«, sagte Brendan. »Da liegt der Hase im Pfeffer. Die Karte befindet sich nicht in unserem Besitz. Irgendwann in der Vergangenheit wurde sie in vier oder fünf Abschnitte geteilt. Diese Stücke wurden an Orten versteckt, die sich weit und breit in Raum und Zeit verstreut befinden. Seit mehr als zweihundert Jahren ist es die Arbeit unserer Gesellschaft, die fehlenden Stücke zu finden und wieder zusammenzufügen. Alles, was wir haben, ist eine mangelhaft erstellte Kopie, die von einem Künstler angefertigt wurde, der sehr wenig von der wahren Bedeutung der Karte wusste. Er hielt sie für eine Karte der Feenreiche.«

Sie waren nun auf demselben Weg zur Zentrale der Zetetischen Gesellschaft zurückgegangen. Brendan zog seine Schlüssel heraus, und Tony blickte zum nächtlichen Himmel hoch, der noch schwach mit Sternen übersät war.

»Danke für den Spaziergang, Brendan«, sagte er. »Es war ... grauenvoll.«

Brendan schenkte ihm ein mitfühlendes Lachen. Er öffnete die schwarze Tür und führte seinen Gast herein. »Wenn Sie nicht zu sehr von dem Grauenvollen gequält wurden, macht es Ihnen vielleicht nichts aus, nach dem Abendessen unsere Unterredung fortzusetzen? Dinge bis zum Ende auszudiskutieren hilft dabei, dass sich meine Gedanken herauskristallisieren.«

Tony trat in das gemütliche, von Büchern gesäumte Empfangszimmer ein – Lichtjahre entfernt von dem vom Untergang bedrohten Multiversum, das sie sich erst vor so kurzer Zeit vorgestellt hatten. Er brauchte einen Augenblick, um zu realisieren, dass Mrs Peelstick da war und dass sie gerade zwei frisch eingetroffene Besucher begrüßte – ein junges Paar, deren Rücken ihm zugewandt waren.

»Oh, hier sind Sie ja!«, rief sie, als die zurückkehrenden Männer durch die Tür kamen. »Wir haben gerade über Sie gesprochen, Dr. Clarke.«

»Über mich? Nun, ich ...« Er hielt inne, als das junge Paar sich umdrehte, um ihn zu begrüßen. »Cassie!«

»Hallo, Daddy«, sagte sie und streckte ihre Arme aus, um ihn an sich zu drücken. »Was für eine freudige Überraschung, dich hier zu treffen.«

EINUNDDREISSIGSTES KAPITEL

Worin sich eine Frage der Bezahlung ergibt

Burleigh spazierte zwanglos – absichtlich lässig – vom Kaffeehaus weg, als die drei Wachleute mit trommelnden Schritten über den Platz auf ihn und das *Große Kaiserliche Kaffeehaus* zuliefen. Während sie an ihm vorbeikamen, blickte einer der Soldaten ihn an, rannte jedoch weiter. Der Earl beschleunigte danach seine Schritte und steuerte direkt auf das Gasthaus zu, wo er rasch in seine großen Stiefel hineinstieg und seinen Paletot anzog. Er verweilte lange genug, um die Entwürfe für seine neuen Ley-Detektoren einzusammeln, die er bei den Alchemisten im Palast in Auftrag hatte geben wollen. Bedauerlicherweise würde das bis zum nächsten Besuch warten müssen. Dann hielt er inne, um einen kräftigenden Schuss Brandy aus dem Dekanter auf seinem Tisch hinunterzuschlucken, packte seinen Hut und blickte sich ein letztes Mal im Zimmer um. Lautlos wie ein Schatten schlich er in den Gang, dann die Stufen hinunter und aus dem Gebäude hinaus – und blieb ungesehen.

Mit den flotten, energischen Schritten eines Mannes in Eile – die Absätze klopften auf den Pflastersteinen in einem raschen Stakkato – marschierte der Earl die abgedunkelten Straßen entlang auf die Stadttore zu. Es würde ein wenig länger dauern, wenn er dem Hauptplatz auswich, dachte er, doch es wäre besser, irgendwelche unangenehmen Konfrontationen mit Piken schwingenden Wächtern zu vermeiden.

Trotz seiner vielen Besuche kannte Burleigh die alte Stadt nicht so gut, wie er es sich nun gewünscht hätte; und seine eh schon kompliziertе Route wurde sogar noch verschlungener, als er eine falsche Abbiegung nahm. Er bemerkte seinen Fehler erst, als die Straße an einem winzigen Platz endete, an dem eine Kirche stand. Denselben Weg zurückzugehen dauerte einige Zeit; und er war erleichtert, als er schließlich ein abgedunkeltes Sträßchen betrat und die Stadttore undeutlich in Sicht kamen. Auf beiden Seiten des Eingangs und draußen vor dem Torhaus waren Fackeln angezündet worden – sie schienen wie Signalfeuer, um ihn zu seinem Bestimmungsort zu führen. Eines der beeindruckenden, mit Eisenbändern verstärkten Tore war bereits für die Nacht geschlossen worden, doch das andere war immer noch offen, um spät eintreffende Reisende durchzulassen. Er eilte weiter vorwärts und verlangsamte sein Tempo nur ein klein wenig, während er sich dem noch offenen Eingang näherte; dabei schaute er sich nach seinen Männern um. Tav und Dex hätten da sein und auf ihn warten sollen. Con und Mal – wo waren sie? Vielleicht waren seine Männer aufgrund Babys zunehmend problematischer Gegenwart – je größer sie wurde, desto schwieriger war es, die Steinzeit-Bestie zu kontrollieren – bereits hindurchgeschlüpft und warteten außerhalb der Mauern auf ihn.

Diese überdimensionierte Katze ist mehr zu einer Last geworden, als dass sie einen Vorteil bringt, dachte er, als er in den flackernden Kreis des Fackellichts trat. *Vielleicht ist es an der Zeit, die Kreatur freizulassen.*

Burleigh ging am Torhaus vorbei und erfasste aus den Augenwinkeln eine Bewegung. Zwei Wärter mit Helmen und Brustharnischen erschienen im Eingang. Einer von ihnen rief auf Deutsch: »Stehen bleiben!«

Burleigh täuschte vor, nichts gehört zu haben, und marschierte weiter auf das offene Tor zu.

Der Wärter hob seine Hand und rief erneut, diesmal ein wenig lauter: »Ihr da! Stehen bleiben!«

Burleigh drehte sich ein wenig herum und schaute hinter sich; er verlangsamte seine Schritte, ging jedoch weiter. »Gibt's ein Problem?«, fragte er und zwang sich zu einem Lächeln.

»Stehen bleiben!« Die beiden Wächter eilten ihm hinterher; sie zogen ihre Schwerter mit den kurzen Klingen, als sie herankamen. »Euer Name, bitte?«

»Mein Name?«, echote er. »Ich bin Lord Burleigh, Earl of Sutherland, und ein Freund des kaiserlichen Hofes.«

Der tonangebende Wachmann erschien unbeeindruckt. »Ihr müsst mit uns kommen«, sagte er.

»Das verstehe ich nicht«, entgegnete Burleigh. Immer noch lächelte er. Und immer noch bewegte er sich auf das offene Tor zu. »Gibt es irgendeine Schwierigkeit? Ich habe heute Nacht andernorts wichtige Geschäfte zu erledigen.«

»Das ist er!« Die Stimme kam von der Wachstube, aus der nun die Gestalt von Jakub Arnostovi herausplatzte und auf die Stufen trat. Er stieß einen Finger in Richtung Burleigh. »Das ist der Mann, der Engelbert Stiglmaier angegriffen hat. Ergreift ihn!«

»Ihr seid gefangen genommen.« Der Wachmann schwang sein Schwert hoch und wies mit der Spitze auf Burleighs Brust. Sein Kamerad senkte seine Pike. »Ihr werdet bitte mit uns kommen.«

»Ihr habt einen Fehler gemacht«, protestierte Burleigh, der die Entfernung zum Tor einschätzte. Wenn er in der Lage sein würde, durch den Eingang zu kommen, könnte er Tav und Dex zurufen, dass sie die Raubkatze freilassen sollten. Baby würde die Wachen lange genug beschäftigen, um ihm und seinen Männern ein Entkommen zu ermöglichen. »Ich verstehe das nicht ...« Er schob sich näher zum offenen Tor – und zur Freiheit. »Ich bin ein Freund des Hofes. Ich bin Ehrenbürger der Stadt.«

»Eure Tage der Freiheit sind beendet, Schurke!«, rief Arnostovi erregt. Die Wachen ermahnte er: »Ergreift ihn sofort! Seht zu, dass er nicht entkommt!«

Die Wachleute traten vor. Burleigh streckte eine Hand aus, um ihnen Einhalt zu gebieten, und rief über seine Schulter um Hilfe. »Tav! Dex!«, schrie er nach hinten. »Beeilt euch!«

Da war eine schlurfende Bewegung jenseits des Tores zu vernehmen. Burleigh machte einen weiteren Schritt auf die Tür und die Schwärze dahinter zu. »Lasst Baby frei! Lasst sie jetzt ...«, schrie er, doch seine Worte erstarben in seiner Kehle, als vier weitere bewaffnete Wächter erschienen, die Tav und Dex vor sich her schubsten. Mal und Con, die wund und unglücklich und noch schlimmer lädiert aussahen, schlurften hinterher.

Baby war nirgendwo zu sehen.

»Tut mir leid, Boss«, murmelte Tav niedergeschlagen. »Wir sind gefangen worden.«

»Gut gemacht, Hauptmann«, frohlockte Arnostovi, der vor Siegesfreude förmlich tanzte. »Der Stadtrat wird einen begeisterten Bericht über Eure Tapferkeit und Euren Einfallsreichtum hören.«

Burleigh wirbelte nach hinten zu seinen Anklägern herum. »Das ist unerträglich! Ich verlange, mit dem Kaiser zu sprechen!«

»Seid still«, befahl ihm der Hauptmann der Stadtwache. »Ihr werdet Eure Gelegenheit haben, vor dem Richter zu sprechen.«

Der Wachmann, der dem Gefangenen am nächsten war, legte eine Hand grob auf Burleighs Schulter und versetzte ihm einen Stoß. »Bewegt Euch!«

»Ich werde zusehen, wie man Euch auf dem Platz auspeitscht für das, was Ihr Engelbert angetan habt«, höhnte Arnostovi.

»Du erbärmlicher kleiner Mann«, blaffte Burleigh, als er an ihm vorbeikam; sein Gesicht war eine eingefrorene Grimasse des Zorns und der Frustration. »Du glaubst, du kannst mich aufhalten? Niemand kommt Archelaeus Burleigh in die Quere. Dafür wirst du bezahlen – das dicke Ende kommt für dich noch!«

»Wir werden ja sehen, wer bezahlt«, erwiderte Arnostovi und schnipste mit den Fingern in der Luft. »Schafft sie fort.«

Lord Burleigh, der vor Frustration und Entrüstung förmlich schäumte, wurde mit seinen Männern unter Bewachung fortgeführt. Da es spät war und die richterlichen Diensträume für die Nacht geschlossen waren, wurden sie direkt zum Kerker gebracht und eingesperrt, bis die Anklagepunkte auf förmliche Weise vorgebracht werden konnten und der Fall vor dem Gericht landen würde. Bis dahin würden sie tief unter dem Rathaus im vermodernden Verlies von Prag bleiben.

ZWEIUNDDREISSIGSTES KAPITEL

Worin die Zeit drängt

»Ehrenwerte Mitglieder der Zetetischen Gesellschaft, ich heiße Sie willkommen zu der zweiundsiebzigsten Generalversammlung«, verkündete Mrs Peelstick und nahm ihren Platz am Tisch auf dem Podium ein. »Als Moderatorin der Sitzung des heutigen Abends möchte ich Ihnen allen danken, dass Sie so kurzfristig gekommen sind. Bitte nehmen Sie zur Kenntnis, dass wir Sie nicht so dringend eingeladen hätten, wenn aufgrund der besonderen Situation diese Eile nicht erforderlich geworden wäre.«

Ihre Stimme, die durch den betörenden Singsang ihres schottischen Akzents weicher klang, gab keinen Hinweis auf die Krise, die die Angehörigen der Gesellschaft zusammengebracht hatte – achtzehn ehrwürdige Mitglieder, zusammengekommen aus Orten und Zeiten, die fünfzehn verschiedene Welten oder Dimensionen repräsentierten. Kit versuchte das noch immer zu begreifen, während sein Blick über die Zuhörerschaft glitt, die sich in der Genisa versammelt hatte. Dieser große obere Raum war für das besondere Treffen hergerichtet worden: Man hatte die Mitte von Büchern und Manuskripten freigeräumt und rund um einen achteckigen Tisch einen zweifachen Ring von Stühlen aufgestellt; und auf dem Podiumstisch gab es vier Kerzen, die nicht angezündet waren, eine Bibel und einen Hammer für den Redner. Kit konnte sich nicht vorstellen, dass sich die Gemüter der Anwesenden jemals so heben würden, dass der Holzhammer erforderlich war, um die Diskussion zu beruhigen. Dem fortgeschrittenen Alter der meisten Teilnehmer nach zu urteilen, wäre er überrascht gewesen, wenn sie irgendetwas Anstrengenderes als Geranien heben könnten.

Seit fünf Tagen waren er und Cass nun in Damaskus. In dieser Zeit hatte er Brendan, Mrs Peelstick und Cass' Vater Tony Clarke kennengelernt. Vor zwei Tagen hatten sich Gianni und Wilhelmina zu ihnen gesellt, die nach der Beendigung der Arbeit in Rom ihren Weg nach Damaskus gefunden hatten. Kit hatte eine Veränderung in dem normalerweise optimistischen Auftreten des Priesters bemerkt.

»Was ist in Rom passiert?«

Kit hatte dies Wilhelmina gefragt, als nach ihren ersten Begrüßungen Gianni sich entschuldigt hatte und schnurstracks auf Tony Clarke zugegangen war.

»Ich würde es nicht eine völlige Zeitverschwendung nennen«, hatte Mina berichtet. »Das Laboratorium im Vatikan war sehr hilfreich, und wir haben ein paar Dinge gelernt – Gianni besonders –, doch wir haben keine endgültige Analyse der Seltenen Erde erhalten. Wir wissen immer noch nicht, was die Schattenlichter antreibt.«

»Doch was ist mit unserem Freund?«, wunderte sich Kit. »Der arme Kerl sieht aus, als ob er das Gewicht der Welt tragen würde.«

»Ich bin mir nicht sicher. Was auch immer es ist, es handelt sich um etwas, das er von seinen Kollegen am Observatorium gehört hat. Ich habe ihn nie zuvor so aufgeregt gesehen.«

Die gegenseitige Vorstellung von Gianni und Tony – wie das Zusammentreffen von Flamme und Zündschnur – löste eine Serie von düsteren und angstvollen Besprechungen hinter verschlossenen Türen aus. Die anderen wussten nicht, worüber sie sich berieten, aber was auch immer es war: Es musste besorgniserregend genug gewesen sein, um Brendans plötzliche Entscheidung zu rechtfertigen, eine Generalversammlung der Gesellschaft einzuberufen – eine Konvergenz der Köpfe, wie er es nannte. »Wir können das nicht alleine machen«, hatte man Brendan sagen hören. »Wir brauchen die Unterstützung unserer Mitglieder.«

Gleich am nächsten Morgen waren die ersten Angehörigen der

Zetetischen Gesellschaft eingetroffen. Wie sie herbeigerufen worden waren, hatte Kit niemals entdeckt; doch während der nächsten beiden Tage stiegen alle Mitglieder, die die Reise machen konnten, in Damaskus ab. Während er sie nacheinander kennenlernte, hatte es Kit schon nach kurzer Zeit beeindruckt, wie sehr sie sich alle in ihrem Temperament, in ihrer Kühnheit und ihrem Aussehen ähnelten: Sie waren geistreich, abenteuerlustig, weise und ein wenig schrullig – eher sehr sogar, genau wie sein lieber, verschiedener Urgroßvater Cosimo.

Was die Nachricht betraf, dass Cosimo und Sir Henry gestorben waren: Sie wurde mit Bestürzung und tief empfundener Anteilnahme aufgenommen. Ein Mitglied – eine ältere Unruhestifterin namens Tess – nahm es auf sich, einen Gedenkgottesdienst für die beiden zu organisieren. Er hatte zur Abendandacht im Kloster der heiligen Thekla, wo die meisten Mitglieder der Zetetischen Gesellschaft wohnten, in der dortigen Kapelle stattgefunden. Der Gottesdienst war einfach und herzlich, und während der Gebete bemerkte Kit, dass er in einer Weise ergriffen war, die über eine bloße Rührung weit hinausging. Als Brendan aufstand, um ein abschließendes Gebet zu sprechen, brandete in Kit von irgendwo tief in ihm eine so starke Trauer hoch, wie er sie noch nie zuvor gekannt hatte, und überwältigte ihn. Während er den Kopf gesenkt hielt, flossen Tränen seine Wangen hinab und fielen auf seine gefalteten Hände. Er hatte Cosimo nicht wirklich und nicht allzu lange gekannt, doch die Blutsbande waren stark; und zum ersten Mal seit dem vorzeitigen Ableben seines Urgroßvaters – seit seiner Ermordung, genau genommen – gestattete sich Kit zu trauern. Die lange aufgestauten Gefühle des Leids und Bedauerns brandeten über die natürlichen Schutzmauern, und die Tränen flossen in bittersüßer Erinnerung.

Wenn ich doch nur wachsamer gewesen wäre und früher gehandelt hätte, dachte Kit, *dann hätte ich etwas unternehmen können, um Burleigh daran zu hindern, ihn umzubringen. Wenn ich ihm ein besserer Freund gewesen wäre, würde Cosimo immer noch am Leben sein – und Sir Henry ebenfalls.*

Der Gottesdienst in der kleinen Klosterkapelle – die spärlich bis hin zum Spartanischen eingerichtet war, aber wirkmächtiger wegen ihrer Einfachheit – erwies sich als eine bewegende und passende Ehrung zum Gedenken an zwei gute Männer, deren Lebensfaden so grausam durchschnitten worden war. Nach dem Gottesdienst folgten ein leichtes Abendessen und danach die Eröffnungssitzung der Zusammenkunft, zu der alle Mitglieder der Zetetischen Gesellschaft einberufen worden waren.

»Bevor ich diese besondere Versammlung offiziell einberufe«, sagte Mrs Peelstick, »müssen wir, unter Beachtung der Gesellschaftssatzungen und des Protokolls, neue Mitglieder einführen. Bruder Gianni Becarria, Christopher Livingstone, Wilhelmina Klug, Dr. Anthony Clarke – würden Sie vier bitte hierher vortreten?«

Kit und Wilhelmina warfen sich gegenseitig einen flüchtigen Blick zu, und Kit drängte sich der Gedanke auf, dass sie sehr danach aussah, ganz in ihrem Element zu sein: Sie leuchtete richtig vor Freude und Erwartung, als sie ihren Platz zwischen ihm und Gianni einnahm, der ein unbefangener Teilnehmer an dieser Sache zu sein schien. Nur Kit selbst und Tony wirkten nervös und fehl am Platze.

»Ich werde Direktor Hanno bitten, sich die Ehre zu geben.« Mrs Peelstick trat zur Seite auf den Fußboden, und Brendan nahm ihren Platz ein.

»Kolleginnen, Kollegen und Freunde«, begann er und breitete seine Arme aus – eine Geste, die alle einschloss –, »viele von Ihnen werden diesen Augenblick verstehen als Antwort auf Gebete nach frischem Blut, um unsere Gesellschaft zu bereichern und zu stärken.« Er streckte eine Hand aus, um auf die nicht angezündeten Kerzen auf dem Tisch hinzudeuten. »Heute Abend freuen wir uns darüber, nicht nur eine, sondern vier Kerzen anzuzünden, um die Einführung von vier neuen Mitgliedern in unsere Gemeinschaft kenntlich zu machen.«

Er fuhr fort, indem er jeden Einzelnen vorstellte und eine kurz gefasste Beurteilung der Fähigkeiten und Mittel abgab, die jeder Kandidat in die Gesellschaft einbrachte. Anschließend fuhr er mit einer kleinen Zeremonie fort, der es irgendwie gelang, sowohl prägnant als auch tiefgründig zu sein. Als Brendan zu dem Teil des

Gelöbnisses kam, wo er die Kandidaten dazu ermahnte, »tapfer gegen das Böse in all seinen hinterhältigen Formen zu kämpfen – zum Ruhme des Schöpfers, der das Omniversum und alles, was darin lebt, sich bewegt und existiert, kreiert hat und kontinuierlich durch seine immerwährende liebende Fürsorge aufrechterhält«, ertappte sich Kit ein zweites Mal an diesem Abend dabei, dass er tief gerührt war. Er war nicht nur vollkommen dem Geist des Rituals beigetreten, sondern auch dem der Gesellschaft selbst; und als Brendan seine Hand zum offiziellen Willkommensgruß ergriff, bekam Kit tatsächlich einen verschleierten Blick aufgrund einer plötzlichen Gefühlsaufwallung.

Als die frisch gebackenen Mitglieder zu ihren Sitzplätzen zurückkehrten, flüsterte er seufzend: »Puh, das habe ich nicht kommen sehen.« Als Wilhelmina nichts darauf erwiderte, blickte er sie an und sah, dass sie ihre Augen geschlossen, den Kopf gesenkt und die Hände in ihrem Schoß gefaltet hatte.

»Danke schön, Brendan«, sagte Mrs Peelstick, als sie zum Podium zurückkehrte. »Ich bin sicher, wir alle würden nichts lieber tun, als unseren neuen Mitgliedern einen passenden Empfang zu bereiten, aber das wird bis zu einem anderen Mal warten müssen. Diese Versammlung ist einberufen worden, um ein Thema von größter Wichtigkeit zu behandeln.« Sie verschwendete keine Zeit, um die schlechte Nachricht zu überbringen. »Es ist dem Direktorat bekanntgemacht worden, dass die Welt, so wie wir sie kennen, auf der Schwelle zu einer Katastrophe von unvorstellbarem Ausmaß dahintaumelt ...«

Diese nüchterne Erklärung erzeugte eine Welle der Angst, die durch die Zuhörer jagte. Ein oder zwei Stimmen riefen nach einer Klarstellung, andere fragten nach mehr Einzelheiten, und wieder andere verlangten, die Quelle dieser Information zu erfahren.

Mrs Peelstick, die sich nicht leicht aus dem Konzept bringen ließ, knallte den Hammer auf das Podium. »Die Nachrichten sind nervenaufreibend genug, ohne dass jeder Gift und Galle spuckt«, sagte sie; ihr strenger schottischer Charakter trat nun in den Vordergrund. »Und die Situation wird sich nicht ändern, indem man wie ein Schaf mit verworrenem Kopf herumblökt.« Sie blickte streng auf die Versammlung, ob jemand zu sprechen wagte, bevor sie fortfuhr: »Für den Anfang haben wir Bruder Gianni gebeten, uns ein wenig Hintergrundwissen über die Natur der Bedrohung zu vermitteln. Wir werden dann Fragen und Anträge, wie man am besten verfährt, in Erwägung ziehen.« Sie hielt immer noch den Hammer, als sie ihre Hand dem italienischen Priester entgegenstreckte. »Bruder Gianni, würden Sie bitte herkommen?«

Gekleidet in seinen allgegenwärtigen schwarzen Anzug und mit frisch gestutztem Bart, offenem und gewinnendem Gesichtsausdruck, sah er wie das Abbild von einem schicken Lieblingsonkel für jedermann aus – falls besagter eleganter Verwandter zufällig ein italienischer Priester war. Er dankte Mrs Peelstick und Brendan für die Erlaubnis, das Wort an die Gesellschaft richten zu dürfen, und bat die Mitglieder um freundliche Nachsicht, falls sein Englisch nicht der Aufgabenstellung angemessen war. Anschließend setzte er zu einem prägnanten Vortrag über die Schöpfung an, und schon bald strengte sich jeder an, mit den Ausführungen Schritt zu halten.

»In meinen Jahren als Priester und Wissenschaftler bin ich von zwei miteinander verbündeten Prinzipien geleitet worden«, begann Gianni. »Das erste lautete, dass das Universum für einen bestimmten Zweck erschaffen worden ist. Und das zweite: dass der Zweck, für den es erschaffen worden ist, von einem liebenden Schöpfer gesteuert worden ist, der sich wünscht, dass der Zweck des Universums erfüllt werden sollte.«

Er hielt zwei Finger hoch, als würde er dadurch den Beweis für diese Behauptung zeigen. »Von diesen zwei Prinzipien leiten alle Dinge unter Himmel und Erde ihren Sinn ab. Von diesen zwei einfachen Prinzipien gewinnen wir unser Verständnis von der Schöpfung. Das Erste, was wir erkennen, ist, dass die Schöpfung nicht ein Geschehen darstellt, das nur ein einziges Mal am Anfang der Zeit stattgefunden hat: Vielmehr ist sie die Beziehung von jedem Moment der Zeit zu der ewigen Realität des Schöpfers, der seine Schöpfung kontinuierlich nährt und aufrechterhält – aus seinem Wunsch heraus, dass ihr Zweck erreicht werden möge. Hieraus können wir die aktive, fortlaufende Mitwirkung eines weisen und wohlwollenden Schöpfers erkennen, der direkt eingeschaltet ist in die Arbeit, die er bestimmt hat – nämlich jeden Teil seiner Schöpfung zu ihrer vollsten Reife zu bringen im Verhältnis zum göttlichen Zweck. Wir können einen Augenblick lang innehalten, um uns selbst zu fragen, was dieser Zweck der Schöpfung ist, den Gott wünscht. Mit anderen Worten: Auf was für ein Ende ist das Universum ausgerichtet?«

Gianni blickte sich langsam im Raum um, die runden Ränder seiner Brille glitzerten im Kerzenlicht. Er stellte die Frage erneut und lieferte dann selbst die Antwort: »Wir glauben, dass das Universum erschaffen wurde, um bewusste Akteure hervorzubringen, die teilhaben können an dem Verständnis und der Wertschätzung von göttlicher Güte, was die Natur Gottes ist, von göttlicher Schönheit, was die Freude Gottes ist, und von göttlicher Wahrheit, was die Weisheit Gottes ist. Weiterhin glauben wir, dass der Zweck des Universums, eigenständige, bewusste Akteure hervorzubringen, auf das höchste Ziel ausgerichtet ist, die gesamte Schöpfung mit dem göttlichen Leben zu vereinen.«

Gianni begann, entlang der vordersten Reihe von Stühlen langsam auf und ab zu gehen; er erinnerte Kit an einen Professor, der vor Studenten eine Vorlesung hielt. Kit begriff außerdem eines: Was Gianni gerade gesagt hatte, war mit so viel Sinn befrachtet, dass es einige Zeit dauern würde, all die Implikationen dieser Ausführungen herauszuarbeiten, und er war sich nicht sicher, ob er dafür die passenden Werkzeuge besaß.

»Daraus folgt, dass Menschen zentral für den fortlaufenden Zweck und die Funktion des Universums sind. Als Objekte der göttlichen Absicht sind wir mit dem Kosmos seit seinen Anfängen verschränkt. Unsere Körper, wir selbst also, sind aus Elementen gemacht, die in Sternen geformt wurden – in Himmelskörpern, die vor Milliarden von Jahren in weit entfernten Galaxien geboren wurden und lebten und starben. Wir sind buchstäblich Sternenstaub. Alles ist, wie es sein musste, um uns ins Dasein zu bringen. Wir sind keine Glückstreffer oder Zufälle oder unbedeutende und belanglose Parasiten, die zufällig aufgekommen sind, nur um im Nichts zu verschwinden, wenn unsere Überlebenskraft sich erschöpft hat. Vielmehr sind wir die Nutznießer von komplexen Prozessen, die vor dem Urknall anfingen – dem Alpha-Punkt, ja? Dessen Abläufe wurden eingerichtet, um aktive und eigenständige, bewusste Akteure hervorzubringen, die imstande sind, ihrem Schöpfer in Liebe zu antworten. Daraus folgt, dass genau wir der *Grund* für die Existenz der Schöpfung sind. Infolgedessen sind das Schicksal des Kosmos und das Schicksal der Menschheit eng miteinander verbunden, und zwar noch vor dem Anfang – dem Alpha-Punkt.«

Gianni ging zur anderen Seite des Raums und fand seinen Schrittrhythmus, während er sich für seine These erwärmte; nach italienischer Art vollführte er mit seinen Händen aufwändige Gesten in der Luft. »So es einen Anfang gab, so wird es ein Ende geben. Und mit Blick auf ihn ist dies unser Glaube: Der Schöpfer wünscht sich, dass die Zeit ihren Verlauf nimmt und nicht bloß an irgendeinem beliebigen Punkt nahe vor der abschließenden Vollendung aufhört, die er sich ersehnt – ein Zielort, der als Omega-Punkt bekannt ist. Dieser ist die vervollkommnete, harmonische und freudenreiche Einheit der gesamten Schöpfung in ihrem Schöpfer zu dem Zweck, sich an der fortlaufenden kreativen Aktivität eines erlösten und transformierten Universums zu beteiligen – und das für immer.«

Gianni hob einen Finger in der klassischen Pose eines Lehrers, der ein Zitat begann. »Denn wie der Autor des Epheserbriefs – als er dies erblickt hatte – sich bewegt sah zu schreiben: ›Er tat uns kund das Geheimnis seines Willens nach seinem huldvollen Ratschluss, den er im Voraus gefasst hat in ihm, um eintreten zu lassen die Fülle der Zeiten und alles zusammenzuführen in Christus, was im Himmel ist und was auf Erden.‹ Erneut der Omega-Punkt.«

Er kehrte zum Podium zurück, wo er sich einen Moment Zeit ließ, um seine Gedanken zu sammeln, bevor er abermals zu reden begann. »Einen im Voraus gefassten Ratschluss für die Fülle der Zeiten«, sagte er und gab die uralten Worte nochmals wieder. »Lassen Sie uns darüber nachdenken, was das bedeutet, denn Zeit ist immerhin eine wesentliche Qualität unserer Existenz. Aus der Sicht des Menschen ist Zeit eine lineare Vorwärtsbewegung: Sie setzt sich zusammen aus einer sich rasch zurückziehenden Vergangenheit, die niemals verändert oder wiederhergestellt werden kann, einer sich ständig bewegenden Gegenwart, die aus einem flüchtigen Moment besteht, der sich niemals vollständig ergreifen und festhalten lässt, und aus einer nicht ausgeformten Zukunft, die sich aus vielen möglichen Auswirkungen von irgendwelchen Handlungen oder Geschehnissen zusammensetzt, und von diesen potenziellen Folgen wird nur eine in die Wirklichkeit übergehen. Ist das nicht unsere Art und Weise, wie wir die Zeit betrachten?«

Ringsum im Raum waren nickende Köpfe zu sehen.

»Doch aus einer göttlichen Perspektive kann Zeit vollkommen anders sein. Für den Schöpfer ist die Vergangenheit niemals verloren, niemals jenseits der Möglichkeit, sie wiederherzustellen – denn sie kann immer zurückgeholt werden, indem man sie in eine breitere Struktur von vollendeter Güte einwebt, sodass selbst die entsetzlichsten Katastrophen des Lebens eine wichtige Rolle spielen können, um den beabsichtigten Zweck der Schöpfung zu erreichen. Auf diese Weise kann die Vergangenheit erlöst werden. Aus der göttlichen Perspektive«, hob der Priester hervor, »ist die Gegenwart kein flüchtiger Moment – einen Augenblick hier, dann fort. Für den Schöpfer ist die Gegenwart eine formbare Substanz, die gehalten, genährt und zu einer Realisierung ihres vollsten Potenzials geführt werden kann – als ein Mittel zum Ausdruck von Güte, Schönheit und Wahrheit und deshalb auch als eine Widerspiegelung des Göttlichen. Und die *Zukunft* ...« Gianni hielt inne, nachdem er dieses Wort in die Länge gezogen hatte. »Die Zukunft ist die wunderbarste Schöpfung. Denn in ihr liegt das ganze Geheimnis unbearbeiteter Potenzialität – ein endloses Reservoir von allem, das sein könnte. Sie wird geformt von den grenzenlosen Interaktionen der bewussten Menschen mit ihren individuellen Umgebungen, Umständen und Bedingungen – und in Übereinstimmung mit ihren Mitmenschen. An dieser Stelle halten wir inne, um uns zu fragen: Kontrolliert der Schöpfer diesen Prozess der Interaktion?

Steuert unser weiser und gütiger Erhalter diese Interaktionen, die das Gewebe der Gegebenheit herstellen, das wir als Wirklichkeit kennen?«

Der Blick des Physiker-Priesters glitt durch den Raum; alle Augen waren auf ihn gerichtet, und manche Stirn hatte sich in Gedanken gefurcht. »Wenn Sie einen Augenblick darüber nachdenken, sollten Sie erkennen, dass Gott dies nicht tut. Die Interaktionen dieser Handelnden zu kontrollieren würde bedeuten, den Zweck zunichtezumachen, weswegen diese Akteure geschaffen wurden. Falls ein Beweis für diese Behauptung benötigt wird, dann müssen wir nur auf uns selbst schauen, denn jeder Einzelne von uns in diesem Raum hat nicht nur das Wunder und die Schönheit des Ley-Reisens erfahren, sondern auch seine verblüffenden Begrenzungen. Bei unseren Reisen bewegen wir uns von Ort zu Ort, leben in unterschiedlichen Dimensionen und nehmen teil an Zeitaltern, die nicht unsere eigenen sind. An jedem Ort und in jeder Zeit sind wir verfangen im Leben und in den Geschehnissen jenes bestimmten Reiseziels – ist das nicht so?«

Ringsum wurde zustimmend mit den Köpfen genickt.

»Ja, wir mögen unseren Verstand und unsere Auffassungsgabe mitbringen – was nicht anders zu erwarten ist –, aber wir schweben nicht oberhalb und bewegen uns nicht außerhalb der Wirklichkeit jener alternativen Existenzweise. Tatsächlich ist es so: Wohin auch immer wir reisen, wir sind eingefangen in dem Leben der Welt, die wir besuchen, und zwar in genau der gleichen Weise wie jene, für die jene Wirklichkeit die einzige Erfahrung von Welt darstellt. Wir leben mit ihnen und sind denselben grundlegenden Lebensstrukturen unterworfen, wie jene Menschen sie kennen – welche vorherigen Erfahrungen wir auch immer in der Welt gehabt haben mögen, in die wir hineingeboren worden sind. Mit anderen Worten: Wir führen ein gemeinsames Leben mit jenen Menschen, und – woran wir früher an diesem Abend während des Gedenkgottesdienstes für Cosimo und Sir Henry so ergreifend erinnert worden sind – wir können auch einen für sie üblichen Tod erleiden. Nichts an unserer Fähigkeit, quer durch die Dimensionen unseres Universums zu springen, schützt uns vor dem Leben und dem Tod: und auch nicht vor der sich entfaltenden Realität der Orte, die wir besuchen und die – wie wir zusätzlich bemerken – immer, immer irgendeine Variante der Vergangenheit unserer Heimatwelt sind. Trotz unserer Fachkenntnisse bei der Handhabung von Ley-Linien gestehen wir unser Unvermögen ein, uns selbst von der Teilnahme der fortlaufenden Realität des Multiversums abzutrennen. Jeder Einzelne von uns hat über das Geheimnis nachgedacht, dass wir nicht die Macht besitzen, in die Zukunft zu gelangen – geschweige denn, sie zu beeinflussen. All unsere Reisen und Erfahrungen haben uns einer Erklärung, weshalb dies so sein soll, nicht nähergebracht.« Er breitete seine Hände aus und lud jedes Mitglied dazu ein, das Rätsel zu bedenken. »Ich frage also erneut: Kontrolliert unser weiser Schöpfer allein die Zukunft?«

Er ließ die Frage im Raum stehen, während er zu seinem Platz am Podium zurückkehrte. »Nein.« Langsam schüttelte Gianni seinen Kopf. »Es ist meine Überzeugung, dass die Zukunft in keiner Weise kontrolliert wird. Die Zukunft zu kontrollieren würde der geschaffenen Ordnung einen deterministischen Ausgang aufbürden, wodurch sowohl die Freiheit als auch die Selbstständigkeit der frei interagierenden Geschöpfe zerstört würden, für deren Erschaffung sie doch gedacht war – und so gleichermaßen genau den Zweck zunichtemachen, für den die Zukunft und sogar die Zeit an sich geschaffen wurde!«

Gianni sprach mit unbekümmerter Zuversicht; seine Ausdrucksweise zeigte keine der sprachlichen Mängel auf, die er eingeräumt hatte. Eher erschien es Kit, dass der Priester in seinem Vortrag immer stärker wurde und sein Redefluss der Klarheit seines Verstandes ebenbürtig war. Zum zweiten Mal in seinem Leben hatte Kit die unheimliche Erkenntnis, dass ihm eine Wahrheit erzählt wurde, die er immer schon instinktiv gewusst hatte, aber stets knapp außerhalb seiner Artikulationsfähigkeit geblieben war. Sie nun zu hören – laut ausgesprochen an diesem Ort von einem Mann von unzweifelhafter Leidenschaft und Hingabe –, rief den Eindruck hervor, zu nahe an einer offenen Flamme zu stehen: so, als würde er verzehrt werden, wenn er noch länger in der Nähe der Quelle dieses heiligen Wissens verweilte.

»Wir müssen uns an den Aufbewahrungsort des reinen Möglichen erinnern«, fuhr der Priester fort. »Es ist jener Platz, an dem die Myriaden von Möglichkeiten einer jeden einzelnen Handlung ansässig sind, wo die unendlichen Folgen unserer Teilnahme an der Schöpfung erzeugt werden. Die Zukunft existiert, um der geschaffenen Ordnung zu erlauben, den höchsten Ausdruck von Güte, Schönheit und Wahrheit in harmonischer und freudiger Einheit mit dem Schöpfer zu erreichen. Und während der Schöpfer die Absicht hat, dass wir aus freier Entscheidung und bereitwillig an der fortlaufenden Verwirklichung seiner Wünsche teilnehmen, und uns dabei unterstützt, seine Zwecke herbeizuführen, so kontrolliert er doch nicht die Ergebnisse unserer Teilnahme. Wir wissen dies, denn das Ergebnis, das der Schöpfer sich wünscht – das heißt, die aktive Erschaffung von neuen und höheren Formen und Ausdrucksweisen von Güte, Schönheit und Wahrheit –, ist überhaupt erst eines der primären Gründe für unsere Existenz. Daraus folgt – wenn die Zukunft dieses Reich sein soll, wo die Möglichkeit zur Wirklichkeit wird –, dass jede Beeinflussung oder Veränderung katastrophale Resultate für die gesamte erschaffene Ordnung hervorrufen würde. Anomalien würden sich einschleichen, Unstimmigkeiten sich stark ausbreiten, Unregelmäßigkeiten sich erheben und den natürlichen Ablauf zersetzen: All diese Dinge würden sich schnell multiplizierende Widersprüche erzeugen, die sich wie rückwärts strömende Wellen durch den Kosmos ausbreiten – wie ein Tsunami, der an Kraft gewinnt, während er sich über viele Meilen hinweg durch die Meerestiefen bewegt, um unvorstellbare Zerstörung anzurichten, wenn er schließlich über eine weit entfernte Küste hereinbricht. Jede Beeinflussung oder Einmischung in die Zukunft würde unbeschreibliche Zerstörung auf jeder Ebene der Schöpfung anrichten.«

Gianni ließ seine Hände auf dem Podium ruhen und beugte sich in der Pose eines Mannes vor, der ein schreckliches Geheimnis mitteilte. »Meine Freunde, es geschieht aufgrund einer äußerst fundierten Vorahnung, dass ich Sie über Folgendes in Kenntnis setze: Die Zukunft – unsere Zukunft, die Zukunft des Kosmos und sogar der

Zeit an sich – ist in diesem Augenblick bedroht. Unbestreitbar ist es die größte Bedrohung, der die Menschheit jemals entgegengesehen hat ...« Er hielt inne, als wäre er nicht gewillt, die folgenden Worte auszusprechen. Der ganze Raum schien den Atem anzuhalten, während auf die schreckliche Erklärung gewartet wurde. »... der umfassende Zusammenbruch des Universums.«

Überall gab es verwirrte Mienen und Blicke. Auch Kit empfand eine Übelkeit erregende Unsicherheit darüber, was dies bedeuten sollte. Bevor er sich weiter darüber wundern konnte, fuhr Gianni fort.

»Dr. Clarke und ich haben Beratungen geführt über vorläufige Daten, die wir von der Vatikanischen Sternwarte erhielten«, sagte er. »Sie zeigen an, dass die Ausdehnung des Universums sich möglicherweise verlangsamt. Dieser Anfangsbefund wird nun mithilfe des *Jansky-Very-Large-Array*-Teleskops in New Mexico untersucht. Falls sich bestätigen sollte, dass eine Entschleunigung stattfindet, wird entsprechend unseren vorläufigen Berechnungen die nach außen gerichtete Expansion schließlich zum Stillstand kommen, und es würde eine Umkehr oder Kontraktion einsetzen.«

Den gerunzelten Stirnen und dem Gemurmel nach zu urteilen, die dieser Ankündigung folgten, war es klar, dass nur wenige der Zuhörer die Implikationen dieser bemerkenswerten Entdeckung verstanden. Mehrere Hände fuhren hoch. »Könnten Sie uns sagen, was man gesehen hat – durch die Teleskope, meine ich? Was haben sie gesehen, das sie zu der Annahme veranlasst hat, das Universum würde zusammenschrumpfen?«

Gianni nickte und dachte darüber nach, wie er es am besten erklären sollte. »Heutzutage ist das Messen der nach außen gerichteten Expansion des Universums ein ziemlich einfaches Routineverfahren. Die Daten werden von Sensoren gesammelt, die hochenergetische Frequenzen messen, die aus verschiedenen Sektoren kommen. Und durch den Vergleich jüngster Messungen mit Daten, die vor ein paar Wochen gewonnen wurden, sind die JVLA-Astronomen in der Lage gewesen, eine leichte, jedoch signifikante Veränderung bei dem zu ermitteln, was als Fluchtgeschwindigkeit der kosmologischen Rotverschiebung bekannt ist – die Geschwindigkeit, mit der entfernte Galaxien sich von uns fortbewegen. Zum ersten Mal seit Beginn dieser Messungen hat sich die Fluchtgeschwindigkeit der Rotverschiebung verringert. Offensichtlich werden mehr Messungen von anderen Observatorien erforderlich sein, um dies zu bestätigen, doch es gibt erste Anhaltspunkte, dass sich die Ausdehnung tatsächlich verlangsamt. Wie bei einem Gummiband, das bis zum Äußersten gestreckt worden ist – sobald die Ausdehnung aufhört, beginnt es, sich zusammenzuziehen.«

Hier hielt er inne, um festzustellen, dass der größte Teil seiner kleinen Zuhörerschaft mit seinen Darlegungen mitkam. »Verständlicherweise ist diese Entdeckung sehr besorgniserregend, und mehr Daten werden gesammelt werden müssen im Verlauf der nächsten Wochen und Monate. Doch die ersten Anzeichen weisen darauf hin, dass wir vielleicht ein noch nie dagewesenes Phänomen bezeugen können. Mit anderen Worten: Die sich ständig beschleunigende Ausdehnung des Universums, die wir in den vergangenen rund fünfzehn Jahren gemessen haben – die es jedoch in den vergangenen fünfzehn Milliarden Jahren gegeben hat –, verlangsamt sich letztendlich möglicherweise. Wenn dies nicht eingedämmt wird, könnte dies eine Umkehrung der Expansion auslösen. Das wiederum könnte etwas zur Folge haben, das man euphemistisch als *Big Crunch* bezeichnet – eine armselige Wortwahl für das, was in Wirklichkeit nichts weniger als die vollständige Annihilation des Universums und der gesamten erschaffenen Ordnung ist. Alles, was existiert oder jemals existiert hat, wird ausgelöscht sein.« Seine Stimme verstummte allmählich. »Die Existenz selbst wird aufhören ...«

Es würde das Ende von allem sein.

Mehr gab es nicht zu sagen.

DREIUNDDREISSIGSTES KAPITEL

Worin Familienüberlieferungen vollständig erforscht werden

Das Wadi war beinahe so, wie Charles es sich vorgestellt hatte: eine trockene Rinne, hineingeschnitten in den festen Kalkstein im Laufe von Äonen durch den Wasserabfluss von den umliegenden Hügeln. Es war jedoch viel tiefer, als er es erwartet hatte. Die sich sanft wellenden Wände erhoben sich auf beiden Seiten wie gigantische Vorhänge in großen Biegungen aus gestreiftem Felsgestein zu einer Höhe von zwanzig Metern oder mehr. An einigen Stellen allerdings türmten sich die Wände zu einer Höhe von dreißig Metern über dem Wadi-Boden. Die Breite variierte ebenfalls: Manchmal war die Kluft so eng, dass die Männer und die mit Fracht beladenen Esel im Gänsemarsch gehen mussten. An anderen Stellen weitete sich der Gang zu einer Breite, bei der eine Armee mit jeweils zehn Mann nebeneinander hätte hindurchmarschieren können. Die engen Stellen waren Regionen kühlen Schattens; die breiteren Bereiche, wo die Sonne bis hinunter zum Talboden gelangte, waren erdrückend heiß. Die Luft rührte sich kaum in dem Wadi.

Einige der frühesten Erinnerungen von Charles waren mit der Geschichte der Meisterkarte verbunden – und damit, wie sie nach Ägypten zurückgebracht worden war, um mit ihrem Besitzer »in dem Wadi-Grabmal, wo drei Arme zusammenliefen«, wiedervereint zu werden. Es war nun nicht mehr weit zu gehen, und als er seine kleine Expedition durch den sich schlängelnden Gang des Wadis führte, hoffte er verzweifelt, dies würde ausreichen.

Als die Expedition tiefer in die Schlucht eindrang, kam sie immer häufiger an merkwürdigen viereckigen Nischen vorbei, die in den weichen Stein geschlagen waren. Einige von ihnen hatten ober- oder unterhalb der Vertiefung Inschriften in einer Sprache, die Charles nicht kannte; andere wiederum waren mit merkwürdigen Bildern verziert: geflügelte Tiere und Menschen, Granatäpfel, Köpfe ohne Körper mit überdimensionierten Augen, geflochtene Schnüre, die Umrisse von Blumen – oder bedeutungslose abstrakte Zeichnungen mit zickzackförmigen Blitzen oder Streifen von Wellenlinien. Während sie diesen Bereich, der sich in eine nicht enden wollende Galerie verwandelt hatte, weiter entlanggingen, wurden die in Stein gehauenen Alkoven aufwändiger: Sie waren noch reicher verziert, oft mit menschlichen Figuren in Togen oder fließenden Gewändern. Die meisten dieser Nischen trugen Inschriften in Latein, und aus ihnen leitete Charles die Vermutung ab, dass es sich um Gräber oder Gedenkstätten verstorbener Aristokraten der römischen Besatzung handelte.

Weiter marschierten sie und legten zur Mittagszeit eine Pause ein, um zu essen und in den schattigen Plätzen zu rasten, die durch die Ränder überhängender Felsen entstanden. Diese kühlen Stellen gab es so lange, bis die Sonne weiter über die Schlucht hinwegzog und die Schatten begannen, die Wände des Wadis hochzuschleichen. Nicht lange nachdem sie ihren Marsch fortgesetzt hatten, erreichten sie einen Ort, der zu der Lagebeschreibung passte, die Charles von seinem Vater im Verlaufe von Jahren erhalten hatte. Und Charles wusste es in dem Moment, als er die Stelle erblickte.

Seit einiger Zeit hatte er die geradeaus vor ihnen stehende Wand gesehen, und als sie näher herankamen, erblickte er den unverdeckten, kunstvoll in den Fels gehauenen Eingang zu einem großen Grabmal oder vielleicht sogar zu einem Totentempel. Als sie ein paar Minuten später dieses beeindruckende Bauwerk erreichten, sah Charles, dass es an einer der Seiten einer breiten Fläche lag, die mit den Wänden eine Art Schüssel bildete und durch einen zweiten großen Canyon erschaffen worden war, der zusammen mit der

Hauptschlucht eine ziemlich große Y-Verbindung formte – der Ort, wo drei Arme zusammenliefen.

»Wir halten hier für die Nacht«, sagte Charles in seinem Kauderwelsch-Arabisch zu Shakir. »Schlag ein Lager auf.«

Charles, der die Detailarbeit den fähigen Händen seines jungen Assistenten überließ, unternahm eine vorläufige Untersuchung des Areals. Unglücklicherweise gab es nicht viel zu sehen. Welche Anzeichen er auch immer zu entdecken hoffte, die ihn zum Grabeingang führen mochten – sie waren nirgendwo zu finden. Abgesehen von den verstreut vorhandenen, nicht tief in den weichen Stein geschlagenen Begräbnisnischen und dem höhlenartigen Raum der Tempelruine – oder was auch immer das darstellte – gab es noch nicht einmal so etwas wie einen Riss oder eine Fuge irgendwo in den Wänden.

Charles führte eine längere Erkundung jedes Wadi-Arms durch, erblickte aber nichts, von dem er glaubte, es könnte die Anwesenheit eines Grabmals anzeigen. Obschon es sicherlich unerfreulich war – vollkommen unerwartet traf es ihn nicht. Er war immerhin ausgerüstet mit Ausgrabungswerkzeugen hergekommen. In dieser Nacht ging er unter dem diamantenübersäten Himmel schlafen mit der Gewissheit, dass er morgen Anens letzte Ruhestätte ausfindig machen würde … und sprudelte am nächsten Morgen immer noch vor Gewissheit über, als er seinen Schlafsack verließ, seine Stiefel anzog und mit einer ordentlichen, systematischen Suche begann. Er schritt in der Y-förmigen Verbindungsstelle umher und sprudelte weiterhin vor gespannter Erwartung, während er mit einem langen Eisenstab gegen die Seiten und auf den Boden der Schlucht klopfte. Bei jedem Pochen und stärkeren Schlagen lauschte er nach einer Geräuschveränderung, die einen Hohlraum verraten könnte, oder schaute nach einer äußerlichen Änderung des Felsgesteins.

Die Arbeiter, die aufgestanden waren, sich um die Tiere gekümmert und gefrühstückt hatten, saßen nun unter ihren Turbanen da und sahen zu, wie er durch das Wadi schlich und ähnlich einem Dieb an Hauswände klopfte, um einen verborgenen Schlupfwinkel zu finden. Und das war natürlich auch genau das, was er tat.

Als die Sonne hoch genug gestiegen war, um damit anzufangen, heißes Licht nach unten auf den Boden des Wadis zu gießen, kam Shakir mit einer Schüssel voller gestampfter Backpflaumen heran, die mit Pinienkernen vermischt waren, sowie einem Becher Wasser und bat seinen Dienstherrn dringend, zu essen und sich ein wenig auszuruhen. Entmutigt durch den fehlenden Erfolg, stimmte Charles widerwillig zu und setzte sich in den Schatten eines der niedrigen Zelte, die nun die östliche Wand säumten. Während er seinen Brei mampfte und das Wasser schlürfte, betrachtete er den beinahe ebenen Boden aus Schotter, Kieselsteinen und Sand. Es kam ihm der Gedanke, dass Zeit und Wetter während der letzten viertausend Jahre sich verschworen hatten, um die Ausgestaltung des Wadis zu verändern – fast unmerklich vielleicht, doch genug, um einen leichten Zugang zu seinen verborgenen Schätzen zu verhindern. Eindeutig war eine neue Taktik zur Auffindung des Grabes notwendig.

Er beendete sein Frühstück und rief Shakir zu sich, damit er sich ihm an der westlichen Wand anschloss. Der junge Mann beobachtete, wie Charles von der Ecke aus, wo die Schluchtenarme aneinanderstießen, ein Dutzend Schritte losmarschierte und dann ein weiteres Dutzend ging. Anschließend ritzte Charles zwei tiefe Linien in den losen Kies des Bodens der Schlucht, wobei er seinen Eisenstab als überdimensionierten Stift benutzte: eine kurze Linie von ungefähr einem Meter, die lotrecht zum Felsenvorhang führte, und eine etwas längere, die parallel zur Wand verlief. Dann zeigte er auf den Raum, den er gerade eingegrenzt hatte, ahmte pantomimisch das Graben nach und sagte: »Ich will, dass dies alles abgeräumt wird.« Er packte eine Hand voll loses Bruchgestein aus dem von ihm gekennzeichneten Rechteck und warf es zur Seite. »Siehst du? Ich will ein Loch graben.«

Shakir schaufelte ebenfalls eine Hand voll trockenen Kies hoch und schleuderte ihn fort, um zu zeigen, dass er es verstanden hatte. Danach drehte er sich um und rief den Arbeitern einen Befehl zu, die ihre Werkzeuge zusammensuchten und zu graben begannen, als sie die Befehle des Chefs erhielten. Charles, dessen Kopf nun in einen behelfsmäßigen weißen Turban eingewickelt war, stand dabei und sah zu, wie das Loch tiefer wurde. Bei einer Tiefe von etwa einem Meter erreichten sie Grundgestein oder zumindest den steinigen Boden der Schlucht.

»Gut! Hervorragend!«, schrie Charles. »Jetzt grabt in dieser Richtung weiter.« Abermals benutzt er den Stab und erweiterte die Linie entlang der Wadi-Stirnseite um etwa einen Meter. Dieser Abschnitt wurde ordnungsgemäß ausgehoben und das Loch freigeräumt, und an diesem Punkt vergrößerte er die Länge ein weiteres Mal. Die Arbeit wurde fortgesetzt, und der Graben nahm langsam Form an. Charles zog weitere Linien in die entgegengesetzte Richtung, woraufhin die Arbeiter ihre Werkzeuge niederlegten und zu den Zelten zurückkehrten.

»Kommt zurück!«, rief Charles. »Wir müssen es größer machen!«

»Laa, laa, Sekrey«, entgegnete Shakir, runzelte die Stirn und schüttelte seinen Kopf. Er zeigte zum Himmel, schirmte seine Augen ab und wischte sich dann den Schweiß von seinem Gesicht. Die ganze Zeit über sagte er: »Nein.«

»Okay, okay«, lenkte Charles ein und winkte mit seinen Händen. »Ich verstehe, Shakir. Wir ruhen uns aus und essen.« Er ahmte pantomimisch das Essen nach, wies anschließend zu der Sonne, die direkt über ihren Köpfen stand, und spannte mit der Hand einen Bogen nach Westen. »Später graben wir weiter.«

Der junge Ägypter eilte fort und ordnete an, das Mittagsmahl zuzubereiten. Während die anderen dementsprechend beschäftigt waren, kletterte Charles in den engen Graben hinunter und ging ihn der Länge nach ab, wobei er alle paar Zoll mit dem Stab klopfte. Die Übung erbrachte nichts, um das Projekt voranzubringen, und nach einer Weile gab Charles sie auf und schloss sich seinen Männern an, ein Mahl zu sich zu nehmen und ein Nickerchen während des heißesten Tagesabschnitts zu machen. Als er wieder aufwachte, hatten die Schatten begonnen, sich im Wadi einzufinden. Er weckte die Männer auf und wies sie an, den Graben um ein paar weitere Meter zu vergrößern – was alles war, das an diesem Tag bewerkstelligt werden konnte.

Der nächste Tag war beinahe eine exakte Wiederholung des vorherigen, und das Gleiche galt für den übernächsten. Fortschritte wurden erzielt, allerdings in einem Tempo, das Charles als schmerzhaft langsam betrachtete. Obwohl es ihn beinah verrückt machte, war die fehlende Schnelligkeit verständlich. Die rasch steigende Hitze bedeutete, dass bestenfalls nur insgesamt sechs Stunden täglich tatsächlich gearbeitet werden konnten: drei Stunden am Morgen und drei am Abend vor dem Sonnenuntergang. Und während in England die köstlichen, anhaltenden Dämmerstunden als Ausgleich für einen nachmittäglichen Müßiggang genommen werden konnten, war der Sonnenuntergang in Ägypten eine abrupte, abgeschnittene Angelegenheit. Die Dunkelheit senkte sich mit einer Schnelligkeit herab, die Charles unangenehm fand; es war wie das Zuziehen eines Vorhangs oder das Auslöschen einer Kerze.

Fünf Tage nachdem das Bruchgestein erstmals von einer Hacke getroffen worden war, hatte Charles einen hübschen Graben, aber wenig mehr für die Anstrengung aufzuweisen, und die Vorräte wurden knapp. Er rief Shakir zum Kochzelt. »Wir brauchen mehr Lebensmittel und Wasser«, sagte er und gestikulierte in Richtung der Beutel und Trinkschläuche, die in der Ecke aufgehäuft waren. »Auch mehr Männer.«

Der junge Mann nickte weise. »Okay, *Sekrey.*«

Draußen wies Charles auf die Esel. »Du nimmst Tiere und einen Mann«, sagte er, der mit seinem Arabisch an die Grenze der Belastbarkeit kam. »Hol Essen. Hol Wasser.« Er hielt eine Hand hoch und spreizte die Finger. »Hol fünf Männer – Arbeiter. Fünf.« Anschließend tat Charles so, als würde er Münzen in seine Hand legen und zählen. »Ich gebe dir Geld. Okay?«

»Okay. Ich gehe.«

Shakir und einer der jüngeren Arbeiter verließen das Lager nach dem Mittagessen und nahmen die Tiere mit sich. Es sollten fünf weitere Tage verstreichen, bis sie zurückkehrten; sie brachten mehr als genug Vorräte mit, um die Lager wieder aufzufüllen. Zudem kamen weitere fünf Männer hinzu. Obwohl zwei der Neuankömmlinge kaum mehr als Teenager waren, war Charles dankbar für die

Hilfe und übertrug den Jüngeren die Verantwortung für die Küche und untergeordnete Arbeiten. Auf diese Weise stellte er drei andere von diesen Aufgaben frei, die sich nun den Grabungsmannschaften anschließen konnten.

Das Leben im Lager gewöhnte sich in einen täglichen Ablauf von Arbeit und Erholung ein, der von Mahlzeiten und der Nachtruhe unterbrochen wurde. Alle vierzehn Tage unternahmen Shakir und ein anderer eine kleine Reise, um weitere Vorräte zu beschaffen, und anschließend begann der Kreis von Neuem, der nur von gelegentlichen Missgeschicken unterbrochen wurde: ein schwerer Stein, der auf einen nackten Fuß fiel; eine geschwollene Hand von einem Skorpionstich; eine Lebensmittelvergiftung durch mangelhaft gesalzenen Fisch; und Charles' Ausfall aufgrund eines Sonnenbrands, als er eines Tages dummerweise sein Hemd auszog, um es waschen zu lassen.

An beiden Enden nahm der Graben an Länge zu, und eine neue Ausgrabung wurde an der entgegengesetzten Seite des Wadis begonnen. Doch mit jedem Tag, der verstrich, trübte sich die Hoffnung, das Grabmal zu finden, ein wenig mehr ein. Bis eines Tages – nach beinahe zweimonatigen Ausgrabungen, die mit Optimismus durchgeführt worden waren und die Geldmittel auf ihren niedrigsten Tiefstand gebracht hatten – Charles durch drängende Rufe dazu gebracht wurde, sich von seinem Zelt fortzubewegen.

»*Sekrey! Sekrey!*«, schrie einer der Arbeiter, und der Ruf wurde von anderen aufgenommen. Charles tauchte aus seinem Zelt auf und sah, wie Männer wild gestikulierten, damit er kam und sich etwas anschaute.

Er eilte zu der Stelle hinüber, wo die Ausgräber derzeit das Bruchgestein von einer engen Spalte wegräumten, die kaum mehr als ein Riss im Fels war: ein Riss allerdings, der lotrecht zur Wand verlief und so gerade wie ein Lineal war – eine Fuge, die ausschließlich von Menschenhand gemacht sein konnte.

»Hervorragend!«, schrie Charles. »Räumt das fort!« Er kratzte ein Rechteck in den Dreck, um den Bereich anzuzeigen, der ausgegraben werden sollte. »Räumt das alles fort!«

Die Arbeit wurde fortgesetzt, um die schmale Rinne zu erweitern – wobei sie der Linie im Gestein folgten –, bis sich das Loch auf halber Strecke über den Boden der Schlucht hinweg erstreckte. Bisweilen wurden die Arbeiten und die Arbeiter von den starken Staubwolken verschleiert, die in der regungslosen Luft hingen. Nach und nach – während die Blätter von Pickeln, Schaufeln und Hacken und die Zinken von Harken den Grund freilegten – wuchs die Gewissheit, dass sie eine Reihe von Steinen gefunden hatten, die von Hand behauen worden waren: Blöcke, die man eingesetzt hatte, um eine Öffnung abzudecken.

Sobald sich der Staub gelegt hatte, wurde das Ausmaß des Mauerwerks enthüllt; Charles schätzte, dass sie auf eine versiegelte Öffnung blickten, die ungefähr zwei Meter breit und etwa drei Meter lang war. »Das ist es!«, schrie er, und vor Aufregung hüpfte er beinahe von einem Fuß auf den anderen. »Das muss die Stelle sein. Gut gemacht!«

Die erzwungene Ruhe während der Nachmittagshitze war schwer zu ertragen, doch dann wurde die Ausgrabung im Schatten der Schlucht wieder fortgesetzt und erst eingestellt, als es schließlich zu dunkel wurde, um etwas zu sehen. Als der letzte Ausgräber aus dem Loch kroch, warf Charles seine Fackel hinein, um den Erfolg der Arbeit zu überprüfen: Sie hatten es geschafft, den Großteil der Decksteine herauszubrechen und eine Treppe freizulegen; die Stufen führten in einem Winkel nach unten und in den Sockel der Wadi-Felswand hinein. »Gut gemacht, Shakir«, sagte er. »Gut gemacht, jedermann. Wir werden am Morgen wieder beginnen.«

Die Männer schleppten sich erschöpft und hungrig zu den Zelten zurück, um ein wohlverdientes Abendessen einzunehmen und sich auszuruhen. In dieser Nacht schliefen alle tief und fest, und als sie sich am nächsten Morgen erhoben, war der Tag bereits stickig. Der Himmel war weiß geröstet, und die Luft lag schwer auf ihnen – sie rührte sich noch nicht einmal genug, um den Staub in Bewegung zu bringen, der nach oben quoll mit jedem Korb voller Schutt, der vom Zugang fortgeräumt wurde. Am Vormittag war der Eingang freigelegt: ein schmaler Durchgang, der mit gemörtelten Steinen verschlossen worden war. Charles, der den Großteil des Morgens unten im Loch verbracht hatte, rief nach einem Pickel und begann, Stücke von den Blöcken abzuschlagen.

Bei jedem Hieb gab das Mauerwerk ein wenig weiter nach, und es stürzte nach nur wenigen kräftigen Schlägen mit dem Pickel nach innen ein. Die Ziegelsteine brachen mit einem tiefen, widerhallenden Poltern zusammen, das wie ein Donnern klang. Es geschah so schnell, dass Charles einen Augenblick lang bloß dastand, dem Echo lauschte und in die vor ihm gähnende Dunkelheit hineinspähte. »Wir sind drin!«, rief er die Treppe hoch zu Shakir, der oben wartete. »Bring Fackeln. Ich brauche Licht.«

Er sprach immer noch, als ein weiteres tiefes Rumpeln zu vernehmen war. Das Geräusch ähnelte so sehr dem einer weiteren zerfallenden Wand, dass Charles nach hinten in die Leere blickte und halb erwartete, den Eingang zusammenbrechen zu sehen. Aber alles war noch so wie Augenblicke zuvor. Er schaute wieder zu Shakir hoch und sah, dass der junge Mann und mehrere der Arbeiter himmelwärts blickten.

»Was war das?«, schrie er aus dem Loch heraus. Er legte eine Hand um sein Ohr und rief: »Shakir – dieses Geräusch. Was war das für ein Geräusch?«

Noch während er sprach, wurde der Himmel von einem Blitz erhellt; und ein paar Sekunden später hallte ein tiefes Poltern durch die Schlucht wider. Unverkennbar Donner. Ein Sturm war im Anmarsch. Ein seltenes Ereignis in einer der trockensten Regionen der Welt, nichtsdestotrotz geschah so etwas. Und es war im Begriff, jetzt zu geschehen.

»Die Fackeln!«, rief Charles erneut. »Bring Fackeln. Wir haben keine Zeit zu verlieren.«

Er trat in den gähnenden Eingang des Grabmals hinein. Langsam passten sich seine vom Licht geblendeten Augen der Dunkelheit an. Er begann, die dunkle Masse von Gegenständen auszumachen; ihre Umrisse wurden in groben Zügen durch das Licht erkennbar, das von draußen schräg einfiel. Schon war er im Begriff, erneut zu rufen, als Shakir im Eingang erschien und ihm eine Fackel in die Hand stieß.

Abermals drehte er sich zur Kammer um. Der flackernde Lichtschein enthüllte ein unaufgeräumtes Durcheinander von Gerümpel, das achtlos zu willkürlichen Haufen angesammelt war; und alles war von einer altersgrauen Staubschicht bedeckt. Charles hatte solch einen Wirrwarr zuvor schon gesehen: in seinem eigenen sehr verwahrlosten Dachgeschoss. Doch während Charles' Speicher Teekisten voller alter Kleidungsstücke, Bücher, abgenutzte Möbel, Bettwäsche für andere Jahreszeiten und Ähnliches enthielt, befanden sich in dieser Kammer Stühle und Betten und Lampenständer, die schlanken Räder von mehreren zerlegten Pferdewagen sowie diese selbst, Speere und Stäbe und Bögen mit Köchern und Pfeilen, bemalte Wandschirme, aus Stein und Holz angefertigte Truhen und zahlreiche kleine Statuen. Und überall: Gefäße. Der Raum war geradezu zwanghaft von Behältnissen in allen Formen und Größen angefüllt worden – von winzigen, zierlichen Salbentöpfen aus Alabaster mit den Köpfen von Göttinnen auf den Deckeln bis hin zu Getreidekrügen aus Terrakotta von so gigantischen Ausmaßen, dass man ein halbes Dutzend Männer gebraucht hätte, um sie auch nur zu verschieben.

Die Wände waren geschmückt mit Gemälden – kunstvolle Szenen vom Leben am Nil, die mit viel Liebe in auserlesenen Details wiedergegeben wurden. Sie dokumentierten eine Zeit und eine Kultur, die jetzt mindestens dreitausend Jahre entfernt waren, und doch wirkten die Bilder so frisch, als wären sie noch feucht. Die Farben, die Unmittelbarkeit und die Intimität waren atemberaubend.

Charles beobachtete all dies in einem einzigen, länger andauernden starren Blick entrückten Erstaunens. So viele wunderbare Dinge! Die tiefe Bedeutung und das Ausmaß des Schatzes waren schwindelerregend. Er war aufgewachsen mit Berichten über den Reichtum der Menschen im Altertum, aber er hatte ihn sich niemals in Haufen angesammelt vorgestellt, die man einfach so nehmen konnte. Hier war er, jener Reichtum, und er lag ausgebreitet vor Charles, unberührt seit dem Tag, als all diese Gegenstände in das Grabmal gekommen waren.

Er drang weiter in das Schatzhaus voller Objekte ein, und seine

Fackel enthüllte mehr und immer mehr wunderbare Dinge. Im flackernden Licht glänzten viele von ihnen in einem warmen Gold. Doch je mehr er sah, desto besorgter wurde er. Mit sinkendem Herzen begriff er, dass er nicht den einen Gegenstand sah, mit dessen Auffindung er gerechnet hatte. Nirgendwo zwischen der verblüffenden Fülle an Objekten gab es einen Sarkophag.

Während Charles sich umblickte, wuchs seine Bestürzung. Wo war die große Gruft, die die irdischen Überreste des Hohen Priesters Anen enthielt? Wichtiger noch – wo war der Sarg von seinem Großvater Arthur?

Er rätselte darüber, als ein durchdringender Schrei vom Treppenaufgang draußen Shakir veranlasste, sich von der Kammer abzuwenden. Charles ignorierte die Aufregung und drang weiter in das Grabmal vor, um eine weitere umfassende Untersuchung vorzunehmen. Mit hoch erhobener Fackel durchsuchte er Ecke für Ecke, Seite für Seite den Raum.

Da war kein Sarkophag oder Sarg zu sehen.

So groß, wie sie waren, konnten die steinernen Grüfte weder übersehen noch mit irgendetwas anderem verwechselt werden. Das Grab von Arthur Flinders-Petrie war schlicht und ergreifend einfach nicht da.

VIERUNDDREISSIGSTES KAPITEL

Worin späte Einsicht eine vollendete Vision hervorbringt

»Sekrey! Sekrey!« Der Ruf kam zuerst, und einen Moment später streckte Shakir seinen Kopf durch den Eingang des Grabmals. *»Sekrey!«*, rief er erneut und zeigte auf etwas, das draußen war. »Sie jetzt kommen.«

Charles kehrte zum Eingang zurück und folgte dem jungen Mann die Stufen hoch nach oben, wo er die Arbeiter, die fahrig umherliefen, in einem Zustand aufgeregter Besorgnis vorfand. Die Esel brüllten laut und zerrten an ihren Haltestricken. Direkt über ihnen hatte der mattweiße Himmel die Farbe eines bösen Blutergusses angenommen: blau-schwarz und angeschwollen mit tief stehenden, Unheil verkündenden Wolken. Die Luft war viel kühler und aufgewühlter aufgrund einer wandernden Windböe. Charles konnte den schweren, scharfen Duft riechen, der von Regen auf trockenem Wüstenboden – vermischt mit Ozon – hervorgerufen wurde. Während er noch den Himmel beobachtete, zuckte ein sich verästelnder Blitz in blendendem Licht von Westen nach Osten. Das Krachen des Donners, das daraufhin folgte, ließ den Boden erzittern und bebte durch die Eingeweide.

»Sekrey!«, schrie Shakir und deutete den Canyon hinunter, wo sich etwas Dünnes, Dunkles und Geschmeidiges am Boden der Schlucht entlangschlängelte und auf sie zukam. *»Heset!«*

Charles starrte ein paar Sekunden darauf, bevor er begriff, dass es sich tatsächlich um Wasser handelte – eine bohrende, schlammige Ranke aus schmutziger Flüssigkeit tastete sich blindlings entlang des knochentrockenen Wadi-Bodens.

»Du!« Charles zeigte auf einen Arbeiter in der Nähe. »Du und du! Kommt mit mir!«, befahl er und ging auf demselben Weg zum Grabmal zurück. »Du und du! Bringt Werkzeuge. Folgt mir.«

Erneut lief er in die Kammer hinein und suchte sich einen Weg zur hinteren Wand. Er hielt seine Fackel nahe an der Oberfläche und machte rasch einen Abschnitt ausfindig, wo sich Ziegelwerk hinter einem der Wandgemälde befand. Obwohl der Bereich mit Putz versiegelt worden war, konnte Charles trotzdem die Ziegelsteine darunter erkennen. Er zeigte auf die Wand und sagte: »Reißt das ein.«

Die Arbeiter starrten ihn an. Er ergriff eine Hacke und schwang sie gegen die Wand – einmal ... zweimal ... dreimal. Farbe und Verputz bröckelten ab und enthüllten das Ziegelwerk darunter. »Reißt das ein!«, wiederholte er.

Die Arbeiter gaben seinem Drängen nach; und bald war die stickige Luft im Grabmal weiß vor Staub, während die uralten Gemälde in einem Haufen aus kleinen und größeren Stücken Verputz und Gestein verschwanden, wodurch die Umrisse einer Tür freigelegt wurden. Charles, dessen Herz schneller schlug, verschwendete keinen Augenblick und befahl, dass sie ebenso eingerissen werden sollte.

Er rannte zur Treppe. »Shakir! Mehr Fackeln!«, rief er, dann flitzte er zum Trümmerwerk zurück, das an der verschlossenen Tür vollbracht wurde. Einige wenige wohlplatzierte Schläge ließen binnen Kurzem Ziegelblöcke einstürzen. Nach den ersten paar kam der ganze Rest auf einmal herunter, und Charles schaute auf den Eingang zu einer verborgenen Kammer.

Shakir tauchte mit den Fackeln auf, und in einem Ansturm arabischer Worte versuchte er Charles etwas zu berichten, was dieser nicht verstand. Er entließ den jungen Mann und duckte sich in den inneren Raum hinein. Wie sich beim Licht seiner Fackel offenbarte, war die Kammer kleiner und spärlicher ausgestattet – errichtet, um nicht nur einen, sondern zwei Sarkophage zu enthalten. Nur einige wenige Gefäße und Weidenkörbe säumten die Wände ... aber was für Wände! Alle vier Oberflächen und auch die Decke waren bemalt, und die Kunstwerke hier waren farbenprächtiger, detaillierter und sehr viel lebensechter als jene im ersten Raum. So prachtvoll sie auch waren, Charles hatte nur Augen für ein einziges Gemälde: eine Szene, die einen dicken, kahlköpfigen Mann – den Priester Anen? – zeigte, der dastand und mit der einen Hand auf einen Stern am Himmel zeigte, während er in der anderen einen flachen Gegenstand hielt, auf dem eine Ansammlung von winzigen blauen Symbolen dargestellt war. Sowohl der Gegenstand als auch die Symbole waren Charles bekannt: Es handelte sich um die Meisterkarte.

»*Sekrey!*«, rief Shakir, seine Stimme war drängend und klagend. »Sie kommen.«

Charles ignorierte ihn und trat zum ersten und größeren der beiden Sarkophage. Er war aus rotem Granit und mit Meißelarbeiten reich geschmückt: Er wies ein stilisiertes Abbild seines Bewohners auf, das von Kopf bis Fuß mit Hieroglyphen verziert war. Charles wandte sich ab und ging zum kleineren Sarkophag, der aus weißem Kalkstein bestand und mit einem einzigen Streifen aus Glyphen dekoriert war, die man lotrecht in die Deckelmitte eingemeißelt hatte. »Öffnet ihn«, wies er die Arbeiter an.

»*Sekrey!*«, schrie Shakir, seine Stimme wurde schriller. »Sie jetzt kommen!«

»Öffnet ihn!«, befahl Charles.

Mit einigem Widerwillen bewegten sich seine fünf Helfer zu dem Sarkophag. Unter Einsatz ihrer Pickel und Schaufeln schafften sie es, die schwere Abdeckung ungefähr einen Zoll zu einer Seite zu schieben. »Öffnet ihn jetzt«, wies Charles sie an.

Seine Wörter wurden verschluckt vom plötzlichen Getöse und Geratter von Donner, das in die Stille des Grabmals hineinplatzte. Shakir verschwand in den anderen Raum, doch Charles wich nicht von der Stelle. »Öffnet ihn!«, schrie er und zeigte auf den großen Steinsarg.

Die Arbeiter schauten sich gegenseitig an und setzten widerwillig ihre Werkzeuge an. Es gelang ihnen, den Deckel ein paar weitere Zoll zu bewegen, als Charles eine merkwürdige Empfindung verspürte: nasse Füße. Er schaute nach unten. Eine suchende Schlange aus Wasser quoll durch die Tür. Sie hatte ihn bereits erreicht, wurde flacher und breitete sich über den Boden aus.

»Beeilung!«, rief Charles. »Macht ihn auf.«

Doch die Arbeiter hatten das Wasser gesehen. Sie warfen ihre Werkzeuge zu Boden und flüchteten aus dem Grabmal.

Charles steckte die Fackel in die Spalte zwischen Deckel und Seitenwand und schnappte sich den Pickel, der am nächsten lag. Dann begann er, an der schweren Abdeckung zu hebeln. Rasch fand er den richtigen Ansatz und schaffte es, die Lücke um etwa einen weiteren Zentimeter zu vergrößern. In der Zwischenzeit stieg das Wasser höher. Als die Spalte groß genug war, um seine Hand hineinzustecken, bedeckte das Wasser den ganzen Boden und schwoll rasch bis zu seinen Fußknöcheln. Charles setzte sein Werk fort. Er arbeitete verzweifelt und wie im Rausch, unter Anstrengung aller Nerven und Sehnen, und stützte sich mit aller Kraft auf den Handgriff des Pickels. Schweiß rann sein Gesicht herab und stach ihm in die Augen. Der massive Deckel verschob sich – sehr wenig nur, aber gerade genug.

Das Wasser, das in die Kammer eindrang, war jetzt über den oberen Rand seiner Schuhe angestiegen.

Charles schob seine Hand in den Sarkophag hinein und nahm die steifen, trockenen Konturen der in Leinen gewickelten Mumie wahr. Er hielt die Fackel so nah, wie er es glaubte, wagen zu können, doch er vermochte wenig zu sehen. Sein Tastsinn sagte ihm, dass es keine Gegenstände gab, die mit der Leiche seines Großvaters begraben worden waren. Er fühlte entlang des Brustkorbs und des Kopfes – da war nichts. Er steckte seine Hand unter die Mumie und entdeckte an einem Ende ein abgeflachtes Bündel, das in ein Tuch eingewickelt war. Seine Finger schlossen sich um eine Ecke dieses Gegenstands und zogen daran. Er tat dies ein zweites Mal und befreite so das Bündel; aber dabei fiel ihm die Fackel trudelnd zu Boden, wo sie mit einem Fauchen und Zischen von Dampf erlosch. Augenblicklich senkte sich eine stockdunkle Finsternis herab.

Charles umklammerte das Bündel und bewegte sich mithilfe seines Tastsinns zum Fuße des Sarkophags. Wie ein Blinder, der mit seiner Hand vor sich umherwedelte, ertastete er sich den Weg zu der gezackten Öffnung in der Wand. Als seine Finger die Kante umklammerten, seufzte er leise vor Erleichterung auf. Er trat durch die Öffnung und verlor den Halt auf dem Schutt, mit dem der Boden vor der Bresche übersät war. Kopfüber fiel er in den nächsten Raum und in das Wasser, das mittlerweile den Boden bedeckte, und er schaffte es kaum, seine Beute weiterhin festzuhalten.

Prustend und nass kam Charles wieder auf die Füße und erblickte flüchtig die dämmrigen Umrisse des äußeren Eingangs. Platschend bahnte er sich seinen Weg dorthin, wobei er Grabmöbel seitlich umging, Gefäße umstieß und in seinem Kielwasser Gegenstände von unschätzbarem Wert verstreute. Er erreichte die Treppe, die zu einer Kaskade von aufeinanderfolgenden Wasserfällen geworden war, kletterte die Stufen hoch und in das trübe, entsetzliche Licht hinein.

Der Himmel hatte die Farbe von Rotwein angenommen, er wirkte bösartig und verärgert; der Wind peitschte durch die Schlucht und kreischte, während er sich selbst an den Felsen zerfetzte. Die Männer und Tiere waren fort. Charles begann, über den Lagerplatz zu seinem Zelt zu laufen, um seine Ledertasche zu retten – und wurde von Shakir abgefangen, der ihn am Arm packte und wegzerrte.

Der junge Mann zeigte dabei die Hauptrinne des Wadis hinunter, wo die letzten Arbeiter genau in diesem Augenblick in der vom Sturm verdunkelten Schlucht verschwanden. »Sie jetzt kommen, *Sekrey!*«

»Mein Tasche – ich muss meine Tasche haben!«, beharrte Charles.

Doch Shakir lockerte nicht seinen Griff. »Nein, *Sekrey!* Nein!« Er wies auf den kleineren Arm der Y-förmigen Verbindung, wo der Wasserstrom, der nunmehr den Talboden entlangfloss, mit dem anderen zusammentraf, der aus dem entgegengesetzten Wadi-Abschnitt kam. Die vereinte Strömung wirbelte umher, nahm Kraft auf und an Umfang zu, als sie in den Hauptarm eintrat. Gespeist von einer Vielzahl von Bächen und Rinnsalen, die von den umliegenden Hügeln und höher gelegenen Plätzen herabkamen, stieg der Wasserpegel, noch während Charles hinschaute. Alarmiert von der Geschwindigkeit, mit der sich die Schlucht voller Wasser füllte, steckte er sich das kostbare Bündel unter das Hemd, sodass es direkt an seiner Haut lag. Dann lief er Shakir hinterher, wobei das Wasser hochspritzte. Innerhalb von drei Herzschlägen rannte er um sein Leben.

Mit umherwirbelnden Beinen und pumpenden Armen flüchtete er den sich schlängelnden Felsenkorridor hinunter. Das Wasser und der Felsschutt am Boden ließen ein müheloses Laufen nicht zu; seine Füße bewegten sich nur schleppend und rutschten immer wieder aus. Im Gegensatz zu ihm sauste Shakir nur so dahin. Er war jünger und schneller, und er schien die Oberfläche förmlich zu überfliegen und berührte kaum den Boden. Der Abstand zwischen ihnen nahm stetig zu.

Sie rannten um die zahlreichen Biegungen des Wadis. Die Lufttemperatur fiel, und in großen runden Tropfen, so dick wie Weintrauben, begann es zu regnen – zuerst langsam und dann immer schneller. Der Wind blies böig aus dem Norden und schleuderte den Regen in großen Güssen mit einer solchen Kraft, dass es den Anschein hatte, als würde durch die überdimensionierten Tropfen der steinige, hartgebackene Boden abplatzen. Charles, der bis auf die Haut durchnässt war, schleuderte sich das Wasser aus den Augen und rannte halb blind durch den Canyon. Shakir verschwand um eine Biegung, und Charles lief allein weiter. Inzwischen nahm das zornige Wasser hinter ihm weiter an Umfang und Stärke zu. Es war nun eine hereinbrechende Wand, die das Wadi entlangfegte: eine aufgewühlte Masse aus Dreck und Brühe – tote Akazienzweige und dürres Gestrüpp, die von den höheren Abhängen entfernter Hügel abgerissen worden waren, vertrocknete Unkräuter, Bruchgestein und Schlamm – raste immer näher heran mit dem polternden, mahlenden Geräusch eines großen Mühlsteins, der freilaufend eine gepflasterte Straße hinunterrollte.

Der vordere Rand dieser Sturzflut erfasste Charles, und bevor er es wusste, rannte er durch Wasser, das ihm bis zu den Knien ging.

Eine wenige Schritte weiter, und er war bis zu den Ansätzen seiner Oberschenkel in der Brühe. Er kämpfte weiter, das Wasser wirbelte um ihn herum, bremste ihn ab, stieg mit jedem seiner Schritte an. Über das Brüllen des Wassers hinweg hörte er ein Heulen in höheren Tonlagen: die Klänge eines grausamen Windes, der durch die leeren Höhen nach unten fegte. Als Charles einen Blick über die Schulter riskierte, erblickte er flüchtig die entsetzliche Wellenwand, die an beiden Seiten des Canyons Teile von den Felswänden abspritzte, und zwar bis zu einer Höhe, die das Dreifache seiner eigenen Körperlänge betrug.

Der mächtige Luftstrahl, den diese Welle vor sich hertrieb, traf ihn und schleuderte ihn nach vorn. Charles wurde mit dem Kopf voraus in das Wasser hineingeschleudert. Einen Augenblick später krachte die Welle über ihn hinweg: überflutete ihn, tauchte ihn unter, walzte ihn nach unten gegen den felsigen Boden und hielt ihn dort fest.

Gefangen in der grimmigen Strömung – unfähig, sich ihr entgegenzustemmen –, wurde Charles hochgewirbelt wie ein Korken in einer reißenden Sturzflut. Sich drehend und immer wieder fallend, wurde er den Boden der Schlucht entlanggestoßen; er schlitterte in Felsen hinein, und Steine hämmerten auf ihn ein. Vergeblich versuchte er, sich aufzurichten und sich seinen Weg zur Oberfläche zu erkämpfen. Der große Schluck Luft, den er noch geschnappt hatte, bevor die Welle ihn in sich aufgenommen hatte, war nicht genug. Seine Lungen brannten. Bei dem verzweifelten Versuch, die Oberfläche zu finden, öffnete er im trüben Wasser seine Augen, konnte jedoch nichts sehen. Er trat mit seinen Beinen aus und schlug mit seinen Armen wild um sich in der verzweifelten Hoffnung, Kontakt mit etwas Festem zu bekommen – doch ohne Erfolg.

Seine Lungen schmerzten bis zu dem Punkt, dass sie zu zerplatzen schienen, und er konnte spüren, wie sein Bewusstsein fortzugleiten begann; er fühlte sich zunehmend benommen. Dann, gerade als er den letzten Rest seiner verbrauchten Luft ausströmen ließ, klatschte seine Brust gegen den Boden des Wadis. Er zog seine Füße unter sich heran, schob seinen Körper mit jedem Quäntchen seiner verbliebenen Kraft an und schoss aufwärts. Er brach durch die Oberfläche genau in dem Augenblick, als seine erschöpften Lungen einatmeten.

Wasser ergoss sich seine Kehle hinunter, und er verschluckte sich daran. Doch sein Kopf war jetzt über der Oberfläche, und er kämpfte hart darum, oberhalb der aufgewühlten Wellen zu bleiben. Äste stießen gegen ihn, Steine, die aus ihren Verankerungen herausgerissen worden waren, schlugen gegen ihn: Charles jedoch ignorierte die heftigen Stöße und Schläge; er schlug wild mit Armen und Beinen um sich, um seinen Kopf über Wasser zu halten – er weigerte sich, der Strömung zu gestatten, ihn abermals nach unten zu ziehen.

Diese Strategie hatte seinen Preis. Denn als die Flut um die zahlreichen Biegungen des Wadis raste und dabei stets zuerst gegen die eine Seite krachte und dann gegen die andere, wurde Charles zusammen mit den Wellen umhergeschleudert. Und mit jedem sich Drehen und Winden hob ihn das wilde Wasser näher an die Felsenwände. Eine Kollision war nicht zu verhindern.

Charles knallte gegen den Vorhang aus Stein, und der Aufprall trieb ihm die Luft aus den Lungen. Er schluckte und würgte einen Mundvoll Wasser hinunter, bevor er wieder atmen konnte. Die Flut brandete um die nächste Biegung herum, und als das tobende Wasser ihn gegen die nächste Uferwand trieb, versuchte er, sich auf den Aufprall vorzubereiten. Er streckte seine Hände aus, um die volle Wucht des Schlags abzuwehren, doch der Winkel war zu spitz und die Wand des Wadis tauchte zu schnell auf. Sein linker Arm schrammte gegen die Kante einer vorspringenden Felsplatte, und er wurde seitlich gegen die Wand geschleudert, wobei sein rechter Arm die volle Gewalt des Aufpralls aushalten musste. Er spürte, wie der Stoß durch seinen ganzen Körper ging und sein Arm brach; die Knochen gaben wie Kleinholz nach.

Der Schmerz schoss durch ihn hindurch, und sein Kopf geriet unter Wasser. Mit zusammengebissenen Zähnen kämpfte sich Charles abermals zur Wasseroberfläche hoch. Doch ohne seinen rechten Arm einsetzen zu können, vermochte er nur, seinen Kopf gerade noch über dem peitschenden Chaos der Wellen zu halten. Der

Schmerz zehrte ihn auf. Er konnte nicht mehr sehen. Er konnte nicht mehr denken. Benommen und verwirrt spürte er, wie eine Taubheit sich durch seinen Körper schlich, die seine Sinne dämpfte.

Er schlug mit seinem unverletzten Arm wild um sich und versuchte, in die Mitte der Rinne zurückzukehren. Bei einem seiner Hiebe berührte seine Hand etwas – eine Masse, die nachgab und von Haaren bedeckt zu sein schien. Ohne nachzudenken, packte er danach und zog sich selbst dorthin – und ertappte sich dann dabei, wie er sich am Kadaver eines toten Esels festhielt.

Charles wickelte seine Arme um den Hals der armen, ertrunkenen Kreatur und hielt sich an ihr fest. Gemeinsam sausten sie beide dahin, und Charles war in der Lage, über Wasser bleiben, indem er sich an den schwimmenden Leichnam des Tieres klammerte. Wie lange er sich würde festhalten können – das wusste er nicht.

Um eine Biegung nach der anderen wurden die beiden geschleudert. Der Esel entglitt ihm, als der Kadaver gegen eine Wand raste, doch Charles erlangte seinen Halt zurück, indem er seinen unverletzten Arm um den Hals des Tieres schlang. Er fühlte, wie sein Bewusstsein dahinschwand. Er spürte, wie an den Rändern seines Blickfeldes die Dunkelheit drohend näher rückte. Ihm war klar, dass er nicht mehr viel länger imstande sein würde, bei Bewusstsein zu bleiben.

»*Sekrey!*«

Der Ruf war gerade noch hörbar über dem Geräusch des krachenden Wassers. Charles glaubte, er würde es sich bloß einbilden – bis der Schrei erneut kam.

»*Sekrey!*«

Er reckte den Hals und drehte den Kopf herum, seine Augen überflogen die Wände der Schlucht, während sie an ihm vorbeirasten. Und dann sah er eine Hand, die aus der Wand herausragte. Während er rasch näher gewirbelt wurde, erhaschte er einen Blick auf einen dunklen Schädel mit Haar und darunter Shakirs Gesicht. Der junge Mann lehnte sich aus einer Spalte in der Wand heraus – er beugte sich noch weiter hinaus und streckte den Arm nach ihm aus.

Charles löste seinen Griff um den Hals des Esels und warf sich in Richtung Shakir – zwang sich über den Abstand hinweg. Ihre Hände versuchten, sich zu packen, schnappten einander, und Finger suchten nach einem Halt. Mit einem gewaltigen Schrei ergriff der junge Ägypter ihn und hielt ihn fest; langsam zog er Charles zur Seite, aus dem direkten Sog der Strömung heraus. Shakir war jedoch nicht kräftig genug, um ihn ganz aus dem Wasser zu befördern; und Charles konnte sich nicht aus der Strömung freikämpfen. Er fühlte, wie seine Hand abrutschte, und er wurde aus Shakirs Griff weggezerrt.

Charles sah den entsetzten Blick in dem jungen Gesicht, dessen Mund sich zu einem Schrei formte. *»Sekrey!«*

Nun übergab sich Charles seinem Schicksal. Er ließ sich treiben und bemühte sich nicht, zu kämpfen oder zu schwimmen; er gestattete der Flut, sich durchzusetzen. Erneut stieß er gegen den Kadaver des Esels und warf erneut seinen unverletzten Arm um den Hals der toten Kreatur, dann entspannte er sich und ließ sich vom Wasser forttragen.

Einige Zeit später und weiter stromabwärts schien die Furcht erregende Stärke langsam aus dem Fluss zu entschwinden; und der Pegel des Wassers begann zu fallen. Und mit jedem nachfolgenden Rückgang an Wassertiefe fiel der Pegel schneller: Es war wie bei einem umgestürzten Gefäß, das den letzten Rest seines Inhalts in einem Rutsch herausgab. Auf diese Weise wurde Charles auf den Boden der Schlucht abgesetzt. Bald war er imstande, die Füße unter seinen Körper zu ziehen, stand auf und stemmte sich gegen die Strömung.

Direkt vor ihm sah er das Tageslicht durch die Lücke zwischen den Wänden. Ein paar Dutzend Yards später ging Charles aus dem Wadi heraus und in die Wüste hinein. Die Sturzflut hatte tiefe Risse in dem weichen Wüstenboden gegraben; und diese Rinnen breiteten sich wie eine Vielzahl von Fingern aus und füllten sich immer noch mit Wasser, das sie abfließen ließen – hinein in die trockene Leere des unbelebten Tieflandes jenseits der Hügel. Der Sturm fegte heulend über die Wüste hinweg und verausgabte seine rasende Wut über den trostlosen Ödflächen. Charles watete hinaus auf eine der kleinen Sandbänke in diesem Delta und brach zusammen, wobei er vorsichtig seinen gebrochenen Arm hielt. »Gott sei Dank«, flüsterte er mit jedem Pulsschlag seines Blutes in den Adern. Er spürte das in Tuch gewickelte Bündel unter seinem Hemd. »Gott sei Dank.«

Shakir fand ihn kurze Zeit später und half Charles auf die Füße; und die beiden begannen mit ihrem langen Weg zurück zum Fluss. Sie waren noch nicht weit gegangen, als sie einen Ruf vernahmen: Drei der Arbeiter kamen herbeigerannt, um sie abzuholen; vier andere standen bei den übrig gebliebenen Eseln.

Charles' Erleichterung wich jedoch bald dem Bedauern; zwei Männer wurden vermisst und in der Folge nicht mehr wieder gesehen. Der Marsch gab Charles reichlich Zeit, um darüber nachzudenken, was geschehen war und welche Rolle er dabei gespielt hatte; und mit jedem Schritt brannten seine Schuldgefühle und seine Scham heißer. Zwei Männer waren wegen seiner Halsstarrigkeit ertrunken. Er wurde überwältigt von Gewissensbissen.

* * *

Drei Tage später saß er mit gerichtetem und bandagiertem Arm am Flussufer und wartete auf das Boot, reumütig und von Schuld verzehrt. Er hatte den Gegenstand seiner großen Suche erhalten – die Karte war unbeschädigt und sicher verstaut –, doch er hatte versagt. Mit der kristallenen Klarheit einer späten Einsicht konnte er es jetzt sehen: Arroganz, Dummheit, Stolz und Unverstand hatten alle eine schändliche Rolle in dieser Katastrophe gespielt. Doch Stolz war sicherlich der Hauptschuldige. Charles der Große war majestätisch in Ägypten eingeschwebt und hatte erwartet, dass die niedrigen Eingeborenen herbeigerannt kamen, um nach seiner Pfeife zu tanzen, bei jeder seiner Launen ihm zu dienen und ihre Rücken zu beugen, damit sie ihm zu seinem Ruhm verhalfen, während er seinen Gewinn einsammelte. Doch er kannte keine andere Sprache als die des Mammons, kannte keine andere Kultur als die des Marktplatzes. In seinem Herzen hatte er trompetet: *Ich bin ein Flinders-Petrie!* Was brauchte man mehr?

Die Scham über jene grotesken Annahmen führte dazu, dass ihm das Gesicht brannte, was nur eine matte äußerliche Widerspiegelung des Feuers der Beschämung war, das in seiner Seele brannte. Er war ein wichtigtuerischer, eingebildeter Dummkopf gewesen, ein ungehobelter, starrköpfiger, gedankenloser Einfaltspinsel, ein vollkommen mit sich selbst beschäftigter, ichbesessener, egozentrischer, eigensüchtiger Rüpel – und er hatte sich den Arm gebrochen und die Seele gebrochen, um das unter Beweis zu stellen. Unter diesen Umständen, befand Charles, hatte er Glück gehabt, dass er mit einer bloßen Verletzung entkommen war, so schmerzhaft sie auch sein mochte. Knochen konnten wieder heilen. Er war sich nicht sicher, ob es ein Heilmittel gegen Selbstüberschätzung gab – gegen den blinden, arroganten Stolz, der unerbittlich zur Zerstörung seines menschlichen Behältnisses führte.

Er war in dem Schlammloch seines Schamgefühls versunken, als ihm ein unerwarteter Gedanke in den Sinn kam: Vielleicht war sein knappes Entkommen von einer allwissenden Vorsehung gebilligt worden, um ihm eine zweite Chance einzuräumen und ihm zu ermöglichen, Angelegenheiten richtigzustellen, Wiedergutmachung zu leisten, Dinge zu ändern. Also gut. Falls Wiedergutmachungen geleistet werden konnten, würde er es tun. Er würde sich demütigen und lernen, was erforderlich war – was auch immer das sein mochte. Die Sprache und Kultur der Leute? Die Geografie des Landes und sein Klima? Er würde sich Zeit nehmen, um sie zu studieren und sie zu beherrschen. Was auch immer es kostete, dieses Wissen zu erlangen – oder, wie er es sah, diese neue Demut –, er würde es mit Freuden bezahlen.

Im Verlauf der nächsten paar Tage – während er die Familien der Männer besuchte, die ihr Leben verloren hatten, und den Witwen Geld anbot – verfestigte sich in Charles die Überzeugung, dass er nicht nur etwas verändern konnte, sondern dass die notwendige Veränderung bereits begonnen hatte. Es hatte angefangen mit der Erkenntnis, dass ein neues und zerknirschtes Herz erforderlich war.

Und nachdem er einen Anfang gemacht hatte, würde er sich jetzt dieser Revolution in seiner Seele verschreiben. Er würde der Anführer des Aufstands werden. Außerdem würde er sich das Recht auf den Titel *Sekrey* verdienen.

Das nächste Mal, wenn er eine Expedition auf die Beine stellte – wohin auch immer die Meisterkarte ihn führen mochte –, würde er tatsächlich ein Kapitän sein.

FÜNFUNDDREISSIGSTES KAPITEL

Worin eine Beichte gut für die große Suche ist

»Das Problem, so wie ich es sehe, ist eine Frage der Wiederherstellung des Gleichgewichts.« Brendan Hanno hielt inne, um die Stimmung seiner Zuhörer zu beurteilen. Hohläugig, verstört und mit angespannten Mienen blickten sie ihn an und begegneten seiner Erklärung ohne jede Begeisterung. Der Tag war nicht gut verlaufen, jeder war müde und verstimmt. »So einfach ist das«, fügte er hinzu und wünschte augenblicklich, er hätte dies nicht getan.

Tony Clarke hatte schnell eine Entgegnung parat. »Wenn es so einfach ist – was machen wir dann hier?«

»Einfach mag es sein«, antwortete Brendan in erschöpftem Ton. »Ich habe allerdings nicht gesagt, es würde leicht und mühelos sein. Gott weiß, es wird nicht leicht sein.«

»Sie haben es höchst prägnant formuliert, meine Freund«, sagte Gianni, der versuchte, erhitzte Gemüter zu besänftigen. »Der nächste Schritt muss sein, zu entdecken, was dieses Ungleichgewicht verursacht hat. Sobald wir das wissen, werden wir in der Lage sein, zu beurteilen, was unternommen werden kann, um die Sache wieder ins rechte Lot zu bringen.«

»Genau das könnte eine komplette Verschwendung von kostbarer Zeit sein«, sagte Tony; die Verärgerung verlieh seiner Stimme einen durchdringenden Ton. »Wir enden in einer nutzlosen Suche nach einer Ursache, die sich als vollkommen irrelevant herausstellen könnte, wenn das, was wir tatsächlich tun müssen, das Aufspüren eines Heilmittels ist.«

»Symptome zu behandeln, ohne die Krankheit in Angriff zu nehmen, ist schlechte Medizin«, merkte eines der älteren Mitglieder der Zetetischen Gesellschaft an.

»Das würdest du gerade wissen, Richard«, höhnte ein anderer. Diese Bemerkung führte zu spöttischem Gejohle anderer Mitglieder.

»Gentlemen, bitte!«, piepste Mrs Peelstick. »Vergessen Sie nicht Ihre Manieren. Wir sind hier alle miteinander befreundet. Wir kämpfen alle darum, mit sehr schwierigen Informationen klarzukommen, und wir geben dabei alle unser Bestes. Lassen Sie uns zumindest zivilisiert miteinander umgehen.«

Die versammelten Mitglieder verfielen in gereiztes Schweigen.

Kit, der steif und zusammengesunken auf seinem Stuhl saß, fühlte die Spannung, die durch den stickigen Raum strömte, und kannte ihre Quelle. Bruder Giannis brillante und meisterhafte Erklärung über die Natur der Krise, die sich über ihnen zusammenbraute, hatte ein beinahe Schwindel erregendes Gefühl von Kameradschaft hervorgerufen – von einer Gemeinschaft tapferer Krieger, die vereint waren, um einen heimlichen, tödlichen Feind abzuwehren. Der Priester-Astronom hatte einen prägnanten, abwechselnd inspirierenden und angsteinflößenden Vortrag gehalten über die Natur der Zeit und den glorreichen Zweck der Schöpfung sowie über die Bedrohung, der sich beide nun gegenübersahen. Er erklärte, dass sowohl die Vatikanische Sternwarte als auch das *Jansky-Very-Large-Array*-Radioteleskop in New Mexico Daten-Anomalien gemeldet hatten, die eine Verlangsamung der Expansion des Universums anzeigten. Damit sich nicht irgendwelche Mitglieder der Gesellschaft über die Bedeutung dieses Geschehnisses Fragen stellten, erläuterte er die verborgene Verbindung zwischen dem Zusammenschrumpfen des Universums, das er mit einem zusammenbrechenden Soufflee verglich, und der völligen Auflösung der Materie in seine einzelnen Bestandteile: eine kosmische Katastrophe, die er als das Ende von allem bezeichnete.

Geweckt von einem deutlichen und drängenden Ruf zu den Waffen, hatte sich die zweiundsiebzigste Generalversammlung der

Zetetischen Gesellschaft der Herausforderung gestellt: Sie alle würden die Sache vertreten und das Universum sowie alles, was in ihm ist, vor der totalen Annihilation erretten oder bei dem Versuch sterben. Auf der berauschenden Welle eines Adrenalinschubs hatte jeder Einzelne von ihnen geschworen, unermüdlich, treu und heldenhaft daran zu arbeiten, die Ordnung des Kosmos wiederherzustellen. Giannis Rede hatte die Flamme ordentlich entzündet. Doch dann, als ein blendendes Feuerwerk verlangt gewesen war, kam als Ergebnis nur ein erbärmlicher Knallfrosch – ein Schlag ins Wasser.

Wie die anderen war Kit in einem Zustand überdrehter, nervöser Aufregung zu Bett gegangen. Über Nacht jedoch war das Hochgefühl ausgeblutet; ein dumpfes, betäubendes Grauen hatte sich an seiner Stelle festgesetzt.

Keiner hatte sehr gut geschlafen, und das Frühstück war eine düstere Angelegenheit gewesen. Die Morgensitzung war mit nutzlosem Händeringen zugebracht worden, und die nunmehr stattfindende Nachmittagsversammlung erwies sich als unruhig und war von Gegensätzen geprägt. Jedermann schien in ausgesprochen schlechter Stimmung zu sein, um sich kopfüber in eine weitere Runde der Trübsal und Zerstörung hineinzustürzen. Und es schien weiter entfernt als je zuvor, eine Lösung des Problems auszudiskutieren, das die wohl drastischste Zwangslage darstellte, dem die menschliche Rasse jemals hatte entgegentreten müssen. Wo sollte man überhaupt anfangen? Kit konnte die Frustration spüren, die unter der Oberfläche brodelte, und sie brach aus in kleinlichen Auseinandersetzungen und kleinkariertem Gezänk.

Brendan, der offensichtlich entmutigt war, klopfte mit seinem Hammer, und als er die Aufmerksamkeit der Gruppe wiedererlangt hatte, erklärte er: »Dies bringt uns nirgendwohin. Ich möchte vorschlagen, dass wir uns eine Pause gönnen, um uns ein wenig abzukühlen.«

Tony hob seine Hand. »Vielleicht darf ich noch einen Vorschlag machen? Wenn wir uns in einer freien Aussprache eines Ausschusses einem schwierigen Problem gegenübersehen, teilen wir uns manchmal in kleinere Arbeitsgruppen auf, um die Fragestellungen von verschiedenen Blickwinkeln aus anzugehen. Das kann gute Ergebnisse hervorbringen.«

»Ich stimme dem zu«, warf Tess ein. »Einen Versuch ist es wert. Auf die bisherige Art und Weise haben wir überhaupt nichts zustande gebracht.«

Brendan ließ seinen Blick über den Kreis unglücklicher Gesichter streichen. »Wie gefällt das allen?« Als er keinen Widerspruch vernahm, schlug er mit der flachen Hand auf die Tischplatte. »Nun denn, dann wollen wir diesem Vorgehen eine Chance geben.«

Auf diese Weise wurde es vereinbart, und man bildete vier Gruppen. Jede von ihnen sollte in einem anderen Teil des Hauptquartiers der Gesellschaft zusammenkommen, und jede sollte an einer anderen Herangehensweise arbeiten, um das zweifache Problem zu lösen: Was könnte sich möglicherweise ereignet haben, das dieses drohende Unheil bewirkt hat, und was, wenn überhaupt, ließe sich dagegen unternehmen?

»Wenn wir alle glücklich mit den Übereinkünften sind, werden wir uns heute Abend nach dem Essen wieder versammeln, um von jeder Arbeitsgemeinschaft einen Bericht über ihre Fortschritte zu hören.« Brendan schlug ein letztes Mal, diesmal sehr laut, mit dem Hammer. »Die Versammlung ist vertagt. Los, bewegen wir uns.«

Die verschiedenen Gruppen schlenderten fort zu ihren vereinbarten Örtlichkeiten. Bruder Gianni führte seine vierköpfige Mannschaft hinunter zum Hof. Mrs Peelstick hielt auf der Schwelle inne und sagte: »Sie machen weiter. Ich werde mich nur um den Tee kümmern – es dauert nicht lange.«

»Ich helfe Ihnen«, bot Mina an. »Ich könnte eine Unterbrechung gut brauchen.«

Die zwei verschwanden in der Küche; Kit und Gianni gingen weiter in den sonnendurchfluteten Hof. Umgeben von seinen hohen Mauern, zur Hälfte beschattet von seinen gestreiften Leinwand-Markisen und Topfpalmen, in eine ruhige Atmosphäre versetzt durch das sanfte Plätschern des Wassers im zentral gelegenen Springbrunnen: Der schlichte, eingefriedete Garten schien ein echtes Paradies zu sein – weit entfernt von den schleichenden Gräueln, die sie nur wenige Augenblicke zuvor diskutiert hatten. Als Gianni sich zu dem Tisch unter dem Schirm aufmachte, zupfte Kit ihn am Ärmel.

»Bevor wir anfangen, muss ich dich etwas fragen ...« Kit zögerte, dann setzte er rasch hinzu: »In deiner Funktion als Priester.«

»Sicher, mein Freund. Du möchtest eine Beichte ablegen?«

»Etwas in der Art.«

»Hier entlang.« Gianni zeigte auf eine Ecke des Hofes. »Da drüben können wir reden.«

Kit folgte dem Priester und trat in den Schatten einer Topfpalme. »Glaubst du an das ewige Leben?« Bevor Gianni darauf etwas erwidern konnte, berichtigte Kit sich selbst. »Natürlich glaubst du daran. Du bist ein Priester. Ich meine, denkst du, dass es für Menschen möglich ist, ins Leben zurückzukommen?«

Gianni lächelte. »Nun, unser Herr Jesus ist natürlich ins Leben zurückgekommen, und er hat andere wiedererweckt – Lazarus zum Beispiel. Er hat uns gezeigt, dass es möglich ist.«

»Richtig«, pflichtete Kit ihm bei. »Aber außer ihm. Gewöhnliche Leute, meine ich. Würde es für eine tote Person möglich sein, ins Leben zurückgebracht zu werden?«

Der Priester betrachtete Kit mit einem merkwürdigen Gesichtsausdruck. »Ich nehme an«, begann Gianni nachdenklich, »dass es sehr stark von den besonderen Umständen abhängen würde. Ich vermute, du hast einen ganz bestimmten Sachverhalt im Sinn?«

Kit nickte. »Du hast gestern Abend über Zeit gesprochen und wie sie fließt – und wie die Zukunft sämtliche Möglichkeiten und Potenziale beinhaltet und all das... Nun ja, es hat mich dazu gebracht, über Cosimos vorzeitigen Tod nachzudenken.«

»Ach, ja.« Gianni sah sogleich die Verbindung. »Zweifellos wegen des Gedenkgottesdienstes.«

»Ich war da, als Cosimo starb, verstehst du.« Kit fuhr fort, indem er kurz von der Gefangennahme durch Burleigh erzählte und davon, wie sie in dem Wüstengrabmal eingesperrt wurden, wo man bereits Cosimo und Sir Henry – krank und sterbend – gefangen gehalten hatte. »Wären Giles und ich nicht von Mina gerettet worden, wären wir ebenfalls dort gestorben. Doch ich habe mich immer gefragt, ob ich etwas hätte unternehmen können, um Cosimo und Sir Henry zu retten. Oder ob es etwas gibt, das ich jetzt immer noch unternehmen könnte. Ich erinnere mich, Mina zu jener Zeit gefragt zu haben, und sie schien zu glauben, dass es möglich sein könnte, das, was passiert ist, irgendwie umzukehren – durch den Einsatz von Ley-Linien und der Seelenquelle und all das. Vielleicht könnten sie errettet, zurück ins Leben gebracht werden.« Er beendete seine Rede und warf dem Priester einen hoffnungsvollen Blick zu. »Was denkst du?«

Gianni schaute hinab auf seine ineinandergefalteten Hände. »Ich denke«, antwortete er, nachdem er einen Augenblick lang nachgedacht hatte, »dass es in höchstem Maße gefährlich sein würde.« Er hob seinen Blick und begegnete Kits verblüffter Miene. »Das ist nicht das, was du erwartet hast.«

»Um ehrlich zu sein? Nein, es ist überhaupt nicht das, was ich erwartet habe, was du sagen würdest.«

»Der Grund dafür hat etwas zu tun mit meinem Glauben an die höchste Souveränität Gottes und an sein fortlaufendes Werk, um seine Schöpfung zu ihrer ultimativen Reife in der Vereinigung mit ihm selbst zu bringen.«

»Zum Omega-Punkt, den du gestern Abend erwähnt hast«, sagte Kit.

»Alle Dinge, die uns passieren, geschehen nicht ohne Grund«, erklärte Gianni. »Nein, das ist zu einfach, zu ... Wie sagt man? ... Ah, wie eine Formel.«

»Formelhaft.« Kit lieferte die richtige Bezeichnung. »Warum zu einfach?«

»Lass uns sagen, dass alle Dinge, die geschehen, irgendwie in der entstehenden Struktur des endgültigen Entwurfs von Gott verwoben sein müssen. Selbst die verirrten und fehlgeleiteten Fäden können verwendbar sein ... Oder vielleicht: Ganz besonders die verirrten und fehlgeleiteten Fäden mögen für einen bestimmten Zweck erforderlich sein, der – wegen unserer begrenzten menschlichen

Sicht und Auffassungsgabe – für uns nicht sichtbar oder erkennbar ist.« Er schenkte Kit ein hoffnungsvolles Lächeln. *»Capisci?«*

»Ich schätze schon«, räumte Kit ein. Der Widerwillen in seinem Ton war nicht zu überhören.

»Und trotzdem zweifelst du«, bemerkte der Priester. »Ich kann deinen Wunsch gut verstehen, eine schlechte Tat aufzuheben und die Dinge richtigzustellen. Aber das umzukehren oder zu versuchen, das umzukehren, was sich im fortlaufenden Fluss der Geschehnisse ereignet hat, kann ernste und langfristige Folgen haben, die für uns nicht vorhersehbar sind.«

Kit zeigte ein verwirrtes Stirnrunzeln. »Du behauptest, es wäre so, als würde man am Wollfaden eines Pullovers ziehen – sobald man damit anfängt, könnte sich das ganze Kleidungsstück auflösen ... Meinst du das?«

»Wie das Auftrennen eines Wandteppichs – genau so«, antwortete Gianni. »Weil die Entfernung selbst eines kleinen Abschnitts des Entwurfs Lücken und Löcher erzeugt, die sich vervielfältigen und ausbreiten, je mehr vom Gewebe davon betroffen wird. Dies ist möglicherweise ein Grund, weshalb sich die Zeit ausschließlich in eine Richtung bewegt.«

»Das heißt, selbst wenn ich es auf irgendeine Weise könnte, Cosimo und Sir Henry ins Leben zurückzubringen, würde es falsch sein, das zu tun«, folgerte Kit.

»Falsch in dem Sinne, dass es möglicherweise anderswo sogar noch schlimmere Probleme hervorrufen könnte – Katastrophen vielleicht«, bekräftigte Gianni. »Infolgedessen könnte ich es in keiner Weise billigen, auch wenn man in der Lage wäre, dies zu tun.«

»Aber was ist mit Jesus? Er kam ins Leben zurück. Er war tot, und Gott brachte ihn ins Leben zurück, nicht wahr?«

»Ah, richtig!« Gianni lächelte. »Wie heißt noch mal der richtige Ausdruck? Es ist die eine ... äh ... *l'esclusione*, die die Regel bekräftigt.«

»Die Ausnahme, die die Regel bestätigt«, verbesserte Kit. »Okay. Doch wenn Jesus' Rückkehr ins Leben die geschaffene Ordnung durcheinanderbrachte und diese Kaskade von Katastrophen für alle Zeiten bewirkte, und alles ...« Kit hielt inne, als die Bedeutung in sein Bewusstsein zu dringen begann. »Es sei denn«, fuhr er fort, »es war genau das, was Gott wollte.«

»Es ist jenseits allen Zweifels, was Gott beabsichtigte: nicht eine Katastrophe, sondern eine Eukatastrophe – ein wunderbarer Umbruch der geschaffenen Ordnung für das ultimative Wohl der gesamten Schöpfung.«

Gianni bemerkte das Funkeln des Verstehens, das in Kits Augen aufzublitzen begann. »Ja, erkennst du es jetzt? Die Wiederauferstehung von Jesus sandte Schockwellen nach hinten und nach vorne durch den Kosmos und beeinflusste die Zeit in ihrer Gesamtheit – Vergangenheit, Gegenwart und Zukunft –, und das für immer. Aufgrund der Wiederauferstehung veränderte sich alles. *Alles!* Nichts konnte jemals wieder gleich sein. Es war eine Rettungsmission kosmischen Ausmaßes.«

Kit nickte. »Aber da wir nicht Gott sind, können wir nicht wissen oder erraten, welche Veränderungen wir möglicherweise auslösen, wenn wir das Gleiche versuchen würden.«

»Das ist mit völliger Gewissheit richtig.«

»Dann nehme ich an, dass Arthur Flinders-Petrie unrecht hatte, als er die Seelenquelle benutzte, um jene Frau zurück ins Leben zu bringen«, schlussfolgerte Kit.

Giannis Verhalten veränderte sich vollständig. Sein Gesicht erstarrte, die Augen weiteten sich vor Entsetzen.

»Habe ich was gesagt?«

»Du hast gesagt ...« – Gianni öffnete und schloss seinen Mund, er schien nach Worten zu ringen –, »... dass Arthur die Seelenquelle benutzte ...« Gianni streckte die Hand aus, umklammerte Kits Arm und grub seine Finger ins Fleisch hinein. »Was hast du damit gemeint?«

»Nun, ich ... Ich bin mir nicht sicher, dass ich weiß, was ... «, stotterte Kit, den der betroffene Gesichtsausdruck seines Gefährten in Alarm versetzte.

»Erzähl mir, was du gesehen hast!« Gianni verstärkte seinen Griff.

»Bitte, es ist von überragender Bedeutung. Ich muss es ganz hören – jedes kleinste Detail ... Genau so, wie es geschehen ist.«

Erschrocken über die Reaktion seines Gefährten auf sein argloses Eingeständnis, musste Kit schwer schlucken. »Okay, mal sehen ...« Er sammelte sich, holte Luft und begann zu berichten. »Es geht zurück auf die Zeit, als ich beim Fluss-Stadt-Clan lebte. Es war in einem Winter; und sie bauten das Knochenhaus – ich half ihnen sogar, es zu errichten. Und als es fertig war, nahm En-Ul, der Clan-Häuptling, mich mit sich. Ich weiß nicht, warum.« Kit zuckte mit den Schultern. »Vielleicht, um über ihn zu wachen, während er schlief; oder vielleicht nur, damit ich dort war, falls etwas passierte. Wir waren eine lange Zeit dort – Stunden jedenfalls –, und dann passierte tatsächlich etwas. Mein Schattenlicht erwachte. Ich trug es in diesem Beutel, den ich in mein Hemd genäht hatte – wo ich auch das grüne Buch aufbewahrte –, und ich spürte, wie die Ley-Lampe warm wurde. Als ich sie herausnahm, leuchteten die kleinen blauen Lichter wie verrückt. Ich wusste nicht, was ich machen sollte, nachdem sie so lange Zeit nicht aktiv gewesen war. Es überraschte mich, und ich stand auf. Ich begann, zu En-Ul hinüberzugehen, und fiel durch den Boden des Knochenhauses.« Kit betrachtete den Priester, der seine Augen geschlossen und seinen Kopf gebeugt hatte. »Bist du in Ordnung?«

»Ja.« Gianni schien wieder die Beherrschung über sich gewonnen zu haben. »Fahr bitte fort.«

»Nun, ich machte einen Schritt, und das Nächste, was ich wusste, war, dass ich durch den Raum flog – nicht wie bei einem normalen Ley-Sprung«, erzählte Kit. »Dieser Sprung schien einfach immer weiter und weiter zu gehen. Und als ich dachte, es würde zu keinem Ende kommen, landete ich an einem Strand – weißer Sand, blaues Wasser, milder Meereswind, all das. Ich war an dem unglaublichsten Ort angekommen, den ich jemals gesehen habe. Es war wunderschön, einfach unbeschreiblich – die Pflanzen, die Farben, selbst die Qualität des Lichts und der Luft war anders, irgendwie viel lebendiger. Ein Paradies – das war es, was ich dachte. Es war das Paradies.«

»Was hast du gemacht?«

»Ich begann, ins Landesinnere zu spazieren, und stolperte irgendwie auf einen Pfad. Also folgte ich ihm – ich hatte keine Ahnung, wohin ich ging. Ich folgte einfach dem Pfad in diesen ehrfurchtgebietenden Dschungel hinein, und schließlich kam ich an einen Teich.« Kit hielt inne, um nachzudenken. »Das ist wirklich die einzige Art, um es zu beschreiben: Es war ein Teich in der Mitte einer Lichtung. Doch in dem Teich war kein Wasser – es war mehr wie Licht.«

»Licht?«

Kit nickte. »Flüssiges Licht: Als ob man all das Sonnenlicht irgendwie destillieren und in einem Teich konzentrieren könnte – genau so würde es aussehen.« Kits Augen schienen ein wenig in die Ferne zu blicken, während er sich an die außergewöhnliche Erfahrung erinnerte.

»Was passierte dort?«, fragte Gianni mit sanfter Stimme, um ihn zum Weiterreden zu bewegen.

»Ich stand einfach nur da und schaute auf das Licht. Und dann hörte ich ein Geräusch – jemand kam. Ich weiß nicht, warum, doch ich beschloss, mich zu verstecken. Es schien wie eine gute Idee zu sein; also duckte ich mich hinter irgendwelchen farnartigen Gewächsen nach unten ... Und eine Sekunde später sehe ich diesen Mann, der sich durch das Dickicht schiebt. Er kommt zu dem Teich und trägt einen Körper in seinen Armen – eine Frau ...«

»Was meinst du damit – ›Körper‹?«

»Einfach, dass sie schlaff wie eine große Stoffpuppe ist – dass sie tot ist«, erwiderte Kit. »Dieser Typ trägt eine Leiche in seinen Armen.« Kit nickte entschieden, um dies hervorzuheben. »Der Mann legt eine Art Pause ein, so als ob er tief Luft holen würde, und dann schreitet er in das leuchtende Zeug hinein. Er geht weiter, bis er vollständig untergetaucht ist, mit dem toten Körper und allem. Er ist unter der Oberfläche für – ich weiß nicht – vielleicht ein paar Sekunden; und das flüssige Licht verändert die Farbe: Es reicht von goldenem Gelb zu diesem hell leuchtenden Rot-Orange. Und eine riesige Blase bildet sich in der Mitte des Teichs, wird größer und größer, bis ... sie aufbricht. Und da ist der Mann wieder. Er hält immer noch die Frau, nur diesmal ist sie lebendig!«

Brillengläser glitzerten im reflektierten Sonnenlicht; der Blick des Priesters war auf Kit geheftet. »Du bist dir sicher?«, fragte Gianni schließlich mit leiser, zitternder Stimme. »Es kann keinen Zweifel daran geben?«

Kit schüttelte bereits seinen Kopf. »Es besteht keinerlei Zweifel. Ich kann es immer noch deutlich vor mir sehen, als ob es gestern geschehen wäre. Ich habe beobachtet, wie sie sich bewegte, als der Mann sie herausgetragen und sie auf das Ufer gelegt hat. Und genau da habe ich gesehen, wer der Mann war.«

»Wie? Was hast du gesehen?«

»Die Tattoos auf der Brust des Mannes. All die Symbole – sein Hemd ist geöffnet, und da sind sie. In leuchtendem Blau. Dieselben Symbole, die auf der Karte sind; nur sind sie da auf ihm. Es ist Arthur.«

»Bist du dir dessen sicher?«

»Es war Arthur – die blauen Tattoos und so. Ich weiß nicht, wer die Frau war; aber sie war tot, als sie in den Teich gebracht wurde, und lebendig, als sie herauskam. Und was auch immer er getan hat; es ist Arthur gewesen, der es gemacht hat.«

Gianni, der den Kopf gesenkt hatte und die ineinandergefalteten Hände unter seinem Kinn hielt, blieb stumm.

Kit beobachtete ihn einen Moment lang und war nicht gewillt, den Priester in seinen Betrachtungen zu unterbrechen.

»Tee, Gentlemen!«, rief Wilhelmina von der anderen Seite des Hofes.

Die zwei Männer gingen widerwillig auf den Tisch zu, wo Mina eine mit Minzblättern gefüllte Schale und Teller mit Mandarinen und Aprikosen anordnete. Cass folgte mit einer Servierplatte, auf der sich Mandeln, Sesam und Süßigkeiten mit Pistazien befanden und die sie in die Mitte des Tisches stellte.

Auf halbem Wege über dem Hof blieb Bruder Gianni unvermittelt stehen. Er schaute rasch auf und schlug sich mit der flachen Hand gegen die Stirn. *»Stupido!«*, rief er und rannte auf die offenen

Türen zu. Auf der Schwelle blieb er stehen und schwenkte die Hand energisch in Richtung Kit und Mina, als wollte er sie mit der Geste dazu bewegen, sich nicht vom Fleck zu rühren. »*Uno momento!*«, rief er, als er weglief.

»Was war das denn gerade?«, fragte Mina, die auf die Tür starrte, durch die der Priester verschwunden war.

»Wir führten ein Gespräch, und es nahm eine etwas merkwürdige Wendung.«

»Es muss ein ziemlich intensives Gespräch gewesen sein. Ich habe ihn noch niemals so gesehen. Was um Himmels willen hast du zu ihm gesagt?«

»Ich habe gerade zufällig erwähnt, was ich an der Seelenquelle gesehen habe. Augenscheinlich glaubt er, es könnte wichtig sein.«

In dem Moment erschien Mrs Peelstick mit einem Tablett, auf dem sich Teegeschirr befand: eine Kanne, Gläser und Sesamkekse. »Was ist wichtig, mein Guter?«

Kit zögerte.

»Los, Kit, sag es ihr«, drängte Wilhelmina ihn. »Sag ihr, was du Gianni erzählt hast.«

»Okay, okay«, erwiderte Kit und wandte sich Mrs Peelstick zu. »Ich habe Gianni erzählt, dass ich gesehen habe, wie Arthur Flinders-Petrie in der Seelenquelle eine tote Frau zurück ins Leben gebracht hat.«

Zuerst schien sie es nicht gehört zu haben. Sie schritt weiter zum Tisch, doch dann blieb sie stehen. Ihr Kopf ruckte nach oben. »Ach du lieber Herr im Himmel!«, keuchte sie.

Als sie diese Worte sprach, schien die Zeit innezuhalten. Deren unerbittlicher Wettlauf nach vorn verlangsamte sich, die kurze Dauer eines Augenblicks dehnte sich aus und zog sich hin zu einer gemächlichen, verweilenden Trödelei. Kit beobachtete, wie die Farbe langsam aus Mrs Peelsticks Gesicht wich: Rötliches Fleisch bleichte Schritt für Schritt aus, bis es die Blässe von altem Pergament annahm. Ihre Augen wurden rund und weiteten sich vor Besorgnis, und das Tablett in ihren Händen wankte, schwankte und begann schließlich, aus dem Gleichgewicht zu geraten.

Die Gläser auf dem Brett rüttelten, und als das Tablett die horizontale Position verlor und sich zu neigen anfing, begann die große geblümte Teekanne zu rutschen. Sie tat es zuerst langsam, doch als die Reibungskräfte nachgaben, drehte sich das schwere Gefäß seitwärts über die Oberfläche des Bretts, berührte auf seinem Weg die Gläser, schlug sie nieder und fegte sie auseinander wie Bowlingkegel. Die rollenden Gläser erreichten den Rand, knallten gegen die flache Seitenschiene, prallten daran hoch und wurden – angetrieben von der herankommenden Masse der Teekanne – über die Seite gezwungen: erst ein Glas, dann ein anderes, und schließlich drehten sie sich alle im freien Fall durch die Luft.

Als Nächstes kam die Kanne, die gegen den hölzernen Rand des Tabletts krachte und so die Schieflage weiter verstärkte. Mrs Peelsticks linker Hand entglitt das Tablett, und es erwies sich, dass ihre rechte nicht in der Lage war, das Gewicht unter Kontrolle zu bringen. Das Brett kippte abrupt nach unten und schoss die Kanne in eine majestätische, sich drehende Flugbahn. Die Zentrifugalkraft hob den Deckel hoch, der sich wirbelnd von der Kanne löste und den frisch aufgebrühten Tee in einem ordentlichen, kronenförmigen Spritzer freisetzte. Aus der geschwungenen Fontäne wurde heiße Flüssigkeit in einem anmutigen Bogen aus miteinander unverbundenen Tropfen hinausgespien, von denen ein jeder sich zu einer perfekten braunen Sphäre formte, während er aufstieg, in der Luft hing und dann auf den Boden des Hofes zustürzte. Die Kanne selbst setzte ihre Reise nach unten fort, rotierte träge um eine unsichtbare Achse herum – Henkel über Tülle über Henkel –, und jede langsame Umdrehung schleuderte mehr Tee in die Luft.

Das erste Glas erreichte das steinerne Pflaster, schlug auf und hüpfte hoch. Während es zurückprallte, traten überall in dem fragilen, durchsichtigen Körper Risse auf. Als das Gefäß auf das nach unten strebende zweite Glas traf, hatten sich die Risse verbreitert, und die Scherben flogen bereits auseinander. Das zweite Glas vervollständigte den Vorgang; es krachte durch die zerbrochenen Trümmerteile des ersten, schlug auf das Pflaster und erneuerte den Kreislauf der Zerstörung, als die übrigen Gläser um es herum herabregneten.

Kit sah mit einer Art schrecklicher Verwunderung zu, während die gedrungene Kugel der Teekanne ihre dritte Umdrehung vollendete – genau in dem Moment, als sie den Boden des Hofes erreichte. Ihre abgerundete Seite brach einfach zusammen beim Kontakt mit dem Stein und verschwand vollständig unter dem geschwungenen Hauptteil der Kanne. Wie bei den Gläsern erschien auf der Keramikoberfläche ein Netzwerk von Rissen, die sich verbreiterten und voneinander trennten. Geschwindigkeit und Schwungkraft vereinten sich, um jedes einzelne Bruchstück zurück in die Luft zu treiben. Der heiße Tee, der plötzlich von den ihn einschränkenden Wänden der Kanne befreit war, stürzte hinaus; und ein Kreis von flüssigen Fingern glänzte im Sonnenlicht, während sich die zerbrochenen Scherben des Steinguts in der Luft drehten und überschlugen.

Tee, Glas, Töpferware, der schwarze Bodensatz der verwendeten Teeblätter: Alles schien für einen fantastischen, perfekten Moment in der Luft zu hängen, eingefangen zwischen Aufstieg- und Fallbewegungen – jedes Tröpfchen und Stücklein und Fleckchen im Ruhezustand in der Schwebe gehalten. Dann übernahm die Schwerkraft wieder die Macht, und alle setzten ihren unvermeidbaren Sinkflug fort und schlugen auf das steinerne Pflaster in einem kakophonen Konzert auf, das Kits Ohren in einem chaotischen Geklapper orchestrierter Zerstörung erreichte.

All dies entfaltete sich in einer imposanten Entwicklung mit der kompromisslosen Klarheit eines Traums. Und in diesem langen, gemütlichen Augenblick, als die Scherben und Spritzer herumwirbelten und in der Luft und auf dem Boden zusammenstießen, bekam Kit etwas flüchtig von der feingliedrigen, schwer fassbaren Natur der Wirklichkeit zu sehen – von der zutiefst in sich verwickelten, ehrfurchtgebietenden Einheit der Schöpfung und den offenkundigen physikalischen Auswirkungen von unsichtbaren Kräften …

Kit sah es und verstand, wie es sein würde, wenn man das Ende von allem miterlebte.

Er spürte eine Bewegung zu seiner Rechten, und Cass war neben ihm. Noch bevor die zerschlagenen Bruchstücke ihren chaotischen

Tanz beendet hatten und zur Ruhe gekommen waren, hatte sie sich gerührt. Ihre Hand trat in sein Sichtfeld ein, und er sah, dass sie ihr Taschentuch umklammert hielt, sich zu dem Trümmerhaufen hinunterbeugte und die Absicht hatte, es zu benutzen, um Spritzflecken vom heißen Tee wegzuwischen.

Mit derselben visuellen Klarheit beobachtete Kit, wie das zerknitterte Quadrat aus Weiß in ihrer Hand sich lockerte und ausbreitete; und er erinnerte sich an das letzte Mal, als genau dieses Tuch zum Einsatz gekommen war – um das verschüttete Material der Schattenlichter einzufangen. Als diese Erkenntnis durch sein Bewusstsein strömte, bekam er den hellgrauen Schmutzfleck aus Seltenen Erden flüchtig zu sehen, während Cass das Tuch ausbreitete, um es flach über die braune Flüssigkeit auf dem Marmorboden zu legen. Ihre Finger krümmten sich, um das Tuch loszulassen – und Kit ergriff ihr Handgelenk.

Er richtete sich auf und zog Cass mit sich. Während er immer noch ihr Handgelenk gepackt hielt, nahm er das Taschentuch behutsam aus ihrem Griff; sie wehrte sich nicht dagegen. Dann hielt er das Tuch gegen das Licht, sodass sie beide sich anschauen konnten, was sich in jenem Sekundenbruchteil flüchtig enthüllt hatte, bevor es mit Gewissheit ausgelöscht worden wäre: ein spiralförmiger Kringel mit einer geraden Linie direkt durch die Mitte und drei davon getrennte kreisrunde Punkte, die sich in gleichmäßigen Abständen voneinander entlang des äußeren Randes der Spiralbiegung befanden.

Sie starrten auf das Symbol, und ihre Gedanken waren wie ein einziger – als gäbe es nur ein einziges Bewusstsein zwischen ihnen: Es gab wahrhaftig keinen Zufall, kein zufälliges Zusammentreffen von Umständen. Von dem bescheidensten Atom in einem Sandkorn am Grunde des tiefsten Meeres bis hin zu der entlegensten Galaxie war das Universum, der gesamte erschaffene Kosmos, eine makellose, vereinigte und ineinander verwobene Ganzheit.

EPILOG

Wasser sickerte die schleimbedeckten Wände hinunter und tröpfelte von dem Eisengitter in der Decke des unterirdischen Verlieses herab. Die abgestandene Luft war ein ranziges und übelriechendes Schmorgericht, gewürzt mit den Gerüchen von menschlichen Exkrementen, verfaulendem Stroh und dem Dung von Nagetieren. Das Licht aus dem Schlitz in der Wand, der sowohl als Fenster als auch als Luftschacht diente, tat nichts, um die Dunkelheit zu verringern: Wenn überhaupt, machte es die Düsternis nur noch schlimmer, indem es eine Illusion von Beleuchtung bot. Die Zelle war ein großer quadratischer Raum, der wegen des einsickernden Wassers von immerwährender Kühle durchtränkt war; und seine Steinmauern waren in einem ekelerregenden Grün getönt.

Archelaeus Burleigh war zuvor schon eingekerkert gewesen, und zwar kurz infolge eines Vorfalls, bei dem ein verstümmelter Taschendieb in Florenz mit dem scharfen Ende der Saufeder Seiner Lordschaft Bekanntschaft gemacht hatte. In jenem Fall hatte die Florentiner *polizia* den Standpunkt eingenommen, dass exzessive Gewalt eingesetzt worden war bei einer Angelegenheit, bei der es sich – für sie – um eine geringfügige Verletzung von Privatbesitz gehandelt hatte. Der gestresste italienische Richter stimmte dem zu, und der Earl wurde ohne viel Federlesens zu sechzig Tagen im Kittchen verurteilt. Dass er in Wirklichkeit weniger als drei Tage im Gefängnis verbracht hatte, bis Con und Dex aufkreuzten, um ihn herauszuholen, war vollkommen unerheblich.

Doch der Kerker in Florenz war eine Luxussuite im Vergleich zu diesem hier: einem ausgedienten Lagerkeller unterhalb des Rathauses, den die Beamten der Stadt Prag benutzten, um Schurken einzulagern. Und dieses Mal konnte Burleigh nicht eine schnelle Rettung erwarten, denn alle vier seiner Burley-Männer waren mit ihm zusammen eingesperrt. Zu allem Übel glitt nach fünf Tagen in Gewahrsam das Hungern gefährlicherweise in ein Verhungern über: Dies war der Tatsache geschuldet, dass Gefangene, die auf ihren Prozess warteten, aufgefordert waren, ihr Essen, ihre Kleidung und notwendigen Güter sich selbst zu beschaffen oder sich von Verwandten liefern zu lassen. Die meisten Gefangenen waren Ortsansässige mit vielen Freunden und einer Familie draußen, auf die man zählen konnte, dass sie beschafften, was benötigt wurde. Burleigh jedoch hatte niemanden. Niemanden – das heißt, abgesehen von dem Alchemisten Bazalgette und vielleicht Kaiser Rudolf höchstpersönlich: Sie beide hätten allerdings genauso gut auf dem Mond leben können aufgrund der offenkundigen Unmöglichkeit, ihnen eine Nachricht zukommen zu lassen. Folglich war seine einzige Zuflucht die widerwillige Zusammenarbeit mit dem Gefängniswärter, der Burleigh und seine Männer mit der knappsten Mindestmenge von extrem minderwertigen Nahrungsmitteln versorgte, für die er sich selbst großzügig aus der Geldbörse Seiner Lordschaft entschädigte.

Dementsprechend war ihnen eine Schüssel mit altem Brot gegeben worden, dazu drei schrumpelige Äpfel, die sie unter sich teilen sollten, mehrere Hand voll ranzige Walnüsse und zwei Brocken schimmliger Käse – zu dem Preis eines Festmahls in einem der besten Speisehäuser von Prag. Das war vor zwei Tagen gewesen, und die Lebensmittel – falls das eine passende Bezeichnung war, die auf die armselige Kost angewandt werden konnte, die sie erhalten hatten – waren lediglich dazu geeignet gewesen, ihren Hunger zu schüren, anstatt ihn zu sättigen. In der Zwischenzeit hatte sich Burleigh unermüdlich dafür eingesetzt, dass sein Fall sofort vor Gericht gebracht werden sollte. Diese Anfrage stieß auf taube Ohren. In Prag schien es keine Möglichkeit zu geben, einen Richter, einen richterlichen Beamten oder irgendjemand anderen zu verpflichten, einen Fall vor Gericht zu bringen, wenn er dazu nicht geneigt war. Fünf Tage waren verstrichen, und ohne ein einziges Wort über irgendwelche bevorstehenden Fortschritte beim Gerichtsverfahren hatte sich die Hoffnung auf einen baldigen Prozess verflüchtigt.

»Wir werden in diesem stinkenden Loch verrotten«, murrte Dex, »wenn wir nicht vorher an einer Seuche sterben.«

»Anstatt die ganze Zeit zu jammern«, schlug Con vor, »sage ich, wir sollten versuchen, uns einen Ausgang zu graben. Das ist die einzige Möglichkeit für uns, um freizukommen.«

»Der Hellste bisse nich'«, johlte Mal. »Durch festen Stein soll'n wir uns graben! Dann hast du wohl 'ne magische Schaufel?«

»Das ist immer noch besser, als hier einfach in dem Dreck und Gestank zu sitzen«, entgegnete Con herausfordernd.

»Würd hier nich' so viel stinken, wenn du nich' wärst«, erwiderte Mal.

»Haltet eure Fresse!«, knurrte Tav. »Ihr beide – steckt euch einen Korken ins Maul. Der Boss arbeitet daran, uns rauszubekommen. Er hat einen Plan; lass uns einfach mal hören, ob das so ist.«

Um jedoch die Wahrheit zu sagen – Lord Burleigh hatte keinen Plan. Ihre Gefangennahme war so abrupt und unerwartet erfolgt, die bloße Möglichkeit so unvorstellbar entfernt gewesen, dass er ausnahmsweise einmal im wahrsten Sinne des Wortes überrumpelt worden war. Es gab keinen alternativen Plan, keinen Ausweg. Und da ihm die Möglichkeit fehlte, eine Nachricht zu irgendjemanden nach draußen zu bringen, der den notwendigen Einfluss geltend machen konnte, um die Angelegenheit voranzubringen, schien das Ansinnen, sich den Weg nach draußen freizugraben – so unrealistisch es auch war –, ihre beste und wahrscheinlich *einzige* Hoffnung auf Flucht zu sein.

»Ist das so, Boss?«, fragte Con. »Dann sagen Sie es uns. Erzählen Sie uns den Plan.«

»Wir ha'm hier lang genug gesessen«, brummelte Mal.

»Wir würden überhaupt nicht hier sein, wenn du –«, begann Tav.

»Genug – ihr alle!«, blaffte Burleigh und kam aus seiner Ecke hervorgeschossen. »Hört doch!«

In das plötzliche Schweigen hinein vernahmen sie das charakteristische Klacken der genagelten Schuhe des Gefängniswärters auf dem Steinboden. Kurz darauf verstummten die Schritte, und dann erfolgte das Gerassel eines Schlüssels im Schloss, ein lautes Klacken und anschließend ein leises Ächzen, als die eisengepanzerte Tür langsam aufschwang. Licht ergoss sich in die Zelle hinein und blendete die Gefangenen, denen das ungewohnte Leuchten, das plötzlich die Dunkelheit durchbrach, Schmerzen verursachte. Sie blinzelten und deckten ihre Augen ab, als aus dem Licht heraus ein hoch aufragender Riese mit breiten Schultern, einem formlosem Kopf und einem sonderbar gekrümmten Rücken auftauchte.

Die Burley-Männer glaubten, der Folterknecht wäre gekommen, und fuhren erschreckt in den Schatten zurück. Die übergroße Gestalt betrat die Zelle und schaute sich um; der Gefängniswärter kam ebenfalls herein und blieb hinter der Person stehen. Als sich die Augen der Gefangenen dem Licht anpassten, sahen sie, dass ihr Besucher kein ungeschlachter Folterbank-Meister war, der kam, um sie zu quälen: Es war vielmehr der große Bäcker aus dem Kaffeegeschäft. Eine grüne Mütze hing über seinen runden Kopf herab, und auf seinem Rücken trug er einen prall gefüllten Kleidersack; seine umfangreiche Mitte war in eine grüne Schürze eingehüllt, die von mehligen Schmutzflecken eingestaubt war. Er sagte nichts; er stand bloß da und ließ die nasskalte Atmosphäre des Gefängnisses auf sich wirken. Seine Miene, wenn er denn eine spezielle hatte, war schwierig zu deuten, weil sein Gesicht so aussah, als wären Pferde darauf getrampelt: verschwollen und entzündet, bedeckt von leberfarbenen Beulen; das eine Auge ein schmerzhafter purpurner Schlitz und das andere schwarz gerändert; seine Lippen aufgeplatzt und aufgetrieben; und seine Nase gerissen und geschwollen ... Er stand da in turmhohem Schweigen und verströmte den warmen, gemütlichen Duft seiner Bäckerei, aus der er gerade gekommen war. Die Gefangenen erhaschten den Geruch, und er sorgte dafür, dass sich ihre leeren Mägen zusammenkrampften.

Lord Burleigh erhob sich aus seiner Ecke. »Du«, sagte er kalt, seine Stimme ein hasserfülltes Lallen. »Bist gekommen, um dich hämisch zu freuen, nicht wahr?« Er zog sich selbst hoch. »Bist gekommen, um mich katzbuckeln zu sehen?« Er spuckte in Richtung des Bäckers. »Ich werde dir diese Befriedigung nicht geben.«

Wie viel Etzel davon verstand, war unklar. Er nickte bloß und ging weiter in den Raum hinein. Dann schwang er den Beutel von seiner Schulter und stellte ihn zwischen seinen Füßen auf den Boden, wo er ihn öffnete und eine Reihe von frischen Brotlaiben, einen halben runden Laib Weichkäse, zehn grüne Birnen, ein Bündel Möhren und zwei große Würste zum Vorschein brachte. Er drehte sich um und gab dem im Eingang stehenden Gefängniswärter ein Zeichen, der daraufhin einen Krug mit dunklem Bier und einen Eimer frisches Wasser hereintrug.

Burleigh blickte erstaunt auf das Essen und die Getränke, dann hob er die Augen zu Engelbert. Er zeigte auf den kleinen Berg an Nahrungsmitteln. »Was ist das?«, fragte er auf Deutsch.

»Es tut mir leid, dass es nicht mehr ist«, erwiderte Etzel, der langsam und mit einigen offenkundigen Beschwerden durch seine zerstörten Lippen sprach.

Wie kam es, dass der Kiefer des Mannes nicht gebrochen war, wunderte sich Burleigh. »Was ist das?«, fragte er erneut.

»Herr Arnostovi hat mir erst heute Morgen gesagt, Sie wären hier.«

»Seht euch all diese Fressalien an!«, rief Con und bewegte sich langsam auf den kleinen Essensberg zu. »Ich könnte den ganzen Haufen essen; ja, das könnte ich.«

»Komm zurück!«, mahnte ihn Tav. »Nicht, bevor der Boss sagt, dass es okay ist. Hierbei gibt's irgendeinen Trick – ich rieche das. Ich hab recht, Boss? Es ist ein Trick, oder?«

Burleigh sagte zu Etzel: »Was also führst du im Schilde, Bäcker?« Anklagend zeigte er mit dem Finger auf den Lebensmittelsack. »Was bedeutet das?«

»Es ist für Sie«, lautete die schlichte Antwort des Bäckers. »Zum Essen …«

Burleigh starrte auf das pausbäckige Dickerchen von einem Gesicht – böse zugerichtet und aufgedunsen und lädiert von den Schlägen, die er durch ihre Hände erhalten hatte. »Das kann ich sehen«, entgegnete Burleigh. »Was du ... äh ...« Er suchte nach den richtigen deutschen Worten, und schließlich fand er sie. »Was willst du?«

»Sie fragen mich, was ich will?«, erwiderte Etzel. »Ich will nichts.«

Die Burley-Männer hatten sich langsam in die Nähe des Beutels mit dem Essen geschoben, und obwohl sie dem Gespräch nicht folgen konnten, waren sie mächtig an seinem Ausgang interessiert. Con, der nicht mehr warten konnte, griff nach einem der kleinen frischen Brotlaibe. Tav schlug seine Hand weg und warf ihm einen warnenden Blick zu.

»Ha! Dann wirst du auch nichts von mir bekommen«, trumpfte Burleigh auf, dessen Stimme schneidend und hohl klang. »Hörst du, Bäcker? Nichts!«

Engelbert schüttelte seinen Kopf und trat zurück. »Morgen ist Sonntag. Doch ich werde in der Lage sein, Euch in zwei Tagen mehr zu bringen.«

Und damit verschwand er. Der Gefängniswärter wich zurück, zog die Tür zu, verschloss sie und ging fort. Einen Augenblick später waren ihre Schritte nicht mehr zu hören. Erst dann bewegte sich Burleigh. Er stellte sich über den Haufen Essen, dann stupste er es forschend mit einem Zeh an. Es war, was es zu sein schien: frisches Brot, Früchte, Käse, Wurst und ein wenig Gemüse.

Burleigh stand einen Moment lang da und starrte auf das, was an diesem Ort einem Bankett gleichkam. Und dann hob er seine Augen abermals zur Tür. Er drehte sich fort und kehrte zu seinem Platz in der trockensten Ecke der Zelle zurück.

Tav rief ihm hinterher: »Boss?«

Als er keine Antwort erhielt, versuchte er es wieder. »Boss, was sollen wir mit dem Essen machen?«

Immer noch gab Burleigh keine Antwort – und so versuchte es Con und fragte: »Das Essen, Boss – was sollen wir damit tun?«

»Teilt es auf«, murmelte Burleigh schließlich. »Teilt es anständig und ehrlich auf. Und jeder Mann ist verantwortlich für seinen eigenen Vorrat.«

Tav fiel die Aufgabe zu, der er mit Feuereifer nachging, und die anderen drängten sich nah um ihn herum: Sie waren erpicht, sich zu versichern, dass die Aufteilung fair vonstattenging. Burleigh sah aus geringer Entfernung zu. Ein tiefes Stirnrunzeln legte sein Gesicht in Falten, während er zu erkennen versuchte, welches grausame, aber subtile Spiel der Bäcker spielte – oder welchen Vorteil er zu gewinnen hoffte durch diesen bemerkenswerten Betrug.

Denn ein Betrug war es – dessen war sich Burleigh sicher. Da er selbst ein Meister der Hinterlist war, konnte er sie aus der Ferne riechen. Diese besondere List jedoch nahm eine Form an, der er niemals zuvor begegnet war, und es würde einiges an Nachdenken erfordern, um sie zu durchschauen. Aber er würde es ... Oh ja, er würde die Heimtücke entdecken, und wenn ihm dies gelang, würde er sein Wissen wie eine Waffe handhaben.

Als das Essen verteilt war, brachte Dex laut zum Ausdruck, was der Rest von ihnen dachte. »Warum tut er das?« Er schaute sich um. »Boss? Ich kapier das nicht. Was will der große Ochse?«

Burleigh hob seinen Kopf und gab ein kurzes, abgehacktes Lachen von sich. »Ich weiß es bislang auch nicht, doch ich werde es herausfinden«, erwiderte er. »Beachtet, was ich euch allen sage – ich *werde* es herausfinden.« Seine Stimme klang hohl in der Zelle. »Und wenn ich es herausfinde, dann wird dieser Dummkopf von einem Bäcker den Himmel verfluchen, dass er jemals geboren worden ist.«

NACHWORT

Die große Kluft

Während eines noch nicht lange zurückliegenden Besuchs in Rom – in dem drückend heißen Monat Mai – suchte ich Zuflucht in der Basilika *Santa Maria degli Angeli*, dieser wunderbaren Collage von einer Kirche. Sie war von Michelangelo entworfen und innerhalb der erhaltenen Mauern der antiken Thermen von Diokletian erbaut worden – einem römischen Kaiser, der nicht gerade für seine Freundlichkeit gegenüber Christen bekannt ist. Der riesengroße höhlenartige Raum ist eine Zufluchtsstätte vor dem Lärm und der Hitze der modernen Stadt; und ich konnte fühlen, wie meine Körpertemperatur und mein Blutdruck langsam fielen, während ich in den gewaltigen Saalbau schlenderte und begann, mir die Inschriften, Gräber und architektonischen Details anzuschauen, die normalerweise die Aufmerksamkeit eines Besuchers fesseln.

Es war eine ziemliche Überraschung, in dem Kirchenschiff um die Ecke zu biegen und mit einer prächtigen Statue des großen Häretikers Galileo Galilei konfrontiert zu werden. Und was soll das sein? Ein aufwändiges historisches Ausstellungsobjekt, das dem Mann gewidmet ist, der von der Kirche verleumdet wurde – einfach nur, weil er auf der Grundlage von Beweisen, die er durch sein Teleskop erhielt, darauf beharrte, dass die Erde und all die anderen Planeten unseres Sonnensystems tatsächlich um die Sonne herumkreisen. Sein Beharren, wie jedermann weiß, stellte die herrschende Meinung infrage, dass die Erde – Gottes auserwählter Schauplatz für seine Geschichte der Schöpfung und Erlösung – auch das physikalische Zentrum des Universums war: ein wichtiger theologischer Standpunkt in jener Zeit. Eine Erde, die sich um eine ortsfeste Sonne herumbewegte, war eine nicht annehmbare, möglicherweise sogar gefährliche Behauptung.

Und so geriet Galileo Galilei in Konflikt mit der Kirche, wurde gefangen genommen, angeklagt wegen Häresie, verurteilt und kurzerhand exkommuniziert. Galilei wurde später natürlich das Aushängeschild für die »Kirche kontra Wissenschaft«-Diskussion; seine Erfahrungen wurden am häufigsten angeführt zur Verdeutlichung der großen Kluft zwischen Wissenschaft und Religion. Dennoch war er hier in all seiner bronzenen Pracht – geehrt in Rom (dem Ort seiner Demütigung) und in einer christlichen Kirche. Hatte ich die Geschichte falsch verstanden?

Als Wissenschaftler war Galileo Galilei (1564–1642) eingebunden in den großen Gärungsprozess wissenschaftlicher und philosophischer Untersuchungen im Europa des späten sechzehnten und frühen siebzehnten Jahrhunderts. Da er wohlbekannt, respektiert und selbst ein Katholik war, erfreute er sich ursprünglich starker Unterstützung durch Kreise innerhalb der Kirche. Papst Urban VIII. war ein enger persönlicher Freund und früher Verteidiger nicht nur von Galilei, sondern von wissenschaftlichen Bestrebungen im Allgemeinen. Tatsächlich war Urban so fasziniert von Galileis Ideen, dass er als jemand gesehen werden wollte, der seinen Freund unterstützte und für die neuen Theorien eintrat. Zu diesem Zweck schrieb Urban eine kleine Abhandlung, die in Galileis fesselndes Buch über Planetenbewegungen (»Dialog über die zwei wichtigsten Weltsysteme«) aufgenommen werden sollte. Und mit genau diesem Werk fingen Galileis Schwierigkeiten an.

Trotz seiner Begeisterung war der Papst vielleicht nicht die beste Wahl, um die Feinheiten der zur Diskussion stehenden, mutigen neuen Theorien zu erläutern: Wissenschaftlich gesehen entsprach seine Arbeit nicht den Anforderungen. Darüber hinaus machte es Galilei zu schaffen, dass da jemand war – selbst wenn es sich um seinen sehr mächtigen und einflussreichen Freund Urban handelte –, der ein Stück des Rampenlichts mit ihm teilte. Er stimmte jedoch widerwillig zu, die Abhandlung des Papstes mit aufzunehmen – wie hätte er das verweigern können? Doch in einem erschreckend unbedachten Schachzug schrieb Galilei einen Teil seines neuen Buches in Form eines Dialoges zwischen mehreren Figuren nieder: In der Hauptsache waren dies ein kluger, kenntnisreicher Wissenschaftler, der als der Akademiker bezeichnet wurde und der all die brillanten, innovativen Ideen erläuterte, und ein Trottel namens Simplicio – der Simpel –, der altmodischen Unsinn palaverte. Dreimal dürfen Sie raten, wen die Figur des Wissenschaftlers darstellte und wessen Gedanken dem Schwachkopf in den Mund gelegt wurden.

Natürlich war Urban wütend, als er das Ergebnis las. Dieser Mann Galileo Galilei, mit dem er sich angefreundet und den er verteidigt hatte, verhöhnte ihn hier vor der ganzen Welt, nannte ihn einen Simpel und gab seine Ideen dem allgemeinen Spott preis. Dadurch beleidigte Galilei den Papst und verstimmte so einen seiner größten und mächtigsten Unterstützer. Es gab damals Kräfte, die Galilei gegenüber zutiefst kritisch eingestellt waren – nicht so sehr wegen seiner Wissenschaft, sondern wegen seiner lautstarken Beharrlichkeit, theologische Behauptungen zu machen, die seine Fachkenntnisse in solchen Themen überschritten. Daher wurde Anklage gegen Galilei erhoben. Letzten Endes wurde Galilei, ohne die Unterstützung und den Schutz des Papstes, vor die Inquisition gerufen, um auf mehrfache Beschuldigungen zu antworten. Unfähig, eine schlüssige Verteidigung auf die Beine zu stellen, wurde er der Häresie für schuldig befunden. (Es lohnt sich, darauf hinzuweisen, dass Galilei von vielen als ein wissenschaftlicher Häretiker betrachtet wurde, lange bevor die Kirche in die Kontroverse verstrickt war. Kollegen, die sich an alte Ansichten und Theorien klammerten, tadelten ihn – nicht wegen seiner Theologie, sondern wegen seiner *Wissenschaft*. Der wissenschaftlichen Orthodoxie vollkommen zu widersprechen kann mindestens genauso gefährlich sein, wie religiöse Konventionen zu missachten.)

Bei der Einforderung der Bestrafung zeigte die Kirche eine bemerkenswerte Nachsicht: Es gab keine Hinrichtung und keine Einkerkerung im eigentlichen Sinne. Galilei wurde unter Hausarrest gestellt und daran gehindert, zu lehren oder öffentliche Vorträge zu halten. Dennoch wurde er weiterhin von vielen seiner mitfühlenden wissenschaftlichen und theologischen Freunde besucht und korrespondierte mit ihnen. Tatsächlich verbrachte er ein Jahr seiner »Gefangenschaft« im Haus des Erzbischofs von Siena, einem weiteren Freund und Unterstützer, und er veröffentlichte eines seiner besten Werke in dieser Periode. Auf diese Weise wurde die Wissenschaft weiterhin mithilfe der Kirche vorangebracht, und Galileis Beiträge wurden offen besprochen und präzisiert.

Offensichtlich gibt es in dem Fall »Galileo Galilei und die Inquisition« mehr als genug Wichtigtuerei, Arroganz und Schamgefühl, die die Runde machen. Doch während interessanterweise das Gericht der öffentlichen Meinung die Kirche wegen dem, was als Unterdrückung der Wissenschaft betrachtet wird, rundherum verdammt, wird Galilei selten für den anmaßenden Stolz, die Illoyalität und die egozentrische Gehässigkeit verantwortlich gemacht, die er zu der Sache beigesteuert hat. In Wahrheit haben sich weder Urban noch Galilei mit Ruhm bekleckert, indem sie kleinkariert handelten und sich bemühten, ihrem eigenen Ego zu dienen, als viel größere Probleme zur Diskussion standen.

Hat sich seitdem irgendetwas geändert? Nach dem zu urteilen, was ich von den neuen Atheisten und kreationistischen Fundamentalisten gelesen habe – und ich habe ziemlich viel gelesen –, scheint das nicht der Fall zu sein. Grabenkämpfe werden weiterhin laut und schrill in der öffentlichen Arena, in den Hochschulen, in den Künsten und auf der politischen Bühne ausgefochten; und die gemachten Aussagen sind häufig eigennützig und einseitig. Es werden unfaire Bemerkungen gemacht und Tatsachen vernebelt, ignoriert oder verdreht.

Wenn ein lautstarker, forscher Evolutionsbiologe mit absoluter Sicherheit verkündet, dass Religion eine geistige Einbildung ist ... oder ein preisgekrönter Physiker beansprucht, bewiesen zu haben, dass es keinen Gott gibt ... dann sollten wir Abstand nehmen und uns besinnen, dass diese Männer einfach Galileis Fehler wiederholen: dass sie sich über Angelegenheiten außerhalb ihres Feldes und jenseits ihres Verständnisses auslassen. Und wenn religiöse Fundamentalisten sich weigern, Beweise in Erwägung zu ziehen, die die Wahrscheinlichkeit eines lächerlich jungen Universums infrage stellen ... oder vollkommen zuverlässige Befunde ignorieren, die sich aus Fossilien ergeben ..., dann sollten wir innehalten, um uns zu überlegen, dass die Hervorbringung von Pseudowissenschaft zur Unterstützung dogmatischer Glaubensvorstellungen nicht nur den Wirklichkeiten große Gewalt antut, die letztendlich jenseits von Raum und Zeit sind, sondern auch jeder vernünftigen Befähigung, die wir jemals haben mögen, um sie zu verstehen.

Es ist eine Tatsache, dass die römisch-katholische Kirche kontinuierlich eine Strategie der aktiven Mitwirkung bei der wissenschaftlichen Forschung und Weiterentwicklung verfolgt hat – ganz besonders durch die Vatikanische Sternwarte, dessen Institutszentrum sich dort befindet, wo der Papst seinen Sommerurlaub verbringt, nämlich in Castel Gandolfo (Italien).

Und so war es die Forschungsinstitution bei Rom, wohin sich Gianni begab, mein ureigener Wissenschaftler-Priester, als er lebenswichtige Informationen über den Zustand des Universums brauchte. Es wäre für ihn genauso gut möglich gewesen, das *Mount Graham Observatory* zu besuchen, das näher zu Cass' Ausgangsbasis in Arizona ist – und die Wissenschaftler von Weltrang, die dort mit dem *Vatican Advanced Technology Telescope* arbeiten, um Rat zu bitten.

Stephen Lawhead
Oxford, 2013

DANKSAGUNG

Der Autor möchte folgenden Leuten danken:

Jenen, die mich durch fremde und exotische Länder geführt haben: Wael El-Aidy, Nabile Mallah, Adrian Woodford sowie Scott und Kelli Lawhead.

Jenen, die meine spanischen, französischen, lateinischen, italienischen und deutschen Worte korrigiert haben: Michael und Martina Potts, Danuta Kluz, Richard Rodriguez, Hailey Johnson Burgess, Matthew Knell, Daniele Basile, Sabine Biskup und Bettina Heynes.

Jenen, die bei verschiedenen historischen, kulturellen und technischen Fragen beraten haben: Clare Backhouse, Suzanna Lipscomb, Drake Lawhead und Andrew Hodder-Williams.

Jenen, die den Roman bearbeitet und eingesehen haben: Amanda Bostic, L. B. Norton, Jessica Tinker und Ross Lawhead.

Etwaige Fehler sind mir zuzuschreiben.

Jetzt anmelden!

VOM
LESER ZUM
SCHRIFTSTELLER!

WEITERE INFORMATIONEN UNTER:
www.bastei-luebbe-academy.de

BASTEI LÜBBE ACADEMY
www.bastei-luebbe-academy.de